근대 기행 담론 자료 2

1920~1930년대 기행문의 변화 1

: 『개벽』(1920년대 전반기)

이 자료집은 2014년 정부(교육부)의 재원으로 한국연구재단의 지원을 받아 수행된 연구임 (NRF-2014S1A6A4026474)

엮은이 김경남

건국대학교를 졸업하고 동 대학원에서 문학박사학위를 받았다. 현재 대학에서 글쓰기 강의를 하고 있으며, 글쓰기 이론에 관심이 많다.

「일제 강점기의 작문론과 기행문 쓰기의 발달 과정」, 「1910년대 기행 담론과 기행문의 성격」 등 다수의 논문이 있으며, 『일제강점기 글쓰기론 자료』(도서출판 경진) 등을 엮어 냈다. 그 밖에 한·중 지식 교류에 관한 연구를 활발히 진행중이다.

근대 기행 담론 자료 2

1920~1930년대 기행문의 변화 1
: 『개벽』(1920년대 전반기)

© 김경남, 2017

1판 1쇄 인쇄_2017년 12월 05일
1판 1쇄 발행_2017년 12월 10일

엮은이_김경남
펴낸이_양정섭

펴낸곳_도서출판 경진
　　　등록_제2010-000004호
　　　블로그_http://kyungjinmunhwa.tistory.com
　　　이메일_mykorea01@naver.com

공급처_(주)글로벌콘텐츠출판그룹
　　　대표_홍정표　편집디자인_김미미 노경민
　　　주소_서울특별시 강동구 천중로 196 정일빌딩 401호
　　　전화_02) 488-3280　팩스_02) 488-3281
　　　홈페이지_http://www.gcbook.co.kr

값 39,000원

ISBN 978-89-5996-555-7 94800
ISBN 978-89-5996-553-3 94800(세트)

근대 기행 담론 자료 2

1920~1930년대 기행문의 변화 1

: 『개벽』(1920년대 전반기)

김경남 엮음

경진출판

　사전적인 의미에서 기행문은 "여행하면서 보고, 듣고, 느끼고, 겪은 것을 적은 글"을 의미한다. 『표준국어대사전』에서는 기행문의 의미를 풀이하면서, "대체로 일기체, 편지 형식, 수필, 보고 형식 따위로 쓴다."라고 덧붙였다. 이는 기행문이 '기행', 곧 '여행'과 밀접한 관련이 있음을 의미하며, 기행의 체험이 여행이 이루어지는 시간과 장소와 불가분의 관계를 맺고 있음을 의미한다.

　전통적으로 여행의 체험을 기록한 글은 '기(記)'라는 제목을 달고 있는 경우가 많다. 중국 당나라 현장법사의 '대당서역기(大唐西域記)', 연암 박지원의 '열하일기(熱河日記)' 등은 '기' 또는 '일기'라는 명칭의 대표적인 기행문이다. 전통적인 글쓰기에서 여행 체험과 관련된 글은 서사를 위주로 하는 '기(記)'의 형식으로 기록되었으며, 오늘날과 같이 '기행문(紀行文)'이라는 문체가 존재한 것은 아니었다. '기행문'이라는 용어가 언제부터 사용되었는지를 확증할 수는 없으나, 1909년 9월 『소년』제2권 제8호에 발표된 최남선의 '교남홍조(嶠南鴻爪)'에서는 "以下 記錄하난 바는 往返 二十二日 동안 보고 드른 것을 소의 춤갓치 질질 흘녀논 것이라 쓸ㅅ대 업시 冗長한 紀行文의 上乘일지니라."라고 하여, '기행문'이라는 용어를 사용하고 있음을 확인할 수 있다.

　이처럼 전근대적 문장 체제론에서는 등장하지 않던 '기행문'이 『소년』발행 이후 본격화된 것은, 근대 이후 여행 체험을 바탕으로 한 글쓰기에서도 문장의 형식이나 내용 면에서 큰 변화가 일어났기 때문으로 보인다. 특히 '유기(遊記)', '견문기(見聞記)', '답사기(踏査記)', '시찰기(視

察記)' 등의 '기(記)'에서 '여정(旅程)'과 '감회(感懷)'를 중시하는 '기행(紀行)'의 글쓰기가 정착되어 가는 과정은 근대적 글쓰기가 형성되어 가는 과정과 비슷하다.

지난 3년간 근대적 의미의 기행 담론 형성 과정과 기행문의 발달 과정을 살피는 데 많은 노력을 기울였다. 특히 한국 근대 담론이 유력(游歷)과 정형(情形) 견문에서 비롯되고 있음은 수많은 자료를 통해 확인할 수 있다. 연구 제목을 붙일 때 '시대의 창'이라는 말을 쓰고자 했던 것은 기행문이나 기행 담론을 통해 그 시대를 읽어낼 수 있다는 믿음 때문이었다. 그럼에도 연구가 거듭될수록 자료에서 헤어나지 못하는 나를 발견할 수 있었다.

처음 계획할 때는 근현대 기행 담론을 제1기 근대의 기행 담론과 기행문 형성(개항부터 1900년대 초반까지), 제2기 관광 담론의 형성과 계몽적 기행 체험(1900년대 후반), 제3기 식민지적 계몽성과 재현 의식의 성장(1910년대), 제4기 기행 담론의 다변화와 국토 순례 기행(1920~1930년대), 제5기 국토 순례 기행의 쇠퇴와 식민 지배의 강화(1930~1945) 등으로 나누고, 각 시대별 기행문을 전수 조사하여 모두 입력하고자 하였다. 그러나 이러한 계획은 기행문의 양적인 면이나 선행 연구에서 정리한 자료 등을 고려할 때, 수정하는 것이 효과적이라는 판단을 하게 되었다. 이에 따라 본 연구를 진행해 가면서, 기행 담론에 대한 전수 조사의 성과를 요약하면서도 꼭 필요한 자료만을 정리하는 과제를 해결하지 않으면 안 된다는 생각을 하게 되었다.

연구 진행 과정에서 얻은 자료는 제1기 『한성주보』를 비롯한 학회보 및 신문 소재 5편, 제2기 『황성신문』, 『대한매일신보』, 기타 학회보(잡지) 소재 61편, 제3기 『매일신보』, 『청춘』 35편, 제4기~제5기 『개벽』, 『동광』, 『동아일보』, 『삼천리』 등의 286편으로 정리한 쪽수만도 A4 용지 1400장에 이르는 방대한 양이 되었다. 이처럼 양이 많은 까닭은 연재한 기행문이 많기 때문이다. 그렇기 때문에 일부 기행문은 연재물 전체를 입력하지 않고, 주요 내용만을 간추려 입력하는 방식을 취하기도 하였다. 특히 육당의 『심춘순례』, 『백두산근참기』나 안재홍의 『백두산등척기』 등은 국토 순례 기행문으로 널리 알려진 작품이나, 그 전문을 입력하는 작업은 이미 선행 연구에서 진행된 바 있으므로, 이 자료집을 편집할 때에는 고려하지 않았다. 이외에도 형태의 자료집 가운데는 최상익의 『조선유람록』(1917), 이순탁의 『세계 일주기』(1933) 등과 같은 기행문도 있으나, 자료 정리 과정에서 고려하지 않았는데, 그 이유는 기행문 자료의 양적 분포상 이들 단행본을 높이 평가할 기준을 찾기 어려웠기 때문이다. 또한 1920년대~1930년대 각종 신문과 잡지에 분포하는 기행 담론을 모두 정리하는 일은 양적인 면이나 연구 기간 및 출판계 사정 등을 고려할 때 순차적으로 진행해야 할 일이라고 판단하여, 이번 연구에서는 1880년대~1910년대에 해당하는 자료집과 1920년대 『개벽』, 『동광』, 『동아일보』 관련 자료만을 편집하여 출간하기로 하였다.

연구를 시작할 때 출판사와 두 권의 자료집과 1권의 연구서를 발행하기로 약속했었는데, 실제 정리한 것은 계획한 자료집의 두 배에 달한다. 최근 출판계 사정이 몹시 열악하여, 총 1400쪽에 이르는 책의 발행을 요구하는 것은 몹시 염치없는 일일 수밖에 없다. 연구서나 자료집이 팔리지 않는 시대가 되었음에도 지난 3년간의 약속을 지켜 자료집을 출간해 주기로 한 도서출판 경진 양정섭 대표님께 감사의 말씀을 올린다. 아울러 본 연구가 진행되도록 도움을 준 한국연구재단 저술 프로젝트 관계자, 연구 계획서를 심사하고 중간 보고서를 살펴주신 익명의 심사위원님들께도 감사의 말씀을 올린다.

2017년 11월
연구책임자 김경남

[일러두기]

이 자료집은 1880년대부터 1945년까지 기행 담론과 관련한 주요 자료를 엮은 것이다. 자료 선별 범위 및 정리 기준은 다음과 같다.

1. 대상 자료는 여행 관련 담론, 기행문, 여행 관련 규정 등을 포함하였다.
2. 기행문의 경우 신문·잡지에 연재된 것을 중심으로 하였으며, 연재물 가운데 단행본으로 출간되어 연구자들이 비교적 활발하게 연구한 기행문은 연재한 원문만을 일부 제시하였다. 특히 장편 연재물의 경우 연재 사실을 정리하고, 꼭 필요한 자료만 입력하는 방법을 택하였다.
3. 신문·잡지의 종류가 매우 다양하여, 이 자료집에서는 연구 가치가 높은 것만을 선별하였다.
4. 원문 입력은 띄어쓰기를 제외하면 가급적 원문에 가깝게 입력하고자 하였다.
5. 연재물의 경우 신문과 잡지의 호수가 달라지더라도 하나의 제목 아래 묶었으며, 제목 아래 날짜와 호수를 표시하였다.
6. 일부 자료는 해당 자료의 성격을 간략히 밝히고자 하였다.
7. 권1에서는 1880년대부터 1910년대까지의 자료를 대상으로 하였으며, 권2~권4에서는 1920~30년대의 자료를 대상으로 하였다.
8. 자료의 양이 많기 때문에 균형감을 고려하여 분책하기로 하였다.

머리말 ___ 4

일러두기 ___ 7

01. 『개벽』 (1920년대 전반기)

01.

『개벽』
(1920년대 전반기)

천도교계 종합 잡지인 『개벽』은 1920년 6월 25일 창간호를 발행하였
으며, 1926년 7월 제71호를 내고 강제 폐간되었다. 그 후 1934년 1월
속간호를 내었으며 1935년까지 속간 4호를 발행하였다. 광복 이후
1946년부터 복간 통권 74호부터 79호까지 발행하였다. 『개벽』 소재의
기행 담론은 '문화 조사' 사업과 밀접한 관련을 맺고 있다.

[27] 東海의 一點碧인 鬱陵島를 찾고서, 李乙, 『개벽』제41호(1923.11)

[28] 江原道를 一瞥한 總感想, 靑吾, 『개벽』제42호(1923.12)

[29] 北歐 列國 見聞記, 朴勝喆, 『개벽』제43호(1924.01)

[30] 함북종횡 47일, 『개벽』제43호(1924.01)

[31] 南滿을 단녀와서, ㅅㅅ生, 『개벽』제5권 제7호 통권 49호(1924.07)

[32] 國境을 넘어서서(感想), 在北滿 朴봄, 『개벽』제5권 제7호 통권 49호(1924.07)

[33] 江都 踏査記, 乙人, 『개벽』제50호(1924.08)

[35] 北行 三日間, 遮湖에서 朴達成, 『개벽』제52호(1924.10)

[38] 北國 千里行, 靑吾, 『개벽』제55호(1924.12)

[39] 倫敦求景, 在英國 朴勝喆, 『개벽』제56호(1925.01)

[40] 南國行, 尙進, 『개벽』제58호(1925.04)

[41] 南滿洲行, 李敦化, 『개벽』제61호(1925.07)

[42] 호남잡관·잡감, 靑吾, 『개벽』제63호(1925.11)

[43] 嶺南地方 巡廻 片感, 林元根, 『개벽』제64호(1925.12)

[44] 兩西 十五日 中에서, 춘파, 『개벽』64호(1925.12)

[45] 十三道의 踏査를 맛치고서, 『개벽』64호(1925.12)

[46] 牛耳洞의 봄을 찾고서, 車相瓚, 『개벽』제69호(1926.05)

[47] 半月城을 써나면서, 朴英熙, 『개벽』제69호(1926.12)

[48] 西行雜記, 春坡, 『개벽』제71호(1926.07)

[01] 槿花 三千里를 踏破하고서, 南北鮮의 現在 文化 程度를 比較함, 滄海居士, 『개벽』 제7호(1921.01)

이 글은 남북 삼천리를 답파한 뒤에 쓴 글이지만, 기행 체험보다는 남북인의 문화적 차이를 설명하고자 한 글이다.

槿花三千里를 踏破하고서, 南北鮮의 現在文化程度를 比較함, 滄海居士 (特히 南鮮人士의 覺醒을 促함)

余- 작년 一月로 始하야 어떠한 관계하에서 자못 남북선 삼천리를 踏破한 일이 잇섯다. 그리하야 此로부터 得한 다소의 감상도 업지 아니하고 又는 南北鮮 장래문화상- 다소 참고의 재료도 업지 아니하기로 組薄한 視察의 一節이나마 記하야써 독자 諸位에게 들이며, 딸아서 남북의 인사- 각기 長所와 短處를 반성하야 가지고 昔日 지방적 차별관념을 타파하고 남방의 남방인의 長所와 북방의 북방인의 長處를 一丸打合하야 신성한 신문화적 민족이 되기를 바라는 하에서 此 일편의 拙文을 생각나는 대로 순서업시 멋마디 기록하야 개벽의 여백에 부티노라.

一. 山川風土로 觀한 南北鮮의 差異

「천지의 氣- 各各 方에 말미어 殊異하며 人도 또한 此에 인하야 그 기질의 禀受가 달으게 되는 것이엇다. 남방은 山水- 蘊籍하며 且*紆함으로 人이 其間에 生하야 氣의 正을 得한 자는 溫潤和雅하며 그 偏한 者는 輕佻浮薄하되 북방는 산수- 奇傑하며 且 雄厚함으로 人이 其間에 生하야 氣의 正을 得한 자는 剛毅正直하며 그 偏한 자는 麤率强悍하나니 此- 자연의 理니라. 是에서 性에 인하야 筆이되며 墨이 되어 듸디어 남북의 殊異한 문화를 生케 하도다. 然이나 혹은 氣禀이 偶異하야 南人

北稟 北人南稟이 有하니라.」

　이상은 沈芥舟書編 중의 문자를 일즉 和田恒박사가 그의 著─ 免冀中에서 其妙를 贊한 바이엇다. 과연하다. 人은 본래부터 천성적 차별이 有한 배 아니로되 후천적 관계로써 性習이 異하며 풍속이 殊하며 일반의 경우가 相異케 되는 것은 실로 산천풍토의 감화가 그 주민에 영향을 及케 하는 배 多함으로써라. 山人은 獵에 능하며 海人은 漁에 능하고 그리하야 산인의 性은 침울하고 海人의 성은 쾌활함은 이 자연이 인성에 及하는 영향의 결과가 아니겟느냐. 지구전체의 남북을 限하야 觀할진대 한대와 온대, 온대와 열대인의 성질 及 습성 풍속이 자연히 그 풍토의 殊異로부터 生하는 別은 지리학이 嚴正한 사실을 가지고 잇는 것이다. 딸아서 一國내 혹은 一地方일지라고 如斯한 차이가 生케 됨은 是─ 피치 못할 일종의 理가 這間에 伏在하엿다 할지라. 물론 人文이 進하면 進할스록 지방적 疎隔한 풍습이 융화하야가는 것은 사실이나 然이나 인품의 본질에 至하야는 대체상 그 風土의 관계를 全히 초월치 못하는 것이며 또 그의 관계로 각기 문화의 長所를 발휘함도 또한 면치 못할 事이엇다.

　古來─ 吾朝鮮人에 至하야도 팔도의 인민이 각기의 가진 특성이 잇다 하나니 例하면 關西人은 용감성이 富하며 關北人은 근검인내성이 有하고 江原의 人은 淳厚하며 畿湖人는 智巧하며 호남인은 교제술에 長하며 嶺南人은 정직심이 長하다함은 일반이써 공인하는 바라 이 實로 남북의 산천풍토로 생한 천연적 기질이라 할 것이다. 이를 써 남북의 산천풍토로써 分하야 觀하면 북방(平安·咸鏡)은 산수─奇傑함으로써 용감·인내·근검에 富하고 남방(畿湖·湖南·湖西)은 산수─蘊籍함으로 智巧·才敏에 長하다 할지라. 특히 그 점에 대하야 주의할 만한 者는 영남인의 특질이니 영남은 조선 三南(충청·전라·경상)의 一임에 불구하고 그 성질은 특히 관북(함경북도)의 人과 흡사한 것이엇다. 그 성질상 정직·인내한 점에서 又는 언어 풍속상에서 대체가 略同한 事는 何人이던지 奇異의 感을 가지지 아니할 수 업다. 此에 대하야는 各人의 관찰이 상이할지나 吾人의 사고로써 言하면 此에 二種의 관계를 발견할 수 잇다하나니 즉 其一은 근본적 문제되는 산천풍토의 관계니 何人이던지 영남의 산천과 함북의 강산을 一見한 자는 그 산수의 雄偉奇傑한 便으로 보아서 흡사한 崇山峻嶺의 盤屈한 狀態를 발견할지라. 북은 白頭山의 崇脉으로부터 長白山이 되어 함북준령의 웅위가 摩天嶺에 至하는 間과 南은 태백·소백으로 智異山에 至하는 산천의 기상이 거의 동일하며 또 그 일면으로는 양자— 각기 대해를 有하야 천연의 풍토가 極南極北이 스스로 동일한 점은 인물의 성질이 또 스스로 동일한 특질을 가지게 함과 如하며 其一은 영남의 일부와 함북인의 풍속습관이 略同한 一원인은 麗末李初에 북방 여진족이 점차 북으로 被逐함에 際하야 당시 인구가 조밀하던 경남 일부의 인민이 此 지방으로 점차 이주하야 듸듸어 그 풍속습관을 此에 移植한 역사적 증거도 업지 아니하리라. 또 그 강원일대의 주민은 山嶽이 峽險함에 조차 그 성질이 순후함은 불교의 본원지되는 금강산의 불교적 교화가 그 주민으로 유화 순박케한 土風을 成한 감이 업지 아니하나니 그것은 山谷의 주민은 대개— 종교적 감화를 受키 易한 質素한 풍속을 가젓슴으로 써니라. 여하턴지 산천풍토가 그 주민으로 천연적 第二 천성을 成케 함은 是— 誣키 難한 사실인데 此에 역사적 교화를 가미 하야서 一種 融化性의 미풍을 成하며 혹은 악습과 미신적 弊風을 造하는 事도 업지 아니치 못함에 至할 것일지로다.

二. 歷史上으로 觀한 南北鮮의 差異

以上에 述함과 가티 山川風土로 觀한 南北人民의 特質은 先天的 關係로 生한 自然한 일이지마는 人爲的 敎化에 由하야 加味한 歷史的 關係는 實로 文化에 著大한 原動力이 되는 것인데 朝鮮古代의 三國風化가 스스로 南北山川風土의 天然的 影響을 바다가지고 各其特長의 長處를

가지어젓다. 北을 代表한 高句麗는 武勇으로써 一世에 著名하엿스며 中을 代表한 百濟와 南을 代表한 新羅는 文學藝術로써 天下에 自矜케 되엇다. 그리하야 麗朝의 天下는 佛敎로써 敎化의 中心을 삼아왓는 故로 南北이 거의 同樣의 文化普及을 被하엿다 하겟스나 然이나 本來부터 武勇과 忍耐와 正直에 長한 北方人은 智巧와 才藝에 長한 南方人에 比하야 政治的 活用의 上에서 多少의 遜色을 가진 形便이 업지아니하엿고 近世에 至하야는 李朝太祖가 北方의 人으로써 그 天産的 武勇과 雄威를 가지고 천하를 취함에미처 於是乎— 北方人의 武勇한 氣像을 蛇蝎과 如히 視하고 南方人의 溫順諛阿한 性情을 利用하야 國家萬年의 大計를 確立코저 하엿나니 是가 當時 鎖國時代에 在하야는 大槪— 外患보다도 內憂가 自家의 基礎를 危殆케 함이 多하엿슴으로써라. 이 點에서 李朝 500年의 政治가 北方人을 壓迫하고 南方人을 重用한 結果는 듸디어 文弱과 差別階級의 末弊에 陷하야 到底收拾키 難한 病毒을 馴致함에 至하엿다. 當時의 北方人은 重要한 官職에 居함을 許치 아니하엿나니 文에는 겨우 持平掌令에 止하고 武에는 僅히 萬戶僉使에 不過하엿섯다. 이에서 北方人은 時時로 不平家가 有하야 平地의 波瀾을 起케 함에 至하엿나니 저 有名한 革命家 洪景來와 如함은 그 一例라.

그럼으로 李朝 500年來—歷史的으로 나타난 著大한 差異는 一은 兩班으로써 政治 及 宗敎的의 過大한 待遇를 受하엿고 一은 平民으로써 政治 及 宗敎的으로 억울한 賤待를 바다왓다. 말할 것도 업시 近代 500年의 朝鮮은 南北人 差別政治로 南方人의 兩班的 橫暴와 北方人의 平民的 壓迫이 國家中一大相對가 되어왓다. 딸아서 南方人은 兩班인데 兩班的 差別生活이 이서 왓고 北方人은 平民인데 平民的 平等生活로 지내왓다. 즉 南方은 兩班이 有한 대신에 差別이 甚하엿고 北方은 平民인데 比較的 平等生活로 지내왓다.

老論·少論·南人·北人이라 하는 兩班的 4色差別은 南方人의 專有한 名辭뿐이요 北方人에는 何等의 關係競爭이업섯다. 4色이라 함은 南方人의 兩班에 限한 自家의 名色的 競爭看板이요 北方人에 在하야는 兩

班도 업스며 常漢도 업는 純粹 平民的 生活로 지내왓다. 故로 4色이라
함은 政治에 無關係한 平民的 北方人에 對하야는 北方自體에 아모 利
害關係에 沒交涉한 差別的 名辭이엇섯다. 이 點에서 南方人은 南方人
自體로 差別的 生活이엇고 北方人은 北方人 自體로 平等生活이엇다.
此를 一言으로써 蔽하면 過去 500年의 朝鮮人은 朝鮮이라 하는 一圓으
로 보면 南北의 差別이 極甚하엿스나 此를 南方과 北方에 分하야 南北
各其 地方的 觀念으로써 보면 南方人은 兩班과 常漢의 極甚한 差別을
하엿스며 北方人은 일반평민이라 하는 平等生活로 지내왓슴이 顯著한
事實이엇다.

三. 現在에 在한 南北鮮의 差異

以上에 述함과 가티 南方은 兩班이 有한 대신에 差別的 生活이 甚하
엿고 北方은 平民인 대신에 平等的 生活이 잇서왓슴으로 此가 써 今日
開化程度에 及하는 影響도 著大한 逆數의 差異를 生케하엿다. 試하야
吾人으로 今日에 在한 南北鮮의 差異한 點을 左의 幾種에 分하야 一言
하면

甲. 差別. 以上에 述함과 가티 北鮮人(咸·平·黃)은 本來부터 平民的 生
活이엇던 故로 北鮮人은 北鮮人 自體로의 差別的 生活이 그닥 甚치 아
니할 것은 當然의 事이나 南鮮人은 不然하야 累百年來— 極甚한 差別의
餘毒으로 因하야 이제것 某郡某兩班·某村某兩班이라하면 어지간한 勢
力을 가지고잇다. 아즉도 陰匡殘雪과 가튼 餘威를 가지고잇다. 그는 또
한 一面으로 생각하고보면 그러하기도 必然의 勢인듯하다. 北鮮人에
在하야는 平民的 平等生活인 까닭에 元來— 그 知識程度나 財産權의
分配가 天然的으로 比較的 平等의 比例로 가지고 잇서스나 南鮮에 至
하야는 古來— 學識과 金權은 兩班의 專有物이 되엇고 常漢에 至하야는
學識이 有하야도 所用이 업섯고 財産이 有하야도 兩班의 魚肉이 되게

되는 까닭에 常漢은 거의 目不識丁의 文盲이며 一文不有의 貧寒장이뿐
이니까 世界가 飜覆된 今日에 至하야도 常漢은 오히려 兩班의 支配를
受케될 것은 또한 必然의 理라 할지라. 그 結果— 常漢은 常漢대로 自處
하고 兩班은 兩班대로 自尊하야 常漢은 曰하되 吾等은 某兩班의 先導가
아니면 能히 自己의 生活을 改良向上치 못하리라 自暴하고, 兩班은 曰
하되 吾輩의 勢力이 비록 前日에 不及하나 然이나 本來— 天定의 兩班
이라. 何日이던지 此를 復權할 日이 自有하리라 夢想하야 新을 排斥하
고 舊를 墨守하나니 於是에 班常 共히 自暴自棄에 陷하야 新文明에 落
伍됨이 甚하야젓다. 그리하야 그로 因하야 生하는 弊害一般 新文明에
及하는 影響은 至大하다.

乙, 敎育. 南鮮의 今日이 班常共히 新文明을 咀呪한 結果는 필경 新敎育
에 至大한 影響을 及케하야 南鮮과 北鮮의 相違를 生케하엿다. 爲先 京
城에 留學하는 靑年으로 觀할지라도 南鮮人의 子弟가 北鮮人에 比하야
甚한 差違가 有하며 其次 地方 公私立學校數에 至하야는 南鮮 (慶·全·
忠·江·京「京城은 特別」)의 人口가 北方의 幾10倍됨에 不拘하고 統計上
著大한 差違가 잇스며 特히 私立學校에 至하야는 往年私校蔚興 當時—
南鮮은 아즉 酣睡가 昏昏한 時에 北鮮은 비록 風聲鶴唳나마 거의 一面
一校의 盛況을 呈하엿나니 此가 비록 一時的이나마 그 影響은 今日에
至하야도 南北暗明의 逕庭을 生케한 大原因이엇다. 그 結果— 南方人士
중에는 아즉 數十年 以前의 頑固한 思想 그대로를 하나 加減업시 가지
고 잇는 者—比比有之하다. 余가 南鮮漫遊 中— 忠南 泰安에 至한 즉
그 地方의 某兩班이 開闢雜誌에 金玉均先生을 소개하엿슴을 一覽하고
逆賊 金玉均을 公公然히 찬양하엿다하야 怒髮이 上指하엿다함을 聞하
엿다. 此言을 만일 北鮮人으로 聞케하면 筆者가 或은 虛說이나 捏造한
것이아니냐고 할 것이나 實際에 至하야는 南鮮 兩班의 중에는 此以上
의 頑固가 多有함에 奈何하리요.

丙. 宗敎. 南鮮에 아즉도 革新의 風이 少한 바는 種種의 原因이 多할지나 然이나 其中에 가장 至大關係가 有하다 할 것은 宗敎上敎化라 할 것이엇다. 즉 北鮮은 新宗敎(말하면 天道敎, 耶穌敎)의 活動이 盛大함에 及하야 南鮮은 此가 乏함이 一大原因이엇다. 元來―南鮮은 以上에 述함과 가티 兩班的差別生活이 甚하엿스며 그리하야 그 所謂 兩班이라 함은 朝鮮의 國敎 되엇던 儒敎를 自己의 專有物로 알아왓다. 그 餘弊는 今日에 至하야 容易히 他敎의 普及을 許치 못하게 된 故로 南鮮에서 아즉까지 南鮮의 社會를 支配하는 者는 그들의 舊弊陳陳하고 餘脉奄奄한 兩班的 儒生이 自己의 頑固한 所信으로써 祖述堯舜의 心法을 가지고 新文明을 反對하는 現象이엇다.

勿論 南鮮이라 할지라도 各 大都會를 通하야 多少 耶穌敎信徒와 天道敎信者가 伏在치 아님은 아니나 然이나 그들의 大部分은 昔日 兩班의 餘命 하에서 신음하든 자 뿐으로 今日에 至하야도 團體上 又는 個人上 勢力으로 能히 一社會를 支配할 만한 實力이 乏하엿다. 一言으로써 蔽하면 南鮮은 舊信仰(儒敎)이 衰頹와 共히 新신앙이 그 세력을 未伸한 故로 일반의 민중은 左右間 종교적 교화의 보급을 어찌 못하고 蠢蠢然히 舊日의 習慣으로 權勢下에 阿諛順服하야 지내옴을 인간무상의 樂事로 아는 모양이라.

昨年― 總督府로부터 鄕校財産還付에 대하야 十三府의 유생은 空前의 활기를 가지고 잇는 모양이다. 特히 남방의 유생은 起死回生이 된 모양이다. 余가 先般南鮮에 往하엿슬 時는 正히 유생계의 掌議運動이 성황이엇다. 余가 歷路에 天安을 過하다가 군수의 談을 暫聞한즉 該郡의 유생 등은 掌議운동에 급급함이 자못 昔日求仕의 時와 恰似하다하며 南原郡에서는 작년 만세 騷擾에 인하야 受役한 儒生이 掌議運動에 승리키 위하야 受役 중에 斷하엿던 髮을 다시 養하는 중이라 하며 모군에 至하야 余가 鄕校를 방문한 즉, 直員 이하 重要 儒林이 단합하야 牛를 殺하고 酒를 飮하면서 天日復見의 쾌활로써 掌議物議를 성대히 하는 실황도 본 일이 잇섯다. 여하튼지 南鮮의 종교는 유교가 아즉도 北

厓陰雪과 가튼 因襲的 勢力을 가지고 잇는 모양이다.

北鮮은 此에 반하야 天道, 耶穌 양교의 세력이 유교의 幾십배 이상의 根據를 가지고 잇나니 何人이던지 한번 北鮮에 足을 投한 자는 某郡 某面을 물론하고 會堂에서 쟁쟁히 울리는 耶穌教會의 鍾聲과 천풍에 펄펄 날리는 천도교회의 弓乙旗를 듯고 볼지라. 딸아서 도처ㅡ 耶穌교의 讚美歌와 천도교의 呪文聲이 新風化·新空氣의 중에서 相和相應하는 소리를 듯게 되나니 北鮮이야말로 此 兩교회의 천지이며 兩교회의 乾坤이라 할 수 잇다. 이에서 南北西鮮의 개화정도의 차이는 종교상으로 及하는 영향이 실로 막대하다 할 수 잇다.

丁. 迷信. 迷信이 何國何代에 업스리요마는 우리 朝鮮과 가티 迷信의 支配를 容易히 感受하는者ㅡ 거의 업스며 特히 朝鮮 중 南鮮 人民과 가티 迷信을 篤信하는 者는 업스리라. 勿論 北鮮에도 아즉것 迷信의 分子가 一部 社會의 間에 流行함은 疑치 못할 事實이나 然이나 北鮮은 以上에 述함과 가티 一般 偶像的 迷信을 蛇蝎과 가티 視하는 天道·耶穌 의 兩 敎會가 社會思想을 支配함으로 因襲的 迷信이 漸次基盤을 失하야 왓다. 然이나 南鮮에 至하야는 數十年前에 在하던 因襲的 迷信 ㅡ 그대로를 아모 加減업시 품고 잇는 모양이다. 南鮮에 入하야 一般人民 口頭로 흔히 나오는 말의 大部分은 迷信의 分子가 석기지 아니한 者ㅡ 거의 업나니 그들은 아즉도 風水說을 信하며 巫黨卜數를 信하며 天文 地理에 迷惑하며 水火木石에 祭하며 鄭勘錄을 信하며 邪敎를 惑하도다. 南鮮에는 耶穌·천도 양 교회가 희소한 대신에 일반의 邪信이 暗中飛躍의 중에 盛히 활동하는 모양이엇다. 白白道가 有하며 太乙敎, 敬天敎 등ㅡ 雜說이 미신의 鼓吹를 盛히 하는 모양이다. 그들은 아즉 정감록의 예언을 酷信하고 百里洞天속에서 醉生夢死를 하고 잇는 모양이다. 余가 忠南을 往하엿슬 시에 當地 某郡人民은 태반 이상이 暗中에서 太乙敎의 流言을 酷信하는 중인데 아즉도 「有眞人自海島中出」을 정신업시 바라고 잇다 한다. 鷄龍山에는 ○○교가 정감록으로 일반 신자를 得키 爲하야 그 近傍에 宏大한 가옥까지 건축하엿다함을 聞하얏스며 全羅道 某 地方에는 遇般 共同墓地規則改正에 인하야 風水說이 復活하야 指南鐵 가진 兩班이 산중에 드믄드믄 보히는 現象이며 慶尙道에서는 十勝之地 를 차져 太小白으로 들어가는 사람도 보앗다. 如何하던지 南鮮인물 中 에 一部 新知識을 吸入한 識者階級을 除하고는 兩班 常漢할 것 업시 因襲的 迷信에 무처잇는 모양이다.

戊. 因襲. 南鮮에 入하야 因襲上 第一 첫재 形式上으로 나타나는 것은 斷髮人의 稀少한 것이니 南鮮 或 地方과 如함은 겨우 官公吏의 幾個人 과 天道敎를 信하는 少數敎徒 외에 一人도 斷髮한 人의 影子도 보지 못하엿다. 余가 南原에 往하엿슬 時에 天道敎信者인 一有髮總角을 보고 「君은 天道敎를 信하면서 何故로 아즉 斷髮치 아니하엿나뇨」고 問한 즉 總角의 答이 「此地方에서는 斷髮한 總角에게는 아즉 婚姻을 不結한 다」함을 聞하고 余는 苦笑 中에서 南鮮을 爲하야 寒心을 不堪하엿다. 이미 斷髮으 一件이 히려 이러하거던 況 其外의 風習이랴. 길에서 10餘 歲의 草笠新郎이 17, 8入歲의 新婦에게 매달려 코를 훌적어리며 가는 것은 常事의 常事이며 道袍를 입은 兩班學者가 農民에 對하야 이리오 나라 소리치기가 例事이며 장옷을 쓴 老婆가 國水堂 압헤서 飮食을 차 려노코 손을 비비는 것도 常套의 事이며 간곳따라 大小喪집에서 술먹 고 酒酊하는 祭客도 보앗스며 큰 갓을 쓴 術客이 舍廊房에 언연이 안져 十勝之地를 高談하는 것도 들엇스며 占筒을 가진 卜術이 病人의 압혜 서 預防祭를 하는 것도 보앗다. 다시 말하면 말하는 내 입까지 惡習의 鬼神이 무더올가봐 그만두거니와 南鮮人士는 이제로부터 猛然自省하 야 이 因襲을 解脫치 아니하면 안될 것이엇다.

己. 衛生. 衛生이라하면 全朝鮮人에게 一大忌物이라 하겟스나 이도 또 한 南鮮이 北鮮에 比하야 甚遠한 差異가 나는 듯하다. 勿論 北鮮이라 하야 術生思想이 發達된 바는 아니지마는 比較上 南鮮人民의 衛生觀念

이 北鮮人에 比하야 薄弱한 듯하다. 特히 其中에 一例를 擧하야 全部를 代表하면 南鮮 중 一邑인 2천여 호를 有한 南原에 一個의 沐浴湯이 업슴을 보앗다. 그래서 余가 그 地方을 巡回한 지 10여 일, 5, 6개소의 大邑을 經過하며서도 沐浴 한번을 어더하지 못하엿다. 此에 反하야 北鮮 중 가장 一小邑인 高原·郭山 등지에는 십여 년전에 벌서 沐湯의 설치를 본 일이 잇섯나니 이로써 能히 南北鮮의 衛生思想의 差異를 알 수 잇스며 其他 家屋의 掃除, 道路의 청결, 飮食店의 刷新 모든 것이 一樣의 차이를 나타냄은 何人이던지 外見으로 能히 判定할 수 잇다.

庚. 飮食·衣服·家屋. 南鮮에 至하야 特히 一異彩를 放하는 것은 飮食·衣服의 發展이니 (新發展이 아니요 舊發展) 이야말로 北鮮人의 到底 一想及치 못할 것이다. 家屋은 矮小하고 廚房은 汚累不緊하나마 이로부터 나오는 衣服·飮食은 實로 燦然可味할 者가 多하니라. 이는 想컨대 南鮮의 古代文化 중에 發達된 衣服·飮食法이 尙古의 風이 多한 南鮮人에 由하야 그대로 保管하얏던 까닭이 아닌가. 술맛도 조코 장맛도 달고 料理法도 훌륭하지마는 家屋이 矮小하야 草家茅屋이 아즉 舊日의 態를 免치 못함은 飮食發達의 反比例로 볼 수 잇다.

이로써 南北鮮의 差異한 點을 一言으로 들고보니 結局 南鮮이 北鮮에 比하야 多少 新文明에 落伍하엿다 하는 一言에 歸着하고 말앗다. 南鮮人士는 或은 筆者에게 對하야 子誠齊人이라는 叱責을 加할는지 알수 업스나 바라건대 南鮮人士는 飜然히 大勢를 覺悟하고 여러 가지 못된 因襲으로부터 解脫하야 新風化와 共浴하기를 바라며 特히 北鮮人士는 小進에 躊躇치 勿하고 世界를 對等하야 永遠히 長足의 健步가 잇기를 切望하노라.

[02] 弓裔王의 옛 서울을 밟고, 小春, 『개벽』 제7호(1921.01)

필자가 철원 궁예왕의 옛터를 찾는 여정이 자세히 묘사되었음.

어떠케 하면 鐵原에 弓裔王의 옛서울을 밟고 三防에 弓裔王의 불행하던 곳을 차즐가 함은 京元열차에 몸이 실릴 때마다 願이엇다. 뜻이 잇는 자는 그 일을 이루게 되는 법인가보다. 이제 내가 그 두 곳 중의 한 곳을 볼 기회가 생기엇다.

月前 나는 어떠한 일로 畏友인 李東求형과 가티 강원도 영서일대에 계신 우리 父老兄弟를 찻게 되엇다. 이 길에 처음 들른 곳이 鐵原이엇스며 특별 사정으로 인하야 鐵原에 일일을 加留하게 되엇나니 이 加留의 一日이 즉 언제부터의 願이던 弓裔王의 옛 서울을 찻는 날이 되엇다. 弓裔王의 古都는 이골 北面 古闕里에 在하니 읍내에서 약 30리이다. 우리 두 사람은 그 지방에 계신 故老 한 분을 모시고 아츰 열시쯤 鐵原邑 북편을 나와 故闕里로 직향하얏다. 이날 (11월18일)은 宿雨가 곱게 개이고 온기가 纔動하야 日氣 온순키로 유명한 금년초 冬中에도 제1등이 될만한데 추수에 冬藏까지 다 行한 농촌에는 행인조차 稀少하고 오즉 川邊에 물방아 찟는 소리가 小春 가벼운 공기에 파동을 일이킬 뿐이엇다. 우리는 모시고 오는 노인께 그 곳에서 전하는 弓裔王 古事를 늣김 잇시 들으며 月井里 정차장을 지나여 京元線路를 남으로 두고 月井村으로 향하얏다. 이 때에 노인은 月井里 입구에 보이는 좀먹은 石垣을 가르치며 이것이 弓裔王 時의 外城이라한다. 자세히 보니 확실한 石城이며 비록 얼마가 남지 못하얏스나 相當 人工을 가하야 築上한 것이 분명하얏다. 그런데 그 외성의 주위는 약 20리 가량이라 한다. 우리의 지금 들어서는 이곳이 당시 남대문터가 아니엇는가하며 그 압헤 바로 잇는 月井里 거리가 아조 남대문 거리로 보엿다. 그리고 이제 얼마만 들어가면 九重宮闕에 儼然히 안즌 궁예대왕을 보일 것 갓고 鍾路 큰

거리에 어물어물하는 그 광경을 대할 것 가탓다. 멀리 바라보면 느티나무 數株가 曠野에 우뚝 놉하 다 늙은 단풍입히 한 폭 그림을 이룻는데 가티온 노인이 손가락으로 가르치며 그 마즌 쪽이 弓裔王의 故闕 터라 한다. 망연히 바라고 묵연히 想한 우리는 보기에 先하야 感慨이엇다. 月井里의 이름잇는 다래우물(月井)에서 어린 색씨의 공손히 주는 물을 마시고 十步九思로 故闕里 차저드니 멀리 보이던 그 느티나무 미테는 세 네집 촌가가 잇고 또 그 압헤는 빨래하기 족할만한 소천이 잇스며 그 川邊에는 幾多의 잡목과 보기 흉한 가시ㅅ덩굴이 엉키엇섯다. 모르거니와 그 소천도 自今 천년전의 그 때에는 滿都婦人의 浣紗處가 되엿슬 것이며 딸아 그 넙다라한 바위와 놉흔 언덕은 滿都人士의 濯足消風의 자리도 되엇슬 것이다. 느티나무 바루 미테 잇는 집에서는 그 때에 벼(稻)마당을 차리고 벼치기에 분주하는데 우리는 한 편에 밀어 노흔 稻藁우에 주저안저 벼집채질하는 한 30가량의 한 분에게 故闕里의 古事를 무러 보앗다. 물론 그네라고 자세히 알 리는 업다. 더욱 그 동리에는 본래 살던 사람은 하나도 업고 최근에 모다 갈아든 사람 뿐이라한다. 들은대로만이라도 말을 하야 주엇스면 깃브겟다한즉 그는 우리의 밟바온 압길 언덕을 가르치고 그 곳이 東大門자리라 하며 느티나무 밋 땅에 半만 무친 돌성을 가르치며 그것이 宮城 담자리라 하고 그 뒤 밤나무 드믄드믄 보이는 곳이 진정 故宮殿基址라 한다. 그는 「우리도 모르지요마는 이 말을 전제로 하고 다시 잇대여 말하되 이 뒤 栗木里村에 鍾路터와 鍾閣터가 잇고 故闕西에 御水井이 잇고 그 밧게 석탑이 잇다 한다. 우리는 그네들에게 謝意를 표하고 밤나무 드믄드믄한 곳에 故闕 터를 차즈니 그 터는 언제부터 田으로 化하야 명년 춘3월을 기다리는 麥芽가 正히 푸르럿고 그 중에는 히끔히끔한 柱礎돌이 다못 거리 정연하게 남앗스며 밧머리에는 각담(石의 積置)이 여긔저기 널리엇는데 그 돌은 모다 당시 궁전의 일부를 成한 촌이엇슬 것이다. 우리는 넉일흔 사람 가티 밀 밧 속으로 왓다갓다하며 이 柱礎돌 저 柱礎돌에 발을 멈을다가 이미 봄에 나서 영글고 그 씨가 떨어저 여름에 다시 나 두번째

영글고저 하는 한 줄기 귀밀과 어질어이 허터진 瓦片 수개를 집어 들고 當年의 궁성이엇는 듯한 토성 터진 곳을 넘어 西으로 出한 즉 一座 석탑이 가튼 밀밧 속에 외로이 서 잇는데 是가 즉 弓裔王 古塔이엇다. 그 탑은 전부 6층으로 成하야 高은 3丈에 불과하고 무슨 조각 가튼 것도 無하나 그 체가 뚱뚱하고 苟且한 기교를 不加한 것이 대하는 사람에게 무슨 毅力을 敎하는 듯하엿다. 천년전 弓裔王의 그 인격·그 정신을 그가 호올로 암시하는 듯하엿다. 우리 일행은 처음 향하야선 그대로 한참동안이나 그 탑을 말업시 보다가 李형은 탑의 북편으로 나는 그 서편으로 그냥 쓸어저 안젓다. 그 밧 일면에는 盖瓦의 파편이 해변에 조개껍질 가티 산란하얏스며 저편 故闕基址에서 본 것과 가튼 주초석이 여긔저긔에 들어낫다. 그런데 나의 눈에는 파편과 殘礎는 다 각각 보이지 안는 무슨 형체를 具한 듯하얏고 그 천만의 형체는 덩그러케 서잇는 一座의 그 荒塔을 지키고 잇는 것 가티 보엿스며 그 荒塔은 4圍의 모든 형체와 더불어 우리에게 무엇을 호소하는 듯하얏다. 그래서 나의 쓸어저 안즌 몸은 다시 쓸어저 업디고 말앗다. 형제들아 그리 쓸어진 이후의 如何를 구타여 나에게 뭇고저 하지마라. 노인(가티 뫼시고 온)의 催促으로 몸을 일어 겨우 情緒를 收拾하니 日色은 이미 西으로 기울어 석탑의 그림자가 자못 길엇는데 그림 가튼 故南山(당시의 宗南山이니 鐵原邑 南에 位在)이 저녁 烟霞에 熹微하며 부는 듯 마는 듯한 빗긴 바람이 우리 胸懷에 들어올 뿐이엇다. 아아 산이 의연하고 바람이 그러하것마는 당년의 盛事가 而今에 安在아(徘徊千古問無人, 唯有荒塔泣風前」 우리의 눈은 다시 흐리고 우리의 발은 다시 멈추지 아니치 못하얏다. 게다가 산악가튼 巨軀에 龍獅가튼 毅勇으로써 出將入相에 一世를 호령하던 그가 牛頭白하고 馬頭角하며 石面畫하는 不吉의 어느 날에 외로이 성문을 탈출하야 戰衆平野에 밀이삭을 줍다가 三防驛 건느편 어느 골 안에서 平康頑民의 斧刃下에 최후를 告한 그 운명을 샷샷이 追想한 당시 우리의 심정은 또한 如何하얏슬가. 松京에 滿月臺, 浿城에 崇靈殿을 우리가 찻지 안함은 아니엇스나 그 때는 사실이 이와 가튼

悽切感極의 지경은 아니엇다. 우리는 그 곳을 참아 떠날 마음이 업섯스며 또 鍾路터, 御水井을 낫나치 찻고저 하얏스나 그날 저녁 鐵原읍에 돌아가지 아니치 못할 약속을 가젓슴으로 故闕里와 別을 告치 아니치 못하얏다. 그런데 무엇무엇보다도 그 석탑을 떠나게 됨이 섭섭하고 슯허서 보고 또 보고 가다가 또 돌려다 볼새 1里를 지나고 2里를 지나 그의 형체가 흐릿하여 질 때는 나의 눈이 또한 흐리엇섯다. 그와 나는 암만하야도 아니 고별치 못할진대 차라리 속히 단념함이 낫겟다 하얏더니 月井里驛에서 李형이 「여긔서도 그 탑이 보이는걸이요」하는 말에 문득 그 편을 보니 과연 그 얼굴이 히끔하게 보이는 듯 하얏다.

아아 우리는 간다마는 따수한 고향의 옛집으로 우리는 잘 간다마는 그가 風雪차고 행인도 끈힌 平康고원에서 저 혼자 어찌살가, 그가 어떠케 사나!!

아아 주인업고 동무업는 그가 저 혼자가 과거의 천년을 어떠케 지냇스며 미래의 먼 시일을 또 어떠케 지내갈가나, 어떠케 지나갈가나!?

[03] 玄海의 西로, 玄海의 東에(日記中), 朴春坡, 『개벽』 제8호(1921.02)

玄海의 西라 하면 우리의 고국이며 玄海의 東이라 하면 일본의 江山인 줄 누가 모르겟습니까. 그리고 일본이라 하면 우리가 예로부터 물은 며주 밟듯하던 땅이며 또한 내실에서 사랑방과 가티 생각하는 곳이라. 기행문이라 하야도 新味가 업슬 것이며 감상문이라 하야도 別感이 업슬 것이외다. 그러나 관문을 初出하는 余로서는 일종의 新感이 업지 못하며 異域을 纔到하는 나로서는 만반의 느낌이 중첩되는지라 기행이고 감상이고 불문하고 본대로 느낀대로 감히 독자의 前에 提呈하나이다.

余의 東渡의 動機

우리 조선 청년으로서 아니 조선을 위하야 일軍이 되겟다는 우리로 서 누가 실력주의를 가지지 아니하며 실력주의를 가지겟다는 우리로서 누가 남만큼 알아야 되겟다함을 말지 아니하며 남만큼 알고야 되겟다 는 우리로서 누가 배우지 아니하려 하며 나아가지 아니하려 할가.이것 은 現下의 우리 조선 청년된 者의 공통한 주의이며 또 각성일 것이다. 나도 또한 조선 청년으로서 조선을 위하야 休戚을 한께 할 일軍의 하나 이라 不知하고는 그 책임을 감당치 못하겟스며 남만 못하고는 조선은 그만두고 일신을 장찻 안보키 難한지라. 玆에 意를 決하야 學에 志하얏 스며 裝을 束하야 海를 渡하게 되도다. 이써 余의 東渡의 동기이다.

京城으로 釜山

余가 意를 決하기는 庚申의 初冬 10월 어느 날 無天館이요 余가 裝을 束하기는 庚申의 최종일 12월 31일이요 余가 京城을 發하기는 辛酉의 첫 아츰 1월 1일이다. 북으로 만주의 野를 못 밟아 보고 남으로 玄海의 波를 구경치 못한 아모 경험업고 鍛鍊업는 井底蛙로서 피동인지 자동 인지 世潮가 등을 밀엇던지 시세가 손을 끌엇던지 여하간 외출의 途에 足을 投하긴 投하나 압길이 실로 망연하다. 그윽한 분투는 스스로 품엇 스나 難測할 世波가 新芽에 加霜은 아니 할른지?

경험 업는 어린 몸이 해외를 향하는지라 인정 만흔 知友로부터 周到 한 지도와 간곡한 부탁을 밧게 된다. 克成其志하야 以榮歸國하라, 向保 健康하야 達其所志하라, 其任이 중하니 심신을 供하라는 등 간곡한 부 탁, 車는 三等이 조타느니 배는 2등이 조타느니 여관은 어떤 곳이 조타 느니 몸조심은 어떠케 하라느니 심지어 밥먹는 것 잠자는 것까지 周到 한 지도, K도 그러하고 H도 그러하고, M도 그러하고 말업슨 L까지도 그러한다. 마치 慈母가 愛女를 출가시키는 것 갓다. 나는 실로 처녀가 慈母를 떠나는 것 가탓섯다.

一日 하오 7시 10분 부산직행은 서로 서로의 꼭 잡앗던 손목을 딱 끈허 준다. 차내에 안즌 나는 출정하는 병졸갓고 車外에 선 그들은 大功을 부탁하는 本營軍갓다. 撓鈴소리나자 그러케 인연깁던 서울도 그만 뒤로 서고 호각 한번에 그러케 다정하던 音響도 그만 사라진다. 꼿꼿한 장부들의 이별이라 눈물이 업섯다. 그러나 天神은 어린 몸을 보내기에 넘우나 섭섭하셧던지 백설이 滿乾坤한 그때에 달곰한 細雨로써 차창에 뿌려주며 나로 하여금 깁흔 인상과 만흔 느낌을 준다. 천기는 음침하야 사면이 黑幕인데 夜色은 尤深하야 상하가 俱寂이다. 오즉 차륜이 轟轟할 뿐이요, 전등이 耿耿할 뿐인데 모든 승객은 다 잠들엇고 심지어 겨테 안젓던 분홍미인까지 그만 쓸어진다. 左手로 턱을 고이고 右手로 冊(開闢 一月號)을 들고 안즌 나 혼자 뿐 轉輾 又 縱橫하야 亂麻의 想을 끄집어 나인다.

부즈런하신 아버님은 곤하신 줄 모르고 家覆의 준비로 새끼 꼬시는 様도 보이고 애정 만흐신 어머님은 밤드는 줄 모르고 어린 손녀로 더불어 질기시는 정경도 보인다. 더욱 가련하게 애처롭게 보이는 것은 日로 時로 그립던 百年君이 멀리 玄海의 밧글 향하는 줄 모르고 그래도 제 직분이라고 一柱 火下에 외로운 바느질, 아— 내 눈에 역력히 보인다. 아— 며츨을 지나면 내가 부틴 편지가 가렷다. 가면 보렷다. 아지못커라 웃을른가? 울른가? 평화르른가? 풍파르른가? 아—형도 업고 아우도 업는 오즉 하나인 자식을 멀리 京城에 보내고 그럽게 그럽게 지내시던 부모님의 경황—해외행의 편지를 보시면 그— 어떠하실가?

나는 생각을 돌이켯다. 장부—志를 決하야 途에 登한 바에 무슨 가정 문제에... 하고.

大邱를 지나자 잠이 든다. 이제야 말로 왼 천지가 모다 잠속이다. 전등도 자고 車輪로 자고 이웃 사람의 코고는 소리까지 잠이다. 그러나 나의 잠은 두 시간을 계속치 못하얏다. 그들의 잠도 나의 잠과 가티 모다 깨인다.

새파란 초원에 白布를 펴 노혼 듯이 보이는 洛東江일대 – 구름 속에서 솟아나는 새벽의 월색을 바다 細波와 더불어 湧湧하니 銀鱗인 듯 水晶簾인 듯 睡者의 心神을 復活시킨다. 勿禁을 지나 釜山鎭을 지나니「쯔기와쇼ㅡ로」(ツキハソウロウ)하는 안내자의 소리가 들린다. 裝을 拾하야 草梁에 하차하니 5시 50분이다. 司卓여관이라 쓴 燈들은 竪子와 더불어 市中을 破하야 司卓에 至하니 방의 驫함과 음식의 비쌈은 심신이 함께 조치 못하다.

旅裏에 나서 知友를 맛남은 심히 쾌한 일이라. 幸히 同窓友 張君이 부산에 살게 됨은 나에게 큰 위안일러라. 마츰 군을 맛나 모든 편의를 어덧다. 棧橋를 보고 龍尾山을 보고 東萊溫泉까지 보앗다. 溫泉場에서 찰나나마 日服을 맛보니 이것이 余로서는 생전 처음이엇다. 처음은 웃엇스며 나종은 느꼇섯다. 압흐로 멫해는 이것을 아니 입을 수 업겟거니 – 하고.

부산은 어느 덧 日本화가 다 된 듯하다.(이면은 모르지만 외면까지는) 집도, 옷도, 말도, 모든 것이 日本식 아닌 것이 업다.(간혹 朝鮮식이 잇지마는) 그는 事勢上 어쩔 수 업다. 日本이 近하고 日本인이 다수히 사니까. 그리고 港口處이고 또 상업지이니까 – 張君의 말을 듯건대 日本인은 돈이 만코 지식이 잇스니까 자연으로 可居之地란다. 점령케 되나 朝鮮인은 돈도 업고 또 지식도 업는 노동자 뿐 이니까 부득이 外處 不利之地로 쫏겨 나간다고…

사실이 그러할 듯하다. 그러나 부산의 형제들아 旣爲 釜山이 朝鮮의 부산일진대 기어히 분투하야 금일의 경우에서 초탈하야 우리 사람 사는 부산답게 맨들어 보라. 부산—하면 朝鮮 굴지의 대도회요 또 관문인데 朝鮮인 교육기관이라고는 겨우 보통학교 一個所 뿐이라 하니 此에서 더 한 수치가 어대 또 잇스랴. 그리하고도 남과 가티 살 수 잇슬가. 나는 실로 부산 계신 형제들을 위하야 一掬의 淚를 아니 뿌리지 못하얏노라 아— 부산 계신 형제시어 한번 써 구든 힘을 쓰라.

釜山으로 下關

4일 下後 8시 10분 釜山發 博愛丸에 몸을 실헛다. 마즘 咸興 계신 李元兄을 棧橋에서 맛나서 同船이 되엇다. 年滿二六에 汽船이 처음이라고는 촌서방님을 넘우 自白하는 것 갓다. 그러나 처음은 사실이라 수백명 羣衆 속에 뒤석기어 삼등실 입구를 들어서니 충대 충대로 된 자리가 蠶室의 蠶菹가타 보인다. 그리고 그 자리에서 가로 세로 불규칙하게 눕고 안즌 손님들은 四五齡된 누에 가타 보인다. 어떠케 陋하고 또 狹한지 나는 「아— 돈아」하고 부르지겟다. 돈 몃 원으로써 사람을 이러케 천대하느냐? 하고 다시 부르지겟다. 그러나 돈 업는 내가 탓이지 誰怨誰咎할 것 잇나 하고 스스로 참을 뿐이다.

배가 떠난지 몃 십분이 못 지나자 벌서 약자의 口로서는 吐聲이 들리며 黑洋鐵筲을 끼고 안는다. 나는 매우 걱정되엇다. 나도 저 모양일 터이지 내라서 眩氣의 侵虜를 아니 바들 수 잇겟나하고 은근히 애를 먹엇다. 그러나 幸이라고는 오즉 건강의 幸밧게 업는 몸이 혈마 그러랴 하고 스스로 미덧섯다. 과연이다. 나는 아모 고통이 업섯다.

새로 두 시쯤 하야 海의 勢를 보기 위하야 갑판 우를 나섯다. 아—玄海의 중앙인 듯하다. 뒤로 아무리 보아도 朝鮮의 山이 아니 보이며 압흐로 아무리 보아도 日本의 山이 아니 보인다.(天晴日光의 晝間이면 毋論 보이겟지만) 한울인지 물인지 星의 光인지 燈의 光인지 一日 漲然한 것이 오즉 水色뿐이오 간간이 반작어리는 것이 오즉 星의 光이다. 風이

順하니 波-不興하고 海-狹하니 大魚-作亂 아니 한다. 오즉 船의 진행에 換水式 뿐 律마쳐 할 뿐이다. 그런데 나의 눈에 정답게 반갑게 띠이는 것은 멀리 외롭게 반작어리는 一柱의 등대 뿐이다. 천지가 다 죽엇는데 오즉 등대 자기가 살아잇는 듯이 외로히 반작어리다가 나의 눈을 보니까 그도 반가운 듯이 더 힘잇게 정답게 웃는 듯 춤추는 듯 光의 全量을 다 발한다.

아- 萬里海中의 一臺의 孤燈! 아- 博愛船上의 일개의 孤情!! 同情이 가고 오고 하다가 눈물이 오고 가고 하도다. 해풍에 몸이 떨리는지라 외롭다 느끼는 孤燈이나마 어쩔 수 업시 작별이 된다. 지옥다우나 身을 寄하엿던 옛 자리로 돌아오니 李군은 龍宮을 가는지 천당을 가는지 코를 골고 누워 잇다. 나도 睡魔의 침범을 밧엇다.

여섯시에 轉身하야 다시 갑판 우에 나서니 벌서 下關이 近한 듯 하다. 壹岐島가 보이며 下關 西端이 보이며 門司北端이 보인다.(지도로써 斟酌) 海의 인연이 薄함인가 육상동물이 된 까닭인가. 短한 一夜의 海로써 육지를 보니 매우 반갑도다. 아-태평양은 어떠케 건널 것이며 인도양은 어떠케 돌 것인가. 俄而오 어느덧 下關埠頭이다. 이때가 꼭 7시 40분이다. 扶桑의 日은 一馬場이 나오고 去夜의 月은 아즉 博愛船 꼭대기에 잇다.

下關으로 岡山

下關에서 본 것은 시간이 短한지라 별로 업다. 오즉 우리 동포 수십 인(노동자)이 白衣國 자랑을 서슴업시 하는대서 매우 반가윗고 기차가 전차다와 보임에 그들의 불쾌가 거즛이 아님을 알앗스며 승객이 朝鮮보다 훨신 만흠에 그들의 활동성 만흠을 가히 알앗섯다.

오전 10시 東京急行에 李와 가티 몸을 실헛다. 나는 좌우 산천을 두루 구경하며 上下 촌락을 자세히 삷히노라 매우 바빳섯다. 日本은 과연

暖國이다. 눈이라고는 藥에 쓸랴야 어더 볼 수 업고 바테 靑根이 그대로 잇고 뜰에 새파란 싹이 그냥도 다 난다. 산에는 삼림이 가득하고 촌락에 죽림이 가득 가득히 보인다. 아— 과연 暖國이로다. 朝鮮의 팔월과 相似하다. 日本은 과연 문명국답다. 산산이 청산이요 水水가 녹수인데 灣에는 선박이요 野에는 도회이다. 처처에 공장회사요, 기차전차가 종횡되엇고 공원神社가 동리동리이다. 이러케 말하면 혹 욕설 잘하는 이 잇다가 「그 자식 日本 두 번만 가면 精神이 다 빼앗기겟네」 하고 나무라실 듯하다. 그러나 사실이 그러함에 어찌하랴. 그들은 과연 제로라고 덤빌만 하다. 下關으로 岡山에 도회성이 끈치지 아니하얏다. 이 도회를 지나면 저 도회— 또 連하고 이 구경이 업서지면 저 구경 또 하게 된다. 이때 나는 玄海의 西를 위하야 한 번 눈물 흘리고 玄海의 東을 위하야 한번 嘆賞을 하얏다. 이는 나의 冷腦의 허락이다. 京城으로 부산까지를 생각해 보고 下關으로 岡山까지를 비교해 보니 실로 십년의 차는 되는 듯하다. 아니 그대로 또 잇스면 백년의 차가 얼픈 될 듯하다. 아— 고국의 형제들이어 내 말이 거짓인가 사실인지 한번씩 玄海를 건너 보소서. 그리하야 우리네도 그들과 가티 살아 보도록 아니 그들보다 以上의 생활을 하야 보도록 하야 보라. 속담에 我만 知하고 彼를 不知하면 패한다 하고 我를 知하고 彼를 知하면 勝한다 하얏스니 우리는 日本의 여하를 알아야 되겟다. 정신상으로나 물질상으로나.

아—경치 조흔 日本의 東海線! 茫茫海를 지금 보다가 금방 곳 굴 속으로 들어가며 奇絶快絶의 해협의 파도를 右便에 두고 鬱鬱蒼蒼의 보기 조흔 송죽을 좌편에서 보겟도다. 일홈 익은 廣島는 烟突도 만핫거니와 日本의 굴지인 岡山에는 시가도 정연하다. 우리는 岡山과 무슨 인연이 그리 깁던지 岡山에서 一夜의 宿을 빌게 되엇다.

오후 7시 30분에 하차하야 어떤 「シロト」屋에서 밤을 지내다 고국의 형제 金遠熙, 李鎭英, 姜龍雲 三氏를 맛나게 됨은 적지 아니한 위안이 되엇섯다. 6일을 機會하야 岡山시를 답파하야 명물 고적을 두루 보니

특히 자랑할 것은 旭川의 淸流이며 後樂園의 美妙이며 의학전문의 신
건축이다. 이날 하오 7시 30분으로써 東京을 향하니 故友를 작별하는
마음 남대문에서 좀 더하다.

岡山으로 東京

岡山으로 東京 간은 과연 볼만한 곳이 만흔 것은 미리부터 아는 것이
다. 그러나 夜行이라 별수가 업다. 죰으만 여유가 잇스면 한번씩 들럿
스면 조켓지만 그러나 後期를 둘 밧게 업섯다. 神戸港도 볼 만하고 大阪
市도 볼 만하고 日本 古都 京都도 볼 만하나 다 그저 지나첫다. 아츰
해가 海中으로 불끈 솟을 때 富士山의 絶勝을 본 것은 그나마 快하야다.
橫濱을 잠간 지나 어느덧 東京역에 이르니 7일 오후 1시 20분이다. 그
립던 故友 方定煥, 李起貞, 金相根, 李泰運 諸氏가 정답게 마저 준다.
宮城을 엽헤 끼고 神田을 지나 早稻田鶴巷에 이르니 館主의 친절과 하
녀의 款待는 朝鮮보다 감정적이다.

東京—하면 그래도 동양적이요 이백만 이상이 사는 곳이라 그 시가
의 광대함과 物貨의 번성임이야 一目으로써 어찌 다 볼 수 잇스며 일시
로써 또한 대강이라도 짐작할 수가 잇슬가. 그 이면은 장차 볼 섭잡고
爲先으로 외면을 아니 볼 수 업다. 東京의 第一通이라는 銀座에서 日本
유일의 三越屋을 보고 아— 과연 哉라 하고 놀랏섯고 日比谷공원에서
수천 羣衆이 揮手張目함을 보다. 第二日을 기회하야 不忍池觀月橋에서
고국에 계신 부모님께 소자는 이 곳에서 잇나이다 하고 추모의 念을
가젓섯고 上野공원에서 西郷의 동상을 보고 너나마 낫던 보람이 되엇
다. 산아이답다하고 그를 贊하야고 동물원에 들러 朝鮮의 昌慶苑과 비
교하야 좀 劣한 듯함에 의심을 품엇다.

東京의 劇의 중심으로 一指를 屈하는 淺草에 至하야 水族舘·木馬舘·

動物舘을 보고 日本 민족의 대문제로써 떠드는 尼港사건 전람회에 入하야 눈물 줌이나 뿌럿섯다. 아ー 전쟁! 살육! 파괴! 慘酷! 하고 이때 나의 어린 가슴이 어쩌 하얏슬가. 남의 일에 이러케 눈물을 뿌리게 되니...

日本이라는 12층 高塔에 登하야 東京시를 下瞰하고 아ー 과연 넓고나! 끗이 업고나! 하고 喫驚하기 再三에 실로 눈이 둥글해젓다. 京城에서 생각하기는 東京이 東京이겟지 얼마나 할라고 한 것이 실로 상상 밧기다. 그들이 東京으로써 자랑함도 거짓이 아니다. 日服을 사서 몸에 걸고 火爐를 끼고 寒窓을 대하고 안즈니 이면은 여하턴지 日人이 된 듯 십다. 東京의 이면은 機를 隨하야 보는대로 독자의 압헤 내노으려 하고 아즉은 이만. (1월 13일 早稻田鶴巷三〇 二大扇館 19호 방에서)

〈참고〉 朴春坡, 東京에 留學하는 우리 兄弟의 現況을 들어서, 『개벽』
　　　제9호(1921.03)
　　　=동경 유학생 실태와 유학 생활에 대한 조사 보고, 격려 형식
　　　의 글

[04] 臺遊雜感, 朴潤元, 『개벽』 제9호(1921.03)

> 필자가 대만의 번족의 삶을 체험하고, 그들의 문화를 기록한 글. 노정기나 일기 형식
> 을 탈피한다고 하였음.

나는 이 문제에 대하야 日記나 路程記 가튼 것을 쓰고저 함이 아니라 본 대로 들은 대로 감상된 바를 단편적으로 次序업고 계통 업시 기록하야 멀리 敬愛하는 우리 동포의 案前에 供코저 하노라.

興味잇는 蕃人의 생활

대개 蕃人의 역사는 약 삼백년(?) 이상의 長 세월을 經하얏다고 한다. 그런데 그들은 지금에 석기시대를 經하야 철기시대에 入한 듯 하다. 그러나 尚今도 酋長制度와 부락생활임으로 互相 間에 언어와 풍속이 각각 차이가 잇스며 딸아서 그들의 날마다 영위하는 바 실업은 대략 農獵漁 三種에 分할 수 잇다. 그 역시 蕃과 蕃 사이에 각각 定界가 잇서서 자기의 구역과 범위를 초월치 못한다. 만일에 자기의 세력을 밋는다던지 혹은 어떠한 경우로던지 경계선을 越하야 他蕃社의 劃定한 영지에서 穀을 種하던지 또는 獸를 獵하며 魚를 漁하는 동시에는 彼所有主인 蕃社에서 크게 분노하야 그의 무리함을 責하며 互相 間에 충돌을 개시하야 격투의 波瀾을 起하며 無數의 생명을 희생하고 長久의 세월을 허비할 지라도 최후의 勝負를 決하고야 만다고 한다. 가령 此 便蕃人이 勝한다 하면 彼便蕃人은 아조 망하고 만다. 그러나 이것이 형식상의 亡이요, 정신상의 亡은 아니다. 그리하야 멸망을 당한 蕃人들은 자기의 蕃種이 一人이라도 이 世間에 존재할 때까지는 자기에게 滅*을 준 蕃族을 살해하기로 목적한다. 자기 뿐만 아니라 자기의 자손이 출생될 때에는 그 내력과 그 정신을 腦髓에 유전시켜자기 蕃族의 復讎를 하고야 만다고 한다. 아아— 이것을 <u>野蠻視 할가 文明視 할가. 一大 연구자료인 동시에 그들의 種族性이 풍부한 것은 우리가 그를 감탄치 안흘 수 업다.</u>

珍奇한 그의 和約締結法

전투의 말이 낫스니 말이지 그들은 어떠한 전투를 물론하고 한동안 격렬을 經한 후에는 피차간에 강화라는 문제도 생길 것이다. 그리하야 和約(그밧게 무슨 계약이던지)을 성립 함에는 문자의 기록도 업스며 (문자의 창작은 尚今도 업슴) 年限의 구별도 업스나 그러나 그들의 유래습관상 기묘한 법칙이 잇다. 그리하야 그 원칙 대로 甲乙 兩方이 互相

間에 力을 出하야 地를 深掘하고 一個 大石을 埋한다. 그리하야 계약은 성립되엇다. 그러나 歲久年 深하야 혹은 다른 영향으로라도 此石이 자연히 노출되는 때에는 곳 解約의 日이다. 아아ー 그들이어 石을 埋함으로써 계약이 성립되며 石이 出함으로써 前約이 無效된다. 이것이 天造草昧한 結繩政에 불과한 듯 하나 그러나 그들이 敵我間에 確固한 信義를 지키며 朋友間에 純一한 평화를 유지함은 실로 그를 頌揚하며 許與치 안흘 수 업다.

人舌로 織成된 그의 戎衣

그리고 그들의 역사는 전쟁의 역사요, 그네의 생활은 殺戮의 생활이라 하야도 과언이 아니다. 그리하야 그들의 酋長된 者는 물론 人을 多殺한 者이다. 더구나 그의 服飾은 可驚치 안흘 수 업다. 敵을 殺하고 頭를 斬하며 곳 舌을 拔하야 이것을 百死 戰場에서 凱旋歌를 부르는 勇將의 勳章처럼 胸前에 鱗着한다. 그리하야 百戰百勝의 우등 酋長일스록 人舌 組成의 戎衣를 着한다. 여러분이어, 그의 늠름한 위풍과 당당한 호령의 장엄은 拙한 余의 筆로 形成할 수 업다. 더구나 그들은 官兵과 접전하기에 殆히 寧日이 無하다. 前淸 시대에는 회유책으로써 식료품의 중요되는 염장과 狩獵上의 最緊되는 銃彈 등을 공급하얏다. 그들은 얼마큼 感服되어 山中으로 退縮하얏스나 그러나 野性이 未開된 蕃人이라 무예상 연습심으로 1년 간에 1,2차의 大獵을 개시하야 살인 如麻에 官蕃 충돌이 有하얏스며 근대에 至하야는 別種의 공급도 업슬 뿐더러 겸하여 문명상 利器인 電網, 폭탄, 비행기 등의 위협과 壓迫이 날로 심하며 또 그 *大하던 領地가 날로 縮하야 집에 大憤을 發한 그들은 對抗策으로써 以卵擊石의 途를 향하야 死而後己라는 결심을 한 듯 하다. 아아ー 그들의 果斷心과 인내성은 蕃人의 특색이라고 이를 만한 동시에 자기의 천연한 소질을 발휘함에는 한번 稱歎치 안흘 수 업다.

무서운 새똥이라고

딸아서 전쟁하던 이악이나 좀 하야 보자. 그들은 자기의 間에도 격전 烈鬪가 만치마는 그러나 그 무서운 電網에 다수한 생명을 희생하고 비롯오 지하의 道를 開通하얏스며 또 공중에서 翺翔하는 비행기를 구경하다가 의외 폭탄에 놀라인 그들은 무서운 새똥(鳥屎)이라고 피차에 相傳하야 비록 자기네 間에 不共戴天의 讐가 잇다 할지라도 <u>관병을 敵함에는 서로 조력하며 서로 진심하야 일대 연합으로 敵을 방어하되 각각 자기의 兵粮과 자기의 彈藥으로 3일 이상의 戰役을 助함에 가장 민첩하야 가령 東便에 蕃人 出草가 잇는 동시에 西南北이 從하며</u> 西面에 일이 잇는 동시에 東南北이 應하야 常山의 虵처럼 頭를 擊함에 尾가 至하고 尾를 擊함에 頭가 至하며 中을 擊함에 頭尾가 다 至하는 듯 하다. 아아ㅡ 그들이 智力만 驍勇할 뿐 아니라 公益을 圖함에 私讐를 思치 아니하며 일터에 나와 생명 아끼지 안는 勇敢力은 어찌 蕃人의 愚昧 頑惡으로만 볼바티요.

神出鬼沒하는 그의 戰畧

더구나 천연의 險固를 據한 그들은 出戰入安의 생활이다. 그리고 그네들을 沒識頑固의 특색을 가젓다고 할 만한 동시에 한편으로 천연의 後偉淸粹한 稟資를 가젓스며 神出鬼沒의 계책이 잇다고 할 수 잇다. 그럼으로 그들은 기회를 골라서 電線을 斷하며 시기를 타서 총탄을 奪한다. 그래서 당시에 新報上記事도 요란하며 정치계 理蕃도 복잡한 모양이다. 또 그들은 險固한 地利를 미들 뿐만 아니라 관병을 逢着할 때에 (山谷 간에 수목이 울창하고 岩石이 중첩한 곳이다) 接戰을 始하다가 곳 佯敗하야 甲을 棄하며 兵을 曳하고 走한다. 料外勝捷에 의기양양한 그들은 딸으기 시작한다. 危崖峻嶺에 猿猩이처럼 安閒이 왕래하는 蕃人들은 얼풋이 종적을 감추엇다. 得勝에 깃버서 如入無人之境으로 아니 위험막심한 도로에 艱辛히 오던 追兵들이 險阻의 길을 당할 때에 숨어서 기다리던 蕃人들은 四面으로 내다라 공격하야 사람의 머리 버이기를 囊中取物처럼 한다. 그러나 함부로 虐殺을 하는게 아니라 분주한 가운대에도 구별하야 쿨이(苦力者)는 결코 살해치 아니하며 그 역시 무기를 가진 者에게는 용서치 아니한다. 그리고 그들은 돌이어 其 쿨이의 할 수 업시 이와 가튼 위험한 곳에 온 것을 측은히 여긴다고 한다. 아아— 그들의 천연한 양심에서 솟아나는 仁心義性은 어려운 患難 가운대서 역력히 볼 수 잇다.

共産主義는 그들이 먼저

또 그네의 생활은 滋味잇는 공동의 생활이다. 즉 共産主義이다. 아즉 것 상업의 발달은 업스나 그러나 農場이라던지 무엇 무엇 할 것 업시 다 公有의 産이다. 그리하야 그 酋長된 者가 蕃族上 인구의 多少를 참작하야 田地를 分與하되 가령 식구가 5人인 동시에는 5人에 상당케 혹 3人 以下라던지 10人 以上일지라도 다 적당한 표준에 律하야 한다. 그리고 熟蕃에 대하야 볼지라도 그러하도다. 무슨 노동문제라던지 여러 가지 방면을 물론하고 그 어든 바 賃金을 그 酋長된 者가 全혀 관리하야 상당한 식료품과 일용물을 평등하고 균일하게 分給하며 또 老弱과 疾病에 養하리 업는 者들은 다 公養을 한다고 한다. 뿐만 아니라 이와 가티 공동의 생활을 하는 동시에는 懶惰者의 游衣游食을 謀함과 奸惡者의 公力公營에 惜함도 有할 것은 인류사회의 면치 못할 사실이다. 그러나 그들의 本性은 朴·訥·仁이며 또 이러케 懶惰하고 奸惡한 者를 인류로 待치 안할 뿐 더러 兼하야 이 世間에 존재함을 認許치 안는다. 아아— 그들의 생활이 우리와 가티 말숙치 못한 것은 물론이지만 어떠튼지 그네의 사회적 취미와 公共的 생활은 어찌 현대의 낙오자라고 이르리요.

또 그들의 인격은 頑野하고 沒識한 동물인 동시에 一面으로 튼튼하고 健全한 人種이다. 그리하야 衛生上 注意라는 것도 모르는 그들로도 7, 80의 長壽도 享하며 질병이라는 名詞는 感覺치 못하리 만치 지낸다. 더구나 高山峻嶺에서 平遠曠野처럼 뛰놀며 冷風寒雪이 극심한 때에도 無衣單衣로 冷暖도 모르고 往來함을 볼 때에 그의 혈기의 强壯함은 地上仙이라고 이르기에 주저치 안노라. 그러나 그 亦 自來의 인종개량상 조혼 습관이라 할 만한 것이 잇다. 그리하야 그들은 産母가 分娩하는 劈頭에 곳 初生의 兒를 극히 冷한 淸泉에 沐浴을 시킨다. 그리하야 그 氣質의 허약과 견실함이 출생 당일에 生死로 판명된다. 그들은 그와 가튼 고유한 습관에 健全한 人種이 유전된 듯 하다. 아아— 이 세상에 악독한 遺傳性의 疾病者가 사회에 惡魔임을 볼 때에 그들의 愚한 것이 돌이어 賢타 할 수 잇도다.

婚姻 其他에 關한 風俗

또 그네들도 吾人과 가티 이 세상에서 생활함에는 질병이라는 것도 면치 못할 사실이다. 그러나 그들은 아즉 것 의약의 치료도 모르며 다만 水火木石 가튼 것에 기도하는 바가 잇다고 한다. 그리다가 사망을 免치 못할 경우에 이르면 남자는 자기의 집(蕃人의 혼인풍속이 남자가 女家로 入贅한다)으로 돌오 보내며 혹은 자기의 집이 업는 경우나 또 여자일 것 가트면 자기네의 거처치 안는 別室로 옴기며 특별한 간호는 업스나 식료품은 먹이며 먹지 아니함을 물론하고 매일 三次式 자기네의 풍속대로 供餽하며 만일에 回生될 時에는 神의 靈祐를 감사하며 혹 사망된다 할지라도 이것을 자연에 任하야 특별한 哀戚은 업스나 傳說을 종합하야 觀하면 祖先을 위하야 기념하는 관념이 有한 듯 하다. 더구나 유행성 감모가 성행할 때에는 非常히 恐懼하며 그 원인을 黙想하며 연구한다. 그리하야 그들의 疑幕은 미신이나마 비롯오 열리기 시작되엇다. 悔過하며 自責하야 이르되 진실로 우리들은 懶散者로다. 아니 父祖의 志를 承치 못한 者로다. 우리가 영원히 敵되는 저들을 殲滅치 못함으로써 父祖의 영혼이 震怒하심이라』고 一決한 그들은 大활동의 武裝으로 官民을 물론하고 一大 殺戮을 開始한다. 그리하야 蕃人出草가 有함을 보고 蕃社에 염병이 유행함을 聯想케 한다. 그러나 物品上 秘商 者와 言語上 通譯者는 결코 살해치 안는다. 아아— 이것이 一種 미신의 관념인 듯 한 동시에 연구상 특징도 풍부할 뿐더러 承祖的 確志와 報本 的 誠意는 실로 문명사회에 양보할 배 아니로다.

　그들의 풍속 말이 낫스니 말이지 생활상 人類集會에는 善人도 잇스 며 惡人도 잇고 竊盜者도 잇스며 被盜者도 잇을 것이다. 일례를 들어 말하면 물질간 被盜者 一人이 잇다 하자. 그는 自思하되 隣里中某也(前 日 行爲에 參酌하야 指目을 바들만한 者)가 필연이라고 가정한다. 그리 고 그 촌락 중에 長老한 者와 有志타 할 만한 者를 請邀하야 그 事由를 설명하고 互相 熟議하야 同議可決로 그가 과연 그러타고 인정한 후에 그를 곳 逮捕한다. 그리고 그에게 審問을 한다. 그러나 그는 불복한다. 참으로 그에게 대하야 假想 뿐이고 竊盜라 할 만한 증거는 업다. 그리 한 동시에 그들은 自來 습관인 법률에 의하야 처결하되 그 竊盜者에게 얼마의 기한을 주어 자기네의 항상 冤讎로 思하는 敵의 首級을 斬來하 라고 命한다. 그는 奮鬪的으로 大獵을 始하야 한 敵의 首級을 得하면 참말로 득의양양일 것이다. 그리하야 성공된 경우에는 將功贖罪하는 셈으로 그들은 그에게 무죄를 선언한다. 만일에 실패가 되엇다 하면 그는 被盜者의 손해를 보충하는 것이다. 아아— 이것을 법률상 실효가 잇다 할가. 아니 습관상 일종 痴想이라 할가. 하여턴지 勸善懲惡의 一道 인 듯하다.

　법률 말이 낫스니 말이지 그들의 정치는 참으로 立憲主義이다. 아니 共和張本이라 하야도 과언이 아닌 듯하다. 文明한 사회로서 보면 진실 로 야만의 集會이며 복잡한 생활로서 보면 참말로 단순한 생활인 것은 나의 *言할 배 아니나 그러나 그들 자기의 所見에는 前日에 비하야 얼마만큼 진보되고 복잡한 것을 감각하리로다. 올토다. 그들은 穀을 分하던지 人을 殺하던지 兵을 出하던지 간단하나마 복잡한 여러 가지 방면에 大小事를 물론하고 자기 부하의 老成한 모든 의원과 기타 有志한 모든 사람까지라도 全혀 소집하야 每事를 諸人의 同議可決이 된 후에야 始行된다. 그리하야 추장 자기의 관념에는 十分 可타 할지라도 諸議員이 不可라 하는 동시에는 不可가 된다고 한다. 아아— 이것이야 참말 아름다운 정치이다. 추장제도이며서도 專制가 아니며 야만생활이며서도 共和이다. 다른 不足은 면치 못할 사실이지마는 여긔 이 점에 대하야서는 그를 칭찬치 안흘 수 업다.

또 그네들의 혼인법칙은 신성한 자유결혼이며 가족제도는 우리와 정반대입니다. 그리하야 不重生男重生女로 누구던지 남자를 生하면 다 他家로 사위(壻) 들어가고 여자를 生하면 他人의 子를 취하야 곳 養子의 제도로 家督을 相續하는 풍속이 잇습니다. 그런데 그 養子를 取하는 法은 (즉 壻를 迎하는 法)극히 가소롭다 할만한 동시에 그들의 天眞爛漫의 자유롭고 신성함을 역력히 볼 수 잇다. 今에 年期長成한 一美娘이 엇다 하면 부근 청년들은 其 家로 集來하야 그 家務에 복종한다. 곳 자세히 말하면 田도 耕하며 牛도 驅하고 薪도 採하며 水도 汲하야 아모쯔록 그 娘子의 눈에 잘 들리려고 자기의 衣食을 自辦하야 가며서 노력함을 마지 아니하며 그리하야 그의 집은 稍富도 된다고 한다. 이와 가티 반년 이상이나 혹 일년 쯤을 經하는 동시에 娘子가 그 남자 중 一人을 擇하야 자기의 부모에게 告하면 그 부모는 물론 허락합니다. 그리하야 혼약이 성립되고 그 당선된 남자는 十年 磨劍에 一朝 成功처럼 무한히 깃버한다. 그러나 그 낙선된 남자들은 불평도 잇고 분노도 잇스며 소동도 일으켜 黙過할 것 갓지 안하지만 그들은 원래 操行이 方正하고 習俗이 悠久함으로써 前功이 虛地에 歸함도 망각하고 自反하야 자기의 不足을 恨하며 또 당선된 남자를 위하야 축하한다. 아아— 그들의 자유롭고 신성함을 볼 때에 문명 사회의 一分子라는 당당한 名啣을 가지고

도 賣女謀食하는 악습과 강제결혼함을 예사로 아는 그들을 위하야 一
掬의 淚를 禁키 難하다.

또 그들의 일부분 가운대에는 斬首結婚의 풍속이 유행된다. 가령 자
기의 戀愛하는 여자가 잇는 동시에 仲媒를 소개할 여부도 업시 직접으
로 그 여자와 그 부모에게 면담하야 그 여자나 부모가 적당한 줄로 인
정할 시에는 먼저 人首를 斬來하라고 命한다. 그리하야 그 남자는 급속
히 斬首하기에 준비하야 山野로 돌아단이다가 萬幸으로 자기네의 敵讎
로 思하는 日支人 等을 맛나면 그들은 樹木이나 혹 岩石間에 隱身하야
百發百中하는 수단으로써 한 首級을 得하면 곳 여자와 밋 그 부모에게
通知하야 혼약은 이로부터 성립되고 其後 남자에게로서 納采하는 것은
자기네의 생명으로 아는 鐵砲와 문명의 특징되는 「쓰ー구」이라는 布類
며 藝術의 元祖라 할 만한 獸骨 등의 彫琢物이요, 또 婚禮日에는 물론
酒도 釀하며 餠도 做하며 獸도 獵하야 一大 연회를 排設한다. 그리고
그 날 宴席에 來參한 者가 비록 私讎가 잇슬지라도 구별업시 진심으로
친절하게 讌饋하되 親疎업시 均一일 뿐이며 厚薄이 업시 평등일 뿐이
다. 더구나 그들의 가무야 참말로 장관이다. 여자들은 手에 一個 木棒을
持하고 石을 擊하며 石의 響을 應하야 歌를 唱할 때에 남자들은 手舞足
蹈를 하야 유쾌하게 지낸다. 아아ー 그네들의 冤讎를 사랑하는 아름다
운 德性이 풍부할 뿐만 아니라 그네들의 斬首結婚도 一種 可笑의 習俗
으로 볼 수 잇는 동시에 武烈을 숭상하는 그네들이야 壻郞의 자격을
그러케 擇함이 진정한 活路라 이르기에 주저할 배 아니로다. 그리고
尙今도 우리 사회에서 인격의 상당함과 지식의 정도는 최후로 보고 金
錢이 만흐니 來歷이 훌륭하니 하는 그들을 보라. 그 거리의 遠近이 어
떠한가.

一夫從事의 그 女子

그리고 여자들의 德性은 端一하고 誠莊하며 행위는 貞信하고 淫치
아니하야 결혼한 여자들은 자기의 남편을 위하야 생명을 아끼지 안코
貞操를 固守하며 더구나 其夫와 비록 一日의 短時期를 동거타가 사망
할지라도 終身토록 改嫁치 안는다고 한다. 아아- 아름답도다. 蕃社의
여자여 실로 感心할만 하도다. 현대 사회의 花明柳暗한 樂天地에서 일
시 娛樂을 取하는 청년남녀를 볼 때에 그들을 칭찬치 안흘 수 업다.

또 그네들의 日用器具는 나로 하여금 놀라게 한다. 남자들의 무엇을
運搬하는 지게(擔車)의 負한 것과 여자들의 물을 깃는 동의(土盆)의 戴
한 것을 볼 때에 우리의 풍속과 흡사하게 된 것을 연상케 한다. 어찌
그 뿐만 이리요. 米穀을 春出하는 杵臼(木製와 骨製가 有함)와 江河를
濟航하는 獨木舟(통궁이)는 符合도 그런 符合은 업슬 것이다. 아아-
우리의 사회는 진보업시 長세월을 經한 듯 하다. 또 그들의 織物上帽・
布屬의 조직은 精細하고도 奇麗하며 武器 中 刀鎗 등의 藝繪는 평범하
며서도 淡雅하다. 아아- 그네들의 野蠻의 때는 벗지 못하얏슬 망정
可觀의 가치도 적지 아니하며 또 그네들의 가옥제도는 奇麗하고 宏壯
타 할 만한 건축도 잇겟지만 尙今도 岩間에 窟을 營함과 樹枝에 巢를
構함이 間有하며 또 鯨面文身으로써 冶容의 관습을 삼는 그야말로 蕃
人이요, 사람다운 가치가 넉넉타고 이르기는 실로 주저하는 바로다.

그리고 이상의 기록한 바를 총괄하야 보니 그들의 종교야 참말로 鹹
首의 종교이다. 祭祀・婚姻・疾病 그외 무슨 방면이던지 鹹首가 그의 목적
이며 그의 特長이다. 자기네의 名譽富貴上 榮替도 그로부터 解하며 자손
들의 흥망성쇠 중 운명도 그로조차 決한다. 그러나 그의 頑腦도 化하며
强腸도 柔케 된다. 導率의 指針은 愚昧한 痼疾을 瘳하며 교화의 曉鐘은
長夜의 迷夢을 破하야 生蕃으로 熟蕃이 되고 또 一世 혹은 二, 三世를
經하야 문학・종교・實業 등 여러 방면에 投하야 現世에 유명한 者를 대할
때에 그네를 위하야 讚揚하며 歎服하기에 주저할 배 아니로다.

附記: 異域生活이 別로 奔忙하심도 불구하고 특히 本誌讀者를 위하야

臺灣에서 어들 것을 주신, 또는 계속적으로 주실 朴씨의 近狀을 알키는 뜻으로 氏의 보내온 私簡 中 一節을 附記하나이다. …(編輯者)…

「冠累」다 못한 말슴을 편집하시는 선생님에게 들이나이다. 어리고 약한 者에게 重한 짐이 생긴 것처럼 힘잇는 下敎를 承하와 素養업는 식견으로 筆을 執하니 荒蕪한 記事ー自愧를 難免이온 중 더구나 생활의 곤란과 시간의 압박은 再閱再書의 暇隙도 許치 아니함으로 錯誤만흔 草稿(爲先 이것을) 仰呈하오니 校正添削하시와 貴紙餘白을 借케 되옴은 동시에 멀리 仰慕하는 고국형제의 一覽을 煩하오면 천만 光榮이겟나이다. …(…하략…)….

[05] 激變 中에 잇는 平北地方을 暫間 보고, 妙香山人, 『개벽』 제12호(1921.06)

> *이 글은 이광수가 평북 지방을 다녀와서 그곳의 생활상을 기록한 글임. 기행문이라기보다 보고문에 가까움.

나는 일즉 모 임무를 帶하고 去 5월8일 夜, 경성을 發하야 平北의 龜城, 定州, 郭山, 宣川, 철산을 잠간 돌아 同 17일 경성으로 돌아온 일이 잇섯다. 처음 떠날 때의 생각은 平北지방을 한 번 전부 돌아 그 정황의 여하를 구경하리라 하얏스나 本社의 사정으로 인하야 그만 급작이 중도에서 돌아오고 말은 것이다. 이가티 본 곳이 넓지 못하고 본 기간이 길지 못하며 또 따로 마튼 임무가 잇섯슴으로써 지방의 정황을 뜻과 가티 보지 못한 것은 생각할스록 遺恨이다. 딸아서 이것이라 하고 내어 세울만한 특별자료가 업다. 다못 隨聞隨見의 一端(물론 발표할 수 잇는 범위내에서)을 記하야써 지방사정을 알고저 하는 이의 一笑를 사고저 한다.

정말로 순사가 아니요?

내려갈 때에는 그날 밤 차를 탓는지라. 平壤역까지는 비몽사몽중에 지내엇다. 딸아 주위형편의 여하를 안 길이 업섯스며 平壤에서부터 비롯오 관찰의 눈(물론 되는대로이다.)을 뜨게 되엇다. 그 前驛에서도 그리하얏는지는 모르나 그로부터의 정차하는 驛은 대개로 정복순사가 실내를 一瞥하며 지나간다. 조선인이라고 나 혼자 뿐 (게다가 또 양복을 입엇섯다.)인 이등실이엇슴으로써 그런지는 모르나 그의 一瞥은 심히 형식적이오. 무슨 의의가 업슨 듯하며 또 各 驛의 출입구를 보면 순사와 헌병이 지키고 서잇는 모양은 여전하나(작년 春에 京義線을 통과한 事가 有함) 出入人을 搜探하는 꼴은 보이지 안는다. 기자의 하차역은 宣川邑이엇는대 그곳서 또 乘客 대한 별반주의가 업스며 다못 守口驛人이 나의 가진 차표를 처음 보는듯이 주시할 뿐이엇다. 차에서 나리며 곳 어떤 친구의 집을 차젓는데 나는 지방을 찾는 劈頭에 그 親友의 어린 딸로부터 意義깁흔 설명을 들엇다. 그 顚末을 보고하면 이러하다. 웃 방에서 親友와 對坐하야 塞喧을 叙하는 중 알엣 방으로부터 「순사가 아니다. 손님이시다.」하는 말이 연방 들림으로 알엣편을 쳐다 본 즉 금년 5세경의 幼女가 나를 보고는 얼굴을 돌이키며 자기모친더러 「정말 순사가 아니요?」한다. 그래서 나는 반기어 하는 얼굴로써 순사아님을 말하고 자기의 아버지를 위시하야 座員一同이 역시 순사 아님을 증언한 즉 그 幼女는 그때에야 비롯오 웃음의 낫을 가지고 내 압흐로 오앗다. 이때에 주인은 나더러 「자― 이만하얏스면 이곳 형편의 여하를 알겟지오. 검으수름한 옷 입은이만 보면 (나는 그때 검푸른 빗을 양복을 입엇섯다.) 어린애까지 「순사임을 認하게까지 될 때에 일반 정황이야 다시 말할 것이 무엇이겟소.」하얏다. 내가 두 손을 내여 「이리 오너라」하얏더니 그 애는 문득 나의 품에 안기어 반김의 極에 어찌할 줄을 모른다. 그래서 내가 그 집을 떠날 때까지 그 애는 내 무릅 우를 떠나지 아니하얏다. 아마 잡아가는 순사인 줄로 알다가 순사가 아니요 사랑을 주는 동무임을 깨닷게 될 때에 말할 수 업시 깃벗던 모양이다. 그 애를 안은 나는 별 생각을 다 하얏스며 別 늑김을 다 가젓섯다. 그 후 약 10일의 기간으로써 여러 지방을 돌며 만흔 사람을 대하는 동안에 나는 그러한 사실을 도처에서 당하얏다. 幼兒에게 뿐이 아니오. 大人에게서 더 만히 그러한 類의 사실을 보앗다. 가다가 혹 길을 무를지라도 그는 먼저 疑懼하고 다음에 뭇는 바를 대답하며 鄕黨父老와 대화할 時이라도 그네는 아모것도 아닌 일을 전혀 다른 무엇이 엿들을가 염려하는듯이 그래서 또 무슨 事端이나 일어날 듯이 심히, 가늘은 말로써 전하는 등 그 態는 謹愼이라함보다 공포에 갓갑다 하겟스며 또 혹 무슨 말을 하고는 그것이 고만 잘못될가 염려되어 「지금 말한 그것은 無間한 터인고로 밋고 한 말이니 그러한 것을 혹 신문이나 잡지상에 發布하여서는 아니되겟다.」고 하는 등, 현금 그 지방 사람들의 살아가는 모양은 마치 敵의 內情을 엿보고잇는 斥候가 마른 풀닙을 발꿋으로 디디며 바작바작 죄이는 마음성을 艱辛히 鎭定코 一日一日을 지내감과 正히 한가지인 것 가티 보엿다. 그래서 그들은 누구나 대하면 의구부터 먼저하며 사람 열만 모이면 또 무슨 문제가 딸아 이를 것을 근심한다. 또 이런 말을 들엇다. 天道敎 靑年會 龜城支會에서 同郡館西面一帶를 巡講하는 중 某洞에서 例와 如히 講演을 開하얏는데 聽講人은 同敎人 외에 그 洞里 書堂訓長 某가 잇섯다. 그런데 강연도중 정복 순사 1인이 홀입한 즉 그 훈장은 그만 慌怯하야 달아나고 말앗다는데 그 이유는 同敎를 불신하는 인으로서 그 강연을 내청하얏다 하면 자기는 그 翌日부터 주목밧는 사람이 될지오. 주목만 바드면 장래가 위태하다 함이라 한다. 지방하고도 철도沿邊과 그 읍내는 적이 나흐며 村里는 대개가 그 모양이다. 이에 한 가지 주의할 현상은 이와가티 일반이 공포중에 잇는 반동으로서 누구나 서로 대하야 의심할 만한 사람이 아닌 것을 확지하게만 되면 그 사람들 사이의 親情은 別로 농후한 것이니 이것은 내가 宣川읍내에서 본 그 幼女가 나를 순사로 疑할 時에는 얼굴을 돌이키던 것이 순사가 아닌줄을 알고서는 품안에까지 안기던 그와가튼 이치에서

47

나옴인 듯하다. 동시에 일반동포 동포간이며 단체 단체간의 우의는 比前 益濃한 듯 하얏다.

捲土重來의 風水녕감과 掌議나리

공동묘지규칙의 사실상 철폐(법규상으로는 緩和이나)와 鄕校財産의 還附는 문화의 정도가 비교적 나즌 지방에 在하야는 과연 不少한 영향을 파급하얏다. 그로 인하야 민중의 불평이 얼만곰 소실되엇는지는 의문이나 그로인하야 일부 민심이 새로이 기울어저 향할 방면의 하나를 차즌 것은 사실이다. 그래서 그간 얼마동안은 어떠케 할 생각조차 내지 못하던 사람들이 공공연히 풍수를 차즈며 백골을 파들추는 등의 求山運動을 起하야 昔者의 共同墓山에는 어린 아이의 해골을 제한 외에는 그대로 남아 잇는 뼈가 업스며 暗葬逼葬의 說이 昔日가티 유행하야 향촌의 夜會에는 此 묘지문제가 그 주된 화제가 되며 소위 지방의 識者라 할만한 사람도 이러한 추태를 效하는 人이 不無한 바 혹이 그 어리석음을 논박하면 祖先의 貴骨 이나마 安保할 策을 취함이 무엇이 不可하겟느냐 하는 巧言을 발하야 스스로 其非를 飾하기에 분주하는 者가 不無하며 또 각 郡에는 儒林會라는 것이 신설된 바 該會에서는 今回 還附된 푹은한 鄕校財産을 仍用하야 掌議齊長을 내고 춘추의 祭具를 新備하며 혹은 鄕校에 한학서당을 신설하고 백일장을 보이는 등 舊日의 復舊에 분주하는 바 일즉 자기의 시대는 지내어 간 것을 자각하고 향촌 혹은 산간으로 退臥하야 世降俗末의 嘆을 徒呼하는 俗儒者流는 今日이야말로 天運循環, 無往不復의 此時라하야 塵冠을 更掃하고 향교출입을 빈행하야 意氣-顧振(물론 남들이야 웃지마는 자기딴은 조아서 어찔줄을 모르는 양) 하며 前日의 軍吏後裔로서 일즉 鄕門에 출입치 못하던 자는 이때에나마 한 번 양반이 되어본다 하야 머리깍고 눈이 펄한 「하이카라 청년이 掌議帖文에 隨喜함과 如한 奇劇이 不無하다. 噫호다 從紳의 인습이라고는 비교적 만히 掃薄된, 그리고 儒林이라고는 옛적 시대에도 별로 旗幟가 不明하던 平北지방이 이러하거던, 하믈며 인습의 왕국이오 양반의 首鄕인 충청경상도 지방이야 果 如何할가. 일즉 남으로 인하야 잘 못살고 또 자기의 어두음으로 인하야 날로 끌러가는 우리의 운명이야말로 넘우 奇窮치 아니한가.

오즉 남의 거름이 되는 平安道人

한 그루의 나무가 잇고 업습으로 인하야 한 집 혹은 한 村은 生色이 나고 못나는 수가 잇다. 그러나 그 나무의 바루 미테든 풀이나 또 집은 그 나무의 그림자로 인하야 돌이어 害를 밧는 수가 잇스며 害를 밧기까지에는 미치지 안는다 할지라도 적어도 그로 인하야 자기의 존재를 완전히 표명치 못하게 되는 것이다. 재작년 이래의 조선독립운동은 여러가지 말을 여긔에 할 수 업다 할지라도 그 운동이 잇슴으로 인하야 조선인과 일본인의 유일한 자극제, 아니 警醒劑가 된 것은 그 운동의 齎來하는 여러가지 결과중의 현저한 一이라. 조선의 신문화운동은 이를 자료로 하야써 진보라 함보다 寧히 비약의 奇績을 收하는 今日이며 특히 황해경상도의 진보향상은 실로 놀라울만큼 되엇다. 그런데 평북함경의 양도와 如함은 불행이라 할가, 幸이라 할가. 자극 又는 警醒의 好機에 별로 參與하지 못하고 곳 그 큰나무의 그름재미테 들어가는 풀이 되고 말앗다. 그래서 제일 만히 죽고 잡히고 맛고, 그리고 제일 만히 떨고 움츠러진 외에 별 取益이 업섯다. 이것은 신문지상에 나타나는 일로만 보아서도 능히 斟酌할 일이라. 이러케된 이유는 누구나 認함과 如히 此 양도는 제 1로 위치가 중, 露지방과 相隣하고 제 2 北道의 人性, 특히 평안도의 인성은 靑山猛虎격으로서 紆餘屈曲이 업고 直情 徑行적인 바 되거나 안되거나 한 번 생각한 이상은 그대로 하여버리고 마는 性을 가젓슴에 因함일지라. 그런데 猛虎의 성질이란 이상하야 死且不避로 자기가 한 번 겨루기 시작한 이상은 所向無敵의 獰勇을 揮하나 그 경우를 당하기 이전까지는 어떠한 짐승보다도 만흔 공포를 감하는 것이다.

평안도 사람의 본성이 거의 猛虎然하야 욱ー할때에는 所向無敵이나 그 前이나 또 其後는 거의 아모것도 업는 듯하다. 고로 잘나아가는 사람이 평안도 사람인 동시에 잘 주저안는 사람도 평안도 사람이며 잘 怒하는 사람이 평안도 사람인 동시에 잘 풀어지는 사람도 평안도 사람이라. 이러한 특성을 가진 평안도 사람은 큰 나무의 바루 그늘 미테 쑥 들어가 잘 나아가다가 잘 꺽굴어젓스며 잘 성내이다가 잘 쭉을어지는 등의 일을 반복 又 반복하야써 금일에 至하고 말앗다. 그래서 다른 道에서 봄과 가튼 문화운동은 그 迹이 甚微하며 근일에 至하야는 大勢의 稍靜과 가티 初夏의 기후와 가티 그만 탁 풀어지고 말앗다. 마치 전투에 배부르고 困한 初年兵과 가티 氣窮勇盡하야 모든 것을 귀치 안하하는 양이다. 그래서 돌아간 祖先의 분묘라도 파보며 스스로 위안하고 좀 먹은 경전이라도 재고하며 스스로 족하고 관설단체의 일원이 되어 스스로 마음을 눅으리며 잇는 것 갓다. 一言으로 盡하면 近日의 평안도 특히 북도 사람은 極端으로부터 다시 極端에 옴겻스며 또 옴는 今日이다. 여긔에 무슨 새로운 방책이 無하면 그들의 구경은 救하기 어려운 지점까지에 이르리라고 나는 늑기엇다. 아! 밧고 못바들 곤란, 아니 희생은 누구보다도 제일 만히하고 宜例히 바들 이익은 다른 어떠한 道보다도 가장 못밧는 함평양북도에 在한 170여만 형제의 불행도 실로 적은 불행은 아니로다.

萬綠叢中 一點紅인 各教會

불탄 집에도 주춧돌은 남는다는 셈으로 大部 人衆이 이러텃 풀어지고 무기력한 중에도 오즉 기독교와 천도교의 신도가 그 간에 잇서 능히 자기의 생각을 가지고 자기의 할 일을 하여간다. 나의 잘 본 龜城一郡으로 말할지라도 읍내에 천도교 청년회의 주최로 임시강습소를 設하야 향촌자제를 교양하엿스며 同郡南市에서는 기독교회의 주최로 여자서당을 개설하야 부근 여자를 교양하며 同郡塔洞市에는 천도교同地傳教

室 及 同地有志의 發起로 「歸眞講堂」을 設하야 소학교와 비슷한 정도로 써 현재 남녀 60여명을 교양하는데 거긔에는 운동장이 잇고 운동구가 잇스며 학생 일반은 머리를 깍고 모자를 쓴 등, 향촌에서 좀처럼 구경할 수 업는 好範인 바 道廳으로서나 기타 遠地로서 혹 귀빈이 來할 時는 그 학생 일반을 접견하는 등 자못 當地의 자랑이 된다한다. 그 뿐 아니라 지방에 在하야는 금일 세상의 如何를 말하는 자도 敎會人이며 改造改善을 討議하는 자도 교회인이며 말할 줄 아는 사람도, 말 들을 줄 아는 사람도 敎會人인 바 가만히 보면 골이나 村이나 교회가 좀 旺盛한 곳은 일반정도가 逈殊한 동시에 다소 활기가 잇스며 그러치 못한 것은 그저 미미할 뿐이다. 더욱 작년 來 각 교회의 地方巡講은 지방인민에게 대한 不少의 興感과 覺醒을 주엇스며 中에도 천도교측의 강연대는 同敎의 교리를 선전함과 한가지로 同敎義에 基한 社會改良을 만히 주창하야 향촌에 파급되는 효과가 不少하다. 사람사람이 서로 의심하고 어근버근 다풀리고저 하는 근일에 在하야도 교회에 사는 사람뿐은 모일 때에 모이며 말할 때에 말하며 일할 것을 일하야 써 문화의 향상을 務圖하며 잇다. 그래서 나는 一條의 生脉이 교회에부터 잇슴을 보앗스며 또 나 이외의 그 지방 일반 識者도 다 가티 그러한 느낌을 가진 것 가티 보이엇다. 그런데 여긔에 한가지 섭섭한 것은 어떤 지방에서는 그곳의 행정관청에서나 사법관청에서나 교회의 所云爲를 심히 이상스럽게 생각하야 暗暗히 沮戱코저 하는일이 업지 아니하며 딸아 하급 관원들은 교회의 하는 일에는 어대까지 말성을 부리는 것이 무슨 자기의 成績이나 내이는 것가티 생각하는 一事이다. 이것이 무슨 까닭에서 나오는 것인가 하면 일부 저급의 腦를 가진 관원들은 조선인의 向上熱을 곳 그에 雷同하는 까닭이다. 그러나 미듬의 깃븜속에서 생명의 충동을 노래하는 교회의 선남녀는 그만한 주의에 주저안끼까지 약한 자들이 아니며 또 교회에 대하야 그리함은 금일 당국의 정신도 아닐 것이다. 여긔에 대하야는 길게 말하고저 아니한다.

地方文化를 그대로 말하는 書堂

그리고 나는 이번 며칠 집에 留할 동안에 나의 出生村인 鳩巖洞이란 곳을 차젓는데 그때 그 村에 잇는 서당을 보앗다. 그 서당은 내가 여섯 살 때로부터 열다섯 살까지 배우고 놀던 곳이며 울고 웃던 곳이다, 뿐 아니라 그 서당은 그 隣面에 在한 어느 서당보다도 제일 길고 신성한 역사를 가젓스며 위치도 상당하고 건물도 그럴듯하며 또한 便에 松亭 이 잇고 松亭속에는 그 서당의 창설자를 享祀하는 碑閣이 有한 등 書齋 로서는 상당한 書齋이엇는 동시에 昔日에는 각처로서 모이는 工夫軍도 적지 아니하얏다. 그래서 내가 단이던 그 때 일지라도 5, 60명의 冠童이 당내에 찻스며 각양 凡節이 가관할 자— 頗多하얏다. 그런데 이번에 보니 어찌 놀래지 아니하리요. 門前의 마루는 되는대로 찌그러지고 그 압헤 階石은 모다 허트러젓스며 東便의 松亭은 나무수가 태반이나 줄 고 碑閣은 반 넘어 문허저 碑身이 裸體가티 들어낫스며 松亭 전면에는 검불이 그대로 덥히어 사람의 발자취는 보랴야 볼 수가 업다. 나는 當 年의 盛事를 생각하고 今日의 적막을 느낌에 茫然히 行立하야 어찌할 줄을 몰랏다. 서당 문을 열고 들어서니 알엣목에 冠쓴 초학선생 한 분 이 안젓고 그 우으로 머리꼬리 길고 상투놉흔 冠童 5, 6인이 孟子 小學 등의 책을 노코 안젓슬 뿐이엇다. 어떠케 더 좀 滋味잇게 하여 갈 수 업느냐고 무른즉 그 선생은 「제가 아모것도 아는 것이 업스니까 그런 생각을 못합니다.」라고 대답하얏다. 과연하다. 선생이고 학부형이고 아 모것도 모른다. 모르니까 당초부터 아모 생각이 나지 못한다. 되는대로 하여가며 날로 衰弊하여 가는 것 뿐이다. 이 어찌 그 서당뿐이려요. 근 일 지방서당에 通有한 현상이다. 곳 前日로 말하면 舊學을 一般이 존중 한 동시에 그 학문을 배울 곳은 오즉 서당이 有할 뿐인 것을 認하얏는 고로 동리마다 서당이 有한 동시에 그 서당은 대개 번창하얏다. 그러나 금일에 至하야는 세상이 전과 다르다하야 舊學을 그러케 존중히 생각지 아니하며 그 대신에 新學을 主하게 되엇스면 조흐렷만 新學을 亦 경시

52

하게 되엇는 고로 향촌에서는 이것도 저것도 다 틀리고 순무식자만 생기게 형편이 되엇스며 거긔에 혹 서당을 경영한다 하면 그것은 전부터 하던 것이니 또는 서당재산이 잇스니 계속하자 함에서 나옴이며 또 아동을 보내는 사람일지라도 이것을 아니하야서는 장래 희망이 업겟다는 무슨 절실한 생각에서 나옴이 아니오. 집에 잇스면 作亂이나 하고 그거라도 그저 잇는 것보다는 나으리라하는 습습한 생각으로 하는 것인 바 이러한 무성의한 사람우에서 잇는 서당의 日益零落은 是 당연할 일이다. 제일 寒心한 것은 아즉까지라도 지방사람의 대다수는 공부라하면 다못 문자를 記誦하야 돌아가는 편지장이나 보고 쓰기 위함인 줄 알며 거긔 좀 깨엇다는 사람이라야 겨우「工夫하면 이름내고 벼슬하는 것이라.」 생각하는 今日인 바 그네에게 대하야는 제일 工夫라 하는 것이 무엇하는 것임을 알게 함이 最可할지니 그 근본관념을 更新치 안코는 工夫하는 자신이나 또는 그 학부형에게나 큰 것을 기대할 수가 업슬 것이다. 그러면 여하히 하여야 그 인습적 관념을 匡正케 할가. 이것이 금일 農村父兄에 대한 큰 문제이다. 그런데 이것은 전혀 산간벽지의 형편을 말함이오. 지방일지라도 郡內에는 또 큰 거리에는 보통학교나 기타 소학교가 有한 바 그러한 곳이라고 모다 철저한 自覺미테서 자기의 자제를 취학시키는 것은 아니지만 여하간 학교는 적고 사는 사람 수는 만흠으로써 入學願者를 幾分의 一이외에 수용치 못하는 바 그 이외의 者는 대개 서당으로 轉한다. 그래서 今日은 農村書齋보다 都市書齋가 번창하게 된다. 여하간 今日 一時의 急을 구하는대는 도시나 향촌을 물론하고 서당을 개량하야 학교에서 敎授하는 것을 서당에서 敎授케 할 이외에 他道가 更無하니 이에 가령 三面一校制가 실현된다 할지라도 일반 아동을 다 수용치 못할 것은 물론이며 다시 一面一校制를 取한다 하면 그 부담을 감당치 못할 것인즉 여하히 생각할지라도 각 동리에 잇는 서당을 그 동민으로 하야금 개량케 하는 策 이외에 아즉은 별 수가 업다. 이것은 지방유지자로서는 다 가티 느끼는 바이라 한다.

過客의 눈에 띠우는 其他 멋가지

그 다음 지방 사정 중 나의 눈에 띠우는 것은 先者지방 자문기관의 확장으로 생긴 道郡評議員, 面協議員, 直員掌議(이것은 별것이나) 등 지방 각 譽職의 증가로 인하야 일부 민심에 사실상 慰悅을 준 것이며 재작년의 旱魃로 인하야 관청의 구제금 빗내여 쓰고 작년의 豐登으로 인하야 穀價폭락한 금년에 在하야는 그勃興하 빗을 갑노라고 사경에 陷한 일부 농민의 苦況이며 排日熱의 반동으로써 근일에 새로 는 親官熱의 현저한 것이며 조혼과 購買婚이 의연히 생하는 것이며 관리—특히 경찰관리의 하는 여러가지 행위중에는 사회의 비판—혹은 법률의 制裁를 바다야 할 일이 얼마라도 잇슴에 불구하고 언론기관의 無有와 지방 여론의 沈着으로 인하야 어두운 대 나서 어두운대서 감추어지는 것이며 이로 인하야 일반 인민은 官署를 무서워하며 미워할 뿐이오. 그를 신용치 안는 것 등이다. 제일 웃으운 것은 지방에 잇는 각 신문사의 支分局이다. 그들은 신문기사가 山積하얏슴에 불구하고 보도할 줄을 모르며 또 보도할 권위를 못가젓다. 족음 잘못하면 지방관서의 注意人이 되는 까닭이라 한다.

농촌의 요구는 다못 熱淚 한 방울

내가 이번 平北지방을 잠간 단여오는 중에 가장 深切히 느낀 것은 농촌개량이다. 그들의 마음은 비록 풀어지고 그들의 원기는 비록 沮喪되엇다 할지라도 어느편으로 보던지 到底 前日의 형제는 아니다. 어떠케 모다 충실한 것 가트며 우애에 찬 것 가트며 무엇을 바라고 구하는 것 가트며 또는 종래의 자리를 떠나서 새로운 무엇에 옴기려는 듯한 기분이 보엿다. 그래서 무엇이나 말하면 반듯이 귀를 기울이며 혹 그러치 안타고 주장하다가도 상당한 이유로써 그러타고하면 곳 찬성의 意를 표한다. 즉 전과 가트면 열마디의 말에라야 그의 應諾을 得할 의견이엇스면 이제는 한 두 마듸만 하야도 그만이며 전에 한 두 마듸로 할 말이엇스면 이제는 말 아니하야도 먼저 그리하자 한다. 나는 대하는 父老兄弟에게 마도 만히 말하야 보앗스며 말할 때마다 눈물이 흐르는 듯한 느낌을 가젓섯다. 그래서 이러한 조혼 형제를 가지고 웨 스스로 빈약하얏스며 웨 스스로 愚蒙하얏는가를 생각할 때에는 무엇무엇을 다 던지고 한 낫 농촌의 순례자가 되어 그 父老들과 그 자매들과 가티 울고 가티 웃다가 피가 마르고 뼈가 구더지는 어느날에 그대로 꺽구러지고 십허섯다. 오늘날에 잇서 농촌형제와 가티 일하여 나아감에는 금전도 지식도 제 2, 제 3문제이다. 다못 一幅의 동정과 熱淚를 가젓스면 그만이다. 우리 조선사람은 5백년래의 형식적 文治로 또는 양반과 토호의 폭학으로 또는 최근 10여년래의 관력정치로 인하야 전체로 감정이 식엇다. 아니 감정에 줄이엇다. 집에 잇스면 父兄이 끔즉하고 洞里에 나서면 동장 면장이 거드름 부리고 거리에 나아가면 순사의 얼굴이 무서우며 金力의 자랑으로 오는 부자의 冷淡, 智睿의 자랑으로 오는 식자의 驕慊, 어느 곳에나 정을 부칠 곳이 업섯스며 누가 정을 줄 사람이 업섯섯다. 이러하던 중 ― 작년 독립운동이 생긴 이래 사람―특히 동포가 귀한 줄을 알앗스며 지식계급의 지도가 반가운 줄을 알앗섯다. 이러한지라 今日에 잇서서는 누구나 성의로써 交하고 熱情으로써 謀하면 아니 될 일이 업고 못할 성공이 업게쯤 되엇다. 그런데 그 지방사람으로써 지방을 개량하기는 자못 용이치 못하다. 제일 隣巫不靈으로 일반이 그를 신용하는 정도가 다르며 또 지방이라고는 말금한 곳이라. 죽음 누가 무엇한다하면 곳 四圍로서 주목이 생기는 故이다. 그러나 이 亦 성의로써 當하면 그만일 것이다. 이 점에서 지방개량의 任에 당할 자는 누구보다도 敎會的 수양을 가진 사람이 상당하니 이리한 사람은 미리부터 사람 사랑할 줄을 알며 또 그만한 주목은 언제부터 바다온 故이라. 여하간 今日은 무엇보다도 농촌에 잇는 사람이나 또는 도시에 잇는 有識階級이나 농촌개선에 力을 注하야면 저 열려가고저 하는 父老의 腦를 開牖시키며 다음 無辜한 어린 자녀를 취학케하며 다음 농촌 농촌에 잠재한 遺利를 收拾하고 산업을 개발하야 智로나 富로나 德으로나 全 농촌의 정도를 향상 시키는 것이 근본으로 조선을 구제하는 道이며 모든 光明을 賣來하는 道이라고 나는 다시금 深切히 느끼엇다... 「蕪言多謝」

나는 先者 약 20일간의 시일을 費하야 일본동경을 구경한 일이 잇섯다. 이제 例套의 모든 말은 그만두고 다못 몟가지 所見뿐을 말하리라.

[06] 나의 본 日本 서울,
晚松 成琯鎬, 『개벽』 제12호(1921.06)~제13호

> 필자가 일본 도쿄를 여행하고 느낀 점을 기록한 글로, 제12호와 제13호에 중복 발표되었다. 중복한 이유를 알기는 어려우나 편집상의 실수로 보인다.

나의 눈에 비추운 동경의 표면은 이러하얏다. 위선 동경시의 도로는 도회도로로는 華麗 廣濶하다는 것보다도 차라리 狹窄 不潔하다 하겟다. 물론 이것은 지리 기후상으로 陋濕한 半野이엇스며 風雨 頻作에 因함이라 하겟지마는 적어도 人智가 現狀 이상으로 자연을 변경하는 능력이 부족함을 표현하는 것일 것이다. 좌우에 나열한 가옥은 일층보다도 이층 이상이 전부이고 양식보다도 和式이 대부분이다. 소수의 양식가옥이 아모리 화려 장엄하다 할지라도 그 안색은 화식의 색채속에 무텨버리고 말앗다. 그런데 화식 가옥의 역사상 혹은 지리상으로 변천된 원인은 그만두고라도 위선 연약하고 경미한 것으로는 세계에 제일일 것이다. 연약한 것이 汚穢를 입기 용이하고 경미한 것이 장구치 못한 것은 물론이다. 우리 조선식 가옥보다도 넘우 연약 경미한 것 갓다. 그래서 신건축일지라도 바람에 불릴 것 갓고 비에 쓸어질 것 가트며

또 날로 더럽어 가는 백의와 갓다. 동시에 전 도회의 형색은 화려 장엄 보다도 不潔 浮輕의 기분이 흐른다. 그래서 四處로 列羅된 점포에 찬란 화려한 貨物이 전 시가를 장식하야 노혼 것은 마치 버래먹은 나무에 花가 開한 모양이엇섯다. 그리고 그 貨物을 벌인 각 점포는 그 전면을 전부 열븐 유리창으로 꾸미엇슴으로 그의 점포의 내용은 밧게서 능히 다 볼 수 잇게 되엇다. 그래서 觀者로 하여금 深藏한 무엇이 잇는 것 가티 보이지 아니하고 전부가 이것 뿐이요 하는 無餘를 광고함인 것 가탓다. 물론 冠盖는 모다 양식이나 그 着衣는 소수가 양복이요. 다대수 는 廣袖衣의 和服이다. 廣袖衣라는 衣制는 원래 人身을 사실 이상으로 體小한 것 가티 뵈이게 하는 것이요. 또 왜소한 것은 일본인의 특질인데 게다가 모다 廣袖衣를 着한 것은 體小한 중에도 더욱 체소한 것가티 보인다. 그러나 체소한 곳에도 발발한 생기가 충만한 것 갓다. 발발한 생기 이것 하나이야말로 동양에 覇權을 가지고 열강과 並肩하게 된 骨 精이며 동시에 일본혼의 표현일 것이다.

이와 가튼 표면의 동경은 비록 初見者일지라도 별로 놀래일 것도 업 고 화려 장엄하다는 생각은 족음도 업다. 그러나 광대하다는 점은 긍정 아니할 수 업스며 더욱 경시치 못할 것은 전 도회에 충만한 발발한 생 기이다.

이면의 동경을 보고자 하엿지마는 나에게는 그것을 보기에 충분한 시일도 업섯스며 겸하야 해득할만한 안목도 역시 부족하다. 短促한 시 간과 부족한 안목으로도 見과 聞이 업는 것은 아니지마는 設或잇다 할 지라도 正見 正聞이 아닐 것이다. 正見과 不正見은 세평으로 讓하고 그 나마 余의 소견을 쓰는 것이 본지임으로 幾許의 소감을 記하랴한다.
현행 도덕상으로 본 일본은 평등도덕보다도 계급도덕이 추세이고 단 체적 도덕보다도 개성적 도덕이 사회를 지배하게 되엇다. 원래 洋의 동 서를 불문하고 태초로부터 현금까지의 문화 발전의 大분는 계급도덕이 평등도덕으로 진행되어가는 것뿐이며 현금까지뿐 아니라 미래 영원까지도 亦然할 것이다. 그럼으로 금일에 절규하는 소위 평등도덕이라는 것도 역시 절대의 평등이 아니요. 압흐로 얼마던지 평등에 평등으로 진행될 여지가 무궁한 것이다. 결국 평등이라는 것은 현재는 물론 이 세간의 끗 업는 미래까지를 아울러 통하야 최선 且最 공정한 것을 이름일 것이다. 일본도 역시 昔日 봉건시대의 純專制, 즉 극단의 계급도덕으로부터 유신시대에 入하며 일대의 斧鉞을 自加하야 신 도덕을 건립하야써 금일에 미처 온 것이다. 그 신 도덕이 금일까지 이르기에는 외래의 풍조가 다소의 변동을 주지 아니한 것은 아니겟지마는 신 도덕을 수립하엿다는 것은 역시 昔日의 혹독한 계급도덕 우에 외래의 신풍조로써 가미한 것뿐이요. 근본으로 개조된 것은 아니다. 원래 사회진보라는 자체가 그러한 것이라. 人性의 본질로 인습되어 온 것을 전연 파괴하고 딴 것을 건립하지 못하는 것임으로 인하야 소위 신 도덕이라는 자체도 계급도덕의 골자가 은연히 무텨 잇서왓다. 그 뿐 아니라 유신이 벌서 반백의 年條를 가지게 되엿슴으로 신 도덕이란 것도 이제는 또 舊殼을 쓰게 되엿다. 외래의 풍조가 업는 것은 아니겟지마는 그 구각을 신선케 하기에는 넘우 능력이 부족한 듯하다. 또한 그 뿐 아니라 四圍 列國에서는 개조운동이 爭起하야 남녀의 평등을 주장하고 노동의 평등을 절규하야 급격의 勢로 신 도덕을 건립하게 되엿다. 그러나 일본은 구각을 의연히 뒤집어 쓰고 전세계를 대하는 것 가티 보인다. 여하간 금일의 일본은 현대적은 아니다. 평소에 생각하던 것과도 딴 판 틀리는 일본국이다.

이러한지라 관민이 불평등이요. 남녀가 불평등이요. 빈부가 불평등이다. 관리는 인민을 下視하기 土芥가티하고 인민은 관리를 尊視하기 天帝가티 한다. 딸아서 관료가 금일가티 그 직권을 남용하는 것도 아마 이러한 관존민비에서 기인된 것이 아닌가 하엿다. 잡지 신문에 연속기재되는 고관대작의 매직사건이 모다 이것을 표현함일 것이다. 사회와 국가도 분업으로 조직된 것이다. 그러하다하면 관료라는 것도 국가생존에 대한 분업의 一役軍이다. 관료뿐만 아니라. 광산의 광부도 村間의 농민도 해변의 어부도 어느 것이던지 국가 생존에 사회조직에 一役軍 되기는 일반일 것이다. 그러면 동일한 役軍으로 혹 尊하며 혹 卑하다는 것이 시인할만한 합리라 하기 불능하다. 여하하던지 일본은 관존민비의 國이라. 적어도 열국에 비하야 尤甚한 것 갓다. 관민의 懸殊가 이러할 뿐 아니라 남녀간이 또한 불평등이다. 男은 女를 奴僕視하고 女는 男을 主人視하야 양개 이성의 대등적 인격의 결합이 아니요. 女는 男의 부속품이다. 이것은 여간 조선의 남녀에 비할 것이 아니다.

황금시대가 노동시대로 변하랴고 요동이 만흔 금일에 황금만능이라는 기세는 동경 전 시가에 편만하여 보인다. 모든 사물은 황금에서 산출되고 또 황금알에서 明滅한다. 물론 사물의 발생 소멸이 물질 정신의 종합체 아닌 것이 업는 것이다. 그러면 황금도 역시 사물조직에 일부분 되는 것은 누구나 긍정치 아니하는 것은 아니겟지마는 황금만능이라는 말은 황금의 능력이 정신을 凌加한다는 의미일 것이다. 일본은 의연한 황금시대의 일본이다. 약자의 주의와 貧者의 의견은 아모리 공정하다 할지라도 강자와 부자의 前에는 머리를 숙이지 아니치 못하고 부자와 강자의 의견을 설혹 불합리하다 할지라도 빈자의 머리 우에는 절대의 압력이 되고 만다. 그러하야 일개 부자의 의견은 만인인 약자의 의견을 무시할 수 잇다. 정파의 주의 쟁투도 결국은 금력 쟁투가 되고 만다. 余는 동경에서 부귀자의 別庄 혹은 居宅도 보앗스며 貧民集住處도 보앗다. 빈민촌을 보다가 부자의 別庄을 볼때마다 가증타 생각지 아닌 때가 업섯스며 부자의 別庄를 보다가 貧者의 거처를 볼때마다 가련타 생각치 아닌때가 업섯다. 부자의 別庄은 建造의 洋和를 물론하고 미려굉장을 극한 바 조각의 돌일지라도 기름기가 흐르지 아니함 업스며 정원에는 奇花佳卉가 滿栽되어 사시의 관상을 맛갓게하고 그 廣濶한 것은 公設의 공원과 並肩할 만한 것이 도처에 보엿다. 그러치마는

貧民들은 안식할 만한 일정한 주택이 업시 이리저리 풍전등화가티 浮萍을 지을 뿐이다. 무엇으로 보던지 현금 일본은 황금만능이다.

일본의 종교는 불교가 타교보다 수석을 점하엿다. 유교는 餘息을 保할 능력까지도 부족한 듯 하고 耶蘇敎는 일반 국민성에 불합함으로 발전의 힘이 微少하다. 고로 불교의 도덕이 일반을 지배하게 되엇다. 불교도덕이 일반을 지배하는 것도 그 교리의 진실이 그들을 지배케 된 것이 아니요. 교리가 미신으로 변하야 인습적으로 그들의 낡은 머리를 붓잡고 잇는 것 뿐인 듯 하다. 그래서 그들은 교리를 강구하야 자신이 교리로써 사는 것보다도 老女老夫들은 佛像前 投金箱에 돈을 더지고 두 손을 싹싹 부비며 복주기를 암축하는 것 갓다. 老女老夫뿐 아니라 청년 紳士輩도 이러한 일이 허다하다. 물론 자기 行身을 교리에 합치되도록 힘을 쓰면서 축복하는 것이야 당연한 것이라고도 하겟지마는 純 허식적 인습적 또는 맹목적으로 실행하야 오는 편이 더 만흔 모양이다. 불상전의 축복이며 장의의 예식이 모다 이러하다. 승려들은 傳布보다도 불교적 상인이 되어버렷다. 즉 불교는 형식으로의 생명은 살앗다 할지라도 교리는 소멸된 지 이미 오래인 것 갓다.

이뿐 아니라 어떠한 편으로나 미신이 허다하게 유행되는 것 갓다. 문전에는 거의 부적을 그리어 貼付하엿고 고목 미테마다 投金箱을 설치하고 香火를 피는 일도 업지 아니하며 上野公園 不忍池 엽헤는 石으로써 남녀의 생식기를 맨들어 노코 이것을 숭배하는 일도 보앗다. 이것을 볼 때에 人智가 능히 이러한 야비한 미신을 제거하기에 부족한 것을 표현함이라고 나는 생각하엿다.

정치상으로 본 일본은 더구나 余로 하여곰 말할 경험과 상식이 부족함으로 발언의 능력이 업다 말하는 김이니 단편적 소감의 일단을 병기코저 하다. 정치의 개선도 유신부터 벌서 반 백년의 長세월을 가젓슴으로 폐습이 된 것이 不無하다. 반 백년간을 진행하는 동안에 세력자는 세력

증식하기 용이한 일면으로 약자는 더욱 더욱 위축케 되엇다. 고로 세력자는 세력에 세력을 가하게 되고 약자는 약에 약을 가하게 되어 그 동안 낙후 되어버린 것도 不少하고 지금껏 여명을 보존되어 오는 것도 잇다. 改善 初의 同國 각 政派는 국가를 위하는 공정주의하에서 행한 쟁투엿슬 것이나 폐습이 점점 만하진 현금은 공정을 구하는 쟁투보다도 사리의 쟁투가 불소하고 정치 도덕의 실질보다도 법률형식을 유지하여을 뿐이다. 만철사건의 不起訴도 정치세력에 인함이요. 각 신문에 기사금지로 인하야 소송을 제기함도 무엇보다도 정치세력의 악화를 여지 업시 표현한 것이다.

다시 눈을 경제방면으로 옴기여 농상공의 발전을 본다하면 농업은 거의 상당한 정도에 도달하엿다 할만하다. 수리의 정돈이 완비되야 관개가 충분함으로 旱水의 害가 不多하고 경작에 정리가 精美할 뿐 아니라 施肥의 精神이 일반농민에게 보급되야 收穫이 년년 增取된다하며 상업으로 말하면 지금껏 진보 되여온 것도 장족의 勢로 발전되엿지마는 일반의 심리가 상업으로 집중하는 것 갓다. 그럼으로 상업의 장래는 유망하다. 일본은 상업의 일본으로 세계에 揚名하랴는 기세가 보인다. 街路에 즐비한 회사나 조합은 모다 상업을 목적하고 경영하는 것이다. 국제 상업으로는 초기의 보조라 하겟지마는 국내 상업으로는 벌서 편리할만큼 진보된 것 갓다. 공업에 일으러서는 아즉도 초기이다. 창조적 공업은 물론하고 모방적 공업도 아즉 상당하다기 어렵다. 광산적 공업은 몰으겟지마는 농산적 공업으로 말하면 일본의 공업으로써 자국에 농산을 능히 飽溶할 만 하다. 적어도 원시공업선을 지나 기계공업선을 진행하는 중이다.

일반 사회의 경제는 적극적이지마는 개인의 의식에 관한 경제 즉 그의 소극인 절약주의는 참으로 可驚할 일이다. 그의 음식은 참으로 간단하다. 그 우에 더 간단할 수 업다. 白飯은 물론이고 부식물이라고는 소위 「다구완」 즉 무김치 몃쪽이면 족하고 그 외에 여간 어류를 常食하고 육류라는 것은 上等 생활자의 식용이 될 뿐이다. 의복으로 말하면 木綿이나 綢絲를 물론하고 세탁을 퍽 드믈니 한다. 이것은 흑색인 까닭이다. 여하간 우리의 음식과 의복을 보다가 즉 여자는 의식의 供饋에 여가가 업슬만치 다식다의하는 것을 보다가 그들의 節食 約衣를 볼때에 우리의 생활난의 一因은 의식을 절약치 못함에도 잇다고 생각하얏다. 금번 세계 공통인 재계 변동 폭풍에도 그들의 일반 경제계에는 파급이 심하엿슴에 불구하고 개인로으는 조선과 가° 그리 참혹한 영향을 不蒙하야슴은 그 因이 全히 절약의 정신이 미리부터 조장됨에 在함인 듯 하다. 일본의 국민성으로 말하면 물론 島國性 特色인 短氣이다. 그러함으로 容物性이 부족하며 딸아 타인을 포용할 능력이 부족하다. 輒怒輒喜하되 怒할 時에는 불 붓듯 하며 푸러질 때에는 사탕 녹듯 한다. 生氣를 가진 때에는 뛰는 生魚갓다가도 한 번 生氣를 일흔 때에는 그만 다시 여력을 발휘할 여지가 업서지고 만다. 그들의 떠드는 노동운동이니 사상문제이니 하는 모든 것이 물 우의 거품가티 문득 騷動하다가 문득 까라지고 마는 것은 모다 그들의 민족성으로 나오는 필연의 결과인 듯 하다. 현대 사조는 청년계와 노년계가 懸殊하다. 청년계는 신사조가 편만하고 노년계는 구사상이 밋흐로부터 목까지 충만하다. 청년이라고 전부 신사조일 것은 아니요. 노년이라고 전부 수구일 것은 아니겟지만 신사조에는 청년이 다부분이요. 수구에는 노년이 다부분이다. 어느 시대 어느 민족을 물론 하고 신구가 업는 것은 아니겟지만은 新舊가 잇다 할지라도 <u>新은 舊의 산물되고 舊는 新의 원인이 되야 新은 이상적 미래를 상상하고 舊는 기왕의 경험을 확신하는 것이다.</u> 그리하야 新舊가 相須하야 절충적으로 조화됨으로 사회는 딸아서 順境으로 진보되는 것이다. 이러한 의미에서 新舊는 상반적이 아니오. 변천적이며 진보적이다. 그러나 일본의 新舊는 그러치 안타. 즉 舊라는 것은 벌서 반 백년을 진행하여온 동안에 폐습이 積聚된 그것이요. 新이라는 것은 舊에서 산출된 것이 아니라 四圍風潮가 돌연히 불어옴에서 생긴 그것이다. 이와가티 그의 新舊는 그것에서 그것이 나온 것이 아님으로 그 양자는 심히 相隔

하야 절충적으로 조화될 수가 업는 것이다. 舊는 新을 강력으로 撲滅하려하고 新은 舊를 傀儡라 하야 파괴하려한다. 그리하야 계급도덕을 파괴하고 평등도덕을 수립하랴 한다. 관민을 평등으로 하고 빈부를 평등으로 하고 남녀를 평등으로 하려한다. 櫻花의 爛漫도 빈민을 위하야 된 것이 아니요. 부귀자만 위한 것이며 團團한 명월도 고루거각에만 비추인다 하는 글은 무엇보다도 그들의 불평을 잘 설명한 것이다. 그리하야 暗中에서 新舊衝突이 격심한 모양이다. 나의 본 바에 의하면 기왕의 일본 유신 이후로 약 40년간은 물질로나 정신으로나 다 가티 진보되는 일본이오. 현금의 일본은 정신상으로 腐敗에 瀕한 일본이다. 그 공기를 전환하야 인도의 감격에 충만될 신문화를 건설하여야 할 일본인의 책임도 과연 무겁다 하얏다. 그것을 못한다면 일본인의 前途도 한심할 듯 십다. 그런데 그들의 민족성의 短氣陜隘은 대외적 으로는 여러 가지의 반감을 買하는 해악됨이 不無하나 대내적으로는 장점되는 것이 不無하니 즉 자국을 위하는 모든 일에는 일시의 희생을 不顧하고 能히 共同一致하는 것이다. 그러니까 그네가 모든 인류와 협동하야 세계적으로 나아갈만한 性과 德을 가지지 못한 것은 물론이나 자국 자민족의 보호에는 능히 堪耐할 것이다. 그리고 第一欽慕되는 것은 일본 청년 남녀이다. 일반 청년 남녀는 안색에 생어와 가티 활기를 띠엇슬 뿐 아니라 노쇠자보다 體長이 稍大한 것 갓다. 이것은 적어도 미래의 일본을 상상할 수 잇다.

최후에 진심으로써 우리 형제들에게 하소연코자 하는 것은 因循姑息的으로 존재만 유지하는 것이 목적이 아니요. 남과 가티 활생명을 발휘하야써 즉 산업 경제나 종교 도덕으로나 기타 어떠한 방면으로나 勢에 力에 또 감격에 충만된 신건설을 행하자 함이다.

〈제13호〉(1921.07) (나는 先者 約 二十日間의 時日을 費하야 日本 東京을 구경한 일이 잇섯다. 歷路 沿景에 對한 所感도 不無하나 此는 觀客의

套語에 不過한 바 文字는 一切로 略하고 다못 나의 눈에 비추운 東京을 그려보고자 한다.)

*내용은 제12호와 동일함.
편집상의 실수인지 중복 게재한 이유를 알기 어려움

[07] 舊文化의 中心地인 慶北 安, 禮地方을 보고,
一記者, 『개벽』 제15호(1921.09)

*이 글은 경북 안동 지방에 대한 취재기임.
퇴계의 사상 행적을 더듬고자 한 것임.

退溪先生의 遺迹을 찾기 위하야 記者는 다만 7月 26日로부터 同 31日까지 僅 6日의 期間으로써 慶北 安東 地方을 往還한 일이 잇섯다. 그런데 退溪의 思想과 文章이며 또 그 一生의 行蹟까지라도 退溪文集 또는 退溪言行錄에 詳載하야 잇는 바 이제 記者가 전혀 安東行을 計한 것은 (一) 先生의 思想이나 혹은 行迹의 如何를 더듬코저 함이 아니오. 다못 400年 後의 今日이나마 先生의 徜徉하던 그 땅을 한번 밟아 보고저 함이엇스며 (二) 先生의 遺風餘香이 어떠한 形式 혹은 內容으로써 그 地方에 남앗는가를 보고저 함이엇스며 (三) 500年 來 諸賢이 輩出하야 朝鮮의 鄒魯之鄕이오 儒敎文化의 中心地이라는 安, 禮地方을 보고저 할 뿐이엇섯다. 그런데 往還期日이 넘우 速하야 모든 것을 組織的으로 보아 엇지 못한 것은 遺憾 중 遺憾이며 여긔에는 다못 斷片의 所感과 所見을 披瀝하야써 爲先 讀者 諸位의 叅考에 資고저 한다.

(가)古之慶尙道 慶尙道 사람의 氣質 風俗이 어떠한 것은 그 곳 사람으로서 京城에 來留하는 몃 분의 親友를 通하야 겨우 그 輪廓을 想像하얏

스나 그 地方의 風土를 直接으로 보기는 이번이 처음이엇다. 一般이 아는 바와 가티 慶尙道는 堪輿家의 所謂 漲天水星이라는 太白山脉이 全道內에 磅礴하고 朝鮮의 第二 大江인 洛東江이 道의 中央을 縱流하야 地勢－자못 雄偉한 바 이 地方의 사람은 一般으로 骨格이 壯大하고 性質이 자못 뚝뚝하야 문득 보아도 무엇을 함이 잇슬 듯하다. 이것은 推象이 아니라 事實이 만히 그를 證하나니 우으로 옛적에 잇서서는 燦然 新羅 一千年間의 文明을 내엇스며 알에로 近古에 잇서서는 李朝 五百年間 儒敎文化의 根源地를 形成하얏다. 더욱이 이번 記者가 본 安東 禮安地方은 其地가 太白小白의 南에 位在하야 平原曠野가 明秀淸朗하야 白沙堅土가 到處에 展開되어 그 氣色이 完然히 漢城附近과 가탓스며 그 중 禮安은 記者가 主로 찾는 退溪先生의 本鄕이오 安東은 西崖 柳成龍, 鶴峰 金誠一先生의 本鄕으로서 書院이 處處이오 士大夫가 家家이라 할만하게 되엇다. 놀라지 마라. 往昔에 잇서서는 一般으로 倫義를 놉히고 道學을 중히 여기어 비록 孤村殘里일지라도 讀書聲이 끈칠 줄을 몰랏스며 鶉衣瓮牖이라도 모도다 道德性命을 말하얏는 바 자기네들이 먼저 文化鄕으로 自處한 것은 尙矣라. 勿論이오. 우리 一般도 그곳으로써 東方鄒魯의 鄕이라 稱揚하야섯다.

(나)今之慶尙道 그러나 이것은 벌서 옛적의 일이오. 只今의 慶尙道－아니 今日의 安禮地方의 일을 가르켜 할 말은 아니다. 이번 記者가 처음으로 그 地方에 들며 느긴 것을 가장 率直히 말하랴 하면 (그 觀察의 正否는 勿論 別問題)그 키가 커다라하며 얼굴의 뼈와 뼈가 몹시 두드러지고 붉고 누른 빗이 이상하게 들어나며 게다가 갓 網巾을 쓰고 긴 담배때를 느즉하게 든 그 地方 老人들의 貌樣은 어떠케 보기만 하면 곳 固陋를 느끼게 되며 그 중에 이상한 것은 어떠한 老人을 대하면 건방지고 쓸쓸한 氣味를 느끼엇고 또 어떠한 老人을 대하면 麤粗하고 너저분한 氣分을 느끼엇는데 後에 들으면 前者는 班家 老人이오 後者는 常家의 老人이엇다. 즉 그곳의 兩班 사람은 由來의 極端의 自尊心과 끈침업는 黨爭

(이 兩班 저 兩班 간의 黨爭은 우리의 想像 以外이엇다 함)으로 인하야 다수한 人間味의 多部를 일혼 冷寂한 사람이 되엇스며 常人은 累百年의 屈從生活로 인하야 神聖한 人生性의 多部를 빼앗긴 麤陋에 가까운 사람이 되고 말은 셈이다. 다시 말하면 過度의 自尊과 無理의 屈從은 다 가티 病的 사람 性을 짓고 마랏다. 「愿謹(形式)而拘礙齷齪, 小實而喜口說競」이라 함은 當地班人의 通弊를 가장 잘 說明한 것이오 「心志陋而但知行勢之爲貴 思想淺而易流迷信的言說」은 當地近來 常人의 通弊를 가장 잘 說明함이 될 것이다. 그러나 여긔에 한가지 생각할 것은 이것은 一般的으로 觀察하면그런 氣味가 잇다 함이오 個個人 반듯이 그러타 함은 아니다.

(다)갓 쓰고 김매는 農軍들 그 地方 동무의 말을 들으면 그곳의 兩班들은 옛날에 잇서서는 農事를 짓지 아니하얏다. 비록 물을 마시는 限이라도 農場에는 나서지 아니하얏다. 오즉 글을 읽고 禮를 講함이 그들의 唯一 任務이엇스며 近代 以降으로는 벼슬을 구하고 討索(對常人)을 행하는 한가지 任務가 늘엇섯다. 그러나 정말 최근에 미처는 大勢의 시킴에 의함이엇는지 兩班도 대개 農事를 짓게 되엇다. 들에 나아갈 때는 農笠(白色竹笠)이나 혹은 手巾을 쓸지라도 집에 돌아오면 반듯이 網巾 쓰고 冠쓰는 것이 그네들 사는 法이엇다.(그런데 只今은 兩班 중 首班兩班만 冠을 쓰고 其他 班은 廢止云) 그런데 記者가 安東으로부터 禮安에 來往하는 途中에서 만히 農用笠 이외에 正式의 갓을 쓰고 김매는 農軍을 보앗스며 그 갓은 그저 맨머리 우에 올려 노흔 갓이엇다. 實際는 農笠의 代에 헌 갓을 쓴 것이엇다.

볼 것을 대강 보고 그 地方을 떠나올 때에 記者는 이러케 생각하여 보앗다. 즉 今日이 地方의 舊文化가 이 地方에부터 잇는 形便은 마치 日前에 본 農軍의 머리 우에 언지어 잇는 笠子貌樣이라 하얏다. 詳言하면 朝鮮의 儒道文化는 그 自體가 實踐的이 아니엇다. 勿論 儒道自體로 보면 致知로부터 知至에이르고 誠意로부터 天下에 이르고 灑掃應對로부터 窮理盡誠에 이르게 된 最組織的 最實踐的의 道學이엇스나 惟獨 朝鮮에 이르러서는 그 道學이 심히 一般에게 徹底치 못하얏스며 딸아 實踐이 되지 못하고(勿論 特殊한 學者나 혹 一部 地域에서는 實踐되엇슬 것이나) 다못 徹底하게 實現된 것은 (一) 彼 階級的 意味에 在한 名分「例하면 長幼, 男女, 貴賤(班常), 貧富 등의 嚴格한 差別」과 (二) 이 名分의 擁護手段이라 할만한 儀式「例하면 喪祭禮 其他 家庭이나 社會에 在한 大小禮節」뿐이라고 할 수 잇게 되엇다. 이것이 웨 이러케 되엇는가 하면 爲先 儒道自體가 (一) 名分, 儀節의 方面에 만흔 精神을 둔 關係, (曰三綱五倫, 曰立於禮, 曰先禮後學 등) (二) 人慾 즉 食色의 防備를 名譽로써 대케 한 關係(曰立身揚名, 曰君子沒世而名不稱焉 등) 上 스스로 一般으로 하야금 形式에 흐르게 할 虞가 잇스나 우리 朝鮮에 잇서서는 儒道的 文化의 奬勵方法으로써 (一) 主로 儒者에게 향하야 仕宦의 路를 開放하고 (二) 政府로부터 孝子烈婦의 表彰을 直行한 것이 弊端이 되고 病痛이 되어써 儒道文化는 말할 수 업는 形式이 되고 마랏다. 즉 여긔에 한 사람이 잇서 小學을 배우고 大學을 읽는다 하면 灑掃應對進退의 節이나 혹은 窮理修身의 道學을 배움이 아니라 一般으로는 文字를 배운 것에 不過하며 그 중 相當한 사람이라야 입으로나마 窮理俊身과 格物致知를 말하얏스나 그것은 그것을 實行키 爲하야 함이 아니오 그리하여야 始로 公私間의 社會에 出身할 수가 잇섯든 故이라. 그리고 一般이 儒道의 禮節을 尊重하얏다 하면 그 禮節의 裏面에 숨은 眞理를 良心으로부터 承認하고써 尊奉함이 아니라 그리하지 아니하면 社會의 輿論이 무섭고 그리하면 公私로 襃揚되고 行世거리가 되고 兩班이 되는 故로 그리함에 不過함이엇다. 이 몃 가지 點은 朝鮮從來文化의 一般的 內容을 成한 것인 동시에 我東鄒魯之鄕이라 稱하는 安禮地方의 從來文化도 또한 그러하얏다. 즉 形式 뿐이오 實質은 업섯다. 그런데 一自甲午 이후로는 시대는 變遷되어 舊文化(儒道文化)의 唯一保障되는 政治的 勢力은 그만 崩壞된 동시에 그 후부터는 聖學을 工夫하여야 벼슬할 수 업섯스며 또 이미 工夫하야 혹은 벼슬하야 이뤄진 兩班에 대하야서도 누가 끔직하게 여겨주는 사람이 업섯다. 舊文化의 危機는 벌서 그때에 왔섯다. 그러나 당시의 이곳 父老들은 다시 말하되 「이것은 一時의 變局에 不過한 바 반듯이 回復될 날이 잇스리라」하야 스스로 慰安하며 그 現狀을 維持하노라 하얏다. 그러하던 중 朝鮮 文化史上의 一轉機는 또 한번 왔섯다. 즉 再昨年 萬歲運動이 한번 일어나며 그 餘勢는 主로 新文化의 樹立運動으로 轉하야 生에 대한 尨大한 그 自覺과 어우러저 朝鮮 全土를 風靡하는 一大 勢力이 된 동시에 朝鮮 從來의 形式文化는 一層氣息이 奄奄하게 된 중 安禮地方의 從來文化도 이 큰 變動 중의 犧牲이 되고 마랏다. 즉 一言으로 蔽하면 朝鮮의 儒道文化는 그 自體가 一般에게 徹底치 못한 一種 形式的 文化이엇섯다. 다못 그 文化가 一般을 支配하게 된 것은 전혀 政治的 勢力과 社會의 輿論에 의하야 支持되엇섯다. 그런데 世代는 激變하야 政治的 勢力과 社會의 輿論은 그 文化의 背後에 잇지 아니한 동시에 그 文化는 스스로 無色하게 되엇다. 다못 特異한 것은 이 變化가 朝鮮의 外他地方에 잇서서는 벌서 잇섯슴에 불구하고 南道地方—특히 安禮地方에 잇서는 只今 잇는 중이며 또 그 地方은 從來 文化의 中心地가 되엇던 그 만큼 그 變化의 作用이 他地方에 비하야 강한 것뿐이다.

이리하야 이 地方의 舊文化는 十分의 色彩를 일헛다. 그러면 그 代에 새로운 文化가 繼承하얏는가 하면 아즉 그러치 못하다. 그곳은 只今 無一物이다. 거리로 가면 帽子 쓰고 구두 신은 靑年이 오락가락 함을 보나니 新文化樹立의 運動을 행하는 樣이며 村으로 가면 冠 쓰고 소창 옷 입은 사람을 볼지니 「반듯이 그러하지 안흘 수 업*하야 그러함도 아니오 전부터 쓰고 입던 것임으로 그리할 뿐이다. 마치 記者가 본 헌 갓 쓴 農軍과 갓다. 집에 잇는 것 그대로 내어버리느니 이러케라도 쓰어보자 하야 쓴 것뿐이다. 아모 意味가 업다.

(라)迷信의 流行 그 地方에서 또 한가지 느낀 것은 迷信의 流行이 特甚한 것이니 村에 나아가면 집마다 大門 우에 물瓶 달은 것을 보앗는데 이것은 怪疾侵入의 豫防이라 하며 一週日만에 玉皇上帝와 面會를 한다는 훔치敎는 一時 安東地方을 風靡한 바 當地警察은 한참 그 敎의 取締에 眼鼻를 莫開하얏다 한다. 儒敎文化의 中心地이라는 그곳에서 이러한 迷信의 流行을 見함과 如함은 一見 奇怪하다. 그러나 그곳 人心의 內容을 보면 그리될 수 밧게 업다. 그 地方에는 다른 地方과 달라 前日이라도 村中에 書堂이 업고 각자 자기 집에서 家庭之學으로 工夫하게 되엇다. 兩班의 家門은 대개가 有識한 바 이러케 할지라도 별로 關係가 업섯스나 常人의 子弟로는 到底히 就學할 수가 업섯다. 그리고 自來의 兩班들은 常人의 修學을 不許하야 常人 중 有識者가 혹 생기면 곳 그를 排除하얏다. 이는 常人도 有識하면 兩班과 가티 될 것을 미워한 故이엇다. 이리하야 그 地方 사람의 半數 이상을 占한 常人은 目不識丁의 無識漢이 되엇다. 儒道를 崇奉한다사 얼마나 思想의 改善을 어덧스랴마는 常人은 그나마 崇奉할 自由가 업섯다. 이와 가티 無識하고 미들 바 업는 常人들은 迷信밧게 더 取할 길이 업다. 그리고 右에도 말하얏거니와 朝鮮人으로서 儒道를 崇奉하얏다 하면 그 眞面이 아니오. 만히는 形式이엇는 故로 儒名으로 佛行을 한 者 혹은 巫行을 한 者 등까지 各色이엇다. 그래서 兩班 家庭에도 사실은 迷信의 氣分 속에 무티엇섯다. 이리하야 一般은 迷信, 이니 其他 異端으로 돌아가기에만 可當하게 되엇다. 이것은 非但 安禮地方이라 全鮮一般의 形便이라 하야도 過言이 아니겟다. 試思하라. <u>朝鮮全土에 儒道文化가 그만큼 浹洽하얏슴에 불구하고 東學의 敎派가 한번 일어나자 어떠케 되엇스며 基督敎가 한번 輸入되자 어찌 되는가. 모다 一瀉千里의 勢로 發展하는 今日이 아닌가. 儒道의 文化가 어떠케 形式的이엇스며 局部的이엇슴을 더욱 이로써 알 수가 잇지 아니한가.</u>

(마)常人은 極度로 墮落 이러케 信道의 自由도 就學의 自由까지도 업는

從來의 그곳 常人들은 그야말로 사람부스러기로 살아왓섯다. 그래서 그들은 兩班이 그들의 人格을 不認하얏슬 뿐만 아니라 자기들 스스로 가 스스로를 우습게 보게 되엇다. 廉恥니 道德이니 하는 것은 그들의 關知코저 하는 바가 아니엇섯다. 그리고 그들의 生活難은 한층 그들의 良心을 痲痺케 하얏다. 朝鮮의 娼妓하면 누구나 慶尙道 女子가 最多함 을 생각할 것이다. 그곳을 가서 알아보니 그 娼妓들은 모다 그곳 微賤한 常人들이 生活難으로서 자기의 愛女를 放賣한 것이다. 安東 邑內에 도 그 娼妓書堂이 잇다는 말을 들엇다. 娼妓나 됨에는 講習할 것도 업겟 지마는 時俗이 開明이 되어 娼妓에게도 歌舞를 要하게 되는 바 다소간 이라도 歌舞를 學習하면 더 만혼 代價를 밧게 되는 故이라 한다. 平壤에 는 妓生書堂이 잇고 安東에는 娼妓書堂이 잇고! 참 훌륭한 對照이다. 自己 同胞를 부스럭이(屑物)로 만들지 안코는 말지 아니하던 餘禍—盖 如斯하도다.

(바)純漢文의 廣告비라. 記者는 安東市內에서 養蠶講習生募集 廣告文 을 보앗는데 純漢文이엇다. 이곳에서는 廣告를 만히 純漢文으로 하는 樣이다. 그 內容을 알아보면 그럴 수밧게 업게 되엇다. 그곳에서는 第一 로 漢文을 崇尙한 동시에 상당한 집 子孫치고 漢文 모르는 사람이 업스 며 그 反面으로 朝鮮 國文은 文字로 생각치도 아니하얏다. 그래서 純漢 文은 읽을지라도 純諺文은 읽지 못한다. 近日의 新聞雜誌를 보는 사람 들도 諺文을 만히 쓴 記事에 이르러는 開口를 못하는 樣이다. 그런 중 朝鮮文을 尊重하는 氣風이 近日에 생기어 훌륭한 漢文文章들이 只今 朝鮮文을 배우는 이가 잇다 함도 그곳이 아니면 듯기 어려운 말이다.
　그 地方의 돈 會計法이 또한 滋味잇스니 10錢을 닷돈이라 한다. 딸아 서 한兩이라 하면 20錢이 된다. 즉 從來의 葉錢한 分을 只今 新貨 두分 즉 倍를 처서 會計하는 故이다. 그만 예를 貴히 여긴다는 表示이라고 볼 것인가. 돈 會計말이 낫스니 말이지 서울서는 10錢을 닷兩이라 한다. 딸아서 한兩이라 하면 新貨 2錢에 不過한다. 즉 新貨를 舊貨의 5倍로써

計算하는 故이다. 서울서는 이만큼 새것에 阿諂한다는 表示인가? 그런 대 平安道 地方을 가면 10錢이 한兩이오 한兩이 亦 10錢이다. 新舊貨를 全然 平等으로 待遇한다. 그러데 平安道 地方에서는 舊에 拘泥하지도 안코 阿諂하지도 안코 오즉 新舊의 中正을 잡아써 나아간다는 表示인 가? 咄.

(사)只今 勃發되는 新文化運動 前項에서 記者되는 安禮地方의 文化狀態를 指하야 舊는 가고 新은 아즉 建設되지 아니한 無一物이라 하얏다. 現在로의 상태로는 과연 無一物이다. 그러나 其 中에 一物이 方히 展開되고저 하는 것이 잇슴을 記者는 보앗스니 즉 그 地方 敎育熱이 異常히 膨脹된 것이며 一般 靑年의 活動이 比較的 만흔 그것이다. 즉 安東郡內(含禮安)에 現存 普通學校가 7個所인 중 其 中의 3個學校는 그 前身이 中學程度의 學校이엇다는 훌륭한 履歷을 가젓스며 그리고 客春同郡某地에서 普通學校를 設하는 중 그 附近村落과 位置問題로 紛爭이 생기어 두 곳에서 各其 學校를 設立하얏다는 말을 記者는 들엇는 바 其 敎育熱이 如何함을 可知하겟다. 그리고 一般 靑年의 活動으로는 邑村에 靑年會가 잇고 安東邑內에는 勞働共濟會의 支會가 有하야 會員數가 二千餘名인데 同施設部의 事業으로 消費組合을 發起 중이라 하며 돌아오는 冬閒期에 이르러는 各地에 農村講習을 행하리라 한다. 또 嘉尙한 것은 同郡 豊西面 下回村(柳西崖先生의 生居地이니 先生의 書院이 有하며 그 子孫 300餘戶가 團居)에 少年會가 設立되어 滋味잇게 일하야 간다는 것이다. 이뿐 아니라 記者가 그곳에 들기 바루 前日에 學生大會의 巡回講演이 잇섯는데 매우 盛況이엇다 하며 또 그 地方人으로서 東京에 留學하다가 夏季에 돌아온 學生들이 講演隊를 組織하야 村村을 巡講하는 등 그 각 방면의 활동은 실로 注視할 가치가 잇스며 이 步調로 長進하면 그 地方이 昔日에 잇서서 朝鮮 舊文化의 中心地가 되엇슴과 가티 今日에 잇서는 朝鮮 新文化의 中心地가 될지 모르겟다. 記者는 그 一般 有志의 끈기 만흔 活動이 잇기를 빌며 특히 그곳 靑年들의 組織잇는

新擧措가 만키를 바라는 바이다.

(아)一人이 可以興鄕 記者가 그 地方에서 들은 말 중에서 가장 感激하야 마지아니한 것은 同郡 東後面에 定居한 柳寅植氏의 일이엇다. 氏는 일즉이 京城에 住留하며 時勢의 推移에 着目하던 중 距今 14年 前 丁未에 문득 鄕邑인 安東으로 돌아와 당시 郡守와 相謀하고 同郡 邑内 儒宮財産 1,220斗落의 强制寄附를 受하야 同郡 臨河面 川前里에 中等程度의 協東學校를 創設하고 新敎育의 實施에 着手하얏다. 敎育熱이 불가티 일고 新文明에 대한 憧憬이 今日가티 懇切한 이때에 잇서서도 多數人을 상대로 하야 一個의 學校를 建設함이 실로 易事가 아니여던 距今 14年 前의 그때에 잇서 특히 舊文化에 대한 崇仰의 度가 朝鮮 어느 地方보다도 第一로 濃한 그 地方에 잇서 夢中에도 생각치 아니하던 新文明의 輸入을 一朝에 計코저 한 그 운동이 어찌 難事가 아니엇스리요. 氏의 그 運動은 果然 그 地方의 晴天霹靂이엇섯다. 一般은 처음에는 驚惶하얏스며 다음으론 亂賊의 所爲로 認하얏다. 그와 가튼 四圍의 空氣는 畢竟 協東學校의 庚戌年 慘禍를 誘致하야 그 學校의 敎員이던 김기수, 안상덕, 리종화 三氏는 당시 侵入한 義兵의 손에 銃殺되고 學校는 一時 門을 닷는 不得已에 至하얏다. 그러나 柳氏와 其他 幾人의 有志는 이에 不屈하고 곳 從前의 敎育을 계속케 한 바 毁辱하는 者는 毁辱하얏스나 諒解하는 者는 諒解하기를 始하야 其後 未幾에 禮安 退溪村에는 同程度의 寶文義塾, 豊西面 河回村에는 同程度의 東華學校의 設立을 見하야 최근까지 계속하던 중 經營의 困難과 當局의 慫慂으로 인하야 右 三校는 客春에 모다 普通學校로 組織을 變更한 바 이것이 그곳 新文明建設運動의 大槪이며 어떠케 말하면 柳寅植氏 活動의 大槪이다. 그래서 그 地方에 잇서 오늘날 新文化를 말하고 新活動을 絶叫하는 新進靑年의 大部는 모다 右三學校의 出身 혹은 關係者 아님이 업다 한다. 記者는 그 地方의 文化改新에 대한 柳氏의 功을 多하다 하는 동시에 柳氏 及其他 靑年有志는 다시 前日의 그 熱力을 奮發하야써 爲先 그 地方에 中學

校 一校만 設立함이 잇기를 切望不已한다. 우리보다도 여러분이 먼저 느꼇슬 것이어니와 어느 境遇로 볼지라도 安東地方에 中等學校 하나쯤은 잇서야 될 것이 아니겟습니까.

附記 安東은 禮安郡을 倂하야 其 面이 18이오 邑內 戶口만 2천餘를 算하는 大邱 以北의 雄州로서 裁判所, 監獄, 兵營 等 官側의 施設은 업는 것이 업다. 其 郡治는(距大邱 約 250里) 花山의 南, 洛東江 上流의 沿岸에 位在하야 其 景을 可掬하겟스며 南의 映湖樓와 東南의 歸來亭은 此地와 名勝이며 특이 映湖樓는 高麗 恭愍王 南遷時의 宴遊處로서 그 扁額은 恭愍王의 筆이라 한다.

退溪墓所와 陶山書院을 拜觀함

7月 26日 京城을 떠나 그날 밤을 大邱에서 지낸 記者는 그 翌日되는 27日 早朝 自働車로 安東을 向하얏는데 砥石 가티 平坦한 大道의 左右로 한갈 가티 벌어선 並木은 행인의 心事를 愉快케 하얏다. 다못 困難한 것은 橋梁의 不備로서 그 만흔 河川을 건늘 때마다 車는 車대로 乘客은 乘客대로 獨立하게 되는 그것이며 暴雨 한 보습만 나리면 交通遮斷이 되는 그것이엇다. 이날 午後 4時頃에 安東을 着한 記者는 바로 退溪村을 向하랴 하얏스나 이럭저럭 日勢도 저물고 또 뜻하지 아니한(同窓의 誼가 잇는) 權重烈金元鎭 兩兄을 대하게 되어 그 밤을 安東 邑內에서 지내고 그 翌朝에 退溪村을 向하얏다. 退溪先生의 墓所가 잇고 또 그 書院이 잇는 退溪村(今 安東郡 陶山面 兎溪里)은 東으로 安東邑을 距하기 50里, 元禮安邑을 距하기 東으로 10里 許에 잇섯다. 이날로 安東을 돌아올 생각으로 奔走히 馬를 모라 土溪里에 닷기는 霖雨가 부슬부슬 내리는 午後 3時 半頃이엇다. 安東 親友의 紹介에 의하야 直히 그 곳 李迪鎬氏를 陶山面事務室로(李氏는 面長이요 또 面事務室이 土溪里에 잇는 故)로 차자 來意를 告하고 諸般의 周旋을 請하얏는데 그의 承諾은

快하나 사실은 奔走한 樣이엇다. 그 境遇를 斟酌한 記者는 獨步로써 土
溪를 건너 退溪先生의 墓所를 차잣다. 墓所는 先生의 本居인 溫惠里를
距하기 約 2里이요. 記者가 着足한 土溪里 面所로부터는 土溪를 隔하야
東으로 비스듬하야 보이는 近處이엇다. 墓所가 잇는 山은 그러케 놉흔
山은 아니나 그 山巓이 急峻하야 오르기에는 꽤 힘이 들게 되엇다. 記者
는 다시 山下에 미처 冠쓴 老人(勿論 先生의 後孫)에게 길을 무러 山上
에 올랏다. 移時토록 墓前에 揖竊*하야 意味深長한 敬意를 表하고 感慨
無量의 중에서 墓所의 全面 또 그 四圍를 보앗다. 墓身의 바루 前에는
크다라한 床石이 잇고 그 左右로 金冠朝服形의 大小石人과 望柱石 各一
對가 잇고 그 東에는 神道碑가 잇서 그 前面에「退陶晩隱眞城李公之墓」
의 十字를 大刻하고 其他 面에는 先生의 一生을 簡敍한 先生의 自銘과
奇高峯이 其 後를 叙한 銘文이 잇섯다. 그런데 그 碑는 지난 乙巳 10月
에 改立한 것이며 그 西便에 散在한 옛 床石으로써 推想하면 墓前의
床石도 또한 改修한 것이다. 墓形은 尨大한 正圖隆形으로서 그 前面이
적이 崩落하야 粂拜하는 記者는 자못 未安을 느낀 同時에 그 碑와 그
床石을 改修함과 가티 그 墓身의 前部도 적이 補修하엿스면 如何할가
하얏다. 記者가 墓前을 拜謝코저 할 때에는 부슬거리는 비가 그치고
오히려 雨意를 먹음은 그늘이 山上을 徘徊하며 잇다금 불어오는 南風
이 墓上의 작은 풀꼿 우에 매친 이슬을 움즉여 떨어터릴 뿐이엇다. 바
루 墓下를 보면 先生이 지늘(臨)고 또 건너이던 土溪의 작은 물은 흐르
는 것이 예와 가트며 그 越便을 바라면 陶山의 磅礴이 其 勢가 一樣이거
늘 다못 시대와 人心뿐은 先生在世의 당시와 이제가 갓지 아니하야 先
生이 熱心으로 主持하시던 그 文化는 자쵀가 날로 熹微하고 先生으로
는 뜻도 생각도 아니하신—즉 儒도 아니요 佛도 아니요 또 老도 아닌—
一種의 異端的 文化가 朝鮮의 全土를 風靡하여 잇도다. 만일 先生의 靈
으로서 이곳에 담기운 이 遺體와 가티 게시사 今日의 이 現狀을 鑑察한
다 하면 그 感懷가 果然 어떠할가. 時代的 大勢의 使然으로 文化上 局面
이 轉換되는 것은 오히려 可히 忍하려니와 先生 이후에 第二 第三의

先生이 또다시 나지 못하고 紵*自近代以降으로 士習은 날로 渝薄하며 所謂 形式의 文敎는 때로 惡化하야 今日에 잇서는 저 樵夫牧童의 입에서까지 「儒敎亡國」의 노래를 듯게 된 그것을 만일 先生의 靈으로서 想及하신다 하면 그 느낌이 또한 어떠하실가. 4年 前의 先生의 靈을 弔함과 가티 500年 來 儒道文化의 餘墟를 아울러 弔치 아니치 못하게 된 記者의 가슴은 臆塞하얏도다. 그러나 儒道文化의 疲廢가 어찌 先生의 疲廢리요. 다못 先生의 그 뜨거운 全部를 잇고 儒道의 眞髓를 버리고 오로지 자기의 名利爭奪에뿐 汲汲한 幾多 惡儒輩의 作亂을 鼓攻할 것뿐이다. 戚古傷今에 戚戚의 悲哀를 스스로 禁치 못한 記者는 다못 簡單히 「저는 오즉 先生의 그 純摯한 性格과 貞篤한 言行에 感泣합니다. 저는 今日부터의 저의 一生을 오로지 先生의 그 性格과 그 言行을 憧憬하는 중에서 저무리겟나이다. 先生─先生이시어. 하실 수 잇사오면 先生의 그 性格 그 言行으로써 우리 2천만 동무의 性格과 言行이 되게 하여 주십시요. 先生 世上떠난 후 350年 재되는 辛酉 7月末에 어린 後生○○○은 울며 떠나나이다」 하는 두어 마디 말슴을 느끼면서 남기고 그만 墓前을 拜辭하얏다.

山에 나려 記者는 李迪鎬 兄을 伴하야 陶山書院을 차잣다. 그칠 듯하던 비는 다시 나리기 始作하고 말 몰고 온 사람은 嘶腹하다고 툴툴거린다. 早發安東한 그로서 여태까지 點心을 못한 그로서는 아니 그럴 수 업다. 土溪里란 곳은 先生의 後孫 居住地로 家戶數는 數十을 過하나 點心한 그릇 시켜먹을 수가 업섯다. 書院에 이르니 雨勢는 漸急하며 山氣는 益沈하얏다.

이 書院은 溫惠里 先生의 本第를 距하기 約 5里以東되는 陶山의 南, 洛東江 上流의 西岸에 位在하니 先生이 晩年에 陶山書堂을 일으켜 學을 講하고 性을 養하시던 그곳이다. 鬱蒼한 松林을 허치며 흐르는 小流를 쪼차 작은 洞口를 지내어 院內로 들어가게 되엇는데 그 洞口 이름이 谷口나 「絶來轅於谷口」의 意味를 取함이다. 院門을 들어서면 左便으로

古色蒼然한 작은 집을 보게 되는데 이것이 즉 先生의 手創한 陶山書堂이다. 그 間이 僅히 三이니 東은 軒이오 西는 寵요 中은 室이며 다시 室은 玩樂齋, 軒을 巖栖라 하얏스며 軒의 東에는 다시 작은 半間을 附하야 본래의 軒과 通하얏는데 이것은 先生의 在世時의 遺意를 承하야 全羅監使로 陶山을 訪한 門人 鄭寒岡이 單一日之間에 追補한 것이라 한다. 다시 그 三間을 圍한 高不過數尺의 石垣이 잇고 其垣中央에 門을 設하얏는데 柴門이엇스나 只今은 門틀만 殘存하며 그 垣의 東西隅에는 名梅一叢式을 植하얏고 다시 그 軒의 東에 正方形의 小塘이 잇고 그 塘 알에는 井이 잇는데 塘을 方塘(或曰淨友), 井을 洌井이라 하며 그 一間인 室中에는 西北 二壁에다 欌이 잇는대 거긔에는 모다 遺器를 藏하얏스며 遺器는 즉 璣衡具 一, 案檠投壺 各一, 花盆唾壺 各一, 硯匣 一인데 그 硯匣은 不幸不肖의 盜取한 바가 되엇다 하며 또 靑藜杖一枝가 有하야 匣으로써 藏하얏스며 그리고 室內의 橫架가 有한데 架上에는 枕席具舊物을 置하얏스며 또 軒의 東便에 南北의 柱를 以하야 設한 橫木이 有한데 此는 先生이 璣衡具를 달고 今日 地球儀와 가티 빙빙 돌려가면서 天道의 運行을 硏究하던 것이라 한다. 이 齋의 西에 또 童蒙齋란 것이 有하니 是는 先生 在世時에 遠方으로 來하는 士子를 위하야 지은 것이니 특히 工學形으로써 하얏다 하며 此東西兩齋를 通하야 陶山書堂이라 하얏다. 書院은 이 堂後에 잇스니 그 入門이 進德이라 이 門을 들어서면 左右齋가 잇스니 東은 博約, 西는 弘毅며 그 北으로 南을 面하야 祠宇가 잇스니 其 名을 尙德이며 陶山書院이라는 金字의 扁額을 부텻는데 이것은 賜額으로서 韓石峯의 筆이라 하며 祠宇에는 先生 이외에 趙月川을 配享케 하얏는데 2月, 8月에 兩次의 享祀를 행한다. 書院後는 山이요 그 前은 川이며 그 四圍는 連抱의 松檜로써 둘리엇는대 그 중에는 先生의 手植에 係한 것이 잇다하며 又 東麓 約百步許에는 天淵臺가 잇서 四麓의 天雲臺와 相對하게 되엇는데 다 先生의 手築이며 그 下의 川을 濯纓潭이라 하얏는데 此의 第一은 鳶飛于天, 魚躍于淵의 意, 第二天光雲影共徘徊의 意, 第三은 淸斯濯纓, 濁斯濯足의 意를 取

함인데 書院을 除한 이외의 齋名臺名 其他 名稱은 모다 先生의 命名에 係한 것인 바 先生의 生活이 如何히 意義가 深한가를 엿볼 수가 잇다. 그리고 그 山과 그 水는 先生이 書宵로 徜徉하시던 곳인 바 그 一草一木이 모다 先生의 手澤을 傳하는 듯 하얏스며 先生의 動靜을 說明하는 듯 하얏다. 先生으로서 一生을 저무리신 그곳이라 一日이라도 저무림을 어덧스면 얼마나 깃벗스랴마는 記者는 路程의 急迫으로 비나리는 저믄 날에 陶山을 떠나 그곳서 約 10里되는 元禮安邑內에 一泊하고 다시 安東 大邱를 거처 서울로 돌아오고 마랏다.

아아. 느낌 만흔 安東行! 그 뼈뿐을 記하야써 新舊文化의 變態를 보이고 나아가 先生을 仰慕하는 情을 永遠에 傳코저 한다. 내종으로 此行에 記者를 위하야 끗끗내까지 便宜를 주신 여러 兄님—특히 安東勞働 共濟會支會 總幹事로 게신 柳周熙氏를 위하야 만흔 感謝를 들이며 柳淵建兄의 哀情으로써 주신 贐行詩를 揭하야 끗을 막슴니다.

寄 金起瀍 兄 行軒: 花城東畔暮烟橫, 逆旅元多百感生. 半夜孤燈應有夢, 一天歸雨更論情. 寓慕允宜探古蹟, 識荊何待賴今行. 燃藜盖自經綸手, 漢水千年不盡聲. 第一島 柳淵建 謹稿.

[08] 自然의 王國 江界를 보고,
─記者, 『개벽』 1921년 10월 임시호(1921.10)

기자가 강계 지방을 돌아보고 느낀 점을 기록한 것으로, 여정과 견문이 잘 드러나는
기행문임. 묘향산.

一

京城에서 新安州가 約 800餘理(新里數), 新安州에서 軍隅里(价川)가
約 60餘里, 軍隅里에서 熙川이 280里, 熙川에서 江界가 約 360餘里, 都
合 京城에서 江界가 1520~30里假量(一千五百二三十里假量)되는 距離
에 汽車의 行程이 800里이며 輕便鐵道가 60里이며 自働車行程이 640餘
里 假量이엇다. 그리하야 그 中間에 都會라 稱할만한 곳은 京城에서
新安州에 가는 京義線 沿路800餘里에는 有名한 開城이 잇스며 平壤이
잇스며 數十의 小都會가 沿在하여 잇스나 其後 新安州로부터 江界까지
거의 720餘里의 中間에는 都會라 稱할만한 都會가 업고 겨우 价川에
軍隅里라 하는 市街地와 熙川에 熙川邑이 잇슬 뿐이오 그리고 熙川으
로부터 360餘里 동안은 長山大川, 幽谷絶峽, 層巖絶壁, 高原急坂, 幽林
叢石을 緩回屈曲하야서 멀리 鴨綠江中流 沿岸에 據한 一大雄州巨邑은
이곳 江界라는 곳이엇다.

때마츰 菊秋佳節, 한울은 놉고 날은 맑은 9月26日 아츰 여덟時에 南
大門發 京義線 急行列車의 첫 고동소리로서 記者의 江界行의 旅行은
열리엇다. 京義沿線에는 方在 가을빗이 무르녹아 正是橙黃橘綠의 好時
節이라 살가티 빠른 直行列車는 어느덧 京安間 800餘里의 遠程을 突破
하고 奉天을 向하야 새고동을 트는데 記者는 다시 방향을 변하야 安价
輕便鐵道에 몸을 싯고 淸川江沿岸을 突進하야 軍隅里라 하는 市場에

到着하기는 26日 下午7時傾이엇다. 軍隅里라 하는 곳은 价川邑을 距하기 20里 北便되는 地點에 잇는 한 市場이엇다. 10年前까지는 寂寞하기 짝이 업는 一個農村이엇섯는데 安价線輕便鐵道가 열린 이후로 점차 發展의 端緒를 열어 日進月步의 勢로 只今은 어느덧 都會의 色彩를 나타내엇다. 그로부터 寧遠, 德川을 가는 大路가 잇스며 有名한 妙香山을 들어가는 길도 그곳이며 藥山東臺(寧邊)의 勝景을 찾는 길도 그곳이며 熙川江界를 直通하는 自働車도 거긔서 發端하엿다.

27日 아츰 열點 假量이엇다. 記者는 江界行의 自働車의 一員이 되엇다. 이로부터는 純粹山國의 自然을 맛보게 되엇다. 아니 山과 江의 두 가지의 自然이 活動寫眞모양으로 連해 새 局面을 展開하면서 나아간다. 山의 趣味가 五分이면 江의 趣味도 五分이엇다. 軍隅里에서 「개잿嶺」 (熙川과 江界의 郡境)까지 近 400里되는 距離에 줄곳 淸山江을 끼고 올라갈 뿐이엇넨Q. 山을 돌면 江이 잇고 江을 건너면 山이 잇다. 山과 江이 連해 交叉되어 海拔數千尺되는 「개잿嶺」을 올라가게 된다.

二

江界 自働車 旅行이야말로 人生一代의 한 快樂이라 할 수 잇다. 高點에 올라 갈스록 自働車의 速力은 점차 緩慢하야지며 어떤 때는 斷崖絶壁 의우에서 淸川江의 急湍激流를 굽어보게 되며 어떤 때는 幽谷斷橋의 우에서 崇山峻嶺을 우럴어 보게 된다. 더욱이 놀랄만한 壯觀은 개잿嶺 上에서 妙香山을 건너다보는 壯觀이엇다. 개잿嶺의 中麓에서부터 妙香山의 雄姿가 보이기 始作하다가 한번 嶺上에 오르고 보면 妙香山의 全景이 指顧의 間에 徘徊한다. 힘주어 한번 뛰면 개잿嶺에서 妙香山을 단숨에 건너 뛸듯하다. 누구나 다 아는 바와 가티 妙香山이라 하는 것은 自古로 檀君誕生의 聖地라 하야 歷史의 考證은 勿論 업스나 傳來하는 說話에 印想이 되엇던 바 밋 登山함에 臨하야 不知中 이러한 생각이

잇섯슴으로 이 가티 써짐. 朝鮮民族치고는 누구나 다－崇拜하는 名山이엇다. 記者는 妙香山의 雄姿를 接하는 一利那－무엇이라 말할 수 업는 敬虔의 念이 發하야 한참 동안이나 黙禱를 하엿다. 아－ 只今으로부터 4천年의 古昔에 桓雄이라 하는 神人이 天符三印을 가지고 天國으로부터 구름을 타고 偶然히 人間에 下降한대가 곳 그의 妙香山이엇다. 생각컨대 檀君神祖께서 저 妙香山에 降臨할실 때에 神眼과 神跡으로 天下를 돌아보고 흥흉한 民衆을 敎化하기 위하야 數十條의 神詔神約을 創造하고 朝雲暮雨의 變化로써 五千里의 地域을 周遊하얏스렷다. 아－ 四千年의 古昔, 物換星移의 間에 無常한 人生은 代를 바꾸고 數를 變하얏겟지마는 이 江山은 아즉도 四千年 古昔의 雄姿를 그대로 保全하엿다. 이 江을 봄이 檀君을 봄이며 이 山을 대함이 檀君을 대함이엇다. 檀君께서도 이 淸川江의 맑은 물소리를 들엇슬 것이오. 읍*개잿嶺의 雄壯한 容態를 接하엿스렷다. 이제 檀君의 神靈은 二千萬 民族의 精神이 되어 四海八方에 그의 靈彩가 매치워 잇지마는 四千年의 古昔에 그의 精靈은 妙香山을 根據로 하고 靈泉이 솟아나서 그가 化하야 구름이 되며 비가 되며 날이 되며 달이 되며 山川草木의 精彩가 되며 人類聖凡의 魂靈이 되어 장차 千古萬古億萬古의 代를 이어 이 江山이 天地에 永遠無窮히 그의 精靈이 磅礴하야 다함이 업시 흘러가리라. 슯흐다. 神聖한 倍達國의 예터인 저 妙香山의 雄姿, 해얌업시 威淚가 흐름을 禁치 못하겟다. 記者는 한참 동안이나 이 大自然의 神秘에 激感한 배되어 머리를 들고 天地를 俯仰하니 가을 夕暮의 絢爛한 烟霞가 妙香山을 둘러 잇고 黃菊丹楓의 고흔 色彩가 倍達國의 古藝術을 자랑하는 듯이 燦爛히 山顔에 덥혓는데 自働車는 鈍牛의 步와 가티 천천히 개재ㅅ嶺의 絶頂을 지나 江界境內를 넘어섯다.

三

江界는 실로 自然의 王國이다. 崇山의 主이며 峻嶺의 宗이엇다. 白頭

山의 雄壯한 山脈이 黃草嶺에 이르러 長津高原이 되고 그로부터 有名한 雪寒嶺이 되며 進하야 狄踰嶺이 되며 개재ㅅ嶺이 되어 千枝萬脉이 江界 全境에 蟠屈하야 山의 國江界의 雄州가 되엇다. 江界는 다만 山의 國뿐 아니오 또한 水의 國이엇다. 有名한 鴨綠江은 江界의 北全幅을 둘러잇 스며 禿魯江은 개재ㅅ嶺에서 源을 發하야 江界의 中央을 貫流하야 江界 域을 둘러싸고 鴨綠江 中流와 合하야 멀리 黃河로 흘러가겟다. 蔚乎蒼 蒼한 群山萬壑의 間에 不盡의 長江이 긋이 업시 흐르고 흘러 江界의 大動脉을 이뤄노핫다. 江界를 본 者에게 다시 山의 壯觀을 말치 못할 것이오 江界를 본 者에게 다시 江의 美致를 말할 勇氣가 업다. 江의 美 山의 壯은 江界에 이르러 실로 極致를 다하엿다.

朝鮮이라는 곳은 실로 佳麗의 結晶이엇다. 到處에 勝地名區가 업는 곳이 업겟다. 그러나 朝鮮이 아즉도 世界的으로 名勝의 號牌를 엇지 못 한 所以는 이 朝鮮의 江山이 佳麗치 못한 罪가 아니오 朝鮮의 人物이 出衆치 못한 所以이엇다. 文學이 出衆치 못하며 藝術이 出衆치 못한 罪 는 듸듸어 佳麗한 이 江山으로 只今까지 秘密의 仙人國을 이뤄왓다. 마 치 이름 놉흔 金剛寶石이 아즉도 塵土의 중에 무텨잇는 모양이며 香趣 잇는 芬蘭이 雜草의 중에 孤獨히 서잇는 狀態이엇다. 朝鮮에 잇는 어느 名勝絶區가 다 그러치 아니하랴마는 江界에 이르러는 더욱이 感想을 切實히 느겻다. 그 연고는 江界는 더욱 交通이 便치 못한 北部一角에 무텨잇슴으로 그만치 雄壯한 江山을 가지고도 이제껏 文士詩人의 話頭 나마 되어보지 못하고 오즉 樵夫牧童의 草笛소리의 중에서 千古의 香 韻을 감추고 잇섯것다.

江界江山의 壯觀은 奇妙하다 云하니보다 雄壯함이 그의 特色이며 女 性이라 云하니보다 男性이라 名稱함이 適當하다. 비록 金剛山과 가튼 奇絶妙絶한 絶勝은 업슬지라도 비록 牡丹峰乙密臺와 가튼 嬋妍한 態는 업다할지라도 딸아서 朴淵瀑布와 가튼 瀧의 美, 嶺東八景과 가튼 海의

壯觀은 업다할지라도 그는 오즉 方面이 다른 까닭이엇다. 즉 江界의
壯觀은 그 觀察을 다른 方面으로부터 볼 것이엇다. 江界의 槪觀은 崇山
峻嶺 長江大川이 陰陽의 勢로써 屈曲緩回한 곳에 혹 幽谷絶峽이 되어
武陵의 古事를 聯想케 되엇스며 혹 絶峯斷滙가 되어 金剛山의 奇態를
나타내엇스며 혹 急湍長灘이 되어 巫峽의 絶險을 이뤗스며 혹 幽沼深
滙가 되어 潛龍의 神跡을 감춤즉한 感이 업지 아니하다. 弱者자 보면
自然의 恐怖를 禁치 못하겟스나 萬若 大丈夫의 快感으로써 그 現像을
대한다 하면 누구나 七尺長劒을 비겨들고 夕陽을 향하야 劃然一嘯함을
禁치 못하겟다. 그러치 아니하면 몸소 五柳村淵明先生이 되어 江界의
山을 보며 江을 보며 구름을 보며 나물을 캐며 버섯을 따며 人蔘을 種
하며 蜜蜂을 처서 閑暇히 道를 닥고 뜻을 길러 宇宙의 間에 一天民이
됨도 이 江界를 버리고 다시 차즐 곳이 업겟다.

四

　더욱 江界邑勢의 姿態는 실로 小江南의 景致를 가지고 잇슬만 하다.
나는 28日 上午12時傾에 江界에 到着하자마자 먼저 江界의 邑勢를 돌
아 보앗다. 江界城은 自古로 이를 蓮花浮水形이라 하는 아름다운 詩的
名號를 가지고 잇고 그리고 보니 그 名稱은 果然 適當한 稱號라 할 수
잇다. 江界城의 前面으로 禿魯江이 둘럿슴이 마치 平壤城의 前面에 大
同江이 잇슴과 恰似하며 江界城의 左便에 江界江의 흐름이 平壤城의
北面으로 普通江이 흐름과 恰似하며 그리고 크도 작도 아니한 江界邑
主山이 行舟의 勢로써 兩江의 間을 흘러내려 江界邑이라 하는 蓮花形
을 이뤄노핫다. 江界는 정말 平壤과 恰似한 姿態를 가젓다. 萬若 平壤으
로 天下의 第一江山이라 할 것가트면 江界도 또한 天下第一江山의 名號
를 가질만하다. 그러나 遺憾인 것은 平壤과 가티 廣野를 두지 못하엿슴
이며 人物이 繁盛치 못할 것이며 交通의 中心을 엇지 못한 것뿐이다.
다만 그 山川의 構造뿐은 비록 小規模일지라도 결코 平壤에 못지 아니

하다. 江界의 戶數(邑內)는 겨우 千戶內外에 지내지 못하나 人口의 數로는 훨신 그 이상이 된다 하나니 그로써 能히 江界의 將來의 發展을 占할 만하다.

江界가 다른 곳에 比하야 特異하다 생각할 것은 모든 産物이 豊富한 그것이엇다. 普通으로 말하면 黍栗이 잇는 곳에 米가 적은 法이며 山의 生産이 만흔 곳에 水의 生産이 적은 法이다. 즉 하나이 조흔 곳에는 다른 하나이 조치 못함은 地理의 常則이어늘 江界라 하는 곳은 그러치 아니하야 百態具備 兩美具全의 形便이엇다. 黍栗이 産出함과 가티 白米의 産出이 만흐며 山에는 材木人蔘, 葡萄, 維茸, 皮物 등 모든 産物이 豊富한 同時에 江에는 鰻, 熱目, 鄭掌議 등 水産物이 적지 아니하다. 其他 大豆가 나며 牛가 만흔 등—山國으로서 이만한 産出이 잇기는 실로 놀랄 만하다.

乃終에 특히 大書特筆할 것은 江界의 女色이엇다. 女子의 人氣가 出衆한 곳이엇다. 萬一 臨節으로써 中國의 色鄕이라 할 것 가트면 江界는 朝鮮의 色鄕이엇다. 江界境內를 잡아들어 먼저 女子의 物色을 觀察할 것 가트면 다른 곳에 比하야 엉뚱한 差異가 잇는 듯하다. 비록 綠衣紅裳油頭粉面의 단장은 업슬지라도 컴컴한 木綿치마와 쏠쏠한 玉洋木저고리를 입엇슬지라도 그의 眉目의 淸秀한 姿態이며 皮膚의 潔白한 形色은 실로 山川風土의 佳麗와 女子人物의 淸秀함을 놀라지 아니할 수 업다.
한번 江界에 投足한 者는 먼저 江界의 妓生을 記憶치 아니할 수 업다. 아니 妓生이 아니오 娼妓의 所産地이다. 그곳 사람들은 흔히 妓生妓生이라 하야 얼른 들으면 京城의 藝妓가튼 것인가 생각하지마는 其實 藝妓는 하나도 업고 純全히 娼妓의 所産地엿다. 그러나 娼妓라 할지라도 普通 京城平壤 等地에 잇는 그것과 가티 陋賤卑劣한 態가 적고 純厚溫恭한 氣色이 만하 보인다. 그 故는 아마 山國의 人情이 특히 純朴한 까닭일 것이다. 그리고 그곳 娼妓되는 節次는 다른 곳과 달라 一種의 特別

法이 잇다. 普通 南鮮地方의 娼妓로 말하면 抱主되는 者가 娼妓를 사거나 혹 남의 집 處子를 사 가지고 그로써 營業을 하는 것인데 江界에서는 그러치 아니하야 어떠한 料理店에 던지 娼妓를 志願하는 處子고 보면 自願하야 娼妓가 될 수 잇스되 賣買로써 되지 아니하고 約束으로써 되는 法이엇다. 그 約束은 심히 簡單하며 또한 自由롭나니 娼妓志願者의 處子가 料理店에 出席하는 날이면 그 날부터 술을 팔고 賣春을 許하는데 前者의 利得은 料理店主가 먹게 되고 後者의 利得은 娼妓自己가 먹는 法이라 한다. 그럼으로 娼妓되고 안 되는 法은 料理店에 自由로 가고 안가는 關係에 잇고 그리하야 그의 解約도 또한 自由이엇다. 이것이 江界가 一種 風流鄕될만한 特色이며 딸아서 江界가 朝鮮의 臨筇되는 特色이엇다. 그리고 그곳은 娼妓뿐이 아니오 京城으로 말하면 所謂 隱君子 가튼 密賣春女가 또한 적지 아니한 모양이다. 記者가 그곳 風俗을 仔細히 알기 위하야 어떤 날 夕頃에 한 酒店에 차저간즉 그 酒店의 處子인 絶代의 佳人이 감안히 警察의 눈을 避하야 가면서 任意로 來客의 歡心을 사고저 하는 꼴을 본 일이 잇섯다. 어쨰면 江界는 艕*鄕이다. 일즉 李文姬라 하는 美人이 日本 守備隊長의 愛妾이 되어 日本으로 건너 갓다가 新義州에 돌아와 藝妓가 되어 당시 高等官幾個人의 身分을 잡아먹은 事實은 天下가 共知하는 바어니와 이 有名한 李文姬의 出生地도 또한 江界邑이엇다. 不恨歸日遲 莫向臨筇去하라는 古詩를 빌어 나는 江界의 靑年과 또는 江界를 旅行하는 靑年에게 삼가 色界의 俘虜가 되지 안키를 간절히 바란다.

五

그러나 時代는 점차 變하야 가겟다. 陽春이 가는 곳은 百花가 열림과 가티 大勢의 所及에는 아모리 遠僻한 地라도 꼿다운 所聞이 들리나니 江界는 昨今 靑年의 覺醒이 日進하야가는 모양이다. 江界靑年修養會라 하는 것은 벌서 數年前부터 잇서오며 그리고 이즈음에는 天道敎會의

所管으로 中一學校라 하는 것이 새로 始作되어 <u>余의 愛友인 李正化 吳</u><u>鳳彬 金文闘 白仁玉氏</u> 등 諸位의 努力은 참으로 可賞한 일이라 하겟다.

내가 江界에 到着한 그 날 밤은 <u>天道敎靑年會의 主催로 講演이 열리</u><u>엇스며 그 翌夜에는 修養靑年會의 主催로 講演이 잇섯는 바</u> 聽衆은 언제던지 滿員이 되엇다. 그만해도 江界의 前途는 可賀할 일이라 하겟다. 그리고 當地에서는 中一學校期成會라는 것이 組織되어 完全한 中學程度의 學校를 設立하기로 期成한다 하니 그 成敗與否는 將來의 問題려니와 어쩌면 그만한 熱誠이 울어 나오기도 훌륭한 일이다. 바라건대 江界人士는 一層 더 奮發하야 色의 江界로부터 文化의 江界로 나아가기를 그윽히 바라는 바이다.

내가 江界에서 떠나기는 10月 3日이엇는데 熙川에서 講演을 열고 价川에 돌아와 講演이 되고 6日 날자로 京城에 돌아오고 보니 所過의 地에 여러분에게 弊害를 끼침이 만핫고 利益을 줌이 적엇슴은 호을로 自愧함을 마지 아니한다.

[09] 江華行, 茄子峯人, 『개벽』 제17호(1921.11)

> 이 글은 '淸秋의 旅'라는 특집 아래, 인천, 전등사, 마니산으로 가는 여정이 드러나는 기행문임. 기행문에 전형적으로 나타나는 감정의 과잉 문장.

江華! 아− 江華!! 檀君神祖−三子를 命하사 祭天하시던 瞻星壇이 잇는 江華! 神子三人이 몸소 築城하시던 三郎山城이 잇는 江華! 山中名山 摩尼山이 잇고 寺中大寺 傳燈寺가 잇는 江華! 山조코 물조코 歷史만코 古蹟만흔 江華! 쌀만코 柑만코 고사리 만히 나는 江華! 車타고 배타고 또 거러가는 江華! 한번 보고 萬懷抱를 풀고 두번 보고 千古史를 알만한 江華! 우리가 願하야 보고저 하는 江華! 우리가 기어코 가야만 할 江華!

아― 이러한 江華! 언제 한번 機會잇서 언제 한번 가서 보나? 언제 한번 그의 품에 들어 언제 한번 그의 사랑을 바들가? 皎皎한 秋月이 西山을 넘을 때 문득 그 생각이 나며 蕭蕭한 金風이 東窓을 스칠 때 또한 그 생각이 懇切하도다. 행여나 2, 3同志만 어드면 萬事를 俱除하고 決然히 江華行을 作하리라고 斷然히 作念하고 苦待苦待하던 차 마츰 普成小學校修學旅行의 好機를 어드니 淸快한 10月 12日의 아츰이로다.

京城으로 仁川

여섯 時에 일어나서 天氣부터 살펴보고 얼른 洗手하고 아츰도 못 먹고 一尺杖 휘두르며 鍾路를 썩나서니 벌서 오고가는 行人이 시골 市場만큼은 되어 보인다. 그 중에 나의 눈에 반갑게 보여 興分을 일이키는 것은 典洞으로 寺洞으로 씩씩히 모여드는 少年學徒들이다. 輕快한 校服에 「변도」를 둘러메고 意氣洋洋히 南大門을 향하야 快步를 옴기는 그들의 動作은 누가 보던지 感嘆치 안흘 수 업다. 그들의 가슴에는 生命의 피가 뛰며 그들의 발압헤는 希望의 빗이 비추윗다. 마츰 해가 그들의 가슴에 直射할세 그들의 얼굴은 더욱 아름다우며 가비어운 바람이 그들의 몸을 시츨세 그들의 手足은 더욱 敏活하다. 혹은 電車 혹은 徒步로 南大門 驛頭에 總集이 되니 先生과 學徒가 82人이다.

8時 5分 仁川直行은 우리 一行을 곱게 모신다. 그리 들추지도 안코 그리 기울거리지도 안는다. 첫 고동에 南大門을 떠나 두 번재 고동에 龍山에 이르니 複雜하나마 坐席整頓은 되엇섯다. 1分間 멈을러서 다시 車가 구을기 始作하니 生意充天한 少年동무들은 그만 氣高萬丈하야 혹은 웃으며 혹은 노래하며 혹은 손ㅅ벽 치며 혹은 날뛴다. 象頭山이 굽어

賀禮하며 漢江水가 길이 압흘 引導한다. 구름은 슬어지며 바람은 긔척이 업서진다. 江山이 다- 그들의 江山가트며 四圍에는 아모 것도 업서 보인다. 어떤 妙齡의 입으로 「漢江鐵橋다. 아- 조타. 汽車歌하자-」의 一令이 나린다. 그리자 모다 손ㅅ벽 치며 「조타-」「하자-」 소리가 일제히 幷發되면서

「들들들 굴러가는 汽車바퀴는/終日코록 쉬지 안코 다라나도다./十里萬里 갈 길이 비록 멀으나/살과 가티 迅速히 得達하누나.(二節畧)」의 汽車歌를 목이 쨰어져라 손바닥이 터져라 하고 高唱大拍을 하는데 첫 句節의 고흔 목소리 軟한 曲調는 마치 十里淸灘의 潺湲한 波絞가트며 둘재 句節의 놉흔 소리 강한 曲調는 마치 萬丈飛瀑의 砯砯한 怒濤와 갓다. 일제히 「하하」 웃고 일제히 「딱딱」 손ㅅ벽 치고는 다시

「景槪조흔 山과 물은, 재가 사랑함이로다.

四面江山 단이다가, 조흔 곳 왓네」

의 探勝歌를 連해 부르며 발을 굴으며 손을 휘두르는 光景은 실로 生의 빗이 질질 흐르는 勇少年임을 歷歷히 許하겟다. 子弟잇는 이는 學校에 보내기를 願하며 아들 딸 업는 이는 아들딸 낫키를 願하며 늙은 이는 隱然히 눈물지으며 젊은이는 실로 부러워한다. 間間이 끼어 안즌 男女乘客들은 아모 私談이 업다. 어떤 이는 精神업시 안저 勇少年의 날 뜀을 바라볼 뿐이며 어떤 이는 히죽이 웃으며 어떠 이는 손목을 만저주며 어떤 이는 「어느 學校냐」고 무르며 어떤 이는 噓唏一嘆으로 無子의 情을 表한다.

車는 어느덧 永登浦 素砂를 거쳐 杻峴을 왓다. 左右山의 丹楓이며 上下野의 黃禾는 우리의 눈, 우리의 마음을 즐겁게 한다. 朱安鹽田을 紹介하자마자 벌서 仁川이라 한다. 車에 나려 埠頭에 이르니 아홉시 족음 넘엇다.

仁川으로 傳燈寺

　　우리 一行의 預想은 迅速하고 便利한 蒸氣船이엇스나 形便에 의하야 不便하나마 부득이 木船을 타게 되엇다. 往復 36圓으로 木船 네隻을 불러 타고 70里 水路에 櫓를 짓기 始作하얏다. 仁川을 등지고 月尾島를 엽헤 끼고 永宗島를 압흐로 보며 으여차 그여차 波濤와 싸움을 하게 된다. 바다와 바람은 떠날 수 업는 關係가 잇는 듯하다. 陸地에서는 一点風이 업더니만 바다를 臨하자마자 바람이 일기 始作한다. 心術구진 海伯이 우리 一行의 勇氣를 試驗코저 함인 듯하다. 비록 살이 軟하고 뼈가 弱하나 우리 勇少年은 죽음도 恐怖가 업다. 배를 처음 타보고 바다를 처음 보지만 船長海老에게 못하지 안타. 波山波谷이 起伏할 때마다 船頭船尾가 上下할 때마다 氣가 더 나며 興이 더 실린다. 月尾島 難關을 겨우 넘어 虎島를 안고 돌을세 압배에 탄 사람은 어서 오라고 손을 저으며 뒷배에 탄 사람은 가티 가자고 손을 휘두른다. 압배가 떨어지면 뒷배가 압서고 뒤배 沙工이 잘 저으면 압배 沙工에게는 攻擊이 퍼붓는다. 마치 압배는 敵軍의 탄 것갓고 뒤배는 追擊軍이 탄 것갓다. 一場活動寫眞이 열린 듯하다. 콩알섬을 지나면 밤알섬이 보이며 자라섬을 지나면 거북섬이 또 닥친다. 白鷗는 翩翩히 날며 波光은 天色과 一樣인데 孤島의 漁翁은 船頭에서 放歌하며 遠村의 微烟은 石峯으로 살작 돈다. 그 중에도 心線을 끄을며 情緒를 그러당기는 것은 背山臨海의 數間茅屋에서 唐紅치마 美少女를 이끌고 나와 손바닥만한 菜田에서 白菜뽑는 島國婦人이다. 아– 그들의 生活! 얼마나 滋味스러울가. 男便은 고기 잡고 女便은 白菜뽑고 少女는 재롱부리며– 하는 自由島의 自由人들의 生活?! 交通이 비록 不便하고 出入이 비록 苟苟할지나 밥 먹고 똥 싸고 아들 나코 딸 나코 배 타고 山 타고 하는 그들의 生活 그 얼마나 自由스러운가. 나는 실로 그들을 위하야 祝福하며 欽羨하기에 마지 못하얏다.

　　永宗島를 벗어나서 江華海口로 들어간다. 멀리 山城이 보이며 松林

이 보이며 大利이 보인다. 沙工에게 무른즉 그가 곳 傳燈寺라고 우리 一行은 拍手로써 멀리 來意를 表하며 沙工을 督促하야 速行을 圖하니 어느덧 草芝里渡船場에 이르엇다. 때는 오후 3時이며 一行이 다 無故하다. 江華天道敎人 具德禧具達祖氏 등 10餘人이 반가히 마저준다.

草芝里는 砲臺를 싸핫던 곳이다. 지금도 堡壘가 남어 잇다. 草芝里의 上下端은 다─砲臺를 築하얏던 곳이다. 草芝里서 西으로 約10里許에 孫돌목(石項)海口가 잇다. 이 孫돌목海의 東岸砲臺는 辛未亂에 우리 魚在淵將軍이 洋軍과 奮戰하던 곳이다. 辛未의 事를 귀로 들으며 이 땅을 발로 밟으며 당시의 亂을 스스로 생각하니 忿하기도 하고 可笑롭기도 하다. 誰의 罪를 말하기 果然 어렵다. 洋國艦隊가 지금것 잇서 挑戰하는 듯하며 우리의 砲臺로서 빨간 불이 반작거리는 듯하다.

아─ 이 江華島 亂을 몃번이나 치럿는가. 4000年의 戰史를 考察하야 볼 때 누가 江華에 대하야 눈물을 아니 뿌리겟는가. 帝王이 몃번이나 遷하얏스며 生靈이 몃백만이나 魚肉이 되엇는가. 壬辰 丙子의 慘劇, 丙寅 辛未의 兵火─다─우리로서는 永遠히 잇지 못할 것이 아닌가. 더욱이 우리의 금일이 境遇를 直接招來한 것이 江華에 잇슴을 切實히 記憶할 때 우리의 가슴이 얼마나 압흐겟는가.

우리 一行은 悵然히 佇立하야 悽然한 顔色으로 자취만 남은 左右砲臺를 보며 스스로 눈물짓기에 마지 못하얏다. 往事는 莫論이라. 來頭를 위하야 奮鬪할 뿐이라 하고 一行은 夕陽山路에 千古의 恨을 뿌리며 緩緩히 거러 三巨里를 거쳐 普通學校, 面所, 駐在所가 잇는 곳 鼎足山城(三郞山城)東門턱을 올나섯다.

아─ 鼎足山城! 一見에 萬年愁가 다─ 슬어지도다. 四面으로 바다를 보며 島嶼를 보며 田野를 봄은 鼎足山城의 外景이오 솟발가티 둘러선 露積績, 落照, 昆盧三峯을 보며 鬱蒼한 松栢을 보며 雄壯한 寺利를 봄은

鼎足山城의 內景이다. 하물며 神代神祖를 追慕하는 우리의 情境이랴. 日暮함을 慮하야 곳 傳燈寺에 入하니 5, 6名 和尙이 合掌禮로써 마저준다. 房을 정하고 石溪에 발씻고 少年友와 더불어 1時間 談樂한 뒤 素菜白飯으로 배을 불키고 자리에 누워 心身을 慰勞하얏다.

翌日 淸晨에 막대를 들고 史庫터을 올라 四圍의 景色을 玩賞하고 寺中에 돌아와 住持僧鞠昌煥師를 訪하야 寺의 來歷을 問하얏다. 師의 말을 듯건대, 傳燈寺의 舊名은 眞宗寺이엇는데 高麗 忠烈王時 貞和宮主가 玉燈三個를 施함으로부터 傳燈寺라고 改稱하얏다 한다.(其亦事實未詳云) 寺의 創建은 累次 兵火를 被하야 史記를 消失하얏슴으로 그 年代를 確知키 難하다 하며 殘史에 元至政 3年에 3次 重修라 함을 보건대 적어도 2000年前이라 한다. 寺의 前面露績峯下에 30餘間의 兵庫가 잇섯던 바 己酉年間에 養兵의 所據로 인하야 日兵이 消火하야 지금은 墟據만 남앗다 하며 寺의 西面 落照峰下에는 由來의 國史保藏하던 史庫가 잇섯던 바 年前總督府로부터 國史를 移去함에 由하야 史庫는 毁破하고 其亦 빈터만 잇다 한다. 그리고 三郞山城은 檀君의 三子께서 築하심은 事實인 바 中間에 幾度의 改築이 잇섯다 하며 城의 周圍는 畧10里假量인데 東西南北 4門이 잇스며 三郞山城을 鼎足山城으로 改稱함은 三峰이 完如鼎足이라 하야써 名하얏다 한다. 寺의 重修는 距今 5年前이라 하며 寺의 財産은 4, 5백石秋收에 不過하다 하며 末寺가 30이나 잇는 中 彼有名한 開城 華藏寺도 그의 末寺라 한다. 現在 僧侶는 20名에 不過하며 方在仁川에 布敎堂을 置하는 중이라 한다. 나는 住持和尙에게 約 1時間동안 寺에 관한 말을 듯고 仍하야 對潮樓에 登하야 眼前의 自然과 즐기게 되엇다. 南으로 永宗列島가 碁局과 가티 보이며 仁川港의 大小 烟突이 우뚝우뚝 섯슴을 보겟다. 東으로 金浦諸山을 보겟스며 멀리 三角道峰이 雲霧중에 놉히 솟앗슴을 보겟다. 山넘어로 구비구비 휘두른 洋洋한 漢江이며 섬 사이로 줄곳 내버든 洋洋한 黃海는 다― 對潮樓의 조흔 景槪이다. 해뜨는 아츰 구름 돌아가는 이때 爽快한 松風을 가슴에

바드며 金色波光을 내밀어 보는 나의 心身은 仙臺에 臨한 듯 雲間에 遊하는 듯 一大 快味가 실로 俗界의 凡人에 比키는 抑鬱하다. 오고 가는 商賈船은 어긔어차 櫓저으며 크고 작은 男女老少가 이 집 저 집 나설 때에 對照樓 놉흔 곳에 飄然히 서서 浩然히 一氣를 吐함은 이 실로 이 平生의 快事이다.

슬프다. 이것도 잠간이다. 聚立一令에 學生들은 벌서 行列을 지어 장차 떠나려 한다. 슬프다. 山高水長은 萬古一樣인데 오즉 人生뿐 無常하고나. 對照樓를 어찌 나뿐 반겻스랴. 千古의 遊客이 다- 반겻슬 것이며 對照樓를 어찌 나뿐 슬퍼하랴. 千古의 遊客이 다- 슬퍼하얏슬 것이다. 詩하나 歌하나 외울새 업시 총총히 摩尼行을 作하게 되엇다. 나는 할 일업시 牧隱의 詩「潮樓晩對一塵淸今古遊人幾遍行. 芸閣秘書藏百世 蓮燈貝葉悟前生. 地分山足渾如鼎 石隱楓林自護城. 好是禪綠來信宿. 啼禽老佛總關情」을 빌어 외울 뿐이엇다.

傳燈寺로 摩尼山

13日 上午 9時이다. 우리 一行은 鼎足山城 西門을 넘어섯다. 黃海 萬里가 眼下에 노혓스며 摩尾高峯이 天空에 놉핫섯다. 船頭里 논(畓)벌을 건너 下道村을 거쳐 摩尼의 下麓을 끼고 돌을세 漁翁에게 길을 무르며 村婦에게 물을 어더 먹으며 혹 柑을 어드며 혹 밤을 주으며 혹 野菊을 꺽그며 혹 나락을 만지며 竹杖을 춤추어 談笑和樂, 興겨온 거름은 疲困을 感할새 업시 어느덧 摩尼山下 德浦里에 이르럿다. 村家에 點心을 맛기고 旅服을 更束하야 祭天壇을 향하고 올라갈세 山은 高하고 巖은 急하야 凡足은 容易치 아니하다. 비록 少年軍이나 우리 一行의 冒險이 아니면 生意도 못하겟다. 이어차 이어차 一步一步 登하니 先隊先, 中隊中, 下隊下, 或行或立, 或高喊, 或喘息은 果是探勝隊가트며 突擊軍갓다. 바위를 넘으면 또 바위 峰을 오르면 또 峰이다. 구두를 벗으며 上衣를

脫하며 나무를 휘어잡으며 길 대 기고 뛸 대 뛰어 艱辛艱辛히 上上峰에 登하니, 아— 快하도다. 險路를 지나고 難關을 넘어서 摩尼山 上峯에 올라선 壯觀 江華全幅이 足膝下에 屈服되엇고 忠淸 京畿 黃海의 大小山河가 眼前에 展開되엇다. 黃海에 바람 일고 山巔에 구름 돈다. 山水의 美—其極을 盡하얏다. 이러한 山海絶處에 무엇이 잇는가.

아— 祭天壇! 우리 倍達國을 創建하시고 우리 倍達兄弟를 나흐신 우리의 倍達國의 神祖檀君께서 三子를 命하사 祭天하시던 祭天壇!! 우리 兄弟—此에 至하매 한아버지를 뵈옵는 듯하면 한아버지 품에 든 듯하도다. 한아버지께서 우리의 등을 어루만지는 듯하며 우리의 머리를 쓸어주는 듯하도다. 우리는 실로 惶悚함을 禁치 못하겟스며 感淚를 抑制치 못하겟도다.

우리를 잘 살리기 위하야 우리에게 永遠한 씨를 뿌리기 위하야 몸소 壇을 싸흐시고 몸소 한우님께 祈禱하시던 祭天壇! 한아버지의 語音이 들리는 듯하며 한아버지의 足跡이 臨한 듯하도다. 4000年의 東洋藝術의 代表的 祭天壇! 東西人이 欽嘆하는 祭天壇도 雄偉堅固로 10000年에 不敗할 祭天壇! 아— 실로 朝鮮魂이 다— 뭉친 듯하도다.

아— 슬프다. 後孫이 無能하야 이 寶壇을 善保치 못하얏도다. 幾千年의 風雨에 多少의 毀傷이 되엇던 次 無知沒識한 日兵이 最後의 破壞를 行하얏다 한다. 지금은 牌文도 門樓도 업시 다만 石臺 2層 뿐이로다. 아— 傷心處로다. 이 寶壇이 만약 英米에나 日本에 잇서 보라. 그들이 얼마나 힘잇게 保存하얏겟는가. 우리가 不幸하니까 寶壇조차 不幸하얏도다. 檀君 한아버지의 嚴責이 나리는 듯하도다. 우리 一行은 다 各其 아모 말업시 沈默裏에서 後生의 無能을 自責하면서 將來를 위하야 義奮을 내엇섯다.

우리 一行은 近 두 시간이나 天壇에 올라 一悲一嘆, 千古懷를 말하며 四圍의 風景을 翫賞하다가 午後 3時頃에야 下山하야 德浦里 李應冕氏 宅에서 点心하고 仍히 回路에 登하얏다.

[10] 開城行, 李丙燾, 『개벽』 제17호(1921.11)

'淸秋의 旅'에 들어 있는 일기 형식의 기행문.

10月 14日 -1921-

며칠 旅行 準備에 바쁘던 우리는 이날이야 裝을 束하고 隊를 作하여
校門(中央高等普校)를 出하엿다. 晶曜한 한울은 더욱 우리에게 깃븜을
주엇다. 南大門驛에 달려나와 一行은 午前 9時 50分發 北行車에 실리어
近 100名의 團體를 지엇다. 실려 잇는 우리 一行은 呼角소리에 車바퀴
의 움즉임을 보고 愉快를 感하기 始作하엿다. 乘員은 압흘 다투어 窓外
의 野景을 바라보앗다. 超脫한 氣象의 天空과 春飾夏繁의 形式을 벗은
山水草木은 한께 透明한 沈着한 觀念의 世界로 들어온 듯하다. 乘員의
혹은 水色廣野에 展開한 禾穗를 보고 이를 밀우어 全道의 豊作을 점(卜)
치는 者도 잇섯스며 또 혹은 村家 집웅우에 널린 밝안 고초를 바라보고
이를 歎美하는 者도 잇섯다. 실로 이 고초는 村家를 裝飾한 것가티 보엿
다. 굴으는 바퀴는 벌서 臨津江을 건너 長湍驛을 지나 目的地인 開城을
다다럿다. 時刻은 11時 30分이엇다. 驛頭에는 우리 一行을 맞는 2, 3人
의 紳士가 잇섯다. 그들은 곳 우리 學校校友이엇다. 一行은 全部 車에서
나리어 職員의 그들에 대한 簡單한 인사가 잇슨 뒤, 그들의 引導알에
驛長을 벗어나 市街로 向하엿다. 鐵道公園압흘 지나 途中 左側으로 舊
太平館(元使를 留宿케 하던 곳)址와 壽昌宮(李太祖 卽位하던 곳)址란 것
을 順次로 살펴본즉 舊閣은 어더볼 수 업고 다만 그 位置하여잇던 곳만
瞥見할 뿐이엇다. 다음 또 左側으로 一門樓가 視界안에 들어옴을 보고
나는 곳 南大門임을 깨달앗다. 果然 開城市街의 거의 中央에 位置한 南
大門이엇다. 門의 規模는 매우 적으나 그래도 나는 이 門이 京城 南大門
보다 2年 혹은 3年을 압서된, 즉 李太祖 2年에 된 古建築物로 생각하고

본즉 스스로 거듭 처다봄을 깨닷지 못하엿다. 또 그 門枰*우에 걸린 大梵鍾은 約 600餘年前에 鑄造된 것으로 現存한 朝鮮 4大鍾의 1이라 이른다. 나는 市街地에 들어와 더욱이 門압흘 當到하여, 通過하는 이곳 사람들을 보고 넷날 高麗사람이나 본 것가티 깃버하엿다. 門東側 楓橋 를 건너 北으로 左折하여 城섯던 터를 밟으면서 子男山을 向登하엿다. 山上에 올라 市街를 굽어본즉 市街의 대부분은 眼下에 노혀잇다. 나는 곳 地圖를 펴들고 古城壁의 周圍의 廣大함과 今市街의 分布된 地域의 狹小함을 實際로 比較하여 보고 또 昔日 戶數가 10만萬餘에 達하엿다 는 記錄을 聯想하여 今昔變異의 嘆을 抑치 못하엿다. 실로 昔日의 繁榮 이 이가티 衰落하엿나 하는 太息을 再抑치 못하엿다. 그러나 市街중에 石造洋屋이 比較的 만히 잇슴을 發見하고 나는 좀 慰安이 되어 곳 引導 하는 J君에게 그 무슨 집임을 무러보앗다. J君은 親切하게 ——이 가리 처 주고 또 開城서는 巨大한 石材가 만흠으로 煉瓦造보다 돌이어 石造 屋의 工費가 廉하다고 말하엿다. J君은 더욱 자미잇는 말로 모든 巨屋 과 有名한 古蹟잇는 곳에 향하여 우리에게 說明하여 주엇다. 말이 끗난 뒤 隊를 끌고 觀德亭虎亭(共히 射亭)을 등지고 이 <u>山東麓으로 나려가서 麗末의 忠臣이오 大儒인 鄭圃隱 先生의 舊邸 崧陽書院에 들어가 先生의 影幀과 遺物을 어더 보게 되엇다.</u> 一同은 이에 대하여 鄭重한 敬禮를 表 하고 좀더 나려와 先生의 最後의 悲慘을 遂하던 善竹橋上에 모여 里人 의 傳하는 所謂 血痕을 살펴보앗다. 宛然한 斑血이 石橋의 一部를 흐르 는 듯하엿다. 나는 다시 머리를 돌려 東으로 李太祖의 舊宅인 穆淸殿을 바라보고 다시 지금 보고 온 崧陽書院을 돌아다보면서 넷날 鄭先生이 李太祖를 問病하고 自宅으로 돌아오다가 이 다리에 서 李太祖의 心服 趙英珪에게 狙擊을 당하던 光景을 그리어 보앗다. 이에 대한 약간의 說明이 잇슨 뒤 一行은 慷慨한 맘으로 古人을 吊하고 다리 西側에선 碑閣에 들어가서 我英宗, 高宗의, 先生의 忠節을 表彰한 碑文을 一讀한 後閣庭에 散座하여 携來한 點心을 喫하엿다. 時針은 下午 1時 20分을 가르치엇다. 食後步를 續하여 昔日 最高學府이던 成均館을 訪하고 路를

轉하여 彩霞洞에 들어가 幽佳한 景色에 接하엿다. 불꼿에 눌린 듯한 黃葉과 서리에 물들러 타는 듯한 紅葉은 幽邃한 洞中을 化粧시키어 더욱 빗나게 하엿다. 아름다운 自然에 迷醉한 일동은 興을 이기지 못하여 撮影으로서 이 곳을 探訪한 記念을 作하엿다. 다음에 石造巨屋의 松都高等普通學校를 訪하고 隊를 返하여 市街로 들어왔다. 旅館은 校友의 周旋下에 정하여젓다. 隊를 네 집에 난후어 宿泊케 하엿다. 夕飯後 나는 호을로 거리를 通하여 散策하엿다. 開城사람의 一種 숨은 生活이라 할는지 다른 곳에서 發見치 못할 疑集的, 團合的, 守舊的 生活의 現象을 엿보앗다. 9時半 館에 돌아와 첫 나그네 꿈을 꾸엇다.

翌15日 早朝, 困한 잠을 깨어 一行은 다시 裝을 簡便히 하여 校友 K君의 引導로 朴淵을 향하여 勇進하엿다. 正히 上午 6時엇다. 隊列은 市街를 훨신 벗어나자 東天은 막 朝日을 비쳐낸다. 朝日의 떠오르는 形勢와 주는 센비즌 行頭에 부는 囉叭소리와 한께 새벽의 寂寞을 깨치엇다. 東北으로 멀리 보이는 金角峰과 天摩山은 한울을 뚤흘만큼 元氣차게 솟아잇다.

三角山과 比較하여 一致한 點이 만흠을 發見하고 興味를 느끼엇다. 얼마 아니되어 徐花潭先生(徐敬德)의 놀던 逝斯亭을 다달앗다. 亭압헤 잇는 花潭과 潭엽헤 선 嶄巖과 巖上에 고흔 丹楓은 數百餘年前 先生의 사랑하던 自然이엇다. 書籍으로 先生을 늘 崇慕하던 나는 이곳에 와서 더욱 先生의 性格을 闡明할 수 잇섯다. 거름을 계속하여 두어 고개를 넘은 뒤 槐亭에 와서 다리를 또 쉬고 携帶한 벤도를 먹엇다.(槐亭이라고 무어 亭子가 잇는 것이 아닐다. 岩石에 이가티 새겨잇슴으로 나도 이곳 이름을 그러케 부름이다) 食後 一行은 일층 勇氣를 鼓舞하여 大興山城門(南門)을 향하여 險惡한 길을 攀登하엿다. 左右丹楓에 싸히어 오르고 오르는 중에 놉히 보이던 城門도 未久에 우리 脚下에 잇섯다. 南으로 三角山과 西으로 黃海를 바라볼 수 잇는 놉흔 곳임을 깨닷고 往時

唯一한 要害로 高麗王 室避難所에 適當하엿던 것을 果然 認識하엿다. 헐어진 城門을 등지고 나려와 昔日 軍營과 行宮잇던 자취를 볼 수 잇섯다. 大興寺를 지나 다시 石徑曲路를 踏破하엿다. 길 左右側으로 岩石의 大小를 不問하고 人名의 刻書가 업는 돌이 거의 드믈엇다. 이곳뿐 아니라, 지금 밟아오던 길에서도 만히 보앗섯다. 어떤 바위에는 子에 아모 孫에 아모 兄에 아모 弟에 아모라는 마치 家譜의 一部를 새겨 노타십히 하엿다. 多數한 人名을 ——이 세여볼 수는 업섯지만 그 多數한 人名 중에서 偉人이나 天才를 하나도 發見치 못하엿다.

山城北門을 出하여 가까스로 40里 長路의 目的地인 朴淵을 到達하엿다. 正히 5分前 12時이엇다. 一大奇絶한 瀑布에 接한 群衆은 熱狂的으로 뛰고 부르지젓다. 怒瀑은 우리를 戰慄케는 못하엿스나 그대신 自然의 神秘한 奧底를 열어 보이는 듯하엿다. 楊도 갓고 屏風도 가튼 奇巖怪石—더욱 上朴淵의 潭水를 담은 큰 항아리가튼 돌이며 또 潭中에 솟은 島巖—은 一層 造物主의 妙秘한 손을 빌어 된 것으로 생각하엿다. 俗傳에 넷날 朴進士란 者가 잇서 淵上에서 笛을 불고 잇섯더니 龍女가 이를 感得하고 朴進士를 引하여 夫를 삼앗다 한다. 朴淵의 稱이 이에서 由來한 것이라 里人은 말한다. 一種 웃은 이악이에 不過하나 이것이 自然의 秘密과 人間과의 交通을 具體的 方法으로 그리려 하는 努力에서 나온 것은 勿論이다.

約 1時餘의 觀賞이 잇슨 뒤 다시 山城內로 隊를 返하여 아까 지나오던 大興寺에 들어와 이미 豫約하엿던 이곳 別味의 비빔밥을 요긔하고 歸路에 오를 動力을 振作하엿다. 下午 3時頃에 寺內를 出한 我隊는 오던 羊腸曲路를 通하야 혹은 險高한 고개를 두어번 넘어 道半에 이르럿다. 벌서 夕照의 燦爛함을 보게 되엇다. 또 압흔 다리를 억지로 이기어 것고 것는 중에 東嶺에서 吐出하는 보름달을 보게 되엇다. 俗談에 가던 날이 장날이라고 오늘 이곳에서 우리는 望月의 機를 得하게 되엇다. 우리에게 적지 아닌 慰安을 주엇다. 나는 먼저 이 달을 通하여 古人의

心情을 追憶치 아니치 못하엿다. 우리가 바라보는 달은 녯날 高麗人도 바라보던 同一한 달이엇다 하는 意識은 더욱 過去의 觀念을 새롭게 하 엿다. 國은 이미 破하여 山河만 오즉 依舊하다고 長歎하던 맘도 天上에 걸린 明月의 永劫不變함을 볼 때에 山川도 오히려 滄桑의 變을 免치 못하엿스리라 하는 생각뿐이엇다. 실로 天地의 悠久에 比하여 人生의 須臾임을 嘆치 아니치 못하엿다. 不知中에 벌서 我隊는 市內를 當到하 엿다. 一行 無事히 歸宿하게 된 것을 서로 喜幸히 여기엇다.

翌16日 朝 8時頃 疲困한 다리를 다시 일으키어 隊를 作하여 校友 J君의 先頭미테 共同白蔘製造場을 參觀하엿다. 百蔘의 香臭는 鼻를 觸하여 藥으로 먹으니와 진배업다고 생각하엿다. 넓은 마당에 펴널은 白蔘의 數爻도 만치만 蔘皮를 벗기는 婦女勞働者도 또한 만흠을 發見하엿다. J君에게 1年이 마당에 떨어지는 蔘갑이 얼마 되는가 무럿다. 무려 백만 원의 巨額에 達한다 하엿다. 蔘은 실로 開城사람의 半生命이라고 말할 수 잇섯다. 다시 J君은 우리를 끌고 松嚴山밋에 잇는 滿月臺로 향하엿다. 林檎밧을 지나 몃개의 階段을 올랏다. 階段위마다 一帶廣場이 잇다. 廣場에는 樓門과 殿閣이 서잇는 것을 想像할 수 잇슬만큼 만흔 柱礎를 볼 수 잇섯다. 더욱 會慶殿이 서잇던 곳에 올라서 四圍를 돌라보고 昔日 宮殿의 雄大하엿던 것을 또한 想像할 수 잇섯다. 4, 5백년 榮華를 누리던 터가 지금은 오즉 荒寥로 化하고 말앗다. 생각컨대 宮殿은 仁宗 (17代)時 李資謙亂에 一部 灰燼되엇고 後에 重建되엇던 것이 恭愍王(卅一代)때에 이르러 紅賊의 亂에 인하여 全部 烏有에 歸한 것이엇다. 所謂 滿月臺라 함은 이 會慶殿터를 이름이라 한다. 그러나 본래는 宮中에 望月臺가 잇서 後人이 望을 滿으로 訛稱하여 宮터의 大部分을 滿月臺라 하엿다 한다.

J君은 또 우리를 끌고 訥里門을 나와 高麗太祖 顯陵으로 인도하엿다. 이 陵은 他處로 여러번 移葬하엿던 陵이엇지만 石物其他가 比較的 完

全히 남아잇다. 지금껏 陵叅奉을 두고 守護하여 나려온 德澤이라 한다. 陵叅奉은 特別히 王姓을 가진 사람으로써 任한다 이른다. 그러나 이 陵을 뒤로 두고 西便으로 향할 때에 附近 丘上에 보이는 歷代諸王陵은 荒凉하여 陵名은 勿論, 何代王의 것인가도 모른다 한다. 한 10里를 또 거러 恭愍王의 玄陵과 同王妃魯國大長公主의 正陵을 當하엿다. 이 두 陵의 石物其他附屬物의 雄大優麗함은 이미 들어 안 바이지만 實地로 와본즉 果然 點頭치 아니치 못하엿다. 麗代 諸王陵은 勿論이오 李朝歷代의 陵으로도 이 陵의 石物에 比가 될 수 업다 한다. 一方으로 이를 밀우어 麗末王家의 窮奢極侈의 風을 可히 알 수 잇섯다. 이가티 宏壯히 일으킨 陵墓가 지금은 또한 荒廢함을 免치 못하엿다. 王氏의 子孫으로도 이를 위하여 守護의 勞를 執하는 者 업다 나는 생각하엿다. 만일 이것이 孔子의 墳墓나 釋迦의 墳墓나, 그리스트, 마호메트의 墳墓라고 하면 설마 이가티 頹廢한 가온대는 잇지 아니하엿스리라. 그 子孫이 업다 하더래도 聖者를 信崇하는 사람들은 死力을 다하여서라도 他人의 手에 讓치 아니할 것이다. 王者와 聖者의 差가 이런 족으만 일에도 심함을 느끼엇다. 麗末의 衰運을 이악이하면서 携帶한 點心을 喫하엿다. 歸路에 杜門洞을 歷入하여 麗末 72賢의 節義를 彰示한 我英宗御製御筆의 碑文을 謹讀한 後 곳 行步를 緩히 하여 開城驛에 다달앗다. 約 2時間을 기다리어 5時 2分發 列車로 京城을 향하엿다. 車窓을 通하여 未久에 夕烟이 村家에 일어남을 보앗더니 또 얼마 아니되어 旣望의 달이 우리의 벗이 되어 잇슴을 깃버하엿다.

[11] 世界一周, 山넘고 물 건너,
　　　　盧正一, 『개벽』 제19호(1922.01)

> 필자가 미국 유학 후 영국, 프랑스, 스위스 등의 여러 나라를 유람하고 돌아와 기록한
> 견문록으로, 제1장 '권두의 사' 제1절은 시 형식이나 제2장부터는 견문록임. 글 뒤에
> 는 총7장으로 구성된 전체 글의 목차가 제시되어 있음.

▲ 『개벽』 제19호

> 氏가 米國에 學하고 英國에 鍊磨하고 佛, 伊, 瑞國 等의 諸邦을 遊歷
> 하며 예루살넴의 靈地를 **하야 本國에 돌아오기는 벌서 半年前의
> 넷적이엇다. 氏가 이제 最多感 多慨한 中에 筆을 執하야 風風雨雨
> 山山水水 前後 十年間의 所絶遇, 所見聞, 所感想을 歷歷히 鈙述하되
> 特히 옥스틀로의 學士院 生活, 大戰 後의 歐洲 聞見, 聖地의 巡禮旅行
> 을 記함에 際하야는 氏 一流의 萬斛情熱을 기우리여써 一段의 精彩
> 를 喚起하얏나니 讀者ㅣ 順으로 觀하야 그 場面에 及하면 感이 스스
> 로 激하며 心이 스스로 廣함을 覺치 못할 것이라. (一記者)

第一章 卷頭의 辭 (이 부분은 시임)

　第一節 피어오는 英雄化

世界一周의 漫筆을 들매
滿腔의 熱情 積蓄한 느낌
죄-다- 너에게
피어오는 英雄花
나의 정든 님끠

드리고 십허
느낀다!
나는 학생이다
나는 학생이엇다
피어오는 香花이엇다
香花를 探하랴는 蜂蝶이 되련다
피어오는 英雄花
네가 참말
探하랴든
나의 정든 님!
紅顔의 英姿 피랴는 꼿갓다
胸슴한 丹精의 향기
우리 사람의 혼을 깨치련다
향상의 열정 至誠의 분투
네가 매즐 열매를
注文할 미듬.
나는 학생이엇다.
「空中樓閣」도
너의 心筭과 흡사하엿다
꼭 가튼
눈물! 고통!
원한! 치욕!
쓰게 맵게
맛보앗다.
너의 心筭과
흡사하엿다.
玄海灘의 難波도
失色한 月下에 롱락

태평양의 怒濤
대서양의 오존
다름업시
즐기엇다.
너의 憧憬과
가탓섯다.
롹기의 단풍
앏쓰의 雪嶺
유쾌하게
기어넘엇다.
自由銅像美人끠
키쓰도
드렷스며
南熱海鯨君에게
鼻笑도
바닷다
아지 못게라
최초 겸 최후인 듯
不老參草携渡하던
녯 양반들의
압록강을
슬적
건너섯다.
녯날의 不老仙藥
갑이 업서 못사왓다.
할 일 업다 몸 밧게
다른 것 업다.
膾로 치던지

熟肉으로 썰던지
먹고 십혼대로 먹어라
更生不老藥이 되겟거던!
내가 여긔 잇다.
피어오는 英雄花
네 압헤
나의 정든 님.

第二節 催春의 黎明

靑天白日下, 細風에 무친 이 몸은 우주진화의 途上에 屹立한 一個의 生으로서 자기의 운명을 자기가 개척하여야 할 개성의 眞義를 알앗섯는지 몰랏섯는지! 前後左右로 자기를 둘러보니 因襲의 恩 傳統의 德 어느 것을 물론하고 한 가지도 가진 행운의 兒가 아니엇고 자기란 者의 그림자와 가티 독립해야 하고, 獨步해야 할 怪運의 兒이엇다.

因襲의 恩 전통의 德, 어느 것이나 내가 가진 것이 업섯다 함으로써 과언이라 비난하랴거던 귀를 기우려 동정의 태도로 나의 말을 드를지라! 나는 西北의 土蘭이다. 四書를 讀畢하고 三經에 입문하랴 할 때 齋長이니 掌議이니 하는 齋任의 儒巾쓰기에 머리가 썩고 陵參奉 陰陽笠에 진저리가 낫섯다. 優遊度日, 安逸에 流하야 花柳乾坤에서 醉生夢死로 지낼 때 歌樓에서는 傑兒로 自任하얏스나 社會公眼에는 방탕자로 해독을 준다 하야 배척을 바닷다.

無學의 인물은 무가치의 珍物이라 종교선전이니 비밀결사니 죄—다— 영웅의 기상을 띄운 듯 국면의 전환을 재촉하는 듯 뒤떠들 때, 東奔西走한지 一年 有餘에 비롯오 催春의 旭日인 듯 나의 마음에 新展望이 열니엇다. 자기의 운명에 대하야는 혁명보다도 노력의 진화가 최선의 법칙인 것을 자각하엿다. 행로를 一轉, 爲事의 태도를 일변하야 분투의 途, 노력의 機를 취득하기에 열중하엿다. 사회 공동생활의 해독자가 아니되기를 개성의 진전을 원만케 하기를 결심하엿다. 其外에는 무엇이던지 不顧하리라 하엿다.「명예의 有志士단」「덕망의 선생님」죄—다—不顧하엿다. 단지 개성 발전에 분투할 기회만 熱求하엿다.

天氣晴朗한 날을 당하여서는 千思萬態는 胸中에 浮沉하야 음침한 방속에 正히 잇슬 수 업서 埠頭海邊에 배회하엿다. 멀니 各邦을 향하야 출발하는 선박의 그림자 汽船의 토하는 연기를 취한 듯 깨인 듯 주시하엿다. 망망한 大洋 점점 水平線下에 떨어저 가는 白帆 슬어저 가는 연기의 방향을 追想할 때, 雲峰 가튼 萬想은 一身을 모라 세계의 끗까지 표류케 하얏다. 嗚呼— 이때에 나의 선망의 眼이야 正히 어떠 하엿슬는가? 圓山에 올나 夜半에, 飛鉢島에 臨하야 白日에 仰天大呼하엿다.「분투의 기회를 나에게 주시요. 그러치 안흐면 죽엄을 주시요」

思考의 力이 加하여저 갈스록 막연한 공상은 점점 슬어저 가고 실지의 문제가 迫來할스록 出學의 戀望은 더욱 강하여젓다. 春堤의 암흑은 催春의 布穀을 불러내고 細柳間에 黃金鶯은 喚友聲에 나라들 때 天助냐! 人爲냐! 奮鬪舞臺의 제일막이 열니련다.

第二章 奮鬪舞臺의 第一幕

第一節 江戶에서 三有星霜

踰山越海의 모험적 出學 여행의 稍稍한 준비는 실로 千辛萬苦의 노력과 周旋을 요하엿다마는 그 보다 深切한 고통은 去國의 前夜에 잇섯다. 堂上兩位의 膝下를 한번 하직할 새 浮世에서 최후인 듯 처자를 一別할 새 陽春으로 짝을 지어 도라 올 길이 막연한 듯 愛親戀妻의 念은 人子의 常情인 만치 出學의 모험도 남아의 특권인 듯 청춘의 欲望心,

人子의 타는 情 一喜一悲의 정서 千尺萬尺으로 느껴 울엇다. 千行萬行의 悲哀의 淚는 高嶽深谷의 불타는 삼림 가튼 성공심의 열정에 化하엿던지 구름 안개 자욱터니 동해에서 白龍, 南洋에서 黑龍, 나라 드러 흑백을 다톨 때 惡風驟雨 몰녀와서 轟天하는 벽력의 聲은 古村의 愚氓을 怒號하는 듯 捲天의 풍우는 累世이 악습을 刷掃하는 듯 嗚呼 처참─人世의 運命耶아 스스로 개탄 할 제 (此間에 八行畧─원문)

江戶에 出學하려 먼저 玄海의 蒼波를 건너 갈 새 絶影島의 寬厚한 容姿가 어렴프시 보인 지 수시간 후 본국의 풍광은 멀니 水平線下으로 잠겨들 순간에 해상에 뜬 나의 주위 四顧에 皆茫茫 一物이라도 나를 遮應하는 자 업고 오즉 금색의 雲峰과 瀲瀲한 銀波뿐이엇다.

나는 문득 對岸(門司)의 別乾坤裡의 混雜과 신기한 환경 중에 投出되엇다.

푸른 산 맑은 물의 四圍 경치는 陸上 旅路에 新色采를 加하여 주며 奇趣味의 感이 伴하엿다. 景色의 연속, 사물 인물의 연관이 일시라도 나로 하여금 空閒히 過케 아니하야 가슴에 분한 이별의 悲, 思鄕의 念은 다소간 減하여 젓슬지? 그러나 望鄕思親은 여객의 常情이라, 延行하는 情鎖 도처에 連伴한다. 首尾聯關한 鎖線은 情의 電線인 듯 半空에 교교한 滿月은 가티 보는 大鏡인 듯! 오호! 사실이다. 量界의 사실이다. 旅客된 나와 연모하는 고향 사이에는 해양이 橫倒하엿고 島嶼가 나열하엿다. 뒤를 회고하매 세계사의 일편은 덥혀지는 듯 他의 일편이 전개하랴는 듯한 순간에 나는 의식 업시 沈思의 渦淵에 푹 빠젓다. 자기 신상을 생각하는 우에 생각을 더할 때에 眼界에서 슬어저 간 靑邱! 그는 吾人을 위하야 최선을 盡하랴는 사람들의 활동처가 아닌가! 나의 錦衣還鄕을 눈을 갑고 기대하시는 僉彦들의 鄕里의 土가 아니냐. 歸國하기 전에 하등의 轉變은 업슬가! 또한 자기 일신에는 하등의 轉遷이 有하랴! 無하랴! 轉變하면 무엇으로, 轉遷하면 어대로. 아! 아! 누가 아는가! 陰風悽雨에 쓸녀서 畏懼의 感이 起하엿다. 그리고 所期의 학업을 생각할 때 道程의 遼遠도 感하엿다. 전망의 기분과 恐懼의 念이 동시에 胸中에 왕래할 때에 나는 곳 일종의 서약을 丹衷으로 胸底에 大書하엿다.「신이 주시는 奮鬪의 機는 남김업시 바다 노력하리라.」고.

新橋驛 풀내트 폼에 턱 나려서서 행방을 둘너 볼 때, 임바네쓰에 나무신 신으신 한 중년의 奇人이 現出하야 人事를 청한다.「당신이 아모 氏가 아니십니까.」나는 주저치 안엇다. 뭇는 말을 따라서 靑山○○을 가는 旨를 말하엿다! 겸손히 말하기를「초행이시지요? 자기가 솔선하야 안내를 하여 드리겟습니다.」

江戶에서 지내인 第一夜이야 말로 참 닛지 못할 밤이엿다! 東方花燭夜는 의미 모르는 약11년 전의 넷일이라. 상상의 세계에 조차 드러오지 아니하고 旅榻孤燈이 유일의 配偶이엿다. 皎月이 동천에 떠올나 유리창을 꿰여 홀너 寒枕에 來寄할 때 奮鬪舞臺의 主人兒는 열니랴는 幕 뒤에 선 배우의 感이 迫來하엿다. 思鄕戀親의 고민은 어느던 과거로 葬事되고 지식의 光, 문화의 澤中에 他界의 客이 되엇다. 아! 아! 浮世의 一葉舟! 否다 자기는 學海의 一葉舟이엿다!

조직된 교육의 진로를 자기의 소양에 비추워 보니 한심한 端이 一이나 二가 아니엇다. 중 등교육의 제정한 학과를 수료치 안코서는 합격의 전문지식을 추구키 不能한 형편인 바 爲先 中學科를 졸업하여야 할 필요가 잇섯다. 중학교에서 5년 간, 전문학교에서 또한 5년 간 공부할 것을 생각하고는 진로가 망연하야 鬱懊의 念이 益起 하엿다. 진로가 망연하다고 우려함 보다도 학업에 대하야 선결할 것을 先히 하며 後決할 것을 후일로 推置함이 可하겟다 하고 먼저 中學科를 졸업하기로 하얏다. 5년 간의 中等科를 될 수 잇는 대로 분투하야써 3년에 畢了한다 함이 출세의 期, 還鄕의 期를 速得한다는 의미로 일년간 速成計劃을 取하야 中學 3년 정도의 學科를 修하랴 하엿다.

유명하고도 信威업는 ○○학교에서 오전 오후 야간의 3科를 供修하엿다. 신체건강을 위하야서는 별로 閑養이나 운동을 생각할 결을도 업섯스나 單히 경제와 운동상 필요로 靑山○○숨에서부터 靑山練兵場을 통하야 神田區 ○○학교까지 매일 통학을 단행하엿다.

슯흐다. 나는 소기의 목적이 有하야 취미와 호기로 먼 길을 멀다는 感이 업시 유쾌하게 통학하지마는 가련한 尾行氏야 何罪가 잇던가. 처음 멋주간은 尾行씨가 발 놉흔 나무신을 분주히 옴기는 것을 수고로 생각치 안코 일종 珍物로 녁엿! 어떤 때는 비가 惡水로 퍼불지라도 우산 들고 문전에 배회함이 참 가련히 보이여서 자기 마음만 생각하고 「여보 나는 雨天인 때문에 今日은 어대던지 출입치 안흘 터이니 염려말고 도라가시오. 그러케 비를 맞고 섯슬 수가 잇겟소」 尾行씨를 위하야 진정을 말하것만 의무를 중함 녁임인지 나의 말을 밋지 안음인지 「관계치 안슴니다. 염려하시니 고맙슴니다.」 사례만 하고 그냥 서 비를 맞는다. <u>아! 아! 나라를 위함인가? 떡을 위함인가? 전자던지 후자던지 적더래도 자기의 의무를 중히 녁이는 사람이다.</u> 나의 생각이 玆에 至할대 大敎訓을 바닷다. 국민이 각각 자기의 의무를 저와 가티 존중히 녁여 조곰도 불평의 색이 업시 準守는데 비롯오 其國의 興旺하는 理를 알 수가 잇고나. 其後부터는 그 尾行씨가 奇物로 보이지 안코 신사로 보이엿다. 아! 하! 良策이 잇고나! 저를 청하야드려 내 방에서 저 모진 비를 그리게 하자. 동시에 내가 공부하는 어학을 연습하리라는 의사로 「여보 비가 오니 내 방에 드러오시요.」 尾行씨를 청하엿다. 「아니올시다. 그럴 수가 잇슴니까. 관계치 안슴니다. 염려 마압시요」 천연히 거절한다. 「아! 내가 말을 연습하기 원하니 좀 드러와 주시요」 말할 때 비롯오 드러올 태도가 잇섯다. 其時로부터는 어학연습의 良友을 어덧다. 江戶留學 3년 유여에 잘하던지 못하던지 어학의 정통은 전혀 尾行씨의 恩이엇다. ○○에서 每朔 幾十圓式을 支撥하야 나에게 語學선생을 사준 것이 되엇다. 불행이란 것을 僥倖으로 轉化함이 爲事의 법칙이 아닌가. 참말 經世의 법칙이다.

그와 가티 奮鬪를 계속하기 正히 一年되는 春에 중학교의 정복을 着

하니 新環境에 投出된 幼年의 感이 生하엿다. 일상생활의 일체를 自此로 유년의 태도로 취급하여야 하게 되엇다. 운동장에서는 병정 노릇, 講室에서는 아히노름 하기를 2년 동안이나 계속하엿다. 별로 시원한 滋味야 보앗스랴마는 중등학생의 생활이 어떤 것인지는 충분히 맛본 모양이다. 기숙생활의 辛酸한 경험을 일일이 말하자면 千篇萬頁의 大物語가 되리라 마는 생각하는 중 필요상 숙제로 둔다.

環形帽를 戴하니 중등학생을 표방하엿스나 年期와 심정은 頗히 雲泥의 觀이 잇섯다. 딸아서 심리상으로 경우에 대한 불유쾌는 물론, 엇던 때는 비극 우에 다시 참극을 가하야 이에서 어든 통절한 경험은 白首가 되기까지 忘却不能한 것도 잇섯다. 본시 감정이 富한 자기는 情調의 高를 응하야 수시로 陰風悽雨의 암흑도 感하엿스며 천진이 난만한 歌舞談笑보다도 우승한 광명도 樂하엿다. 그러한 때에 澁谷汽車의 噴汽振聲은 여객의 常情인 還國心도 促起 하여주며 틈틈이 聳立한 蒼竹과 老彬을 통하야 響來하는 三絃琴의 비파곡은 望鄕의 淚를 뿌리게 하엿다. 그러치마는 때로서 멀어도 갓갑게 울려 들니는 觀音寺鐘은 큰 소리 적은 소리, 心海에 反響하야 나의 情思와 조화 융합하야 天來의 神感인 듯 나로 하여금 寂然히 정좌케 한 時도 적지 안핫다. 멀니 고향 小丘우에 우둑 선 敎堂 내가 갈 길을 차즌 곳 멕가와 가티 사모하는 곳을 향하야 분분한 心襟을 披開하고 묵묵히 胸底를 按察할 때 情友와 상대하야 충고와 위로의 말이 들니는 듯 奮鬪勇進하겟다는 열정이 가슴에서 湧出함을 覺할새 역경의 痛과 악운의 悲는 東天旭日에 曉星과 如히 一掃한 듯이 스러저 가고 염두에 피어 오는 전망은 一擧一動의 노력에 新色彩를 가하여 주엇다.

鎌倉의 金沙銀波 日光의 奇湖華瀧에서 죄가 심하고 비애가 만흔 塵世의 江戶를 회고할 때 인생의 대문제를 뭇기도 하엿고 해답도 하려 하엿다. 遁世냐 沒世냐? 遁世도 아니다. 沒世도 아니다. 비애 만흔 江戶

에서 金沙銀波의 高潔한 대상을 일층 深切히 찬미하엿다. 죄가 김혼 東京에서 奇湖華瀧의 숭고한 絶勝을 열렬히 戀愛하엿다. 거긔에 비롯오 崇嚴高潔한 품성을 가진 인물이면 塵世蒼生에게 향하얀 사명과 책임이 반듯이 잇슬 것이라고 자각하게 되엇다. 嗚呼 江戶는 적더래도 이백사십만의 창생의 雜踏하는 동양의 大都會이엇다마는 의미잇게 수양의 환경으로 생각하려 할 떼에 曠野로 밧구윗다. 이백 여만의 생물인 듯 狂物인 듯한 蒼生을 鎌倉의 金沙가티 日光의 紅葉가티 대도회의 新舊 思潮를 鎌倉의 銀波가티 華嚴瀧의 銀泡가티 생각하엿다. 그와가티 寂寞을 感한 것 가티 심정의 유쾌도 覺하엿다. 인생 만사가 塞翁의 馬란 古諺이 진리를 말하엿는지도 역시 무러 볼 만하다.

山넘고 물 건너의 目次 一覽

이 記行은 上下 二部로 分하야 일너젓다 이제 먼저 上一部의 目次 쌘을 紹介하면 如左

110

▲『개벽』제20호(1922.02), 세계일주 산넘고 물건너, 노정일

世界一周 山넘고 물건너

　파란이 중첩한 생활의 동굴에서 暗鬪가 극렬한 分秒의 動間에 안저서 琴을 彈하자는 一愚咄筆은 纏纏한 정서를 실실이 뽑아내랴 할 대 雲集한 일상의 직무와 신산한 新環境의 不安頓한 사정으로부터 迫來하는 동요와 고민을 통절하게 感합니다. 따라서 소위 세계 일주의 모험 기행도 諸氏의 만족에 응할 만한 美文瓊章으로써 뵈여 들이지 못함을 심히 유감으로 녁임니다. 寬厚한 양해의 태도와 심오한 동정을 가지시고 보아 주시기를 바람니다... (一愚)

第二節 滑稽의 神感

　夕陽 山路에 쇠둥에 몸을 싯고 연기가 길길이 놉히 떠오르는 촌락을 향하는 목동은 버들닙흘 따서 피리부려 처량하게 노래 한다. 자연에 취하엿는지 적막에 느꼇는지 누가 그의 심정을 알 수가 잇스며, 알아 보랴고 하는 동정의 사람인들 잇스랴마는 피리 소래의 처량한 것은 처량한 사실로 듯는 사람의 性行과 사정을 應하야 神感으로 줄― 吹響力이 잇다. 「세상 만사 都付 一笑」라 한 俗言이 방랑적 樂天家의 妄言인지 모르거니와 엇잿던지 세상에 만반의 事와 物이 思考力이 有한 자에게 하나이라도 무슨 교훈이나 神感이나를 주지 안는 것이 업다.

이제 滑稽의 神感을 말하자 하매 一種의 신기한 感을 의미한 듯하다. 새벽달 서리 찬 밤에 南飛하는 외기러기 울고 가니 그 소리 참 처량하나 잠 깁히 든 老幼에게야 무슨 감동, 무슨 의미, 아모 취감도 업슬 터이나 철창 藁席에서 신음하는 囚人에게는 창공에 自由飛하는 孤鴻의 서름 뭇지 안코 감탄의 淚를 뿌릴지요 空房에 獨宿하는 貴公主는 유리창을 탁 열치고, 孤鴈의 서름 뭇기 전에 동정의 熱淚를 뿌릴 테라. 江戶에서 분투하기 3有餘年 간에 어떤 순간이나 혹 어떤 기회에나 접촉한 모든 일의 자체는 滑稽의 의미를 帶하엿스나 경험하는 나에게는 통절한 神感을 與할 때에 동정의 淚 보다도 嘆賞의 淚를 뿌리게 하얏스며 향상의 피를 끌케 하엿다. 有時乎 한가한 때에는 기숙사 학생들이 스모(씨름)를 유희적으로 하기도 하엿다. 왼 몸을 벌거케 벗고 수건으로「사추리를 둘너 싸서 허리동이만 돌나매고「자— 오너라. 해 보자」氣를 내어서 좌우 다리를 드럿다 노왓다 폇다 모왓다 야단 법석을 하고서는 소금을 물고 뿌리며 물을 마시고 뿜어 비아트면서 두 다리를 벌려 집고 좌우 팔과 주먹을 불끈 쥐고「자— 오너라」고함을 치자 씨름이 시작된다. 나는 한편 엽헤 놉달한 의자에 從容히 안저 물끄럼이 방관한다. 應援聲을 놉히 부른다.「자— 로君 오너라. 해 보쟈」나도 본대로 임내를 낸다. 좌우 다리도 상하로 動하며 양팔에 근육도 가다듬고 소금도 뿌리고 물도 마시며 야단을 친다.「로君— 단단히 해라」주의를 하여 준다.「로君이 꽤 세찰 껄」賞嘆도 해준다.「자— 해 보쟈」달녀 든다. 爲先 힘 드리지 안코 귀마리를 탁 처서 팔삭 주저 안게 하엿다.「참 朝鮮式이 奇麗하고나」경탄올 한다.「또 해보쟈」달녀 " 다. 안갈 구리를 걸고 허리를 밧삭 잡아 꺼것다.「아— 압흐다!」고함을 치고 넘어간다.「나와 해 보쟈— 로君이 무엇인가?」다른 녀석이 달녀든다. 이 번은 좀 멋시 잇게 해 보리란 心筭으로 바른 다리를 냅큼 敵에 양 다리 사이에 너흐면서 웅덩배기를 들고서는 왼팔노 적의 뒷더수구니를 콱 눌너서 열 십자로 메따려 뉘면서「자— 너머간다」고함을 벽력가티 질넛다. 아! 그때는 야단이 낫다. 조선인에게 지는 것이 무엇이냐! 新日本人에게 저서는 안된다」두 세 녀석이 한거번에 달녀든다. 나는 냉수를 흠벅 디려 마시고 「조선인이 다 力士인 것을 未曾知냐. 댄 浪沙에서 벼락 친 鐵椎도 조선족의 손바람이란다」싸홈이 낫다. 죽일 듯이 달녀든다. 나는 더 하지 안켓단다. 적군은 애가 타서 그냥 하잔다. 나는 슬적 돌아서면서 「가서 공부하야 하겟네. 공부하러 온 학생이지 싸홈 하러온 군인이 안일세!」슬먹 슬먹 우물 넘흐로 와서 냉수를 한 열암은 통 퍼서 끼여 언고 방으로 들어가면서 회고의 一句를 을팟다. 「爲人性癖耽佳句 語不驚人死不休」라 約 10년 전에 杜詩를 닐그면서 作亂 거리로 연습하엿든 「씨름」의 효력이 참 굉장하고나 혼자 속소리를 하면서 방에 들어가서 네 활개를 활신 펴고 누워서 씨름 하든 始末의 광경을 감안히 생각하여 보왓다. 「씨름」을 시작할 때는 「로君 - 단단히 차리게」하고 주의 하여 주든 녀석들이 終末에는 죽일 듯이 달녀 들엇것다. 아-하- 그럴테지- 短氣하기는 그 녀석들이 참 短氣하다 마는 타인에게 지기 스려 하는 心法은 怪하기는 하나 本 밧을 필요가 잇다. 좀 뙤지마는 이 환경에서 이 사회에셔, 禮儀之邦人의 특색으로 紳士의 태도와 체면만 차리다가는 목숨도 보전치 못하겟다. 나도 무슨 모 양으로 엇던 노력으로던지 지지 안켓다. 이기여 나가야 하겟다. 奮鬪하자!」스스로 말하면서 화닥닥 니러나서 책상을 대하야 「工夫」를 하엿다. 그 뒤로는 항상 그 광경과 경험이 心頭에 내왕하야 생활상에 大刺戟을 주엇다.

冬期 시험을 종료하면 常例로 오락회가 열린다. 오락회라 하면 「데깐쇼」와 「꼬랴 꼬랴」는 물론이오, 쓴 차와 짠 煎餅도 먹는 법이다. 한번은 좀 고상하게 인격 비평의 詩會가 열리엿다. 즉 詩로써 동창들의 성격을 말하자는 목적이다. 나와 동급생 중에 一「시인」이 웃둑 니러 셔서, 양 손을 좌우 폭겨트에 집어 넛터니 무슨 굉장한 句나 을플 모양으로 기침도 두어 번 하고 임맛도 再三 다시더니 「負ケヌツつ 花ガ 笑ク ローサン」번역하면 「지기시린 얼골에 꽃이 핀다」일절의 詞調를 나에게 주웟다. 그 일절의 의미가 나의 성격을 적절히 표현 하엿다고, 一場 大笑의 갈채를 博하엿다. 과연 그것이 나의 성격을 적절히 표현 하엿다 하면 그것은

전연히 씨름에서 밧은 감격의 실현이라고 하여도 과언이 아니다.

　00학원은 서양 선교사들의 경영하는 교육 기관인데 其時에는 건축물이나 유지력이나 전부 西人의 노력이오 그 관리와 기관 운용은 일본인의 專主로 진행하여 가며 학원 構內에는 美麗한 西人들의 주택이 만흐나 생활의 기분은 일본화가 된 西洋人의 생활이 되엇다. 따라서 교육의 목적에 在하여서도 西人의 雇用軍 養成이 아니요 철두철미하게 건전한 大和文化를 위하야 일본 청년을 교육하며 일본 사회를 위하야 완전한 公民과 인도자 양성이다. 往往히 서양에 유력한 재산가, 학자, 종교가, 사회 운동자 등이 자기들의 金力과 人力을 投하야 경영하는 기관이니까 내방하야 정황을 조사도 하며 자기들의 主義를 선전도 한다.

　一日은 미국 ○○대학원장이 학원 대강당에서 「일본인의 장래와 의무」란 문제로 연설을 하갯다고 학원의 각과 학생 전부를 대강당에 聚集하엿는데 여학원의 각과 학생 전부도 출석하엿다. 때는 孟春이라 日氣는 심히 凜凜한대 강당 내에는 증기의 온도가 미흡하야 堂內의 온도나 堂外의 온도가 서로 차별이 업섯다. 정각이 되매 니마가 훨신 버서진 대야머리의 體軀가 비대한 노령의 박사가 登壇한다. 日氣가 심히 치운대 겸하야 노인이라 調攝에 주의를 하려 함인지 외투를 닙은대로 그냥 서서 연설을 시작한다. 其 순간에 그 대강당에 가득히 안젓든 학생 전부가 「失禮의 老爺」니 「侮辱을 한다」니 하야 수성 수성 벌의 소래가티 불쾌의 태도를 표현한다. 그 광경의 氣脈을 차린 ― 서양인이 급히 등단하야 노박사의 귀에 暗然히 말하야 외투를 벗게 하엿다.

　등단한 노인은 자기의 신체의 調攝에 주의 하엿던지 모양 뵈기 위하야 외투를 닙고 연설을 試 하라 하엿던지 演士 자기에게 대한 개인의 문제가 아니엿고 연사의 의복의 正不正은 즉 청중에게 대하야 존경을 표하고 표하지 아니하는 데 잇다. 自敬心의 素養이 有한 일본 청년들은 無作法 無敬意의 노인의 失禮를 관용치 안을 氣慨를 자연히 맹렬히 표시하엿다.

114

나는 당장에 말할 수 업는 통분을 感하엿다. 더욱 今番 還國 이후로 나는 항상 칼노 가슴을 찌르는 것 가티 압흐고 쓰린 고통을 感한다. 교단 우에서 거룩한 날에 참배하는 敎人들 앞혜 자기 집에서 일하면서 닙던 때 무든 두루막을 그냥 닙고 흙과 똥이 뭇은 구두를 그냥 신고 우둑허니 서서 傳道講演을 試하는 우리 조선 선생님들과 외투를 입은 채로 두 손을 드러 축복 기도를 밧드는 선교사 어룬들에게 향하야 7,8 백명 혹은 1천 여명의 참배자 중에 뉘가 일즉 불쾌를 感하엿는가? 우리 조선 선생님께서는 아지 못하여서 그럴 지도 모르니까 관대하게 용서 할 여지가 잇다마는 교육이 잇다 하고 문명한 인종이란 선교사 어룬들 이야 아지 못한다 하면 선교사는 둘재치고 문명인이 아니요 만일 문명 인의 作法을 안다 하면 우리 민중을 모욕하는 것이 아니냐. 모욕하는 것이 분명하다. 事實談을 하자니까 입이 써서 못 견듸겟다. 우리는 음악 을 愛하는 민족이라 往往히 東西 음악회를 개최하고 서양 음악을 드르랴 할 때 서양인 독창가의 작법을 보면 마음이 쏘와서 참 못 살네라. 입은 의복은 자기 주방에서 자기 처와 가티 요리하면서 닙던 그 때 무든 의복 그냥 입고 감히 우리 압헤서 出演하니 음악이냐 모욕이냐 야회복을 꼭 입지 안은 것이 불평이 아니다. 잇고도 안 입는 것이 무슨 의미냐? 시내 일본인 주최의 음악회에 출연할 때 입는 그 야회복은 조선인 압헤서는 더러울가 염려하여서 안 입느냐? 우리를 모욕한들 어찌 그와 가트랴! 日前에 어떤 친구의 이악이를 드르니 참 분하엿다. 그 친구가 약 2년 전에 百年佳綠을 매즐 때, 서양 선생님을 숭배하엿던지 존경하엿던지 자기의 혼례식을 주장하여 달나고 한 선교사에게 청하야 허락 을 엇엇 다. 예식을 거행할 시간은 오후 1시라고 분명히 말하엿섯는대 오후 3시 까지 신랑과 신부와 기타 친족과 朋黨들이 선생님 오시기만 고대하엿 다. 마츰내 기대하엿던 목사님 께서는 자기 정원에서 풀을 뽀부면서 입든 그 의복을 그냥 입고 얼골과 손빠닥에는 흙이 뭇은 그대로 어정 어정 식장에 드러 오면서 말하는 수작은 「무슨 일 보던 것을 맛추고 오너라구 느저 젓소. 자─ 예식을 합시다」 나는 그 말을 드를 때 내

친구하고는 또 더 친할 수 업는 友人을 責하엿다. 「우리 사람 중에는 목사가 업더냐? 그 치욕을 忍吞하엿느냐?」 아! 아! 우리 사람들도 뎌 일본 청년들과 가티 自敬心을 가저야 하겟다. 우리의 인도자들도 각성 해야 하겟다. 우리 민족들도 모욕이 무엇인지 참으로 알아야 하겟다. 公衆 압헤 설 때나 무슨 예식에 참석할 때나 방문을 할 때 나는 될 수 잇는 범위 안에서는 상당한 의복을 着할 것이요 신체를 淨하게 할 것이라. 상당한 의복을 着함과 머리를 빗고 신을 닥가 신는 것은 자신을 존중히 녁임 보다도 자기가 대할 公衆이나 親友를 존중히 녁임이 아닌가. 그 동기를 바로 가지고 못 가지는데 문화인과 야만인의 別이 有하다.

학원 構內에 居住하는 서양 선교사들이 학생들을 위하야 노력하는 奉任뿐만 아니라 懇篤한 사교적 情誼와 위안적 충고는 실노 그들의 신념을 간단업시 실현하는 一端이엇다. 每 學期間 1,2차 式은 夜會를 開하고 학생들에게 사교적으로 感化하는 力을 나는 실노 嘆賞하엿다. 恒用 그러한 때에는 일본 음악이나 서양 음악을 交하야 마음대로 기능을 가진대로 出演하야 원만한 和樂을 圖한다. 선교사 부인들과 令嬢들이 茶菓도 進하며 奏樂도 한다. 往往히 학생 중에서는 詩吟을 한다 빨간 다리를 척 내 버티고 양 팔을 교차하야 가슴에 부치고 큼짓한 의자에 잔득 누어서 얼골을 쯩기고 눈을 떳다 감엇다 하면서 吟詩하는 그 모양은 참 굉장한 것이다. 그러나 艶美하고도 숭엄한 부인들은 從容히 안저서 극한 존경을 표하는 태도로 謹聽한다. 나는 그런 경황을 볼 때마다 上天에서 내리시는 神感을 밧엇다. 일본 청년들의 元氣와 自敬의 정신, 서양인의 관대한 嘆賞의 태도 그 어느 것이 遽然히 나의 가슴에 래왕하엿스랴. 奉仕者는 항상 관대한 태도와 온화한 기분을 가지여야 할 것이요 獨步者는 항상 강한 元氣와 自敬 自信의 정신이 有하여야 하겟다.

第3章 轉換의 危機

薰風이 부럿는지 나무닙흔 뾰죽 뾰죽, 霞霧가 끼엿는지 上野 공원은

櫻花當節, 細雨가 뿌렷는지 灰黃色의 교정과 野原은 靑褥를 펴는 드시 아츰 저녁 새로워라. 자연의 전환 갱신은 진화 창조의 과정으로 시시각각이라도 趨步를 不斷하야 眞善과 眞美를 목적함이 이 아닌가.

「아! 아! 憐哉라. 인간의 성장이여. 아! 아! 荒漠哉라. 인생의 행로여.」 혼잣말노 탄식을 하면서 때 무든 環形帽를 버서 손에 들고 졸업 증서를 밧아 쥐니 積年의 硏學을 성공한 희열 보다도 滿期 出獄의 명을 밧은 囚人의 快를 感하엿스며 청춘으로 짝을 지여 금의환향을 열망하는 情 보다도 利한 劍을 밟고 太陽이라도 건너 뛸 氣가 가슴에서 끌허 올낫다. 행로의 轉變, 성장의 위기가 臨한 것은 감각하엿다. 눈물에 엉키여서 恨心에 싸히여서 방으로 돌아오니 四壁에 걸닌 그림 책상 우에 노힌 화초 죄—다— 失色한 얼굴로서 陰鬱한 氣를 더하야 주엇다. 만일 豫期하엿던 바와 가티 나로 하여금, 某 學部에서 5개년의 長歲月을 費하라고 무엇이 나를 억제하엿스면 나는 기절을 하엿슬테라 참말 청춘이 아까워서 마치 시집 살기 실흔 청춘 여자의 마음과 가튼 感이 나의 가슴에 激發하엿다.

懸命的 周旋으로 北米합중국에 유학 여행의 好機會를 엇어 가지고 堂上 兩位께 고별도 할 겸 산 놉고 물 맑은 고국의 풍경도 한 번 다시 보고 떠날 겸 잠시 고향에 도라 왓섯다.

奮鬪 舞臺의 第2幕이 열니랴 할 때에 수년간 師弟의 分誼가 이미 깁헛던 2백 여명의 남녀학생들은 이별의 정과 희망의 誠으로 和하야 된 주옥 가튼 송별의 시를 노래 하여 주엇다.

1
(아이들이 지어 노래한 시)
이별의 뜻을 부텨 이별하니
이것이 웬일인가 참 슬프다
우리의 선생님 가시는 길에
二百 여명 학생이 눈물 흘니네.

2

저 산을 너머 가는 무정한 차야
우리 선생님 두고 너만 가거라
어린 우리가 딸아 가랴면
우리의 부모 형제 어대 둘고야

3

비옵고 원하오니 놉흐신 主님
산 넘고 물 건너 저 곳 가실 때
크고 널븐 사랑으로 보호하시사
가시는 곳 무사히 보내주십소

4

선생님께 비옵고 원하오니
어린 손목 노코 가심 설어 마시고
伯夷叔齊 節槪 가티 굿은 맘으로
萬里大洋 건너 가도 닛지 마시오

5

赤子 가튼 우리들은 어찌 하리까?
萬里大洋 바라보며 생각 할 때에
선생님의 크신 사랑 잇지 못하야
기도하며 눈물흘려 구하오리다

6

大洋을 건너 가는 우리 선생님
한우님의 보호 밋고 빕니다
오하요 놉흔 大學 專門하신 후

우리 조선 청년들을 구원하여주!

第三章 奮鬪 舞臺의 第二幕

第一節 宿望하던 目的地에

무한한 동경은 米洲라는 이름 속에 무티엇고 自由鐘 울던 뎌ー 대륙은 내가 年來로 想望하던 共和의 新米國 땅이라. 이제 一髮의 生路인 듯한 여행 免狀을 어더쥐고 만리의 대양을 건너가서 宿望하던 山光水色을 보랴 하며 인문 物化에 접하랴 하는 나의 가슴의 喜湧이야 참말 雀躍에 유사하엿다. 그러나 얼굴이 다르고 말이 설은 萬里 外域에 無錢 硏學 旅行을 단행하자 함은 실로 모험 중에도 무서운 모험이다.

세계의 형세는 歐洲戰亂에 흔들리어서 極東의 풍운도 稍히 험악한 상태에 잇섯다. 일본 정부는 벌서 對獨宣戰을 布告하여서 橫濱과 桑港 간의 항로는 불안전하다는 풍설이 떠돌앗다. 그래서 「안전이 제일」이란 이유로서 北線의 선로를 취하게 되엇다.

橫濱港 埠頭에 橫付한 大阪 상선회사의 日本丸의 조고마한 일등실 (이등 업는)에 식당겸 응접실로 사용하는 대청에는 승객의 출발을 祝하는 각색의 화환과 果物 등이 나열하엿고, 신문 기자 及 男女老少壯의 餞別의 인사로 대잡답과 喧譁를 作한다. 나는 數三의 友人으로 더브러 行李를 정돈하고 한녑헤 모여 안저서 현황을 방관한다. 그 중에도 별달리 뵈이는 청년 신사의 무릎 녑혜 꼿가튼 청년여자는 옷 소매를 입에 대이고 주옥가튼 눈물을 흘리면서 남 모르는 사정을 남듯지 못하게 말하는 모양 보키에 참 부럽기도 하고 어여뿌기도 하더라.

객실의 주임을 불너 항해하는 동안에 알랴 할 모든 일을 알아 보고 승객의 수를 무르니까 객은 남녀와 아동을 합하야 13인이나 되겟스나 외국인으로는 오즉 조선 학생 1인뿐이라 하엿다. 뽀이에게 行李와 기타 범사에 대하야 주의를 시킨 뒤에 우리는 갑판으로 나아가서 연기와 티 끌이 자욱한 橫濱市를 바라보며 삼등 선객들의 餞別辭의 喧嘩를 드르면서 서로 장래의 운명을 祝하며 榮譽와 치욕을 가티 하자고─ 心魂이 끄는 情談이 점점 깁허 갈 때, 發錨의 汽笛이 울리엇다.

아! 아! 순간이어! 애를 끄는 이별의 순간이어!

나는 행운에 몸을 싯고 春風에 때를 어더 兩半球를 갈라 노혼 물나라를 건너 가서 자유 천지 日月 下에 新世界의 生이 되랴지마는 뒤동산 松林 속에서 鞦韆도 가티 하고 南湖綠水에서 수영도 가티 하며, 압서거니, 뒤서거니 행보를 가티 하던 나의 知己들은 牢柵에 가친 羔羊가티 온실의 화초가티 무서운 환경에서 戰慄하며 건조한 공기 중에서 말라 간다. 그러한 운명을 쓰게 맛보는 數三의 知己는 부두에 서서 落淚만 한다. 멀리 수건을 흔들어 表號를 한다. 「로君! 君은 살길을 어더 가는구나... 우리는 어찌 할고! 살길을 어든 君이 우리를 살리라!」고.

橫濱港 부두에 전송하는 友人들의 혼드는 휀Œ 수건의 그림자가 슬어저 가자 나의 몸을 실은 日本丸은 港外에 쓱 나섯다. 거긔서 밀항자를 수색하기 위하야 수상 경찰관 나리님들이 올 온다. 약 2시간이나 假泊한 뒤에 웅장하고도 처량한 기적 소리는 四空에 사모친 공기를 울녀 깨털이면서 배의 머리는 북으로 향한다.

▲『개벽』 제21호(1922.03), 세계일주, 산넘고 물건너, 노정일

第二節 『대콤마』港의 深夜秋月

橫濱港을 떠난 후로 벌서 七晝夜나 되엇다. 溫和한 日氣를 타서 稍히 愉快한 航海를 즐기엇다. 日報表를 보니 배가 벌서 東經 180도에 達하엿다고 그 位置를 赤色의 인크로 點을 찍어 標하엿다. 東經 180도는 地理學上의 意味가 깁흔 곳이다. 즉 거긔가 東西兩半球의 分點이라고 일러젓스며 日字로는 一日이 進하여젓다.

汽船이 北緯50도 附近에 達하는 밤에 船內에는 一大 騷動이 起하엿

다. 그 理由는 「시야틀」港에서 通告한 無線電에 報하기를 「獨逸戰鬪艦 1隻이 桑港 附近에서 石炭을 사 싯고 出發한 지가 3時間에 不過한데 그 方向을 未知云하니 夜間에는 消燈하고 航海함이 可하고 晝間에는 할 수 잇는 대로 北路를 取하라」는 注意의 警報이엿다. 거긔서부터 四 晝夜를 甲板에도 나가지를 못하엿고 恐怖心에 무티어서 잠도 잘 수 업 스며 밥 먹을 생각도 업서것다. 航海하기 第17晝夜가 되는 날 正午에 英領加奈佗沿岸附近에 達하엿다. 거긔서야 稍히 安心하게 되엿다. 日本 人들은 서랐œ 祝하야 말하기를 「인제야 우리 同盟國領地에 왓스니까 萬事가 安全하다」고 미친 듯이 뛰놀며 換盃노름을 하더라.

大陸이 점점 갓가와 올스록 먼저 「뱅커바」의 山影을 바라볼 수 잇게 되여 가며 배가 압흐로 港灣을 向함을 따라서 翠色은 더욱더욱 濃厚하 여지고 水邊에 羅列한 奇巖怪石과 鬱蒼한 森林은 恰然히 우리 旅客들을 歡迎하는 것 갓더라.

『뱅커바』와 『시아틀』을 經하야 『대콤마』港을 向하엿다. 水態는 潺潺 하여지고 山色은 그림가티 美麗한데 江邊에서 遊戲하는 兒童들의 말소 리는 別天地에 仙童仙女들의 노래가티 내 귀에 들려주엇다. 灣內에 入 하랴할 때 官憲의 檢疫을 受키 爲하야 暫時間 假泊을 하게 되엿다. 乘客 의 數가 夥多치 아니하야 檢疫은 甚히 簡單하엿지마는 歐洲戰勢의 正 報를 뭇기에 奔走하엿다. 嘆息하는 一言을 「佛人이 조금만 하면 巴里의 危險은 免하련만」하고 檢疫官은 作別을 請한다. 近 3週間이나 寂寞하게 海上의 苦를 바다오든 우리는 「굿락투유－젠틀맨」하는 人事가 그리 반 가운 感이 업섯다.

다시 汽船은 發動機를 轉하야 目的하엿든 『대콤마』港內를 向하엿다. 港灣에 썩 드러서니 날은 이미 어두워서 山勢와 市街를 볼 수 업섯스나 燦爛한 電燈은 놉흔 언덕과 나즌 市街를 分明하게 일러주며 輝煌한 夜 景은 生來로 처음 보는 別世界가 분명하더라. 汽船이 棧橋에 付泊하자

乘客은 (三等客은 말고) 上陸하기로 雜踏하엿다. 나는 船長에게 무러 보앗다. 夜間에 上陸함보다 翌日 早朝에 上陸함이 必要한 理由가 잇스니 어쩌면 조흐냐고?

나는 그 마음을 寂寞하게 室內에서 黙想하려고 하엿다. 幸運에 몸을 싯고 平安히 目的地에—自由와 幸福이 가득한 「와싱톤」의 새나라, 「린컨」의 合衆國, 宣敎師들의 정든 故國, 우리 親舊들이 憧憬하는 文明의 富國—到達하여노니 무엇하려... 自此로 내가 스스로 나의 運命을 開拓해야 할 前途를 생각하야 奮鬪할 好機는 衷心으로 感謝하엿다마는 머리를 돌려 故國을 回考하며 압흐로 奮鬪의 經路를 豫想할 때 참말 나의 가슴에는 뜨거운 宗敎心이 發하엿다. 千思萬慮가 心頭에 往來할 때 단잠인들 어찌 이루울 수 잇섯스랴! 寢衣를 몸에 두루고 甲板우에 나가 孤獨히 안자보니 月色은 皎皎하야 深夜三更을 自自하며 煙氣속에 무텻는지 霞霧속에 잠 들엇는지 반작반작하는 電氣燈은 銀盤에 뿌려 노혼 金剛寶石인들 어찌 그와 가티 燦爛할 수 잇섯슬가. 나는 黙示錄에 이뤄진 新『예루살넴』에나 들어가랴고 멀니 서서 黃金門과 琉璃市를 바라보는 듯한 氣가 생기엿다.

이른 아츰 이슬에 저즌 「대콤마」市를 바라보니 輝煌燦爛하든 夜景의 「대콤마」市는 꿈世界가 녯일이요 놉흔 언덕과 나즌 平地를 덥허 누른 大廈高樓들은 靑空에 聳立함이 擧皆 大寺와 殿閣갓고 놉흔 두던을 기여넘는 四通五達의 街路들의 左右側路를 따라서 가는 鬱蒼한 樹木과 公舍와 邸宅을 丹裝한 綠草와 奇花는 나의 豫想하엿든 紅塵의 『대콤마』市는 分明 안일듯 하고 香氣가 充滿한 極樂의 世界가 이 아닌가 하는 懷疑의 感이 起하게 하엿다.

生髮後에 처음으로 「避할 수 업시」自働車를 집어타고 豫定하엿든 大陸호텔로 案內되엿다. 旅舘主人에게 當日下午發車로 桑港을 向할 터이니 乘車券을 賣하여 달나고 依賴한 後에 自働車로 『싸잇씽』을 하엿다. 約 4時間동안을 費하야 市內 全部를 求景하엿다. 外國居留地라고

別로 判明할 수는 업섯스나 中國人의 巢窟은 보기실케 알어젓다. 下街
隅마다 橋子를 버려노코 行人의 구두닥는 業은 黑人친구들의 專營인듯
하고 洗濯과 料理業은 中國人의 외목인 듯 하더라.

當日 午後 2시 10분에 北太平洋鐵道의 列車로 桑港을 向하야 出發하
엿다. 汽車의 內容設備는 實로 나로 하여금 놀내게 하엿다. 의자는 紅氈
으로 지은 뒤에 潔白한 細布로 둘너 노코 의자의 使用은 任意대로 할
수 잇게 되여서 안즈랴면 안고 누우려면 눕게 되여서 2日間을 旅行하여
도 座席으로 말미암어서는 죽음도 疲困을 感치 아니하엿다. 美國에는
汽車에 等級制가 업다하는 말이 果然인 것을 깁히 感激하엿스며 그것
이 벌서 美人의 平等主義의 實現의 一端인 것을 鑑賞하엿다.

汽車가 漸漸 速力을 더 하야 다라간다. 一望十里의 野原은 秋穗黃色
의 金世界를 이루엇고 一高一低하야 際涯업시 連續한 果樹園은 金橘과
林檎 等의 名産處가 分明하다. 小川을 건느고 汽笛을 울닐 때마다 村落
의 老幼들은 흰 手巾을 혼들어 人事하며 田圃에서 勞働하는 늙은이들
은 右手를 들어 敬禮도 하여준다. 나는 혼자 마음으로 저 老人들은 아마
「링컨」氏와 가티 南北戰爭에 出役하엿든 紳士들이겟지 하고 생각하는
것이 만핫다. 第一 異常하고 어여쁘게 感想되는 것은 10세 內外의 少女
들이 잇다금 자기들의 左右 손을 입에 대엿다가 압흐로 던지군 하는
모양이엇다. 그러나 其時에는 그 意味를 몰낫섯다마는 얼마 後에 알고
보니 키쓰를 보내 주든 것이엇다. 恒常 우리는 少兒의 無邪氣한 天眞을
볼 때마다 神感을 어드며 「룻소」를 선생님으로 모실 생각도 난다. 아아
우리들 長成者는 웨 天眞의 美를 失하엿는고! 참 슬프다.

붉은 해는 西天에서 떠러저 가고 찬달은 東海에서 소사오를 듯할 때
山谷間에 흐르는 溪水는 流勢를 漸漸 急히 하고 汽車의 進力은 漸漸
減하여진다. 『롹기』의 西麓을 넘어 가는 우리 乘客들은 琉璃窓을 透하
야 夕陽暮景에 잠들어 가는 村落들을 굽어 나려다보며 山間溪邊에 떨
어지는 黃葉은 丹楓인지 붉은 햇비테 火한 綠葉인지 疑心하야 무러보

려할 만하다.

　『롹기』의 西麓에서 밤을 맛고 밤을 보내니 눈도 쓰리고 마음도 疲困하엿다. 긴 밤이 다 가고 『뻐클니띠포』에 이르도록 나는 沈思渦淵에 푹 빠저서 山이야 구름이야 다라나는 車에 進動도 거의 意識하지 못하엿다. 桑港으로 가면 무엇하고! 거긔서는 어대로? 스스로 뭇고 스스로 對答하려고 애는 썻스나 시원한 自答은 못 어덧다. 『뻐클니』에서 連絡 떼선이 汽車를 집어 싯고 桑港으로 건너갈 떼 奇異한 感이 生하엿다. 『맑켓』停車場에서 터진 銃소리가 쟁쟁히 귀에 들니는 듯한 回顧의 感이 强하여저서 굽두젓두 못하고서 우둑허니 맑켓停車場만 바라보고 안저다. 떼는 下午 1시 반이오 日字로는 1914年 9月 20日이엇다. 桑港 맑켓停車場플내트프에 턱 나려서니 5, 6人의 同胞는 꽃을 들고 깃븐 우슴으로 握手하야 마저 주더라. 우리가 自動車를 집어타고 旅館으로 向하려할 때 C夫人끠서 玉手를 들어 가리처 말슴하시기를 「미스터 로! 이곳의 意味잇는 過去를 아시지오?」 애쓰, 아이노이트, 베리웰! 매담」 나는 그 뜻을 알고 對答하엿다. 나는 1日前에 『대콤마』市를 求景할 때에 其 市가 世界에서는 처음 보는 宏壯한 都會인 줄 알앗섯지만 이제야 참말 驚駭를 喫할 만한 宏巨한 都市를 보는구나! 스스로 속소리를 하엿다.

　旅館에서 第一夜는 참 奔走하엿다. 旅館에 留하는 客은 죄ー다ー 우리 同胞들이엇는데 어떤 이는 藝術狂들닌 文士가티 머리도 異常히 하엿고 넥타이도 別하게 매엿고 말도 바로 學者인 듯이 하더라. 나가 생각하기는 저이들이 적더래도 어떤 大學이라도 卒業하고 硏究에 努力하시는 어룬들이시겟지 하고 極한 尊敬을 表하엿다.

　桑港은 東洋을 向하야 터진 黃金門을 열고 안즌 加州의 一大都會라 역긔가 곳 東西가 서로 맛나 알고 또한 서로 昇降함이 甚히 猛烈한 곳이다. 市街와 建物이 宏巨華麗하야 非是 東洋天地란 感이 起하엿스나 街

124

上의 雜踏한 民衆을 觀察할 때 非是 西洋天地란 反問이 亦 起하엿다. 어째던지 桑港은 우리 사람들이 接足하여 온 以來로 各方面으로 活動하는 中心地가 되엇고 成功의 末日 까지 活動할 根據를 鞏固하게 세워 노흔 곳이다. 딸아서 우리는 桑港을 尊重히 여기게 된 것도 自然이오 그 곳을 바라보고 기다리는 것도 역시 自然이다. 敎會와 靑年會의 團體뿐만 우리 사람들의 團體가 아니라 우리의 全體를 統御하랴는 團體도 亦是 이곳에 中心을 두고 活動하여 온 지가 이미 오래엿고 諸般設備도 적이 完備하다. 一日은 L氏의 引導로 우리 사람들의 機關報 印刷所를 訪問하엿다. 第一 나로 하여곰 喫驚嘆賞케 한 것은 L氏가 「발명」한 리노타입印刷機다. 이 機械는 文明한 나라에서 使用하는 지가 벌서 十有餘年이나 되엇지마는 L氏의 天才로 우리 正音을 此 機械에 付用하게 된 것은 實로 우리 사람을 爲하야 慶賀할 만한 事뿐 아니라 東洋人으로 자랑할 만한 일이라 하겟다.

그 氣候에 溫和한 天惠는 4時를 分揀업시 居留民들의 즐김이요 天然한 通商의 要樞로는 世界民族의 活動處가 分明하다. 一日은 4, 5人의 親友로 짝을 지어 金門公園으로 消風遊覽을 하게 되엇다. L夫人끠서는 큼짓한 빠스케트에 샌드휘치와 케익과 果物을 가득하게 장만하야 주셧다. 우리는 電車를 타고서 한참 나가다가 乘換도 두어번 한 後에 턱 나려서는 거긔가 金門公園이라고 일너짓다. 때는 9월 下旬이것마는 奇花가 滿發하엿고 藍靑色의 瑤草와 樹林은 天眞을 자랑한다. 日本서 恒常 보든 코스모쓰는 金門公園에 별서 와서 나를 向하야 微笑의 人事를 하는 듯하며 公園의 音樂堂을 둘너 볼 때 上野公園에서 散步하든 것이 벌서 넷일인 것을 깨달앗다. 우리 一行은 公園博物館으로 들어갓다. 우리나라에서는 일즉 求景도 하지 못한 貴金屬의 裝飾品들과 彫刻物이 陳列하엿다. 나는 스스로 깃븐 感을 이기지 못하엿다. 우리나라에도 저런 조흔 美術品이 잇섯던가 하고 賞嘆할 제 한 친구는 나의 엽흘 꾹 찔넛다. 「로군 저것 보시요」 나는 깜짝 놀나면서 돌아다보니 침에 녹도든 물뿌리에 길기가 3尺이나 되는 烏木竿子에 대ㅅ진이 징개징개 무든 대통을 마춰 노혼 담베대가 서너개 노혓다. 또 그 엽헤는 좀 먹은 체와 各種의 編物들이 陳列되엇다. 그것을 볼 때 나는 기가 칵 매키엇다. 紅人舘에 陳列品과 恰似한 原始의 態가 잇는 것을 볼 때 가슴이 쏘게 압핫다. 各國에서 出品한 美術品과 歷史的 古物로서 어느 것이 우리 觀覽者로 하여곰 즐겁게 하며 놀나게 하지 아닌 것이 업섯다마는 우리 사람들의 손으로 맨든 것이 우리 가슴을 압흐게 하엿다.

우리는 다시 博物館을 떠나서 黃金門을 求景하자고 서서히 港灣을 向하얏다. 꼿 수풀 속에서 여긔저긔 노힌 뻰치우에 우리들은 쉬랴고 안젓다. 바스케트를 열어서 먹기를 서로 권하면서 黃金門을 바라본다. 銀波는 金沙를 씨츠며 巨船은 汽笛을 불어 뒤 山을 울니면서 검은 烟氣와 힌 蒸氣를 물큰물큰 吐하면서 열려잇는 黃金門을 向하야 出發한다. 故港埠頭에 西天을 向하야 出學을 戀望하며 눈물 흘니든 나는 이제 金門公園에서 東天을 向하야 思鄕心에 느꼇다. 何日何時에 身體上으로나 心靈上에 아모 損傷업시 所志의 學을 成功하여 가지고 金門을 열고 槿花域에 돌아갈가 참말 前途가 漠然하여서 스스로 支配키 어려웟다. 一行들은 나를 旅行못해본 어린애가티 그러지 말라고 意味업시 橫說竪說을 하더라. 一行은 이러서면서 돌아가기를 請한다. 그러나 나는 그냥 안저서 沈黙에 빠져서 貴한 瞬間에 金가튼 心感을 끈치지 안으려한다. 一行은 슬금슬금 압흐로 떠나간다. 나는 그냥 안젓다. 나는 벌덕 이러서면서 「神이여! 나로 하여 金門을 열고 還國할 時機를 주시랍니까. 自由銅像美人께 하적의 키쓰를 드리게 하시랍니까! 뜻대로 이루워 주시읍소서」하고 一行을 追及하려 하엿다.

旅館에 돌아오니 밤은 이미 저믈어서 5時頃이나 되엇다. 그날 밤에는 靑年會主催下에서 在留同胞압헤 서서 管見을 陳述케 되엇다. 在留同胞들이 가진 機會와 義務를 들어서 哀情을 열게 된 것은 實로 多幸인 줄로

鑑賞하엿다. 그 後로는 내가 어떠케 進行해야 할 方策을 定키 爲하야 多年間 奮鬪의 經驗을 積蓄한 人士들의 意見을 엇으랴고 忠告를 求하엿다. 擧皆一樣의 忠言에 不過하엿다. 金錢업시는 工夫할 수 업스니 第一良策은 明日부터라도 村으로 나가서 實果따는 勞働을 하야서 約 數年間 節用하고 貯蓄하면 그後에는 工夫할 수 잇다는 것이다. 내가 맨 처음에 대학이라도 졸업을 하고 지금 연구에 노력하는 인사로 알앗던 그들도 工夫하려고 過去 5, 6年 或 數十年間을 集金하기 爲하야 勞働하다가 지금 쉬려고 桑港에 와서 留하시는 英雄들이시던 것을 發見하엿다. 거긔서 나는 精神이 번개불가티 번적하엿다. 나는 工夫하면서 勞働할지 언정 將次 工夫하여 보겟다고 金錢을 모으랴고 勞働은 아니하겟다. 만일 나도 精神업시 내일을 내가 생각하야 힘쓰지 아니하면 나의 運命이 將次 저들의 運命에서 지날 것이 업슬 것은 分明히 自覺하엿다. 桑港과 加州地方에서 彷徨하다가는 나의 運命은 全然히 失敗에 歸할 念慮가 업지 아니하야 速히 그 地方을 떠나 東方을 向하기로 努力하엿다. 그러케 결심하고 애를 쓰고 생각하엿다. 僥倖 L氏의 周旋과 C氏의 努力으로 桑港을 出發하야 『오하요』州 웨슬네안大學으로 向하게 되엇다.

第三節 大學채플의 塔尖

1914年 9月 28日 下午 1時에 『뻐클늬』셔포를 떠나서 東方에 向하게 되엇다. 桑港서 一週間 住留할 때 同胞들의 준 寬厚하고 親切한 愛情은 내가 恒常 紀憶하야 잇지 못하는 바다. 『뻐클늬』停車場에서 떠나랴할 때 L氏와 C氏는 勿論이요 敎會와 靑年會代表들의 深極한 付托과 注意는 내가 美國서 바든 바 貴한 禮物中에 가장 感激이 만혼 禮物이엇다. 그後로는 어대서던지 우리 사람의 不良한 害毒을 바들지라도 桑港同胞들의 哀情을 回想할 때 恒常 새 勇氣를 엇어 奮鬪하엿다.

桑港을 등지고 東으로 向한지 半日後에 美國에 沙漠이 잇던 것을 비롯오 알게되엿다. 어찌 寂寞하고도 大愉快한 것을 感하엿는지 지금까지 그 蕭條荒漠한 求景이 어젯일가티 回想된다. 『솔레익』을 지나서 『오마하』에 至하여서야 적이 위로를 바들만한 樹木과 綠野를 볼 수가 잇게 되엿다. 市俄古에 到着後에는 乘換하게 되어서 3時間동안의 餘暇가 잇섯다. 그것을 機會삼아 已往에 同學하던 C君을 訪問하엿다. 君을 맛나니 깃븐 마음이야 참말 四喜中의 其一인 他國에 逢故人의 感이엇다마는 君의 情況을 볼 때 나는 놀내엇다. 그러나 優勝한 天才를 가진 君은 更生의 希望이 滿滿하엿다. 君을 ○○店에 作別하고 下午 4時에 市俄古 列車로 『오하요』州 『뗄너웨아』市를 向하엿다. 一夜를 지난 後 정오에 『오하요』州의 首府 『컬넘버쓰』에서 다시 乘換을 하여 가지고 『뗄너웨아』를 向하엿는데 汽車가 停車場에 멈출 때마다 窓外를 두루두루 살펴본다. 뗄너웨아가 어대인지 아지 못하나 내가 入學하랴 하는 大學의 채플의 寫眞을 가진 故로 그 寫眞에 表한 채풀의 塔尖은 宏壯하여서 눈의 띄우기만 하면 그곳은 『뗄너웨아』인 것을 判明할 수가 잇다. 그러하는 這間에 車長이 「네가 어대 가느냐」고 무럿다. 나는 그 寫眞을 들고 보면서 웨슬네안大學으로 간다는 旨를 말하엿다. 車長의 引導로 『뗄너웨아』市 펜실베니아 띠포에 턱 나려섯다. 아하! 여긔가 『뗄너웨아』냐-. 停車場에서 썩 나서니 大學채플의 塔尖은 내가 익히 思慕하는 것이 文明하고 웨슬네안은 내가 나를 알게 할 奮鬪場이것다 하고 스스로 옷깃을 바로 하엿다. 『뗄너웨아』란 말은 듯기도 만히 한 곳이라 또한 나는 『뗄너웨아』를 알랴고 하지마는 뗄너웨아는 나를 모를테라. 내가 가진 金錢이 얼마나 되나하고 財布를 툭 터러 보니 殘餘金이 正히 2弗 4角이라 나는 大學채플을 멀니 우루러 向하야 말하엿다. 「채플의 塔尖! 내가 山넘고 물건너 汝에게 學하려 왓노라. 내가 너를 사랑하고 십다. 너도 나를 사랑하여 주려느냐! 내가 네게 올 때 2佛 4角이 내의 全所有다마는 내가 네게서 2억 4천만불 價值의 學術을 배우러 TM"다. 嗚呼 신이어! 내가 여긔 왓습니다. 寧死언뎡 大學을 畢業하고 이 停車場에서 떠나가게 하여 주시요. 羞恥스럽게 뗄너웨아市를 떠나지 말게 하시고

榮光과 成功을 가진 離別이 되게 하여 주십시요」하고 눈물을 짜고 兩手를 合하야 나와 내가 결심의 言約을 매젓다.

市內를 向하야 들어가면서 左右를 살펴보니 丹楓은 道路의 兩側을 딸아 섯고 市街는 고요하고도 美麗하야 理想的 大學村이 分明하더라.

▲ 『개벽』 제22호(1922.04)

세계일주 山 넘고 물 건너(3), 엠. 에(M. A), 一愚

第4節, 新環境에 新生兒의 理想하던 開拓生活

뗼나워아는 第19世 大統領 허이씨氏의 出生地로서 2萬餘名 市民들의 자랑하는 小邑이오 웨슬레안敎徒들의 矯風主義에 實行村이다. 比較的 閒寂한 住宅村이지마는 公民生活에 缺하지 못할 機關들은 充分하게 設備되어 잇다. 이제 그 機關들을 略擧하면 左와 갓다.

公舍－市政廳, 裁判所, 郵便局, 在鄕軍營,
宗敎的 奉仕－敎堂, 市YMCA, 養老院, 孤兒院, 慈惠醫院, 感化院,
公民的 施設－公會堂, 商業會議所, 銀行 四, 市立病院, 電氣와 瓦斯會社,
스테손 二, 下水道, 冷水道, 湯水道
敎育機關－幼穉院 三, 小學校 五, 中學校 三, 大學校, 카氏圖書舘, 博物舘 「音樂學校, 美術學校」 大學付屬,
道樂的 시설－公民運動場, 遊戱場, 公園, 劇場, 其他에 類似心意를 딸아서 組織된 小團體와 俱樂部 等은 實로 枚擧키 未遑하다.

元來 美國의 道路라 하면 淸潔하고 奇麗할 것은 누구나 다 豫想할 것이다. 桑港이나 其他 大都會는 勿論 그러할 것으로 斟酌하겟지마는

閑寂한 小邑에까지 그러틋이 安全하고 美麗하게 道路가 施設되엇슬 것은 夢想치도 못하엿던 事實이엇다. 左右側路야 勿論 세멘트로 하여 놀것이나 車道까지 아스프랄트로 敷設한 우에 濃油로 塗固하여서 自働車와 馬車가 連走續至하더래도 行人에게 아모 不愉快를 感하게 아니 한다. 그뿐 아니라 매일 數次式 뿜뿜로 水道물을 引用하야 道路를 掃洗해서 그 淸潔하고 爽快한 것은 사람으로 하여금 朗然한 心氣를 가지게 한다. 그러한 市街와 道路下隅마다 花園도 設하엿스며 새파란 잔디 언덕 우에는 有功한 公民들의 銅像들도 羅立하엿다. 그 廣濶하고 華麗한 市街와 大道上에 雙雙이 짝을 지어 오고 가는 男女靑年學生들의 步調와 氣像은 實로 盖世의 英氣가 潑潑하다.

<u>아! 나는 그러한 新環境에 投出되어서 新生兒의 運을 다시 經驗하게 되엇다. 自己를 스스로 改革하야 環境에 適當하게 調和해야 하겟스며 生活의 方法도 革新하야 新趣味와 新氣分을 가지고 新奮鬪를 始作해야 하게 되엇다.</u> 아! 新生兒의 奮鬪生活의 進路가 果然 平坦하엿는가 險惡하엿는가?

大學채플의 尖塔을 치어다 보면서 애드미니스터레슌 홀을 向하야 발자취를 옴기엇다. 옷깃도 바로하며 넥타이도 再三 만지면서 大學總長께 面會할 先後를 생각하면서 總長室 入門을 叩하엿다. 約 28歲쯤 되어 뵈이는 靑年女子가 門을 가볍게 방싯하게 열면서 「웰취博士를 차즈십니까? 누구십니까?」 나의 名啣을 請한다. 「에! 나는 코리아서 오는 로아무입니다」하고 명*을 交付하엿다. 「暫間만 기다리십소」하고 그 女子는 반쯤 여럿던 門을 닷는다. 나는 가슴이 울렁울렁 하면서도 「그 女子의 態度가 참 점쟌키도 하다」하고서 그의 溫恭한 表情을 嘆賞하엿다. 門을 다시 열면서 「로정일씨 이리 들어 오십시요」 案內가 되엇다.

루스별트式의 風采를 가지신 總長께서는 椅子에서 이러서면서 握手를 請하야 禮辭를 「로君! 처음 맛나니 愉快합니다. 이리 안즈시오, 언제

오섯습니까? 不可不 君이 스스로 自己를 說明해야 하겟습니다」한다. 나는 通情하기가 매우 困難한 것을 이기랴고 애를 썻다. 잇다금 總長은 微笑를 띠우면서 「오! 그래 알아 듯습니다. 어서 말슴하시오」同情의 和한 顏色을 뵈인다.

總長이 다시 椅子에 몸을 바루 하면서 「내가 君이 스스로 說明하는 것을 들으니 깃븝니다. 그런데 어쩌면 조흘가!」暫時 沈思하는 貌樣을 한 뒤에 엽헤 서서 우리의 會話를 傾聽하던 女子 書記를 시켜 大學 YMCA 總務L君을 請來하라고 命한다. L君이 狹門을 열고 들어선다. 「아! L君인가!」總長이 椅子의 向을 돌리면서 「무슨 말을 君이 들을 것 가트냐」고 一種의 弄談을 걸면서 나를 紹介한다. 자기들이 서로 約 30分間이나 무슨 말을 하는 지 나는 그 要領도 채지 못할 말을 한 뒤에 總長이 椅子에서 이러서면서 나의 손과 등을 어루만지면서 「우리가 極力해서 君에게 奮鬪할 機會를 열어 줄 터이요. 그것이 우리의 責任이 되는 것 만치 君이 可能한 全力을 盡해야 할 것도 亦是 君의 責任이니까. 男子스럽게 奮鬪하기를 바랍니다. 君이 그러한 決心을 가진 줄 밋습니다. 凡事를 L君이 指導하는대로 하면 念慮할 것이 업스니 그리 알고 또한 어느 때던지 나를 보아야 할 일이 잇거던 들어오시오. 歡迎입니다」春風이 부는 듯한 言辭로서 秋霜가튼 듯한 注意를 하여 주엇다.

나는 L君을 딸아서 校庭에 나섯다. 男女靑年들이 各敎室 正門에서 들석들석 밀녀 나와서는 채플 正門으로 한 끗이니여서 밀려들어 간다. 나는 L君의 팔에 감기여서 물그럼이 그 活景을 注視하면서 無限한 慷慨와 欽慕의 感에 늣겻다. L君은 나의 팔을 이끌면서 「지금은 채플時間이 되엇스니 들어가서 參拜합시다」案內를 하여준다.

채플 깰나리에 한 椅子를 占領하고 1,500餘名의 男女靑年이 가득하게 안즌 것을 나려다 보는 나는 15分동안 擧行하는 順序를 意味우에 새 意味를 부쳐서 觀察한다.

正刻이 되자─채플 플네트 폼에는 150餘名의 敎授 어른들이 出席하자 宏壯한 파입 올간의 奏樂의 宏巨한 채플을 울녀서 雄壯하게 響應하며 채플똠 아레 걸녀 느러진 스탈쓰 앤드 스트라입쓰(米國의 國旗)는 펄펄 參拜하는 靑年들의 머리 우에 動한다. 奏樂을 마친 끗에 「하나님은 복의 근원」聖歌를 올간과 倂하야 온 會衆이 四音에 (自然히) 分和하야 讚頌을 드린다. 總長께서 正肅하고 雄嚴한 音調를 發하야 熱烈한 정성으로 祈禱를 引導한 뒤에 聖經을 流暢하고도 嚴肅하게 朗讀하고 連하야 簡單하나 뼈가 들고 피가 붉은 勸說을 한다. 校歌와 祝辭로 閉會된 후에 가득히 찻던 男女靑年들이 조곰도 雜遝한 貌樣업시 徐徐히 散會하는 光景을 目睹하는 나는 驚駭보다도 美國人의 偉大를 嘆賞하엿다. 1,500餘의 靑年을 敎育하는 大學校가 美國에 在하야 웨슬네안 하나뿐만 勿論 아닐 터이요, 멫 百으로 헬 수 잇슬테라 美國 48州의 一인 오하요州에 在하야 57處의 大學校가 잇다 한다. 일로 밀우어서 美國의 文化를 엿볼 수 잇다.

나는 다시 L君의 指導를 딸아서 한 學生俱樂部를 訪問하엿다. 거기서 여러 學生들을 알게 된 뒤에 午餐에까지 머물게 되엇다. 約 30名이 食卓에 就하야 서로 和樂을 즐기는 것을 볼 때 나는 마음에 스스로 깨다른 것이 잇섯다. 「아! 하! 이것이 生活이로구나. 떡으로만 사는 것이 참 生活이 아니엇고 歡樂으로 사는 것이 참 生活이엇지!」하고, 나는 食卓에 잇서서 L君에게 항상 귀를 기우리고 잇섯다. 食卓에서야 말로 조흔 「說敎」를 듯게 되엇다. 그 說敎는 「罪를 悔改하고 지옥불을 免하라는」 說敎는 아니엇다. 奮鬪는 自勞를 意味하고 自勞는 自立을 意味하며 自立은 人生의 最高道德이다는 說敎다. 그 說敎는 라직이나 오래토리의 法則을 使用치 아니하고 오즉 풍인트콘택트에 잇섯다. 食卓左右 엽혜서 奔走하는 웨터「상심버럼 하는 靑年」들을 네게 紹介한다. 「이 親奮은 지금 文科 4學年生이요, 이는 新人生으로서 지금 榮光스러운 罰을 쓰노라고 상심부름을 합니다. 朝鮮서도 그런 일을 조케 녀기오?」 L君은 나의 意見을 들어보랴고 한다. 「아니올시다! 朝鮮서는 그런 勞働 하면 賤한 사람으로 녀깁니다. 아니! 賤히 너기는 것보다도 賤한 사람만 그런 것을 합니다」. 「그러해요? 그런 것이 事實이면 참말 異常하게 재미스럽구려! 로君도 그러케 생각합니까?」 「아! 천만읫 말슴, 朝鮮의 風俗이라면 그러치마는 朝鮮 靑年이라고 하면 그런 것이나 저런 것이나 무슨 勞働이던지 義로운 動機와 目的에 잇스면 神聖한 줄 밋습니다! 누구던지 다 할 것으로 압니다」 「아! 하! 眞理요!」 L君은 食卓에서 일어서서 나와 自己사이에 談話한 것을 들어서 一場 테불 스피취(演說)을 한다. 拍手가 起한다.

俱樂部에서 떠나서 L君을 딸아 정원 밧그로 슬몃슬몃 나아간다. L君은 손으로 여긔저긔 가르치면서 「이 풀밧도 깍거야 할 것이고 저 길도 쓸어야 하겟지! 어느 學生이 벌서 그 일을 어덧는지!?」 스스로 뭇고 對答한다. 「자! 로君! 爲先 宿食할 곳을 어더야 하지요?」 L君은 나의 얼골을 치어다 본다. 「에! 그러습니다. 지금이라도 그런 곳을 어더야 하겟습니다」 「올습니다. 지금 나와 가티 가 봅시다. 저긔 한 夫人이 수쿨 뽀이를 求하는 데 아마 될 듯해요」

한 80坪이나 덥허 세운 煉瓦邸宅에 庭園으로 말하면 적어도 1천坪이나 되고 테니쓰 콜넙헤는 菜園이 連하여 잇고 周圍에 둘려선 메풀투리의 서리 마즌 닙혼 庭園과 左右側路에 우슐우슐 떠러저 덥힌다. L君은 또얼뻴을 누를 때 나의 가슴에는 泰山이나 문허지는 듯 하게 울리엇다. 主夫人의 應接을 바다 썩 들어서니 王侯의 宮殿은 일즉 求景도 못해 보앗섯지마는 宮殿인들 어찌 그러케 華麗할까. 疑心하리만큼 感想이 되엇다. 主夫人의 第一條件은」 캔유스픽잉길니쉬?」의 一言이엇다. 「힘쓰면 잘할 줄 압니다」고 對答햇다. 「올치요. 참말 그럿습니다. 우리 主人께서는 항상 旅行하시고 나 혼자 누이와 두 애를 더리고 잇는 때문에 가사에 잇다금 困難한 일이 잇서서 돌보아주 리가 잇스면 하고 適當한

學生을 求하던 中인데! 당신이 즐겁게 일할 覺悟를 가지겟는지요? 料理는 아마 해 보지 못햇섯스니까 料理는 내가 할 터이고 其外 凡事는 나를 도아서 하여주면 매우 조켓습니다」「그러면 매일 몃時間이나 일하게 될는지요? 工夫를 하면서도 할 수 잇슬는지요?」「勿論입니다. 매일 學校에 出席해야 하지요. 그는 時間을 보아서 일하다가 라도 學校時間에는 學校에 가게 하지요. 손을 보니까 일은 해보지 못햇스니까 얼마동안은 내가 어떠케 하는 것을 지시하지요. 내가 願하는 바대로 하면 房과 食事와 洗濯은 念慮할 것이 업겟습니다」고 「내가 可能한 努力은 다 할 터이니까요. 더 깁혼 言約은 무어라고 더 할 수는 업습니다. 그러나 工夫할 時間만 내게 주면 滿足하겟습니다」고 W氏 夫人의 家雇이 되기로 作定이 되엇다.

아! 1914年 10月4日에 잇서서 生髮後 처음으로 他人의 家雇살이를 始作하게 되엇다. L君이 W氏 夫人에게 約 20分동안이나 무슨 이악이를 하는 貌樣이다. 반듯이 나를 爲한 付托인 것은 分明하엿다.

「보아야 有望한 靑年입니다. 아모쪼록 참고 努力해서 成功하시요. W氏도 學生時代에 旅館에서 料理하면서 工夫하엿습니다. 내가 언제 한번 東洋갓던 宣敎師의 말을 들은 일이 잇는데 그이가 말하기는 東洋서는 일하지 아니 하는 사람을 紳士라 한대두군요! 참말인지? 그것이 果然 참말이면 우리 나라와는 正反對입니다. 우리는 勞働을 尊重히 녀깁니다. 勞働하지 아니 하는 夫人이나 紳士가 잇다고 하면 그 社會는 墮落이니까. 社會의 地位를 가진 夫人일스록 더욱 家事를 自己가 하면서 自己 손이 미치지 못할 境遇에는 他人에게 依賴하는 것은 健全한 社會의 風紀라 할 수 잇습니다. 金錢을 爲함 보다도 「푸린시풀」을 爲해서 그래요. 당신은 지금 갓 온 사람이니까 整頓할 것도 만흘 터이고 學校에 入學하는데도 볼일이 만흘 터이니 2, 3日間은 나를 도아서 일하지 아니 해도 조흐니까 그리 알고 凡事를 整頓하게 하시오」夫人은 各方面으로 나의 마음를 安定하도록 하여 주며 自己집가튼 感想을 가지게 하라고 한다. 그 點을 살펴 생각할 때 마음에 깁흔 敎訓을 만히 바닷다.

語學이 不足하고 時間도 넉넉치를 못하니까 大學에 正科生으로 入學하기는 萬無한 事情이엇다. 選科生의 名稱下에서 語學의 要求가 적은 佛語와 希臘語를 大學의 學科로 擇하고 英語는 個人敎授의 訓導下에서 工夫하게 되엇다. 每週間에 7時間式만 學校에 出席하고 家雇살림을 한다.

내가 居處하는 房으로 말하면 W氏의 住宅에 잇서서는 第一조혼 房은 못 될 것은 누구나 다 斟酌하겟다. 그러나 우리 서울서 每朔 50圓式 支拂하고 宿食하는 房에 比하면 실로 天壤의 差가 잇다. 쓸만한 椅子도 두셋이나 되고 寢臺로 말하더래도 「京城富豪님들이 그만한 寢臺를 使用하는지!?」 할만하게 滿足하게 여긴다. 夫人의 信用하여 주는 덕으로 恒用 뽀이에게 許치 아니 하는 洗面臺, 便所, 沐浴室을 自由로 使用하게 되엇다. 또한 例外의 待遇로 내가 一生涯를 通하야 잇지 못하고 感恩의 念을 느낄 것은 무엇보다도 食事의 取扱이다. 아니-食事라 하면 떡을 意味하는 것이 아니요 紳士的 待遇의 意味가 適切하다. 恒用 家雇는 廚房에서 밥을 먹는 것이다. 또한 상심부름을 마친 뒤에 먹는 법이다. 그러나 夫人끠서 나를 自己家庭의 一人으로 認定한다고 食堂에서 가티 飮食하기를 請한다. 「아니올시다. 家雇는 家雇의 待遇를 바다야 하지요 -돌이어 未安합니다고 拒絶도 하야 보앗다. 「올습니다. 그러나 정일이 일할 때는 일하는 사람인 것은 사실이나 내 집에 잇슬 때는 우리家族中에 一人인것도 事實입니다. 우리(家族)中에 一人이라는 것이 우리의 親族이란 것을 지어서 意味하자는 것이 아니라 우리 家庭의 챕플넌(家庭牧師)이라고 합시다」, 그래서 나는 飮食을 食卓에 죄-다 設備해 노코는 내가 恒常 祝辭를 引導하게 되엇다.

어떤 程度까지는 내가 東京留學時代에 西洋人 交際에 그들의 風俗과 食卓에서 하는 作法을 實地로 보고 배윗든 것을 三週間이나 大平洋上에서 實習하엿든 것이 有力한 效果가 잇게 되엇다. 夫人끠서는 잇다곰 놀내는 氣를 表한다. 「정일이가 우리飮食 먹는데 熟鍊하구려? 朝鮮서도 우리와 가티 飮食을 합니까?」 어쨋던 夫人의 待遇에 잇서서는 나의 感情을 傷케 한 일이 업다고 하여도 過言은 아니 될 줄 안다.

공부할 것이 問題 中에도 一大 問題가 되엇다. 이제 내가 每日 해야하든 일의 種類를 列擧만 하겟다. 그 中에 痛切한 喜劇 悲劇이 가득하엿슬 것을 斟酌하여 주면 고맙겟다. 내가 小說家가 되엇든가 時間의 餘裕가 만흔 紳士가 되엇섯스면 喜劇 悲劇을 그대로 써들엿스면 將來에 美國 留學을 夢想하시는 나와 가튼 貧寒한 書生에게 有益이 될 줄은 알지마는 이도 저도 못되니 할 일 업시 그 種類만 들어서 들이고저 한다.

1. 每日 午前 5時에 起寢하야 풀취와 싸이드윜을 掃除하고 廚房에 들어와서 夫人이 料理에 着手하기 前에 預備해 노하야 할 것이 만타. 例컨대,
   a. 瓦斯스토브(料理爐)에 湯鑵을 노하 물을 끄려야 한다.
   b. 實果를 벗겨야 한다.
   c. 포테토를 갈가야 한다.
   d. 카피를 맨들어야 한다.
   e. 食堂 掃除를 해야 한다.
   f. 食堂에 상을 채려 노하야 한다.
   g. 말(馬)에게 물과 生料를 주어야 한다.
2. 早飯먹은 後에는
   a. 상을 치워야 한다.
   b. 쓴 器皿들을 類別하야 싸처 노하야 한다.
   c. 學校에 上學한다. (9時)

3. 10時半쯤해서 돌아와서는!

   a. 아츰에 싸하 노흔 器皿들을 씨처야 한다.

   b. 말솔질을 해야 한다.

   c. 싸이드웕과 포치에 몬지와 丹楓을 쓸어야 한다.

   d. 점심預備에 助力해야 한다. 그 일은 早飯때에 2倍쯤이나 되게 奔走하다.

4. 午後 2時쯤해서 上學하엿다가 3時半쯤 되어서 돌아온다.

   a. 廚房을 맑아케 닥가야 한다.

   b. 말을 먹여야 한다.

5. 午後 5時쯤해서는

   a. 沐浴室을 닥가야 한다. (1週間에 2次式)

   b. 저녁預備와 食事와 掃除하는 일은 점심때보다도 더ㅡ奔走하다.

   c. 庭園 掃除는 1週에 2次式

      1. 冬節에는 눈치우기.

      2. 夏節에는 풀깍기.

      3. 秋節에는 丹楓글기.

6. 每土曜日에는 家宅全部를 掃除하고 기름으로 닥가야 한다.

7. 主日에도 할 일은 다ㅡ해노코야 教堂에 參拜할 수 잇다.

8. 時時로 馬車도 몰아야 하며, 菜園에 農夫도 되어야 하며 똘뺄이 울리면 應接도 해야 한다.

  主人을 滿足하게 하랴면 몸도 困하게 되고 공부도 할 餘暇가 업게 되며 工夫에만 맘을 두면 하여야 할 일을 等閒히 하게 된다. 어쨋던지 分時동안이라도 「油斷」하면 곳 그 結果가 들어나게 된다. 夫人은 恒常 나와 가티 일하니까 내가 할 것을 못하게 되면 夫人외에는 할 사람이 업는 形便에 움두젓두 못하게 내가 모든 것을 눈에 보이는 대로 해야 하게 되며 家事의 一般에 내가 곳 責任者가 되엇다.

제5절 劒呑笑止의 대학생활

눈물 만코 감격 깁흔 家雇살이를 한날가티 계속하여 간다, 콱 맥히는 가슴을 兩手로 움켜쥐고 이마를 책상 우에 대이고 아모 정신 업시 업드려 잇다가도 화닥닥 일어서면서 스스로 분발하야 선언한다. 「내가 지금 家雇살이를 한다마는 그러나 숙쿨뽀이가 아니냐! 자기의 心肝을 수양하며 수완을 연마함이 아니냐! 황금을 위함이 아니요, 학문을 위함이 아니냐! 그러면 남자스럽게 분투해라」하고. 그러케 선언하기가 열번이나 스무번만 아니엿다. 참말 그 수를 헤기 未遑하다.

그러는 동안에 凜風寒雪은 벌서 화창한 春色에 슬어져 갓고 綠陰芳草는 肅殺한 秋霜에 황달병이 들엇는지 산에도 紅葉 들에도 紅葉 도처에 소슬한 단풍은 秋色을 노래하는 동시에 숙쿨보이살이의 1주년이 되엇다고 일러준다.

「아! 1주년이 되엇고나! 신개학기가 되엇고나! 家雇살이의 신학기냐! 학생생활의 신학기냐!」고 스스로 한탄을 하면서 무슨 방법을 취하야 가장 가치가 잇는 분투를 하게 될가! 主婦人의 만족에 응할 만한 충실한 家雇가 되자면 학업의 성공은 꿈꿀 새도 업게 되고 학생의 생활을 충실하게 하자면 主婦人을 만족케 할 수는 가능치 못할네라. 「어쩌면 조흘가! 학업을 정지하고 集金에만 전력할가! 集金에 먼저 성공해가지고 학업에 착수를 할가! 아! 그게야 될 말이냐! 集金 하겟다고 노동은 못할네라! 自心에 부끄러워서 참말 못할네라! 그러면 家雇살이를 그냥 계속하는 것이 良策이냐! 其外에 타 방도가 업느냐!」하고 신학기 개학 일자는 점점 갓가워 올스록 번민은 더욱 맹렬해진다. 그런 고통을 경험하고 잇는 最中에 書簡 1度를 바닷다. 그 서간은 고국으로부터 오는 音信도 아니엿고, 애인의 情書도 아니엿다. 그 편지는 서간이라는 것보다도 호출장이라는 것이 그 내용에 잇서서는 적당하다, 즉 대학총장

의 短札이엿다. 총장께서 호출한 정각에 어김업시 출두를 하랴고 主婦
人에게 그 旨를 설명하고 허락을 어덧다. 총장실에 안내되어 들어서면
서 나는 인사의 말보다도 박사의 안색부터 먼저 관찰하랴고 하엿다,
「주신 서간은 바닷습니다, 그런데 무슨 말슴 할 것이 잇습니까?」나는
아모 抽想이 업시 다만 의아의 念만 가젓섯다. 총장은 대답에는 주의를
아니하고 침착한 기분으로「로군 其間 滋味가 어떠시요? 보니 안색이
매우 좃습니다 그려!」「아! 그러코 그럿습니다, 어쨋던 작년 이때브다
는 자기가 스스로 생각해도 달라진 것이 좀 잇는 것 가타요」「그런데
공부에 滋味가 어떠시오?」, 「공부에 滋味이야 맛볼 기회니 어대 만히
가젓서야지요, 그러나 힘은 써보앗습니다」, 「참말이요, 그런데 힘쓰는
줄은 벌서부터 알앗습니다, 대학과목으로 공부한 보고로도 알앗섯구요
—영어를 도와주는 S군의 말로도 알앗습니다. 그런데 W부인께서 뭐라
고 하셔요? 기왕부터 해오는 일을 그냥 해달라구 해요? 그 일을 그냥
계속할 수는 업는데!」「W부인께서야 아모 말슴이 업지요, 그러나 내가
생각하는 것은 만습니다, 신학기가 임박해질스록 답답해져요. 공부를
충실히 해야 하겟는데요. 이 모양으로 세월만 보내면 아! 어찌합니까!」
내 말을 들으면서 총장께서는 서간축을 뒤적뒤적 살핀다,「로군, 그러
케 염려할 것은 업습니다, 제일 어려운 것은 벌서 로군이 다 이기엇스
니까! 그런데 지난 주일에 로군에게 대한 조혼 편지 한 장이 내게 왓서
요, 그는 자기의 이름을 발표치 말아달라고 주의를 하섯습니다, 편지에
아모 辭綠이 업시 다만 로군에게 매학기에 50불 식 支撥하기를 원한다
는 말슴 뿐입니다, 참말 고마우신 이입니다, 나는 로군을 위하야 깃버
하는 것 보다도 우리학교를 위하야서 영광으로 생각합니다」아! 나는
그 통고를 듯는 그 순간에 심리는 독자 諸氏에게 맛겨 바치고저 합니
다.「W부인에게 신학기부터는 공부에만 전심해야 하겟는 때문에 불가
불 일을 정지하게 되엇다고 말하시오, 내게 부탁하는 부인께서 매학기
50불식 支撥하겟다니까 그것이 1학년에 150불이나 되고 또한 일전 직
원회에서 로군에게 130불을 장학금으로 수여하기로 작정되엇스니까

그것을 가젓스면 식비와 학비는 넉넉할 터입니다, 그외 방세와 잡비에 대하여서는 무슨 양호한 道가 잇슬 듯 하니 염려 마시오. 오래지 안하서 Y총무 L군에게서 무슨 소식이 잇스리다. 그리고 학과선택이 매우 중대한 것인즉 S군과 상의해서 하시요. 내게 무슨 일이던지 자유스럽게 말해주시오. 나는 군에게 滋味를 만히 가젓스니까」 나는 총장실을 떠나서 채풀로 들어갓다. 약 1시간이나 감사의 念에 느겻다. 채풀 전면 계단에서 교정을 둘러볼 때 여긔저긔 우둑우둑 둘러선 교실들의 광경은 내 가슴에 새로운 정을 이르켜 주며 나는 비롯오 대학생이라는 자각을 가지게 되엇다.

아! 신학기가 되엇고나 대학생활의 신학기가 되엇고나! 懸命적 노력을 盡하야 충실한 학생생활을 期圖하엿다,

등록을 마친 날 밤 개학일 전야에 총장 사택에 신입학생 歡迎夜會가 열리엇다. 홍색모(신입생만 쓰는 캡)를 푹 눌러쓰고 까만 코트와 흰 투라우저를 着한 소년남아들과 素服으로 단장한 처녀들이 각각 자기들의 原籍과 성명을 쓴 紙片를 옷깃에 부티고 月下에 潮水가티 滾滾히 밀려들어온다, 총장께서는 동부인하고 입구에 서서 옷깃에 부틴 이름을 살펴 가면서 빼씨 혹은 찰녜 등의 이름을 불러 화기가 津津한 우슴을 석거 인사하야 맛는다, 한편에서는 피아노 독주 혹은 합창, 다른 편에서는 漏聲器樂隊, 또 다른 쪽에서는 立談의 우슴꼿—아! 독주, 합창, 축음악대, 담화의 우슴꼿, 죄—다— 조화하야 일대환락의 세계를 이루엇다, 아이쓰크림에 과자 조각은 먹으나마나 문제가 아니다, 어떠케 해서던지—말을 해서던지, 노래를 해서던지—서로 유쾌를 感케 하는 것이 문제다, 앵도나무 알에 병아리 가티 놀고 십흔 대로 논다. 남자는 남아의 최선을 발휘하랴는 것 만치 여자는 여성의 最美를 보이려고 한다, 환락의 순간은 영원화가 될지는 모르겟스나 기계적 시간은 기다림 업시 秒分으로부터 벌서 夜半이 갓가웟다. 교가를 和唱한다. 散會가 된다. 단꿈을 서로 빈다. 秋色黃昏에 나라들던 외기력이 皓月霜天에 쌍을 지여 노래하며 돌아간다.

채플타얼에서 울어나는 종소리가 四空에 진동하자 각 俱樂部와 女子館에서 들석들석 밀려나오는 청년남녀들은 大道街上을 덥허 눌러 무슨 시위 행렬이나 하는 것처럼 한 끗헤 달려서 대강당으로 몰려 들어간다.

始業式— 식을 거행하는 순서에 잇서서는 常例인 祈禱會의 절차와 다른 점이 別無하다. 그러나 式의 정신과 會衆의 기분에 잇서서는 활기가 만만하고 喜歡이 津津하다, 미국인의 集衆力이 위대함과 臨時臨場에 환경에 응하는 自身調和性에 민첩함에 대하야 실로 탄복 아니할 수 업다. 교당에 예배할 시는 전 정신을 집중하야 예배자의 태도를 정숙하게 가지고 오락에 粂할 째는 천진난만한 無邪氣의 兒가 되어주며 硏學에 임하여서는 천하가 물커진다 할지라도 꼼작하지 안코 殆히 아모 散精을 感치 안는 것 가티 열중한다, 그런 고로 兒를 대하면 兒와 가티, 소년을 대하면 소년처럼, 청년을 맞나면 청년인 듯이 응접하는 것은 美人 壯年의 生活氣라 해도 과언이 아닐 듯 하다,

寄戲에 대한 호감—신입생에 대한 상급생의 태도는 미국사회에 독특한 성격이다. 신입생에게는 아모 저항이나 반박의 權이 업다. 상급생이 하라는 대로 복종하는 것이 奇戲의 도덕이다. 마즈라면 마즐 뿐 울라면 우는 모양이라도 할 뿐 우스라면 우슬 뿐 구두라도 닥그라면 닥글 뿐 어떠한 명령이던지 상급생의 명령이면 저항하거나 반박할 수가 절대적으로 업다. 만일 반박하던지 불평을 鳴하는 경우에 대학생 다운 청년신사가 아닌 자로 인정된다, 그런 때문에 如何하게 대우하드래도 복종하는 이나 명령하는 이가 악의를 懷하는 것이 아니고 奇戲에 대한 호감을 가진다. 그래서 신입생 된 이로서 누구던지 그러한 寄戲에 弄絡을 만히 바들스록 명예가 잇게 된다. 친구를 만히 가지게 된다. 사교계에 曉星이 되게 된다.

개성존중—대학 교육 뿐 아니라 일반 美人의 교육은 개성 발전에 主要視를 하는 것은 위대한 國威의 素因으로 안다. 학생이 스스로 연구케 지도하는 책임을 가진 자를 교사 혹은 교수라 한다. 그런 때문에 시험

할 때라도 교수가 감시하는 등의 일을 감히 하지 못한다. 학생회에서 규정한 바를 의하야 시험 답안 끗헤「나는 자아의 명예를 존중히 여김으로 내가 他를 私助하지도 안핫스며 他의 私助를 밧지도 아니 하엿습니다. 이제 그 책임을 지고 誓합니다」고 서명한다, 그런 일에 대하야 무슨 혐의를 밧는 동시에는 그 사람은 그 당장에 자기라는 것을 葬事하는 것이 된다. 시험답안에 선언하는 것과 유사한 일반규율을 학생단체가 제정해서 각 학생 개인이 자발적으로 준수하게 한다. 그 等類의 규율은 단체명예를 개인의 자발적 미덕으로 보장하자는 동시에 개인의 不德을 개인적으로 지배하겟다는 것과 가튼 사상은 역시 염두에도 置치 안는다. 그래서 개인이 개인의 事에 간섭하면 게서 더한 실례가 업다. 개인은 자기의 事에만 열중하는 동시에 단체의 권위를 존중히 여기는 숲이 지극하다.

俱樂部의 美風—類似心意를 딸하서 조직된 단체는 수십으로 헬 수 잇다, 각 단체 혹은 俱樂部가 각각 전문적 연구를 목적하기도 하며 주의 주장을 목적하기도 하며 우의적 친선오락을 목적하기도 한다. 각 개인이 자기의 취미와 이상에 합하는 동지가 규합되면 즉시 새단체가 조직된다, 한 학교 안에 如許히 다수한 단체가 존재한 것을 볼 때 나는 驚駭치 안홀 수 업섯다. 그러나 점점 그 환경에 생활이 조화가 될스록 入參해야할 俱樂部의 수도 점점 증가가 되엿다. 그러치 안코서는 만족한 道樂을 어들 수가 업섯다. 문예구락부에 참여하면 문예에 대한 취미, 사회문제연구회에 參入하면 사회문제 연구에 대한, 음악구락부에서는 음악에 대한 취미를 어들 수가 잇다. 문예구락부원이 되엿다고 그 구락부원 일동이 죄—다—의견과 사상이 동일한 것은 아니다. 인생관에 대하여서는 각각 不同할 것은 물론이다. 그러나 문예구락부에서는 다만 문예에 대한 취미만 엇자는 것이 목적이다. 문예구락부에서 종교의 취미나 정치의 취미를 구하자는 것 가튼 것은 실로 무리한 注文이니까 취미를 다방면에 가질스록 다수한 구락부에 參入케 된다. 그런 때문에 대학총장이나 교수들은 항상 학생의 진보와 사상 발전을 각 학생이 관계하는 구락부의 성질과 수를 조사하야 학생생활의 성공여부를 察한다. 구락부 수가 증가할스록 학생의 생활에는 활기가 더하게 되며 생활의 활기가 왕성할스록 각 구락부와 구락부 사이에 연락활동의 色采도 더 농후하야진다.

運動競爭과 紳士風—절기를 딿아서 交際體育術競爭은 대학교육 1년 순서 중 최중시하는 경쟁이다. 그 경쟁에 맹렬한 度數에 잇서서는 국제전쟁에서 지지 안홀테라, 그 경쟁의 승부에는 피와 肉을 다해서 결투를 하지마는 부정한 음계나 난폭한 불상사는 일체 금물노 여길 뿐 아니라 운동경쟁은 정의와 공평의 유희인 신사적 도락이라는 의미 하에서 결투하는 선수나 응원하는 관중들이 나의 心頭에는 그런 非德 불쾌의 감이 嫌할 혐의도 업다.

대학생활의 일반을 枚擧키는 불능하다. 엇잿든지 대학생활이라면 학술연구의 생활 혹은 인격수양의 생활이라고 하겟다..諸般 대학생활의 활동의 형식은 각기 不同할지나 주요한 氣分은 사교적이다. 종교적 집회에도 사교화가 되여서야 비로소 그 眞諦를 발로시킬 수가 잇고 그 眞諦가 실생활에 化할 수가 잇게 된다. 硏學에 진땀을 흘려도 달고 경쟁에 승리를 어더도 달고 패배를 당하여도 단맛을 보는 기회가 된다. 어떠한 집회에서든지 어떠한 단체에서든지 모든 활동을 직접으로나 혹은 간접으로 사교화를 시키는 것으로 그 주요를 삼는다. 그리고 보니 대학생활의 성공여부는 全히 학생자신이 일반활동에 이상적으로 사교화가 되고 못되는데 잇다 해도 과언이 아니라 하겟다. 何故냐 하면 사교화가 되지 못하는 인물로서는 대학생활의 참맛을 맛볼 수도 업다는 이유에 잇다. 취미와 쾌락에 和한 인물이 되지 못하고 건조무미한 골생원으로서는 學海에서 遊獵하는 술법도 學得하기 어렵다는 말이다.

▲『개벽』제24호(1922.06)

*이 글에서는 一愚라는 필명을 사용하였음

第6節 暮春新綠

아! 왔고나! 봄이 왔고나! 그린레익「綠湖」의 거울가튼 얼음마당에서 스케팅하던 모네(女子館 이름)껄들의 외다리 競走와 나비춤의 活景은 사랑스럽게 기억에 배회하고 바이올네트와 薔薇꼿 보케트는 靑春女子들의 가슴 우에서 사교계의 명성인 것을 스스르 자랑한다, 아아! 갓든 봄 다시 와서 綠陰이 저믈어 가는데 인생의 봄 언제 오나! 둘업는 인생의 봄, 한번 가면 다시 못 오는 그 봄, 왓는가? 오는가? 가는가? 오면서도 가랴는 그 봄 귀엽게도 감상된다,

대학생활의 暮春을 마즈면서 奮鬪舞臺의 제3막이 열리랴할 때 學海의 快劇인 校際辯論競爭의 선수로 등단한, 奮鬪兒는「화원이냐 戰場이냐?」하는 문제로 편견을 絶叫하는 그 活劇이야말로 滑稽적인것만치 得勝의 公布도 역시 통쾌한 現狀이엇다.

奇花가 웃고 瑤草가 맑은 향기에 흔들리는 듯한 世界的 樂園을 理想하는 우리 인간이 爆烟彈雨하에 尸山血河의 慘景을 지으랴고 하는 것은 무슨 야심이며 春風이 부는 듯한 友誼를 戀望하는 人種이 서로 눈을 흘기고 이를 갈며 鐵拳을 相交하는 現像은 무슨 심술인가! 아「꼿웃고 향기 가득한 동산으로, 춤추고 노래하는 나라로」가고 십다! 적어도 그러한 세계를 그리고 보며 그러한 공기를 마시고 십흐다, 그래서 境遇와 事情을 초월해서 노래하고 즐거운 대학생활을 하랴고 하엿다. 大學 正科를 修하여가면서 콘서베토리 오*미유직에 入하엿다. 기대하던 환락을 만족하게 어덧다고는 말하기 躊躇한다. 그러나! 그러나! 실패의 感은 念頭에도 업섯다. 졸업시험을 마치고 나서면서 고별연회가 열리기 전날 밤에 음악학교「콘서베토리 오프 미유직」재학생 선발 칸서트에

출연하는 得意의 兒가 되엇섯다. 롱펠너씨의 「알나」와 뻐쉼씨의 淸風 등의 시를 암송함으로 칼네지 뿌이의 생활을 마치게 되엇다.

第4章 奮鬪 舞臺의 第3幕

第1節 미시칸 湖畔의 黃昏

아름다운 市 뗄나웨아는 내가 나를 알게하는 奮鬪場이라고 스스로 옷깃을 바로 하면서 차저 들어오든 때가 어제 갓것마는 於焉間 3有 星霜을 눈물과 웃음으로 惰드려 온 小邑이다. 靑空에 聳立한 채풀 尖塔을 우러러 바라보며 「羞恥스러운 이별이 되지 말고 寧死언뎡 대학을 畢業하고 영광과 성공의 고별을 하게 하여쥬」하고 눈문을 짜면서 兩手를 합하야 나와 내가 결심의 언약을 맷든 그 순간이 절실하게도 회상된다. 은혜스러운 뗄나웨아市, 만혼 神感을 내게 준 채풀의 尖塔, 내가 나를 알게 한 信威의 선생님들 나를 나튼 웨을네안대학을 떠나랴 할 때 어든 것은 만하도 공헌한 것 업는 나는 感恩의 念에 느꼇다. 나로 하여금 제2고향을 떠나는 정을 끄을게 하엿다.

때는 정히 1918년 5월 15일이엇다. 기억이 깁흔 뗄나웨아市의 페실베니아 停車場에서 떠나서 일니노이주 에반스톤시로 향하엿다. 에반스톤으로 향하는 목적은 무어라고 확정치는 못하엿섯다. 돈벌이를 목적함은 물론 아니엿다. 만일 돈을 벌 작정이 잇스면 쉬카고시가 그곳이다. 修學을 목적한 듯하나 그도 분명하게 내정치 아니하엿섯다. 정말 수학을 목적하엿더면 한 거름이라도 더욱 동방을 향햇슬 것이다. 閒養을 목적한 듯하다. 그러나! 그러나! 閒養만 自圖할 행운아는 아즉까지 自認치 못하엿다. 엇잿든— 쉬기도 하면서 압혜할 일을 잠잠히 생각하기를 목적한 것이 자연 분명하게 되엇다.

에반스톤시는 北美合衆國에 유수한 大都會 쉬카고시와 相接한 부호들의 住宅村이요 미시칸 大湖南畔에 둘러 안즌 勝地(樂園)인 것만치 교육계에 잇서서는 西北大學의 文威로 유명하고 종교계에 잇서서는 깨랫 聖經學院의 信威로 저명하다. 나는 일즉 깨랫聖經學院長 S씨와 그 학원 교수 H씨에게 소개된 일이 잇서 깨랫을 향할 때에 아모 생소한 감이 업섯다. 그 학교에 입학하기로 생각치 아니햇스나 다만 夏期間 休養하 겟다는 名義下에서 美麗한 깨랫기숙사에서 留하게 되엇다.

미시칸의 湖는 茫茫無際하야 彼岸의 그림자도 보이지 아니하나 오고 가는 娛樂船은 거울가튼 湖上에 그림가티 떠돌아든다. 西天이 붉어지 고 東天이 흰해질 때 — 貴家庭의 紳士와 淑女들께서는 步調를 마추어 短杖을 들들 끌면서 湖畔에 逍遙할 때 — 나는 湖畔 一隅에 — 삼림속에 — 노혀잇는 뻰치 우에 안저 슬슬 불어오는 맑은 바람을 환영하면서 新奮鬪舞臺에 주인공으로 출연할 「脚本」의 내용만 머리속에 그리고 꿈 꾼다! 달알에 미시칸湖인지! 거울속에 달인지! 의심할 마큼 호수는 潺 潺하나 — 내 마음속에 일어나는 激浪逆波는 洶湧하야 萬頃을 이루엇 스며 細風이 불어 보랴는지 — 나무닙혼 우술 구술, 억수장마가 질랴는 지 개고리 소리는 여기 저기 개골개골, 무슨 조혼 소식을 전하는 듯 무슨 吉凶을 말하는 듯, 希望心에 취하여서 — 의심 안개에 무티어서 兩手로 뻰치를 그러안고 머리를 푹 숙이고 스스로 슬퍼도 하고 깃버도 하며 自錄을 自讀한다. 「C 대학에 보낸 獎學金 請願書는 어찌 되엇나! 아마 실패겟지. 3, 4년급 학과의 성적이 제 아모리 양호하다 한들 1, 2년급의 學績이 그러틋이 볼 것 업는 나의 자격으로 入格을 바라는 내 가 참말 어리석은 兒다. 그러나 — 그래도 — 무슨 종류의 소식이 업슬 나구! 설마! 그런데 J 부인께서는 어찌 생각하나! 내가 고만 이 학원 구석에서 이 지방 어느 모통이에서 녹아버리고 말랴고야! 그러나! 무슨 종류의 의견을 말슴해 주시겟지! 설마 아모 말슴도 업슬나구!」 「헬노! 홧아유뚜잉히어!」 등을 탁 치는 1友人의 음성에 활닥 깨여낫다. 「잠을 자던가 꿈을 꾸던가! 엥?」 「잠도 아니요 꿈도 아니라면 아닐세! 그래 우편부가 왓섯든가?」 「벌서 왓섯네! 로군은 편지들을 밧지 아니하엿는 가?」 「편지들— 들이라니! 몃장이나 왓다는 말인가?」 「그래 그 편지들을 상게도 보지 못하고 잠만 자고 잇섯나? 郵夫의 어깨가 문어 안게 질머지고 왓데! 君은 날마다 무슨 편지를 그러케도 만히 밧나!」「그래 자네는 어떤가! 내가 할 말을 자네가 하네!」「잔소리말고 가서 편지나 보게! 이것 보게 로君! 이번 主日 우리 교회에 와서 설교해 주지 안흐려나! 이번은 꼭 가야하네! 홈메드 파이— 치큰— 팟— 파이! 음— 참 조타네! 뉴욕 부호들인들 언제 그런 맛을 본다던가?」「파이 팟— 파이는 밤낮 파이로만 놀자나! 설교해 달라면서 파이 이약이는 씨도 들지 아닌 말을 작구하네 그려!」「아하! 파이 맛도 보지 못하면 무슨 滋味에 村교회목사 노릇 하겟나! 자네 그 자미 모르나, 櫻桃때는 櫻桃 파이 딸기 때는 딸기파이 복숭아 때는 복숭아파이 철딸아 먹고 십흔 것 다 먹게 되네! 내 얼굴 보게 쉬카고시에 연봉 10,000弗 밧는 1등 목사가 연봉 1,000弗 밧는 촌목사 나만 하겟나!」「여— 잔말 말게 목사치고 자네가 티 배가 압 남산만한 목사는 죽으면 屠獸場地獄으로 간다네! 먹는 打鈴 좀 그만두게! 남 위해서 눈물 흘리고 사회를 위하야 피 끌히는 心肝을 가지지 못할 각오면 목사님 칭호는 고만 내노케! 지옥 첫자리가 실커던! 내가 가서 설교하더래드 다른 말 아닐세 그 말 자네게 하는 이 말이 그 말일세!」「여! 자네가 참말 부흥회 목사나 된 것 가틀세 그려?「뻴네」「선데이」의 제자나 된 듯 할세 그려!」「알기는 알앗네 마는 쪽음 잘못 알앗네! 平信徒 復興牧師라는 것보다 목사님 復興會牧師시라고 좀 하게!」「가서 편지나 보게! 떠들지 말고 그러나 오는 主日은 꼭 가야하네, 어떤 敎友가 마차를 가지고 우리 두 사람을 마즈러 온다고 하데!」「主日날 일은 염려할 문제는 아닌 것이 아닌가! 정말인가! 내게 온 편지가 잇다구?」「밋기 실커던 가보라니까! 밋지 안는 것도 죄라네!」

　나는 슬먹슬먹 기숙사를 향한다. 생각을 한다! 뉘게서 어떤 편지가! C대학에서! J부인에게서! 뉘게서 어떤 편지가 왓나! 아! 참말 왓섯고나! C대학에서, J부인에게서! 가슴이 울렁울렁하며 疑訝의 念도 激烈하여진다. 皮封을 떼이면서 방으로 들어가서 마치 雜技軍이 8字 팻장에 「알」字 죄드키 쥔다. 대학에서 뭐라구 해! 아하! 성공이로구나! 가슴이 시원한 것만치 C대학에서 요구하는 책임도 중한 것을 감하엿다. J부인께서는 뭐라고 하시나! 되거나 말거나 그닥 걱정은 할 것 업스나 욕망이란 것은 무제한인 것이 자연이라 바라는 마음으로 개봉을 한다! 아하! 錦上疊繡로구나! 이에 비롯오 北美에 잇서서 최종의 奮鬪舞臺가 열리게 되엇다.

에반스톤을 떠나기 전에 지면의 一幅을 빌어 一言을 添하기 躊躇치 못할 기사가 잇다.

에반스톤시는 쉬카고시와 언접한 주택촌이라 일러젓다. 쉬카고시는 北美中央에 在한 저명한 상업, 공업 중심지다. 각처에서 공부하는 우리 학생들이 夏期間 學資準備를 목적하고 그 市에 雲集하엿다. 우리는 멀리 故國을 떠나 물 다르고 산 설은 땅에 와서 가티 영광을 희망하고 가튼 奮鬪를 하여을 때 역시 가튼 느낌을 가젓도. 서로 위안하고 서로 勸獎하기 위하야 미시칸 湖畔에 夏令會를 開하엿섯다. 우리 學生 夏令會의 순서를 말하는 것보다 우리가 얼마나 유쾌하게 논 것을 말하고 십다. 약 30의 靑年 同胞들이 서로 모여 안즈니 歡樂의 기분보다도 悲哀의 감정이 激發하여서 말을 하여도 서로 慰安하고 서로 勸獎하는 말이엿고 노래를 하여도 故國을 생각하는 望鄕의 서름이엇다. 시대의 逆運에 처한 우리들의 욕구는 沙漠에서 오시를 차즈랴 함과 沈沈한 曇日에 러디엔트를 보랴는 것 가튼 노력이엇다. 그런 공기의 渦中에서 각각 자기의 서름을 「형제의 悲哀를 激할가 念慮하야」 스스로 억제하야 서로 용기를 끌어내며 서로서로 喜歡의 表情을 가지랴고 하엿다. 야외운동과 湖上船游를 즐긴 후에 미시칸湖南畔의 金沙 우에 모여 안저 西天에 落照를 바라보면서 여긔 저긔 흐터저 잇는 나무깨비들을 모아노코 뽄파이아를 질러 노핫다. 그 무등불은 暮日黃昏에 때를 엇어 더 火勢가 衝天하며 미시칸湖上을 거쳐오는 凉風에 저즌 몸들은 뻘건 火焰을 가까히 하니 파이아풀네쓰 엽헤 둘러 안즌 일종의 和樂한 가정을 이루은 듯 하엿다. 그와가티 싸이엿든 고독의 정을 서로 위안하다가 깁흔 밤

湖畔에서 뻘건 무둥뿔을 모래로 덥흐면서 작별의 악수를 교환할 때 서로 건강과 성공을 축복하엿다.

市俄古市 紐育市를 향하기 전에 쉬카고시를 소개하고저 한다. 市俄古(쉬카고)시는 美國에 제2의 大都會다. 니유욕시를 副할만한 大繁盛의 市로서 港灣의 편리는 양호치 못하나 廣茫無際한 大平野에 橫臥하야 인구는 실로 300만에 달하엿다. 良港을 가지지 못한 市로서 어찌 그와 가티·번성하냐 의심하려 하엿다. 그러나 그 都會의 위치를 살필 때 그 이유를 발견하엿다. 西南部에는 180哩나리는 恰然히 大洋과 如한 미시칸大湖를 끼고 잇는 日時에 美州大陸鐵道의 중심지가 되어 1년 5億萬弗 이상에 달하는 곡물, 가축, 재목, 鐵材 등의 산물이 此處를 중심으로 하야 集散한다.

市는 철도선로의 중심이 되어 동서남북에 散布連絡하엿슴으로 一晝夜에 3,000의 기차가 發着한다. 원래 市俄古는 세계 제일 煤煙의 都會로 유명하다. 市街 到處에 黑煙이 사모친 공간을 연장한 2,000여哩에 高架鐵道와 70哩에 互하는 地下鐵道(섭웨이)와 1,000哩에 及하는 전차가 사방에 散通하야 팔방에 達한다. 산과 가튼 군중을 運去運來하는 각종의 철도를 더하야 殆히 그 수를 헤지 못할만한 자동차의 喇叭소리는 雜多한 통행인의 氣血을 놀래게 한다.

湖畔에서 公園에 碧波渺茫한 大湖를 바라보면서 쩩손공원의 鬱蒼한 삼림과 미술관, 박물관을 향하야 步調를 옴긴다. 면적 약 600坪이나 되는 廣潤한 공원은 靜波魚游들과 銀屑을 뿌리는 듯한 噴水銅像과 괴석이며 百花爛漫한 까든으로 古杉老檜와 高樓巨閣의 건물들을 間入丹粧하엿다. 경쾌한 錦衣를 몸에 두른 미인들은 情人으로 보이는 靑年俠士들의 그림자를 가티하야 雙雙히 散步하는 광경은 1폭의 明畫보다 勝한 活景이엇다.

大屠畜場 누구나 1차 市俄古市에 入한 이상에 반듯이 訪問視察을 度外로 示치 못할 곳은 곳 유명한 屠畜場이다. 저명한 스탁야드의 大屠畜場에는 귀신이냐 人性이냐 의심할만한 幾千名의 壯漢들이 勞働한다.

매일 21萬頭의 牛, 2萬頭의 豚, 其外 幾萬의 犢牛, 羊, 山羊 등을 屠殺하는 殺氣騰騰한 곳이다. 屠殺도 機械應用이다. 다수의 生物을 柵內에 몰아들여 - 할수 업시 전진하는 牛, 羊, 豚畜 등을 大鐵槌 打殺하야 柵外에 投出하면 他方에서 咽喉를 지르고 皮를 剝하며 首를 切하고 肉을 割하야 기차로 星火的 運送을 하면 일시간을 지나기 전에 鑵詰에 化하야 市場에 운반케 된다. 인간의 작업가티 보이지 아니한다. 牛羊의 비명을 들을 때 인간의 殘酷을 스스로 咀呪하는 동시에 육식은 죄악이라는 感까지 激發하엿다. 「톨쓰토이」씨의 채식주의가 실노 인류의 大道가 아니냐고 自呼하엿다.

▲ 『개벽』 제25호(1922.07, 임시호)

第4章 奮鬪舞臺의 第4幕

第3節 아아 뉴욕?[1]

1918년 8월 10일에 市俄古市를 떠나 세계적 대도회 뉴욕시를 향하엿다. 한번 뉴욕시로 가면 다시 서방을 향할 기회가 잇슬는지 업슬는지 의심하야 도중 하차 역에서 나려서 친구 방문의 注意하엿다. 금번 여행에 끌는 감상은 업섯다. 대콤마港에서부터 웨슬네안 대학을 향하야 갈 때와 가튼 깁흔 감상은 업섯다. 도중에 친구를 방문할 때에 변변치 못한 나의 성공을 치하하며 흠모하는 말을 드를 때마다 나 스스로가 미안한 감도 업지 아니햇스며 자중의 念도 輕하지 아니햇다.

아아 뉴욕市! 8월 18일에 중앙정거장 「펜실베니아스테슌」에 턱 나려 서니 사방으로 오르고 내리는 구룸다리들을 통하야 흘너나리며 기어넘는 군중은 시가 大道 上에 四散往來함과 흡사하고 冊肆와 花草廛과 기

---

1) 순서상 2절이나 원문에 3절로 하였음.

타 각종의 상점들이 靑空에서 내려비치는 일광의 그림자조차 화려하게 진열되엇다. 아! 나는 「이것이 뉴욕 시가로구나!」 의심하엿다. 그러나 뻘건모자 쓴 친구의 안내를 밧아 택씨캡 「自働車」를 타랴고 할 때 비롯오 정거장 及 대합실 바께 나서게 된 것을 깨닷게 되엇다.

저명한 제5통가를 지나 뿌로드웨이 大街를 일직선으로 自働車가 모라 올나간다. 점점 지세는 놉하갈스록 공기는 서늘서늘 해진다! 번한江물이 뵈인다! 새파란 녹초 두던이 열닌다! 미술관 비슷한 건물 여기저기 웃둑웃둑 뵈인다. 스탈쓰앤드스트라입쓰 「美國國旗」가 반공에 펄펄 날닌다! 운전수가 정차를 하면서 「할틀리관이올시다」 안내를 한다! 얼는 안공에 빗취는 것은 왼편에는 「해릴튼」씨의 동상이 웃둑 서 잇고 바른편에는 「할튼」씨의 기념각이 서잇다! 나는 할틀리관에 숙소를 정하고 교육과 과장 몬로씨를 방문하엿다. 박사는 약 50여의 중년의 신사로서 뻬스막식의 풍채가 잇는 듯하나 와슁톤식의 慇懃한 맛을 나로 하여곰 감케 하엿다! 박사는 조선학생이라는 말을 거듭하면서 「학교 당국은 특별한 조건 하에서 군을 학사원에 叅列하게 된 것은 실로 만족하게 생각하는 바라」고 감격이 깁흔 태도를 뵈여준다!

아아 콜넘비아! 거금 1756년 전에 뉴욕시 허드슨河畔에 킹쓰칼네지라는 英國風의 名義로 설립되엇섯든 대학이다! 물론 그 당시에는 英國 즉 조국에서 저명한 옥쓰풀드나 켐뿌리지대학을 모범으로 하엿섯다. 그러나 獨立戰爭 最中에 신대륙의 자유민의 심혼이 깨이고 독립자존의 기혈이 뛸 때 英國式의 킹쓰칼네지라는 명칭을 고처 美國魂의 상징인 콜넘비아오 개칭한 후 美國議會로부터 유니벌씨티의 영예의 칭호를 拜受하엿다. 대학의 명예는 세계적인 것은 누구나 다 아는 바다. 각 분과를 再分하야 각 방면의 학술을 교수하는 專門部들을 枚擧할 수 업다! 일언으로 약하자면 현대 사회에 요구에 응하야엇던 학술이나 기예를 물론하고 못가르칠 것이 업시 다 가르친다는 자신과 명예를 가지고 그것이 사실인 것은 가히 사실로 証明할 수 잇다. 세계에 이름을 가진 나라의 국민과 인종학 상에 一節의 기록을 가진 인종으로서 1인의 학생이라도 대표치 아닌 국민과 인종이 업다. 그래서 재학생의 수도 명확히 計할 수 업스나 20여만으로 약정하겟다. 자본금으나 학생수로나 세계의 제1위를 점하엿다. 딸아서 현대 요구에 응하야 전문가의 교수들과 설비에 잇서서 특수한 지위를 점하게 되엇다.

1919년 5월에 학사라는 무엇을 밧게 되엇다. 連하야 정치과에 入하야 사회학을 전공하노라고 쎄딩박사의 문하에서 筆硯을 들게 되엇다. 콜넘비아 學士院 생활의 眞境을 그려낼 수 잇섯스면! 그러나 그러나 그 취미의 정도와 생활철학의 진수를 諒解하고 完滿히 감상해 주실는지요! 珍奇의 감을 격발케 할 위험도 업지가 안아요!2)

아아 뉴욕이라고 다시금 부릅니다! 회고하니 거금 300여 년 전의 일이엇다. 和蘭의 이민들이 大西洋을 渡하야 연속 輻湊하든 그 당시에는 일종의 소촌락에 불과하엿다. 其後에 英國이민들이 승세를 어더 英國의 屬領 식민지가 되고 말엇다. 그러나 조국의 전제적 苛政은 점점 이주민이 자유의 심기를 도발하엿다. 遂히 조국의 非道惡政을 반항하야 干戈를 擧하야 신대륙의 自由民國을 건설하엿다. 독립 자유를 완성한 이래 120여 년 간에 逐日膨脹 발전하야 세계적 대도회의 명위를 가지게 되엇다. 인구는 실로 500만에 달하엿고 도회의 융성한 시설과 세력을 살필 때 美國人의 기적적 발전력 팽창력에 驚駭를 喫할 수 밧게 업다.

뉴욕市는 허드슨河口 중앙에 位한 小島라 하겟다. 약 320여 平方哩의 대면적을 有하엿스며 시가는 동남단에서 起하야 12가 통으로 分張하고 更히 대통로가 橫延하야 대시가를 開하엿는데 그중 저명한 자 제5가와 부로드웨이는 일직선으로 연장하야 뉴욕시의 脊椎通이라 할 만하다. 중앙에는 약 100만평에 亙하는 대공원을 設하야 500여만의 시민으로 하야곰 호연의 기를 養케 하며 아동들의 遊戱處 勞働者들의 慰安所가 되어잇다.

---

2) 필자의 문체에 일관성이 업음.

如斯히 縱橫分張한 시가의 지평선 상에는 自働車 기차철도 전차선 등이 거미줄 가티 연장햇스며 지하에는 지하철도가 종횡 운전하는데 더하야 공중에는 가설철도와 전차가 星火가티 왕래하고 교통선로에 雜踏하는 열광적 군중은 생존 경쟁의 實景을 그려준다. 특히 경탄의 일언을 더할 기사는 허드슨텁이라 하겟다. 허드슨河를 격한 뉴절씨州의 각처와 교통이 번잡한 뉴욕市는 도저히 기선의 운반으로마는 필요에 응할 수 업다. 벽해와 상전을 임의로 이용하는 현대인의 기술, 개척과 정복심이 강한 美國人의 鈗力으로 허드슨河底를 횡단 관통하는 철도를 부설하야 주제교통의 편리는 물론이어니와 도회 발전에 대세력을 가하야 준다.

아아 뉴욕이라고 또다시 부릅니다. 뉴욕의 제일 명소라 하면 미술관도 아니오 대학교도 아니겟다. 아아 미술관— 대학교가 타에 비하야 열등에 위한다는 것은 결단코 아니다. 그러나 그러나 뉴욕으로서—美國으로서 세계를 지배하는 그 세력은 황금이 아닌가? 그래서 나는 뉴욕의 제일 명소는 월수츄릿이라 하겟다. 실로 월市街는 세계를 지배한다 함이 사실이다! 此處에 세계금융의 중심지, 시장상장의 公定地로서 주식시장이 開한다. 一攫千金을 몽상하랴 혈안이 되어서 광분하는 人衆의 雜踏은 실로 황금지옥을 그려뵈인다! 20층의 不下하는 대건축물들은 巍然히 雲裏에 聳立하야 은행회사 取引所 등의 간판을 걸고 좌우측 路에 羅立하엿다. 그러나 양측의 도로는 심히 狹隘하야 음침한 기가 웅커잇고 인산인해의 혼잡은 살기가 등등하다.

空中樓閣—이라 하면 속인의 몽상을 의미하는데 불과하다는 우슴말에 돌닐 수 업다. 1차 뉴욕市를 보면 몽상이 아니요 사실 空中樓閣은 도처에 聳立하엿다. 보통 13층이요 恒用 40층 혹은 50층의 대건물이 가득하다. 특히 울월스삘띵「商業堂」은 65층의 고각인데 가옥 건축로서는 세계 제일이란 명성을 가젓다. 塔上에서 紐育을 大觀하면 망망한 視線 下에 건물들은 놉고 나즈며 長橋는 계속하고 각 교통차는 蜘蛛가티 아물거리는데「登泰山에 小天下」라는 감이 잇서다. 울월스씨는 拾

錢均一廉物店에 성공하야 대부호의 標榜으로 如斯한 대건물을 창건하엿다.

뉴욕의 위대한 것은 美國人의 과장이지마는 뉴욕의 세계적인 것은 역시 세계 인종의 총화의 노력이라 하겟다. 뉴욕市 전체 시민은 각 국 인종이 집합하야 巨뉴욕을 건설하엿다. 그 영예는 당연히 英國 及 獨逸人 及 佛國人 及 愛蘭人系의 정치적 상업적 대활동에 歸할 것인 동시에 露西亞人 伊太利人 及 猶太人 등의 勞働 及 富力의 공도 적지 안타. 그런고로 뉴욕의 위대한 것은 각국인의 노력을 총합하야 구성한 것이외다.

뉴욕 敎壇 及 講壇 - 뉴욕은 세계적이라 함이 그 富力을 의미한다 하면 美國의 세계적 위신은 뉴욕의 교단과 강단의 세력을 의미하엿다 하겟다.

유니온 神學校는 그 설비와 교수들의 文威로 세계의 제1위를 占하엿다. 유니온 신학교는 본시 長老波 敎役者 양성기관에 불과하엿스나 점점 강단이 세계적이 되는 동시에 각 교파의 유력한 학자들이 합동하야 비교파적 신학교를 대성하엿다. 맥기펄트박사를 교장으로 대하고 각 신교파의 학자가 협동하야 종교과학 及 관계 학술을 전문적으로 교수하며 자유 신앙과 학술의 철저로 그 主點을 삼는다. 코박사 가튼 교수는 「天國」이라는 것보다 「하느님의 듸마크래씨」라는 것이 시대의 적당한 명사라 하야 그 듸마크래씨의 사회 실현을 목적하야 종교나 교육을 철학적으로 해석하여 월드교수 가트니는 그 듸마크래씨의 사회의 실현을 위하야 勞働問題와 사회윤리를 해석하야 社會化적 종교를 주창하며 포즈딕박사는 그 듸마크래씨를 위하야 敎壇理法을 해석하며 재래의 선교방법과 목적의 오류를 痛論하야 민본적 자치적 교회설립을 주장한다. 基督은 최후의 선지자 즉 만민의 교주로서 대동세계의 중심의 정신으로 함은 현대인의 희망과 만족에 응할 유일의 眞諦라 하겟다.

채퍼슨박사는 뿌로드웨이 교당에 교단을 점하고 세계적 평화의 복음을 씨의 박학과 우월한 신앙으로 해석 선전한다. 씨의 교회는 교리적 전통과 의식에서 독립하야 만민의 同歸一體의 사회적 종교를 숭엄고결한 靈趣神動의 설교를 매주 3차식 布傳한다.

監長 양파의 萬國宣敎總本部는 뉴욕시에 置하엿다. 각 분과의 사무 처리와 그 설비는 현대의 과학과 기술을 이용하야 敏速하게 운행함은 실로 喫驚할 현상이엇다. 總幹事 이하 각 부원 及 수백명의 雇人이 오전 8시부터 오후 4시까지 1분이라도「午食休憩를 除」휴지함이 업시 사무에 집중 노력한다. 그들이 참말「하느님의 듸마크래씨」를 위하야 열혈을 盡하는 勞働者들이라고 하겟다.

(이하 연재되지 않음)

[12] 獨逸 가는 길에(一), 朴勝喆, 『개벽』 제21호(1922.03)

▲『개벽』 제21호, 獨逸 가는 길에(一)

神戸로서 新嘉波까지

1月8日 神戸서 日本郵船『吉野丸』을 便乘하고 그럭저럭 新嘉波까지 왓나이다. 神戸서 떠날 적에는 乘客들의 送別人으로 해서 埠頭가 大盛況을 일우엇나이다. 吉野丸으로 말슴하면 日本郵船으로 歐洲에 航海하는 것으로서는 第1流라 하나이다. 自量噸類가 1萬噸이나 되고 一航路에 經費가 30萬圓이나 되며 船內 設備로 말슴하여도 遊戲室, 煙房, 製永室, 食堂, 醫局, 洗濯店, 沐浴店, 酒店, 理髮店等 모든 것이 具備하야 船客의 不便이 하나도 업나이다. 乘客과 船員을 合하야 食口가 7百餘 名의 한 村落을 일윗나이다. 그럼으로 매일 무슨 事件이 아니 생기는 날이 별로 업시 事件만 생기면 곳 煙房에서 話題가 되고, 그 風聞과 輿論은 即時 各 客室에 傳播되어 無人不知가 되나이다. 엇재든 歐米列國人과 東洋人中에도 日本人이 最多數이지마는 中國人까지 느허서 거의 世

界 各國人을 網羅한 大團體인 까닭이외다. 나는 甲板우에서 各國 兒童들이 自國語를 말하면서 노는 것을 가장 興味잇게 보고 지냇나이다.

神戸서 出帆해 가지고 瀬戸內海를 지날 적에는 多幸히 日氣가 조하서 沿岸의 景致를 滋味잇게 보앗나이다. 瀬戸內海는 景致조키로 이르는 곳이요. 또 日本歷史上의 有名한 곳이외다. 참으로 조터이다. 畵幅을 펴 노혼 것 갓더이다. 陸地로는 近20次 來往하엿지마는 배로는 처음이외다. 平時에 마음에 잇든 것을 이제야 成就하엿나이다. 翌日 門司와서 2夜나 지내고 上海를 向하야 出帆하엿나이다. 이때 것은 배탄 것 갓지 안터니 門司를 떠나서부터는 東洋天地를 떠나는 것 갓더이다. 눈에 익은 日本을 뒤로 두고 눈 서투론 他地로 가는 까닭이외다. 3晝夜만에 上海에 왓나이다. 말과 글로 듯고 읽은 곳이라 올마쯤 반갑기는 하나 言語가 不通함으로 그리 興味는 업더이다. 그러나 모든 것이 西洋式인데는 日本家屋을 보든 눈으로는 매우 雄壯히 보히더이다. 于先 운두가 여튼 人力車를 타고 筆談으로 내가 마음에 정한 旅館으로 가자 하엿스나 車夫는 文字를 몰라서 躊躇함으로 별수 업시 얼굴이 검고 키가 훨석 큰 印度人 巡査에게 내가 가고자 하는 旅館을 英語로 무럿더니 그 巡査가 中國말로 車夫에게 일러주더이다. 多幸히 旅館에 들어 즉시 片紙를 써서 某友을 請하야 夜深後 東京留學時 親友이든 某友를 차저 中國料理店에 올라 비롯오 中國式 料理를 먹엇나이다.

中國人 市街地는 別수 업시 京城『紅살문』안을 大規模로 擴大한 것에 不過하더이다. 내가 投宿한 旅舍로 말슴하면 中國人이 經營하는 西洋式 호텔이라 하는데 참으로 典東旅館이나 湖海旅館에 比할 것이 아니더이다. 모든 設備와 經營方法이 中國人 經營旅館으로는 참으로 一流의 資格이 잇더이다. 宿客도 中國人이 最多數이고 料理도 洋料理와 中國料理를 選擇케 하더이다. 親友 某君과 旅舍에 돌아와서 數年間 異域에 作客하던 所經事를 들으니 모든 것이 感舊의 懷抱가 일어나이다. 새벽 세시까지 說話하다가 翌朝 7時에 일어나서 곳 埠頭로 나가게 되엇나이다. 中國의

貧民만혼 것은 참으로 놀낫나이다. 到處에 乞人이요 貧民이더이다. 그래 某友는 中國은 거지世界라까지도 말하더이다. 가장 불상한 것은 中國人이라 아니 할 수 업더이다. 印度人 巡査에게 몽둥이로 매 맛는 것을 보면 異國人인 나로서도 憤하더이다. 上海는 어떠한 方面으로 보아서는 亡國人들이 大闊步하고 中國人을 壓頭하더이다. 그 中에도 우리 同胞가모도 困窮히 지내는 것은 確實한 事實이며 思想이 左傾한 것도 亦 事實이외다. 이제는 上海야 잘 잇거라 하고 香港로 가나이다.

3晝夜만에 香港에 倒着에 보니 倫敦이나 巴里를 縮少해 논흔 것 갓더이다. 中國人 市街는 亦 上海나 다름업시 店頭에 烹猪를 통으로 달어노코 조고마한 書堂이 到處에 잇더이다. 貧民은 男女 勿論하고 맨발로 단이며 兒童을 路上에 遊戱식히는 것은 보기도 실코 危險하더이다. 自動車를 타고 市街를 一週하야보니 道路는 深山窮谷까지 콘크리트로 되엇더이다. 自動車가 山路로 지날 적에는 活動寫眞에서 보는 大活劇 갓더이다. 山을 뭉기고 길을 내고 住家를 맨들엇더이다. 日本旅館에 들어 點心을 먹으니 참으로 新鮮하더이다. 每日 3食을 西洋料理로 肉食만 하다가 淡薄한 日本料理를 먹으니 얼마쯤 입안이 가든하더이다. 午後에는 香港名物인 山上鐵道를 탓나이다. 타고 보니 京城에 잇는 南山만한 山을 곳장을 나가더이다. 전기 機械로 철동아줄을 전차밋헤 매여가지고 끌어 올니고 내려보내고 하더이다. 비스듬이 누어 올나가는 것 가트니까 左右邊에 잇는 집은 비스듬이 뒤로 누은 것 갓더이다. 頂點에 올나가보니 人家가 櫛比하고 안계가 廣闊하더이다. 이것이 市內電車와 가티 山上에 人家가 잇스니까 敷設된 것이라 하나이다. 배에 돌아와서 夕飯을 罷한 후 甲板에 올나 香港夜景을 보앗나이다. 이것이 不夜城이 아니고 무엇이오리까. 山上으로서부터 山下까지 電氣裝飾 이외다. 이 것을 보니 大英帝國의 威嚴이 잇는 듯 하외다.

翌日 떠나 新嘉波로 向하니 갈스록 氣候는 점점 더워서 香港서는 本國 5月氣候 갓더니 이제는 5月이 지내여 6月이 된 것 가트외다. 日氣가

장마날가타야 鬱蒸하기 짝이 업고 食堂에는 扇風機의 바람이 업스면 食事를 못할 地境이 되엇나이다. 航海中 船客中에서 發狂者가 생기여 機關部에 뛰여 들어가서 破壞식히려 하야 狂人을 붓잡느라고 30餘名의 船員이 雨中에 大活動을 하야 겨우 쇠수갑을 채우고 대리를 묵거서 病院에 가두엇나이다. 그 사람으로 말슴하면 英國人으로서 途中 旅費가 不足되어 發狂되엇다는 것이 一般乘客의 推測이외다. 그러나 前途가 잇는 靑年으로서 可憐한 일이라 하나이다. 遊戱室에는 蓄音機가 가장 사랑을 밧고 音譜中에도 『떼모크라씨』노래는 매일 數十次式 乘客을 慰安식히나이다. 未久에 船員의 假裝行列이 잇서 乘客의 無聊에 慰安한다 하나 그것을 기대리며 新嘉波 가기 前에 日氣가 이러케 더워서 이 글을 쓰는데도 땀이 이러케 흐르니 新嘉波를 가면 대단 더울 것은 의심업슬 것이외다.

하로밤 동안에 氣候는 대단 變하엿나이다. 적어도 一個月은 틀니는 것 가트외다. 아마 本國은 지금이 隆冬일 줄 압니다. 이곳은 어찌 더운지 房에 扇風機가 잇섯지마는 썩 더윗나이다. 食前에 일어나는 길로 夏服을 입고 모든 것을 本國 6月節侯로 짐작하고 지내나이다. 食堂에는 扇風機가 업스면 食事 못할 것은 勿論 扇風機밋헤서 아이쓰크림이나 冷사이다가 아니면 凉味를 맛볼 수 업고 또 한가지는 甲板에 올나가서 香港서 3圓주고 산 長藤交椅에 누어서 深藍色의 바다물을 바라보면서 談話하거나 或은 圖書館에서 빌어 온 冊을 읽으면서 納凉하는 수 밧게 업나이다. 香港을 지나서는 참으로 大洋에 나온 것 갓소이다. 煙波는 浩蕩하고 水天이 一色이외다. 乘客들은 歐洲 各國으로 가는 形形色色의 사람들이라 各各 目的하고 가는 土地의 이악이를 서로 交換하야 거의 問聞은 世界的이외다. 10餘日이나 洋料理만 먹으니까는 넘우 늣기하야 통김치 먹고 십흔 생각은 懇切하나 할 수 업시 먹고는 지내나이다. 처음에는 相當히 먹다가 近日은 日氣가 하도 더웁기에 食量을 주려서 매우 조심히 지냇나이다.

新嘉波에는 明日 倒着한다는 데 今日은 昨日보다 더 더워젓나이다.

正午가 되니까는 寒暖計는 88度가 되엇나이다. 끗이 아니 보히는 넓고 넓은 大洋이것마는 조곰도 바람이 업나이다. 煙筒의 煙氣는 곳장 한울로 올나가나이다. 水面을 바라보면서 거울가티 보이나이다. 한갓 걱정이 漸漸 더워지는 것이외다. 甲板우에 올나 藤交椅에 누어서 讀書하노라니 瞥眼間 汽笛을 불며 야단법석이 나더니 船員이 動員이 되어 품푸질을 하며 뽀트를 내리고 야단이외다. 물어보니 火災救急演習이라 하더이다. 香港을 떠난 후 4日만에 陸地를 보니 반갑기 限量업나이다. 그中에도 까마귀가튼 새가 空中에 떠오는 것은 대단 반가왓나이다. 世上에는 못 먹어서 배가 곱하하는 사람으로는 생각지 못할 일이 吉野丸에는 每日 3次式 잇나이다. 그것은 매일 茶菓며 肉種으로만 各3次式 먹는 故로 食事前後에는 甲板우에서 일브러 먹은 것을 내리려 애쓰는 것이외다. 今日도 가만히 안저서 片紙를 쓰려면 구술땀이 흐르나이다. 잠시도 扇風機업시는 못 견듸겟나이다. 今日은 日曜日이라 夕飯後 英國宣教師의 講道와 9時에 音樂會에 參如하엿나이다. 그래서 1日을 愉快한 中에도 더욱 愉快히 지내엇나이다.

어대를 가든지 旅行券의 檢査는 嚴密히 하며 그 外 船海中에 牛痘을 너코 마라리야 豫防案까지 먹엇나이다. 船海가 10餘日이 되니까 배탄 것 갓지도 안어지며 今日 가태서는 海上이 어찌 靜穩한지 房속에 안젓는 것 가트외다.

今日이야 新嘉波에 倒着하얏나이다. 배 가장자리에는 얼굴 검은 馬來人들이 토막나무로 판 배를 타고 群集하나이다. 10錢을 물 속에 던지면 쫏차 들어가서 건지더이다. 곳 上陸하야 一行이 日本旅館에 들엇나이다. 旅館에서 少息後에 一行은 市街를 求景하기로 定하야 20錢車의 自動車는 威勢조케 떠낫나이다. 이곳도 西洋人의 住宅이며 道路는 香港이나 다름업고 中國人 市街도 亦 上海나 香港이나 갓더이다. 참으로 同病相憐인지는 몰나도 中國人과 馬來人이 불상하더이다. 自動車는 길길이 소슨 椰子樹와 芭蕉나무 빗으로 或은 꼬무나무 밋으로 지낼 적에 左右邊에는 丹靑을 곱게 하고 풀은 빗나는 珠簾을 느린 것은 썩 시원해 보이며 奇花

異草가 人目을 眩煌케 하며 植物園에 가보니 이름 몰으는 붉고 누른 꽃이 遠客을 반가히 맛는 듯 꼬무원에 가보니 꼬무나무 밋둥의 껍질을 버끼고, 약물터에 물줄기 대둣 양철조각을 꼬저 노면 牛乳가튼 것이 흘너 나오더이다. 그것을 가지고 꼬무를 맨든다 하나이다. 그 길로 博物館에 가서 여러 가지 奇風異習의 遺蹟을 보앗나이다. 이곳 土人은 검기가 숫빗이외다. 눈하고 입속에 흰 이(齒)만 번적어리더이다. 勞働者들은 웃퉁을 벗고 지내나이다. 이곳은 三伏蒸炎이외다. 찌는 듯한 더위와 갓금갓금은 실가튼 비가 하로도 몃번 식 오나이다. 點心後에는 『빠나나, 파인애플, 만고스테』들의 果實을 먹엇나이다. 그 新鮮한 맛이야 이로다 形言할 수 업나이다. 午後에는 1等 對 2等船봄의 急造野球競技가 잇서서 滋味잇게 지냇나이다. 모든 것이 大英帝國 金力과 武力을 말하는 것 가트외다. 이곳은 荷物馬車의가 업고 兩頭牛車로 쓰나이다. 牛角에는 紅色이나 靑色을 칠하고 주석으로 장식하엿더이다 . 日本俗諺에 子孫이 貴하거던 旅行식히라는 것은 有理한 말인 줄 아나이다.

이것으로 第1信을 삼나이다. (1月23日 於 新嘉波)

▲『개벽』제22호(1922.04), 獨逸 가는 길에(二)

彼南에서

新嘉波를 떠나서 彼南오기에 一晝夜는 西風이 불어서 비교적 서늘하엿나이다. 彼南은 그 중 더운 곳이라 하나이다. 상륙하는 길로 2인승 인력거를 타고 일행은 日本旅館으로 가서 대략 방침을 정하고 자동차를 몰아서 中國人의 極樂寺를 갓나이다. 도중에 자동차가 야자수의 十里長林을 지낼 적에는 더위를 이젓나이다. 그나 그 뿐 아니라 드믄드믄 雙頭牛車에, 얼골 검은 印度人이 보기 조코 먹기에 맛잇는 빠나나를 몃 車式 끌고 갈 적에는 그것이 그리 귀해 보이지도 안 터이다. 이곳은 빠나나뿐 아니라 이름 몰으는 열대 과실이 飽盡賤物이외다. 외(瓜)로 말슴해도 사철 잇지마는 외덩쿨이 5,6년이나 간다 하더이다. 그렁저렁 極樂寺에 왓나이다. 山門에서부터 돌층게를 모아서 산중턱에 뎔을 지엇더이다.

　규모는 크지 못하나 단청한 것이라든가 구조가 우리 나라 사찰과 별로 다름업더이다. 殿閣뒤에 露臺가 잇서서 사다리를 빙빙 돌아 올라가면 넓히가 10간이나 되더이다. 멀리는 印度洋이 내다보이고 야자수가 긋득 들어선 평야가 눈압헤 보이며 뒤산에는 亦 열대식물이 뼉뼉히 들어섯더이다. 이 곳에서 나는 잠시라도 俗界에 대한 생각을 잇고 무엇을 묵상하엿나이다. 左便山언덕 밋에는 淸溪가 흐르고 그 엽헤는 단청을 눈이 부시게한 山亭이며 山亭압헤는 금잔듸가 깔리고 그 우에는 牛羊이 한가히 누엇잇는 것을 볼 적에는 우리와 가티 南船北車하는 사람으로 일시라도 그 樂을 취하고자 생각이 업지 안핫나이다. 모든 것이 東洋 고유의 색채가 선명하더이다.

　水道 水源池를 보앗나이다. 나는 彼南의 水源池가 이상적이라 하나이다. 香港, 新嘉波의 水源池를 보앗으나 彼南만은 못 하더이다. 이곳은 深山幽谷에서 떨어저 내려오는 폭포물을 모아서 水源池를 맨들엇더이다. 그래서 수면은 청정하더이다. 전후좌우는 열대식물이 鬱密히 들어섯고 나무와 나무 새에서는 白雲이 뭉긔뭉긔 올라가더이다. 나는 水源池엽헤 안저서 사면을 자세히 보앗나이다. 뜰압헤는 靑黃赤白의 꼿들이 만발하엿고 古木 밋에는 웃통 버슨 印度인이 팔비고 자는 것은 泰平逸民가태 보이고 한편으로는 애석하더이다. 上天을 바라보매 희고 검은 구름은 뭉긔뭉긔 참으로 夏雲은 多奇峰이라 하겟더이다. 여관에 돌아와서 일행은 야자수 그늘 밋에서 午餐을 가티 하고 長 뺌 한 뺌이 넘는 빠나나를 먹엇나이다. 아모리 시장할 때 먹어도 3,4개 외에는 더 못먹는다 하더이다.

　이곳에도 街里에 무슨 학교이니 하는 문패가 드문드문 잇더이다. 실은 우리가 의미하는 학교가 아니요. 꼭 우리 나라 서당이더이다. 선생이 알엣목에 안젓고 아동들은 좌우로 늘어 안저서 책상에다가 책을 바처 노코 몸을 끗덕어리면서 소리를 놉혀서 낭독하더이다.

석양을 등지고 배에 돌아와서 목욕하고 나니 정신이 洒落해지며 멀리 東天을 향하야 故土를 생각하엿나이다. 가장 알어 보기 어려운 것은 印度人이외다. 얼골이 모도 검고 거의 똑가태서 어대를 가보던지 그 사람이 그 사람갓더이다. 나도 매일 얼골이 검어지나이다. 이대로 가면 불과 며칠에 印度人과 가티 되겟나이다. 배속에서는 매 일요일마다 25년간이나 헌신적으로 日本서 전도하든 英國人 선교사의 講道가 잇나이다. 나도 참여하엿지마는 최다수가 西洋人이며 日本人은 4,5인에 불과하나이다. 그러나 佛敎 講道가 잇슬 때에는 日本人이 多數히 오지마는 그 중에도 승객 외에 선원까지 오나이다. 나는 이것을 볼 때에는 英國人 선교사 노부부를 무한한 의미로서 보나이다. 나는 본래가 소설을 耽讀해 본 일이 업나이다. 읽엇다 해도 몃 권 못되나이다. 東京 유학시대에도 亦 소설에는 흥미가 업섯나이다. 그러나 이번 항해중 가티 비교적 단시일에 소설을 여러 권 읽고, 또 흥미잇슨 때는 업나이다. 不撤晝夜이엿나이다. 이 압흐로도 나의 正科 외에 소설을 만히 읽으려 하거니와 이때것 읽은 중에는 左藤紅綠著 『微笑』가 가장 흥미 잇고 共鳴된 점이 잇섯나이다. 갑판 우에 올라 藤交椅에 누어서 거울가티 平穩한 印度洋을 바라보면서 소설을 읽는 것은 유일의 취미이외다. 그 외에 飛魚가 2,3간식 날라 단이는 것은 점을 꾹꾹 찍는 것 갓더이다.

今夜는 27日 음력으로 除夕이요 明日이 신년이외다. 배속에서는 음력커녕 양력도 여간 주의하지 안으면 몰으나이다. 그러나 일전 彼南에 상륙하엿슬 때 알앗나이다. 本國서는 흰 떡치고 지짐질하며 아희들은 때때옷을 기대리고 今夜를 깃븜으로 지낼 줄 아나이다. 배속은 딴 세계이외다. 육지의 일은 중대한 사건이라야 무선전신으로써 간단히 알 뿐이외다. 一望無際한 大海中에서 어찌 육지일을 자세히 알 수 잇겟나이까. 육지일은 그러타 하려니와 며칠에 한번 식이라도 다른 배를 맛나는 것은 일동에게 대한 대단한 깃븜이며 낙조가 무엇이라 형언할 수 업시 좃습니다. 회화에 어떠케 묘기가 잇다 하드래도 그 황홀 찬란한 것은 그리지 못할 줄 압니다. 배는 이제로부터 西便으로 西便으로 향하야 가나이다.

今日은 음력 元朝이외다. 모든 것이 다름업스나 昨夜부터 풍낭이 잇더니 今朝부터는 風雨大作이외다. 승객의 대부분이 배 멀미를 하고 야단이외다. 그러나 나와 소수의 승객은 태평이엇나이다. 모도가 부러워하더이다. 밤이 되더니 風雨뿐 아니라 번개와 천동이 지독하엿나이다. 번개가 번적할 때에는 바다가 白晝갓더이다. 나도 매우 조심하야 夕飯도 조곰 먹엇나이다. 夕飯 후에는 선원의 연예회가 잇섯나이다. 會場에 들어가보니 출석자가 전번 음악회에 비하야 대단 소수이더이다. 재담과 간단한 연극과 마술이 잇섯나이다. 會場속에 들어 안젓스니 밧갓일은 캄캄이외다. 會衆이 박수와 笑聲으로 환희를 말할 뿐이더이다. 11시나 되여서 밧갓에 나오니 風雨가 더욱 심하야 풍낭이 맹렬히 배ㅅ전에 와서 부듸치더이다. 新嘉波에서 탄 30여명의 印度人은 비가 오니까 갑판 밋에 잇는 依支間에서 우줄우줄 서서 비끄치기만 기대리더이다. 우선회사에서는 印度人에게 每名下 35원식 밧고 新嘉波에서 古倫母까지 태우기로 하엿스나 선실에는 태우지 안코 갑판에다가 遮日을 치고 그곳에서 寒屯하게 하더이다. 그 이유는 印度人들은 타인이 맨든 음식은 잘 먹지 안을 뿐더러 육식을 아니하고 별로 이 식료품을 휴대함으로 실내가 불정하다는 이유이외다. 그들은 음식은 손으로 꾹꾹 쥐어 먹더이다. 선원의 말이 우선회사에서는 30명에 대하야 천여원의 운송료를 밧고 다른 짐보담 인부가 아니드는 輕便한 짐을 실엇다 하더이다.

1월 30일 밤에야 古倫母에 왓나이다 古倫母는 錫蘭島에 在한 항구이외다. 도착전부터 칸듸를 가기로 정하얏나이다. 칸듸에는 釋迦牟尼佛의 치아를 봉안해 둔 사찰이 잇다 하나이다. 그럼으로 古倫母에 와서 칸듸를 못 가보면 古倫母에 온 보람이 업나이다. 그러나 배가 밤에 도착되어 예약인원이 줄엇나이다. 할 수 업시 6인이 상륙하기로 결정하고 小 증기선에 탓나이다. 1만톤이나 되는 배에서 탓다가 小蒸汽에 옴겨타니 一葉扁舟갓더이다. 9시에 일행은 자동차 한 채에 타고 칸듸를 향하야 떠낫나이다. 칸듸는 古倫母서 75마일, 京城서 天安驛 가기만 하더이다. 夜深後에 信地에 다 올 것은 豫測하고 떠낫나이다. 컴컴한 밤중에 자동차는 탄탄대로로 몰아 가나이다. 사면이 보이지 안으나 간간이 印度人이 홰ㅅ불을 켜 가지고 지내는 것이며 그 외에 반디불이 반작거리고 여름밤에 흔히 듯는 버레소리가 어지러히 들릴뿐이외다.

壯山을 두 곳이나 넘어서 12시 반에 간산히 칸듸에 도착되니 야광에 보나마 시가가 쾌 殷盛하더이다. 女王호텔에 들어서 一夜를 지내기로 하엿나이다.

翌朝는 일즉 일어낫나이다. 7시 20분에 호텔을 나서서 도보로 釋迦佛의 치아를 봉안햇다는 절에 가 보앗나이다. 모든 것이 印度式이고 천년 전에 조각한 石柱가 잇스며 그외 기둥이 모도 조각이더이다. 승려들은 황색과 홍색의 가사를 입엇더이다. 규모는 宏大치 못하나 純印度式이 가장 가치 잇는 것 갓더이다. 자동차를 돌려서 내려오는 길에 공원을 보앗나이다. 모도가 인조가 아니요 자연 그대로 잇더이다. 나무가지에 박쥐가 매여 달려 잇는 곳도 잇고 이름 모르는 기형의 古木이 무수히 잇더이다. 昨夜는 밤이여서 몰랏더니, 낮에 보니 險路이요 좌우가 층암절벽이 만으며 빠나나나무와 야자나무가 긋득 들어섯나이다. 어제밤에 해발 1,200英尺이나 되는 곳에 올라왓더이다. 도중에서 나무가지에 200여개나 더덕더덕 달린 빠나나를 사서 車上에서 먹으면서 자동차를 몰아 오니 참으로 印度에 온 것 가트며 더욱 왕왕히 집채만한 코기리를 타고 지내가는 것을 맛날 적에는 더욱 흥미가 잇섯나이다.

이곳은 1년에 추수를 두 번씩 하는 곳이 되어 지금이 한창 밧분 추수 때이더이다. 오후에 本船에 돌아와서 彼西土를 향하야 출범하나이다. 이곳이 꼭 水路로 절반이며 彼西土까지 12일간은 육지를 보지 못하고 蘇土運河를 지내서 비로소 歐羅巴地境에 들어가나이다. (1月31日)

▲『개벽』제23호(1922.05), 獨逸 가는 길에(三)

佛領 馬耳塞에서

저번 古倫母에서 칸듸 갓슬 적에 석가모니불의 치아를 봉안해 둔 절에서 昔日 錫蘭島王의 行在所를 보앗나이다. 그것은 넓은 依支間에 돌로 바닥을 깔고 기둥을 조각하엿더이다. 정면에는 옥좌가 잇고 그 알에는 四仙床가튼 것이 노혓더이다. 안내인에게 물으니 錫蘭王國시대에는 왕이 親幸하야 인민을 裁判하엿다 하며 지금도 영국 관헌이 그 형식대로 재판한다 하더이다. 그날도 재판일이라 하나 前途가 忽忽해서 그냥 떠낫나이다. 이것이 비록 細少한 일이라 할지모르나, 大英帝國이 이민족을 통치하옴에 어떠케 고심하는지를 察知하겟나이다. 大英帝國이 金力으로나 武力으로나 錫蘭島民을 一時的 압박하기는 如反掌이겟스나 이민족 통치에 경험과 才氣가 잇슴으로 기독교국으로서 불교사찰에서 재판을 행함은 실로 영국이 錫蘭島民의 관습을 존중함에서 由出한 것이라 하나이다. 이와 가티 이민족 통치가 至難한 것이외다.

古倫母를 써난 이후에는 연일 일기가 서늘하외다. 이것은 서풍도 불거니와 이곳은 지금이 冬節이라 하나이다. 그러나 평균 온도는 화씨 팔십 이삼도 가량이외다. 갑판 우헤다가 십여인이 容身할 만한 수영장을 맨들엇나이다. 남자며 여자며 아동들이 일정한 시간에 수영을 연습하게 되엇나이다. 수영은 할 줄 모르나 구경만 해도 퍽 유쾌하외다.

금일도 전과 가티 식전에 烟房에 올라갓나이다. 게시판에는 운동회 광고도 잇고, 그 엽헤는 昨夜 三等船客 葡萄牙人이 急病으로 이 세상을 영결하엿다는 것과 금일 오후 5시에 장례식을 거행한다는 것이더이다. 나는 깜작 놀낫나이다. 이구동성으로 불상하다고 하엿나이다. 나는 장례지낸다는 것을 선원에게 물엇나이다. 배 속에서 장례는 만국공통의 수장이라 하더이다. 오후 5시가 되엇나이다. 인도양은 오대양 중의 가장 깁흔 곳, 그 중에도 배가 지금 속력을 줄인 이곳은 더욱 깁흔 곳이외다. 일만 이천여隻이나 된다 하더이다. 船尾에는 吊旗가 날리고 吊鍾 소리는 沈重한 것 갓더이다. 갑판 우에는 비게를 매고 白布를 덥허 노핫더이다. 1,2,3등 선객은 전부 모엿나이다. 未久에 屍體는 큰 자루 속에 느코 갈아안게 하느라고 鐵片을 전후좌우에 느헛더이다. 그 우에는 葡萄牙國旗를 덥헛더이다. 그 뒤에는 상당한 예복을 입은 선장 이하 일반선원과 加特力敎 僧侶도 딸아 오더이다. 시체가 서서히 衆人의 압흘 지낼 적에는 모도가 슬픔을 표하엿나이다. 시체가 비게 우혜 노히매 성경낭독과 기도가 잇슨 후 선장의 吊詞가 끗 나자마자 시체는 푸르고 푸른 깁고 깁흔 인도양 물 속에 풍덩하고 들어갓나이다. 인도양 물 속에는 무슨 신비나 감추어 잇는 것 갓고 西天에는 落照하는 때라, 놀이 붉거케 슨 것은 무슨 吊意를 표하는 것 갓더이다. 인명이라는 것은 가장 밋지 못할 것이라는 것은 누구든지 다 말하는 것이지마는, 금일 이 葬式을 보고 痛切히 늣기엿나이다. 장부로 나서 臥席終身이 최고의 이상이 아니겟지마는 天涯萬里의 孤客으로서 배 속에서 최종을 마치고 그 시체를 수중에 장사지내게 되는 것은 가장 무의미하고도 슯흔 일이라 하겟나이다. 고국에서 그의 부형과 모든 가족이며 朋友들이 손을 꼽아가면서 기대리는 것을 생각하면 그는 눈을 감지 못하고 가슴을 쥐고 이 세상을 떠날슬 줄 아나이다. 相當한 死齡에 이르러서 죽는 것은 그리 원통한 度數가 만치 못하지마는, 원기왕성한 靑春時代에 만흔 포부와 경륜을 품고 죽는 것처럼 지극히 痛憤할 것은 업나이다. 그럼으로 우리는 死因防禦策으로 신체를 至重히 하여야 하겟나이다. 더구나 외지에 잇는 우리로서는 쓸대업는 정력소비를 삼가야 할 것이외다. 구라파 가기 전에 배 속에서 듯기에도 상상 이상의 암흑면이 넓고 만흔 誘惑이 구라파대륙에 잇는 것 가트외다. 외지에 잇는 우리쑨 아니라, 누구든지 그 수명을 단축케하는 것은 신체를 허약하게 하는 데 잇고 신체를 허약케 하는 것은 無用의 정력을 濫費하는 데 잇는 줄 아나이다. 再昨日은 2월 5일 운동회일이외다. 모든 준비가 大槪 준비되엇나이다.

6,7,9의 3일간은 기대리고 기대리든 운동회이외다. 아츰부터 갑판에는 오색이 영롱한 기를 달고 모든 설비에 奔忙하엿나이다. 여러가지 滋味잇는 경기로 매일 유쾌히 지내엿나이다. 그 중에도 여자들의 경기는 대단 민첩하며, 衆人環視 中에 수영복 입은 여자들의 수영경기는 일반 군중의 환영을 바닷스며, 특히 우리 동양인의 안목으로 보기는 놀래엿나이다. 홍해에 들어서서는 족음족음한 島嶼들이 무수히 잇나이다. 할일 업시 어린아이의 作亂갓더이다. 모도가 암석으로 되엇고 그 중에도 일본의 富士山가튼 것도 잇더이다. 점점 중간에 들어와서는 수면은 잠잠하외다. 神戶를 써난지 삼십유여일에 이런 광경은 처음 보앗나이다. 망망한 대해는 대접에 물담어 논 것 가트외다. 간간이 바람이 소르르 불면 몰결이 출렁거리는 것은 비단을 疋疋히 풀어 노혼 우에 춘풍이 駘蕩히 부는 것 가트외다, 이것이 곳 錦波이외다. 「배의 푸로페라」 돌아가는 소리에 놀래어 달아나는 것은 절구공이만한 생선이 수백 마리식 쎄를 지어 펄덕어리는 것이외다. 손을 내어밀어 곳 잡을 듯하오며 싸치만한 새들이 쎄를 지어 수면으로 포르르 날라가는 것은 쏘한 해상생활의 무료를 잇게 하나이다.

2월 11일 역시 조선에 갑판에 올라가 보니 밤 사이에 좌우가 亞剌比亞와 埃及 兩大陸이외다. 좌우를 건너다 보니 砂山이 아니면 사막이외다. 배의 환경만 변햇슬쑨 아니라 기후도 변하얏나이다. 昨日 까지도 하복을 입엇는데 금일부터 동복을 입게 되엇나이다. 오후 5시경에 蘇士運河에 도착하엿나이다. 蘇士運河는 경제상으로 중요한 의의가 잇는 것은 물론 각 방면으로 구라파인에게 유익을 주엇나이다. 역사상으로 보드래도 蘇士運河가 잇슴으로써 여러 가지 변화가 생기게 되엇나이다. 이 운하의 延長은 84마일 수심의 야튼곳은 130隻밧게 아니 되고 넓히는 京城 한강의 半分이 못되나이다. 吉野丸의 통과세는 오만여원을 지불하엿다 하나이다. 그래도 1만톤이나 되는 吉野丸이 통과되는 것은 물론이고 수만톤의 군함이 무난히 통과되나이다. 중간에는 배와 배가 서로 맛날 적에는 구라파에서 오는 배는 비켜서서 기대리도록 맨들엇더이다. 밤이 되어 운하의 사면은 적적하외다. 上天을 쳐다보니 둥근 달과 모래쌀어논 듯한 별뿐이며 下地를 내려다보니 廣漠한 사막에 月色이 긋득 찻더이다. 생각컨대 본국은 白雪이 片片이 날리며, 혹한이 살을 버이는 듯 하겟나이다. 운하의 물은 잠잠하야 배 가는 소리만 들리고 간간이 달빗과 불빗에 고기가 놀래어 뛰나이다. 正히 이째가 7시이외다. 본국으로 말슴하면 새벽 2시나 되니 아모리 번화한 萬戶 長安이라도 잠자는 코 소리가 놉흘 것이외다. 左右 兩岸은 土耳其와 埃及의 兩大陸이며 眼力이 부족하야 보이지 안는 평원 광야의 사막더이다. 풀 한포기 업고 人畜이 都是 업더이다. 만일 暴風만 잇스면 배는 黃塵으로 덥힌다 하나 다행히 바람은 업섯나이다. 左崖에는 철도가 쌀리우고 간간이 停車場이 잇서서 鷄犬의 소리를 듯겟더이다. 蘇士運河[3]를 지내오면서도 생각하니 埃及의 王城「가이로」에 못간 것이 이번 길에 恨事이외다. 埃及은 태고문명의 발상지의 하나이요, 「가이로」는 그 精華를 모아 노흔 곳이외다. 그 중에도 金字搭과 피라미트를 보고 십흔 생각이 잇서서 蘇士運河 오기 전에 그 계획으로 교섭하엿스나 시간이 업서서 중지하엿나이다. 蘇士運河에서 기차로 5시간이나 되며 「포트싸이드」까지는 6시간이나 된다 하나이다. 蘇士에서 하선하야 「가이로」를 구경하고 「포트싸이드」에 와서 배를 다시 타려 하엿나이다.

翌日 早朝에 포트사이드에 도착하엿나이다. 해안에는 蘇士運河 개통자 레셉의 동상이 엄연히 섯더이다. 蘇士運河는 지금 영국이 관리하지마는 당초 埃及王이 계획하다가 중지하고 나포레온 大帝가 亦 有意하고 技師를 파견까지 하엿다가 亦 中止하고 다시 나포레온 3세가 비롯오着手하야 된 것이며, 포트싸이드의 명칭은 당시 레셉에게 허가를 한 埃及太守의 이름으로 이 항구의 명칭을 맨들엇다 하나이다. 이곳은 별로 명승지도 업고 인구가 불과 4만이외다. 이상한 것은 埃及여자들이

---

3) 소사운하(蘇士運河): 수에즈 운하.

코에는 금이나 豆錫으로 장식을 하고 흑색 보자를 뒤집어 쓰고 단이는 것이외다. 코의 장식이 旣婚여자의 표적이라 하나이다.

이곳에 와서 동경유학시대의 학우로서 先行한 金俊淵君의 懇切叮嚀한 편지를 바덧나이다. 1월10일에 부틴 편지가 이곳에 와서 거진 1개월을 기대렷더이다. 그 편지의 내용은 홍해의 더위에 잘 왓느냐고 하는 것과 馬耳塞에 내리거든 전보하라는 것과, 巴里를 단여오되 巴里가거든 자동차를 타고 國制旅館에 들면 그 주인이 영어와 일어를 함으로 편리하다는 것과, 쏘 자기의 同窓인 일본인 小町谷氏를 차저서 부탁하면 만사가 편리하다는 것과 巴里서 써날 적에는 자기에게와 李星鎔氏에도 打電하라는 것과, 지금 조선학생이 도합 16인이라는 것과 독일 물가가 극히 저렴하다는 것이외다.

배가 포트싸이드를 떠낫나이다. 그때부터 동요가 생기더니 夜深해지면서 더욱 심하며 翌朝까지도 一樣이외다. 선객의 거의 전부가 水疾을 하게 되엇나이다. 이제로부터 馬耳塞까지 5일간 이외다.

고대무역항으로 유명한 알렉산데리야항과 埃及人의 天賜品인 나일 江口를 멀리 바라보면서(이하 3줄 삭제).

지중해는 歐洲文明의 淵源이외다. 上古로는 쌔빌논과 아씨리야며 埃及希臘羅馬의 번영을 맨들엇고 中古이후로 현재 列國의 殷盛을 이루게 하엿나이다. 구라파에 지중해가 업섯드면 구라파의 今日은 참으로 의문일 것이외다. 즉 구라파인의 모든 활동의 중심점은 지중해가 되엇나이다. 좌우 연안에 잇섯든 것은 문명의 遷易와 邦國의 흥망이 눈 압헤 주마등가트외다. 지중해 입구에 칸듸아島 壯山 絶頂에는 積雪이 그저 녹지 안코 잇서서 처음 구라파 천지에 발을 드려놋는 旅客으로는 치위를 생각케 하나이다. 우리가 구라파 지도를 펴 노코 보면 지중해에 돌출한 장화형의 伊太利半島를 볼 것이외다. 이 장화형의 바닥인 연안을 지낼 적에 山野를 건너다 보니 모도가 푸릇푸릇하고 촌락이 드믄드믄 잇스며, 연안에는 不絶히 기차가 단이더이다. 十有餘日間 이러한 수목을 못보다가 처음으로 南歐의 風光에 접촉하자 수목을 보니 참으로 반갑더이다. 풍경조키로 유명한 씨실리島와 伊太利 最末端으로 된 미시나 해협을 지낼 적에는 밤이 되어서 左右 兩岸의 시가에 전등은 실로 不夜城을 일우어서 야경이 極佳하더이다. 이것을 보니 구라파인의 殷盛을 알겟나이다.

伊太利에 화산이 만흔 것은 書冊으로 알엇거니와 今番에 실물을 보니 참으로 기이한 것이더이다. 스튜롬보리島에 잇는 삼천英尺이나 되는 화산에서 지금도 성대히 화염을 내뿜나이다. 火光이 충천하야 불길이 길길이 올라가는 것이 보이며 火光이 수면에 비추더이다. 참으로 一大壯觀이더이다. 이것이 항해자들이 말하는 지중해의 천연 등대라는 것이외다. 사르듸니아 島와 코르씨카島로 된 해협을 지내면서 좌우를 건너다 보니 참으로 古事가 생각되나이다. 伊太利의 受國者 카브를의 출생지가 사르듸니아島이며, 나포레온大帝의 출생지가 코르시카島이로되 今日은 寂若無人이외다. 無論 住民이야 잇지마는 한번 人傑이 난 후로는 다시 人傑이 업섯나이다. 그저 英雄烈士를 조상하면서 馬耳塞에 왓나이다. 馬耳塞는 원래 希腦人이 창설한 것으로서 羅馬에 정복되엇다가 西曆 15세기경에 佛領이 된 것이외다. 神戶를 떠난지 꼭 40일에 一路 평안히 왓스며 선원의 말에 이번 항해가 비교적 평온하엿다 하나이다. 馬耳塞에 一夜를 지내고 巴里가서 4,5일 留連하다가 白耳義國을 지내서 伯林으로 가나이다.

　　　－2월17일상륙－

伯林에서

이는 朴氏가 伯林에 到着하야 먼저 엽서로써 본사의 K군에게 부텨 보낸 私簡의 飜載이다. － 一記者

2월 晦日에 伯林에 도착하야 지금은 伯林서 급행열차로 약 50분이나 되는 表記處에 잇사외다. 본국학생은 伯林에 14인, 포쓰담에 5인, 남독일 13인, 합계 32인이외다. 독일물가는 大端廉하외다. 학생생활로는 매일 60원만 잇스면 넉넉하외다. 방세가 객실과 침실의 2間을 쓰고도 매월 3원, 食價 25,6원, 기타는 일용이의니 양복도 30원이면 입을만하고 洋靴는 1원 70,80전으로 8,9원까지 밧게 업나이다. 巴里구경과 伯林상황은 從後記送하겟나이다. (3월 7일)

[13] 南海遊記, 蒼海居士, 『개벽』 제26호(1922.08)

마산, 진해, 통영, 한산도 등의 유람기: 절승지와 고사 중심

1. 南海岸의 絶景

고대의 中國사람들이 흔히 장생불사의 方士術을 논할 때에 그의 이상적 인물을 가르처 신선이라 하엿고 그리하야 이르되 장생불사의 術을 가진 신선님네는 우리들의 사는 이 塵世界를 隔하야 멀리 蓬萊, 方丈, 瀛州間 白雲紅樹의 裡에 棲息한다 하엿스며 딸하서 蓬萊, 方丈, 瀛州라하는 3의 신선은 東海上에 잇다 전하야 왓나니 中國大陸으로써 보면 朝鮮은 정히 東方君子의 國이며 그리하야 그 강산의 수려함은 세계에서 별로이 어더 볼 수 업는 佳麗한 地이니 당시의 中國사람으로 朝鮮을 가르처 君子國이라 칭하니보다 神仙國이라 이름하기도 또한 그럴듯한 일이엇다.

내ㅡ 幼時로부터 방랑하기를 조하하야 15,6에 關西 關北의 絶勝을 踏破하엿스며 년이 20에 거의 3천리의 강산을 周遊하야 산으로써는 金剛, 妙香의 奇怪를 밟은지 이미 오랫스며 강으로써는 鴨綠, 大同의 壯流에 浮함이 만핫스며 海으로써는 서로 黃海에 浮하야 齊 魯의 故地를 밟앗고 동으로 滄海에 流하야 멀리 鬱陵, 國島의 諸地에 遍遊하엿스나

불행히 南海岸에 至하야는 아즉까지 족적을 이에더진 일이 업서왓나니 이것이 나의 放浪記의 한 유감인지라. 그럼으로 유래— 神魂이 항상 南天을 향하야 期望함을 마지아니 하엿더니 근일 事— 南海에 有하야 舟를 馬山港에 浮하고 帆을 鎭海灣에 掛한 후— 閑山島를 遠回하야 統營港을 周遊할 기회를 어덧다. 내— 이제 南海를 본 이후에는 천하의 강산이 동방에 勝할 자— 업슴을 알앗스며 그리하야 동방의 絶勝이 南海岸에 過할 자— 업슴을 알앗나니 中國人으로써 3神山의 絶勝을 東海上에서 찾게 되엇슴이 결코 우연한 일이 아니엇슴을 알앗다.

2. 蓬萊인가 瀛洲인가

때마즘 壬戌之秋 7월 望間이라 舟를 馬山港에 浮하니 4위의 환경이 완연히 詩仙 蘇東坡의 赤壁고사를 연상케 하엿다. 비록 洞簫를 善吹하는 2객이 업스며 내 또한 귀신을 泣케하는 詩想이 업스나 그러나 兩岸 절경이 넉넉히 赤壁의 평범을 壓頭하며 해상의 淸風과 산간의 명월은 고금이 一如하고 一葦의 가는 배를 縱하야 萬頃의 茫然을 凌함에 至하야는 그 壯하고 그 快함이 인간 지상의 樂者이며 塵世 一時의 仙客이라. 人이 비록 蘇仙이 아니며 賦가 비록 赤壁이 아니며 時가 비록 고금이 異하며 경우가 비록 피아 다를지라도 一心이 妙法에 합하며 萬興이 자연에 융화함에 이르러는 이 千秋고금의 同然한 佳趣가 아니겟나뇨.

馬山港은 실로 풍치의 港이니 물산의 수출입이 盛旺한 경제적 港이라 이르나니보다 돌이어 逸士高人의 探景處라 함이 가하고 金馬玉堂의 피서지라 함이 가장 적당할 듯하다. 馬山港은 海灣의 彎曲이 수 백리에 우회하야 완연히 一大長江과 如하나니 馬山으로부터 鎭海를 經하야 統營에 至하는 水路 幾百里의 間에는 무수한 羣島가 叢在하야 그 綠岑碧巒이 高低參差하야 해상 운무의 間에 靄靄隱隱한 景槪는 실로 세계 無比의 절경이라 할지라. 그리하야 그 절경은 統營港에 至하야 완성한 감이 잇게 되엇다.

統營을 중심으로 하고 南海의 諸島가 열립하엿슴이 恰然히 무수의 병졸이 劍戟을 持하고 본영을 옹위함과 如하니 舊時로부터 朝鮮에서 統營에 3도 統制使를 두어 수군 都督을 此地에 置하엿스며 근시에는 日本이 鎭海灣에 군항을 시설하엿슴이 또한 한가지의 軍略上 政見에서 出한 것이라 할지라. 統營은 북으로 固城郡에 접하고 鎭海灣을 隔하야 昌原郡과 상대하엿스며 동남은 대양에 臨하야 島嶼로써 그 前을 遮하니 巨濟島, 欲知島, 蛇梁島, 閑山島, 彌勒島 등은 그 중에 최대한 자이며 기타 老大島, 蓮花島, 頭尾島, 龍草島, 北珍島, 國島, 煙臺島, 赤島, 加助島, 紙島 등의 무수의 大小島가 옹립하야 桃源의 미궁을 이룻스니 이 몸이 張子房이 되어 비록 赤松子를 차자 津을 問코저한들 가히 그 境涯를 窺치 못하리로다.

3. 南海岸과 李忠武公의 古事

統營을 중심으로 하고 南海의 절경을 一瞥한 자는 누구나 일대영걸 李忠武公의 고사를 회고치 아니할 수 업나니 試하야 統營 최고지인 碧芳山에 登하야 한번 우주를 俯仰하면 실로 慷慨無量의 감을 금치 못하리라. 李忠武의 靈才神略을 수군의 통제에서 발휘하엿스며 그리하야 公의 일대활동지는 통영을 중심으로 한 南海上 이곳 그곳이라. 그럼으로 尙今 것 南海 諸郡의 民이 비록 樵童菜婦라도 공의 기적을 외우지 못하는 자ー 업나니 當地의 인민이 공을 위하야 忠烈祠를 建하엿슴이 실로 南海의 영광이 아니겟느냐. 忠烈祠는 統營 西門外에 잇스니 壬辰役後 統制使ー 李雲龍이 명을 承하야 此祠를 建한 것이며 그후 正宗朝에서 御製 祭文과 밋 忠武全書를 賜하엿스며 又 明의 水軍都督 陳璘이 공의 전공을 황제에게 奏하야 「都督印」 1, 「令牌」 2, 「鬼刀」 2, 「斬刀」 2, 「督戰旗」 1, 「紅小令旗」 1, 「藍小令旗」 1, 「曲喇叭」 1 등의 品을 嘉賜한 자를 현금 同祠의 보물로 비장하엿스며 制勝堂이라 하는 것은 閑山島 頭億洞에 잇스니 英宗 庚申에 統制使 趙儆이 건립한 바로 이는 閑山

島의 戰에 공의 勝捷을 기념키 위함이라. 堂의 전면에 공의 친서 額面이
잇스니 曰

水國秋光暮 驚寒*陣高 憂心展轉夜 殘月照弓刀 (夜吟)
誓海魚龍動 盟山草木知 (無題)
閑山島月明夜 上戍樓撫大劍 深愁時 何處一聲羌笛更添愁

등 시가 有하야 천고 후 금일에 吾人으로 오히려 심혈을 고동케한다.
　이제 南海遊記를 적음에 미처 참고로써 忠武公의 戰史 1절을 좌에
소개하나니 此文은 櫻井英一씨가 當地에 교장으로 잇슬 당시에 硏鑽記
述한 자이라 하는 것인데 그의 大槪를 抄出하야써 독자의 참고에 供코
저 하는 바이다.

　文祿元年 壬辰에 豊臣秀吉이 征明의 대군을 起할 새 道를 朝鮮에 借
하니 李朝 14세 宣祖ㅡ 此를 拒함으로써 日本은 먼저 征韓의 군을 發하
니라. 경보ㅡ 京城에 達하매 李舜臣은 당시 全羅道左水軍節度使로 擢拔
하야 慶尙右水軍節度使 元均과 共히 日本水軍을 토벌하라는 大命을 拜
하니라. 時에 日本水軍은 九鬼嘉隆 藤堂高虎 協坂安治 加藤嘉明 來島通
之 菅遠長 등 7,000餘人이 500餘艘의 戰船으로 一歧 對島를 經하야 4월
22일에 육군을 踵하야 釜山에 着하야 慶尙道 南岸을 공략하니라. 釜山,
熊川 간을 游弋하는 日軍은 3함대에 分하야 唐島, 欲知, 巨濟의 동방
다도해에 游弋하다가 5월 4일 唐浦의 戰에 韓軍을 패케 하니라. 左水使
元均은 巨濟島 二運面 玉浦에 在하야 형세 日非함을 보고 듸디어 陽灣
에 퇴하야 援을 全羅左水使 李舜臣에게 구하니 舜臣이 直히 80餘 隻의
병선을 率하고 玉浦에 來會하다. 5월 7일에 舜臣은 高虎의 병을 일거에
대패하고 전선 30餘 척을 燒燬케하야 殆히 燼滅乃已하다.(…하략…)
　「閑山島의 戰」 7월 7일(…중략…) 日軍이 見乃梁에 着하야 韓軍의 불
의를 襲코저할 새 元均은 前日의 戰捷에 狃하야 此를 邀하야 접전코저

한대 舜臣이 此를 制하야 曰 見乃梁은 海口ー 狹隘하고 隱嶼ー 多하니
板船은 相觸하야 戰키 難하고 且 敵勢ー 窮하면 岸에 의하야 陸에 上할
지니 고로 이를 閑山島洋 중에 유도하야 全捕의 計를 施함이 가하니
그 計는 먼저 板船 5,6 척으로써 日軍의 선봉을 逐하야 掩擊의 狀을
示하면 日軍이 일시에 帆을 懸하고 逐至할지니 此時에 아군은 佯退하
야 洋中에 出하야 鶴翼陣을 張하야 일시에 齊進하면 적군을 乃破하리
라 하고 因하야 급히 號旗를 揮하야 퇴각을 명하다. 이에 全艦을 急漕하
야 龍頭浦에 퇴각하니 日軍이 과연 추격하야 舜臣의 術中에 陷하니라.
舜臣이 機를 見하고 打鼓一聲하니 戰兵이 문득 船舵를 轉하야 左右翼을
張하야 日船을 포위 공격하니 함성은 천지를 진동하고 硝煙은 白日을
蔽하야 혼전 亂擊 海水ー 위하야 赤하니 日船 70餘 척이 일시에 격파되
고 來島親康 이하 諸 명장이 皆 전사하니라. 舜臣이 龜船으로 크게 공을
奏하고 日軍 잔여 400여명은 겨우 閑山에 逃하야 船을 棄하고 陸에 上
하엿다 하니 此가 유명한 閑山島 前海의 海戰 戰況인데 실로 壬辰 7월
8일의 事이러라. 이에서 日本水軍은 陸軍과 合키 불능하고 舜臣은 元均
과 共히 全羅慶尙 2도의 水師를 率하고 釜山을 회복코저하야 2회 加德
島에 回航하니 於是에 鎭海 내외의 制海權은 全히 朝鮮水軍의 手에 歸
하니라. (…중략…) 동년 9월에 日軍이 再征의 軍을 起하니 水軍은 前役
의 辱을 雪코저하야 더욱 경비에 不怠하니라. 時에 朝鮮 及 明의 군은
全羅에 來하고 元均은 閑山島에 在하엿스나 舜臣은 又 來合하야 수비
를 엄히 하니라 . 時에 元均이 意의 不合함으로써 舜臣을 조정에 탄핵하
니 왕이 대노하야 舜臣을 옥에 下케하고 元均으로써 水軍統制使에 임
하니라. 然이나 元均이 日軍에게 屢破한 바 되어 終에 陸에 走하야 피살
되엇스며 部將 李億祺ー 또한 水에 投하야 死하니 이에 慶尙全羅의 海
上權은 다시 日軍의 手에 歸하니라. 9월 13일 高虎 嘉明 등은 屢屢 沿岸
諸津의 韓軍을 격파하야 병선의 태반은 日軍에게 燒棄한 바 되니 이에
조정은 다시 舜臣을 등용하야 3도 統制使를 삼다. 時에 舜臣을 갈망하
든 沿岸의 諸民이 喜하야 來集하거늘 舜臣은 먼저 對馬 釜山의 海峽을

抄掠하야 日軍의 양식을 奪코저 하니라.

日軍은 元均을 殺한 이래 − 의기 − 충천하야 全羅의 海面으로부터 忠淸道에 出하야 更히 京畿道를 돌파코저 하니라. 9월 하순 선봉 菅正陰은 戰船 200餘 척으로 진군하야 全羅南道 珍島 海峽에서 戰하다가 舜臣에게 격패되어 전사하니 日軍의 勢 − 다시 不振乃已하니라.

이상은 대개 − 統營을 중심으로 한 南海岸의 壬辰役古戰史의 1절이니 南海에 遊하는 자 − 공의 당시의 活戰史를 회고한다 하면 뉘 − 血이 躍하고 肉이 動치 아니하리요.

4. 南海岸의 列郡

나는 7월 15일 一馬山에서 快走船 慶南號를 乘하고 鎭海灣을 일주하야 연안의 풍경을 감상하면서 閑山島 명월을 迎하야 統營港에 入하기는 당일 오후 10시경 이엇는데 統營의 명소고적이라 하는 것은 대개가 忠武公의 戰史로부터 나온 바 만흐며 그리하야 자연의 景趣의 풍부함은 실로 의외의 별천지라 할만하다. 統營은 인구로도 가히 도회지의 명칭을 得할만하니 현재 호구 4,000餘 호의 대읍으로써 慶南에 잇서는 釜山에 次하는 戶數를 가젓다 한다.

다음 統營인사의 각성은 근래 − 괄목의 가치가 잇게되엇다 하나니 統營에는 현재 7개 團體가 有하야 모든 일은 협동 조화의 裡에서 진행한다 함이라. 7월 17일은 當地 天道敎 靑年會로부터 강연을 요구함으로 그에 응하야 當地 協成學院 내에 주야 2회에 문화 강연이 잇섯든 바 주최자로는 7개 團體가 연합이 되엇고 청중은 모다 신사숙녀의 만장의 경황은 慇懃히 나로 하야곰 희열의 정을 금치 못하엿다.

근래 南海岸 諸郡의 문화 발전은 실로 氣勢衝天의 槪를 示하는 형편이니 나는 統營에서 만족한 쾌감을 엇든 후로 다시 棹를 回하야 18일 夕에 馬山에 도착하야다. 馬山에는 마츰 全鮮蹴球大會의 日임으로 용사 快漢이 虎戰龍躍하는 광경에 馬山의 시가는 일종 신생의 기가 나타나 보인다. 당일 하오 8시에 東亞日報支局 주최로 新朝鮮이라는 演題 하에 강연회가 열리게 되엇는데 종일토록 蹴球戰에 身體를 피곤케한 시민으로써 다시 강연석의 만원을 보게 되엇슴은 능히 當地의 문화발 전 如何를 추측할 수 잇스며 더구나 나더러 天道敎의 교리를 講談 중에 석거 말하여 달라는 인사가 적지 아니함을 보고는 當地 인사의 신사상 의 요구가 얼마나 진보하엿슴을 알아볼 수 잇다.

　7월 19일은 해안을 등지고 自働車를 몰아 靈山이라 하는 山의 國을 도착하얏다. 靈山은 馬山港을 距함이 겨우 70리 되는 非山非野의 佳麗한 곳인데 또한 써 南海岸의 沿景의 一輔가 될 듯하다. 靈山에서 가히 자랑 할만한 것은 靈鷲山의 수려한 그것과 硯池의 청아한 그것이라. 나는 靈山에 나는 길로 硯池에 舟를 浮하고 한번 快遊를 試하엿다. 硯池의 중에는 적은 섬이 4, 5개가 列在하엿스며 島의 중에는 連抱의 靑柳綠楊 이 千萬의 長絲를 수중에 垂하엿는데 남풍이 一下하면 蓮香이 鼻를 觸 한다. 舟를 島中 杭眉亭에 係하고 大白을 一傾하니 酒味의 淸冽은 當地 고래 특산이어니와 硯池 鮒魚의 味는 실로 천하의 佳肴타 할만하다. 대개 杭眉亭이라하는 名은 水原 西湖에 잇스며 靈山에도 또한 硯池의 亭으로 杭眉亭이라 한 것을 보고 나는 朝鮮人이 얼마나 慕華라 하는 卑陋의 사상이 잇슴을 唾罵하엿나니 대개 杭眉亭의 名은 그 意를 中國 에서 取來한 것임으로써라. 그러나 근래 청년의 사상이야말로 가히 써 신 朝鮮의 서광을 볼만하나니 靈山에도 靈山靑年會 天道敎靑年會의 團 體가 잇서 盛히 신문화를 선전하며 더욱이 가상할 일은 天道敎靑年會 의 미약한 힘으로 500餘圓의 건물을 買得하야 當地 선교의 所로 하엿슴 은 이곳 열심의 소산이라 아니할 수 업다. 20일은 當地 普通學校에 강 연회를 열엇는데 청중의 만원은 이미 논할 바 업거니와 여자로 4,50명 의 숙녀가 강연을 열심으로 경청함을 보고 나는 이상히 생각하야 그 원인을 問한즉 當地에는 이미 여자야학이 잇서 여자의 각성이 적지 안 케 되엇다함을 듯고는 慇懃히 靈山有志의 열성을 축하하엿다.

昌寧과 靈山은 1郡이니 昌寧은 故郡이요 靈山은 新附라 한다. 그럼으로 昌寧의 발전은 곳 靈山의 발전이엇다. 昌寧에는 고적이 多하다 칭하나 여행 중 身體가 피곤함으로써 일일이 탐문치 못함은 대단한 유감이 엇스나 산천의 佳麗함을 보기만 하야도 退隱의 정을 금치 못하겟다. 昌寧에는 현재 외국 遊學生이 8인 이엇는데 대개 외형을 보아도 泣鬼의 才를 가진 奇士들이다. 21日의 강연은 원만한 裡에서 마츠엇는데 나는 遊學生 중 1인으로부터 이러한 질문을 바든 일이 잇다. 「연사는 何故로 세계의 위인이며 또한 세계의 大思潮인 레인씨 주의를 불찬성하는 語調를 발표하엿나」고 공중의 중에서 질문함으로 나는 어느듯 그 청년의 입지를 살피고 은근히 악수로써 그의 志를 慰하고 말엇다. 당시에 在傍하든 경관들은 그 청년을 유심히 주의하야 보는 것을 보고 청년을 위하야 요시찰의 괴로움이나 밧지 아니할가 하고 나는 호을로 슬어하엿다. 들은즉 그 청년은 현재 동경에서 고학으로 지내간다 하니 皇天아 삼가 그들의 뜻을 돌아보소서, 하고 기도함을 마지 아니하엿다.

22일 昌寧發 自働車로 金海를 향하게 되엇는데 路-密陽을 經하는지라. 나는 嶺南樓의 고명을 들은지 이미 오랫슴으로 차를 停하고 樓에 登하야 4면을 일람하엿다. 4위의 景光이 恰然히 平壤 浮碧樓와 가티 되엇다. 南川江은 大同江과 갓고 嶺南樓는 浮碧樓와 갓고 密陽平野는 大同平野와 갓다. 마츰 自働車 중에서 동반이 되엇든 년령 20세 가량되는 女訓導 한분이 잇서 나에게 嶺南樓의 유래를 일일이 들려준다. 그이의 말을 들은즉 자기는 원래가 平壤人으로서 去年 8월에 靈山普通學校의 교원으로 피임되어 왓다한다. 때마츰 방학인지라 그 귀성 次로 平壤을 향하고 떠난 길이라 한다. 그는 已往부터 나의 성명을 들은 지 오랫다 하며 더욱이 開闢社에서 경영하는 婦人 讀者의 한 사람이라 함을 듯고 나는 스스로 경애의 뜻을 표하기를 마지아니하엿다. 嶺南樓 欄干알에 족으마한 죽장이 잇고 죽림의 중에 尹娘子閣이라 하는 것이 잇슴을 보앗다. 이것이 嶺南樓에 대한 천고의 哀話이엇다. 그는 말하되 지금으로부터 약 100년 전인가 한데 密陽府使로 온 尹府使가 1녀를 두엇스되 年方 28에 花容月態의 재색을 가젓다. 그런데 당시 청내에 근무하는 府使의 通引 某가 낭자의 재색을 흠모하야 항상 정욕을 금치 못하든 중 마츰내 금전으로써 그 유모를 꾀여 하로는 유모로 하야곰 낭자를 다리고 月色을 乘하야 嶺南樓에 登케 하엿는데 通引은 力으로써 낭자를 劫한즉 낭자— 死로써 대항하는지라. 通引은 대단히 狼狽하야 遂히 刀를 拔하야 命을 絶케 하야 그의 屍體를 죽림의 중에 投하고 유모로써 虎患이라 무고하야 그 죄를 은닉케 하엿다. 尹府使는 이로써 상심하야 직을 辭하엿는데 후에 其郡에 임하는 府使는 3일 후이면 반듯이 猝死하는지라. 조정이 이로써 大憂하더니 南村에 일개 담대한 寒上— 有하야 자원하고 密陽에 赴하야 尹娘子의 現夢을 得하고 그의 讐를 報한 후— 因而 죽림의 중에 그 閣을 建하엿다 하는 것이다. 나는 호을로 尹娘子의 천고의 애한을 吊하면서 女訓導에게 감사의 意를 표하고 樓에 下하야 남행열차에 身을 載하고 龜浦에서 洛東江을 渡하야 金海에 到하다.

金海는 古駕洛國의 古都로 고적이 또한 적지 아니하리라 예상하엿지마는 多日酷暑의 중에 身體가 피곤하야 얼음얼음 지내친 것이 나의 이번 여행의 한 유감이엇다. 그러나 大體 한 산하의 影子는 거의 나의 인상 속에 영구히 꺼지지 아니하리만치 되엇다. 나로써 보면 金海는 朝鮮에 金陵이라 할만하다. 나는 金海邑 중에 鳳凰臺라 하는 명소가 잇슴을 보고 얼는 생각나는 것은 李太白의 詩 1律이엇다. 그 詩에 曰

鳳凰臺上鳳凰遊 鳳去臺空江自流
三山半落靑天外 二水中分白鷺洲
吳宮花草埋幽逕 晋代衣冠成古邱
摠爲浮雲能蔽日 長安不見使人愁

金海를 朝鮮의 金陵이라한 의미는 金海의 지형과 處地가 太白의 鳳凰臺 詩와 흡사함으로써 나온 말이다. 鳳凰臺 우에 鳳去臺空한 것도 그와 한가지요 洛東江이 석양에 걸려 무한히 흘름도 한가지요 駕洛國의 넷 궁전이 이미 古邱를 일워 당시의 歌舞繁華 당시의 衣冠文物을 하나도 차즐 것이 업슴도 그와 흡사하고 더욱이 金海의 뒤에 三山이 잇스며 金海의 압헤 洛東江이 2분하야 白鷺洲를 일워 노흔 것도 우연치 아니한 일이다. 駕洛國의 시조 金首露王의 陵墓는 아즉까지 陵叅奉의 임으로 奉祀를 한다는데 그의 叅奉될 자격은 다만 金씨 許씨 이외에는 되지 못한다 한다. 김씨는 金首露王의 자손이 되는 까닭이요. 허씨는 곳 金首露王의 왕후이엇든 연분으로써이라. 이로써 往時 朝鮮이 가족제도가 얼마나 강대한 것을 알만하다. 金海는 천연의 농산물도 적지 아니하야 주민이 대개 안락한 생활을 하는 모양이다. 곳곳이 뉘의 별장이라는 것이 잇슴을 보아도 가히써 생활정도 如何를 알아볼 수 잇다. 내가 金海에 도착하는 날은 우연히 열에 중독이 되어 만족한 강연을 하지 못하엿다. 이로써 나는 金海 인사에게 사과할 뿐이다. 바쁜 중이라 金海의 모든 발전을 뭇고 오지 못하엿슴이 유감 중 더욱 한 유감이지마는 다만 나의 깃버한 것은 金海에는 근래- 崔水雲先生의 人乃天主義가 선전되어 天道敎會의 교당이 嶺南에서는 동 교회 중 제일 큼을 보앗나니 이로써 추측하야보면 金海의 장래는 어떠할 것을 가히 알만하며 金海에 金海靑年會는 내가 가든 날 바로 청년회 총회를 열엇다는데 만사- 청년의 분투 중에서 해결될 것을 可知할 것이다.

원고일자가 급한 까닭에 유망한 南鮮의 문화를 일일 소개하지 못함은 경우에 使然한 바어니와 다만 간 곳마다 바든 바 혜택이 만흠을 일언으로써 이에 대신할 뿐이엇다.

[14] 鷄龍山 遊記, 許竹齋, 『개벽』 제28호(1922.10)

> 강경 사람인 필자가 계룡산을 답사하고 쓴 기행문. 국토에 대한 애정, 시의 삽입 등이 국토 기행문과 유사함. 自修大學.

　나는 일즉부터 山水를 愛하든 癖이잇섯다. 子長의 文章이 名山과 大川에 在한 것만을 慕하야 그런것은 아니다. 文章이어씨名山과 大川에만 止하고말을 쓴이랴! 宇宙彌漫萬像은 모도다 文章이니라. 그러나무릇 山은 性에 象徵이만흔 者이며 水는 情에 表現이깁흔 故임이엇다 그러나 俗身이 六塵속에 奔汨이 되기 쌔문에 ＝아니口路의 自由부터 를 아즉것 圖得치못한싸닭에 絶勝의 山河를 風聞할 時마다 心翼이야 먼저 飛遊가되엇지마는 敢히몸소 杖을 揮하야 實景을 探偵치못함은 自身修學에 關하야 八分의 恫憾만을 사고말앗다. 近地에서는 壯觀의 名字가 부튼鷄龍山에 就하여도 再里內外의 人烟을 距하야 一回의 探賞이 前無한 것은 余의 平素의 癖을 自欺한 것에 不過하고말엇다. 우리네끼리만 限하야鷄龍山登山隊를 組織하라든 한달 前부터의 計劃도 成功치못하야 부즈럽시 瞀壁만 刻勵될쓴이엇다. 나는 江景사람이다. 暫間이라도 나의 肉이 담겨잇는 곳인이름이다. 여긔에서도부르기알맛고 意味조흔 彩雲山이잇스니 나는 꾸준히 景조흔 江山속에서 살어가는 나이다. 그러나 이보다 더다른 江山에서 一遊코저함은 나ㅣㄴ들업슬소냐? 宿願가 되어오든 登山隊도 입메쌀휘에서만놀아가고말엇스니 이것이 모도다 人間살이의 背景이러라. 失敗업는 成功이 업다함은 나의 깁히 自認하는 事實의 하나이다. 登山隊組織이 失敗를 當하자 當地 S學院으로서 料表에 鷄龍山遠足會에 參加하여달라는 案內가왓다. 아ー 이것이鷄龍山을 踏破할 成功의 消息이냐하면서 나의 周圍와 環境에서 期會를 멘들어노흔뒤에 肯定하고는 日字를 彈待할쓴이엇다.

五月二十六日午前八時四十三分江景發列車로　一行七十六人은　六割二分團體乘車券一枚로써　汽車搭乘하엿다. 彩雲山아레 朝風에 춤을 배우는 松林속에서는 島鵲이 隊를 지어 査査하는 목조흔소리로 惡魔의 侵害업시 잘다녀오라는 告別을 傳하더라. 汽笛은 힘찬목소리로써 對答을 分明히하면서 一行을 실코간다. 車輪이 轟轟히굴러가는 그소리는 마치 嘟嘐한 渴雲流水의 曲으로들리다가 다시 朝鮮古代의 軍樂, 現代에서보는 農村의 鼓鉦소리의 뭇모임처럼들린다할동안에 於焉間, 論山驛에 到着하엿다. 一行을 代表하야 나는 南十里許에 聳立한 東方에 特色이될만한 盤若山(반야산) 위에 彌勒大石佛을 指點하면서論山이란 意義를 생각하여보앗다.

아마도 외로이썰어저잇는 山이니씰이 山脈이 何處로부터 落來하엿나 論하다가論山이라한것이아니면 可히 相論할만한 山이라하야論山이라하엿나보다하는 空想이 可決이못서서 汽車는 前進을 繼續한다. 압機關이굴러 汽車가 前進함을 想像하면서나의 肉體의 機關이 聯想이된다. 되면서 胸囊에 잠간 血椎의 힘으로 全體의 關節이 動하야 事件에 向하야 任意로 精神과더불어 活動이 繼續됨을 다시금 想像할 時에는 自然主의 權能을 讚頌하엿다. 하면서 내가웨이러한 眞의 機關을 舍하고 僞의 機關에 肉을 托하엿나할 時에는 自愧心이 惹起된다. 그리다가 時日이 短急됨을 생각할 時에는 나를 실ㅅ고가는 汽車가다시금어엽부게보인다. 보이면서 九十三年前에 文明을 發見한스테펜손(Stephenson)의 힘을 사랑하엿다. 그리면서 아!前進無退의 너는 웨이 時代의 奔忙을 時現하는 고 아! 고맙다할동안에 連山驛에 到着하엿다. 이곳은 前日郡所在地인全州, 珍錦山, 永同, 沃川, 公州間通路의 咽喉가된곳이다 每一六日의 市場이 例開되는 山中道傍이다. 殘山이 透迤未斷하엿스니連山이라할만하다. 時間을 預定치못하야 古跡을 찾지못함은 遺憾이다마는 아무커나 豆溪로가보자할째에 汽車는 써난다. 汽車가 左로 顯峙를 遙望하면서 兩政嶺을 지나갈째에는 大端히 되 貌樣이다. 품마품마소리가 다시는 呀苦呀苦소리로들리다가톤넬을 지나갈째에는 杞憂가생기다가

利那에 光明이을 째에는 惡夢을 罷한것갓더라. 蓮花洞과 菴寺洞을 指點할동안에 豆溪驛에 當到하엿다. 豆溪는 新都에서 約十里되는 山村市場이 有한 處인데 驛은 數叢의 林間片土에 노혀잇다.

팟거리(豆溪)라하는 말부터 京城南門外의 팟죽거리의 原據가된것을 耳語하는 듯십더라. 何如튼豆溪는 新都로쓸려가는 樣이다하면서 우리 一行은 東으로 雲表에 聳出한衛王峰을 치어다보면서 네가 王都를 爲하야 된 山이라지하면서 休憩할 餘暇도업시 바로新都로 向하엿다. 線路를 中斷하고지내여仙倉里酒幕에서 冷水一器를 傾하고는 바로써나 夏友라 할만한 手上의 非時鴻을 搖鳴하면서 이름이조하오쏜(Ozon)을 거두려松亭里로들어서니 農家에서 例開되는 麥秋周食宴(두레먹이)이된 模樣이더라 오즌은 보이지안코 酒樽만 보일쑨인데 우리몃사람은 向하야 一杯의 막걸니를 勸하더라. 그러나 먹지못한다고하기는 待遇上忽禮가 될가 저어하야 잇다가오는 回路에 먹겟다 거즛말을 하고는 바로 白石이 齒齒히노힌 시내가를 밟아가노라닛가. 天然한 地頭로써 門싹업는 門처럼되어진곳이나온다. 여긔를 南門턱이라하더라………. 右便으로부엉보酒幕에서부터 東門턱으로나아가는 熹微한 石路가 보일쑨이다 一行을 前界에 두고 徐徐히 나간다. 돍은 만키도만타. 짜ー의 손만빌면쓸니앗가튼 惡魔를 처죽일수도잇겟다할동안에 돍쑨의 別號를 歌利亞之魂(Goliah Soul)이라하엿다. 돍쑨이 南仙里를 左右로 두고 前路의 眼界를 望見하니 山勢가 屛障과 如하야 螺腹처럼 되엇는데 京城보다 오히려 廣濶하더라. 草家가 櫛比한 洞里가쎄임쎄임보이는데 마치 畵工이 靑面紙에다여긔저긔 白墨을 揮毫한 것갓고 잇싸금잇는 盖瓦집들은 나무싹리를 그리다가 中止한 것가튼대 다시 前面으로 보이는 鷄龍山과 連脉을 아울녀볼째에는 사ㄴ古木나무위에 白鷄가 안저우는데그알에로 靑龍이서리고 숨틀대는 活畵로 看做되더라. 아!여긔를 新都라하는고나하면서 水石이 星羅碁布한 間으로 坪村을 지나간다. 가다가 北門南門을 뒤에 두고 平地突出로 된 一峰이보인다. 이것을 脫靴峰이라하더라. 李太祖서 此에 建都하실

意로 三日間始役하시다가 現夢에 奠邑의 居할바이니 移하라함으로 漕運의 不平과 夢事를 回覺하시고 漢陽으로 移役코저함새 役夫等이 靴에 附着한 泥埃를 棄함으로써 自然히 土山으로된것이라하야 俗傳에 신럼이 峯이라함이러나. 아마도그럴 理야잇스랴 若役에 쌈을 흘리든 役夫들이 그 山에서쉬인까닭이 謊海가 넘치어 峯名을 大作함인듯하더라. 신럼이 峰이라함보다는 休息峯이라 함이조켓더라

> 한숨지며신짝털며 休息하는 저 農夫여!
> 너의 昨夜夢!어씨그리 凶하드냐?
> 네손에 쥐인 千斤되는 곡광이언제쏘쓰랴느냐?!
> 다시오는 太平世界無窮園開拓할새
> 부대그곡광이일치말고 迷巖欺石처부실째
> 너의 쌈은 生命水로씨츠리니
> 아즉좀 期待하고 傷心말고돌아가라.

하면서 地下에서 우짓는 뭇 役夫의 魂을 들으려할제 谷風이 習習하야 靑襟을 씨처가더라. 水石이 皓潔하야 洽然한 塵外의 趣는 可히 疑秋의 遐想이 有하고 棲屠키 時宜한데 여긔서부터 鍾路거리라하더라. 假家는 만흔데 生活이 窘塞한 西道民族이 迷風만듯고 蝟集된 貌樣이라 言語들 相通할 時에는 여긔가 西道인가 疑心하겟더라. 名道에서 術客들이 만히 集中되는 貌樣이며 大倧敎, 侍天敎, 檀君敎, 太乙敎等派는 벌서와서 자리잡은 貌樣이다. 오즉 天國福音이 아즉것들리지아님은 퍽섭섭한일이더라. 時間이 넉넉지못하야 區區히 踏破치못함은 遺憾이다. 여긔서부터 바로 西門基를 向하야 五百年前古基라하는 곳으로갓다. 半千年前往古事를 뉘잇서 論할소냐? 山色만 依俙할쑨이오 柱礎만 點點할쑨이더라. 支械 목발로 長短마춰여 山모롱이로지나가며 노래하는뎌 樵童아! 네게한말무러보자? 新都의 全幅人口는 二千戶라하면서 春節에는 每日百餘名, 今頃에는 每日十餘名의 携筇者가 不絶된다 하더라. 怜悧하다

하면서 姓名을 무러보니 어썬宿屋業者의 둘재아달이 分明하더라. 一行
으로 더불어 感舊의 懷를 먹음고 西頂을 望하면서 一步를 進하니 兩峰
이 開牙의 形과 如하더라 是를 西門基라한다. 其下에 雪飛星散의 瀑布
가 飛流하고 水落處가 凹深하야 石臼가 有한대 此를 龍湫라하더라. 舊
韓國時代에 天氣가 甚旱할지면公州, 魯城, 連山, 鎭岑各郡으로부터 祈
雨코저 踵을 接하야 來하엿다더라. 年前에 自稱天子라하든 東京錫이란
者이 岩石間土堀中에 棲息하엿슴으로 一種迷信派의 轉訛되는 狼風이
더욱 釘傳되엇다한다. 瀟酒閑雅한 意趣가 有하고 風氣가 爽然하야 詩人
騷客과 迷流術輩의 雲集處가되엇더라. 一行은 此에서 水石과 더불어 談
論을 始하면서 濯足會를 暫開하니 會長은 碎玉聲의 水色이엇다. 一齊히
胃를 點한 後에 山臍에 花列하야 影을 撮하엿더라.

五月新都詩士杖, 一圍山下言千路,
九分古色龍湫愁. 三寸舌邊惑萬頭.

既而오 發程하야東鶴으로 向할새 自巖으로 들어서니 竹林만 잇다하면
孔明村을 論評하겟더라. 一行을 압세우고 自然의 美로 더브러다시골논
里를 지나神佛堂을 보면서슘 龍湫에서 暫間 이마를 씻고 山頂에 登하
니 落照를 씌인 碁置한 山村들의 暮烟은 如線如果의 變化로써 人生運命
의 길을 催促하는 듯하더라. 更히 一路를 急下하야 進할새 菀密한 雜榎
는 探勝者의 不閒한 집행이로하여곰 行路를 豹惑하더라. 一行은 水聲
을 聞하면서 大樹林속에 到하니여긔가東鶴寺러라. 疲勞한다리의 몬지
를 三佛峰알에 碧溪水에 付送하고 荒爾한 얼골로우리를 치어다보는 女
僧의 뒤를 조차 僧家에 入하니벌서, 夕飯을 畢하엿더라. 太田으로부터
百二十餘名의 學生들은 미리와서 夕飯을 了하고서는 枕話에 紛紛하더
라. 山奴를 向하야 夕飯을 後에 此寺의 緣起를 住持에게 問하니라.

此寺는 新羅聖德王時卽, 唐玄宗開元年中에 上願祖師의 高足이 되엇

든懷義和尙의 建造러라. 上願祖師의 男妹塔은 通稱兄弟塔이라하는데 寺의 左谷上, 毘盧峰東側에 잇다한다. 이것이곳新興庵으로부터 東鶴寺에 通한 山額에 存在한 七重及四重의 古色을 씌인 石塔이러라. 此處가 곳上願祖師의 修道入滅의 地라한다. 일즉 此寺를 刱建할새 東으로鶴巖이 有함을 爲하야東鶴이라 命名한 것이라. 그 後에 圃隱에게 祭한 故로 東學寺라 改하더니 近來에 及하야 東西東派가 混流됨을 避하야 更히 舊號로 歸하야東鶴으로 名함이러라. 仔細한 溯源의 傳說을 들어보자 唐高宗麟德年中에 上願祖師가百濟宗室의 後로써百濟가 亡한 後에 鷄龍山毘盧峰東側에 入하야 結草成庵하고 道를 修하더니 一日曉晨에 門을 開하고 前界를 視하니 一大虎가 口를 開하고 坐한지라 師曰我를 食코저함이냐하면서 門에 出하야 虎에 近坐하나 虎는 惡意가 업고 馴伏하는 狀을 現하면서 頻頻히 口를 開하야 示하거늘 師가 詳覰하니 人의 骨이 喉榍에 掛한지라 師가 手를 入하야 巧히 其骨을 拔取하고 更히 人을 傷害치 勿하라는 意로써 戒하야 送하엿더니 第幾日後曉頭에 虎가 一新婦를 負하야 門前에 置하고 去하거늘 師—驚하야 視하니 一點도 傷處는 無한데 胸頭에만 猶히 煖覺이 有하야 急救에 應하야그 口에 匙水를 下하엿더니 小頃에 甦生되는 지라그 居地와 姓名을 問하니 慶尙道尙州金氏의 女가 分明하엿더라. 因하야 雪이 積하고 山이 隔하기째문에 去來가 不通됨을 天然한 形便에 付하야 不得已히 親近케 되어 呼男呼妹의 誼를 結하고, 가티 爲하야 道를 修하더니 光裏에 至하야 入滅됨에서 兩道人이 俱히 舍利에 出함으로써 懷義和尙이 主務케 되어, 그 修道入滅의 地에 兩塔을 鑄建ト고 又其下에, 이東鶴寺를 構立한것이그 緣起러라………

後唐莊宗同光年中곳高麗太祖時에 道詵國師가 重刱하야高麗太祖의 願堂을 만들기째문에 明太祖洪武二十八年朝鮮太祖三年甲戌에 高麗節臣吉再冶隱이 此에 來하야鄭團隱을 爲하야 一壇을 設하고그 魂을 招하야 祭하니라. 此로부터 東鶴을 改하야東學이라하엿든것이니 盖, 團隱

이 東方理學의 祖가될뿐이아니라 此에서團隱先生에게 祭하는 故이러라. 明建文年中朝鮮定宗元年己卯에 高麗節臣柳方澤琴軒이 玆寺에 又來하야李穡牧隱鄭夢周團隱, 吉再冶隱三先生의 魂을 招하야 祭함으로써寺의 傍에 三隱壇이 有하더라………

그 翌年庚辰에 李貞幹孝靖公이三隱壇에다가 一閣을 建하니 是가三隱閣이라. 하여곰 年年이 享케 하더라. 明代宗景泰七年朝鮮世祖二年丙子에 端宗의 節臣인朴彭年, 成三問, 李愷, 河緯地, 柳誠源, 兪應孚六人이上王인 端宗의 復位를 謀하다가 事가 覺하야 俱히 斬에 處한지라. 端宗의 生六臣中金梅月時習이 三隱閣을 尋하야 此寺에 來하야 閣傍에 壇을設하고 朴彭年等死六臣의 魂을 招하더니그 翌年丁丑九月에 世宗大王이 金剛, 五臺, 俗離山으로부터 溫陽溫泉에 幸行하실새 玆寺에 駐蹕하사 金梅月이 六臣에게 招祭함을 覽破하시고 油然히 興感하사 線緞八幅으로써 丙子免籍魂記를 書下하시니 丙子六臣과밋그 父子兄弟兒孫又는連坐死者百餘人의 姓名을 列立하야 年年이 魂을 招慰하게하시며 往古의 極惡世界를 祝願케 하엿다한다.

其年十月에 端宗大王이寧越郡에서 昇遐하신대 其郡에 戶長인嚴興道가 獨往하야 臨哭하고 玉體를 收襲하야 郡北에서 五里되는 冬乙旨에 葬하고 御袍를 裹하야 逃하다가 偶然히金梅月時習을 逢하야 玆寺에 同來하야六臣壇上에, 또一壇을 築하고端宗의 御袍를 奉하야 祭하엿다한다.

其翌年戊寅에 世祖大宗이記魂錄을 書下하사 追付하시니端宗大王의 御諱와安平錦城諸宗室諱와 丁丑死節諸臣과 癸酉三相과그 父子兄弟兒孫과 連坐死者姓名百餘人을 內列하고 命하야招魂閣을 建하고 年年이 祀케 하엿다하더라. 朝鮮開國五百十三年甲辰에 故李太王께오서招魂閣을 改하야肅慕殿의 額을 賜하셧다한다. 耳食이 畢하면서 口作物이 繼進한다. 一行은 남김업시잘먹더라. 食代는 每器에 十七錢이라한다. 江景市에서 보다 어둑하다하엿다. 淡泊한 山菜의 맛이야말로 絶俗의 風이生한다. 僧侶는 合하야 近五十名이라하는데어대 가씨엿는가하리만큼

從容하더라. 나는 食을 了하고 緩遊를 試하야 附近에 實相庵, 文殊庵, 東殿吉祥尼庵等이 有함을 像하면서 門口에 出하엿다. 酒然한 肅慕殿은 往古의 靈들이 엿보는 듯하다. 木造塗金阿彌陀佛像은 입을 벌여무슨 쏘임이 잇슬듯하나 答이업고 溪流聲만 浣浣히들리더라. 世上과싸우기 실흔 나는 한동안 이러한 閑寂한 곳에서 自然界의 說明을 더 理解하여 보얏스면하다가 一淚로더불어 詩를 三詠하고는 비개에 몸을 던저 夢界 로 切하엿다.

南情暫撟法問澗, 閑濯俗塵山一石. (寺)
東鶴幾飛梅月明. 裕酷世夢水三聲. (僧)

그 翌日이다. 朝飯을 畢하고난 一行은 바로連天峰을 向하야간다. 쌤 업시집흔스테키는 山君을 놀라일듯하다. 蟠礴한 溪路를 向하야 雲을 排하며 絶谷으로 躡蹬하면서 下界를 回俯할 時에 어썬前進한 學生一名 이 路를 失하고 石을 踏하면서 絶壁의 谷路에서 石을 偏趾타가 石이 轉飛하야 傾谷으로 直下할 時에는 山鳴의 喊聲으로써 後落者들의 生命 의 危를 利那에서 救하엿다. 脚下는 千尋이오 杖頭는 九曲이러라. 樇根 을 擊하면서 艱辛히 登하야 最高頂에 立하니 여긔를 俗稱에 보습너덜 이라하더라. 玉女峰도 奇妙타만鷄龍山上峰은 比업시 精秀하다.

어씨하야鷄龍山이더냐?
닭의 우짓는 晨氣의 淸風이 쑤쥰히 흐름이여!
龍처럼서린 山勢!절로 精秀함이러라.

斗出되든 汗頭는 晩秋를 驚하는데 精神이 다시금 回生한다. 鎭安郡馬耳 山의 終點이녀이냐? 終은 始의 精藏이라하겟지마는 어씨그리 明快한 氣가 特殊하냐하면서 四界를 俯瞰하니 羊腸의 山勢는 蜿蜒起伏하야 穹 林深壑이 仙境을 論하겟다. 鷄林龍湫를 略하야 이름인가하면서다시금

山脉의 走緣을 想像하여본다. 一支가 西下하야板峴이된것과 又 突起하야公州의 月城, 石城의 望月, 扶餘의 扶蘇, 鎭川의 吉祥, 燕岐의 五峰의 等諸山은 此山의 子孫脉이됨을 指點하겟더라…………

>
> 碨礧森森柅柅公, 匆匆勿勿皆時的,
> 樹如繍繡自然工. 繹繹繩繩是丙功.
> 霞霺彭彭旛小戈, 輪廻眼界非棣棣,
> 欱瀧秩秩彣彐紅. 一幅清風殷屈空.

四俯하야 望見하니 女性地의 平夷한 曠野는 遠山을 環把하야 景物의 極佳함이 一種의 紅愁綠怨을 惹起하더라. 慈雲과 法雨를 披하면서東鶴과甲寺를 俯瞰하고는 一行은 連天峰으로 移하니 絶頂의 騰雲庵은 古色을 씌우고 반가이맛더라. 古明成皇后께서新都의 精氣를 鎭壓키 爲하야 此寺를 建하시니壓精寺라고도하더라. 其上봉우리의 高는 四尺五寸, 幅은 七尺쯤되는 自然巖의 表面에『方百馬角口或禾生』의 文字를 刻하엿는데 이는 庚戌에 國移됨을 預言함이라고 傳하더라.

>
> 弄樂鷄龍排霧立, 遙瞵甲寺清溪落,
> 獻盃玉女騰雲來. 更指新元綠樹開.

連天峰아!잘잇거라. 또다시 後期나두자하면서 石路를 躡下하야甲寺로 向할새 細雨가부슬부슬나린다. 그러나 옷깃을 적시지안홀만큼 樹林이 濃厚하야 天然한 雨具가되엿더라. 細雨는 晴하고甲寺에 到하니 誦經聲이 나를 引導하더라. 門外의 酒食店은 佛門의 羞恥이다하면서 門內로 入하니 一僧이 迎接하더라. 院의 背景은 東鶴에 勝치못하겟스나 構造된 殿閣은 清偉하다. 此寺는 新羅朝에 慈藏律師의 門基에 係한바이며高麗朝慧明禪師가 伽藍을 隆興한 者이라 云한다. 古來로 本寺인麻谷寺와 人法融通의 緣이 深厚한 故로써麻谷寺에 屬한 一般末寺의 首班地가되

엇는데甲寺의 山內末寺로는 大慈, 獅子, 新興, 內院, 大聖等諸庵이 有하
더라. 慈藏律師는 新羅이 貴族이니唐貞觀十年에 唐에 入하엿다가 同十
七年에 還國하니 距今一千二百八十年前이라慈藏律師가甲寺를 創設하
엿다하는 事는 史上에서 아즉 見치못하엿스나 三國遺事卷四, 義解第五,
慈藏定律中에 「慈藏의 寺塔을 結構함이 十有餘所라 一興造마다 必히
異祥이 有하다」云云한 記事에서 或은 此內에 乞括되엇나 自案함에 不
外러라. 慧明禪師의 人됨은 知치못하는 바이나 此寺北方에 在한 浮屠中
에 慧明禪師의 浮屠가 存함에서 八分의 信標를 點함이러라. 簷角이 彙
飛하는 大雄殿은 淸康熙八年에 建築된것이고振海堂, 八相殿은 淸嘉慶
十一年에 建築되엇다한다. 年代만을 차즘이 何故이더냐? 人生의 建設
의 跡을 溯源하여보자함에 不外하리라!寂黙堂은 淸光緒二十五年에 構
造된 新建物인데木造塗金三尊佛은 彫造年代가 未詳하더라. 石浮屠는
十數臺이며石水槽는 二個內에 一個는 康熙年中製作인듯하다한다. 八
字가사납기로 그대지사납든가? 우리네의 年代를 두고도 外人의 年代
를 尙함은 怪하다그러나 精神은 아니라하면서그대로알아본다. 新爐殿
의 庭前에 立한 五重石塔은 半千年前의 넷얼골이남아잇다.

　甲寺事蹟碑는 寺의 四方松樹下에 在하니 明崇禎十七年에 立함이고
梵鍾은 鍾樓銅鍾은 明萬曆十二年의 鑄造인데 重이 一千斤이라하고 新
爐殿中鍾은 淸乾隆三十九年의 鑄造인데 重이 百五十斤이라한다얼마나
塵夢을 破壞하엿든고? 影閣은 西山大師以上當寺에서 因緣깁흔 僧侶의
畵像을 安置한 곳이며靈圭大師의 使用하든 武具는 萬曆壬辰當時의 遺
物이 되는 甲胄, 長刀, 小銃, 旗들이라. 靈圭大師(靈圭榮均으로도함)의
俗姓은 朴氏니公州郡板峴人이라. 十九歲에 公州郡靑蓮庵에서 髮을 剃
하고 法을 西山大師에게 受하야그의 高足이 되엇스니泗溟松雲大師의
法兄이라. 萬曆壬辰에 際하야 西山大師의 下에서 僧將으로 起하야 趙憲
을 從하야淸州沃川, 錦山等地에 歷戰하고 壬辰八月十八日에 戰歿하니
宣朝一王命으로써 公州郡柳山에 禮葬케 하니 尙今까지 塚草가 帶靑이

러라. 論山에서 公州로 通過된 街道文巖里에 와 錦山郡寶石寺에 그의 碑가 有하야 行人과 騷客으로 하여곰 一感의 懷를 不禁케 하더라.

> 泉路의 恨을 먹음고 賊을 向하야 칼두르는 뎌 壯士여!
> 九霄一柱의 血誠이야무슨 變함이 잇스랴!
> 그대의 놉흔 氣操—雲表로만말할소냐?
> 連天峰은 놉고 碧溪水—潺潺히흐를 때에,
> 너의 우짓는 소리 殷懃히들리어라!

樹林에 싸혀숨이갓버말못하며 우둑허니서서 行人의 자최를 엿보는 鐵筒竿은 明萬曆十一年에 建造하엿다한다, 以前에는 鐵筒이 二十層이오 高五가 十餘尺이엇스나 裘葛俱深하야 風磨雨洗하야 心木腐朽하야 鐵筒이 漸次로 地에 落하고 今에는 勤히 十一層한 殘立되엇더라 幢竿은 寺의 旗竿인데 伽藍의 莊嚴을 加하기 爲하야 建造하엿다하니 永嘉大師 證道歌에 「立法幢立宗志明明佛 勅曹溪是」라함을 推測하여도 法幢은 旗의 一種인데 竿을 建하고 其上에 燈을 揭하야 說法에 就하야 遠近의 標가되는 것이니 天竺에서는 佛이 法을 得한 者마다 幢을 建하고 廣히 衆을 集하고 說法敎化하는 事가 有함으로써 佛法이 支那에 傳함에도 此를 用하야 禪院에 「刹竿旌」이란 者가 此이라한다, 新興庵構側自然岩 上에 塔樣의 者가 有하야 此를 阿育王塔이라 稱하니 佛舍利를 奉安하엿 다고 傳하더라. ………

寺의 僧侶의 數는 東鶴으로더불어 同語이나 쏑쏑한福德어리(李漢烈) 의 六十餘少男女에 向한 敎育熱이 奇觀이더라. 一行으로더불어 大路에 出하니 自動車가 門外에까지 來往되더라. 그러나 古跡을 찾는 몸이짠 돈을 쓸것업다하야 山川으로로블어 景을 談話하면서 左右邊에 莊嚴한 古林들을 끼고 三里餘를 出하니 酒店이 路邊樹의 終點을 標榜하더라. 春은 躑躅秋는, 丹楓이라고 鷄龍山의 佳境을 代言하더니 樹林도牛山

을 睡罵할만콤 鬱蒼하다하면서 山門에 나와 洞과 村을 度하야 山隅를 回하야新元寺에 到하니 下午二時러라. 午飯을 依賴한 後에 困步를 進하야 遺物餘跡을 尋하기에 奔走하엿다. 이곳에는 十二大王殿閣이 有하야 地方人民의 致誠이 多한 곳이라지하면서 此行最後의 探跡에 注目하엿스나 눈에 훨신씌이는 것은 溪邊古樹의 滿地한 濃陰이다. 此寺는 李朝太祖王三年丙戌에 無學國師의 開基重建함이라한다. 寺의 附近에 馬鳴庵, 古王菴, 南菴等이 有하다. 朝鮮光武十年에 法堂을 重建하엿는데 其上樑文으로써 一片의 可考가되겟스나 重建키 前年代는 山川의 對答만 期待할쑨이다. 遺物에 對하여는 大雄殿은 光緒十二年의 建築이며石浮屠는 八臺이다佛像에 對하야大雄殿內에 土造塗金三尊佛과十王殿內에 土造地藏菩薩像은 年代가 未詳하더라. 五重石塔은 麗末鮮初에 附하며 鍾二個中에 一은 雍正三年의 鑄造인데 重이 百四十斤이오 一은 乾隆四十四年의 鑄鐫한바인데 重이 三百斤이라하더라. 一行은 僧房에서 心을 點하니 每器에 十五錢이라한다. 아마 尋客이적은 故인지 個中에 더욱 親切한 色이잇슴을 覺하겟다. 僧侶는 二十五名에 點한다하더라. ………

　一行은 山門을 出하야敬天里에 到하니 市場이 有한 곳인듯하더라華軒里를 通하야魯城舊邑에서 闕尼寺를 口로만보고는 大路를 通하야論山에 到着하니 黃昏이라 蒼黃히 驛에 出하야 汽車를 搭乘하엿다. 下午九時三十五分에 江景에 到着하니 是日이곳 水道起工式前日이라 預備에 奔忙을 加하다가 自然의 沈默에 入하엿다. 翌日淸晨에 枕에 起하야 電燈알에서 書案을 對하야 過去二日에 滿幅된 印象을 略擧速抄하니 文詞는 俗俚하나 其意.
　臥遊鷄龍山의 一考가되기에 半眼은 되어질가하야 이글웜을 써서 鷄龍山을 求景코저하는 者의 손을 向하야준다.

[15] 凹面子의 夫婦 旅行,
在니꼴니스크 金成龍, 『개벽』 제29호(1922.11)

러시아 니콜니스크에서 기차 여행을 하면서 '일본인 남녀의 정사'와 관련된 신문의
한 장면을 꿈처럼 제시하고, 모든 것은 우연이라고 서술한 기행문. 感傷的인 색채의
수필, 기행문

一.

　기럭이의 오고가고 하는 生活과 갓고 제비의 왓다갓다 하는 살이와
가튼 우리 夫婦의 西伯利亞 生活－아니라 生活이람보다도 旅行은 長春
으로부터 哈爾濱으로부터 '니꼴니스크'에, 그리하여 이 '니꼴니스크'에
온 지 二年이 되지 못하여 또 이번에는 돈도 업시, 向方도 업시 멀리멀
리 써나게 되엇다.

　우리 夫婦 밧게는 아모도 업는 二等 寢臺의 一室은 참으로 寂寂하기
가 긋이 업다. 처음에는 夫婦間에도 '니꼴니스크'에 오든 이약이와 또
는 一年 남아 살든 이약이를 하다가 안해는 그만 疲困한지 슬르먼히
누어서 코를 골며 자고 만다. 나는 참으로 이 五六年이나 되는 外國의
旅行이 그만 실증이 난다. 露語, 漢語, 日語 세 가지를 써야 하는 우리의
이 지리한 旅行은 그 三國말이 어느 것 하나 充分히 되는 것이 업고
이리저리 생각하면 모도 다 귀치 안혼 일뿐이다. 그러함으로 나는 이번
에도 車에 올를 새에 될 수 잇는 대로는 아모 생각도 하지 안흐량으로
車 안에 들어가자말자 豫備하엿든 워드까를 두어잔 마시고 곳 누어서
자려고 하엿다.

　닷는 것으로도 日本 汽車를 當하지 못하는 露西亞의 汽車는 停車場
에 이를 적마다 十分을 달앗스면 三十分식은 쉬인다. 나는 이것이 더욱
안이곱고 성가시다. 大槪 汽車가 한 停車場에서 三十分이나 한 時間식

은 느러지고 잇다가 이제 가려고 세 번 鍾을 칠 째에 나는 늘 '이제야!' 하고 한숨 아니 쉬인 적이 업다. 汽車는 굉장히도 덜컥덜컥하는 소리를 내면서 暗黑한 地上을 달려간다. 그 덜컥덜컥하는 한소리 한소리가 모도 다 破毁의 極에 達한 露西亞를 조상하는 듯하다.

(러시아의 후진성, 기차의 노후, 여행 증명)

二.

나는 그 동안에 벌서 쏘 두 번이나 旅券 檢査의 귀치 안흠을 바닷다. 나는 "이번에는 벙어리와 가티 아모 말도 하지 아니하여 그 者들을 괴롭게 하리라."는 反抗心까지 먹게 되엇다. 이와 가티 마음을 먹은 째도 벌서 열 두 시 頃인데 나는 이로써 安心이 되엇든지 조금 잠이 들엇다.

(술을 마시고 잠이 듦=꿈 관련 일본인 남녀의 정사 이야기를 서술)

三.

나의 사관으로 돌아온 나는 그날 밤은 여러 가지로 그 日本人 男女의 精死를 想像하며 잘 자지 못하엿다. 어느덧 날이 밝엇다. 개가 쾅쾅 짓는다. 나는 벌덕 일어낫다. 분주히 衣服을 입고 나와서 세수도 하지 안코 오양에 잇는 말을 끌어내여 안장을 지여 타고 그 情死한 곳으로 달려갓다.

어제 밤에 가늘게 온 비는 아즉도 말으지 아니하여 구슬과 가튼 방울이 풀 끗마다 매치어 말의 발을 적시인다. 이름도 아지 못할 雜木이 소부룩하게 난 작은 山이다. 日本軍人이 敎鍊을 하느라고 이곳저곳 파노흔 곳에 물이 소북히 고여 잇다. 풀밧해서 싹씩씩하며 우는 버레의 소리도 모도 다 애처럽게 들린다. 나는 아라사 女子에게 가르침을 바든 대로 "이만하면 다 왓슬 터이지?" 생각한 째에 말의 머리를 길도 아닌 풀밧흐로 돌리엇다.

　　말은

(일본인 정사 지역으로 찾아감)

四.

　　나는 이 두 사람의 썩은 屍體를 바라보면서 여러 가지로- 나의 마음 대로 想像을 하여 보앗다.

　　所謂 賣淫女- 娘子軍으로 모든 海外를 占領하려는 日本 사람은 日本 軍이 西伯利亞로 오자 그 뒤를 쌀하서 娘子軍을 다리고 이 차고 쓸쓸한 西伯利亞로 왓슬 것이다. 이 娘子軍의 大部分은 그 父母나 社會가 공변 되게 許한 바의 賣淫女가 아니다. 어찌어찌하여 西伯利亞에 왓든 放浪 者의 日本人이 돈 푼이나 가지고는 그 故鄕에 돌아가서 그 故鄕 사람에 게 西伯利亞가 조타는 말을 거짓하엿슬 것이다. 그리하여서는 '그곳으로 가서 露西亞人이나 日本軍人이 올 째에는 그저 술이나 쌀하주면 그 만이다. 아모 일하는 것이 업다. 그리하여서도 한달에 三百圓식은 벌 수가 잇다. 여자의 버리로 이만한 것이 어대 잇느냐-' 이와 가티 말할 째에 貧寒한 家庭에 나셔 구차한 生活에 시달린 어린 女子는 내가 벌어 서 父母를 공경하여 보리라 이와 가튼 철업는 마음을 먹을 것이다. 또 父母된 者는 시재시재가 困難한 터에 그 쌀이 벌어오는 것도 해롭지는 아니할 것, 또는 가티 가는 者가 --

(시베리아로 온 매음녀, 낭자군들이 어떻게 왔을지 추측하는 내용)

195

五.

　나는 이와 가티 내 마음대로 推測을 하면서 슬픈 눈으로 그 두 사람을 볼 째에 男子와 女子와의 죽은 얼굴이 조금 우슴빗을 씌우면서 그 입이 실룩하고 그 눈이 벙그-시 열리어지는 것을 보앗다. 나는 이 째에 "응, 아즉도 죽지는 안핫고나!?" 하며 몸셔리를 첫 자. 그리면서 바른 손으로 말의 곱비를 당기엇다.

　무슨 소리인지 덜컥할 째에 나는 눈을 써서 우리 妻의 손이 나의 가슴 우에 노힌 것을 보왓다. 나는 이 瞬間에 妻의 얼굴이 惡魔의 그것과 彷佛한 것을 感하엿다. 全身에는 惡汗이 흘러 무엇이라고 말할 수 업시 마음이 不快하다.

　汽車가 海林站에 섯슬 째에 旅券 檢査는 쏘 시작되엇다. 나는 그 獰惡한 눈의 所有者인 露國 官吏와 힘업는 입을 가진 中國 官吏가 뭇는 말에 對하야 아모 對答도 하지 안핫다. 그리고 정신업는 두 눈으로 내 손에 쥐인 신문 〈루스키·쓰라이〉의 三面을 보앗다. 그 처음에 가장 큰 活字로

　　日本人 男女의 情死
　　　니쏠니스크를 距한 八十里 地點에서
　　　靑春의 男女가 서로 얼거매고 죽엇다

라고 쓴 것을 보앗다.
　모도 다 꿈이다.

　　　(꿈과 신문의 장면을 통해=모든 것은 꿈이자 우연이라고 결론을 내림)

[16] 폭풍 폭우와 싸우면서 九死一生으로 大阪에 着陸하기까지, 飛行士 安昌男, 『개벽』 제30호(1922.12)

*이 글은 기행문이라기보다 비행사 안창남(우리나라 최초의 비행사로 소개되었던 사람)의 비행 체험 기록임

日本의 帝國飛行協會 주최로 東京 大阪간의 懸賞郵便飛行이 잇섯든 바 日本의 만흔 민간 비행가의 중에 다만 한사람의 朝鮮飛行家로 安昌男氏가 이에 참가하야, 비상한 好成績으로 功을 일우엇슴은 內地와 日本의 각 신문의 보도에 의하야 천하가 周知하는 사실이다.

작년 6월의 懸賞飛行과 同年 가을의 金澤 廣島간 郵便飛行에도 가입은 하여노코도 자기소유의 비행기가 업서서 참가하지 못한 安氏는 금년 暮春에 발표된 금번 비행에도 6월에 가입하여 노핫스나 역시 비행기가 업서서 결국 또 참가하지 못하게 되는가 하야 몹시 노력하든 중에 所澤에 잇는 육군항공학교 소유 중 島式비행기가 잇는데 이 중 島式機는 처음 시험비행에 뜰 때마다 고장이 生하야 조종자가 3, 4人이나 참사한 후로 폐물과 가티 창고에 버려두엇든 것이라. 이것을 安氏가 借用하기로 되어 艱辛히 참가하게 되엇스나 원래가 조종자마다 참사한 무서운 廢機라 불안과 염려가 떠나지 안튼 터에 雪上에 加霜으로 불행히 安氏가 출발하든 11월 6일은 天氣가 험악하야 暗雲과 폭풍이 심하야 당일 함께 출발한 日人은 馬力 만코 속력 만흔 飛機로도 중도에 下陸한 위험한 氣勢이엇슴에 불구하고 安氏는 돌진하엿다.

그러나 과연 伊勢灣 바다 우에서 發動機에 고장이 生하고 그 우에 폭풍 폭우의 來襲을 바다 不幸 伊勢 近江地方의 重疊한 連山 우에서 機體는 격구로 낙하하기 시작하야 安氏의 身과 비행기는 일흠도 모를 山間에서 분쇄되게 되엇다. 그러나 우리 安氏는 機體를 少毫도 땅에 다히지 아니하고 무사히 大阪에 착륙하엿다. 실로 이 한 기적이요 일본 비행계의 신기록이라. 安氏 아니면 能치 못할 대모험이엇다. 인하야 日

本 일반은 「육군비행학교에서 쓰지 못한 비행기로 민간에서는 이 가티 성공하엿스니 육군측에서 실패한 것은 비행기가 不完한 이유냐 조종술이 미숙한 이유냐」고 공격의 矢를 쏘으는 터이다.

통쾌! 비상한 기술 천재의 비행가를 가진 우리는 우리의 힘으로 비행기를 安氏께 소유케 하야 氏의 천재를 유감업시 발휘케 하고 氏의 연구와 사업을 완성케 하게 되도록 深切히 바란다. — 이에 揭載하는 것은 安氏가 금번의 모험담을 專門的 熟語를 피하고 통속적으로 평이하게 기록하야 본지에 보내준 것이다. (一記者)

(…이하 내용 생략…)

[17] 上海雜感, 張獨山, 『개벽』 제32호(1923.02)

*이 글은 시가 형태의 기행문으로 1922년 당시의 상해에서 느낀 점을 기록함

이곳은 상해란다. 동양의 런돈.
그 무엇 가르쳐 일홈함인가.
굉장한 부두의 출입하는 배(舟)
꼬리를 맛무러 빗살 박히듯
南京路의 화려한 져 건물들라
黃浦灘길이 튼튼한 져 쇠집들은
은행이 아니면 회사라 한다.
아—동양 제일 무역항 이로 알괴라.
전차와 자동차 밤낫 달니고
인력거 마차는 끈일 새 업다.
전화와 전보기에 불이 생기고

타자기 주판 소래 귀가 압흐다.
200만 인구가 다 떠러난 듯
낫잠 자고 바둑 두는 者
하나 업는 듯
이것이 과연 산 도회이다.
각색 인종 모혀드러 제 힘 자랑해
金力으로 腕力으로 그 다음 武力
물밀 듯 하도다 생존경쟁이
弱肉强食時代遲의 말 아직 적용해
뭇노라 이 땅 주인 그 누구인가?
아―늙은 집주인 공손히 손 揖하고서
왼통 드러 밧첫도다 黃毛鬼의 게
알괴라 이 땅 주인 그 누구임을.
上海 6대 공원 녹음이 푸러
蒼翠가 방금 떠러질 듯 한다.
일홈 몰을 아름답운 꼿
이샹한 香嗅가 코를 찌른다.
이것도 黃毛鬼들 노름판이라.
내가 빌닌 내 땅 안에셔
내 옷 입고 드러가면 追出을 당해
아―가슴에 피고인다 노쇠한 집주인.
공원의 출입예복 양복이란다.
동양복(일본복)도 거절을 당해
양복의 그 勢―과연 크도다.
그러나 고려복은 어듸나 자유.
이로보아 우리 옷도 公認이 넓고
어지간한 세력을 차지하엿다.
아니아니 우리네 「꼬리」인들도

세계적 인물됨이 분명하도다.
紅巾賊 가튼 인도의 巡査
청삿갓 쓴 안남의 巡捕
번잡한 도회길 인도하노라.
왼손에 방망이를 들엇다 노핫다
그네들 임무는 그것 뿐인 듯
험상스럽게 따아(編) 넘긴 수염
흉물스럽게 틀어부친 그 상투
보기만 하여도 진저리가 난다.
인도의 순사는 단발을 금해
英人의 하는 즛 怪心도 하다.
그들는 순사로 골동품 만들어
보고서 웃고저 함이 아닌가!
앵글노 색손은 앵글노 색손끼리
라틴과 슬라브 또한 저끼리
제각금 제 종(奴)을 잡아 부린다.
이 노름판 주인은 분명 그네들.
부럽다. 중국의 여자의 활동.
아름답다. 童子童女軍.
생계의 독립을 엇고저 하야
여자의 손으로 사업이 만타
國事와 사회에 몸바치려
머리깍고 동맹한 여자동맹단.
풍기를 矯正코저 男女童子軍.
이나리 曙光은 그들이 된다.
맵시나게 압머리 자른 중국의 春女
입술과 빰에 연지미인들
저녁을 먹고 나서게 되면

마차로 인력거로 쓸어나온다.

巫山12峰에 仙女가 논일 듯

蘇抗洲 미인들은 다 모혀드럿다.

그러나 향기에 석긴 무서운 독

생각만 하야도 소름끼친다.

玉盤 가튼 테니쓰 코一트에

락켓들어 처 넘우는 洋女의 팔뚝

보석 반지 아니면 금팔도리라.

떨어진 뽈 집어주기 일과 삼는 것.

이 땅 주인 아이들의 景狀이 참혹

비지땀을 흘려가며 달리는 「왕보쳐」

(인력거)軍

그래도 못 간다고 꽁문이를 차!

아一不分平한 세상이다 이 땅의 늣김.(끗)

－1922년 5월 8일 프란쓰 공원에서－

(동양 제일의 항구이지만 불공평한 세상임을 토로)

[18] 慶南에서, 金起瀍, 『개벽』 제33호(1923.02)

*경남 사천 지방: 일본인 고리대금, 소작 상황 등＝일제강점기 사천, 곤양, 원전, 하동 지역의 삶

2月 10日 晴風

泗川의 第二 主人되는 일본 녕감 이상들의 사는 모양이 보고 십퍼서 이날 아츰에는 나혼자 日本人板東某를 차젓습니다. 그는 明治 41년에

그곳을 왓다는데 크게 돈을 모흐거나한 사람은 되지 못하나 泗川골 안에 잇는 자기네 축에는 자못 聲望을 가진 듯 하더이다. 순조선식의 초가에 入門과 변소를 약간 일본식으로 고쳐노코 그대로 사는데 방안의 도배 가튼 것은 자못 깨끗하나 별로 자기네의 套를 발휘한 것도 업고 다못 벽 한편에 널쪽 집을 짓고 天皇大神 云云의 神位를 設한 것 뿐이 심히 보는 사람의 마음을 이상케 하더이다. 嶺外家家祖神像의 넷말 (李奎報의 題率居所畵檀君御眞贊一節)을 다못 글로써 듯던 나로서 생각하던 祖神의 像은 꿈에조차 볼 수가 업고 天皇大神位를 조선식의 古壁에서 보는 나의 마음에 과연 엇더하엿겟슴니까.

極東인 그는 일본인 또는 조선인의 최근 (當地標準) 형편에 대하야 여러 가지로 말하더이다. 今日에 잇서 明日의 계획을 세울 줄을 모르며 今日의 시작이 明日에 계속할 줄을 닛는 것이 조선사람이며 또 조선사람의 일이오, 4, 5년전까지도 주거의 안정을 엇지 못하던 것이 今日에는 확실히 생활의 안정을 어더 지금 사는 이곳으로 제2의 고향을 삼으려 하는 것이 일본인(泗川)이라 하더이다. 그런 중에도 그는 第一로 근래 조선사람의 권리사상의 발달되는 그것을 우려하더이다. 그 이유는 그곳에 잇는 일본인의 殖利의 唯一策은 조선인을 상대로 하는 貸金業인데 조선인의 최근 激越한 권리사상의 팽창은 자기네의 貸金業에 유일한 지장이 된다는 그것이외다. 진실로 在鮮日本人의 입이 아니고는 드러보지 못할 珍談이외다.

小作相助會를 차젓스나 주인이 업섯고 普通學校를 차젓스나 내가 생각하던 「어린이」를 대하리라 한 계획은 실패되여섯슴니다. 어느 곳에서 設施하는 일인지는 모르나 이곳 普通學校의 아동문고는 그 藏書의 목록을 一瞥할 때에 나는 새삼스러운 놀남을 금치 못하엿나이다. 즉 藏書의 大部는 풍경지, 위인전 가튼 그것인데 그것은 100이면 99가 일본풍경, 일본위인에 관한 그것이엿슴니다. 일본 사람된 당국자로서는 물론이라 할 수밧게는 업겟지오. 그러나 우리 조선 사람조차야 여긔에

恬然할 줄이 잇겟슴니까. 그러나 실지와 사실을 보면 엇더함니까. 10년 후 조선의 주인될 「어린이」 그들을 위하야 格別한 생각을 가지는 이가 아지못케 하면 사람임니까. 나는 그 자리에서 울고십허소이다. 갈 길을 재촉 또 재촉하야 오후 2시에나 泗川을 떠낫소이다. 昆陽으로 향하는 것이엿슴니다. 尹値相, 朴南俊, 姜駿鎬, 黃載秀 등 여러 형님이 멀리 우리를 보내준 것은 돌이여 미안하엿슴니다. 오전까지는 꽤 靜溫하던 이 날도 오후에는 바람이 닐고 찬 긔운이 動함니다. 泗川서 昆陽이 30리, 우리 일행은 어린 사람 한 분에가Œ 약간의 짐을 지여가지고 어슬넝어슬넝 도보로 昆陽을 왓슴니다. 촌사람의 살림살이를 등살대이는 執達吏 한 분이 자전거를 모라 우리의 압흘 서고 山으로 나려오는 나무진 樵童이 매양 우리 엽흘 지내더이다. 漕倉浦에서 다리를 쉬고 昆陽城內에 다은 때는 해가 이미 떨어지고 어두운 기색이 나더이다. 昆陽分社長 崔學範씨의 宅에 旅具를 나리고 耿耿한 등잔을 고요히 對望하니 먼나라의 외로운 손이 고국의 녯집을 차즌 듯하야 감회 ― 처절하더이다. 서울의 光化門 압 한 쪽에 게신 당신이여, 당신은 2월 10일의 이 밤을 엇지 지내엿슴니까. 泗川, 昆陽에서

2月 11日 曇

일요일이외다. 紀元節이외다. 170호의 적은 이 마을에도 대일본제국의 위력은 남기지 아니하고 뻐첫슴니다. 일장기가 處處에 날리나이다. 새로히 지여진 예배당에 들어가 약 60명 신도의 예배하는 모양을 보고 仍하야 그곳의 老少有志 여러분을 차젓슴니다. 오후에는 청년회관에서 이곳의 明日主人인 소년 여러 동무를 차저 따수한 이악이를 주거니 밧거니 하엿슴니다. 나는 무엇보다도 이것이 깃벗슴니다.

형님, 제가 來遊하는 「昆陽」이란 이곳은 본래는 한낫의 독립한 郡이엿스나 지금은 泗川郡에 속한 面임니다. 족으마한 산촌 가튼 곳이라 별로 이악이할 거리는 업스나 趙珉淳, 黃三淸, 崔榮範 등 幾多의 청년유

지가 잇서 사회적 시설은 자못 적지 아니함니다. 昆陽勞農協會, 昆陽靑年會, 昆陽基督靑年會, 昆陽自作支會 가튼 것은 著例임니다. 이제 그들이 서로 붓들 줄을 알고 새로히 전개할 方을 考究하야 精進不屈하면 썩 滋味잇게 되여 갈 것임니다.

2月 12日 晴

깨끗하게 개인 날이 쓸쓸한 바람을 불어옴니다. 昆陽을 떠나 河東을 향하엿슴니다. 院田이란 곳까지 15리를 거러나와 河東 가는 自轉車를 탄다는 것이 약 3분의 틀림으로써 하동 가는 오전차를 노치고 눈이 멍멍하야 오후차를 기다리고 잇슴니다. 오후차(晉州에서 나오는)가 만일 滿員만 되면 그야말로 큰일나리라 하며 이글을 적고 잇슴니다. 아지 못케라 오늘 일이 엇지될 것일가. 泗川, 昆明, 院田에서

河東行 오후차가 다행히 두 사람을 태일 여지가 잇섯슴니다. 우리 두 사람은 곳 河東을 향하얏떠낫슴니다. 한울에 다은 듯한 黃峙재를 넘어 白沙靑竹이 이곳저곳인 蟾津江岸을 尋常하게 바라보며 河東 시내에 들어온 때는 해가 거의 저믈엇슴니다. 이날이 마츰 河東에 쟝날이라. 쟝 보고 돌아가는 쟝꾼이 거리를 덥헛슴니다. 간판도 보이지 안는 엇건 으슥컴컴한 집에 주인을 定하고 이곳의 청년 趙東燦, 金珍斗, 趙鍾錄 등 여러 동무의 인도를 바더 慶南에서 제일 번화한 시장이라는 河東市場을 위시하야 향교와 예배당을 보고 그 걸음으로 邑의 西에 흐르는 蟾津江岸을 향햇슴니다.

형님, 우리가 일즉히 地誌書에서 배운 바와 가티 蟾津江은 源을 全南의 馬耳山 중에 發하야 淳昌, 谷城의 각지를 시츠며 求禮, 河東에 들어서는 別로 智異山洞의 諸流와 합하야 白沙靑竹의 그새를 흘러 光陽灣으로 들어가는 젹고도 깨끗한 강이외다. 이 강이 하나를 새에 두고 그

東은 慶南, 그 西는 全南이 되엿습니다.

나를 인도해주는 趙東燦 長兄은 이와 가티 말했습니다. 곳이 강의
彼岸은 全南 光陽의 땅인데 지난 갑오년에 동학의 亂이 닐며 全南의
民軍이 이 강을 건네여 河東을 점령하려 할 새 河東의 民砲가 이에 응전
하야 얼마동안 相持하다가 드듸여 河東의 편이 패하야 同年 9월 4일에
陷城되엿는데 全南의 民軍은 河東의 시민에 대한 復讐戰을 하야 양민
을 학살하얏스며 그후 관군이 來하야 全南의 軍이 패함에 미처는 河東
의 民人이 역시 강을 건너 光陽에 入하야 掠殺을 자행하야 일대의 수라
장을 化成하엿섯다 합니다. 그래서 그후 한참동안은 兩道의 沿民이 서
로 仇敵視하야 일종 불상한 현상을 지여섯다 합니다. 과연 얼마나 처참
한 일이엿습니까.

해는 떨어진 지 이미 오래여 강의 西岸에는 어두운 빗이 나고 저 건
너편의 식컴한 산미테는 두어 점의 篝火가 번뜩이여 當年의 음침한,
悽愴한 氣味를 그대로 나타내는 듯 하엿습니다.

17日 晴

그적게는 비오고 어젹게는 흐리던 날이 오늘에야 겨우 明朗해젓나이
라. 하로 묵을 예정이 나흘을 묵어버린 河東에 支離한 旅夢을 오늘이야
깨쳐버렷습니다. 邑에서 露梁津까지(50리) 자동차를 타고 거긔서 약 7
리의 海水를 건네고, 다시 35리를 徒行하야 밤 여덜시를 지내서 南海邑
에 왓습니다.

형님 歷路의 견문을 일일히 말슴할 수는 업스나 오늘 일 뿐은 아니
말슴할 수 업습니다. 두말할 것이 업시 南海의 露梁은 만고의 精忠 李忠
武公을 제사하는 忠烈祠가 잇스며 수郡 固縣面 소재의 觀音浦는 距今
320여 년전 戊戌 11월 19일 拂曉에 살신성인하던 그곳이외다. 이날 오
후이외다. 우리는 족으마한 風船에 돗을 달고 露梁의 바다를 건너엿습

니다. 멀리 동편 쪽으로 새로 회칠한 盖瓦집이 보이는데 舟子에게 무르면 거긔가 南海의 舊露梁이오, 보이는 그집이 바로 忠烈祠라 합니다. 每歲의 11월 19일에는 군민으로부터 제사를 행하는데 日氣가 제아모리 不順하다가도 제사하는 그 時만 되면 雲捲風息, 반듯이 조흔 日勢가 된다 합니다. 이 바다(河東 南海의 間)을 건네여 약 5리를 남행하면 거긔에는 走馬 가티 海中에 돌출한 李落山이 잇는데 그 산 밋이 곳 觀音浦 입니다.

명절 술에 몸을 비틀거리는 취객에게 말을 무러 우리 일행이 李落山 頂에 오른 때는 오후 다섯시 15분 빗업는 夕日이 海面에 비치고 風船 한 척이 멀리 西으로 뵈여 오는지 가는지를 모르겟는데 烟霞에 싸힌 麗水(全南)의 놉흔 산, 뽀쪽한 峯들이 바다를 격하야 아득할 뿐임니다. 山頂에는 공의 최후를 기념한 遺墟碑가 잇는데 그곳의 里民으로부터 다시 祠를 建하야 碑를 奠한다 합니다. 그러나 형님, 一片의 碑碣이 공의 忠烈에 대한 무슨 기념이 되오릿가. 觀音浦의 海水가 고갈치 아니하고 李落山의 夕日이 다 하지안는 한에 공의 義烈은 의연히 우리민족의 생명이 될지며 공의 精靈은 永劫에 우리 山河를 固守할 것이외다. 우리는 李晬光의 輓詩數句를 낭독하야 삼가 선생의 壯節을 추모하는 뜻을 표하엿슬 뿐이엿슴니다. 이제 그 시를 別記하오니 형님도 이 땅을 밟는 듯한 느낌으로 이 시를 낭독해줍시오.

威名久慴犬羊群, 盖世奇功天下聞.
蠻祲夜收湖月外, 將星晨落海雲中.
波濤未洩英雄恨, 竹帛空垂戰伐勳.
今日男兒知幾個, 可憐忠義李將軍.

18日 晴

형님, 오늘은 음력으로 정월 3일이웨다. 남해와 한울에는 열분 구름이 날음이다. 그러나 아조 陰天은 아니외다. 무슨 큰 비나 내리랴는 전조의 日氣 가타서 자못 따수하고도 부드럽습니다. 500호에 갓가운 南海의 골안에는 설 명절의 기분이 그대로 넘치여서 빨간 저고리, 검은 바지에 鳶줄을 딸하 허둥거리는 어린이들이며 호쟝저고리(시집갈 때에 입던 이곳의 여자옷) 명주치마(혹은 모시 치마)에 동무를 딸하 어정거리는 각씨님들이 때아닌 꼿나라를 일우며 잇습니다. 더욱히 오늘은 이곳 풍속에 각시님이 출동하는 날이라 하야 부녀자의 내왕이 가장 빈번합니다. 중에서도 특히 南海의 이날을 번화하게 하는 것은 남조선 재래의 民衆舞樂이 埋鬼치는 그것과 작년 10월에 創立된 南海少年團의 新派出演인 그것이엿습니다. 埋鬼 노름은 낫에, 新派 노름은 밤에 제각기 특색 잇는 노름을 하엿습니다. 南海의 오늘은 과연 즐거운 날이엿습니다.

형님 이곳 형제가 이러케 즐기는 이날에 우리는 우리대로 활동하려 하엿습니다. 무엇을 좀 알려 하고 무엇을 窮究하려 하엿습니다. 이것이 엇지될 리가 잇섯겟습니까. 모다 실패이엿습니다. 더욱 이곳에는 靑年會나 新聞支分局과 가튼 아모러한 사회적 단체가 업는지라 무엇을 더 블어 논의할 길이 업스며 사람이 업습니다. 슬프다, 露梁의 검푸른 물결, 李落山의 떨어지는 해를 누구와 더블어 弔問하며 錦山의 다시업는 절경, 海南의 흐터지는 浪雲을 누구와 더블어 감상하리까. 여인숙 하는 모퉁방에 외로히 坐臥하는 旅子의 마음은 주리는 듯 하노이다.

19日 雨

형님 오늘 아츰에 이곳을 떠나 統營을 향하리라던 어적게의 예정은 또 트러짐니다. 바람이 불고 비가 나리여 엇지 할 수 업습니다. 旅室 한 방에 그만 들어 백이고 말게 됩니다. 마치 南海라는 크다라한 울안에 가치인 셈이 되엿습니다. 이전 넷적에 이땅에 流謫된 선인들의 고통이 연상됩니다. 바람소리— 획획하며 찬 비방울이 우리 旁旅窓을 때릴 때에 그윽히 客懷가 생김니다. 이것이 현대인의 인정일가 하며 우리는 스스로 苦笑하지 아니치 못합니다.

형님 때— 마츰 한가하오니 南海에 대한 이악이나 하겟습니다. 서울서 대륙 1천3십8리 밧게 잇는 江南 먼 나라의 일로 알고 滋味잇게 보아 주시기 바람니다.

南海는 면적 23方里餘 인구 1만7천여 명으로 珍島, 巨濟의 兩島와 幷峙하야 天南의 形勝을 이룬 俗所謂「小江南」이라는 이땅이외다. 民俗은 매우 순박하나 其性은 자못 완강하야 南海의 民亂은 古來로 유명한 것이며 柚子, 梔子, 南芋와 가튼 他地未有의 특산물이 잇고 조선의 小金剛이라는(錦山本郡 三東面에 잇소) 절경은 실로 海中의 別個天地를 지여잇다 합니다.

元名이 普光山이엿습니다. 그런대 傳에 의하면 錦山은 이조 태조께옵서 일즉히 이 산에서 백일 기도를 행한 바 태조 등극 후 특히 이 산을 애호하야 산의 全幅을 비단(錦)으로써 싸려고 하엿습니다. 그러나 비단으로 싼다는 것은 그것이 썩으면 그만인즉 차라리「錦山」이란 號를 賜함이 맛당하다 하야 仍히「錦山」의 稱이 잇게 되엿다 합니다. 여긔에는 1천3백여 년전 高僧 元曉의 손에 창건되엿다는 普光寺(현 菩提庵)이 잇고 大藏峰, 日峰, 月峰, 九鼎峰 등의 峨峨矗矗한 峻峰이 잇스며 左仙臺, 右仙臺, 風流庵, 浮巖, 甘露水, 石虹門 가튼 奇奇別別한 水石이 잇서 鬼釜神鑿의 妙를 盡하엿스며 특히 이 山頂에서는 춘분 추분의 日氣晴朗한 밤이면 남극의 老人星을 본다 하야 嶺南地方의 滋味잇는 말거리가 되여 잇습니다. 그리고 眞인지 假인지는 알 수 업스나 이 산 밋의 해안 절벽에는「徐市過次」의 4자가 뚜렷하게 색이여 잇서 녯날 녯적 童男童女 500을 싯고 三神山의 仙藥을 구한다는 稱托 미테서 秦의 苛政을 피하야 東海島中을 향하던 徐市가 그 압흘 지내엿다 합니다. 이번의 南海行에 이와 가튼 명산을 차자보지 못하고 다못 三千浦 전의 伊後에 형해상에서 아득하게 그의 雄姿 뿐을 眺望하고 말은 것은 생각사록 섭섭함니다. 그러나 형님, 님과 손잡고 가티 보면 엇더하겟슴니가. 다못 그때가 하로라도 속히 잇기를 빌 뿐입니다.

2월 21일 三千浦에서

[19] 우리의 足跡 = 京城에서 咸陽싸지, 車相瓚, 『개벽』 제34호(1923.04)

*1923년 4월 제34호는 개벽사에서 '조선 문화의 기본 조사'를 천명하고, '경남도 특집'으로 발행함. 이에 따라 차상찬의 탐방기 형식의 기행문이 실렸음.

　우리 開闢社에서 癸亥年 新事業으로 계획하던 「朝鮮文化의 基本調査」는 이제 이것을 실현하게 되얏다. 먼저 手를 慶南에 着하야 그 實況을 조사할새 本社主幹 金起瀍와 나는 그 조사원으로 被選되얏다. 우리 일행은 2월 1일에 京城을 꼭 떠나 목적지로 향하랴고 작정하얏스나 多端한 浮世의 생활은 자연 분망하야 2일 오후에야 비로소 출발하게 되얏다. 나는 오후 6시에 行裝을 수습하고 腕車上의 몸이 되야 京城驛으로 往하얏다. 예비성 만흔 小春형과 우리 일행을 전송하랴는 春坡, 一然 及 少年會員 몃 분이 벌서 정차장구내에 와서 나오기를 고대하고 잇고, 金海학생으로 京城에 유학중인 崔鳳守양도 우리를 동반하야 歸省, 治療(其 時 崔孃 有身羔)하러 가랴고 또 와서 잇다. 우리 두 사람은 二等乘車券을 가젓스나 崔양과 동반하기 위하야 三等車 한 모통이에 자리를 잡아노코 전송하러 온 여러분과 이말저말하는 중에 무정한 시간은 벌서 7시 20분이 되얏다. 사람을 催促하는 기적소리에 그이들의 따뜻한 손을 노코, 「부듸 평안이 너 잘 잇거라. 陽春 3월에나 돌아오마」 하고 離別詞를 부르면서 차안으로 들어갓다. 차는 퍽퍽 소리를 지르며 연기를 토하더니 점차 속도를 가하야 꿱 소리 한 마듸에 고만 京城驛을 떠낫다. 京城은 나의 고향이 안이지만은 근 20년 星霜을 此에서 성장하고 此에서 방랑하야 가장 인연이 만코, 恨淚가 만코 애정이 만흔 제 2고향이다. 비록 잠시를 떠날지라도 나의 가슴에는 여러가지 회포가 만이 일어난다. 이 생각 저 생각하고 안젓는 동안에 車는 벌서 龍山驛을 지나 漢江鐵橋를 건너간다. 때는 正히 음력 12월 17일이라 東으로 솟아오는 一輪 明月이 漢江에 비치워 上下天光이 一色이 되고 冠岳山에 싸힌 눈은 은세계를 이루워 車中으로 내여다보니 과연 「月白, 雪白, 天地白」이다. 나는 爵寂하던 중 이것을 보고 胸衿이 자연 상쾌하야 혹 노래도 부르며 시도 읍다가 小春과 가티 여러가지 이약기도 하얏다. 차가 水原에 다다르니 달빗은 점점 밝아 천지가 거울과 갓고 西湖의 어름은 萬張의 유리를 펴인 듯 하다. 만일에 기차가 우리의 자유를 속박지 안이할 것 가트면 杭眉亭과 訪花隨柳亭의 夜色도 구경하고 華虹門, 華山陵의 舊跡도 탐사하고 십헛다. 그러나 무정한 기차는 삼십육계에 走爲上策으로 머무르지 안이하고 작고 달아난다. 鳥山, 平澤, 成歡, 全義... 등 驛을 얼른 지나 鳥致院에 이르니 밤이 점점 깁고 몸도 자연 피곤하다. 몸을 침대에 의탁하야 잠을 이루니 芙江, 沃川, 永同, 秋風嶺, 金泉, 倭館, 大邱, 慶山, 淸道, 楡川, 密陽 등 驛에 半千里 도로는 片時春夢 중에 다가고 말엇다. 차는 三浪津에 이르니 시간은 벌서 새로 다섯 点이 되얏다. 우리 두 사람은 여긔에서 馬山車를 갈어타게 됨으로 崔鳳守양과 작별하고 자던 눈을 부비면서 행장을 수습하야 가지고 차에 나렷다. 나의 가진 「파스」는 京城과 釜山간을 통행하는 것인 고로 驛長에게 특별교섭을 하야 馬山까지도 통행하게 되얏다. 5시 20분에 차가 출발하야 洛東驛에 이르니 東方이 점점 밝아오는데 洛東江은 벌서 解氷이 되야 洋洋이 흐른다. 어제밤 京城을 떠날 때에 漢江은 어름이 아즉 튼튼하야 氷上으로 人馬가 통행하는 것을 보왓더니 洛東江은 벌서 解永이 되얏스니 기후의 차이는 말을 안이 하야도 자연이 알겟다고 小春과 말을 하면서 楡林, 進永, 舊馬山을 얼는 지나 馬山驛에 當頭하니 이 정차장은 三馬線의 최종점이다. 행장을 수습하야 차에 나리니 馬山에 잇는 각 여관의 안내자들은 무슨 친절한 정이나 잇는 듯이 쫏차와서 어느 여관이 조촛다, 어느 하숙이 편리합니다 하고 목성 놉흔 嶺南말로 왓작 떠드러 정차장이 떠나갈 듯 하다. 엇던 사람의 旅行詩에 「看過山容疑舊土 忽聞人語覺殊鄕」이란 句를 보왓더니 참 과연 그러하다. 사람의 말만 듯고도 嶺南地人인 줄 알겟다. 우리는 京城에 잇는 사람이라도 지방사정을 대개 짐작하니까 별로 괴이하게 녁일 것이 업겟지만은 만일에 초행이고 볼 것 가트면 무슨 쌈이나 하러 달겨드는 줄로 알기 쉽겟다. 나는 돈주고 먹는 밤에 아모 여관이라도 잘해주는 곳으로 가겟다고 웃으면서 생각나는대로 그 중 한 사람에게 행장을 위탁하얏다. 그러나 그들은 내가 먼저 말하얏스니, 엇잿느니 하고서 서로 쌈을 하야 또 왓작 떠든다. 우리 두 사람은 정신이 먹먹하야 아모 말도 못하고 잇섯더니 자기네길이 문제를 해결하고 도로 우리가 지정한 사람의 집으로 가게 되얏다. 우리는 孤雲臺로부터 살살 불어드는 새벽바람을 안고, 깜박깜박 꺼저가는 馬山市街의 전등을 바라보며 안내자를 따라서 여관으로 갓다. 晉州行의 자동차시간을 마치랴고 허둥지둥 세수를 하고 밥을 먹고나니 차가 벌서 떠나랴고 行客을 재촉한다. 우리는 다시 행장을 가지고 자동차 우의 사람이 되얏다. 나는 馬山이 초행이지만은 시간의 관계로 시가지도 잘 보지 못하고 꿈속가치 떠낫다. 馬山灣, 月影臺, 斗尺山, 近衛丘의 遠景만 바라보고 晉州의 路로 향하얏다. 天邊에 紅日이 점점 놉하오니 南國의 風光은 旅客으로 하야금 상쾌를 感케 한다. 산 우에는 눈이 다 녹고 물가에는 풀이 벌서 파릇파릇하며 沿路 좌우에는 집집마다 綠竹이 猗猗하다. 이것은 참 京城에서 보지 못하던 기이한 일이다. 그러나 도로 沿邊의 빈민이 생활하는 왜소한 가옥을 보면 自然히 悲感한 눈물이 흐른다. 아아 다 가튼 자유의 民이오 평등의 人이지만은 엇지 이다지 사회의 제도가 불공평하고 불완전하야 엇더한 사람은 高臺廣室을 잘 지어 놋코 안락한 생활을 하며 엇더한 사람은 2, 3間 斗屋에 窓壁이 파괴하야 風雨를 잘 가리지 못하고 朝夕에 糊口之策이 업서 밤낮으로 근심을 하는가. 이것이 自來 資本主義와 班閥主義의 害毒이 안인가. 北鮮에도 물론 빈부의 차이가 잇지만은 南鮮처럼 현격한 차이가 잇는 것은 보지 못하얏다. 이것을 본 나는 자연 불평이 심중에 충만하얏다. 만일에 나의 불평이 重量이 잇다할 것 가트면 그 자동차는 무거워서 가지 못할 번 하얏다. 그럭저럭 하는 중에 차는 벌서 中里를 다달아다 路中에는 未久에 개통될 馬木線鐵道의 工夫들이 떼를 지여 간다. 길도 험하거니와 자동차가 날거서 매우 위태하다. 한참 가노라니 晉州로 향하는 牛車 수십 대가 路上에서 休憩한다. 우리의 차를 보고 피하랴고 하는 차에 마침 晉州에서 馬山으로 가는 자동차 1대가 風雨가치 모라오다가 엇더한 牛車에 박쿠가 抵觸된 모양이다. 운전수가 뛰여나리더니 댓자곳자업시 牛車軍의 상투를 잡어끌고 발길로 차며 뺨을 따리다 못하야 길로 마치 개잡어 끌덧 한다. 그 牛車軍은 아모 말도 못하고 그저 애걸복걸하며 살려달나 하나 悖惡無道한 그 운전수 놈은 작고 따린다. 다른 牛車軍은 수십 명이나 잇지만은 남의 일이라고 먹먹히 보고만 잇다. 우리 두 사람은 이것을 보다가 하도 긔가 막히여서 저놈들 다 죽은 놈들이니 南鮮의 노동자는 심장이 업는 놈들이니, 京城이나 平安道 가트면 벌서 다른 牛車軍들이 운전수 놈을 따러 죽엇느니 하고 분을 참다 못하야 말이라도 한 마듸 하랴고 차에 뒤여나리니 그 자도 따릴망콤 따럿는지, 양심이 회복되얏는지 그만 그치엿다. 떡메로 치는 놈은 떡메로 친다고 만일 우리 두 사람 새이에 한 사람이라도 완력만 잇고 보면 그 자야 구만 두엇던지 계속하던지 간에 人道를 위하야서도 한번 잡어패고 십지만은 완력이 능히 그 자를 굴복식히지 못할진댄 또다시 문제를 일으킬 필요가 업다 하고 抑制로 분을 참고 다시 차로 올낫다. 참 南鮮의 노동자야말로 넘우도 유순하고 무능하다.

이것은 前日에 양반에게 절대복종하야 자기의 귀중한 생명과 재산을 빼기여도 아모 말도 못하던 遺傳性과 또한 근래에 헌병보조원과 순사에게 無常한 압박을 당하야 흔텰방이 양복만 입은 사람을 보와도 무서워서 불불 떨고 머리깍근 보통학교 학생만 보와도 나리님하는 弊習에서 생긴 것이다. 조선노동자 중에도 南鮮의 노동자는 참 비참하고 가련하다. 엇지하면 이러한 동포를 광명의 길로 인도할고하며 두 사람이 무한의 개탄을 하얏다. 이로부터 車를 다시 몰아 晉州地境에 이르니 길은 점점 평탄하나 解凍된 흙이 牛馬車 등에 유린되야 마치 수렁논가티 되얏다. 靑魚바리를 실고가는 荷車는 우리 탄 자동차를 만나 피하랴고 하다가 길이 하도 질어서 마참내 피하지를 못하고 자동차와 충돌되는 바람에 나의 「도랑크」는 왓삭 바서젓다. 운전수는 차를 멈치고 뒤여나린다. 나는 아까 광경으로 보앗기로 운전수가 또 荷車軍을 따릴가하고 염려하야, 여보 도랑크는 내것이라 破傷이 되야도 나의 손해가될 뿐이니 아모 말하지 말나하고 내가 가로마터 荷車軍을 불너가지고 戲弄的으로 破傷된 물건의 손해를 무러내라 하 얏다. 그 荷車軍은 아모 말 업시 손해를 물어달나시면 무어들이지요 하고 그 손해액을 뭇는다. 나는 15원 가량이라한즉 荷車軍은 말하기를 저의 가진 靑魚는 7원 가격밧게 못 되온즉 집에 가기 전에는 變通할 수가 업다 한다. 나는 우스면서 손해는 그만두고 이 다음에는 특별 주의하야 다른 사람에게 손해를 끼치거나 욕을 당하지 말게 하라하고 그대로 돌여보냇다. 그 사람들은 부주의하는 일이 만치만은 淳實하기는 매우 淳實하다. 다시 차를 재촉하야 晉州沃野를 밟아보고 南江橋를 건너 晉州城內로 들어갓다. 정류장에 이르니 아는 사람은 하나도 업고 여러 가지가 다 생소할 뿐이다. 부득이 운전수에게 여관을 하나 안내하라고 청한즉 운전수는 大安洞中央旅館을 指示한다. 우리는 行具를 인부에게 직히고 여관으로 가다가 途中에서 마츰 우리를 영접하랴고 오는 當地 天道敎 宗法師 申鏞九씨와 同靑年會長 朴台弘씨를 만낫다. 피차에 반가움을 익이지 못하야 따뜻한 손을 잡고 그간 隔阻된 말과 여러가지 情話를 하면서 여관으로 들어갓다. 조곰 잇다가 晉州支社 總務 朴鳳儀씨가 또한 왓다. 主客이 마주 안저 한참 이약이를 하다가 시가지를 구경하랴고 여관을 떠나 나섯다. 諸氏의 안내로 엇더한 음식집에 들어가서 晉州의 명물인 비빔밥한 그릇식을 잔득 먹고 다시 路를 轉하야 當地 天道敎 大敎區, 靑年會, 勞働共濟會를 방문한 후 飛鳳山下로 건너가서 飛鳳潭에 이르니 우리

4,5인 동지의 交情과 深淺을 다투는 千尺의 潭水는 春波가 方生하야 洋洋浩浩 흐르는데 春光을 사랑하는 南國의 佳人들은 삼삼오오 隊를 지여 한가히 빨내한다. 우리는 潭上에서 暫時間 莊叟의 濠上之樂을 취하다가 다시 步를 變하야 시가지로 향하얏다. 晋州俗語에 「一匙見三蠅이오 三步逢一妓」라는 말을 들엇더니 기후관계로 파리는 볼 수 업스나 기생은 과연 만은 모양이다. 골목마다 紅粧羅裙이 오락가락하야 行客의 眼을 현란케 한다. 천천이 緩步하야 南江연안으로 향하니 論介娘의 萬古芳名을 자랑하는 義娘岩은 江畔에 嵬然이 홀로 섯고 3壯士 金千鎰, 崔慶會, 黃進의 千載忠魂을 吊喪하는 長江水는 嗚咽이 흐른다. 矗石樓에 올나가서 晋州城內를 발아보니 방방곡곡이 다 眼中에 잇다. 河崙矗石樓記에 「飛鳳山이 北에 止하고 望晋이 南에 拱하며, 菁川이 西에 繞하고 長江이 其間에 流하며 東西諸山이 宛轉四環」이라 한 것은 참 晋州城의 지형을 畵한 것이라. 晋州는 慶南의 중심지오 도청소재지다. 우리 조선민족이 가장 恨이 만코, 눈물이 만코 피 만이 흘닌 곳이다. 宣廟龍蛇亂陷城할 시에 우리 晋州 동포의 祖先 60,000여명이 일시에 순절한 곳이다. 아모리 剛腸鐵肝의 人이라도 矗石樓에 오르면 滿衿의 淚를 뿌리지 안이치 못할 곳이다. 나는 난간에 의지하야 千古에 壯絕悲絕한 3壯士의 立節時 노래 「矗石樓中三壯士, 一盃笑指長江水. 長江之水滔滔兮, 波不窮兮魂不死」를 부르다가 우연히 申維翰씨의 「晋陽城外水東流, 叢竹芳蘭綠暎州」 운운의 韻을 次하야 一首의 詩를 作하얏다.

千尺朱欄枕碧流, 登臨怳若上瀛洲. 山河百戰餘空郭, 風雨重經有此樓. 江水無窮壯士恨, 岩花尙帶美人愁. 居民不識當年事, 但醉笙歌月夜遊.

우리 일행은 다시 矗石樓를 나려 陳列館을 구경한 후 西으로 廻하야 西將臺, 北將臺, 忠烈祠, 護國寺를 보고 도청 後를 經하야 여관으로 歸하얏다. 몸이 피곤하야 좀 누엇더니 夕飯이 벌서 나옴으로 우리를 안내하던 여러분은 집으로 돌아가고 나와 小春과 두 사람만 밥을 먹게 되얏다. 밤에는 晉州의 有志 諸氏가 來訪하야 여러가지 이약기를 하다가 11시경에 各 歸하고 우리도 역시 취침하얏다.

4일, 晴. 本日은 일요일인 고로 11시에 敎區에 가서 侍日禮式을 보왓다. 연령은 장년이지만 소년과는 특별이 조하하야 소년에 관한 말을 하면 해가고 날새는 줄을 모르는 小春은 또다시 當地 天道敎少年會員에게 말을 하게 되얏다. 그럭저럭 오후 2시나 되야 말을 畢하고 떠나서 또 비빔밥으로 午腸을 充하고 다시 시가지구경을 하고 여관으로 돌아왓다. 우리 일행을 사랑하는 晉州의 人士들은 일의 분망함을 不顧하고 밤에 또다시 차저와서 인정풍속과 역사, 전설에 관한 여러가지 유익한 이약기을 하야주고 심야에 歸하얏다.

5일(월요), 晴. 오전 11시경에 나는 東亞日報支局 記者 尹炳殷씨의 안내로 道廳에 가서 각종의 기사자료를 어더가지고 와서 점심을 먹고 朴鳳儀씨와 다시 民間有志를 방문하얏다. 오후 7시 반에 晉州의 有志 諸氏는 우리 두 사람을 京城館으로 招하야 만찬회를 開함으로 우리는 거긔에 가서 따듯한 사랑과 질거운 우슴 속에서 滿盤의 盛饌을 飽喫하고 11시경에 여관으로 歸하얏다.

6일(화요), 晴. 朝飯을 먹은 후에 小春과 나는 두 隊로 논아 當地 諸氏의 안내로 민간측 諸 狀況을 조사하얏다.

7일(수요), 晴. 우리는 晉州의 일을 대개 畢하얏슴으로 今日에는 他郡으로 가랴고 하얏스나 支社의 일이 미흡한 것이 잇서 또 다시 못떠낫다. 오날은 마침 晉州의 장날인 고로 우리는 장구경을 하랴고 시장에 나갓다. 晉州의 시장은 참 번창하다. 장소도 널거니와 출품된 물건도 만타. 농산, 수산, 공업품, 축산 기타 각종의 잡화, 과실, 식료품 등이 업는 것이 업다. 北鮮地方 장시에서는 보지도 못하던 小鼓, 腰鼓, 錚,

팽쉬, 부시돌, 黃쬑은 가리석약까지 다 잇다. 더구나 음력 歲末이 임박한 고로 각지의 행상들도 다 들어오고 各日興成을 하라는 村農民들도 모도 와서 무려 수만여이 와글와글 물끌틋 한다. 西鮮地方의 인민이 農夫歌를 하던지 소설을 보와도 愁心歌調로 하드시 南鮮의 인민은 물건사라고 외는 소리까지도 모다 六字拍이 調가 안이면 短歌調이다. 참 壯觀이오 奇觀이다. 우리 두 사람은 정신업시 이곳저곳을 단이며 무슨 물건이나 살 듯시 가격도 물어보고 구경도 하얏다. 한 시간이나 돌아단이다가 敎區로 가니 敎區에서는 우리에게 떡국으로 점심을 준다. 우리는 맛잇게 먹고 朴台弘, 金義鎭 兩氏와 少年會 간부 몃 분을 동반하야 晋州에서 제일 名區인 南江下流 赤壁 구경을 하러갓다. 往路에 또한 장시에 들어가 文魚, 乾柿, 白糖 등을 사가지고 桃花勝地로 유명한 玉峯里를 지나 南江을 順流하야 赤壁에 다다르니 과연 岩石도 기괴하고 景槪가 絶勝하다. 작년 秋 7월 旣望에 假者 蘇東坡가 만이 생겨 일반의 비평까지 듯게 된 것도 無理의 事가 안이다. 우리는 문장이 안이닛가 蘇東坡의 赤壁賦 갓튼 美文은 짓지 못하지만은 美文 대신에 文魚나 먹자고 사가지고 간 文魚를 논아 먹으며 石逕斜路로 나려가니 岩壁上에 李 載現의 題名한 것이 두렷이 뵈인다. 이것은 前日에 觀察使로 別般 惡政을 다하고 인민의 재산을 橫奪하야 晋州의 흙을 세 치까지 먹엇다는 동요를 웃던 皇族의 李載現이다. 그가 觀察使로 한참 잘 호강할 따에는 晋州 邑에서 東으로 20여리 되는 靑谷寺를 날마다 가서 妓樂으로 질탕이 놀다가 밤중에 돌아올 때면 沿路人民으로 炬火(밤바라기)를 들게 하야 20여리가 每夜 不夜城을 이르럿고 南江에 船遊를 하면 수백의 船雙을 幾日式 執留하야 全江을 連環함으로 江水가 흐르지 못한 때가 잇섯다. 그뿐 안이라 各郡의 名妓를 선택하야 觀察府에 직속케 하고 京鄕의 蕩子浪輩를 모도 모와 晝夜遊逸함으로 수풀에 독갑이 끌틋시 각지 기생들이 작구 모와들어 본래 20여명에 불과하던 妓가 1년내에 700여명에 달하얏섯다. 지금까지 晋州에 기생이 만은 것은 全혀 그 李씨의 遺德이라 한다. 과연 그는 무죄한 농민의 고혈을 얼마나 짜먹엇스며 국가에 죄악

216

은 얼마나 지엇는가. 惡을 積한 者는 天이 禍로써 報한다고 그가 지금에 衣食거리가 업서 아우의 집에서 신세를 지우며 다 해진 쇠똥벙거지에 맛지 안는 짝짝이 고무신짝을 끌고 風病마진 입살을 실룩~하고 京城市街로 돌아단이는 것을 보면 참 天意가 무심치 안이하다. 못된 일을 다 하고도 몃 백년이나 遺臭를 전하랴던지 그의 題名한 것을 보면 참 가소롭고 가련하다. 우리는 이런 말 저런 말하는 중에 석양은 벌서 玉峯山에 반사되고 집을 찻는 가마구무리는 飛鳳山下로 날어든다. 우리는 그만 거름을 돌여 삼삼오오로 흐터저가는 場軍과 압서거니 뒤서거니 하고 성내로 돌아왓다. 참 오날은 유쾌하게 잘 놀앗다. 夕飯을 먹고 우리를 방문하러 온 여러 손과 明日에 출발할 의논도 하고 다른 이약기를 하다가 손님이 간 후에 몸이 곤하야 즉시 잣다.

多情多感한 晋陽城을 떠나
水明山紫의 丹城古郡으로

日割의 예정이 잇는 우리 일행은 하루라도 밧비 晋州의 일을 맛치고 다른 곳으로 떠나랴 하얏스나 多情多感한 晋陽城은 자연 우리로 하야금 4, 5일을 소비케 하얏다. 여하한 사정에 잇던지 8일에는 꼭 떠나가기로 결심하고 7일 저역부터 行李를 정돈하고 또 일을 신속히 마치기 위하야 小春형과 나는 南北隊로 分하야 小春은 朴鳳儀씨와 泗川, 南海 등지의 沿海諸郡으로 가고 나는 申鋪九씨와 山淸, 咸陽 등 山峽 諸郡으로 가기로 작정하얏다.

8일(목요), 晴. 나는 朝飯을 먹은 후에 郡廳과 面所에 가서 조사할 것을 맛치고 여관으로 돌아오니 우리 일행을 전송하랴는 晋陽 여러분 人士는 별서 여관에 와서 기달이고 잇다. 나는 그의들에게 너무 감사하다는 禮辭를 한 후 行具를 催促하야 자동차정류장으로 나갓다. 小春은 오후에 떠나게 됨으로 나를 전송하랴고 역시 정류장까지 왓다. 나는

晋州의 여러 人士와 小春의 사랑하는 손을 잡고 悵然이 고별한 후에 차로 올나갔다. 뽕뽕하는 소리에 차는 벌서 떠나 나의 잠시 정든 晋州 城을 이별하게 되얏다. 俗歌에 간대 족족 정들여 놋코 이별이 자저 못 살겟다」더니 참 내야말로 이별이 잣다하고 혼자 생각하는 중에 질풍갓 치 다러나는 차는 飛鳳山 밋을 얼는 지나간다. 矗石樓는 구름 박그로 점점 멀어젓다. 40리 가량이나 가서 吐峴에 당도하니 晋州郡界가 다 되고 여긔서부터는 丹城이다. 丹城은 참 이름과 갓치 산도 붉고 들도 붉다. 黃州土色이 누루러 黃州라 하듯시 丹城은 土色이 붉거 丹城이다. 순식간에 차는 벌서 新安驛정류장에 이르럿다. 우리는 차에서 나려 잠 시 休憩하다가 인부를 어더 行具를 지우고 新安驛을 건너 丹城古邑內 로 향하얏다. 新基坪에 이르니 當地 天道敎傳敎師 姜益秀씨는 우리를 마지랴고 거긔까지 와서 고대하고 잇다. 서로 반가이 만나 寒暄을 마친 후에 氏의 안내로 城內里에 入하얏다. 여관에서 점심을 먹고 丹城靑年 會 간부 李漢東씨의 안내로 몬저 城內全市街를 시찰하고 面所, 靑年會, 天道敎 傳敎堂을 방문하얏다. 丹城은 원래 小邑인 중 山淸의 屬郡이 된 후로(大正 3년 3월 1일) 더욱 凋殘하야 시찰하는 人으로 하야금 寂寞蕭 條의 感을 이리킨다. 그러나 天然의 景槪과 인물의 산출과 산업의 발전 은 다른 雄村巨郡에 손색이 少無하다. 이는 晋江의 상류 新安江이 灣回 하고 江上에 嚴惡山이 屹立하얏스며 西에는 來山이 잇고 北에는 景槪 이름 다 조흔 明月, 白馬 兩山이 遙遙擁立하고 東北으로 赤壁이 錦屛과 갓치 나열하얏스며 南山에는 尼丘山이 聳翼하얏다. 黙谷, 明紬, 文臺의 礪石, 淸溪磁器와 白雲陶器, 城內靑葱은 本面의 특산물로 慶南에서 유 명하고 江城(文益漸)군의 出天의 孝와 大綿을 移種한 德은 세인이 다 추모하며 인민의 富力 3,000석 이상이 6인, 500석 내지 1,000석까지 하 는 사람이 5, 6인이나 된다. 참 죽어도 실속이 만은 곳이다. 나는 李漢東 씨에게 丹城에 관한 여러가지 이약이도 듯고 또 郡誌를 어더서 名勝, 古蹟, 人物, 風俗 등을 瞭然이 알엇다. 참 감사하게 생각하얏다.

朝鮮棉花의 根源地 培養洞을 踏査하고

慶南의 第一 模範村인 黙谷里를 訪問함.

9일(토요), 晴. 朝飯에 나는 申鏞九씨와 姜益秀씨를 동반하야 面所에 가서 面長 孫秉國씨를 방문하얏다. 이 孫씨는 亦 當地 靑年會副會員이다. 나는 孫씨에게 丹城名所의 안내를 청한 즉 孫씨는 公務의 多端을 불구하고 此를 승낙한다. 즉시 출발하야 몬저 조선면화의 발원지 培養洞(今 沙月里)을 답사하얏다. 此培養洞은 江城(丹城古號)君 文益漸선생의 古基라 尙今까지 그의 孝子碑가 잇고 其碑閣의 南에는 약 십오륙坪되는 장방형의 田이 잇는데(名曰 培養田) 此는 선생이 목화를 手植하고 시험배양하던 田이다. 그러나 今에는 其中間으로 新作路가 통하야 약 4분의 1은 도로가 되고 其田은 東西로 양분되얏다. 나는 선생의 碑閣과 그 밧을 볼 때에 감개가 무량하얏다. 오날 우리 조선민족이 木棉衣를 着하야 육체는 완전 보호하게 된 것은 全혀 선생의 덕이언만은 시대가 疎遠하고 인심이 枋朴하야 선생의 碑閣이 風雨에 퇴락되고 선생의 遺田이 도로에 入하얏스되 此를 보존 기념하랴는 人이 一個도 無함은 넘우도 한심하고 可惜한 일이다. 況 且 국산을 장려하는 이 시대에 우리는 민족적으로 선생을 숭배하고 또는 선생의 遺跡을 보존할 필요가 잇다. 우리 일행은 개탄을 不禁하면서 其地를 떠나 慶南제일 模範村이란 黙谷里로 향하얏다. 十里明沙에 蒼松綠竹이 간간이 叢生한 琵琶島上에서 流入遷客(昔日流謫地)의 寂寞孤魂을 吊하고 新安江을 渡하야 약1町을 迂回하니 山谷이 平濶한데 인가가 즐비(170호)하고 洞의 주위에는 竹林과 栗林이 鬱密하며 鷄鳴犬吠의 聲이 四隣에 달하야 완연이 陶淵明의 柴桑村을 간 것 갓다. 洞口에서 崔斗秀씨를 만나 氏의 家로 入하니 氏는 그 洞內의 有力한 人으로 家勢도 不貧한 모양이다. 가옥도 淸楚하거니와 庭園도 상당히 치장하얏는데 나의 눈에 선득 몬저 뵈이는 것은 連理樹(일명 相思木)이다. 나는 前日에 白樂天의 長恨歌에 在地願爲連理樹라는 글만 보고 실물은 보지 못하얏더닌 이제 그 실물을 보매 더욱 기이하게 생각하야 주인에게 그 나무의 특징을 물엇다. 주인은 말하기를 그 나무는 葉과 花의 형태가 全혀 李와 相似한데 황색의 實이 잇서 難産하는 부인의 靈藥이 되고 其枝는 항상 相對直上하야 아모리 人工으로 분열케하야도 도로 相對하는 특성이 잇는데 慶南에도 희귀한 식물이라 한다(其後 昌寧에서 又 此樹를 見함). 相思의 情이 만은 나는 이 相思樹邊에서 또 한참 相思하다가 주인집 사랑으로 드러갓다. 나는 주인에게 그 洞里의 풍속, 습관과 模範村된 이유를 물으니 주인은 또 대답하되 우리 洞里는 다른 것은 모범될 것이 업고 다만 주민이 근검하며 自來副業이 多하야 매년 明紬 약 80匹 시가 6,000원, 栗 30여石 시가 900여원, 竹物이 약 1,500원 계 9,400여원 其中 明紬는(품질 견고) 인민이 貧寒한 자가 업스며 세금도 인민이 자진납부함으로 官公吏의 督促 出張하는 일이 업다 한다. 개인이나 단체나 세금만 잘 내면 유일한 모범으로 認하는 收入主義의 현 정치하에서는 참 모범될 만하다. 하여간 인민이 생산에 힘을 쓰는 것은 매우 조흔 일이다. 시간이 급급함으로 우리 일행은 주인에게 즉시 고별하고 그 洞里에서 제일 부호요 제일 인색하야 되야지의 별호를 듯는다는 李進士집을 또 차젓다(其名 鎭動). 본치는 업슬지라도 墻垣의 崇高한 것, 가옥의 宏大한 것은 外面만 보와도 참 부호다. 우리는 사랑으로 들어가니 의심만코 陰徵만코 인색한 여러가지 특색을 가진 주인공은 우리의 온 것을 不吉이 안는 모양이다. 더구나 우리를 미행하는 平服한 丹城査公이 來房에 와서 잇슴으로 눈치만 슬슬 보고 잇다. 우리는 물을 말을 뭇고 주는 茶果를 먹은 후에 다시 떠나 新安江을 건너서 召南村 趙顯璋씨를 방문하고 丹城의 양반, 학자, 부호의 집중지 南沙里를 한번 보랴고 夕陽山路로 兩兩이 짝을 지어가는 목동과 동반하야 南沙里로 들어갓다. 나는 孫秉國씨의 안내로 山淸郡의 首富오 丹城靑年會長인 崔仁煥씨 家를 尋訪하얏다. 나는 氏가 靑年會長이라 하기로 다소 신지식이 잇는 사람으로 알엇더니 주먹만한 상투에 程子冠을 의연이 쓰고 널즉한 명주바지에 응덩이를 휘두르며 翠玉 물부리長竹을 물고 우리를 맛는다. 그의 말과 갓치 참 재산덕분에 돌임회장이다. 이말저말 하는 동안에 시간을 벌서 7시 가량이나 되얏다. 孫秉國씨와 姜益秀씨는 일이 밧붐으로 城内里로 돌아가고 나와 申鏞九씨는 崔氏家에서 留宿하얏다.

10일(토요), 晴. 나는 오전 7시경에 기상하얏다. 昨日에는 日邑이 己暮하야 洞里의 전경을 잘 보지 못하얏슴으로 각갑한 생각이 절로 나서 食前에 혼자 洞内를 순시하얏다. 南沙里는 참 듯던 말과 갓치 부호의 집중지다. 수백여 호 大村에 5, 60間식 되는 瓦家가 즐비한데다 其中 崔璇鎬라 하는 이의 집은 慶南의 甲第라 한다. 京釜線鐵道 沿路나 晉州 城内에서 왜소한 가옥만 본 나는 항상 不備한 생각이 만이 잇더니 南沙里부자들의 거대한 가옥을 보고 도로허 놀낫다. 各色 道廳所在인 晉州 城 중에는 이러한 가옥을 보지 못하얏다. 그러나 그의 의복, 음식 등을 보면 엇지 이러한 가옥을 건축할 생각이 난나 하고 혼자말하면서 주인의 집으로 돌아왔다. 때는 벌서 10시나 되엿는데 무사태평한 주인집에서는 朝飯이 아즉 안이되얏다. 시간이 밧분 우리는 번민 중에 잇다가 11시경에야 비로소 朝飯을 먹고 떠나게 되얏다. 어젯날 黙谷서부터 우리를 미행하던 査公은 어듸서 자고 또 崔氏家로 왔다. 道號發行祝賀廣告를 하랴던 崔씨는 査公을 보고는 겁이 나서 광고비를 잘 주지 못하고 査公을 눈짓하야 다른 방에서 수근~하다가 그제야 나와서 준다. 이것은 물론 향촌부자의 常事다. 우리는 그에서 감사한 禮謝를 하고 작별한 후 다시 그 이웃의 李炳權씨를 방문하니 氏는 병석에 잇고 그의 季氏 李炳和씨가 초췌한 안색으로 우리를 만는다. 氏는 京城普成專門學校 졸업생인고로 나와는 前日부터 校友의 親誼가 잇다. 보수성이 만은 李 君은 법과를 졸업한 후로 귀향하야 다시 髮을 長하고 근10년이 되도록 집에만 蟄伏하고 잇는 터이다. 참 頑固 中 文明의 찰 頑固다. 나는 李君 이 주는 茶果를 먹는 중에 냄새 잘맛는 査公이 또 들어오더니 조곰 잇다가 査公의 대장인 칼치장사 두 분이 李씨집 사랑前으로 지나간다. 査公은 다시 나갓다가 또 들어온다. 추후에 전하는 말을 들은즉 그들은 우리를 감시하기 위하야 夜警하고 가는 길이라 한다. 참 그들의 신경은 너무도 예민하다. 우리로 인하야 밤잠도 잘 못자게 된 것은 도로혀 가업다. 우리가 떠나랴 하는 중에 德山까지 동행하기로 昨日에 약속한 丹城靑年會 總務 權泰漢씨가 마침 왔다. 李君은 작별하고 權씨의 안내로 우리는 德山가는 길로 향하얏다. 兩日間이나 우리를 보호하던 査公은 너무도 심심한지 구만 뺑손이를 치고 간다. 만일에 德山까지 갓치 가게되면 木物 만은 德山에서 木盃라도 한아 주어 그의 기특한 공을 賞주랴고 하얏더니 福철리이가 구만 갓다. 이로부터는 우리 동지 3인 뿐이다. 뿍바우를 지나 尼丘山下 탄탄대로를 여러가지 이약기를 하며 간다. 漆亭里에서 잠시 휴게하고 다시 천연의 콤라스를 놀이게 되니 여긔서부터는 矢川面 所在地가 약 10리 가량이라 한다. 鱖魚産出로 유명한 德山江을 끼고 (德山江에 鱖魚가 多産하는데 其味가 極佳하야 속설에 德山소작인이 지주에게 鱖魚鱠를 주지 아니하면 논을 땐다는 말까지 有함) 白雪洞을 지나 入德에 이르니 이 入德門은 南冥선생 曺植씨가 德山에 歸隱할 시에 친필로 岩石上에 入德門 三字를 써서 삭인 곳이라. 그는 道學君子일뿐 안이라 我東의 유수한 명필이라. 그의 쓰신 入德門 3字는 畫이 雄建하야 龍蛇가 飛騰함과 如한고로 此地에 유람하는 人은 반듯시 이것을 模寫하여 갓섯다. 그러나 年前에 新作路를 鑿할 시에 그 바우를 파괴하얏슴으로 선생의 필적은 爆烟과 갓치 소실되고 但히 이것을 模寫하야 다른 바 우에 移刻한 것만 남엇다. 나는 이것을 보고 慨歎不己하다가 다시 步를 移하얏다. 入德門에 入하기까지는 비록 산중이나 俗臭가 만터니 入德門을 入한 이후로는 洞府가 점점 深邃하고 白石淸溪가 曲曲이 흘너 運然히 別有天地에 入함과 갓다. 峰回路轉하야 系里洞에 入하니 해발 6,600척 되는 智異山은 白雪이 皚皚하야 나를 반기는 듯하다. 戲言 잘하는 나는 智異山을 보고 申鏞九씨에게 이러한 말을 하얏다. 前日에 車京錫씨가 智異山에 와서 車天子가 하강하얏다고 인민을 만이 유혹케 하얏스니 나도 姓이 車哥라 역시 車天子라 칭하고 키크고, 수염조흔 당신은 申將軍이라 하야 智異山下 주민을 또 한번 유혹케하자 하얏다. 却說, 우리 일행은 系里洞으로 들어가니

山谷은 平開하야 壺中과 如한데 수백여 호의 인가가 즐비하고 松竹과 柿木이 處處에 林立하얏다. 우리는 權씨의 지도로 德山旅館에 들어가니 主婆 姜巨閣은 우리를 반가이 마저 사랑으로 안내한다. 이 主婆는 원래 河東의 良家女子로 우연이 此山中에 淪落하야 春風秋月에 送舊迎新하는 여관업생활을 하는데 연령은 비록 근 50되얏스나 그의 花柳巷裏에서 百戰한 노련의 交際手段은 능히 소년의 遊客을 魔殺한다. 나는 그를 보고 天台山 36峯에서 烟霞를 호흡하던 麻姑女가 方丈山中으로 移來하얏나 의심하얏다. 少焉에 午饌을 내오니 요리의 범절도 참 산중에서는 희귀한 善手다. 우리는 이것을 飽喫한 후 智異山으로 부러드는 모진 북풍을 무릅쓰고 德川橋를 건너 矢川面所로 가다. 사무의 시간이 지냇지만은 특별이 面長을 청하야 面에 관한 일반상황과 大學演習林의 상황을 조사하고 즉시 여관으로 도라왓다. 夕飯을 먹은 후에 주인은 목욕물을 준비하고 우리에게 沐浴하라 권한다. 우리는 더욱 감사하게 思하고 목욕을 하니 몸도 자연 피곤하야 一夜를 別有天地 속에서 留宿하얏다.

11일(일요), 晴. 나는 早起하야 세수를 하고 大學演習林 看守 靑木군을 방문하야 演習林에 관한 말을 듯고 歸路에 南溟선생의 독서하던 山天齋(先生所築)와 선생의 묘소를 拜觀하고 (묘소는 系洞 后山에 잇는데 그 神道碑文은 許眉叟, 宋尤菴이 撰함) 여관으로 歸하야 朝飯을 먹은 후 德山에서 조사한 여러가지 서류를 종합하야 一覽하얏다. 外面으로 德山을 볼 따에는 산수가 佳麗하고 삼림, 과수, 전답 등이 구비하야 거기 주민은 아모 걱정도 업시 극락생활을 하는 줄로 알기 쉬우나 각 방면으로 그 내막을 조사하면 참 비참하고 가련하다. 智異山은 鄭堪錄에 소위 十勝之地라 하얏지마는 甲午民衆亂과 其後 義兵亂에 酷禍를 獨當하고 且 大學演習林이 생겨 그의 생명인 智異山을 被奪한 후로는 생활의 路가 全無하며 (大學林은 別로 詳論하얏기 畧함) 南溟선생의 썩은 뼈를 울게 먹는 떼만은 曹씨 등살과 조선인의 血을 흡수하는 일본인의 고리대금업자 때문에 못살 지경이다. 이름은 조와 德山이라만은 실상은 毒山이라. 나는 德山人民의 참상을 생각하고 無限의 慨歎을 하면서 떠나랴 하는 중 權泰漢씨는 또 와서 當地産物 竹杖 두개를 우리 兩人에게 기념품으로 준다. 우리는 감사히 밧고 氏와 주인에게 작별한 후 洞口로 다시 나갔다. 나는 竹杖을 휘두르며 入德門을 지나다가 우연이 一句를 吟하얏다.

客객 客入桃源非別界, 仙歸方丈亦人間

나는 詩思가 索莫하야 一首를 채우지 못하고 구만 두엇다. 삼삼오오 흐터저 나오는 숫쟝사들과 作伴하야 여러 이약기를 하는 중에 벌서 漆亭里를 지나 南沙里에 당도하얏다. 路邊에서 歇脚하고 다시 떠나 십여리를 行하니 山下 一村에 竹林이 深邃한데 수십호의 茅崖이 隱暎한다. 이곳은 최근 嶺南의 巨儒 郭鍾奭씨의 居하던 升坪里이다. 우리는 路邊槐樹下에서 잠시 村容을 살피다가 또 떠나 吹笛峯頭를 발고 살고내에 이르니 이는 出天의 효자 江城君 文益漸씨가 奉親하랴고 살을 노와 고기잡던 곳이다. 여긔에서는 丹城古邑이 다 보인이다. 琵琶島를 지나 江城君孝子碑를 다시 한번 보고 城內里 여관으로 들러가니 11일은 그럭저럭 丹城에서 또 보내게 되얏다.

山水佳麗한 山陰縣에 이르러
駕洛亡國主仇衡王陵을 吊함.

12일(월요), 晴. 우리는 朝飯을 먹은 후에 즉시 출발하야 姜益秀씨의 안내로 江樓里에 往하야 權載協씨를 방문하고 新安江을 渡하야 山晉自働車停留場에 至하니 차는 마침 와서 行客을 기다린다. 우리는 山淸行의 차표를 사가지고 전송하러 온 丹城有志 諸氏에게 고별한 후 차에올으니 때는 오전 11시경이다. 차는 院旨驛을 떠나 景槪絕勝한 赤壁,

白馬 兩山을 등지고 春風이 슬슬 부러드는 蝴蝶樓(일명 新要樓)의 舊址를 번개갓치 지나 明月山下 탄탄대로를 달려간다. 新安, 外松을 지나 泛鶴里에 다다르니 산은 次次 놉고, 물은 점점 맑은데 兩峽의 雪景은 더욱 조와 중국 山陰의 雪後景과 과연 방불하다(山淸 古號가 山陰 故로 云). 차는 전속력을 가하야 다러나는 바람에 正谷, 井亭 두 洞里는 등뒤로 片時에 물너가고 벌서 山淸郡內 정류장이 압헤 왔다. 나는 차에서 나려 郡內의 전경을 살펴보니 듯던 바와 갓치 山淸은 참 山水의 鄕이다. 南에는 三峯山, 西에는 熊石山이 屹立하고 北에는 銀魚産地로 유명한 鏡湖江이 萬丈白練과 如히 會稽山(郡 後山)을 포위하야 南으로 向流하고 江南岸에는 老樹가 울창한 絶壁上에 換鵝亭(今 普通學校 標本室)이 翼然이 臨하고 東에는 登鷄, 黃梅(無烟産地) 兩山이 遙遙相對하얏다. 그러나 산악이 重疊하고 교통이 불편하야 현상보다 더 발전할 희망이 업슬 것 갓다. 申鏞九씨의 안내로 塞洞 慶興旅館에 들어가 점심을 먹은 후 우리는 다시 용기를 내서 磁器産地로 유망한 今西面 特里를 답사하기로 결심하얏다. 여관을 나와 竹杖洋鞋로 會稽山등을 넘어 鏡湖江을 건너간다. 나는 路上에서 一首의 詩를 吟하얏다.

鏡湖春水碧於烟, 白鳥雙飛夕照邊, 晚踏換鵝亭下路, 竹林深處有孤船.

배를 나려 夕陽山路로 特里를 바라고 가니 石逕이 崎嶇하야 험하기도 하거니와 반즘 록은 눈이 대단이 滑膩하야 세 거름에 한 번식은 넘어진다. 구두에는 진흙칠이오 모자에 땀투성이다. 허위~하고 10여리 되는 고개를 넘어가니 特里의 뒷산인 王山이 점점 각가워 온다. 이 王山은 駕洛國 十世王 金仇衡이 新羅 法興王에게 항복하고 此山北 花山洞에 至하야 餘年을 送하다가 死後에 此山에 葬한 고로 세인이 仍하야 名한 것이다. 나는 遙遙히 此亡國王의 古陵을 吊하고 特里로 入하니 當地 普通學校 訓導 金渭尙씨가 도중에 잇다가 우리를 맛는다. 우리는 金씨의 안내로 閔泳吉씨를 방문한 후 다시 閔씨와 作伴하야 磁器硏究에 多大

한 노력과 金力을 희생에 供한 閔泳直씨를 방문하얏다. 氏는 병석에 在하여서도 오히려 磁器제조연구에 관한 서적을 보고 잇다. 나는 氏에서 磁器에 대한 여러가지 말과 시험한 성적품을 상세히 본 후 시간이 총총함으로 즉시 떠낫다(此에 관한 상세한 事는 別錄에 在함). 閔, 金 兩氏는 우리의 留宿하기를 권하나 일이 분망함으로 此를 固謝하니 閔, 金 兩氏는 다시 우리를 위하야 山淸城內까지 동반하야 준다. 오후 7시경에 歸城하야 諸氏와 갓치 夕飯을 먹은 후에 몸이 困하야 즉시 취침하얏다.

韓日古戰場인 沙斤驛을 過하야
名勝古蹟이 豊富한 咸陽城으로.

13일(수요), 晴. 閔, 金 兩氏는 학교의 시간이 잇슴으로 食前에 귀가하고 우리는 吳周錫씨와 金永增씨의 안내로 郡廳, 面所, 기타 有志를 방문한 후 오전 11시에 山淸을 출발하얏다. 오후 3시경에 沙斤驛에 至하니 此沙斤驛(咸陽郡)은 麗朝辛禑 10년에 三道元帥 裵克廉이 대군을 率하고 尙州로부터 來襲하는 왜구를 拒하다가 敗績하야 朴修敬, 裵克彦 兩將이 立節하고 500여의 장정이 비참히 순국한 곳이다(其 時 溪水가 盡 赤하야 仍名 血溪라). 나는 李詹씨의 「血濺咸陽原上草」란 此地 懷古詩를 誦함애 비장한 눈물이 절로 흘넛다. 아— 우리 咸陽의 동포냐 此恨을 知하는가, 否하는가? 오륙백년전의 일이라도 이것을 생각하면 참으로 뼈가 매치고 피가 끌는다. 나는 억지로 눈물을 참고 또다시 西으로 愁智峯을 발아보다가 믄득 이 月明塚 생각이 나서 懷古詩 一首를 지엇다.

月明塚上月惟明, 環珮無聲蜀魄鳴, 此是人間腸斷處, 街童莫唱望東京(俗傳昔時東京(慶州) 商人與沙斤驛美人月明愛商人—去月明日夜相思成病遂死埋於愁智峰上 其後商人聞其死來哭, 于墓前亦死人葬之同穴, 佔畢齋, 兪濡溪諸賢皆題詠, 望東京其歌 名)

[20] 波蘭, 和蘭, 白耳義를 旅行하고서,
   在獨逸 朴勝喆, 『개벽』 제36호(1923.06)

폴란드, 네덜란드, 벨기에(백이의)

復興國인 波蘭을 보던 興味

波蘭行은 意外에 떠나게 되엿슴니다. 一行은 3人이외다. 3人이다. 意外인 줄 아나이다. 動機로 말삼하면 波蘭 首府 와로쌰와(Warszwa)에 在留同胞 1人이 잇는대 그이가 우리 一行中 某氏에게 한 번 오기를 要望하엿슴으로 偶然히 一行 3人이 된 것이외다. 와로쌰와에 잇는 同胞는 벌서 10有 餘年 前에 故國을 떠나 滿洲와 露領 各 地方에 辛酸을 격든 이로서 至今은 波都에서 醫業을 하나니다. 關係官廳에 節次를 것치노라고 2, 3日間은 꽤 奔走히 伯林 來往을 하엿나이다. 獨逸 온 後에 國內 地方을 多數히 다녀 보앗지마는 國外出은 처음이외다. 그 뿐 안이라 波蘭行이라는데 나는 더 興味를 가젓나이다. 即 復興國 波蘭을 보는 것이 朝鮮사람 된 나로서는 最高의 興味를 가지게 하엿나이다. 波蘭의 往事를 生覺하면 波蘭사람 된 사람이야말로 血淚가 날 것이외다. 波蘭의 滅亡은 무엇이 原因함인가. 勿論 內政의 腐敗와 貴族의 軋轢이 主要 原因이라 하겟지마는 이 點을 生覺하여야 하겟나이다. 波蘭은 所謂 權謀術數를 信條로 삼든 18世紀 外交에 犧牲이 된 것이외다. 當時 燎火의 勢로 勃興하는 露, 墺, 普 3國을 抗拒하기에는 波蘭은 넘우도 微弱하엿나이다. 波蘭이 3次나 分割을 當하는 동안이며 그 後라도 여러 번 愛國志士들의 祖國을 차지려는 運動이 잇엇지마는 自己에게 利害가 업는 일 뿐더러 新氣運으로 向하여 나아가는 3大國을 끄려서 列國은 歐洲政局圈內에 늣치 안 엇든 것이외다. 이제 波蘭人이야 말로 130餘年만에 祖國 復興을 成就하엿나이다.

伯林서 떠나서 急行車로 約 26, 7時間만에 首府 와로솨와에 到着하엿나이다. 途中 兩國 國境에서 성가신 稅關檢査에는 메우 時間이 걸렷나이다. 停車場에는 在留同胞 某氏가 出迎하야 우리가 비록 初面이나 서로 故國을 떠나 異域에서 만남으로 그 반가워함은 다 形容할 수 업더이다. 自宅으로 引導하야 우리 一行을 留宿케 하며 主人夫妻가 매우 우리 一行을 爲하야 寢食이며 凡百事에 盡力한 것은 우리가 깁히 感謝하는 배외다.

波蘭은 貧弱國이외다. 그 뿐 안이라 모든 것이 整理가 못 되엿고 新接살이 갓더이다. 外面으로 보히는 波蘭首府 와로솨와는 市街가 伯林과 갓고 店鋪가 殷盛하게 보히나 엇젠지 缺點이 잇는 것 갓고 어수선하더이다. 無論 市街가 淸潔치 못하기도 하지마는 모든 것이 規模가 째이여 보히지 안터이다. 戰雲이 그저 것치지 안은 것 가티 보히는 것은 街路에서 無數한 士卒을 볼 수 인는 것이외다. 그 뿐 안이라 佛國將校를 볼 수 잇는 것은 두 가지가 다 理由는 잇는 것이외다. 波蘭人便으로 보면 獨逸보담 露國에 對한 防備가 嚴重치 안으면 안이 될 것이며 佛國人便으로 보면 露獨의 接近은 가장 危險하게 生覺하는 까닭이라 하나이다. 人口로 말슴하면 2,400佰~萬이 首府 와로솨와에만 98萬이라 하나이다. 그 뿐 안이라 와롸솨와는 歐洲에서 有數한 都市의 하나이지마는 伯林에 比하면 넘우 差異가 나더이다. 獨逸俗諺― 不精潔하고 不規則한 것을 말할 적에는 波蘭人의 살림살이라 하나이다.

博物舘이며 劇場이며 其他 施設이 大槪되여 잇스나 그리케 卓越한 것은 업스며 道路며 橋梁은 大多數가 露國人의 손에 되엿스며 그 中에도 長橋하나는 往年 大戰時에 露軍이 獨軍에게 退却을 當할 때에 爆彈으로 絕斷식힌 자취가 그저 남어 잇서서 누가 보든지 大戰의 慘禍에는 얼골을 찡그리게 하더이다. 波蘭人에게 大戰中 獨軍이 이 都市를 占領하얏든 狀況을 들으면 當時 獨軍의 橫暴가 엇더케 甚하엿든 것을 알 수 잇나이다. 波蘭人은 말하되 軍器를 製造하노라고 家家戶戶히 門장식 全部 빼여가고 肉食에 주린 軍卒들은 개를 깡그리 잡아 먹엇다고 하나이다. 農村에 가 보면 그 貧寒한 것이야 歐洲 天地에도 이런 곳이 잇슬가 할만콤 하외다. 그 草家집이 늘비한 것이며 田土가 開墾되지 못한 것이라든가 모든 것이 歐羅巴 列國 中에서는 後進國의 資格이 分明하더이다. 復興國된 波蘭이야말로 多事하게 되엿습니다. 딸아서 擧國一致하야 國運伸張에 努力하여야 하겟습니다. 波蘭서는 東歐 獨特의 習俗을 볼 수 잇습니다. 大多數의 習俗이 中歐와 判異하더이다.

波蘭이 貧弱國인 것은 今日에 우리가 發見한 것이 안이외다. 波蘭의 貧弱은 벌서 오래 되엿나이다. 18世紀 中葉에 普魯西國 푸리드리히大王은 波蘭을 視察하고 그는 다음과 가티 말하엿다 하나이다. 波蘭國서 본 것은 세 가지 밧게 업나니 針葉樹와 砂土와 猶太人 뿐이라고 하엿나이다. 世界에 猶太人업는 곳이 별로 업지마는 比較的 波蘭처럼 만혼 곳은 업슬 것이외다. 全 人口의 100分之7이나 되나이다. 波蘭人으로서는 猶太人 問題가 重大 問題의 하나가 될 줄 아나이다.

海牙의 萬國平和會議舘을 칫고

和蘭 白耳義行은 春日이 가장 穩和한 3月 下旬이엿나이다. 이번 旅行은 豫定하엿든 것이지마는 日字로는 1個月이나 일직 發程하게 되엿섯나이다. 그것은 同伴者 4人의 各自 關係로 그리 된 것이외다. 和蘭國은 全 人口 約 680餘萬 밧게 안이 됩니다. 伯林서 急行車로 約 12時間이나 되나이다. 第一 처음으로 政府 所在地인 암스텔담(Amsterdam)을 求景하엿나이다. 歐洲大陸에 노여 잇는 都市로는 相當하더이다. 모든 施設이라는 點으로 보아서 조곰도 遜色이 업더이다. 建築物로 말슴하면 全部 煉瓦製 이여서 獨逸서 보는 것보담 宏壯치는 못하나 雅淡해 보히고도 爽快하더이다. 和蘭國은 英法德美諸國이 세계에 有名해진 意味에 잇서서가 안이라 다른 意味에 잇서서 有名하외다. 和蘭國에는 堅强 陸海軍도 업스며 巨大한 大砲도 업나이다. 그러나 和蘭國은 溫順하외다. 無

論 自力이 업스니까는 歐洲 政局에서 有力한 一員이 될 수도 업스며 딸하서 波動을 일으킬 수도 업스니까는 溫順하고 십지 안트래도 假裝이라도 하고 잇서야 할 것이외다. 獨逸의 中北部가 平原廣野뿐 인 줄 알엇더니 和蘭을 보니 獨逸以上으로 山을 볼 수 업고 一望無際한 벌판이더이다. 그 뿐 안이라 到處에 水流가 업는 곳이 업고 和蘭 獨特의 風車는 이곳 저곳에 벌녀 잇서서 和蘭國의 風景을 評하는 사람은 山水가 佳麗하다는 것보담 車水가 佳麗하다 하겟나이다. 和蘭國은 堤防과 風車로도 有名하여진 것은 和蘭은 地形이 海面보다 얏흐외다. 그럼으로 海水를 막기 爲하야 隄防을 잘하여야 하나이다. 큰 都市에도 보면 家屋下層은 水中에 잠겻스며 地質이 全部 砂石으로 되여서 엇던 家屋은 씰그러진 것이 만히 보히더이다. 암스텔담은 無數한 섬들이 250餘個의 橋梁으로 連結되엿나이다. 和蘭人은 隄防뿐 안이라 橋梁에도 苦心하나이다. 그러고 一朝에 外國과 戰爭이 잇다하면 堤防이 和蘭에 對한 弱點이니 한가지 例는 18世紀 頃에 英和戰爭이 잇섯슬 때에 英軍은 먼저 隄防破壞로서 水攻을 하엿섯나이다. 和蘭와서 보니 모든 것이 豊盛豊盛 하더이다. 貧窮한 獨逸에 比하면 別天地 갓더이다. 獨逸人中에 漢學者가 잇다하면 武陵桃原이 이 곳 이고나 하겟더이다. 이 곳에는 黑빵도 볼 수 업고 모든 恐慌도 업서 보히더이다. 그러나 모든 것이 大端高騰하야 獨逸에 比하면 甚한 差異가 잇더이다. 얼는 알기쉬운 食價로 論之하드래도 獨逸보담 3倍以 이 빗사더이다. 그러나 和蘭사람에게는 그리 苦痛이 되지 안을 줄 밋나이다. 夜市를 求景하고 鍾路 夜市를 보는 感想이 잇섯나이다. 物件을 呼賣하는 것이라든가 그 中에도 飮食店에는 勞働者들이 만히 모혀 들어서 立食하는 것은 相似點이며 그 外에 露店도 버리지 안코 모동이 모동이 서서 洋靴한케레式 들고 소리를 질으는 것은 더욱 可笑롭더이다. 和蘭은 獨逸과 달라서 밤에도 商店을 열고 日曜에도 生活資料를 파는 店鋪外에 其他 商店이 열리여 잇는 것을 보앗 나이다. 和蘭旅行의 中心되는 興味는 海牙에 잇섯나이다. 海牙 (Haag)는 世界에 이름이 놉헛나이다. 그 結果의 有無를 勿論하고 萬國

平和會議로 因綠해서 朝鮮사람의 두뇌에 記憶이 남아 잇고 近者 大戰後에도 무슨 會議이니하고 떠들어서 歐米列國人에게도 新記憶을 주엇나이다. 市街는 쾌 淸潔하며 人口는 38萬밧게 안이 되나 王宮所在地라 그러한지 꽤 繁昌하더이다. 西洋人의 男女가 自轉車를 타는 것이 新奇한 일이 안이지마는 이곳 日曜日의 街路에 自轉車를 탄 男女로 行列을 맨드는 것은 참으로 처음 보고 놀내엿 나이다. 萬國平和會議館은 市街中心을 떠나서 잇더이다. 建築한 지 20餘年 밧게 되지 안음으로 大端 鮮明하여 보히더이다.

內部縱覽을 하려 하엿더니 大門에 和德法英 4國語로 當分間 閉鎖라 하엿슴으로 大端 落膽되엿스나 엇지 할 수 업시 門前에 서서 往事를 回想하여 보앗나이다. 朝鮮과 和蘭은 古來로 아모 交涉이 업섯나이다. 딸하서 本邦人士로서 이곳에 왓섯다는 이는 내가 寡聞하여 그리 한지는 몰으나 손으로 꼽을 수 잇슬 것이외다. 그 中에 現著한 事實은 西曆 1907年 第2回 萬國平和會議가 이곳에 열넛슬 적에 故 李儁氏가 祖國을 爲하야 割腹殉國함으로써 列國의 耳目을 놀내인 것이외다. 이 事實이 잇슨진 이미 10有餘年에 天下는 몃 번이나 紛紜하엿스며 鮮血은 을마나 만히 흘엿스며 地圖의 色彩는 몃몃이나 變하엿나잇가. 몃 나라의 帝政이 廢止되고 民主國이 되엿스며 몃 나라의 彊土가 滅亡되고 領土가 되엿스며 몃 나라의 領土가 分割되고 復興國이 되지 안엇나잇가. 今日에 他人 他事를 말할 것이 안이라 내 自身을 生覺하여 보드래도 熱淚가 떠러질 뿐이외다. 故 李儁氏의 孤魂은 和蘭國 空中에서 방황하면서도 祖國을 爲하야 哀痛할 줄 밋나이다. 萬若 李儁氏의 孤魂이 잇서서 本邦人士의 足跡이 아조 듬은 和蘭國 空中에서 이번 우리를 내려볼 적에 을마나 반가워스리요. 特히 우리가 萬國平和會議舘 前에 서서 最敬虔한 마암으로 그이의 壯志를 追慕하엿슬 적에 그이가 暫時라도 肉身을 가질 수 잇섯스면 그이는 우리와 손을 굿게 잡고 먼저 故國의 近狀을 물얼슬 것이며 우리는 仔細한 事情을 이야기 하고 서로 放聲大哭하엿슬 것이외다. 그러나 그이는 벌서 他界의 人이라 우리와는 有志

未成일 것이외다. 나는 門前에 조곰이라도 너머 물너서서 往事를 더 生覺하려 하엿나이다. 當時의 同志들은 東西에 漂遊하야 他界人이 된 수도 잇고 그리치 안으면 그저 祖國을 爲하야 粉骨碎身하는 이가 잇지마는 이곳에 와서 이 萬國平和會議舘을 보아 故 李氏 孤魂을 慰勞한 이가 업섯슴은 얼마나 섭섭하여습닛가. 勿論 그이들 뿐 안이라 우리라도 벌서 여러 번 잇섯슬 것인대 이것조차 우리 自意로 못하는 몸이라 더욱 寒心할 뿐 이더이다.

쉐퀴딍겐(Scheveningen)은 海牙市에서 電車로 約 30分되는 距離에 잇는 海水浴場이외다. 電車속에는 新聞이 備置되야 乘客이 任意로 閱覽할 수 잇더이다. 이 海水浴場은 歐洲에서 有名한 곳이외다. 設備로 말삼하면 旅舘 카페집 其他 娛樂場이 設備가 다 되여 잇고 海中에는 가장 巧妙하게 맨든 音樂堂이 잇서서 그곳과 陸地와는 長橋로 連結되여 잇고 長橋左右에는 琉璃窓을 맨들어서 海風을 막게 하엿스며 夜間에는 數千의 電燈에 點火하야 不夜海를 맨들게 되엿더이다. 이 만콤 設備가 훌륭함으로 夏節에 海水浴이나 하려면 相當한 費用이 들것은 無論이외다. 나는 또 이러케 生覺하엿나이다. 우리는 언제나 이러한 것 하나를 가지게되나 하엿나이다. 안이 하나뿐이 안이라 몃 個든지 海岸景致 조흔 東海岸에 우리의 손으로 海水浴場을 맨들어 놋코 우리도 亨樂하려니와 그外에 海水浴 조와하는 歐美列國人를 招致할가 하엿나이다. 이런 生覺은 貧者가 富者의 寶物을 볼 적에 탐 내는 것과 갓지마는 그러한 生覺을 안이 할 수 업스며 또 맛당히 生覺하여야 할 줄 밋나이다.

前 獨帝의 居所 인또른을 찻고

로텔담(Rotterdam)은 人口가 50萬 假量되는 商港이외다. 無論 世界商港 中 有數한 것의 하나이외다. 市街의 設備라든가 모든 것이 海牙나 다름 업더이다. 이곳에 와서 또른(Doorn)를 차저 가기로 行路方針을 定하엿나이다. 또른에 가서 前 獨帝의 近狀을 外觀만 視察하는 것도 興

味잇는 줄로 生覺하엿나이다.

獨逸서 떠날 적에 俱樂部 主人이 이곳에 隨來하야 잇는 自己 親舊의 姓名을 적어 주면서 부대 차저 보라는 付託을 바덧슴으로 엇재든 차저가 보쟈고 定하엿나이다. 로텔담서 急行車로 約 40分만에 우트레흐트(Utrecht)까지 왓나이다. 이곳은 大學 都市로 人口가 約 14萬밧게 안이 되며 古式 都市이더이다. 이곳서 다시 急行車로 約 30分만에 뜨리베르겐(Driebergen)에 到着되야 그곳서 다시 輕便車로 約 30分만에 目的하엿든 또른에 왓나이다. 그 中間 車 속에서 몃 번 車掌더러 무러서 大概 엇던 집이 前獨帝가 잇는 집인 줄 알엇나이다. 車에 내려서 또 다시 몃 번 물어서 正門을 찻젓나이다. 때는 벌서 下午 5時가 되엿스며 門前에는 和蘭巡査가 把守하고 잇더이다. 우리는 俱樂部 主人이 적어 준 사람을 맛나겟다고 말하엿더니 附近에 잇는 사람들은 顏色이 다른 사람들이 前獨帝잇는 곳에 와서 누구를 찻는 것를 보고 모도 異常시럽게 역이더이다. 을마만에 우리가 찻든 사람은 나왓더이다. 그이에게 우리는 朝鮮사람이란 것과 俱樂部 主人과의 關係와 우리의 來意는 이곳을 求景하려 온 것이라 말하엿더니 그이는 우리가 外國人이 되기 때문에 前獨帝의 居處하는 곳은 갓가히 求景할 수 업다 하면서 暫間 기대리라고 하더니 을마만에 다시 단녀 나와서 말하기를 侍從長이 우리를 맛나자고 하니 暫時들어 오라면서 先導하더이다. 우리는 事務室로 들어 가서 短身倭軀의 好好翁을 만낫나이다. 그이가 貴族出身의 侍從長이며 우리를 반가히 마저 握手하면서 自己가 西曆 1904年에 朝鮮을 訪問하아 各處를 周遊하엿는대 그 때는 朝鮮이 帝國이엿섯다고 하면서 우리의 來意와 우리가 伯林서 무엇을 하느냐고 뭇더이다. 우리 亦 大端 반갑으며 우리의 來意와 우리가 伯林서 工夫하는 것을 말함애 그이는 大端 忽忙하야서 長話는 못하나 內部는 보힐 수 업다 하더이다. 窓압헤 서서 居室의 前庭과 外面만 바라 보고 돌처 나왓나이다. 나는 一世의 英主 前 獨帝의 前日을 回想하고 今日을 熟考하야 보앗나이다. 그 威嚴과 그 好奢는 다 어듸로 가고 一身을 감추을 곳이 업서서 歐洲中에서도 小弱

國 和蘭, 和蘭國 中에서도 2, 30戶에 不過하는 寒村에서 時期의 再來를 바라는 지 餘生을 平穩히 하려 하는지 그 末路가 참으로 可憐하더이다. 또른은 아조 적은 村落이더이다. 저역이 되매 2, 3客店의 殘燈이 빗춰일 뿐이며 이곳이 前獨帝의 잇는 곳인가 하고 疑心할만 하더이다. 前獨帝 는 近者 再婚한 뒤로 을마짐 寂寞한 것을 잇겟지마는 그곳서 머지 안케 홀로 잇는 前 皇太子는 엇더게 지내는지 더욱 可憐할 것이외다.

前 獨帝가 엇재서 聯合國 外에 獨逸에게 好意를 가진 나라가 만흔데 何必 和蘭國으로 갓던가 하는 것은 政治上 問題와 地理上 隣接한 나라 라는 關係는 말 할 것 업시 이러한 特殊한 關係가 잇나이다. 卽 前 獨皇 太子妣는 獨逸聯邦國 中 前 某 太公國 太公의 妹弟요 太公의 叔父는 現 和蘭女王의 남편임으로 그 곳으로 가는 것이 손 쉬은 일이라고 生覺 되나이다.

反獨親佛의 白耳義를 찻고

白耳義國 首府 뿌류셀(Brvossel)은 小巴里의 觀이 잇더이다. 그 繁華 한 것이라든가 또는 모든 施設이 巴里와도 넘우 近似하더이다. 白耳義 의 全 人口눈 757萬이며 首府와 近郊를 合하야 約 83萬이 되나이다. 自働車속에서 보는 뿌류셀은 더욱 華麗하고 壯觀이더이다. 白耳義사람 은 和蘭사람과 달나서 獨逸語쓰기를 질기지 안터이다. 和蘭서는 和蘭 語를 몰으는 外國人이면 英語나 獨語를 任意로 쓸 수 잇섯다. 그들도 兩國語 中 大槪는 事情을 通할만하야 不便치 안터니 白耳義人의 態度는 아조 다르외다. 우리가 獨逸語를 말하면 조화하지 안코 獨逸語를 알면 서도 佛語나 英語를 말하나이다. 그들이 獨逸語를 몰으는 것이 안이 마는 國際間 感情問題로 獨逸語쓰기를 不肯하나이다. 그곳 사람의 말 을 들으면 大戰 當時 獨逸이 4年동안이나 뿌류셀을 占領하여 가지고 잇는 동안에 直接 必要가 잇슴으로 獨逸語를 배왓다 하더이다. 그러나 今日에 일으러서는 大戰 以後 葛藤으로 더욱 獨逸語말하기를 忌避하나

이다. 그것은 고만 두고 獨逸人이 大戰 前뿐이 안이라 大戰 後라도 그러케 만히 배호든 佛語를 昨年 以來 佛白兩軍이 라인江沿岸地를 占領한 以後로는 아주 佛語라면 딱 질색하는 것이외다. 이 國際間의 互相 感情 問題는 언제나 春日에 解冰되듯 되고 모든 일을 人類的 良心에 根據하야 造成하게 하며 모든 問題는 人類的 愛에 基礎되야 鮮決하게 할가 하는 것이 우리 人類의 最先 急務가 안이면 무엇이겟나잇가. 다른 곳은 고만두고라도 가장 國家數爻가 만혼 歐洲를 보드래도 비록 戰雲은 베르사이條約으로 것첫다 하나 列國間에는 百鬼가 暗行하야 서로 情狀을 窺察하기에 無暇이며 따라서 砲聲은 어늬 곳에서 날지 몰나서 高枕安眠처 못하는 것은 列國 爲政者의 모양일 뿐 안이라 現代 諸國民 의 戰戰兢兢하는 배이외다. 今日에 누구가 世界의 永遠 平和를 保障하리오. 耶蘇氏 탄생하야 人類愛를 말삼하고 世界平和를 主唱한지 이미 近 2,000年이 되엿스며 世界人類가 그 道를 듯고 사모하엿스며 特히 歐美人들이 그 道理를 爲하야 無數히 피를 흘이엿지마는 今日의 世界에는 그저 人類의 相鬪가 끈치지 안코 人類的 愛라는 것이 손톱 끗만치 업는 것은 勿論이요 人類的 良心의 發動이라는 것은 눈 씻고 차지려도 볼 수 업나이다. 以後에 世界 地圖의 色彩는 몃 번이나 變하려는지 이것을 누가 卜知하리요. 참 問題中의 問題라 하나이다. 要點은 어듸 잇나잇가. 人心이 固陋한데 잇스며 因襲에 매여 잇는 綠由라 하겟나이다.

白耳義에서는 一般的으로 佛語와 和蘭語이더이다. 어듸든지 보면 2個 國語로 씨워 잇더이다. 和蘭語는 英獨佛 3個 國語의 混合語갓지마는 系統은 丁抹瑞典과 갓치 獨逸語에 屬하엿스며 獨逸語에 近似한 것이 만터이다. 商港으로 世界에 有名한 안트베트펜(Antwerpen)은 人口 36,7萬이나 되며 埠頭에는 世界 各國 船舶이 매여 잇스며 이로부터 世界 各地의 사람이 來往하며 또 이로부터 世界 各地의 物産出入이 되나이다. 白耳義國으로서는 不可無의 良港이외다. 나는 또 이러한 生覺을 하엿나이다. 언제나 朝鮮사람의 손으로 배를 부리워 이곳까지 와서 各種 物産을 賣買하게 되며 우리의 船舶을 埠頭에서 차질수 잇슬가 하엿나이다. 이러케 生覺하고 보니 우리의 압일이 하도 딱하더이다. 그러면 우리에게는 이것이 不可能한가하면 그런 것이 안이라 우리에게는 基礎가 뇌히지 못하엿나니 그럼으로 每事에 順序的이 안이외다. 우리가 基礎를 단단히 하면 무엇이 무서우며 무엇이 어려우릿가. 우리 運動의 中心은 基礎를 쌋는데 잇고 順序를 어기지 안는데 잇는 줄 아나이다. 이 商港의 規模는 宏大하외다. 築港으로부터 市街의 設備에 이르기까지 安全히 하려 한 것이 보히더이다.

噫 最後의 所感

和蘭 白耳義를 求景하고 9일만에 伯林에 돌아 왓나이다. 어대가든지 設備가 華麗하야 耳目을 질겁게 하며 寢食이 便安하야 身體를 安肥케 하나 恒常 罪悚스러운 것은 本國에 게신 우리의 父老들이 얼마나 이러한 것을 享樂하야 보앗나 하고 生覺되는 것이외다. 아모리 우리나라에서 누구가 朝鮮首富이니 名望家이니 하여도 朝鮮 內地에서는 全體上으로 이러한 호강을 하는 사람은 업슬 것이외다. 獨逸 國內는 勿論하고 엇더한 나라를 가보든지 朝鮮가티 國貧民弱한 나라는 藥에 쓰려고 차저도 업슬 줄 아나이다. 波蘭이 아모리 3分이 되엿다가 復興이 되야 新接살이라 하여도 朝鮮보담 낫고 和蘭이 西海濱에 잇서서 歐洲列强에게 눌러 지내여 無氣力하다 하드래도 朝鮮보담 낫고 白耳義가 大戰前에는 永世中立國으로 世界政局에 아모 交涉이 업섯스며 大戰을 치른 後 大端 疲弊하엿다 하드래도 朝鮮보담 낫슴니다. 波蘭은 人口가 朝鮮보담 越等히 만치마는 和蘭 白耳義는 朝鮮에 比하야 半分도 못 됨니다. 그러나 列强 틈에 끼여서 창피는 免하고 지냄니다. 和蘭과 白耳義는 참으로 間於齊楚하야 事齊乎인가 事楚乎인가 하고 무를만한 處地이외다. 그러나 이 두 나라는 그러한 弱態는 조곰도 보히지 안코 國家로서의 行世하는 法을 잇지 안나이다. (4月 11日)

[21] 上海의 녀름, 金星, 『개벽』 38호(1923.08)

*여름 특집

7월 7일 미국 독립 기념일, 7월 14일 프랑스 혁명 기념일을 맞아 상해의 불란서
공원 안의 축제 모습을 그려낸 글＝식민 제국주의의 성격을 비판

　「쾅」하는 소리가 나면서 밤 한울에는 자지빗 꼿이 핀다. 그러고는
그 꼿닙들이 하나식 두흘식 떠러져서 별장가 가듯 쏜살가티 大氣 속을
달아나면서 다시 「보지직」소리를 지르며 파－실오래기들을 수양버들
가지 느리우듯 실실히 느리우고는 마츰내 누러우리한 연긔로 化하야
어둠 속에 스러진다. 그러면 그 우흐로 또 우흐로 머－ㄹ리 반작이는
별들이 바록바록 웃고 잇다. 이 「쾅」하는 소리가 들닐 때마다 數千의
군중은 일꺼번에 고개를 쳐든다. 따라서 「와－」하는 괴이한 驚嘆의 소
리가 밤공긔를 울니운다. 밤은 서늘하고도 더웁다. 간 곳마다 줄줄히
느려 노흔 일류미내이쉰 아레로 사람의 떼가 웃고 떠들며 허늑인다.
찬란한 옷들을 두르고 평안이 머리 숙인 형형색색의 꼿들이 피인 花園
안 풀밧 우흐로 男女는 쉬임을 어드려 모혀든다. 파－라케 보드러운
짬띄 우헤 안져 불란서 國歌의 장엄스런 선률에 귀를 기우리면서 女子
들은 부채질하고 男子들은 맥고 모자로 활활 붓는다. 누런 빗줄로 물드
린 大地, 술, 狂亂, 버들나무, 群衆, 無心 그 속에서 外國人들이 춤을
춘다. 라팔 불고 북 치고 바이을린 그어주면 열락과 술에 얼근히 취한
男女들이 쌍쌍히 붓잡고 다리를 웃줄웃줄하면서 舞蹈場을 헤매인다.
문 밧 無線電信局에서는 끈침 업시 「찌르르찍찍」하면서 世界 各處에서
모혀드는 소식 줄 것은 소식을 바다드리고 내여 보낸다. 그러나 군중은
그거슨 생각지도 안는다. 형형색색의 다른 나라에서 온 사람떼들은 다
제각긔 제 생각대로 이 밤을 새우려 한다. 會舘 현관 우헤는 世界 各國

旗가 바람에 펄럭거리면서, 즐김, 원망, 싀긔, 탐욕, 동정 등의 눈으로 그 아레를 방황하는 군중을 나려다 보고 잇다. 가는 곳마다 3色旗가 춤추고 잇다.「축복 바든 불란서 사람들아 마음껏 즐겨라」하는 속삭이가 어대선가 울녀온다. 새벽 긔운이 떠돌건만 군중은 아직도 행락의 만족을 엇지 못햇나 부다.

이것이 7월 14일 밤의 불란서 공원 안 일이다. 남의 땅에 와서 無知한 土人들을 속히고 위협하야 1年 내내 슬컷 빼앗아다가 그들은 이날 하루에 질탕치듯 놀아본다. 自由, 平等, 博愛를 말 놉히 부르면서 남을 학취한 돈으로 잘들 논다.

7월 7일과 7월 14일은 上海 年中 行事에서 빼여낼 수 업는 귀중한 날이다. 더욱이 上海의 녀름을 말할 때 이 두 날을 말치 안홀 수 업다.

7월 7일은 北米合衆國 獨立紀念日이다. 이날 미국 사람 全部가 아츰 한 곳에 모혀 간단한 (約 30分間) 式을 지난다. 國旗에 對하야 最敬禮, 獨立宣言書의 랑독, 祝電의 公佈, 領事의 式辭, 祈禱로 式을 마친다. 오후에는 포마창 운동쟝에서 빼이스뽈 경긔와 미국인 학교 학생의 연극이 잇다. 저녁에는 불노리, 밤에는 술과 딴쓰가 잇다.

7月 14日은 佛蘭西革命 紀念日이다. 아츰에는 式과 가장 행렬이 잇고 오후에는 불란서 공원에 모히여 가진 작란을 다 한다. 물싸움, 나무잡이, 줄다리기 등. 밤에는 회관 압마당에 줄과 딴쓰와 게집이 잇다. 廣場에서는 活動 사진을 놀닌다. 불란서 공원은 不夜城을 이루고 法大馬路는 사람으로 꽉 맥힌다. 中國服이나 日服을 닙고는 1年 내내 불란서 공원에 못 들어간다. 불란서 공원에 들어가려면 반듯이 洋服을 닙어야 한다. 그러나 7月 14日 하로만은 大公開이다. 中服을 닙엇건, 日服을 닙엇건 마음대로 그 날 하로는 들어가 놀 수 잇다. 그러나 밤에는 入場料를 조곰 밧는다. 佛人들은 밤새도록 춤을 춘다. 요새는 中國人, 日本人들도 더러 그 춤에 석겨 춘다. 밤새도록 불노리를 계속한다.

上海의 녀름은 몹시 더웁다. 普通 100度 內外일다. 졍 더운 날은 115度까지 올나 간 일이 잇섯다. 內服만 걸치고 가만히 방안에 안젓서도 땀이 좔좔 흘너나리는 때가 만타. 밤에 자려고 자리에 누으면 가슴이 턱턱 막히고 등골에서 땀이 졸졸 흐르곤 한다. 오후에 거리에 나가 거르면 콜타ㅡㄹ 칠한 행길이 물큰물큰하고 反射하는 太陽熱이 홧홧 얼골에 처밧친다. 엇든 때는 손님을 태와 끌고 비지땀을 흘니며 다라나든 人力車夫들이 길 가운데서 日射病에 들녀 폭폭 꼭구라지는 때가 만타. 또 더욱이 괴질이나 창궐할 때이면 시재 人力車를 끌고 가다가도 中路에서 꼭구러져 죽는 勞働者들도 만타. 그러면 그 人力車를 타고 가든 白人種은 벌덕 나려서서 혀를 가로 물고 죽은 불상한 死體를 발길로 한번 툭 차고 저 갈 길을 간다. 그러면 순사가 와서 시톄를 치운다.

불란서 공원 나무 그늘 아래로는 아츰부터 서양 애기들을 잇끌고 中國人 혹은 日本人의 아마(乳母)들이 모혀든다. 天眞스런 아해들이 하로 종일 모래 작난하면서 놀고 잇스면 그 뒤 울타리 안에서는 저녁마다, 그 애들의 어머니 아버지가 테니쓰를 치며 논다. 맥끈한 풀 밧 우혜 下人 식혀 줄처 놋코 식컴언 휘장을 돌나친 후 래켓트를 번득인다. 그러면 이 땅 主人의 아들은 땅 뺴앗기고 옷 뺴앗긴 채 여긔 와서 掠奪者들의 뽈 집어다 주는 심부림을 해주고 어더 먹고 잇다.

불란서 공원 안에서 사진긔게 들고 비슬비슬하는 東洋 사람들을 보면 그것은 곳 日本人인 줄 알고 나무 그늘 아레서 교의에 洋服 웃져고리 버서 걸고 안저 낫잠 자는 東洋人은 보면 곳 朝鮮人인 줄을 알아내인다. 공원 안에 잇는 구락부 뜰에는 매일 밤 自働車가 꽉 드러찬다. 그러고는 그 안에 란간방에는 선풍긔와, 군악과, 술과 게집이 잇다. 불란서 사람들은 밤들기까지 거긔서 춤을 춘다. 그러면 우리나라 젊은이들이 흔히 구락부 울타리 밧게 교의를 갓다 노코 안자 겨우 새여나아오는 군악소리에 귀를 기우린다. 더욱이 요새는 露國人이 갑작이 만하져서 젊고 불상한 아라사 게집아해들이 한무리식 밀녀와서 울타리 밧 풀밧헤 돌나서서 멀ー니 구락부 안에서 흘녀오는 바이올린즐의 노래를 맛초아 天眞스럽게 춤을 추며 도라가는 것을 흔히 볼 수가 잇다.

우리나라 사람은 대개 다 法界 안에 잇슴으로 공원에를 간다면 거의 들 불란서 공원에 간다. 그럼으로 法界 안에서 우리 나라 사람들끼리 그냥 「公園에 간다」 하면 그것은 벌서 불란서 공원을 意味한다. 그러나 大戰 以后로 여디업시 영락된 독일 공원에도 만히 간다. 處女들과 小學生들은 스케ー트(박휘 달닌 것) 타러 쎄멘트場으로 靑年들은 풋뽈 차려 草場으로 老人들은 나무 그늘 아레로 이러케 만흔 우리나라 사람이 적적한 독일공원 도라보는 이 업는 독일공원에 모혀든다.

「中國人과 개는 들어오지 못한다.」 이것이 황포탄 萬國公園 문깐에 써붓친 패쪽이다. 녀름의 만국공원은 有名한 것이다. 잇따금 압강으로 떠도라 다니는 화륜선들이 식컴언 연긔를 푹푹 끼언쳐 주는 짓이 괴롭기도 하지마는 그래도 거긔가 강변이여서 바람도 조곰 잇고 공원장치도 묘하고 하여서 사람이 만히 모혀든다.

녀름날에는 아모 때고 만국공원에를 가보면 뻙언 수건 쓰고 누ー런 양복 닙은 턱석뿌리 씨ー크사람(印度人)들이 나무 그늘 아레마다 둘너안져서 하로종일 트램프(노름의 一種)를 놓고 잇는 것을 볼 수 잇다. 그리고 뎜심때 쯤은 日女 갈보들이 추한 몸즛을 내두르면서 공원 안을 거니는 것을 만히 볼 수가 잇다. 그러나 지녁때만 되면 공원은 그만 사람으로 긋득 채와지고 만다. 도로혀 복잡하다는 英大馬路나 4馬路보다 더 복잡하게 된다. 좃차서 만국공원의 녀름은 이 世界 어대보다도 더 똑똑하게 世界縮圖의 감을 준다. 本來 上海는 世界人의 市라는 말이 잇다. 그러나 녀름날 저녁의 만국공원은 그야말로 공원 일홈 그대로 萬國人의 集合處가 된다. 千坪 內外되는 上海서도 아주 좁은 이 萬國公園 안에서 우리는 世界 各國 사람을 다 볼 수 잇고 世界 各國 방언을 다 드를 수 잇는 것이다. 밋상 멀끔한 美國人, 활게 내두르는 서뎐이나 노위사람, 엉댕이 내두르는 불란서 女子, 졈잔을 빼는 英國 아해들, 생글생글 웃는 혼혈아들, 사람을 녹이게 아름다운 포도아 女子, 장화 신은 아라사 勞働者, 하오리 닙고 게다 끄는 日人, 洋服 닙은 中國人, 內服 저구리만 닙은 印度 문직이꾼들, 니빨 색캄한 安南人의 떼, 동글한 모자 쓴 土耳古人, 턱석뿌리 猶太 녕감, 또록또록하는 波斯人, 가이써 수염 기른 獨逸人, 뚱뚱한 和蘭 女子, 어청어청하는 朝鮮人, 키 적은 이태리 사람, 神父텨럼 생긴 에급 사람들이, 제각기 제나라 衣服 혹은 제나라式 의 洋服을 닙고 가지각색의 방언을 주절거리면서 형형색색의 거름거리 로 공원 안이 떠들썩해진다. 적어도 녀름날 저녁마다 몇 시간 동안식만 은 이 만국공원에서는 아모런 民族的 差別, 國際的 嫉視가 업시「人類」 라는 同一한 形態 밋헤서 世界 萬國 사람이 다 가티 질기는 것이다. 午后 다섯시부터는 每日 中央 音樂堂에서 上海市政廳 洋樂隊에 奏樂이 잇다. 그리고 통상 밤 새로 세시까지는 공원이 비이지 아니한다.

上海의 녀름은 길다. 6月 中旬으로부터 9月 中旬까지는 그져 물쿠어 내인다. 그래 돈 만흔 富者들이나 大學 敎授들은 靑島, 목칸, 山杭州 等 地로 避暑를 간다. 그리고 그냥 上海 잇는 사람들도 白人의 多大數는 事務室에나 家庭에나 커ー다란 선풍긔를 놋코 저녁이면(特히 土曜와 日曜에) 家族이 自働車를 모라 黃浦江가으로 도라 멀ー니 吳淞으로 산 보를 나간다. 그러나 녀름이 되야서 더 괴로워하는 것은 工場 속에 勞 働者들이다. 더웁고 내음새 나고 좁은 工場 안에서 하로 3, 40錢 밧는 生活費를 위하야 每日 12時間 以上을 바람 한번 못 쐬이고 땀을 흘니는 少女가 數萬 名이 된다.

中國은 人種이 만흔 나라인 것은 누구나 다 잘 안다. 녀름날 저녁에 中國人 거리를 보지 안흐면 中國의 人口가 얼마나 만흔 것을 상상하기 힘들 것이다. 녀름날 저녁 어쓸햇슬 때에 上海 中國人 거리를 巡廻하면 누구나 다 놀나지 아니치 못한다. 中國 사람은 누구나 다 저녁을 먹은 후에는 참대로 만든 조고만 椅子나 또는 동그란 나무 椅子들을 집압 길가에 내다 놋코 버틔고 안저서 담배를 피우면서 떠드러 내인다. 이것 은 中國人에 한 風俗이다. 그래 녀름날 저녁 엇쓸할 때는 市街 左右는 사람으로 城을 싸하 놋코 만다.

上海 跑馬場은 上海 居留外國人의 녀름 오락쟝일다. 그 널븐 마당을 제각긔 떼여 맛하 가지고 저녁마다 미국인은 뻬이스뽈, 英國人은 크리켓이나 꼴푸, 日本人, 印度人 等은 테니스를 놀고 또는 때때로 英國人의 競馬大會가 열닌다. 蘇州路와 新公園 압헤 水泳場이 잇서서 졂은 西人 男女들의 노리터가 되고 有名한 競馬場의 所在地인 江灣 압헤는 今年에 새로히 上海서 제일 큰 오픈에어―ㄹ 水泳池를 만드러 노핫다. 그러나 이 죠흔 설비들은 모다 白人들이 白人들 自身을 위한 거시오 그 땅의 主人인 中國人을 爲始하야 그밧 東洋 사람들은 그들의 잘 노는고 유쾌하게 지나는 거슬 구경하는 것으로 一種 變態的 쾌락을 엇고 잇는 것이 사실일다.

上海서 녀름에는 흔히 各 學校 夏令會와 夏期講習會가 열닌다. 그러면 東支那 各 地方에 잇는 靑年 男女 學生들은 구름갓치 모혀드러, 講論, 工夫, 說敎, 演說, 水泳 테니스, 野球, 夜會 等으로 즐긴다. 그러고 特히 우리나라 留學生으로 2, 3年前에 組織된 華東韓國學生聯合會大會가 年來로 늘 7月 上旬에 上海서 開催된 것이 또한 上海의 녀름 行事 中 닛지 못할 일의 하나일 것이다.

上海 안에 잇는 數十處에 劇場은 또 한녀름 동안에 업슬 수 업는 노름터일다. 극장의 설비는 대개 완전하야 써늘하게 하로 저녁을 즐기기에 매우 덕당하다. 西洋人들은 또한 로우윙클럽이 이서서 大小의 數十 뽀―트를 설비하야 저녁마다 황포강 우헤 강바람을 쏘히러 나아간다. 그러나 본래 중국은 물이 너무 흐러여서 우리나라에서 강에 나가 노는 것 만한 흥취는 엇기가 힘들 것이다.

上海의 녀름을 말할 때 우리 朝鮮 사람으로는 닛지 못하고 소홀히 하지 못할 큰 行事가 잇다. 그거슨 곳 8月 금음에 上海 法界 엇든 모퉁이에서 數百의 朝鮮人이 모히여 눈물을 흘리고, 가슴을 치며 비분감개한 演說을 하고 간절한 묵도를 올니는 밤이 잇는 것이다.

上海의 녀름을 생각할 때 이를 또한 니져 부리지 말고 닛지 아니하여야 할거시다.

上海의 녀름에는 現 社會制度 아레 잇는 온 것에서 不合理가 드러잇다. 上海의 녀름은 엇든 게급에게는 놀기 죠흔 시절이다. 그러나 또 上海의 녀름은 다른 한 게급(多數의 人을 포함한)에게는 病死, 땀, 눈물, 코레라. 페스트, 不景氣를 가져오는 惡魔인 것을 가슴에 더 한 번 색여볼 필요가 잇는 것이다. (終)

[22] 서울의 녀름, 城西學人, 『개벽』 38호(1923.08)

한강, 철교, 약수터, 장안 성중의 모습을 그려낸 글

서울의 녀름이라면 지금은 漢江을 聯想아니할 수 업다. 漢江에는 靑玉과 가티 맑고 깁흔 물이 잇다. 거긔서는 시원하게 沐浴할 수 잇고 一葉舟를 노하 서늘한 江ㅅ바람을 쏘일 수가 잇다. 그것은 다 못하더라도 鐵橋의 欄干에 기대어 구비지는 푸른 물을 나려다 보기만 하여도 心身이 爽快하여지는 것이다.

만일 달 밝은 밤이면 더 말 할 것 업다. 달에서는 서늘한 바람이 나리고 물에서는 서늘한 바람이 오른다. 이러한 속에 배를 中流에 노하 蘇東坡式으로 놀면 퍽 시언도 할 것이다. 그러나 이것은 돈ㅅ푼이 잇는 風流郎이 아니고는 저마다는 못하는 일이다. 저녁을 먹고나서 新龍山行 電車가 터져라 하고 漢江鐵橋로 向하는 서울의 大衆은 대개 人道鐵橋로 왓다 갓다하면서 江上으로 울어오는 風流郎의 妓樂ㅅ부스럭이를 어더듯기나 일도 업시 한 時間에 7圓씩이나 주는 미까도 自働車에 妓生을 싯고 豪氣롭게 달려오는 무리를 羨望할 뿐이다. 그만하여도 足히 눈과 귀는 배 불릴만하다. 간혹 심술구즌 친구는 鐵橋 한복판에 悠然히 서서 달려오는 自働車를 停止를 식히고는 車內에 타고 안즌 人物을 點

檢도 한다. 난데업는 작쟈가 길을 가로막고 심술스런 눈으로 기웃기웃 들여다 볼 때에는 天下가 내 것인 듯하던 天上郎의 豪氣도 그만 깨어질 것이다. 그런 뒤에야 심술구즌 친구는 特別한 恩惠로 容恕하는 드시 더욱 悠悠히 길을 비켜서서 車의 通行을 許한다.

近來에는 鐵橋에서 풍덩실 빠져죽는 風流士女가 늘어감으로 鐵橋 한복판쯤에 「一寸お待ち」라는 패를 부첫다. 져승ㅅ길이 밧브더라도 暫間 警察署에는 다녀가란 뜻이라 警察의 親切한 心事는 可賞하다 하더라도 셜마 치마ㅅ자락을 추켜들고 뛰어나리던 사람이 그 패를 보고 어슬렁 거리고 警察署로 갈는지 疑問이다. 그래서 그런지 지금은 鐵橋에 巡檢 들이 지켜서서 鐵橋로 가는 사람과 自働車를 ――히 點檢한다. 얼굴을 보면 죽을 놈인지 살 놈인지 알 것쳐름 燈을 쳐들어서 사람의 얼굴을 仔細히 들여다본다. 아마 죽을 맘이 업던 사람이라도 이런 不快한 일을 當하면 에라 죽어버리자 하는 생각이 날 것 갓다.

다음에 서울의 녀름에 聯想되는 것은 악바꼴 약물터일 것이다. 일흠만 남은 獨立門을 나서서 흙물 들인 옷에 땀이 좍 흘르며 쇠사슬을 철철 끌고 땅을 파는 불상한 무리들이 사는 金鷄洞 亭子(西大門 監獄) 뒤에 악바꼴 약물이란 것이 잇다. 只今은 自働車까지 다니게 되고 茶亭까지 지어노핫다. 하로에 萬名은 들어날 것이다.

나무 한 개 업는 빨간 山ㅅ비탈에 비지땀을 흘리고들 안저서 습습한 冷水 한 그릇을 어더 먹겟다고 얘를 부뎅부뎅 쓰는 것은 가엽기도 하고 우습기도 하다. 허기야 사철 鉛管에서 썩어 긔운 다 빠진 미지근한 水道ㅅ물만 먹던 서울ㅅ사람으로는 大地의 乳房에서 바로 소사나오는 冷水 한 그릇도 고맙기는 할 것이다. 그러나 물 한 바가지를 먼저 어더 먹것다고 비비고 틀고 아우성을 하는 꼴은 꿈에라도 외국 손에게는 보이고 십지 아니하다.

三淸洞도 相當히 繁昌하고 「복주움물」에도 相當히 사람이 모힌다. 돌 틈에서 나오는 물은 모도 약물이닛가 이런 것도 다 약물이라 한다.

우에 말한 것은 서울의 녀름과 물과의 關係다. 漢江도 물, 악바꼴도 물, 三淸洞도 물이다. 들여다 볼 물. 沐浴할 물. 한 바가치 마실 물이다. 올치 南山에 꾀꼬리 바위 약물이라 썩 일홈 조흔. 그러나 그리 사람 만히 안 가는 藥물도 잇다.

그러나 녀름의 셔울은 물만 차즐 것이 아니라, 樹蔭도 차즐 것이다. 이 要求에 應하는 것이 東大門 밧게 淸涼寺, 永道寺, 東小門을 나서서 城北洞, 俗稱 시구문이라는 光熙門을 나가서 往十里 電車終點 갓가히 잇는 安靜寺라는 字로 通하는 靑蓮寺, 그 담에 좀 멀리 가서는 新興寺라 는 興天寺, 거긔서 좀 더 가서 藥寺, 좀 더 멀리 나가서는 華溪寺 等地다. 土曜 日曜 가튼 날에는 京城 人士들이 或은 妓生을 싯고 或은 2, 3友로 作伴하야 數업시 몰려간다. 아마 그 中에 가장 代表的인 곳이 淸涼寺일 것이다. 淸涼寺라면 일홈은 시언하게 들리지마는 其實 그다지 淸涼한 데는 아니라. 洪陵의 樹林과 交通이 便한 것이 그리로 사람을 끄는 모양 이다. 紫霞門이라야 알아듯는 彰義門을 나서서 洗釰亭의 濯足도 넷날 에는 꽤 有名하엿스나 只今 採石場 때문에 殺風景이 되어서 別로 가는 이가 업는 모양이다.

인제 長安城中을 돌아보쟈-

萬戶 長安이라것다. 其實은 5萬戶는 된다. 이 萬戶 5萬戶의 기와가 쪼이는 볏헤 이글이글 달 것을 생각하라, 얼마나 덥겟나. 이 5萬戶의 뒷간에 구데기 끌는 똥ㅅ내, 5萬의 수채구멍의 거품지는 구린내, 5萬戶 의 쓰레기桶의 薰蒸하는 쉰내, 그 中에 25萬 男女의 몽뚱이에서 蒸發되 는 땀내 발ㅅ고린내- 이 모든 냄새가 한데 엉키어 서울 長安을 둘러 쌋슬 것을 생각하라, 얼마나 구리고 고리겟나.

그래도 조타고 사람들은 셔울로 모혀든다. 大地의 乳房에 내쏘는 淸 冽한 冷水를 바리고 미지근한 水道ㅅ물을 마시려 馥郁한 草木의 香氣 로 찬 新鮮한 大氣를 바리고 똥ㅅ구린내를 마트러 우통 활딱 벗고 다리 도 다 내어도코 정자 나무ㅅ그늘에서 낫잠 잘 데를 바리고 녀름에도 아레 우를 꽁꽁 동여매고 말 만한 다 떠러진 쟝판 방에 굶은 빈대헌테

뜻기러, 싀골ㅅ사람들은 「서울로, 서울로!」하고 큰일이나 난듯키 쓸어 모혀든다.

져 구린내 나는 개천ㅅ가 쓸에기통 미테 섬ㅅ거적을 깔고 두러누어 밤이슬을 맛는 무리도 싀골을 바리고 온 이들이다. 마님, 아씨, 작은 아씨들에게 뻥뻥 구방을 바드면서 좁은 부억에서 밤낫 흘리는 땀에 왼 몸에 땀띄가 콩먹석가티 돗는 할멈 어멈들도 다 싀골서 모혀든 무리오 씨멘트ㅅ길에 牛馬도 턱턱 숨이 막히는 한낫에 人力車를 끄는 이도 싀 골서 올라온 무리다.

그네에게는 잠자리 날개가튼 모시, 당황라도 업고 흰 세루양복, 瀟洒 한 파나마 麥藁도 업고 漢江 淸凉寺도 그네와는 아모 關係가 업다. 하물 며 朝鮮호텔이나 明月舘 國一舘에서 扇風機ㅅ바람에 感氣들 근심을 하 면서 纖纖玉手가 따라주는 어름보다 더 찬 麥酒를 마시는 그러한 風流 는 오직 少數의 富神의 選民에게만 태운 福이다. 「에 아스꾸리! 에 아스 꾸리!」하고 병문에서 외오는 한잔에 1錢ㅅ자리 成分도 잘 알 수 업는 아이스크림에 타오르던 가슴의 불을 끄는 것도 所謂 第4階級이나 잇는 幸福이오 分에 넘치는 가난방이 紳士는 體面의 우틔ㅅ고름을 잔뜩 졸 라매고 지글지글 끌는 제 침쌩울이나 꿀꺽꿀꺽 삼킬 뿐이다.

돈푼이나 잇는 사람은 海雲臺로 가네 釋王寺로 가네 3防으로 가네, 다 避暑하러 다라나고 生活의 劣敗者들만 비지땀을 흘리고 짓구즌 빈 대밥 노릇을 하는 심이다.

서울은 아름다워야 할 都會다. 自然의 景致가 甚히 아름다온 都會다. 셔울은 決코 녀름에 견듸기 어려울 都會는 아니다. 東京이나 上海가튼 炎蒸하고 濕한 데가 아니다. 오직 不足한 것은 人工이다. 언제나 우리 손으로 우리 서울을 시언하고 깨끗한 서울을 만들어 노코 살아보나.

[23] 一千里 國境으로 다시 妙香山까지,
春坡, 『개벽』 제38호(1923.08)~39호

▲ 제38호

(新義州까지 記事 5頁 削除)

鴨江 鐵橋를 건너면서

5月 19日 (土) 晴 신의주 來客으로 第一 急한 것은 鴨江 鐵橋 求景. 安東 市街 求景 元寶鎭江 兩公園 求景이다. 依例로 본거지만 一時가 急한 우리 一行은 安東을 向하야 일즉이 떠낫다.

所謂 東洋 第一의 大鐵橋 鴨綠江 鐵橋 中央은 汽車橋 東西는 往來 人道橋 日 3時 開閉橋. 이 鐵橋야말로 名不虛傳의 東洋 大建物이다. 形式도 宏壯하거니와 構造도 健固하다. 12間 3,098呎 工費 175萬圓으로 (明治 35年에 起工하야 44年에 竣成) 된 이 鐵橋는 滿洲의 관문 朝鮮의 終點 東亞 歐洲 직통으로 그 位置 그 名聲이 果然 世界에 소리처 자랑할 만하다

江北 江南에 安東 新義州 兩 國境 大都會가 잇고 江西 江東에 平野가 通開하얏스니 水陸交通 人文의 集註物貨의 段盛. 엇던 方面으로든지 雄州巨塞이다.

아- 洋洋勢無窮한 2千里 長江? 언으때 始하야스며 언으때 終하랴는가. 사람을 얼마나 살녀스며 또 얼마나 죽엿는가. 物貨는 멧 萬噸이나 보내스며 또 밧앗는가.

材木은 幾百萬株를 안어내스며 穀物 幾千萬石을 실어내엿는가. 上下에 뷘 틈 업시 無時로 떠잇난 저- 船舶 生을 爲함이냐 死를 爲함이냐. 하도 浩蕩하니 生覺이 頭緖를 못 가리겟다.

아서라 鴨綠江아 네가 分明히 朝鮮의 江이여늘 왜 朝鮮人의 눈물과

247

怨恨만 밧어드리느냐. 鴨江의 波를 누가 快하다 안이하랴만은 너를 둔 朝鮮人은 悲한다. 綠江의 風을 누가 시원타 안이하랴만은 너를 둔 朝鮮人은 늣기는구나. 아서라 綠江아 綠江의 月을 讚美하는 者 누구며 綠江의 日을 翫賞하는 者— 누구냐. 綠上의 春波 綠江의 夏濤 綠江의 秋月 綠江의 冬雪 그것이다— 朝鮮人에게는 一點의 慰安이 못 되는구나. 國內로 드러오는 兄弟— 반듯이 한숨 지우며 머리 숙이고 드러오고 國外로 나아가는 同胞— 依例로 눈물 뿌리며 얼굴 가리우고 나아가니 웬일이냐 탓이 누 탓이냐? 아무래도 네 탓이지 안이다. 너야 무슨 罪랴 分明히 네 罪가 안일 줄 알면서도 하도 抑鬱하야 너에게 뭇는다.

鐵橋 中央에 벗치고 서서 上下左右를 내미러 보고 올녀미러 보면서 두루 엉크러진 抑怨을 풀자 하니 限이 업고 끗이 업다. 압선 자— 어서 오라 뒤선 者— 어서 가자 하니 不得已 밀니여 鐵橋 終點을 밟게 되얏다. 守兵 稅官이 비록 銃뿌리를 두르고 눈이 빠지게 注目을 한들 於我에 何關고 坦坦然 國境을 넘어섯다.

<u>여기부터 外國땅이로구나 外國? 何必 外國이랄 것 무엇이냐. 그저— 사람 사는 世界이지 國境? 國境이 다— 무엇이냐.</u>

그러나 말이 다르고 衣服이 다르고 風俗이 다르니 異國 異民族의 觀이 업지 못하다. 牌木에 「小心火車」의 句만 보아도 外國來의 感이 確實히 잇다. 이것도 習慣眼이겟지?

安東 市街를 一瞥하면서

安東縣 日本領事舘에 暫間 들녀 副領事 金雨英氏를 차자 安東의 槪況을 듯고 다시 朝鮮人 經營의 商會 裕政號에 들녀 主務 金珝張驥植 兩氏를 차자 安東에 對한 朝鮮人의 商況 及 南滿在留의 朝鮮同胞의 狀況을 듯고 나서 엇던 中國 料理店에서 金雨英氏의 주는 點心을 맛잇게 먹엇다. 不請妓가 自進하야 巡盃酌은 善俗이라 할넌지 朝鮮에 업는 奇風이다.

이제부터는 市街를 좀 볼 밧게 업섯다. 아— 口逆이 나리만콤 醜雜하다. 塵芥 泥梁 曲折 凹凸 게다가 挾窄 냄새나고 몬지나니 코 막고 눈 가리우고 야단니겟다. 그러나 建物들은 堅固雄壯하다. 路傍 飮食店은 참— 더럽기도 하다. 파리와 몬지가 食物은 말고 店人까지 뒤싸서 보이지 안이하니 더— 할 말이 무엇이랴. 警官이란 왜 그리 無能해 보일가. 灰色 服裝에 팔장 끼고 3日 1食도 못한 사람가티 장승 모양으로 우둑허니 선 것은 할 수 업는 허수압이다.

에라. 元寶山이나 求景하자. 彼— 더럽기로 有名하고 數 만키로 有名하고 갑싸기로 有名하고 들추기로 有名한 中國의 2頭馬車를 元寶山까지 20錢 約定으로 불너 타고 元寶山 公園에를 갓다. 山下에 關廟가 잇고 學校가 잇고 遊樂處가 잇다. 整齊하고 산듯하지는 못하나 그러나 元寶山은 安東의 主山이라 中國 市民의 共同公園이다. 山이 高하고 位가 北이닛가 此 山에만 登하면 安東 全景은 姑捨하고 뒤로 南滿洲 一圓 압흐로 朝鮮 對岸이 統히 눈 아레 든다. 金石山에 白雲이 飛散하고 鴨綠江에 舟筏이 往來한다. 西으로 點點한 兄弟山 또 溶溶한 長江 大勢와 東으로 威化島 蘭子島 멀니 統軍亭까지 稀微히 보인다. 허리를 굽혀 安東 行街를 보니 아— 複雜도 하다. 꽝 꽝 퉁탕 別에 別 雜소리가 만히 난다. 귀가 압흐고 눈이 부시다. 生을 찾노라 그리 하겟지만 死가 方今 臨한 듯 하다. 西山이 이른바 「萬國都城如蟻蛭千秋豪傑似醯鷄」의 句가 문득 生覺난다.

누구나 山에 登하고 水에 臨하면 世上을 濛塵視하고 自然을 探賞來함이 事實인 것 갓다. 亭子 잇고 亭子 東西柱에 一首의 句가 부터스니 「人在畫圖中江流天地外」란 누가 그럴 듯이 白鷺을 날녓다. 나 또한 詩想이 업스랴만은 急進派 反對派의 틈에서 그만 이렁저렁하고 마랏다.

一處 長留客은 우리갓지 안터라. 빨니 단니자 도라 가자 하야 下山하야 安東 3番通 海東旅舘에 宿所를 定하엿다. 訪來한 兄弟들과 懇談으로 繼夜하니 그나마 外國이라 그런지 別로 情답고 반가윗다.

20日 (日曜) 晴. 元寶山만 보고 鎭江山을 안이 보면 그도 偏狹하다

남으라지 골고루 보아주자하야 鎭江山에 登하니 그야말로 例의 日本式이다. 말숙하고 산듯하게 美人式으로 꿈여논 公園 實로 滿洲關口의 자랑거리이다. 밉던지 곱던지 日本人의 하는 일이야말로 東洋에서는 首位를 안이 許할 수 업다. 中國 市街를 보고 日本 市街를 볼 때 過하게 百年差를 부티게 되더니 元寶山 中國公園을 보고 鎭江山 日本公園을 보니 少하야도 10年 差는 되야 보인다. 그들의 施設이야말로 곰실곰실하게도 하얏다. 此事 彼事에 子息 업는 老人 모양으로 空然히 心情만 傷해저서 한숨 지으며 곳 도라서고 마럿다.

多恨多情한 統軍亭

22日 (火曜) 晴. 趙 李 韓 諸氏보다 1日을 先하야 洪宇龍씨와 가티 自動車로 義州에 來하얏다. 女子 名筆로 有名한 李英淑氏의 泰興旅舘에 宿所를 定하고 即時로 統軍亭부터 訪問하얏다.

統軍亭! 國境의 一名物 義州의 자랑거리 西道八景의 一. 多情하고 多恨하고 亦 多事한 統軍亭! 내 너를 그리운지 오래엿다. 本道內에서 이제야 보게 됨은 나의 수치이다. 일홈만 듯고 보지 못하야 궁금하드니 이제는 슬컷 보리라. 統軍亭아 반가히 마져다고. 생긴지 멧 百年에 얼마나 多事하야스며 얼마나 多煩하얏는가. 多事한 國境 風波 만흔 鴨江邊에 兀然히 놉피 안자 가는 사람 오는 사람 미운 사람 고은 사람 실은 일 조흔 일 險한 일 쉬운 일을 멧 百 番이나 츠려스며 멧 千 番이나 격것는가.

彼- 所謂 使臣 行次 勅使 行次 얼마나 식그러윗는가. 오는 자 가는 자 반듯이 네 품에 드러 쉬고 가섯지. 彼- 所謂 使徒令監 郡守나으리 오는 자 가는 자 반듯이 너를 차자 식그럽게 귀엿지. 所謂 詩人墨客 所謂 才子美人 所謂 挾雜亂類 長長歲月 多多日時에 하루에 멧 번 式이나 츠럿는가.

너의 품에서 눈물 뿌린 者도 不知幾 千名이고 너의 품에서 우슴 우슨 者도 不知幾 千名이고 너를 껴안고 죽은 者도 不知幾 千名이고 너로

하야 病든 者도 不知幾 千名이겟지. 아- 多情코 多恨코 多事한 統軍亭아.

鴨江은 如前히 흘너잇고 金剛은 如前히 푸르러 잇고 너조차 如前히 兀然히 놉하 잇는데 그때의 그 사람들은 어대로 갓드란 말가. 나조차 그- 뒤를 밟을 터이지 아- 多感處로다. 아- 傷心處로다.

壬辰 丙子에 銃 소리는 얼마나 드르스며 日淸 日露에 大砲 소리는 얼마나 드럿는가. 銃알자리 기둥에 完然하고 大砲자리터 밋헤 如前하니 죽을 번 살 번 別別 風波를 다- 격근 너일 줄을 알겟다.

統軍亭 上에 飄然히 올나선 나는 感慨가 無量하다. 過去를 追憶하고 現在를 생각하니 오직 생기는 것은 傷心 그것뿐이다. 所謂 兄弟之國이니 大小之國이니 하야 그때의 그 더러운 歷史를 생각하고 所謂 國境이니 要塞이니 하야 現在의 이 신물 도는 情況을 當하고보니 統軍亭과 갓치 恨도 만코 怨도 만타.

집어치워라. 過去를 恨한들 무엇하며 씨처 버려라. 現在를 怨한들 別數가 잇느냐. 오직 將來뿐만은 우서보자.

於赤島에 夕烟이 들고 馬耳山에 白雲이 이러난다. 楊柳靑靑 蘭子島 沃土井井 威化島 老松孤立 九龍堂- 이것이다- 統軍亭 下의 景인데 西으로 新義州 安東縣이 턱 아래 밥상 갓고 南으로 白馬山城이 外衛를 하고 東으로 金剛山寺가 暮鐘을 울니고 北으로 滿洲 大幅이 倦來하는데 萬里長江이 발 아래로 흐르고 千戶市街가 눈 아레 노여스니 天下의 絶景은 統軍ㅇ-뿐일가 한다.

「長城一面溶溶水 大野東頭點點山」은 平壤에 敵하나 統軍亭에 더욱 近하다. 「2水中分白鷺洲」는 말도 말고 2水3分 3水4分의 鴨江 列島이다. 淸馬廳江에는 魚船이 뜨고 鴨綠江에는 商船이 떳는데 白鷺는 片片橫江去하고 漁翁은 徐徐히 그물을 것는다.

丈夫가 보매 한 번 소리칠 것이며 詩人이 보매 한 번 읍흘 것이며 墨客이 보매 한번 그릴 것이며 酒客이 보매 한잔 마실 것이다.

나는 統軍亭에 醉하야 日己盡月將出을 도무지 몰나섯다. 洪氏의 「日暮하니 歸舘이 若何오」 하는 말에 비로소 넘우 오랫슴을 깨닷고 後期를 두고 도라서랴 하니 님을 여이는 듯 寶物을 일은 듯 섭섭하고 끄을니고 하야 발길이 참아 안이 도라선다. 더구나 大陸直通路를 新義州에 빼앗기고 道廳까지 新義州에 빼앗기게 되야 孤寂히 兀然히 셔서 過去를 늦기며 將來를 悲傷하는 多情多恨의 統軍亭 身勢를 생각하매 一種 同情의 淚가 스르르 흐른다.

旅舘에 來하니 저녁이 드러온다. 배불니 먹고나니 心身이 俱足하다. 누가 客苦를 말하드냐. 主人이 親切하고 飮食이 適口하니 長爲客을 宣言하얏다.

2, 3日 留하면서 볼일을 보고 할 일을 다- 한 뒤에 다시 新義州에 와서 趙 李와 手를 分하야 멀니 江界行을 作하얏다. (義州 新義州 記事 別頁 參照)

新義州서 熙川까지

5月 28日 (月曜) 晴. 午前 7時 釜山 直行을 타고 新安州에 來하야 다시 价川行 輕便車를 換乘하고 同午后 1時 鐵鑛으로 有名한 軍隅里에 着하얏다. 約 2時間이나 기다려서 仝3時에 熙川行 自働車를 탓다.

여기서 미리 한 마듸 말해 둘 것이 잇다. 누구든지 新安州서 江界까지 自働車 旅行을 못해본 者는 旅行하얏노라고 말도 말나는 말이다. 天下의 絶景은 여기에 잇고 平生의 痛快는 此一擧에 잇다고 大히 宣言해둔다. 말만 드러도 精神이 펄닥나는 淸川江을 끼고 層巖絶壁 長山大谷 사이로 來來 올나간다. 그리하야 山紫水明의 熙川邑을 지내서 熙川 江界 分界인 狗峴嶺을 넘어서는 다시 江界 名江 禿魯江을 끼고 亦是 奇絶壯絶한 山路石徑 數百里를 내려간다. 참말 불알이 재리고 오줌이 나오리만한 자릿자릿하고 깜즉깜즉하고 그리고 痛快하고 시원한 別에 別 光景을 다- 當하게 되는 곳은 이 安州 至 江界의 自働車行이다.

自働車가 이 몸을 싯고 400里 2等路에 구을기 始作하니 압흐로 淸風이요 뒤로 塵煙이다. 軍隅里에서 約 1里許를 나셔니 바로 淸川江이다.

右靑山 左綠水 그 사이로 뽕뽕거려 다라나는 自働車 안이 그 안에 안즌 손은 仙臺를 가는 듯 天堂을 찾는 듯 行人도 束手하야 羨望하지만 余自身도 넘어 조와 죽을 번 하얏다.

北院 巨里를 지나 木藩이를 오니 淸南 淸北 分界標가 보인다. 安江路 中의 名巨里 寧邊의 球場市를 지나니 이제부터는 正말 山高谷深只聞水流聲이란 그곳이 다 물을 건너면 또 물 山을 넘으면 또 山 비탈을 돌면 또 비탈 絶壁을 지나면 또 絶壁 實로 肝이 마르고 오좀통이 터질 만하다. 닷틋하면 車고 사람이고 왼퉁 斷崖千尺 萬丈黑沼 中에 콩가루가 되고 말 터이니 엇지 가슴이 안이 조이랴.

그러나 快하다. 淸川江은 果然 淸川江이다. 물은 엇지 그리 오리빗갓치 맑고 푸르며 沙石은 엇지 그리 銀떵이 가치 희고 깨긋한지 한 번 보매 精神이 爽快하고 두 번 보매 肉身이 湧躍된다. 奇岩을 볼가 怪石을 볼가 深淵을 볼가 殘灘을 볼가 枝上黃鳥啼 江上魚頭出 엇던 것을 볼넌지 頭緒를 못 차리겟다. 이런 때 귀가 열쯤 잇고 눈이 百쯤 되야스면—됴켓다.

新興 巨里를 지내 月林에 오니 暫間 停車한다. 月林은 妙香山 入口의 名巨里이다. 香山이 바로 눈압헤 소삿는데 有名한 普賢寺가 1里밧게 안이된다 한다.

香山이 바로 安江 路邊인 줄은 分明히 몰나섯다. 車票를 熙川까지 사스니 엇지 하랴. 마음 갓태스면 熙川이고 江界고 爲先 香山부터 訪問하야스면—— 하얏지만 車票에 拘束되야 不得已 嗟嘆又嗟嘆하면서 香山을 엽헤 두고 이 날은 熙川까지 왓다.

山 조코 물 조코 깨긋하고 정답게 생긴 고을은 熙川邑이다. 사람들도 그런지는 疑問이나 如何間 山中名邑이다. 熙川 敎友 金宗浹氏 案內로 一進旅舘에 宿所를 定하고 卽時로 市街를 一瞥하고 回舘하야 盡夜록토 金宗浹李峻塤康成三羅賜㙤 諸氏로 談樂하얏다. (當時의 熙川에는 檀木盜伐 事件이 起하야 邑內 人士란 擧皆 法網에 걸니여 멀니 義州行을 하고 邑內가 씨츤 듯이 비여섯다)

翌 29日도 亦 晴天인데 金 李 羅氏와 伴하야 熙川公園 舊 城跡 鍊武亭 七星峯을 두루 求景하고 熙川江에서 銀鱗을 釣하야 香酒 數盃로 熙川을 賞하고 客懷를 雪하얏다. 맛을 볼 바에는 熙川雨까지도 엇던가 보라고 天神은 甘雨數滴을 降하야 준다. 그러라고 함신마저 주니 그 亦 그럴 듯 하얏다.

암우리 生覺하야도 平生 숙원이든 香山 求景을 안하고는 못 살겟다. 本來 趙氏 一行의 예정지이지만 내가 橫奪할 밧게 別數 업다. 에라 趙氏에게 告訴를 當할 셈 치고 橫奪하자.

나는 香山行을 決하얏다. 翌 30日 麗明에 簡單한 行裝으로 李峻塤氏와 갓치 徒步로 香山 50里에 登하얏다.

關西名勝 妙香山

關西 名勝 妙香山은 朝鮮國祖 檀君 神人이 誕降處로 朝鮮 8大名山의 1로 太白, 妙香, 蛾嵋의 3名을 有한 것으로 大同, 淸川, 兩大江이 挾流함으로 寧邊, 德川, 熙川, 价川 等 10州의 分界가 됨으로 高句麗 金蛙王의 誕生地로 名僧 西山 泗溟이 修道處로 名勝으로 古跡으로 其名이 天下에 冠한 것은 世人이 숙지하는 바다. 西山大師(休靜)는 4山을 評하야 金剛은 秀而不壯 智異는 壯而不秀 9月은 不壯不秀 妙香은 亦壯亦秀라 하야 香山을 朝鮮의 一로 놉혀 노앗다. 이러한 壯亦秀한 妙香山 何時에 機會 來하야 使我로 一見 妙香山은 兒童走卒이 願하는 바이다.

이러한 香山을 이처럼 보게되니 行步와 心氣가 雀躍하얏다. 맛츰 中途에서 香山僧(日本留學生) 金承法氏를 만내여 同行이 되게 됨은 더욱 奇緣이엿다. 月林서 冷麵 1器式 맛잇게 먹고 月林江을 건너 舊月林에서 李璟塤裵晋英 兩氏를 만내여 이제부터 5人 同伴으로 香山行을 作하얏다.

香山洞口白石淸川을 밟으며 마시며 夕陽山路에 悠悠히 緩步를 運하

야 一步에 一話 十步에 一烟 只在此洞口 谷深不知處를 連해 말하면서 尋眞亭에 小歇하야 外獅子項을 넘어 內獅子項을 도라드니 樹木이 울창한 그 속에 一大寺院이 즐비히 노여스니 이가 곳 香山의 主刹 朝鮮 5大寺의 一이 되는 普賢寺이다.

庭下에 배회하면서 山光水色을 一瞥하고 數步를 運하야 寺院 全景을 鑑賞하고서 客室에 入하야 旅服을 버서던지고 淸溪에 濯足하고 淨座에 放臥하니 行苦를 頓忘에 心身이 俱足하다. 맛츰- 庭前이 들내이며 學生 一隊가 드러온다. 엇던 學校인가 하야 마루에 나셔니 平壤 光成高等普通學校 修學旅行團 20名 一行이다. 山中逢學生 便是知己人으로 엇지나 반가운지- 個中에는 適- 나의 母校 京城 普成高等普通學校 今年 卒業生 文學善君이 끼여 잇다. 더욱 반가윗다. 이윽고 山珍野香이 口腹을 慰하니 餘念이 다시 업다. 金承法氏에게 寺의 來歷 山의 全景을 뭇고 자리에 누으려할 제 一殊常漢이 訪來하니 얼핏 보아도 巡査 나부랑이갓다. 「당신 어대서 왓소」「네 서울서 왓소」「서울서 왜 왓소」「求景왓소 그래 왜 뭇소」「안이 글세요 客報를 할냐구요」말이 엇지 無識스럽고도 안이꼬운지 픽 웃고 말엇다.

그런데 이와 갓흔 大刹에 엇재 僧侶가 안이 보일가. 勞働者 10數人 食事에 奔走한 數名의 壯丁이 보일 뿐이고 僧侶란 다- 逃亡을 갓는지 隱伏을 하얏는지 도무지 안이 보인다. 經소리 鐘소리 寂然無聞이다. 住持 朴普峯君은 점잔아 그런지 잠이 만아 그런지 來客을 찻기는 姑捨하고 「보입겟습니다」해도 「就寢 中이시라」고 明日見을 傳達한다. 心思가 불뚝하얏다.

普賢寺는 本來 高麗 第4世 光宗王 19年 距今 900餘 年 前에 龍興郡人 探密祖師의 安心寺 創建에 始하야 其後 高麗 第5世 景宗 3年에 探密의 高弟(親子) 宏廓法師의 創建한 바 (創建 當時 24個 殿所에 3,000 僧侶를 敎養하얏다 한다) 其後 累頹累建 凡 6次의 重刱을 繼하야 只今에 至하얏다 한다. 10餘 年 前만 해도 寺院이 꽤 殷盛하고 僧侶도 多數엿고 學校까지 經營하든 터인데 9年 前 乙卯年 漲水에 山崩寺頹되고 民家 100

餘 戶가 流失人民 數百名이 傷한 뒤로는 그만 運去勢盡하야 只今의 寂寞狀態를 呈하얏다 한다. 山에 樹木이 젹고 沙汰가 만으며 洞口에 人家가 업고 轉石이 塡充된 것만 보아도 그때 慘狀을 可히 알겟다. 寺의 財産은 所有地가 香山 全幅 約 7萬餘 町步이며 秋收錢이 約 萬餘 圓이라 한다. 그리 貧寺는 안이다. 안이 30本山의 第6位에 가는 富刹이라 한다. 그것을 무슨 公益事業에 投하지 안는 것은 무슨 守錢奴化인지? 안이 公益事業에 投資하랴는 氣味가 잇다고 傳한다. 感謝한 消息이다. 留學生이 7, 8人된다 함은 더욱 可賞한 일이다.

5月 31日 (木曜) 晴이다. 早起早飯은 寺中 通俗이다. 아무리 俗客이요 疲困漢인들 別數이스랴. 朝飯 後 住持 朴普峯氏를 차자 談話하고 光成學校 先生 尹宗植康柄鍵쇼-氏를 차자 相歡相慰하얏다.

金承法 氏 案內로 光成 一行과 갓치 求景을 떠낫다. 만츰 普賢 全體를 보앗다. 曹溪門 西山大師 事跡碑(碑文 畧 佛敎通史 參考) 解脫門 天王門 萬歲樓 大雄殿 冥府殿 極樂殿(西山, 泗溟, 雷黙 3大師影 及 遺物) 酬忠祠(西山書院 李朝賜) 等 各 寺院을 巡鑑하얏다.

香山의 異跡 及 逸話

妙香 一名은 方丈이요 (金履喬 詩云 古稱 海外之山有方丈故) 一名은 峨媚요 一名은 太白 (白壁如雪 故로 太白 又云 凌霄 李靑蓮之風彩 西山 云 峨嵋山界正如銀望之如李太白之風神英爽)이요 一名은 妙香(山多香木冬有靑 故로 探密大神朸寺 時名 妙香 又云警世白樂天之文章故香山 雪嶺大師詩云 山在淸川薩水源雄蟠西塞接天門 更着黃落千林後 香木靑 雪裏痕妙香播名如白香山之文章)이라 한다. 山이고 水이고 人이고 物이고 中國을 依倣치 안코는 된 것이 업다. 妙香山에까지 中國으로 中毒을 식켯다. 우리의 先人들이야말로 더럽게도 中國에 忠僕이엿지.

一. 檀君事蹟

古記云昔有天神桓因命庶子雄持天符三印率三千降于太白山檀木下謂之神市主人問三百事此有一熊常祈于神願化爲人神遺*艾二炷蒜二枚曰食此不見日光便得人形態食之七日得女神又視願有孕神假化爲婚而孕生子是爲檀君

太白行云檀*遙想化熊初正是東方民立極香爐峰南岩有**高四丈南北五肘東西三肘自然爲鐵堂(東肘逆出玉泉)古檀*其上世傳檀君降生處今云登天窟(桓雄自此登天故名)其南十里許檀君*世傳檀君講武處其*下有窟亦稱檀君窟其北有檀君*杖*內*鉢檀君庵香積庵北有聖庵爲桓因桓雄檀君而所建

이것은 普賢寺 事蹟記에서 抄한 것이다. 紙面을 뭎하기 爲하야 演意는 그만 둔다. 이것 뿐으로도 檀君의 誕降에 對한 當時 事蹟은 알만하다.

一. 天帝子解慕漱事蹟

世傳天帝子解慕漱降于扶餘地乘龍車從者百餘止熊心山(今香山仙遊峰)朝則聽事暮則升天世謂之天王卽見河伯女柳花出遊以*劃地而室成置酒設席河伯奴遣使曰汝是何人留我女王曰我是天帝子願與結婚遂與女同乘龍車至其宮河伯迎謂曰王是天帝子有何神異王曰惟在所試於是河伯化爲鯉王卽化爲瀨河伯異之遂舘甥而成禮王卽恐河伯無將女之意乘其大醉欲與升天未出水而河伯卽醒謂其女曰汝不從吾訓擅離辱門貶流*渤水

此亦參考로 一端을 紹介하고 뭎한다.

一. 金蛙王 事蹟

夫餘王夫婁無子祭山川祈嗣至鯤淵(今豊川面金將洞)所乘馬見大石對流淚王怪之使轉其石有一小兒金色金蛙王喜之此豈非天*我令胤乎乃收

257

而養之名曰金蛙

一. 朱蒙王 事蹟

夫餘王金蛙得柳花於*渤幽閉室中爲日所照引身避之日影又逐而照之
因而有脈生一大卵日雖雲陰光在卵上欲剖之不得乘之路牛馬避不踐棄之
驚覆翼之*還其母置于煖處有一男子破殼出啼聲甚偉骨表英奇名曰朱蒙
卽東明王也

異蹟과 傳說을 다― 쓰자하니 紙面도 업거니와 支離하기도 하다. 荇
人國 定都의 事記도 잇고 妙香法界 8萬의 說도 잇고 獨聖(5百羅漢의 一)
由雪峯顯聖之說도 잇고 元曉擲盤의 事蹟도 잇고 迷信 만고 傳說 만흔
寺院인지라 別別 怪說 奇說이 만타. 눈 딱 감고 끈어버리겟다. 其中에
西山四溟에 對한 事記나 좀 紹介하얏스면― 하나 그 亦 그리할 必要가
업다. 다만 西山大師의 本名은 玄應이고 法名은 休靜이고 自號는 淸虛
이든 것과 完山 崔氏로 其先이 安州에 謫居한 事와 佛家 高僧으로 香山
에 常住한 事와 壬辰倭亂에 數千兵을 招集하야 弟子 義嚴, 泗溟, (惟政)
雷黙 (處英) 等으로 日兵과 戰爭한 事와 國一都大禪師禪敎都總攝으로
佛에 家國에 兩全한 事와 85歲의 壽로 香山에서 入寂한 事― 그것 뿐을
알면 그만이겟다. 氏의 入寂時에 遺한 「80年前渠是我80年後我是渠」의
一句는 무슨 깁흔 뜻이 잇나보다.

우리 一行은 普賢寺 一圓을 求景하고 이제부터는 香山의 名勝 上院
庵을 가게 되얏다. 一日 豫定이 上院庵으로 檀君臺까지 갓다가 普賢에
回來할 터이닛가 빨니 단니지 안으면 안되겟다. 튼튼한 短杖 한개식을
들고 으얏차 드얏차 山에 오르게 되얏다. 元氣 만코 興致 만흔 中學生
一隊와 步調를 맛추게 되니 氣運이 百*나 더― 난다. 나무를 휘여잡으
며 돌을 거더차며 물 건너 山넘어 僅僅히 올나가니 시원한 中嶺上이다.

올녀다 보니 山은 層層 놉핫는데 上上峯을 法王峯이라 하며 내려다 보니 물은 출렁 깁헛는데 水名이 아직 업다 한다. 探密峯 上에 까마귀 떼 넘어가고 劍峯中層에는 白雲이 풀풀 휘돌고 잇다. 法王峯은 엇지나 놉혼지 맛치 「石轉千年不到底手長一尺可摩天」의 感이 난다. 白雲深處有人家라드니 山上絶處有農圃는 이야말로 稀罕하다. 老農夫妻— 한가히 호미질을 하니 山水도 自然 農老도 自然 人間世上 갓지는 안타. 漸漸이 登上하니 果然 적으마—한 草幕이 보인다. 차자 드러가 俗客來를 告하니 老婆 두 분이 두부 만들냐고 磨돌질을 하고 잇다. 祭祀가 잇느냐 무르니 上院庵에 가져갈 두부라 한다. 무서워서 엇더케 사느냐 하닛가 山神이 도아준다고 한다. 아들 딸 工夫 식켜보랴느라 하닛가 口腹이 원수라고만 한다. 그래도 도야지도 먹이고 송아지도 먹이고 닭도 친다.

또 가자 어서 가자 하야 層層히 올나셔니 上院庵 近傍이라 한다. 10餘丈이나 되는 鐵索을 느리운 急崖이다. 여기서는 누구든지 罪가 잇스면 잇는 대로 自白을 하고야 올나가지 그러치 안으면 떠러저 죽는다고 한다. 平壤 날탕 金鳳伊 先達이 婦女들을 꼬여 香山 求景을 식키며 이곳에서 自白說을 聽取하야 騰*本을 해가지고 衣服 불버선커리나 잘 엇어 신엇다는 말이 여기서 난 말이다. 果然 兒女子는 속으리만치 急하고 무섭다. 鐵索을 지내 올나서니 이곳이야말로 香山의 第一景 안이 金剛山에서도 일즉 보지 못한 天下의 景. 上院庵前 寅虎臺이다. 遠景은 그만두고 眼前 足下에 當한 近景만 그려보자. 글로 써볼가. 그림으로 그려볼가 말로 해볼가. 書與言이 俱絶된다. 그지— 어허참— 어허참— 하고 입맛만 다실 뿐이다.

(未完)

▲ 제39호(1923.09)

妙香山으로부터 다시 國境千里에

前號에 天下絶景－妙香山 寅虎臺 이약이를 하다가 紙面의 關係로 中斷하고 마럿슴니다. 이제 다시 寅虎臺로부터 산 거듭 물 거듭 國境千里에 나아가 봅시다.

寅虎臺로부터 江界邑까지

鐵索을 붓잡고 艱辛히 기여 올나서면 이가 곳 香山의 제1景 寅虎臺이다. 臺上은 百人可坐의 大盤石인데 그 우에 老松 4,5株가 亭亭히 섯고 臺下는 斷崖千丈인데 굽어봄애 앗질하야 精神일켓다. 게다가 上院庵 좌편 百丈 急崖로부터 千尺 龍湫瀑이 구을너 떠러지고 우편 千尺 絶壁으로부터는 百丈散珠瀑이 直下하니 眞可謂 좌우 銀河落九天이다. 銀珠를 뿌리는 듯 玉屑을 헤치는 듯 烟波가 飛散하고 龍鱗이 번득이며 彩虹이 어리엿다. 山極致 水極致 言書俱絶의 此地此臺에 또한 上院妙刹이 좌우 銀河를 끼고 天心長瀑을 이고 臺의 上面에 飄然히 소사 안저스니 此가 別天地가 안이고 무엇이랴. 天上인지 瑤臺인지 취한 듯 꿈인 듯 心身이 恍惚하야 엇덜지를 몰나섯다.

上院에 점심 식키고 일행 30餘名이 臺上臺下로 任去來하면서 下淵에 濯足 上流에 洗面 혹은 꼿을 따며 혹은 가지를 꺽그니 去自由 來自由에 그만 身이 化하야 京臺人이 된 듯 塵界를 頓忘에 도라갈 바를 아지 못하겟다. 게다가 또한 異說이 잇고 奇蹟이 잇스니 彼를 聞할가 此를 見할가 手忙足奔에 二兎追從格이 되고만다. 나는 玄賓大師－龍宮去來說을 聞하는데 彼는「神仙窟宅 雲霞洞天」의 岩面 大額字를 발견하고 와자자 떠들며 나는 龍卵取來說에 의하야 卵形의 龍角石을 구경하는데 彼는 金剛門을 출입하면서 俗客流의 刻字評으로 날이 기울 물아지 못한다.

이윽고 점심을 報하니 때는 오후 1시요 水者 岩者 木者 花者ー 一室에 모여 肉囊을 만족식켯다.

암으리 上院이 別境인들 엇지하랴. 壇君臺가 20里라 하니 엇지하랴. 빨니 가야 보고 온다하니 엇지하랴. 먹은 밥이 자리도 못 잡아서 上院을 下直하니 일은 듯 여이는 듯 발이 잘 안이 움즉엿다. 庵主金龍海君의 親切이 多謝하얏다.

鬱蒼한 樹林사이 山腹石經을 구비구비 휘도라 亦 香山一景이라는 佛影庵에 와서 少歇 해가지고 다시 껑충껑충 내려 뛰어 香山洞底를 것처서 賓鉢庵을 구경하고 여기서부터 檀君洞天白石淸川을 한바탕 올녀뛰여 단군대를 향하야 一步休 一步行 하게되니 실로 困難이 莫甚하얏다.

일행이 30名이나 檀君臺 행로를 아는 者ー1人도 업섯다. 7,8年前에 한번 와 보앗다는 李*塡君이 同行이엿스나 樹橫石交하니 路ー未詳이라 하며 普賢寺僧 金承法君이 동행이엿스나 幼時 一見이 終未詳이라 한다. 3,4人 혹 5,6人식 分隊를 하야 此麓彼麓 此谷彼谷을 互相指하면서 그저ー저 꼭댁이 저 바위아래거니 하고 正路도 非路 非路도 正路라 하야 혹은 沙汰 혹은 石徑 혹은 측덤불 혹은 가시덤불에 업더지며 삽빠지며 찔니며 채이며하야 간신히 간신히 무작정하고 올나가다 보니 檀君臺 길은 終是 엇지 못하얏다. 우리 隊 一行 5人은 그만 左斷右斷 前絶後絶의 難關中 最大難關인 虎豹亦不近의 絶處에 誤入하얏다. 進亦難 退亦難 大笑無用 長歎無益의 頂點에 이르러 相顧上下에 唯終此地를 待할 뿐이엿다.

絶處逢生은 自古로 잇는 말이다. 天은 抑何心事로 무죄의 우리 檀君 遺孫을 此地에 苦死케 하랴. 檀君은 靈하시고 神이엿나니 엇지 後驗이 업스시랴. 반듯이 우리의 손을 잇그러 주시리라 하야 一段의 勇力을 發하야 생사판결의 최후결심으로 手巾을 結하고 短杖을 連하야 手腰相交한 뒤 달암쥐모양으로 絶壁 數丈을 기여 오르니 稍히 生路가 展開된 듯 長歎과 幷히 微笑가 나왓다. 「先行者야 길이 아직 업느냐. 사람 살녀라」 하고 목이 찌저지게 고함을 치니 바로 頭上 數步地에서 「어이 길이 잇다. 압흐로 數步만 더-나서라」한다.「아-사럿다. 이제야 사럿다」
하고 두어 거름 옴기니 과연 微路가 낫타낫다.

이러케 하야 檀君臺에 오르니 오후 6時이다.

檀檀君臺에 檀君窟이 잇스니 上下 2窟이다. 또한 檀君庵이 잇섯더니
獨立黨의 휴식처라 하야 彼-日本巡査들이 亂倒를 식켜노앗다. 橡柱가
相交하고 瓦石이 相枕한 悽愴한 亂色은 夕陽山客의 心思를 여지업시
不快케 한다. 下窟 檀君井에서 檀君께서 마시시든 玉泉을 한 박아지 퍼
먹고 悵然히 佇立하야 古往今來를 想像來하니「山如前窟 如前한데 人
何不 如前고」의 一歎이 發하다가「誤라 人若如前이든들 人之不幸이 此
에 심할 者- 無하리라」하야 自慰하면서 上下 2窟에 徘徊하면서 檀君
의 당시를 追想하고 吾等의 現時를 생각하다가 日色이 蒼蒼來함을 恐
하야 곳 하산하니 다리가 떨니고 배가 출출하얏다.(檀臺記前視)

普賢寺에서 다시 一泊하면서 寅虎 佛影 檀臺行苦를 說盡하고서 翌
6월1일 早朝에 光成 一行과 가티 香山을 下直하고 月林里에 出하야 光
成은 淸川江 船便으로 南을 향하고 나는 수백리 山路로 北을 향하니
섭섭하기 짝이 업섯다. 月林에서 李璟塤裵晉英 두 분과 短時나마 淸江
의 獵會는 퍽 자미스러웟다.

李우塤 君과 가티 오십리 熙川路를 徒步行하야 同日 오후 7시에 熙川
邑에 着하니 전일의 知友- 고대하고 잇다. 香山談으로써 半夜토록 相
交하다가 寢席에 취하니 덩갱이가 홀둑홀둑하얏다.

6월2일(土曜) 晴. 이 날은 江界行 예정일이다. 두고두고 江界 江界하
든 판이라 전날의 路困이 풀니지 안치만 일즉 이러나 자동차 표부터
삿다. 차비가 14圓角數요 도랑크稅가 3원 90전이나 된다. 여간해서는
자동차 행은 念頭도 못내겟다. 그러나 300여리를 5,6時間으로써 돌파하
는 멋에 누구든지 껑껑 알으면서도 타게된다.

9시가 되자 자동차는 고동을 틀기 시작한다. 차에 막 오르려 하는데
엇던 者가「좀- 보입시다」하고 붓잡는다. 누구냐 하닛가 경찰서라고

하면서 당장에 무러도 됴흘 것을 별 사건이나 잇는 듯이 署까지 가자고
한다. 심사가 불둑거리나 억지로 참고 잠간 들녀 두어 마디 대답해 주
엇다.

자동차는 떠낫다. 北으로 北으로 저 멀니 江界를 향하야 다라난다.
한참 가노라니 明文洞이란 큰 거리가 잇다. 청천이 흐르는 곳에 石山을
등지고 백餘戶가 좌우로 거리를 지어스니 얼핏 보아도 蝎蜅장사나 이
로울 듯이 보인다. 잠간 停車하야 警官의 點考를 맛더니 또 간다. 彼─
유명한 狗峴嶺을 當着하얏다. 이 편은 熙川 저 편은 江界. 이 편은 淸川
江 발원지 저 편은 禿魯江 발원지. 嶺은 꽤 놉흔 嶺인데 자동차는 그닥
어렵지안케 넘어간다. 그러나 위험은 毋論이다. 屈曲이 만코 원체 急坂
인지라 자동차도 씩얼씩얼 한다. 「운전수야 사람 살녀라 가슴 죄여 못
살겟다」 소리가 사람 사람의 입에는 다 담기여슴이 사실이다. 그러나
호기심 만흔 나는 무서우면서도 生死가 일분 일초에 달녓거니 하면서
도 엉둥이를 들먹거리며 상하 좌우를 번가라 살피며 간혹 뒤도 도라
보앗다. 자동차 3,4臺가 一路에 追從하는 것이 偵探劇 活動寫眞갓다.
뒷 차에 탄 놈은 말금 警官隊갓고 압 차에 탄 놈은 말콤 惡漢가튼 생각
이 난다.

嶺上에 올나서면 좀─시원할가 하얏더니 역시 가슴이 답답하다. 山
疊疊 水重重 去益深山인데 奈何오. 여기서부터는 禿魯江을 끼고 내내
내려가게 된다. 발서 古仁洞 거리를 지나 前川江을 건너 前川 거리에
왓다. 이 거리는 山邑중 가장 큰 거리로 江界의 名高한 곳이다. 우편국
경찰서 학교 등 官公舍 또는 民家 수백 여호가 잇서 엇던 읍내보다는
확실히 나어보인다. 약 30分間 휴식하면서 점심을 먹고 또 떠나서 別加
洞을 지내 黑崖라는 險口를 버서나 그냥 죽─ 가서 江界邑을 距하기
약 30리에 잇는 釜池嶺(一名 不吉嶺)을 넘게 되얏다. 역시 狗峴嶺만 못
하지 안은 急路이요 高嶺이다.

嶺을 넘어 洞口를 버서나니 좀─ 시원해진다. 이제는 난관은 다─지
내엿다. 坦坦大路 20리(鮮里)만 가면 江界邑이다. 드리 모러라. 원고동

을 트러라. 하야 전속력으로 휙휙 다라나는 판인데 路傍에서 엇던 청년이 손을 드러 차를 멈추게 하면서 「서울서 오는 朴達成씨 타섯슴닛가」하고 뭇는 것이 巡査가티 보인다. 「네 제가 기요」하고 답하면서 누구시냐고 무르니 자기는 江界邑에서 마주나온 兪恒濬이라고 한다. 나는 엇지나 미안하고 自愧한지 20리 遠距里를 불구하고 마저주는 未面의 親友를 巡査로 생각키운 것은 이야말로 신경과민이 안이고 무엇이냐 하야 輕妄을 자책하면서 兪氏에게 失禮를 말하고 차의 운행과 가티 읍내로 직행하얏다.

邑 3리許에 當着하니 路邊 巨里處에 십數人이 行列 지어잇다. 누구들 이신가 하고 그냥 지내려 하는데 얼핏 보이는 것이 舊面友 金文闖李元行金道賢 諸氏의 얼골이다. 엇지 반가운지 차에 뛰여내려 손을 잡아 한참 흔들고 나서 다시 金李의 소개로 나를 마저주기 위하야 멀니까지 나오신 韓炅夏尹昌洙姜炳柱李應華金世勳 諸氏에게 相歡禮를 하고 서서히 緩步하야 읍내로 드러서니 초행인지라 얼떨떨하야 아직 몰으겟다. 諸氏의 소개로 石州여관에 身을 役하얏다.

依例로 볼 것이지만 제일 급한 것은 仁風樓 구경이다. 또한 江界邑 全景이나 전경을 보기에는 그곳의 제일 高處를 擇하야 登觀할 것이 毋論이나 멀니 西山이나 東山은 금방 못 가겟다. 仁風樓면 全景도 역시 足이라 하니 仁風樓부터 보자 하고 仁風樓를 향하얏다.

아- 仁風樓! 西道 8경의 - 江界의 대표적 명승 仁風樓야말로 名不虛傳이다. 樓 자체는 그닥지 表揚할 가치가 업스나 그- 위치야말로 그럴듯하다. 禿魯江 右岸 西城江 左岸 즉 兩江合水의 絶壁上에 자리를 잡아 飄然히 놉핫는데 뒤로 城內 全景 압흐로 長江綠波 더군다나 西城江邊의 漁歌草笛 靑坡綠林의 鳥歌水聲 望美亭上의 才子美人 笠峯의 落日香峯의 初月 子北寺의 暮鍾 그것이다- 仁風樓의 前後요 左右니 누가 此樓를 擧하야 景의 極을 말치 안으랴.

東으로 數町許에 仁風樓의 동생인 듯 좀 더- 소년미가 잇서 보이는 樓亭으로 거름을 옴기니 이가 곳 仁風樓와 伯仲하는 望美亭이다.

「여보 朴公, 내일을 期하고 오늘은 도라갑시다. 날도 저물고 피곤도 할 터이니...」하는 엇던 이의 말에 따라 여관에 도라오니 어슬어슬 해진다. 저녁상을 보니 모든 것이 깨끗은 하나 반찬에 약렴이 업시 자연 그대로 삶어 장 처노은 것은 산골 풍이 확실히 보인다.

저녁을 먹고 외로히 누엇노라니 李金諸氏가 訪來하야 散步를 말한다. 본래 이것저것을 探得하고 이곳 저곳을 단녀 보려고 온 몸이라 엇지 일시나 무의미하게야 보내랴. 夜間 江界市中行은 본래 所願이라 하야 따라나섰다. 先導者에 따라 이 골목 저 골목 단니다가 亦 先導者에 따라 한 집을 차저 자리를 잡고 안즈니 요리집 건너방이다. 속으로 「올타 요리집... 江界風을 좀- 보리라. 오 江界美人? 그도 좀- 볼 수 잇슬가. 만약- 체면이라 하야 안이 보여주면 엇지하노?」하고 自問答을 하면서 눈을 구을„ 실내 실외를 살펴보니 깨끗치는 못하나 그닥 더럽지는 안타. 이윽고 미인이 드러온다. 또 드러온다. 또 드러온다. 겹처 3美人이 드러와서 느려 안는다. 「妓生? 蝎蛹? 안이 시골 邑處는 妓生 蝎蛹의 別이 업지. 올치 그러치. 대관절 인물들은」 하고 슬슬 살펴보니 그닥 미인도 안이요 그닥 醜物도 안이다. 머리치장 옷치장을 도무지 안이하고 그저- 막 버린ㅅ 여자가티 당기도 자지당기 치마적삼도 무명과 벼로 수수하게 차린 것은 한 特異한 風이다. 무르닛가 妓生들이 土曜會를 조직하야 일제히 物産運動을 하노라고 그리한다고 長久性 與否 또는 自被動 與否는 고사하고 엇잿든 可賞한 일이다. 노래는 愁心歌 難捧歌 뿐이요 술은 눙酒요 안주는 도야지고기 닭고기雜菜 그것이라. 그런데 좀- 더러워 보엿다.

3일(日曜) 晴. 앗츰 먹은 뒤 金文關兪恒兩氏의 안내로 각 관공서 及 民間有志를 차저보고 江界의 상황을 알기에 좀 奔走하얏다.

郡守란 그- 名辭가 본래- 郡을 직킨다는 것뿐인지? 참말 守直而己요 郡을 위하야 무슨 활동은 업나보다. 교육이니 산업이니 그는 日本양반들이 식켜주고 新聞이니 雜誌니 그는 背日派들이 하는 것이닛가 하야 그저 꾸어온 보리ㅅ자루 모양으로 방 한구석만 직키고 안저스면 그만인 것 갓다. 독자 90여명을 둔 江界邑內요 문화를 중심한 國體가 30個所가 잇는 아조 활기가 澎張된 江界邑內에 소위 郡守라는 자가 「開闢」이란 무엇이냐고 뭇는 꼴이야 참- 딱해 보인다. 얼골이 다시 한 번 처다 보인다. 可憎도 하고 불상도 해보엿다. 口腹이 怨讎로 빈 의자만 직키고 안저서 멧 십원식 엇어먹는 그것으로 만족으로 알고 세상이 푸러지던지 썩어지던지 「내지 양반들이 依例로 할나고」 하는 것은 郡守類의 普遍이겟다. 말할 것도 업다. 그는 그럿타 하고 이 面에서 獨立黨이 야단을 치고 저 面에서 巡査가 둘이나 피살을 당하얏다는 소식을 듯고 뭇는데 그저-「安穩無事」하다는 警察側의 말이야말로 또 한번 픽 우슬밧게 업섯다. 總督政治란 본래- 詐欺的 政治 外飾的 政治란 말이 잇지만.

江界邑內에서 <u>가장 조흔 인상을 엇은 것은 문화사업에 집중한 청년들의 활동</u>이다. 根氣의 深淺 활동의 長短如何는 臨時 過客이 알 배 안이지만 여하간 會로만 해도 修養會體育會物産會禁酒斷煙會勞働會教育會土曜會등 30단체가 잇고 (會 만흔 것이 엇던 점에서 혹- 불리도 하지만) 청년들이 모다 활기가 잇고 實力을 만히 주장함은 무엇보다 됴흔 感念이 생겻다. 그런 중에 가장 抑鬱하고 恨 만흔 것은 무죄의 농촌형제들이다. 邑內 某氏는 지방상황 안이 警察對 獨立黨 獨立黨對 村民 村民對 警官의 상황을 본 대로 드른 대로 말을 하다가 제 말을 제가 押收하고 입을 막고 長歎과 가티 눈물을 흘니고 만다. 더욱히 昨年 初冬 OO面에서 전사한 獨立黨 OOO의 최후 사실을 말하다가는 그만 땅을 치며 천정만 처다본다.

수문 사실 낫타난 사실 큰 사실 적은 사실 말할 것도 만코 호소할 것도 만치만 都 트러 꿀걱 생키고 만다는 말에는 나도 是認을 하고 더 - 알자고도 안이 하얏다.

4일(月曜)도 亦晴인데 읍내 諸 有志를 차저 놀다가 오후 3시에 읍 뒷산 居然亭에서 30餘名 江界兄弟로부터 멀니서 온 어린 동생을 위하야주시는 따듯한 사랑과 맛나는 음식을 끗업시 밧으면서 盡日토록 歡樂에 취하얏든 것은 큰 영광이며 일변 愧悚스러웟다.

5일도 晴인데 기사도 더- 엇을겸 그립든 江界에 정도 좀 더 붓칠겸 江界邑에서 또 묵어섯다. 金成吉俞潚兩氏의 친절 周到한 안내는 참으로 감사하얏. 6일은 꼭 慈城으로 떠날 예정인데 天은 好意인지 惡意인지 細雨를 내리운다. 단거리면 비록 大雨라도 가겟지만 江界 慈城 160리란 실로 太嶺도 잇고 長江도 잇는 山中險路이라 감히 生心을 못하얏다. 내일은? 하고 支離를 感하면서 5일을 江界에서 보내엿다.

江界에서 中江鎭까지

7일(木曜) 曇. 일즉 이러나 天氣부터 보니 역시 雨氣가 그냥 보인다. 그러나 안이 갈 수는 업다. 山路닛가 牛馬行이 不吉하나 그러나 行具 또는 동무 겸 駄馬 一匹을 십원으로써 어덧다. 俞恒潚氏 또한 동행이 되얏섯다. 9시에 江界邑을 떠나 혹은 徒步 혹은 馬上으로 멀니 멀니 北으로 北으로 산 넘어 물 건너 深山幽谷으로 드러가니 엇던 곳은 寂寥키도 하고 엇던 곳은 공포도 생긴다. 그러나 白石淸川 鳥歌水聲 奇岩怪石 茂樹盛林 大山長谷 그 중에서 막대를 끌며 훨훨 것침업시 드러가는 멋은 내가 나를 보아도 속한 갓지는 안엇다. 마부에게 村談山話를 뭇고 드르며 서서히 가다가 쉬고 쉬다가 가는 그것은 安穩하고도 경쾌한 것이 기차나 자동차이상이다. 험하고 윗달고 무섭기로 유명한 八營嶺 탁을 오닛가 아적부터 굼실굼실 하든 구름은 차차 灰色化가 되더니 종시 비가 되야 부실부실 내리기 시작한다. 雨備가 업는지라 路中에서 함박맛게 되얏다. 嶺下에 다다르니 맛츰 旅人宿이 잇다. 비도 그을 겸 점심도 할겸 뒤에 자전차 타고 따라오는 俞氏도 기다릴 겸 드러안저 점심을 식켯다. 비는 조곰 머즈나 구름은 여전히 黑灰色으로 잇다. 주인에게 사정 사정하야 人의 舊雨傘 1개를 3원으로 사섯다. 이主옥고 점심도 되고 비도 머즈매 곳 출발하얏다. 맛츰 江界邑으로부터 오는 小學生한 분를 만내여 八營嶺을 가티 넘게 되얏다. 2일전 嶺上에서 中國人二名이 自己同行(亦中國人) 一人을 타살하고 奪金逃去 하얏다는 말을 드르니 더-한층 무시무시하다. 게다가 樹林은 鬱蒼하야 척尺이 안이 보이고 雲雨는 大作하야 눈코는 뜰 수 업고 嶺은 高하고도 急하니 참말- 가슴이 조박조박 하고 머리털이 웃삭웃삭 하얏다. 톡기만 호독 독 뛰여도 잡빠질 듯 하얏다.

이러케 무서운 중에 嶺中層을 올나가니 말방울소리 요란히 나며 慈城 방면으로 넘어오는 郵馬荷馬 5,6匹이 一路에 섯다. 그들을 여이고 또 올나가니 또한 마부들이 넘어온다. 마부가 웬 마부가 이러케 만흐냐 하닛가 江界 慈城간 모든 物貨 또 郵便通行은 전혀 馬背를 賴하닛가 매일 그러케 만타한다.

嶺을 넘어서 長谷을 쭉 버서나니 좀- 시원한 벌판이 보인다. 큼즛큼 즛한 瓦家村도 보이고 십리長坪에 田畓도 보인다. 무르니 이 곳이 江界하고 유명한 吏西面 從浦鎭이라 한다. 일즉 京城에서 一面이 잇든 金善女史의 出生地라는 말을 드르매 좀- 더 반가운 感念이 생겻다. 從浦鎭에서 5리쯤 더- 가서 咸興洞 朴永彬家에서 一泊하게되니 이 집 이곳 악가 八嶺嶺 저 편서부터 동행하든 소학생의 집이다. 학생이 엇지 똑똑하고 얌진한지 貴家 投宿을 예약하고 오든 터이다. 江界서 떠나길 2,3時 뒤에 떠나 자전차로 따르든 兪氏는 이제야 헐덕 어리며 따러왓다. 비 마즈며 險路 90리를 오고나니 좀- 피곤하다. 밥맛이 엇지 됴흔지. 그리고 상투쟁이 주인 양반은 살림도 구차하다면서 아들 삼형제를 다- 학교에 보낸다는 것은 실로 驚嘆할 만하다. 엇지 반가운지 형님! 하고 꼭 매달리고 십헛다. 그래 그런지 客食 20여일에 이 집 밥이 제일 맛낫다.

翌 8일은 날이 개엿다. 일즉 떠낫다. 여기서 慈城邑은 八十里인데 麻田嶺 自柞嶺 二大嶺을 넘으야 한다.

麻田嶺은 江慈分界嶺인데 江界편은 그닥 놉지 안으나 慈城편은 어지간하게 놉다. 八營嶺과 伯仲되나 그닥 험하지는 안타. 慈城의 명지 仁豊洞(舊中營)에서 점심하고 단대바람에 自柞嶺을 넘어서 오후 5시에 慈城邑에 드러섯다. 邑距 5리까지 마저주는 慈城人士에게 감격함이 넘처섯다. 邑內 徐炳國家에 身을 投하고 즉시로 金鳳紀金文鳳李京善 諸氏의 안내로 邑 南山에 올나 邑의 전경을 보앗다.

邑內라야 불과 한 백여호 된다. 본래― 邑의 排布가 55년밧게 안이된다 하니 무엇이 발전되야스랴. 게다가 深深山골…. 그러닛가 보잘 것이 업다. 다만 보잘 것은 읍의 東北面을 휘도라 鴨綠江으로 나려가는 慈城江色 그것 뿐이다. 그러나 고요하고 깨긋하고 정답고 장차 피려하는 꼿 봉오리가튼 感念이 생기는 것은 이곳의 산과 물이며 人心風俗이다. 장차 개발될 산천이요 장차 鍛鍊될 인민들이닛가 즉 자연 그대로 본성 그대로 잇는 이곳이닛가. 그러케 생각키운다.

하로를 읍내에서 묵으면서 볼일 드를 일 大槪보고 10일은 비를 마즈면서 亦 慈城땅이요 鴨綠江 변의 중심지인 中江鎭을 향하야 떠나니 이제부터는 江界의 兪氏 외에 慈城의 金文鳳씨도 동행이 되얏다. 慈城邑에서 慈城江을 끼고 40리를 내려가 鴨綠江변 慈城江口(일명 法洞)에 一夜를 泊하고 翌 11일 亦 大雨를 마저가면서 3인이 徒步로 中江鎭을 가게 되얏다. 행구는 慈城江口에 任置해 두엇다.

慈江口에서 中江鎭은 120리인데 來來 鴨綠江변으로 올나간다. 皮木嶺 松德비탈 土城비탈 早栗 嶺 車輪嶺등 三大嶺 二大비탈을 넘고 도라야 되니 또한 빽빽하다. 大雨까지 降하니 困難은 다시 말할 것도 업섯다. 그러나 快하게 무사히 得達하얏다.

中江鎭은 국경의 一要塞이요 鴨綠江의 中央處라 하야 끔즉히 煩盛한 듯이 생각키우나 亦 日本人의 南滿 경영에 대한 정치 及 산업적 着目地이닛가. 朝鮮人에게 何等의 관계가 업다하야도 可하다. 中江洞口에 朝鮮人이 한 百餘戶 거주하나 대개는 농사 不然하면 외국인의 압헤서 일해주고 생계를 圖得하는 것 뿐이요, 10의 9분 이상이 日本人 거류지인데 상업 又는 營林廠을 중심한 筏夫 기타 官公吏들이다.

日本村에 介在한 엇던 동포의 집에 숙소를 정하고 강을 건더 帽兒山 (臨江縣) 시가를 一瞥하고 翌 13日은 中江鎭을 떠낫다. 그저 국경의 要塞이라니까 가 보앗슬 뿐이요 소득은 아모것도 업섯다. 烏首山上 70리 평원에 무슨 奇石이 잇고 史蹟이 잇다하나 船便의 관계로 못보앗다.

中江鎭에서 義州까지

十三日(水曜) 晴. 상오 6시에 우리 일행은 飛龍丸이란 蒸氣船을 탓다. 定期船인지라 이 날을 놋치면 少하야도 일주일을 지내야 船便이 잇다 하닛가 더욱 이 날은 떠나게 되얏다. 右 中國 左 朝鮮 千里長江에 汽船이 고동을 울리니 빠르기도 하려니와 쾌하기도 하다. 무수한 筏木은 無時로 流下하고 中人의 商船은 포구포구에 떠 잇는데 오직 朝鮮人은 筏木도 商船도 볼 수가 업고 간혹 잇든 나무궤통 木船 그것조차 獨立黨 往來物이라 하야 警官이 몰수하야 消盡하고 마럿다 한다. 獨立黨 말이 낫스니 말이지 鴨綠江은 朝鮮의 강이나 그러나 朝鮮人의 怨讐의 강이다. 강변 인사에게 드르니 無罪有罪간 朝鮮人의 생명을 수업시 奪取하얏다 한다. 縛繩진 시체 手足 부러진 시체 옷 입은 시체 빨가버슨 시체 무시로 떠나려 간다하니 아— 얼마나 慘酷한 일인가. 解氷期는 5,6명 10여명 시체가 포구마다 밀려들어온다 하니 인간에 如此한 지독한 慘狀이 어대 또 잇슬가. 말을 안이 한다마는… 右岸의 中國人의 사는 꼴이나 左岸의 朝鮮人의 사는 꼴은 무형으로 보아 비슷비슷하다. 靑衣와 白衣가 다를 뿐. 慈城江口에서 金文鳳씨를 작별하고 任置하얏든 行具를 차자싯고 同 오후 4시에 滿浦鎭에 와서 下船하얏다. 滿浦鎭은 江界의 名地 뿐 안이라 강변의 名地로 日本이 着目한 곳이라. 江界서 제 2等路가 들어와 자동차의 편도 잇는 百餘戶 市街이다. 자고로 僉使를 살리든 곳으로 滿浦의 洗劍亭하면 천하의 절경이라고 떠드는 터이다. 시내 金奉碩家에 숙소를 정하고 仁愛醫院 金勝秀氏를 차자 氏의 안내로 市街 及 洗劍亭을 보앗다.

洗劍亭은 鴨江 畔數百丈 絶壁上에 兀然히 놉흔 樓亭인데 지금은 守備隊 所占地이다. 보통으로 구경을 안이 許한다하나 金氏의 眼目인지 記者의 特待인지 守備隊 長千口씨는 친절한 안내를 준다.

翌日은 곳 떠나야겟지만 船便도 업고 그—만튼 筏流도 업슴애 할 수 업시 1日을 더 留하면서 當地 普成學校를 訪하야 敎員 楊喜濟金錫鴻 諸氏와 交하다가 <u>翌 16日은 筏木을 타고 楚山을 향하니 여긔서 兪氏와 또한 分手가 되얏다.</u>

<u>떼를 타보기는 이번이 처음이다.</u> 賃金이 업스니 경제상 이익이요 널다란 筏編에 任去來하니 구경이 자유이나 엇잿든 위험하다. 順流야 母論 편하지만 急流나 혹 岩石을 當할 때는 실로 肝이 마를 일이다. 떼가 급류에 다다러 先頭가 쑥 들어가고 後尾가 들석 올나갈 때는 사람은 완연히 雲霄에 올으는 듯 머리가 옷삭해지고 先頭가 들석 들리우고 後尾가 쑥 들어갈 때는 사람은 완연히 龍宮으로 들어가는 듯 밋구멍이 자릿자릿해 진다. 이러케 하기를 千里長江에 수십 수백번이니 그— 고생이야 말해 무엇하리. 그러나 격고 나면 快하다.

滿浦를 떠나 10리許의 中國岸 碑石里에 廣開土王의 陵及 碑가 잇다하나 中國岸에 下陸키가 도저히 불능하게 되니 엇지하랴. 그저— 瞻望己久에 古事를 추억할 뿐이엿다.

떼가 高山鎭까지 오고 마니 不得己 高山鎭에 下陸하얏다가 또 1日을 公費하고 17日에야 楚山行 筏木을 만나서 楚山의 新島場까지 무사히 왓다. 高山 楚山간의 관문 라즈(岩子)란 鴨江中 최대 難關인바 아조 고기밥이 되나보아 눈이 王砂鉢 만해젓섯다.

楚山邑에 들어 來意를 告하고 張天承씨의 안내로 읍의 全景及 官公有志를 相面하면서 2日을 快하게 지내섯다.

맛츰 이 때가 端午日이라 楚山婦女의 燦爛한 치장과 楚山人士의 壯快한 脚戲를 구경하면서 客苦를 잇게 되얏다. 脚戲에 公普訓導가 일등을 밧고 裁判所 書記가 이등을 하야 2인이 共히 상품으로써 以文會에

기부하야 그의 謝禮로 시민이 樂隊行列로써 市中을 一周함을 보고 「야
- 山邑하고는 그럴듯하다」 고 稱揚하얏섯다.

咸一奎씨에게 楚山狀況을 듯고 楚山名勝 映湖亭에서 市民有志의 정
으로 주는 香盃를 마시고 시민 성악대회를 滋味잇게 구경하다가 歸路
의 促忙으로 19일 오후 7시에 楚山邑을 作別하얏다.

張天承씨와 가티 강변 新島場에서 一泊을 하고 이제부터는 朝鮮船便
으로 碧潼을 거처 昌城까지 와서 昌城부터 자동차로 朔州에 왓다가 또
자동차로 義州에 오니 사라난 듯 鄕原에 온 듯 시원하고도 섭섭하얏다.
한 달 전에 작별한 統軍亭을 차자 안부를 뭇고 敎友 崔安國金子一金得
弼黃河混 濟氏로부터 주시는 慰勞酒에 취하야 統軍亭上에 발 뻣치고
안즈니 白雲은 오락가락 淸風은 徐來 往事가 꿈인 듯. (끗)

附記. 原體 長距離인지라 紀行이 支離합니다. 紙面이 사실 업소이다.
中間에 만히 略하고도, 이처럼 길어젓습니다. 특히 碧潼, 昌城, 朔州의
紀行은 全削을 하게 되오매 極키 未安하외다. 私嫌으로 아시지 말고
寬厚하게 보아주시오.

[24] 杭州 西湖에서, 東谷, 『개벽』 제39호(1923.09)

*중국 항주 지역의 여행기

風打浪打의 나의 放浪

오래동안 南國의 해상에 나그네 노릇하던 나는 癸亥7月13日 아츰에
北陸으로 도라갈 旅裝을 收束하다.

내가 中州에 逋逃한지 임이 5個의 春風秋雨를 지낸지라 나의 素性이
名山大川의 間에 잇슴인지 又는 世波의 역류에 風打浪打로 放浪의 생

애에 맛을 들음인지 모르나 晉陽의 鄕國을 떠난지 임이 10有5年에 7,8의 星霜을 京師에 旅食하고 이여 笈을 東瀛에 負하야 강호의 風晨雨夕에 때로 鄕雲을 望하야 羇懷의 그 依할대 업슴을 頻嘆하면서 일로부터 우주의 間에 任其所之하야 나의 行蹤을 無常에 맛길가 하얏다. 其後 時勢의 변천은 또한 나의 몸을 中原의 대륙에 실어다 놋케되다.

伊來 10有5年間 天之涯地之角에 無常히 獨往獨來하는 동안 素來로 放浪의 性도 잇섯지만은 더구나 羇旅의 생애를 오래하게 되며 또는 世運의 萬態는 더욱 나의 疎狂의 癖을 도와 名山大川과 勝區佳境에 나의 맘을 만이 牽引하얏다. 그리하야 辛酉夏에 東三省을 일주하야 과거의 我祖宗의 遺趾와 大野大江大山의 間에 명승의 景을 探하고 松花江의 長流를 順하야 黑龍江으로 「쉬을가」江 (俄羅斯 아무르州에 在)에 이르러 西比利 大陸을 足下에 두고 西으로 들어가 「우랄」산의 고봉을 바라보면서 세계최대호의 名이 잇는 「바이갈」湖畔에서 나의 幽懷를 暢叙한 적도 잇섯다. 그러나 伊來 中州에서 오래동안 羇旅의 생활을 하는 가온데 내가 幼時에 經學배울 때에도 中州 西湖의 名과 姑蘇城외 寒山寺에 夜半鍾聲到客船이라는 詩句만 읽고도 깁히 깁히 蘇杭의 勝景을 憧憬하얏거니와 幸히 中州의 南國에 나의 몸이 자조 寄跡케 되는 것은 실로 天假其便이요 또는 세사의 무상에 토할 수 업는 耿孤의 懷를 한번 勝景의 산간에서 寫吐하야 볼가하얏다. 그러나 까닭업시 悾惚한 이 몸은 그 勝景의 산하를 每樣咫尺의 간에 두고서도 忽忽히 空過한 적도 잇스며 들지 못한 적도 잇섯다.

一年有餘를 燕京의 고향에 蟄伏하야 잇다가 금번의 南行도 실로 우연의 중에 잇섯스나 개중에 幾分南國의 미를 한번 探看하야보려는 의미를 가지엇다. 世事는 매양 적고 큰 것을 물론하고 뜻대로 안되는 것은 인간으로서 피할 수 업는 바인지는 모르나 去冬에 해상으로 올 때에는 三春好景은 꼭 蘇杭의 勝地에서 보내려 하얏는데 그럭저럭 해상의 띄끌속에서 九十春光을 속절업시 다 보내고 금번도 실로 사실에는 그 가능함이 적은 此行이 잇게 되엿다. 비록 때안이 炎夏6月이지만은 名區

無節時라고 夏에도 그 景은 또한 본래의 면목은 죽음도 일치 안이하얏슬 것이다. 그런데 如何커나 此行이 잇게 된 것은 나의 평소에 만이 갈구하던 바의 결과이겟지만은 一便에 開闢君이 만이 此行을 도읫다지 안을 수 업나니. 먼저 감사를 들이고자 하며 詩到金剛不能詩라고 나의 拙文으로써 듯기만 하야도 말할 수 업는 소위 天下之勝이라는 蘇杭의 勝景을 엇지 그 만일이나 描來한다 하리오. 다만 나의 片想으로나마 開闢君의 그 성의에 사의를 표코자 하노라.

同癸亥 7月13일 아츰에 北向의 여장을 收束하면서 首途로 杭州西湖로 가기를 內定하고 伊來4年간 逋逃의 裡에 行止를 갓치하야 風雨의 夜에 旅榻을 共히 하던 나의 志兄劉先生에게 此意를 告하얏다. 志兄은 원래 謹愼持重에 당한 어른이라 쾌히 답치 안으면서 이후를 約하자한다. 나 역시 志兄의 此意를 先히 窺破하얏슴으로 預先히 告치 안코 臨行에 急促만 하야보리라 하얏다. 그리하야 多辭로써 告勸하면서 五侗가이가튼 危難의 時에 奚暇에 尋花問柳하고 登山臨水하리오만은 수년 이래의 流離顚倒한 鬱懷를 한번 此機에 暢叙하야 보자고 하얏다. 志兄도 此에 동감치 안을 수 업는 지라 臥榻에 일어나이여 遊杭의 途에 登케되다. 해상의 雨는 黃梅의 節에만 이르면 실로 無日不雨인데 이 때는 임이 數旬동안을 長霖이 支離하얏는지라 이날도 장마 끗헤 가는 비는 부슬부슬 나리는데 北坫으로 나와 滬杭鐵路에 우리 2人이 몸을 실으니 맛치 띄끌세상에 버서나 타향으로 가는 듯한 기분이 생긴다.

吳姬越女의 餘音

支離하게도 오던 비는 우리의 湖行을 도음인지 구름은 점차로 大野原頭의 樹稍를 넘어 天際에 버서지고 霽色이 돌며 光風이 인다. 臨行시에 志兄劉先生은 비오는 것을 만히 염려하는 고로 나는 자연의 功을 다 긍정하는 어조로 斜風細雨에 湖上에 노는 것도 한 趣중의 趣라고 하면서 맛치 개는 것을 보고 이는 확실히 우리의 杭行은 그 인연이 잇슴이며

霽後의 湖上은 더 말할 것도 업스리라 하고 兩人은 미소로써 상대하얏다. 車는 無邊大野에 長蛇갓치 疾走하는데 意中의 西湖가 그 어대인가하야 자조자조 차창에 머리를 둘러 眺望하얏다. 南國의 미는 원래 蘇杭兩省을 일칼는데라 鐵路沿邊의 山河物色은 자못 淸幽코 또는 繁華함을 자랑하는 것 갓튼데 더구나 霽後의 신면목은 一幅의 畵圖를 그려낸 듯하다. 車를 벌서 三四驛을 지나 新橋를 이르럿는데 野中에 흐르는 諸道의 小流에는 新魚가 出遊하며 千里沃野에 靑錦를 깐갓가티 벌여잇는 水畓에 香稻는 갓득 차잇다. 논두덕 우며 조그마한 삿갓과 雨簑를 둘으고 軟莎芳草에 소먹이며 소등에 안자 草笛 부는 목동은 참으로 자연의 寵兒인 것 갓해 보이며 그 소래 들어 알지는 못하야도 아마 吳姬越女의 한긋 자랑하던 餘音인 듯 하다. 無常의 世事에 空自忙하게 돌아단이는 吾行二人으로써 보면 자못 昔時 玄德의 嘆을 면치 못하겟다. 新橋로붓터 松江, 楓涇 등지의 일대는 全히 無邊大野에 稻田이 橫比하야 잇다. 松江의 大野를 세갈내 네갈네로 논위 흐르는 淸流는 灌漑의 源을 이여 이의 富源을 가지게 되는 모양인데 참으로 江蘇의 富裕가 다 여긔 잇지 안이한가. 該 楓涇은 江蘇와 浙江兩省의 分界處인데 산하는 의연히 秀美한 中該驛에 당도하자 해상으로부터 오래 그립던 산이 멀리 그의 雄姿를 들어낸다. 나는 山國의 人이라 산 바라보기를 실혀하지는 안는다. 그러나 無邊大野에 眼界가 툭 터진 것을 항상 爽快히 알며 조화함으로 中州의 대륙이 자못 나의 氣性에 마즈나 넘우도 山 보기에 주리엇지라 大野중에 웃둑솟아 별로히 秀麗한 것 갓지는 안으나 霽後에 산듯한 그 遠影은 만히 나의 眼界를 늘인다. 벌서 江蘇地界를 넘어 杭州의 勝景을 가진 浙江으로 들어오게 되니 探勝의 懷는 기분 노이는 듯 하다. 浙江은 中國 全名勝 30處중에 6處를 혼자 가진 곳이라 그럼으로 山河의 秀美가 他省보담은 물론 나은 모양인데 이곳 저곳 조그마한 산들이 벌여잇는 것 보아도 名勝이 생계날 것을 기억할 수 잇겟다. 이로부터 嘉善 嘉興 등지로 들어서니 이곳 저곳 삐죽삐죽 소슨 산이 나의 일행을 마저 勝區로 인도하는 것 가튼데 멀리 보이는 杭州의 莫干山이 더욱히 西湖의 갓가워

짐을 알뵌다. 그러고 平原廣野에 빈땅 업시 갓득 들어선 것은 뽕나무이
라. 이것만 보아도 금속이 만히 산출되는 것을 알겟스며 浙人의 專業이
繭絲業인 줄을 가히 짐작하겟다. 莫干山과 西湖의 避署客을 갓득 실은
차은 벌서 筧橋에 이르러 莫干山으로 가시는 손님들은 내리워 보내고
바로 杭州城垝으로 갈라는데 驛名表를 본즉 艮山門拱宸橋 兩驛만 지내
면 곳 杭州이다. 車는 이여 一聲汽笛을 토하면서 杭州역에 도착하니
때는 正히 下午 3시 40분頃이다. 上海로 붓터 杭州 里數는 350里 가량인
데 特別快車(急行)로 가면 4,5時이면 갈 수 잇고 慢車는 6時 가량이다.
滬杭間에는 快慢 兩車가 매일 6,7次인데 우리는 慢車를 탓기 때문에
동일 오전 9時에 上海에서 發한 바 同3時頃에 도착하고 본즉 여섯 시간
쯤 되는 모양이다.

西湖 第一味의 龍井茶

오랫동안 憧憬에 憧憬을 더하던 東南의 全美인 杭州에 도착하고 보
니 맛치 그리던 애인을 만난 것 갓다. 該驛에서 西湖로 가자면 한 8,7里
쯤 되는데 行裝을 가지고 역전으로 나가니 湖邊에 잇는 여관 접객인들
은 언제 본 것 갓치 반갑게 우리 일행을 마저 西湖로 인도하야 준다.
빨니 가는 包車를 催促하야「快快的」어서的」하면서 於焉間 湖邊으로
오니 멀이 喬後에 새 단장을 곱게 하고 나온 듯한 3面의 靑山을 등에
진 西子의 맵시잇는 얼골이- 언듯 나의 눈압헤 보인다. 水天이 상접한
彼岸의 자즌 안개 속에 산듯 산듯 보이는 風棹帆布帆은 아지 뭇게자라
나 갓튼 探勝客을 실은 배이겟지. 언듯 여관의 정문에 이르니 멀이 온
손임을 반갑게 맛는 이들은 뽀이들은 얼는 나의 行具를 밧아들고 2層
樓上으로 인도하야 한 潔淨한 방을 내여주면서 세수물을 가저오며 獅
子峰頭에 따 가지고 烟霞洞虎跑泉에 씨서내여 精製한 西湖 第一味의
龍井茶 一盃를 밧비 딸아 권하면서 어데서 오섯는가 慇懃히 뭇는다.
나는 선듯 東三省 吉林사는 사람으로 피서하려 왓다고 답햇다.「好好」

멧 번 하면서 나간다. 該 여관은 西湖 新市場의 湖濱에 위치 하얏는데 간판은 淸泰 第二 여관이라고 붓첫스며 堂上堂下 房間이 數백餘이요 未嘗不 고등 여관인 모양이다. 나의 정한 방의 一泊費는 1원4각이요 음식은 隨意하야 사먹게 한다. 나는 빨이 세수를 한 후 龍井 一盃를 마신 후에 香煙을 피워들고 여관 樓上 正廳으로 나가니 西湖의 外湖全境은 眼下에 다 開展되야 잇다. 나는 자못 歡悅의 어조로 劉先生의게 이러케 조흔 好景을 안 보고 더 무엇하랴 하고 말을 건니엿다. 劉先生은 빙글빙글 우스면서 누가 안이랴 하얏느냐고 하신다. 爲先 湖山의 槪景을 領略하고 西子의 면목을 審識한 후에 방으로 들어가서 鷄子湯麵 一碗하고 遠年 花彫 一斤을 가저와 점심을 畢한 후에는 차에서 困疲함도 이저버리고 바로 여관정문으로 나가니 즉 外湖의 정면이라. 此에 沿湖하야 小公園이 잇슴으로 小憩하면서 참으로 한 번 놀만한 곳이라고 劉先生의게 말을 건니고 兩人이 小話한 후에 곳 시가로 나갓다.

해상에는 아즉껏 그 霖雨가 오는지는 모르나 여기는 初晴의 일기가 매우 艶艶한데 爲先 공기가 매우 건조하야 해상의 그 무덥덥하게 띠우는 저기압의 더위는 도모지 볼 수 업스며 매우 경쾌한 기분을 늣기겟다. 나는 劉先生의게 이갓튼 好景에 好友가 더 업는 것이 심히 유감이요 더욱히 염려를 携來치 안은 것은 참으로 한되는 바이라 하얏다. 劉先生은 미소를 띠우면서 君은 매양 그런 豪狂語를 만이 한다고 한다. 곳 照相舘으로 가서 西湖 風景圖 30餘張과 西湖全圖 一幅과 西圖指南 一冊을 사 가지고 상품 진열관으로 가서 棕櫚杖 2個를 呼買하야 1個는 劉先生의게 들엿다. 그러고 市面을 一回한 후에는 여관으로 와서 명일 船遊할 事를 상의하고 西湖 指南冊에 잇는 道程에 의하야 탐방하기로 하다. 勝遊는 惟時促이라는 말과 갓티 시간은 벌서 6時間이다. 여관 正廳으로 나오니 夕陽山頭에 느진 안개는 점차로 湖面울 덥허오고 瞑色은 遠村에 侵生하야 오는데 探勝에 흥을 겨워 돌아오는 船遊 배는 三行兩行으로 혹은 山際로 혹은 島嶼가으로 돌아온다. 아즉 고만 두어라구 타여 勝을 探하고 佳를 구할 것 무엇인가. 西湖의 勝景은 임이 나의 안중 腔中에

갓득 차 잇다. 이갓티 서로 보는 바로 자랑하고 잇는 동안 뾰이는 夕飯을
안자시겟느냐고 뭇는다. 어서 가저오라 하야 遠年花彫酒 一斤에 청담한
竹筍菜에 취흥이 자못 陶陶하다. 이여 시가에 또 나가 西湖의 물산이
그 무엇인가 물어보기도 하며 暫時間 산보하다가 돌아와 小春兄에게
이 소식을 알외고 이갓튼 勝景은 혼자보기 앗가워서 오후 照相舘에서
산 그 西湖 풍경화를 부처 들이려고 싸놋코는 명일의 湖遊를 預斯하고
西子의 신으로 더불어 혹 夢中에나 만날가 하야 甘睡를 耽하 다.

西湖에 배 띄우고

翌朝 7時에 이러나니 아츰 안개는 아즉 거치지 안이하고 幾分雨意가
잇는 듯하다. 그러나 비오면 비오는 대로 날 조흐면 조흔대로 그 景은
그대로 보리라 하고 시가에 곳 나가서 이날 잔득 먹고 잔득 잘 놀 준비
를 하여 가지고 들어오니 劉先生은 이제야 이러나는 지라 나는 우스면
서 이런 勝景을 두고 엇지 늦게 잣심닛가 하고 어서 湖邊으로 나가자고
하얏다. 그 때에 반 夜에 와서 배타라고 懇請하던 舟子가 와서 배를
타라고 한다. 舟價가 幾何뇨 하고 물은즉 全日에 1원5각이라 한다. 선듯
들어도 그 싼 것은 말할 것도 업고 참으로 中州의 物博工賤한 것을 알
겟다. 곳 湖濱으로 나가 배에 오른즉 맛치 畵中에 안즌 것 갓튼데 4圍의
諸景은 그 때 보던 것만 하야도 다 쓸 수 업고 初晴의 湖面은 비단결
갓트며 前山의 霽容은 尙今 안개가 온데서 반 쯤 낫타낸 것이며 湖中에
列在하야 무수한 山亭水榭 그것만 잠간 써노을 수 밧게 업다. 舟子 제
말이 십년 西湖에 모르는데 업슨 즉 次第로 잘 소개하야 주마 한다.
西湖는 至小라도 십日遊는 하여야한다는데 금번의 此行은 不得已 兩之
日 밧게 허락이 안될 모양이라. 이것도 劉先生은 금일 하루만 船遊하고
곳 돌아갓다가 이후를 기약하자고 한다. 그럼으로 나믄 일자는 또한
빗만 보기라도 蘇州에서 費치 안을 수 업슴으로 함부래 西湖의 最上景
이 멧멧인지 그것붓터 보자고 舟子의게 囑付하다.

그리하야 爲先 十景붓터 보려하는데 舟子가 말하기를 杭州之景은 在西湖하고 西湖之景은 在之潭印月이라는 말이 곳 글인 그 好文章을 외우면서 草絲波紋上에 順風에 돗을 달고 배를 쓸쓸 저어 印月로 향하려 하다 此에 同日의 본 바의 景을 쓰기 전 爲先 서호의 槪說을 잠간 써두어 叅考에 供하여야 하겟다.

杭州는 현 浙江省 首府요 秦隋唐 이래로 한 勝區로 擅하얏스되 唐 이전에는 실로 寂然無聞이엇섯는데 唐 李泌氏가 비로소 개척하야 湖流를 통하게 한 후로 東波 居易등 大詩人이 杭州에 謫宦케 되는 동시에 湖中에 二長堤를 築하고 名區의 갑슬 알며 名區의 勝景을 錫名해 넘으로 인하야 西湖의 名이 비로소 大著케 되고 其後 宋高宗이 都를 臨安에 建케되고 淸聖祖 康熙가 屢次 此에 來遊케 됨애 소위 천하의 勝이니 하는 소리가 나게 되야 人人의 稱道하는 바가 된다. 西湖의 名은 錢塘湖 高士湖 西子湖 등의 諸名이 有하나 그 지면이 城西에 在함으로 통칭 西湖라 하나니 湖周는 30餘里(我里 近 40里)이요 삼면이 環山이요 계곡이 실갓치 이여 點綴되야 잇는데 그 하에는 百道의 淵泉이 모히여 湖가 되야 수심은 불과 기척이요 수색은 심히 말그며 그 가온데 각금 각금 옷독 옷독 소슨 孤山 더욱 湖面의 支柱갓해 보힌다. 山前은 外湖가 되고 山後는 內湖가 되야 西으로 蘇堤(東波築)에 互聯되며 堤以內는 裡湖라 하는데 全湖 면적이 약 16方里라 伊來 수천년래로 古蹟이 만이 兵禍에 업서지고 자조자조 변천이 무상하얏스나 淸聖祖 康熙 來遊시에 이르러 蘇白去後의 일시 장관을 부흥하얏던 모양인데 洪秀全亂에 또한 焚毀되고 其後 지금은 西湖 工程局을 置하야 날노 수리하야가는 중이라 한다. 그리고 名士 富人의 別庄 高士侯客의 墳墓가 다수를 점하게 되고 이즘에는 西人의 양옥 別庄도 날노 興築되야간다 云云.

배는 新市場 碼頭로 붓터 고성을 끼고 돌아 西湖의 全 水源口인 湧金門 겻호로 가서 西湖十景의 一인 柳浪聞鶯으로 향하다 宋時에는 柳浪橋가 淸波門 외의 卽今 該址에 잇던 것인데 卽 今은 考할 수 업스며 현재는 十景의 一로 其名만 遺케되고 무삼 勝蹟은 끗처 잇지 안타. 배

중에 잇서 엇듯 그 遺址만 바라보아도 당시에는 한 佳麗의 地인줄 알겟다. 뒤으로는 雉堞을 負하고 압흐로는 方塘에 臨하야 춘삼월 호시절에 柳絲의 翠浪이 翻空할 때에 黃鳥는 그 사이에 睍睆하야 畵舫笙歌로 더불어 서로 화답할 제 그 景을 가히 量할 수 업섯슬 것이다. 배는 곳 三潭印月에 이르러 石橋에 매여두고 들어가니 該 潭은 外湖와 裡湖의 중간에 한 小島처럼 형성되야 潭內에 들어서면 다만 該 潭의 경내 뿐 眼前에 開展되고 은연히 한 島國처럼 되얏다. <u>第一潭으로 붓터 第 三潭에 至하기까지 九曲石橋가 노엿는데</u> 그 제조가 미술품으로 되얏슬 뿐만이 안이라 構造가 자못 장엄하다. 第 一潭에 들어서 第 二曲橋 중간에 小亭이 잇는데 靜觀이라는 扁額이 붓처잇스며 그 左面에는 先賢祠가 잇는데 辛亥革命시 殉士 黃字義등 3人의 祠이라. 그 楹聯에, 三傑倡民權日月更新革命導源遺種子, 一龕字祀典湖山洗淨後仇報饗慰遺臣이라는 글이 쓰여 잇다. 다시 감돌아 第 二潭에 들어서니 압흔 청산이요 뒤는 죽림이요 又 其下는 蓮花가 아즉 盛開하지는 안엇스나 數十朵 紅英이 心懷의 娟嬋함을 늣기겟다. 다시 第 三潭에 이르니 蘇堤는 對岸으로 하고 裡湖를 到臨하야 小閣이 잇는데 正中에 三潭印月 4個 大字를 刻한 大石碑가 서잇스며 該 閣 扁聯에는 「我心相印」4字가 쓰여 잇스며 前臨한 그 裡湖 중간에 맛치 우리나라 墓地에 山石해 세운 石膏 模樣으로 不製의 탑이 삼각형으로 列로 하야잇다. 三潭印月이라 함은 月光이 映潭할 때에는 三石塔으로 논우워 비추우는 고로 此를 名함이라 한다. 此는 東波가 建造한 것인데 明成化 後에 毁滅되얏다가 淸康熙時에 復建되얏다 한다. 舟子의 말과 갓티 西湖의 景은 다 此潭에 잇다함이 실로 虛言이 안이다. 湖心에 獨在하야 廣濶한 면적을 가지고 그 안에도 九曲之潭이 잇서 竹林蓮花가 자못 高士의 기상을 가젓는데 나는 때안인 아츰에 왓는지라 달은 보지 못함이 심히 遺憾이나 遊子들은 尙未到하고 潭內는 靜寂이 吾等一行만 맛는다. 아츰안개는 자옥하고 蓮葉 上에는 玉露가 珠環하야 湖神의 곱은 태도가 此에 現하는 것 갓다. 만일 夜蘭人靜하고 명월이 當天할 때 孤艇을 홀노 저어 이곳에 이르면 우주의 眞趣

와 自我의 本面目을 가히 볼 것 갓다.

이로붓터 淨慈寺에 이르러 南屛晩鍾閣을 보고 運木古井에 이르러 佛家의 怪話-該 寺를 창건할 때에 목재가 업슴으로 住持僧이 禱佛한 바 목재가 該 古井으로 붓터 層出不窮하야 그 집을 다 짓고 남게 되야 尙今 井裡에 一木이 在하다 云한다. 그럼으로 小燈을 下하야 본즉 果是 一木材가 堅立하야 잇다. 그로붓터 雷峰塔에 이르러 小憩하고 夕興寺로 둘녀 崎嶇한 山路에 徘徊하며 古人의 跡을 한번 追攬하야 볼 때에 참으로 吊古의 감이 업지안타. 南屛晩鍾 이름만 들어도 南屛山 深秋夜에 그의 말근 종소래의 한번이면 塵世의 迷却을 깨칠 듯 하얏스리라. 그 뿐 안이라 昔時에 佛寺의 宏大가 말할 것 업섯슬 것이요 信男信女가 朝暮로 絡繹하얏슬 것인데 而今엔 때로 遊子의 자최뿐이요 貧僧貴人이 該 淨慈寺와 夕照寺에 殘在하야 잇는 모양이다. 그리고 該 雷峰塔은 宋時造로 임이 수천년을 지냇스되 尙今 그 形姿를 가지고 잇는 것은 당시에 얼마한 공역이 들엇는지 알 수 업다. 赤煉瓦로써 건조하얏는데 지금도 그러한 조혼 벽돌을 구키 업렵다한다. 이러한 가치잇는 古物을 그대로 풍우에 멕겨 두는 것은 심히 유감이다. 그런데 後塔은 그 밋치 비엿다고 舟子가 전하며 발노 굴너보니 참으로 쿵쿵하는 것이 빈 것도 갓다. 그 벽돌은 却邪의 物이라하야 愚民덜이 날노와 주어 갓다한다. 얼마 안잇스면 넘어질는지도 모르겟다. 十景의 雷峯夕照라 하는 것은 斜陽 反照가 後塔으로 비치워 다시 夕照寺 정면에 反照됨으로써 寺名도 夕照라 하는 것 갓다. 다시 水邊에 내려와 배를 타고 蘇堤로 들어가 蘇堤 春晩을 바라 보앗스나 이때는 봄이 아니라 한갓 荷芳草上에 서늘한 湖上의 夏風이 구주하게도 부러온다.

嶽王廟에 발을 멈추다

이여 裡湖로 들어가 花家山에 올나 花港觀魚를 차젓다. 此에 康熙의 친필로 쓴 석비가 섯는데 우리도 이예서는 香茗 一盃를 買飮하고 燒餠

幾個를 사서 고기를 먹이며 昔日 觀魚人의 後跡을 발바볼 적 참으로 錦鱗玉尺이 펄덕펄덕 뛴다. 劉先生은 「고기 잡아 柳枝에 꿰여들고 石橋 邊으로 내려가 고기로 술을 밧궈 杏花濁醪에 한번 취해 볼까나」 하는 無曲歌를 홍에 겨워 부른다. 이에 다시 中流에 둥실둥실 떠 아츰에 豫備한 술을 부어먹고 岳王廟로 이르다. 岳王廟는 종래로 西湖의 한 勝景으로 칠 뿐만이 안이다. 萬古貞忠人의 墓임으로 西湖에 足跡을 印하는 자는 누구나 다 이에 반드시 이를 빠줏지 안는다. 後廟는 南屛山 後麓의 전부를 점하야 잇는데 古時에는 각대 제왕이 鉅帑을 내여 廟院을 수리하야 萬民瞻仰의 準이 되게 하얏으며 距今 4年前도 浙督 盧永祥氏가 各省各人의 기부로 15만의 거액을 내여 다시 重修하야 樓臺高閣이 실로 湖州의 장관인 듯 한데 정문에 들어서니 前淸時 閔浙總督 李衛氏의 碧血丹心이라는 편액이 붓텃고 중간에 들어가 岳飛의 眞影을 봉안한 정실에 이른즉 盧永祥氏의 쓴 偉烈純忠이라는 편액이 잇고 그 외에 畵棟에 수업시 붓터잇는 것은 各省 名士들의 보낸 楹聯들이다. 나 역시 평소에 岳飛의 인격에 만은 仰慕를 가진 자이며 더구나 당시 조국의 존망이 경각에 잇는 그 때의 그 精忠을 다하야 그 몸을 희생함은 더욱 우리의 모범이라 하겟다. 그로붓터 岳飛 분소에 이른즉 묘는 원형의 大石製墳으로 되얏스며 그 좌변에 從忠僕의 墳까지 잇다. 나는 그 압헤 이르러 머리를 숙이여 장군의게 절하지 안을 수 업스며 장군의 정령에 나의 所禱하는 바도 不無타 하겟다. 분소에 물너나 정면으로 蒼蒼의 古柏 二株가 聯立하야 잇스며 그 階下에는 秦檜 李氏 萬候등 諸奸을 鐵像으로 만들어 목에 철사를 매여 만대 그 죄인임을 표한 모양인데 秦檜를 가둔 철사 前에 「不投石」 不小便의 비가 붓텃다. 그것만 보아도 만인의 唾棄가 이에 더할 것 업다. 世의 諸奸諸惡은 반드시 그러케 되고야 만 것이다. 나는 그 분소로붓터 다시 後正殿으로 들어가서 岳飛장군이 眞影압헤 묵묵히 말업시 가장 哀願의 色을 가지고 또한 깁히 注視하야 보앗다. 舟子는 배를 맨지 久矣라. 頻頻히 上舟키를 來促한다. 이에 배에 올나 蘇堤를 겻헤 두고 杏花村 향해갈 제 院風荷의 석비가 멀이

荒草中에 보힌다. 舟子의게 물은즉 가을에는 한번 볼만하나 지금은 蓮花도 업스며 또는 亭榭도 업스니 고만 杏花村으로 가서 점심을 자시라 한다. 배를 杏花村 前 柳樹枝에 매여두고 임이 豫備하얏던 食物을 내여 먹으면서 바람을 臨하야 술 한잔 따를 적에 실로 말할 수 업는 懷抱는 腔中에 갓득한데 다만 昔時 東坡가 蘇堤를 싸아두고 六橋의 煙柳를 攀折하면서 蘇堤의 斜陽芳草 삿붓삿붓 발버가며 歸路에 杏花村香醪 한잔에 그 취흥을 다하던 것… 而今의 만이 연상된다. 시인의 취미는 별로히 이가튼 新生面올여도다.

杏花村의 全景을 독점한 壺春樓에서 麥酒를 사서 渴을 解하고 汾陽山庄을 단이여 西冷印社에 이르다. 該 社는 昔時 丁上左 吳隱等人의 창건한 바인데 孤山의 第一景을 점하야 一步 一亭 二步 二榭등의 무수한 小閣이 암석을 의지하야 잇서 泉石이 심히 淸幽하다. 勝景은 無限好한데 우연히 일시의 흥을 못이겨 景을 찾는 손임의 시간은 매우 짧다. 그리하야 엇듯 보고 西湖公園으로 들어가니 此는 高時 淸康熙 乾隆의 行宮遺址라. 그 樓臺泉石은 물론 西冷印社에 비길바 안이다. 登高 第一亭에 오르니 西湖의 전경이 眼下에 開展되다. 日氣는 晩陽에 심히 덥은 고로 내려와 도서관등 各 名人祠를 얼픗 보고는 배에 올나 孤山으로 향하야 故林 和靖處士의 高遊處인 放鶴亭은 참으로 鶴去人亡의 歎을 未免하겟고 孤山의 매화는 西湖景의 제2에 讓치안는 것인데 梅節이 간지 오래 茂林만 깁숙할 뿐이라. 該 亭 좌변 一小亭이 有한데 것트로 보기만 하야도 매우 淸雅하야 보힌다. 그럼으로 배를 그 亭下에 멈으라고 하고 劉先生과 손을 잇그려 該 亭에 오르니 육모의 小石亭인데 정면에 康有爲의 쓴 雲亭二字扁이 붓텃다. 들으매 上海 許秦雲의 生壙地이라 한다. 劉先生은 此亭에 올나 西湖 第一景이 한번 머물어가자 함으로 배에 실은 모든 식물을 가저와 亭內에 비치한 탁상에 벌여두고 大白을 기우리면서 지금것 구경한 諸景을 審識하고 石床에 倚臥하야 無韻詩無曲歌를 마음대로 을푸는데 許氏의 自挽한 聯을 본 바에 참으로 마는 동감을 가지겟다. 該 聯日「斯世何所之幸得傍孤山寒梅岳墳忠柏, 此心

無所戀却未捨錢江夜月珠浦鄕雲」이라 하얏다. 劉先生과 재삼 읽기를 마지 안으며 나는 말하기를 참으로 高士의 口氣가 잇다고 하고 만일 나도 自挽을 쓴다하면 그에 지내지 안켓다고 하얏다. 於焉間 日은 西으로 내리고 南屏山頭에 暮雲은 돌아와 晩鍾의 소래를 들을 때가 되야온다. 더구나 前山에 잇는 白雲庵의 磬聲은 나의 多年覊旅의 懷를 자아내며 인생의 무상을 알윈다.

滄浪之水濁兮 可以濯吾足

이여 醉興을 타 倦步로 10里荷汀에 내려와 창랑지수청혜 可以濯吾纓이요 滄浪之水兮 可以濯吾足이라는 우연히 입에 나오는 感慨의 辭를 외우고 내 幸히 世間에 이룸이 잇스면 晩年의 閑日月을 此間에 보내리라는 어름풋한 몽상을 하고 실로 斯世에 無所之라 數間의 茅屋을 此間에 두고 세상사 다 이저버렷스면 하는 생각이 울둑울둑 내닷는다. 南屏山 머리로 차차 넘어가는 해를 바라보고 晩風은 쓸쓸 晴湖의 錦紋을 일으키는데 舟子를 불너 갈데로 가자. 어데가 그 好景이냐? 舟子는 선듯 답하되 西湖의 好景은 거진 다 알외엿나이다. 지금은 湖心亭으로 단여서 平湖秋月을 橫斷하야 저 건너 南高峯 北高峯의 雙峯柳雲을 바라보신 후에는 杏花村으로 다시 樓外樓에서 西湖 조魚의 맛을 보시고는 白堤로 오르사 지금 눈은 업지만 斷橋殘雪을 구경하소서. 그리고 야경은 다시 와 全湖의 일면을 泛泛 中流指定 업시 돗대를 저어 얼마동안 逍遙하시다가는 歸路에 就하소서 하는지라 나는 가장 흥에겨워 너 마음대로 任其所之 하렴으나 하얏다. 나는 배등에 醉顔으로 비스듬이 누어 遠峯의 蒼翠와 茫茫한 小波에만 아무 所料가 업시 凝思하고 잇섯슬 뿐이엇다. 小項에 배는 湖心亭으로 닷게되는데 外湖의 正心에 位하야 참으로 湖心을 독점하야 잇는데 이에서 그 세월을 보내면 俗凡을 듯지 안케 될가. 이여 平湖秋月로 이르러 一瞥한 후에 秋女俠의 墳墓를 特訪하야 墓前에 이르러 나의 來意를 표하얏다. 향을 埋하고 玉을 奠한지

십년이 불과한데 滿庭荒草는 寂無人이라 吳芝瑛女士는 秋俠의 故友로 故人의 秋風秋雨愁殺人의 시구를 의하야 墓左에 風雨亭을 지어 잇는데 敗瓦頹壁은 그 거둣는 者이 업음을 嘆치 안을 수 업다. 다시 墓傍에 잇는 西湖의 만은 物語를4) 가진 錢塘名妓 蘇小小의 墳前에 이르러 雙峯의 暮對雲을 바라보다가 樓外樓에 이르러 饌魚에 맛을 붓처 한잔 갓북 취한 후에 배에 올나 캄캄한 중으로 배를 저어 西子의 夜容까지 다 보앗다. 이에 귀로에 登하야 여관에 이르니 때는 10時頃이라 흥에 넘친 피곤한 몸은 여관에 몸을 비기자 이여 睡鄕으로 들어가 翌朝 8時 까지 잔득 자고 이러낫다.

이날까지는 더 西子의 손임이 되어야할 터인데 劉先生은 俗事에 끌이여 歸裝을 催促한다. 나는 不得已 도라갈 준비를 하지 안을 수 업는데 참으로 섭섭키 한량업다. 天地의 間에 무사히 왕래하는 나의 行蹤으로써 후기를 엇지 기약하랴. 西子와 그 인연이 이스면 無事他日에 혹 이 勝區의 淸福을 누리게 될는지! 이가티 悾偬한 나의 此行이나마 蘇州의 名勝을 금시라도 보지 안을 수 업슴으로 다시 蘇行의 途에 登하려 함에 劉先生은 해상으로 곳 가겟다는 것을 挽留하야 拱震橋로 나와 蘇班船에 몸을 실여 錢塘江에 배를 저어 隋 煬帝의 판 南通의 운하로 내려 점차 寒山寺 모퉁이로 蘇州의 勝景을 보고 古時 吳王의 잘 놀든 遺址를 찻게 되겟다.

[25] 내가 본 平北의 各郡, 一記者, 『개벽』제39호(1923.09)

용천－철산－선천－정주－귀성－운산－영변－박천 (내용 생략)

---

4) 물어(物語): 이야기. 일본의 모노가타리.

[26] 萬里長城 어구에서＝內蒙古 旅行記의 一節,
　　　梁明, 『개벽』 제40호(1923.10)

북경에서 기차를 타고 남구를 거치면서 만리장성과 기차 안의 풍경을 보고 느낀
점을 서술한 감상문

　　벗이어－

　　나는 지금 헐덕헐덕 달아나는 京義線 급행열차 한쪽 구석에서 창밧
그로 보이는 萬里長城을 각금각금 내다보면서 이 글을 쓰나이다. 아츰
여들시 반 北京을 떠난 기차는 열時에 南口를 지나 지금 靑龍橋로 향하
는 중이오며 우리가 탄 一等車간에는 四十餘歲되어 보이는 西人畵家
한 분이 무슨 寫生을 하노라고 연필을 紛走히 놀리고 잇는 외에 西國婦
人 四五人이 무슨 滋味잇는 이약이를 하고는 우슴의 合唱을 하면서 잇
나이다.

　　벗이어!

　　萬里長城과 西人유람객－. 이 巧妙한 대상은 나에게 여러 가지 깁흔
인상을 주오며 더구나 興敗의 원리에 대하얀 어느 哲家의 名著보다도
더－ 심오한 妙理를 말하는 것 갓사외다.

　　秦始皇이 六國을 통일한 후의 萬里長城을 싸아서 山海關, 古北口, 獨
石口, 張家口, 殺虎口, 喜峯口, 天井口, 散關, 蕭關, 嘉谷關의 要塞를 만들
고 阿房宮을 지은 후 童男, 童女 五百人을 蓬萊方丈 瀛洲山에 불사약
캘려 보낼 때에 그의 夢想은 정말 크엇을 것이외다.

　　자기는 언재까지든지 죽지 아니하고 살아 저－ 화려한 阿房宮에서
맘대로 놀고 지내면서 천하를 호령할 것이오. 「人命이 在天이라」 만일
불행히 죽게 된다드라도 「자기의 자손은 천지가 업어질 때까지 萬乘의
位를 보전하야 영원히 福樂을 누리리라」고 하엿을 것이외다.

　　그러나 그가 그러한 꿈을 꾼지 불과 멧 十年에 그의 아들 二世는 項

羽와 沛公에게 대패하야 참혹한 죽음을 당하고 그처럼 굉장하든 阿房宮도 불과 멧십일에 전부 재가되고 말앗음니다.

자기가 힘껏, 정성껏 싸아둔 萬里長城이 지금 그가 꿈에도 생각치 아니하든- 코 크고 눈 노른- 서양사람의 구경거리가 되는 것을 보고 그는 아마 지하에서라도 이를 갈고 가슴을 뚜다리며 분해할 것이외다.

그러나 이러한 일이 어찌 萬里長城과 阿房宮뿐이며 이러한 후회가 어찌 秦始皇만 당하는 바이겟음니가? 세상만사는 다- 이러하고 古今人生은 다-이러한 설음을 맛보는 것이외다.

장정이 어린아희를 대할 때에 「저- 아히는 백명 천명이라도 나 하나를 對敵하지 못할 것이고 또 언제든지 그러할 것이라」고 생각하지만 불과 二十年에 그는 작지가 아니면 것지 못하고 돗보기가 아니면 보지 못하는 반병신이 되고 말고 어린아이 튼튼하고 힘 잇는 장정이 되는 것이외다.

부자가 거어지를 대할 때에 「나는 언제까지든지 부자로... 거어지는 언제까지든지 거어리로 지낼 것이라」하야 내나 도야지처럼 虐待하지만 머지안은 장래에 그와 자손이 거어지자손의 門간에서 식은 밥을 구하는 날이 잇는 것이외다.

저- 소위 문명하엿다는 英人이나 法人이 印度人이나 埃及人을 대할 때에 자기네는 특별히 고상한 민족임으로 영원히 저- 야만한 민족과 같아질 날이 업울 것이니 天地開闢때 붓어 문명하야 천지가 업어질 때까지 문명한 민족으로 지낼 것 가티 생각하고 그네들을 無限虐待하지만 「그네들은 二千年前 印度와 埃民族에게서 이러한 虐待를 밧든 야만한 민족이엇고 또 장래에 이러한 시대가 돌아올리라」는 것을 그- 누구가 부인할가요?

더위가 지내면 치위가 오고 밤이 지내면 날이 오는 것처럼 盛이 지내면 衰가 오고 衰가 지내면 盛이 오는 것은 자연의 理致외다.

벗이어! 이리한 생각을 할 때마다 항상 속에서 북바치어 오르는 것은 우리동포의 현상이오니 千三百年前에 天文臺(慶州 瞻星台)를 싸우고

七百年前에 活字를 발명하든 우리의 祖先을 생각하고 現今의 우리사회를 돌아볼 때와 扶餘, 高句麗의 옛일과 우리의 현상을 비교하야 볼 때에 아— 그 누구라서 눈이 캄캄하고 四肢가 떨리는 그— 무슨 懷抱를 금할 수 잇겟삽나이가?

이 글을 쓸 때에 빠이론의 靈이 나를 노리어 보고 「자유의 후손인 奴隷의 ○○人아」라고 꾸짓는 것 갓사오며 왼 車간에 잇는 모든 사람들이 나를 흘기어 보면서 그 시를 부르고 비웃는 것 갓하여서 낫이 확근확근 하고 사지가 떨림을 禁할 수 업나이다.

벗이어!

그러나 「낫과 밤이 서로 밧귀우는 것처럼 盛과 衰가 서로 순환하는 것은 천지의 정당한 이치니 우리가 이러케 된 것도 할 수 업는 일이라」 하야 그저 단념하얏스면 우리의 설음은 업어질가요?

또 「게울이 칩움은 녀름이 덥어질 압장이고 낫이 밝음은 밤이 어두어질 장본이라」 하야 우리의 현재 경우는 돌아보지 아니하고 그저 前途를 樂觀하엿으면 그만 될가요?

세계최고의 문명국이든 印度, 埃及, 中國의 현상을 생각하고 서방 유일의 專制國으로 佛國, 툴키, 항가리아 등의 국민운동에 항상 帝政派를 도우든 러시아의 현상을 돌아볼 때에 우리는 이— 순환의 法則을 충분히 볼 수 잇을 것이외다.

현재에 富하고 强하다고 自慢할 수도 업는 동시에 貧하고 弱하다고 낙심할 필요도 업음은 이 멧가지 만으로도 충분히 이해할 수 잇을가 하오나 이 외에 우리의 주의치 아니치 못할 문제가 하나 잇사오니 즉— 「이 원칙은 노력하는 자에게만 적용된다」는 것이외다.

우리는 動物學이며 植物學에서 전세계에 잇든 동식물로 지금 업어진 것을 만이 볼 수 잇고 人類學이며 考古學에서 전세계에 잇든 인류로 지금 업어진 種族을 到處에서 발견할 수 잇읍니다.

그네들은 어찌하야 이 세상에서 영원히 업어지고 말앗는가요? 물론

동물이나 식물에 대하야는 기후, 풍토, 기타 여리 가지 방면으로 설명할 수 잇을가 하오나 인류에 대한 설명은 다만 「徹底한 自覺이 업엇댓고 노력이 부족하엿는 것이라」는 외에 별다른 이유가 업을 것 갓사외다.

만일 그네들이 徹底한 自覺을 가지고 노력하엿다면 결코 멸망되지 아니하엿을 뿐 아니라 이 세상의 강자로 무한한 福樂을 누릴 하로가 잇엇을 것이외다.

따라서 <u>우리는 현재 弱하고 貧하드라도 결코 실망할 필요는 업는 동시에 徹底한 自覺으로 노력하여야 될 것을 알아야만 되겠읍니다.</u> 그리치 못하는 민족은 北海道의 아이누나 臺灣의 生番처럼 점점 적어지어 가다가 영원히 이 세상에서 쓸어지고 말 것이외다.

벗이어! 생각이 이에 이르매 나는 「우리에게 徹底한 민족적 自覺이 잇는가?」 「우리의 하는 노력이 우리의 모든 건설사업을 이룸에 부족됨이 업는가?」라고 反問하지 아니할 수 업엇사오며 이와 동시에 심한 공포로 전신이 떨림을 느끼엇나이다.

기차는 「나의 煩悶이 저에게 아모 상관도 업다는 듯이 여전하게 털그덕 털그덕 달아 나오며 車간은 여전히 고요하옵고 다만 西洋婦人의 우슴 소리가 간간히 침묵을 깨트릴 뿐이외다.

一九二二, 六, 二三, (京義車中)

現在한 長城이 秦始皇의 싸은 것이 아니라는 것은 최근 史學家의 공인하는 바이외다. 그러나 이 감상문은 古來의 전설 그대로를 사실로 假定하고 쓴 것이외다(作者附注).

[27] 東海의 一點碧인 鬱陵島를 찻고서,
李乙, 『개벽』 제41호(1923.11)

*울릉도 기행문＝국토 기행의 일종/문화 조사의 경험

東海에 突出한 鬱陵島야 너는 잘 잇드냐. 깁흔 곳에 숨은 네 얼골 속절업시 그리워하던 나의 熱情 뉘라서 알아주랴만은 琴湖 兄山의 廣野를 돌아서 日月 石屛의 天險을 넘어 山거읍 물 거듭 文化 調査의 거듭, 今日이 나로서는 千載一遇의 絶好機이다. 더구나 아모리 하야도 結緣의 길이 업던 成年 總角的인 나로서 맞츰내 너의 선을 보게 되얏슴에야 그 狂喜가 엇더하랴.

▲ 海國 一夜의 人類愛

출발점을 寧海 大津港으로 하게된 때는 正이 初伏日 下午 一点이얏다. 부두에 列立하야 一路平安을 齊祝하는 當地 인사 다수의 성원을 어든 나는 朝鮮郵船金海丸우의 一人이 되야 사정업는 기적 一聲 어느덧 觀魚臺를 뒤에 두고 竹邊을 향하야 北走한지 須臾에 다시 羅針을 돌니어 東折하야 烟波千里를 一瀉하얏다. 이로부터 斗轉月落刻 一刻 밤이 깁허지자 아아 의외 태산가티 일어나는 海湧蕩漾하는 怒濤激浪은 점점 위험을 가하야 온다. 원악 船暈에 强氣가 부족한 나의 短軀는 발서 風打浪打 依地업시 寢臺中에서 격거못보던 회전운동을 시작하야 寸暇를 겨를치 못하얏다. 이것을 나의 약점에 붓칠 뿐이랴. 二百十七噸에 불과한 선체의 公廡를 凌駕하는 샙바람(南風)의 亂暴에야 엇지하랴. 그러나 一毛의 利를 다토던 이방인도 囊橐을 기울이어 慰藉하며 避席外面하야 제법 예절을 찻던 남녀도 서로 붓들고 呼天한다. 이러케 동일한 경우를 당한 舟中은 도리어 동병상련 四海一室의 자애가 橫溢하는 것 갓다.

이해의 충돌, 빈부의 차별, 계급의 爭鬪, 懊惱, 憧憬, 咀呪의 세계로부터
버서 난 이날 밤, 그야말로 나의 반생을 처음 늣긴 刹那!

해면에서 一瞥한 全島의 外形

一寸의 縷命을 櫓頭에 걸어노코 鰐浪鯨波에 나붓기어 가즌 고난을
備嘗하던 一夜는 다시 風靜浪息의 曙天으로 옴기어 彼岸에 접근하야
온다. 入港의 준비를 豫報하는 기적소리에 驚起한 나는 蒼皇이 갑판
우에 올나서서 망원경의 힘을 빌어 멀니 鬱島전체의 외형을 一瞥하얏다.
一手로 움킬 듯한 全島의 影子속에 凸峯凹壑이 원시림의 萬綠에 포위되
야 紅日로 더부러 빗을 다토는 선명한 山色, 層岩絶壁이 병풍과 가티
茫洋한 해양 중에 둘니어 兀硉한 孤島를 수호하면서 侵迫하는 怒濤를
격파하야 永慟의 戰을 지속함은 恰似 이 지도상으로 본 『지불올타』가
연상되며 따라서 絶海千秋의 로맨쓰가 적지 안은 別區로 알어진다.

山門이 半開된 道洞港

竹邊에서 一折하야 七十六浬의 전속력으로 풍랑을 破碎하고 寸寸推
進하는 기선은 어느덧 曉色이 稀薄하야 오는 해안을 迂回하야 上午 九
時 예정대로 道洞港에 碇泊되얏다. 가는 곳마다 四顧無親한 나에게 남
달니 주는 것 업시 고맙은 사람은 경찰계의 종사자들인 듯 하다. 피난
처로 알고 안심하야 상륙하는 약자를 붓들고 『당신이 00씨이지요. 숙
소는 어듸로 하실 터이오.』라고 뭇는 소리는 다시 蓬萊島의 眞境을 차
자 들어오던 俗客의 신경을 變動케 하는 것 갓다. 그러나 엇지 되얏던
지 절에 간 색시的인 나는 그들의 인도하는 대로 客苦를 풀게된 것만
다행으로 역일 뿐이다.

듯건댄 道洞(본명 道房)은 최초 日本人 岩鶴이란 자가 鳥取縣 방면으
로부터 도래하야 이 곳에 雜貨商의 貨房을 舖設한 후 도민 다수가 蝟集

하야 互相 교역함으로 本洞名을 道房이라고 하얏다 한다. 目下 洞內의
주민은 朝鮮人 百二十戶, 日本人 百三十七戶가 잇다. 本洞은 비록 峽中
에 介在하얏스나 全海岸中에 船隻出入의 가장 이편을 주는 관문이 되
는 관계상 台霞洞으로부터 官公署가 이곳으로 移設된 후 수산조합이며
釜山稅關出張所도 본항 내에 逐次 排置되고 다시 日露戰時에 敷設되야
元山을 경유하야 각지 陸線을 연락하는 海底電線이 이곳으로 통과되고
또한 內日本의 境港과 직통되야 월 일회의 생산품무역의 互市를 개시
하고 쌍방의 경제적 調和를 力圖하는 것이며 다시 매주 定期郵船의 寄
港日을 市日로 하야 내외의 物産이 집중됨을 보면 本洞은 실로 一島中
유일의 도시가 된다. 그러나 이곳도 발서 남의 세상가티 뵈인다. 烏賊
魚의 産地라 한다 만은 그 이익이 뉘의 손에 도라가며 木物이 名産이라
하지만은 자본주의를 발휘하야 이권을 攫取하는 자 그 누구이냐?

島內 一周의 四日間

　태양의 열을 밧는 海面의 水蒸氣, 聖人峰頭를 것칠적 마다 霏霏이 나
리는 踈雨. 수일 동안을 두고 遠方來客의 困憊를 풀어줌도 만족하거니
와 다시 霽天의 輕風은 颯颯이 吹動하야 無冠宰相의 短策을 催促하야
먼저 北路를 열어 全島를 요리할 만한 氣焰을 吐케한다. 道廳後山麓에
올나 一般夫의 開通地로 名傳하는 沙工넘이라는 杏南洞의 連鱗한 八板
家를 俯瞰하고 다시 방향을 變하야 等外新路로부터 苧洞(모시게)으로
넘어가서 村翁의 指端을 따라 日露戰役에 爆沈된 露艦의 戰跡을 구경
하고 다시 窮谷의 험로를 밟아 臥達嶺에 올나 臥牛形의 竹島(대섬)를
조망하얏다. 竹島는 目下 本島 農會의 所有冬苗圃로 죽림이 繁茂하고
삼림 기타 木茸과 약재가 多産하는 외에 大豆와 玉蜀黍의 작물도 不少
하야 이것만으로도 一家産의 생활이 裕足하다고 한다. 島內에는 朴在
天이란 자가 本島개척과 동시에 이 無人島에 들어가서 一戶를 新說하
고 지금까지 제법 자유로운 생활을 향락한다고 한다. 그러나 도중에는

식수가 업서서 경찰서로부터 일주 一桶水의 공급을 밧음은 너무나 유감이다. 다시 石圃洞으로 향하는 길에 무인도인 觀音島와 三本立의 怪岩을 一瞥하고 燭臺形의 竹岩을 지나 왕년 慶北視察使 尹始炳이 本島를 관찰하는 당시 기념으로 일홈 지은 天府洞을 環視하고 芮船倉이라는 昌洞의 객사에서 一泊하게 되얏다. 昌洞은 北面의 중심지로 면사무소와 경찰관주재소가 잇는 외에 目下 신축 중인 사립학교가 잇다. 이것을 飢者甘食이라 할는지 記者의 甘食이라 할는지 엇더턴지 朝夕으로 식탁에 오르는 꽉새고기와 貼鰒의 珍錯이 客子의 구미를 도두어줌은 실로 昌洞主婆의 음식솜씨를 발휘하는 것 갓다.

二日은 다행이 朴敬鎭군의 指路로 다시 于山古都의 洪門洞(본명 紅箭門洞)을 지나 高坂을 넘어 石屛과 雲林에 포위된 羅里洞(일명 白合洞)의 大噴火口에 들어가 入島後 처음되는 白雲深處 七十餘戶의 山村을 구경을 하고 그 길로 바로 小羅里洞으로 넘어가서 大噴泉을 차자 들어갓다. 이 湧泉의 水量은 一次의 十斗이상을 초과하고 한번 이 수면에 접근하면 骨冷, 魂淸, 幻世의 늣김을 堪禁할 수가 업다. 이 곳에서 해안으로 나리어 腹背로 漁船을 呑吐하는 孔岩과 意氣沖天한 錐山(송곳산)의 奇絶을 歷見하고 光岩에서 午餐을 노닌 후 그만 朴君을 떠나게 되얏다. 이로부터 나의 동작을 가티하게 된 것은 다만 三尺을 短節뿐이다. 生面江山에서 이러케 朴君의 慇懃한 사랑을 바다보기는 천만예상외로 생각하는 나는 滿腔의 謝意를 표하고 急急이 前路를 물어 平里를 것치어 老人峯을 엽헤두고 玄圃洞(거문개)에 일으러 暫間 歇脚하는 길에 해안의 暗黑한 水石과 于山시대의 유물인 古墳의 數箇所를 一望하고 이곳으로부터 香木洞의 통로와 分岐된 台霞洞의 행로를 一貫하야 黃土坎(황토금)을 넘어 台霞洞으로 나려가서 一泊하얏다. 黃土坎은 고래 海賊 搜討使가 일차 본도로 들어오면 반다시 이 곳에서 黃土를 取하야 歸朝후 鬱島賊搜討의 증거물을 삼아 獻上하엿다는데 이 黃土이야말로 金色이 玲瓏한 纖塵이 浮動하야 일견에 珍奇物로 뵈이어진다. 台霞

洞은 本島 개척초에 先着居民中 崔雲奎라는 자가 자칭 乘霞天台仙이라
하고 洞名을 台霞라 하얏다 한다. 本洞은 水稻가 油油한 洞內의 지형도
비교적 平坦한데다가 따라서 開島이래 문물이 가장 賑盛하던 邑市이얏
는대 아즉도 百六十戶에 近한 농촌의 상태가 그리 彫殘치 안어 뵈이고
다시 朝鮮新敎育令을 초월하야 日鮮共學制가 실시된 것은 너무나 새삼
스럽어 뵈인다. 경찰관 駐在所前에 建在한 城隍祠에는 距今 七十餘年前
에 搜討使 南昊가 率來하얏다가 本洞 항구에서 溺死한 通引, 妓生의 망
령을 위안한다는 위령물로 지금까지 衣裳 二件이 依然이 걸니어잇는
것은 그나마 本島의 一箇 舊蹟거리가 된다고 한다. 그러나 항시 港內에
는 풍랑이 激高하야 교통상 불편이 심한 결함으로 하야 往年 島廳을
道洞으로 이전한 후 市況은 다시 昔日의 번영을 볼 수가 업게 되얏다.

　三日 아츰은 台霞洞 淸溪川하류에서 濯足하고 輕步를 옴기어 南陽洞
으로 향하야 전진하는 도중에 不意驟雨의 沮止를 당한지 半晌에 겨우
台霞嶺을 넘어서자 다시 怒號하는 山風은 深壑을 울니어 萬籟가 일어
나고 해면을 뒤덥허 濛濛이 蒸上하는 怪霧는 全山을 一種二種 匝圍하
야 격심하게도 행인의 魂膽을 戰慄케 한다. 이것이야말로 天台麻姑의
幻戱가 안인가 하얏다. 석양은 발서 樹枝에 걸니고 雨水에 流流된 山路
는 맛츰내 험악하야것다. 하는 수 업시 鶴圃洞, 水層洞, 龜岩 등 향로를
변경하야 南西洞을 지나 南陽洞으로 直向. 나는 염치를 무릅쓰고 西面
長 申泰翼君의 도움을 바다 一夜의 안식을 엇게 되얏다. 南陽洞은 西面
十區의 중심지로 면사무소가 이곳에 잇고 四十餘名의 청년을 수용한
사립학원이 잇는 외에 다시 폐교와 다름업는 日人의 소학교 名色도 一
箇所가 잇슴을 보앗다.

　四日은 道洞으로 歸着하는 최종일이다. 南陽洞을 등지고 石門洞 幕
洞의 동포를 위문치 못하고 섭섭이 凄雨중에 고령을 넘어 一息의 驅步
로 通九味로 直走하야 雨歇을 긔다려 洞口를 一瞥하얏다. 本洞은 지명

과 가티 桶內形의 해안협곡에 五十餘戶의 인가가 連甍하야 잇고 다시 路傍에 傾斜된 石碧面에 檢察使 李圭遠의 銘文이 잇슴을 보앗다. 이로 부터 해안 一線의 坦道로 可頭峯압헤 당도하자 다시 강풍을 따라 일어 나는 怒濤는 태산가티 모라들어 峯頭의 岩壁을 猛擊하야 交通을 遮斷 한다. 아아 今回의 行程은 엇지 이러케 험악할 뿐인고. 그러나 百尺干頭 에 一步를 躕躇치 안은 나는 이에 意를 決하고 파도의 進退하는 순간을 타서 무사통과하야 그 길로 다시 中嶺에 올나 滿山한 作物의 靑草를 둘너보고 長興洞을 바라보면서 新里로 나려와서 香肥한 猪肉과 美味의 甘蔗로써 배를 채우고 다시 활기잇게 전진하야 玉泉洞을 안전에 두고 도 들어가지 못하고 바로 아룩사 라는 沙洞(본명 아래구석)으로 들어가 서 蠶業傳習場을 歷覽하고 道洞으로 넘어오는 歷路에 炭酸 수원지를 차자 數盃의 淸凉劑로써 四日간의 煩惱를 痛滌하고 悠悠이 客店에 歸着 하야 雜記帳을 정리하고 다시 島勢一班을 槪括하야 數題의 起草를 맛 치고 나니 때는 임의 二十六日 下午 四時가 되얏다. 발서 硯池의 香煙은 사라지고 遠浦의 歸帆은 急을 告한다. 卽時 行李를 收拾하야 船頭에 올 나서니 滿島의 風樹가 멀니 離恨을 먹음어 뵈이더라. 도라보건댄 日程 의 短促과 天氣의 不調로 하야 예정의 행사를 원만이 진행치 못하게 된 것은 물론, 더구나 각각으로 변화하는 沿路의 풍경 그 중에서도 聖 人峯의 殘雪, 羅里洞의 風穴, 草峰洞窟의 靈蹟, 西面의 水層層 등의 名區 를 탐험치 못한 것은 무엇보다 이상의 유감이다. 그리고 地形 及 物相 과 인사의 移動的으로 작성된 本島地名의 유래는 일종 史談거리가 적 지 안타. 이것은 開島이래 全南 麗水郡 三山面 三島方面의 어부의 다수 가 本島 名産인 靑藿을 채취키 위하야 매년 三四月에 來集하얏다가 六 七月이 되면 撤歸하야 이러케 來往이 頻數하는 동안 不知 中 그럭저럭 變稱된 것이 거의 전반에 互하얏다 한다.

所謂 小王國의 沿革

鬱陵島는 新羅 당시 于山國으로 何瑟羅州(今 江陵) 軍主 異斯夫가 詭計로써 兼倂한 이래 점차 新羅의 衰頹로부터 高麗의 內訌과 李朝의 文弱은 맞츰내 도민으로 하야금 化外에 방임치 아니 못하게 되야섯다. 그리하야 無人跋扈하는 島人의 횡포는 逐年 연해일대를 蹂躪함으로 李朝 世宗時부터 月松(今 平海) 萬戶를 鬱島 賊捜討使로 兼任하야 수시 捜討한 결과 일시 本島는 無人島로 化하얏섯다.

그러나 全島沿岸의 막대한 漁利와 도내 무진장의 林産은 모다 內日本의 漁民 及 木商 등의 침략을 바다 다시 本島의 참상은 거의 危機一髮에 瀕하얏섯다. 그리하야 영토개척의 필요를 感한 韓廷에서는 즉시 廟議를 決하야 距今 四十一年前(癸未)에 鬱島開拓令을 발포하고 島長을 置하야 島務를 掌理한 후부터 내륙의 이주자가 激增하야 一島의 面目이 一新하야것다 하며 이러함을 따라 光武 五年에 島를 郡으로 昇格하얏다가 日韓倂合의 際에 다시 島制를 頒布하야 금일에 至하얏다 한다.

그리고 本島의 주민은 아즉까지 石田草食이나마 도내의 天産物이 풍부하고 따라서 外圍의 刺戟을 受하는 事가 少함으로 남달니 낙천적 생활을 享하고 더구나 郡守級으로서의 행정, 사법의 전권을 행사하는 島司는 그야말로 一島의 왕자로 擬치 안을 수 업서 뵈인다. 이로써 보면 本島로서 동해상의 小王國이란 존칭을 밧음이 그리 남붓그럽지 안으리라 한다.

島內 日鮮人의 所有地價의 比較

구분	전	답	垈	雜種地
일본인	8,852	645	3,020	7
조선인	4,810	4,159	5,922	1

多角的 趣味의 지형

本島는 朝鮮의 極東에 僻在한 絶海의 一孤島로 江原道 蔚珍郡 竹邊을 距하기 東北海上 七十六浬, 內日本 鳥取縣 境港을 距하기 南海上 百七十二浬의 부등변 오각형을 成하얏다. 도의 전체는 火成岩으로 成한 일대 死火山으로 울창한 원시림에 隱蔽되얏다. 그리하야 본도 명칭의 유래가 이로써 비롯하얏다 한다.

태고 噴火口의 外壁의 중앙에 聳立한 최고봉으로 해발 九百八十三米 突되는 聖人峯, 本峯의 최고봉인 九百米突의 卵峯, 九百六十六米突되는 彌勒峯의 諸峯은 모다 도내 북편으로부터 분화구의 좌우 羅里洞을 圍立하고 다시 각방면으로 分派된 支脉은 모다 해면을 향하야 急走하얏다. 그리하야 全島의 地勢는 直立한 山岳으로 成하얏슬 뿐이다.

다시 聖人峯으로부터 南面 芋洞灣에 注入하는 연장 一里의 溪水와 羅里洞 舊噴火口에 浸潤되는 雨水가 卵峯의 中腹(해발 四百米突)으로부터 약 十五六派의 水量이 되야 飛流直下 十四五町을 지나서 海에 注入하는 溪水, 이러케 蜀道의 險을 연상하는 방방곡곡 斷崖絶壁의 사이사이로 潺湲하는 溪流 혹은 急湍이 되야 雲林을 헷치며 혹은 飛瀑이 되야 天梯石棧을 넘어 그 變態無窮한 氣勢. 이러케 다각적 취미를 가진 本島의 지형은 실로 別有天地의 靈區인 듯하다.

島內 日鮮人의 敎育機關

교명	개소	생도수
심상소학교	3	162
보통정교	1	139
개량서당	12	190

朝鮮一의 貧民窟

본도 면적 四方里 七二, 三面 九洞里에 분포된 戶數는 千五百四十九戶(內日本人 一七六)이다. 개척이래 본도의 이주자의 다수는 生計末由者, 犯罪亡命者, 一時避難者 등으로 모다 遠慮의 乏한 者 뿐이라 한다. 目下 內外人을 불문하고 빈부의 懸隔이 別無한 資産程度의 低級됨을 보아도 一島는 전혀 貧民窟임을 넉넉히 증명하겟다.

먼저 농촌을 보면 전주민의 일상생활상 必須物로 하는 馬鈴薯, 玉蜀黍, 大豆가 主作이 되고 養蠶이 부업이 되얏다. 其 中에도 大豆와 養蠶의 豊凶은 농가의 경제를 좌우한다고 한다. 그리고 本島는 往昔 삼림시대에 在하야는 推積한 낙엽의 腐杇覆土한 天惠로 地味가 肥沃하얏스나 개도후 三十年間에 一掬외 비료를 施치 안코 耕食하얏슬 뿐 아니라 入鋤地의 대부분은 三十五度 이상의 急傾斜地요. 더구나 粘着力이 부족함으로 强風大雨의 계절이 되면 반다시 表土를 상실한다, 양분을 流下한다 하야 이러케 점차 소모되는 지력은 결국 농작물의 수확을 감소치 아니치 못하게 된다. 그러나 이 반면에 年年 五六萬圓에 達하야 생산율을 증가하는 蠶繭의 수익은 도리여 도민의 喉渴을 免하게 하는 것 갓다.

다음 어촌을 보면 종래 烏賊이 어업을 주업으로 하야 생계의 資를 求하야 왓스나 大正 七年이래 계속되는 漁凶으로 하야 窮乏이 其極에 達한 어민의 대부분은 타지방으로 移去하고 지금 잔존한 자는 雜魚의 어업으로 약간의 수입과 기타노동으로 僅僅 糊口하는 중이라 한다. 그리하야 수년전까지 繁華의 중심지라 하던 본도 유일의 어항인 道洞도 맛츰내 寂寞江山이 된 감이 업지안타. 그러나 今春부터 점차 烏賊의 魚子가 沿海附近에 다수 遊泳한다함이 그윽히 어민의 신경을 예민케 하는 듯 하다.

다시 商界를 도라보면 종래 도내에서 상업에 종사한 자의 다수는 日本人의 雜貨商兼 仲買業者이얏다 한다. 어업부진의 영향은 맛츰내 金融의 逼迫과 商取引의 圓滑을 缺케하야 아모리 時勢挽回에 고심하얏스나 其效를 奏치 못하야 개중 資力이 有한 자는 모다 타처로 移去하얏다 한다. 그리하야 此亦 농사의 개량과 漁況의 회복의 新機運을 企待치 안을 수 업슬 뿐이다.

島內 住民의 1년간 生活費(各業別 槪算)
區分　上流　中流　下流
農　1,100円　400　120
漁　900　410　90
商　1,840　890　360
평균　1,290　570　190
　　비고 각 계급의 8할은 식료품 及 의복비로 外 2할은 기타 *비
　　로 소비

有多無多의 多多島

본도는 잇는 것도 만커니와 또한 업는 것도 만타. 그리하야 웨 그리 만타는 것이 만으냐 하는 것이 이 지방의 笑話거리가 되얏다. 奇巖怪石도 만코 飛湍瀑流도 만코 急坂曲逕도 만코 春秋이면 全島를 剝皮袪骨하는 烈風淫雨, 三冬이면 八方封鎖하는 陰雪도 만타만은 文房具, 衣襯材로 四圍해안에 馥氣가 농후한 香樹, 家具 及 建築材로 山野到處에 叢立한 槻樅, 首飾品으로 眞冬柏油, 약재로 厚朴, 獨活, 前胡, 大黃, 기타 食用의 「멩이草」 등 천연의 名産이 풍부하다. 다시 동물로는 累年 全島의 慘禍를 暴注하던 田鼠類, 당시 窮境에 몰입한 島民의 飢饉을 救急하던 「꽉새」고기, 매년 생산이 過剩되야 百餘頭에 달하는 生牛의 移出, 冬節이면 七十錢에 불과하는 歇價의 軟牛肉, 흡연자만 보아도 빨부빨부 啼逐한다는 烏子, 客子의 고민을 더하는 蚤虫, 곡물로는 米飯은 너무 滑澤하야 口味에 不適하다고 換食하는 玉蜀黍, 家家門頭에 버려노코 未成少年의 두뇌를 浸漬하는 濁酒, 이만하면 잇는 것도 어지간하거니와 다시

山野에는 山猫, 鼠類, 啄木鳥, 鳥, 梟, 隼, 「꽉새」, 頭背의 毛色이 濃赤한 小雀외에는 아모것도 업고 가축으로는 牛, 羔, 鷄, 犬 외에는 아모 것도 업고 虫類로는 谿谷間에 凄息하는 蜈蚣, 人體의 搔癢物이 되는 蚤虱를 제한외에는 역시 아모 것도 업고 晉代의 衣冠을 버서노은 案頭에는 문화정도의 低劣을 들어내이는 天皇氏 木德王의 책자 외에는 其 亦 아모 것도 뵈이지 안코 金剛山이니 東洋－公園이니 떠들어 지방자랑에 口涎이 마르는 관청에도 繪葉書 一枚를 구경하기 어렵다. 자아 업는 것도 이만하면 그리 적지 안을 듯하다. 이제 이것을 서로 較計하면 잇는 것이 만은가? 업는 것이 만은가? 엇더턴지 만키만 한 것이 그리 조흘 것이 아니다. 그리고 잇서야 할 것은 잇서야 하겟다 만은 이와 반대로 업서야 할 것이 잇던가 잇서야 할 것이 업던가의 이것을 瞠察하야 其 壞土의 안정책을 강구하야 봄이 무엇보다 이상의 急일 것이다.

眞野島司의 囈語

『산마다 奇峯이요. 물마다 玉流라. 이러한 신비적 勝區를 그냥 世外視 할 수 업다. 적어도 東洋的 公園으로 개방한다. 본도에 한하야는 內鮮의 융화는 云爲할 필요가 업다. 만일 논한다하면 人爲가 아니요. 自然이다, 四面環海에 수산이 풍부하니 이것이 도민의 厚生物이요 山식물로 유명한 약초와 木物이며 岩間薄土에라도 一粒의 施肥가 업시 落種만 하면 油油成長하는 百穀, 어느 것이 도민의 福利되지 안는 것이 업다. 그리하야 明春부터 全島 농작에 綠肥를 실시하야 地力의 衰耗를 보충하야 三年 이내로 六十萬圓의 生産率을 增進케한다. 公立普通學校에 木工場을 확장하고 도내 무진장의 良材를 이용하야 歇價의 특제품을 島外로 移出하야 본도 특산의 聲價를 昻騰케 한다. 滿山蒭草는 牧畜에 적절하니 養牛의 獎勵를 倍前加勢하야 生牛의 移出高를 激增케 하겟다. 到處叢生한 山桑의 恩露로 年年 五六萬圓의 猝富를 致하는 본을 바다 다시 一千六百餘戶의 全島를 통하야 養鷄의 副業을 진흥케 한다』는 이상의 諸問題가 島司 眞野景象君의 鬱島發展의 大方針이라 한다.

　抑컨댄 「江東雖小亦足以王」이라는 泗上船夫의 말은 글로는 보앗다
만은 多年警界의 老軀를 잇글고 湖南으로부터 武陵으로 들어가 桃園의
囈語를 橫竪함은 도리여 漁舟子를 향하야 明珠자랑으로 大氣焰을 吐하
던 魏人의 滑稽를 再演한 은 아모리 하야도 擧世의 苦笑거리를 주는
것 갓다. 보라! 산도 조코 물도 조타. 과연 勝地江山이다. 엇지 동양적
공원에 긋치랴. 그야말로 세계적 공원으로 개방할 만한 가치는 업스랴.
朝鮮郵船會社에 매년 一萬二千圓이라는 거금의 보조를 주어가면서도
아모리 火速的이라도 一週日後가 아니면 公文구경도 못하는 교통기관
의 불완전은 엇지하며 인위적 융화에 몰두하는 統治圈을 초월한 지방
이라고 狂喜自負하는 一方에는 어업의 불황으로 撤歸의 不得己에 出한
이래 無主空舍와 無異한 장소에 日鮮아동의 共學制를 실시한 台霞公立
尋常小學校가 잇다. 이것도 新敎育令의 發布前 事라. 如何間 幸이라면
幸일 듯도 하다만은 一千二百圓이라는 不少한 地方費의 보조를 바다가
지고 겨우 三名의 아동을 수용한 南陽公立小學校는 엇지된 셰음인가.
　과연 一二 乞飯者의 救濟에 冒沒하는 其者들은 鐵面皮라고 唾罵함보
다 차라리 동정의 淚水를 添酌한 木盃 一箇의 선사라도 잇슬 만하다.
……허허…… 엇지 이뿐이랴. 아동수의 多少는 불구하고 尋常小學校는
三面三校나 되는데 보통학교는 겨우 三面一校에 긋치얏는가. 이것이
朝鮮人의 負擔難일가? 당국의 塞責的 施政인가? 만일 朝鮮人의 負擔難
이라 하면 南陽洞에 天府洞에 蒸蒸日上하는 私立校는 그 뉘의 血汗의
결정이라 하는가. 이것은 그만두고도 동일한 시간, 동일한 노력, 동
일한 客地, 또한 동일한 인류로서 昇級時마다 本俸의 一割을 加算支給
하는 島手當金을 日本人에게 한하야 인류애를 무시하는 天人共鳴의 蕭
墻의 불평은 엇지 하며 天惠와 地利만 全恃하던 농작에 綠肥를 施與하
느니 不幾年內에 60萬圓의 생산증가이니 하는 이것도 皮相的에 불외하
는 장담인 듯 하다. 死火山인 本島의 지형의 대부분은 급경사지로 지반

은 「알카리」성의 암석으로 成한 數尺에 불과한 土皮로써 包被하얏고 토양은 화산재질이라 粘着力이 乏한데다가 풍화한 암석이 혼잡하얏슬 뿐 아니라 年年不絶하는 폭풍우는 地皮를 剝奪함에야 엇지 하며 특산을 천하에 소개한도 조타만은 本島의 대표적 명물인 香木, 槻木과 가튼 良材는 발서 日本 竊盜黨의 濫伐로 거의 멸망을 당하얏다. 그 瘡痍의 完治이야말로 幾十年의 長年月을 경과치 못하면 소망이 絶이다. 약간의 看色品으로야 뉘의 눈을 奢惑케 할가. 돈을 벌어야 한다는 데는 뉘가 슬타하랴. 養牛도 조코 養鷄도 조타만은 屠牛는 三歲이상으로 제한하야 牝牛는 善賣되나 牡牛는 逐年 過剩되야 牧養者로 하야금 도려여 막대한 고통을 밧게 하고 다시 夏不上九十度 冬不下零十度라는 本島의 기후를 예측하고 그런 설계가 생기얏는지는 모르겟스나 冬寒에 산란치 못하고 설사 溫暖時를 당하야 산란한다 할지라도 卵 一箇價가 30錢이나 넘어서 上等料理店 所用밧게 못되는 더구나 보편적 商賣가 못되는 洋鷄四首를 每首 15圓이라는 不少한 공금을 주고 매입하야 全島에 분포하랴는 그 胸算이 那邊에 在한가?

年富力强하던 少時에는 猛虎도 잡아보앗노라는 상식경험이 兼富한 眞野君의 老鍊, 아아 이것이 君의 苦心織出한 腹案인가? 犬馬十年의 공로도 겨우 馘首를 면하고 遠竄을 당하얏다 함은 너무나 과언일가 하거니와 仙樓의 瓊漿玉液이 제아모리 香美타 하야도 田家의 粟食菜羹만 못하다는 것은 目下 本島 大小官員의 大同的의 하소연인 듯하다. 다시 先見의 明을 가지고 雲霞와 가티 蝟集하야 本島의 利權을 좌우하던 數千의 日本人의 부락인 연안일대는 임의 天寒白屋의 星稀한 荒村으로 化한지 오래거니와 더구나 開島이래 금일 忠淸明日 慶尙移去移來의 萍水生活로 姑息苟安하는 殘民 多數의 불안은 엇지하랴는가. 이것을 安定한다 하야 일시 彌縫的 宣傳에만 偏事하다가 如掌小島에 과잉되는 인구 즉 貧窮多族의 생활난은 엇더케 구제하랴는가. 그야말로 本島를 위하랴는 眞摯한 성의가 잇는가. 과연 잇다 하면 그러한 沒趣味하고도

不徹底한 甕算的 窮策일난 一擲하고 다시 松風蘿月에 煩惱를 露灑하야 鬱島百年의 大計를 取하야 봄이 如何.

[28] 青吾(차청오＝차상찬), 江原道를 一瞥한 總感想, 青吾, 『개벽』 제42호(1923.12)

*문화 조사/명물, 유적, 생활상 등을 종합적으로 기록함

江原道를 一瞥한 總感想

寸言

나는 江原道 사람이다. 江原道에서 낫치는 안니하얏스나 江原道에서 뼈가 굴고 살이 컷다. 나의 祖先이 누대를 여긔에 살엇고 또한 나의 자손이 여긔에서 멧 대를 더 살지도 알 수 업다. 그럼으로 항상 江原道를 너 사모하고 더 사랑하얏다. 今般에도 本社에 나보다 지식이던지 경험이던지 나은 이가 만이 잇지만은 특별이 내가 가게 된 것은 또한 舊緣이 잇은 가닭이다. 그러나 나의 識力이 부족함인지 지식력이 부족함인지 정신적이나 물질적이나 하등의 효과을 엇지 못하얏다. 날 수로는 89일에 단인 곳은 불과 10여 郡이다. 급기야 으든 것은 山國에서 잘 보지 못하던, 바다 구경과 평생에 원하던 金剛山 구경 뿐이다. 그나마 好事多魔로 天師가 六花陣를 처노와서 金剛山도 자서이 보지를 못하얏다. 도모지 계산하니 空空然할 뿐이다. 또 기사를 쓰랴고 하닛까 江原道의 長處는 잘 뵈지 안이하고 短處만 뵈인다. 속담에 莫知其苗之碩이라고 내가 江原道 사람이닛가 그 장점을 잘 알이 못함인지 不知하나 하여간 江原道의 短處를 만이 말하얏다. 동포여— 생각하라. 매 끗에 정이 들고 사랑하는 아해에게는 매를 만이 주는 법이다. 내가 그 短處

를 말하는 이면에는 피가 매치고 눈물이 만이 난다. 산천은 天下絶勝이지만은 온가지가 엇지 남보다 그다지 떠러젓나. 나의 斷斷無他한 衷心을 생각하면 그 말이 비록 귀에 거시르고 마음에 불만 할지라도 반듯시 厚恕할 줄로 안다. 그리고 嶺西의 金化 淮陽 伊川 寧越 旌善 平昌 麟蹄와 嶺東의 蔚珍 三陟 九部人士에게 기자의 가지 못하고 失信한 것을 사과하며 今後 으느 기회를 으더 기어코 다시 차저뵈랴 自誓한다. 또 本號에 金剛山과 江原道 각 사찰에 관한 기사를 쓰랴다가 紙頁가 불허하야 來號로 讓하게 되얏다. 江原道 道號에 金剛山과 각 사찰의 기사를 쓴지 안는 거은 人을 畵하는데 眉目을 쌔인 것과 가튼 감이 不無하나 勢也에 奈何하리오.

江原道 사람은 冷血動物인가

江原道는 지형이 魚形과 가틈으로 그 사람도 고긔처럼 냉혈동물인 것 갓다. 개인과 개인간이고 사회와 사회간이고 모도 냉정하고 동정심이 즉다. 압퍼도 압푼 줄을 모르고 조와도 조흔 줄을 물은다. 냉혈동물 중에도 고기는 잘 놀고 개고리는 잘 뛰고 배암은 잘 문다. 그러나 江原道 사람은 잘 놀지도 못하고 잘 뛰지도 못하고 잘 물지도 못한다. 즉 無神經質이다. 두루 뭉수리다 좀 너 서로 사랑하고 서로 도웁고 서로 합하여라. 그리하야만 우리도 산다.

道內 人心 槪評

全道의 인심은 대개 순후하다. 그러나 지방이 남북이 長하고 또는 대산맥이 동서를 천연적으로 구분하얏슴으로 그 인심도 嶺東 嶺西가 다르고 남북이 또 다르다. 然而 각 지방에서 표어 비슷하게 인심을 비평하는 말이 잇다. 그 말은 비록 간단하고 鄙野에 近하나 일개 참고가될가 하야 유행하는 말 그대로 左에 기록한다.

蔚珍놈의 살인, 三陟놈의 도적질, 江陵놈의 그진말, 襄陽놈의 陰더흘질, 杆城놈의 떠들기, 高城놈의 횟운척 通川 바보 楊口 順民 麟蹄 愚民 華川 頑民 春川 殺主馬 原州음흉 橫城 약동이 洪川 어수룩이.

또 직업상으로 評하은 말은 如左하다.

麟蹄 남박장사 楊口 말군 華川 떼군 春川 月給쟁 홍천 토막장자 旌善 갈보 寧越 담배장사 三陟 베장사 襄陽 멸어치장사 江陵 감장사 高城 어부 通川 쌀장사 淮陽 등짐군 平康 콩장사 金化 담배장사 鐵原 소장사 橫城 장돌뱅이 原州 술장사.

平昌 旌善은 江原道의 美人鄕

1 江陵 2 春川 3 原州 간에 물색 조키는 下珍富(平昌)라는 말은 嶺東의 아리랑 타령이다. 참 平昌 旌善은 미인이 만타. 嶺西로 몃 郡을 단이고 嶺東으로 몃 읍을 지냇스되 市街나 여염이나 여자의 인물은 별로 볼 것이 업다. 嶺東울 山水가 奇麗하되 海風이 심한 까닭으로 여자의 멀골빗이 대개 墨西哥 미인 갓고 嶺西 밋 郡은 더구나 볼 것이 업다. 그러나 平昌 旌善을 보면 路邊에서 賣酒하는 여자던지 산간에서 감자 캐는 여자던지 모도 혈색이 좃코도 백옥 갓다. 이것은 아마 산수가 조흔 데다 嶺東처름 海風이 읍는 가닭인가 보다.

江原道 사람은 東海에 溺死한다

日本 사람이 南鮮에 이민함매 南鮮 사람들은 집과 땅을 다 뺏기고 北間島로 건너간다. 그런데 江原道에는 아즉 日本 사람은 그리 읍스나 日淸戰爭 통에 黃平兩西 사람이 모도 江原道로 밀여오고 셔울과 開城에서 장사하는 사람들도 江原道가 어수룩하다고 모도 와서 각 郡의 여간 朝鮮 사람의 상점은 다 開城 안이면 京城 사람이 한다. 장사 뿐 안이라 다른 사람들도 작구 온다. 그리하야 江原道 近日 속담에 江原道 사람

은 이와 가티 밀여가면 동해로 박게 갈 곳이 업다 하다. 아이고- 이것이 엇던 비참한 말이며 기막힌 말이냐 타족에게 정복되는 것은 물론 안이 되얏지만 동족에게 정복되는 것도 조타구는 할 수 업다.

四郡 名物＝風, 雪, 水, 泥

通高之雪이오 襄江之風이란 문자는 嶺東 사람치고는 젓먹은 아해도 다 안다. 참 通山高城의 눈은 말만 들어도 엄창난다. 증잘올 때에는 집이 다 뭇체서 이웃간에도 몃칠식 몬본다 한다. 襄陽 江陵의 바람도 어지간하다. 晩秋로 早春까지는 집웅이 한아 성처 못하고 거리에는 먼지로 해서 잘 단일 수가 업단다. 말이 낫스니까 말이지 鐵原의 길진 것과 平康에 물 업는 것도 한약이거리다. 平康 읍내는 물이 極貴하야 冬節이면 보통 한 짐에 40錢 30錢 하는데도 여간해셔는 으더먹지를 못한다. 또 鐵原은 길이 질어서 비가 족음만 오면 신이 무처 잘 단일 수가 업다. 鐵原 사람으로 신을 닥는다던지 새 신 신는 것은 무의미한 짓이다.

鬼神만은 嶺東

수풀이 조면 독갑이가 만타고 人民이 暗昧하면 미신이 만은 법이다. 嶺東은 귀신도 참 만다. 旌善의 나나이귀신. 杆城의 쇠귀신 개귀신 襄陽의 億石이귀신 此 외에 東海神, 嶺東할머니 호랑영산 각시귀신 등 별별 귀신이 다 잇다. 이것이 다 무슨 미신이냐. 江陵 滄海 力士의 씨구남은 鐵椎가 잇섯스면 그 미신의 뇌를 한 번 타파하겟다.

可驚할 春川 花柳界의 發展

朝鮮의 도청소재지로 제일 경성이 각가운데는 春川이다. 속담에 燈下不明이라. 그러한지 각 도청소재지 중 발전 못 되기는 또 春川이 제

일이다. 그런데 다만 화류계는 잘 발전되얏다. 公娼은 구만두고 기생만
도 30여 명이 되야 今秋 震災救濟인가 水害구제인가 할 때에 춘천기생
으로 연주회를 다 하얏다. 道囑托嚴達煥君은 그게 넘무도 반갑고 교화
사업에 필요한 줄로 思하얏는지 백발이 성성한 人으로 春一館에 가서
예기선발에 試官 노릇까지 하얏다. 이 말은 구만두고 대관절 그것들은
다 무엇를 먹고 사나. 빈약한 春川에서 월급장이 등골이나 배먹을 수
박게 업다. 벌서 금융조합의 도청금고를 반줌 집어 생키고 崔모는 藥司
院 刑務大學 見習生으로 보냇다. 다른 것이 발전되지 못하고 화류계만
발달하면 藥司院에 갈 청년이 엇지 崔씨 뿐이랴. 참 큰 걱정거리다.

官廳 下에 氣息이 奄하는 각군 靑年會

江原道 각 군의 청년회는 다른 도의 청년회보다 특색이 만다. 회장은
의례이 보통학교장 부회장은 面長 顧問은 경찰서장이 혹 겸하고 회원은
郡屬 경찰서원이 중심이 되고 하는 사업은 납세선전 위생선전 혹 震災救濟
金모집 등이다(다 그런 것은 안이나 대개가 그럼) 이것은 물론 도청의
內訓으로 각군 청년를 이러하게 맹긴 것이다. 그럼으로 江原道 청년회
는 시대적 청년회가 되지 못하고 일개 관청의 부속적 사업 또는 관리의
俱樂部가 되고 말엇다. 관리도 청년이 안인 것은 안이다. 그러나 그들
은 신분관계로 인하야 청년회다운 운동을 잘 할 수 업고 또 민간에 多
少有爲 청년이 잇섯도 세력이 업고 서로 부합된지 안어 활동을 못하다
언제던지 청년회는 순연한 민간적 운동이 되여야 한다. 시대적 청년회
가 되여야 한다. 江原道의 청년- 此를 知하는가 否하는가.

酒店은 第2 駐在所

소위 3面1校制는 실시되지 못하얏섯도 1面1駐在所制는 꼭 실시되얏
다. 더구나 江原道는 국경과도 달너 무사태평하니까 순사들의 갈 곳은

주점 박게 업다. 出勤籍에 도장만 찍고는 주점으로 가는 모양이다. 술집을 자긔집 안방으로 알고 우둑허니 안저서 來人去客의 술만 으더 먹고 술집 마루라의 얼골만 치여다 본다. 그 꼴이야 보기 실타는 것보다도 불상하다. 그런 無用의 長物을 다 무엇하나.

感慨無量한 海山亭

高城郡의 海山亭은 關東의 名亭으로 나의 선조 頤齋公(諱試)이 창건한 것이다. 즉 李朝 明宗 22년 丁卯에 公이 高城郡守로 재임할 時에 창건한 것이다. 당시 명필 楊蓬萊가 題額하고 許曄 尹斗壽 黃允吉 諸賢이 題板하얏다. 公의 詩 蓬萊風日隔塵寰 瑤草琪花耐雪寒 沙積三千銀世界 樓高十二玉欄干 照人碧海開金鏡 敬客仙山戴仙冠, 縹緲烟霞多煉汞, 崑崙何獨有驂鸞 云云의 一篇은 世人이 鱠煮하고 또 遺傳하얏스나 海山亭 十詠과 그 記는 傳치 못하고 또한 同郡의 邑誌도 失火하야 可考할 곳이 업다. 그의 懸板만 遺失하얏슬 뿐 안이라 今에 其 亭子까지 頹廢하고 但히 초석만 잔존하얏다. 아— 강산은 依舊하다만은 人과 亭이 旣히 멀어젓고 다만 나만 홀로 登臨하야 徘徊하니 그때의 회포는 실로 感慨無量하얏섯다.

黃落空山二葉靑

우리의 更生運動의 기초는 소년운동이라 하겟다. 전 세계의 소년운동이 점차 赤熱化하는 此時에 유독 朝鮮은 微微不振한다. 其中에도 江原道는 아주 寂寂하야 소년운동이 무엇인주도 무르는 것갓다. 특히 鐵原과 橫城에 소년회가 생긴 것은 黃落空山에 二葉이 獨靑이라 히겟다. 그러나 일반의 사회가 아즉 이해치 못하고 此를 저주하고 此를 방해한다. 형제여—우리가 살지 안으면 근어니와 살야거던 이 소년에게 젓을 주고 잘 斗護하여라.

多大한 僧侶의 勢力

江原道는 원래 大利이 만코 또한 승려가 만타. 그럼으로 浴談에 嶺사람은 아들을 3형제를 두면 한아는 중을 주고 한아는 호랑이 주고 한아가 자기 차지라 한다. 이 말만 들어도 승려가 만은 것은 可知할 것이다. 그런데 특히 高城이나 江陵 襄陽에는 승려의 세력이 甚大하다. 즉사찰의 토지가 多함으로 주지가 일개 대지주가 되얏다. 그래에 주지가한 번 邑이나 村에 오면 그 소작인들은 門이 미도록 차저오며 뇌물이또한 만타. 술집과 기집의 집까도도 세력이 多大하다.

暴風雨를 만나던 大津의 一夜

11월 2일이다. 나는 襄陽에서 비를 무릅쓰고 高城으로 가는 自働車를탓섯다. 그 車는 호로 가다 떠러저서 불과 몃 時에 옷이 짓고 말엇다. 巨津이라 하는 곳을 가니 駐在所 巡査 5,6인이 脚絆에 擔銃을 하고 가티탄다. 또 의사 한 분이 잇다. 나는 생각하기를 어되로 도야지 산양을갓다 오거나 그럿치 안으민 살인강도가 잇서 擔銃하고 의사까지 갓다오는 줄 알엇더니 다시 알어보니 경찰부장의 영접을 가는 중이다. 사람영접을 가는데 총을 미고 가는 것은 우숩게 뵈엿다. 얼마 안이하야 밤은 既히 깁허 黑夜가 되고 風雨는 디동치덧 하는데 더구나 휘발유가乏絶되야 一行이 차를 타기는 고사하고 차를 끌고 가게 되얏다. 이러케죽을 힘을 다하야 大津까지 가니 전신은 진흙두루막이가 되고 덜덜 떨이엿다. 여관으로 들어가서 잠간 쉬다가 나는 그들과 가티 잇기가 불편하야 혼자 딴 여관으로 갓섯다. 그때까지는 그 一行들은 비록 朝鮮人과日本人이 다를지라도 다 가튼 칼치장사닛까 퍽 친밀하고 서로 죽어도갓티 죽을 것 가텃다. 다만 나만 외토리로 여관에 갓섯다. 족음 잇더니朝鮮巡査와 의사가 다 나의 여관으로 온다. 그들은 日本人 巡査를 罵辱한다. 그리고 朝鮮人은 朝鮮人이 조타 한다. 그들이 온 것은 日本人이

朝鮮人과 가티 자면 「실아미」가 잇다고 하는데 감정이 난 모양이다. 나는 이 말을 듯고 여러 가지 感想이 생기엿다. 今日에 소위 친일파니 親政謳歌者들도 저 巡들과 無異하리라 思하얏다. 日本人이 보호하고 돈을 주게 망정이지 그럿치 안으면 親日者도 역시 排日者일 것이다. 참 그들의 말과 가티 동족은 동족이 좃타.

去時花發來時雪

내가 京城에서 春川에 가기는 8월 23일이엿다. 其時에는 路邊에 蕎麥의 花가 만발하얏섯다. 그리고 11월 2일에 高城에 오니 金剛山에 벌서 백설이 皚皚하얏다. 불과 72일 間에 꼿은 간 곳이 업고 눈이 가득하며 벼옷을 입고도 땀을 촬촬 흘이던 몸이 솜옷을 입고도 덜덜 떨럿다. 그뿐 안이라 그 새이에 東洋에 第一繁華之地니 무엇이니 하던 日本 東京이 일시에 飛去夕陽風하고 京城에는 副業共進會니 무엇이니 하는 큰 독갑이 작난을 하고 南村에는 自家를 自焚하야 火災를 成한 아착한 일이 다 생기엿다. 아—世事는 이와가티 순식간에 변천되는 것이다. 今日의 강자가 明日의 약자 今朝에 有産者가 明夕에 破産者다. 弱者와 貧者는 恨할 것 업다. 世事는 都是 이러하다. 去時花發來時雪

최후에 한 말 할 것은 江原道의 자랑거리다. 이것은 강원도 사람끼리뿐 안이라 아모에게라도 자랑할 것이다.

제1에 江原道는 산수가 美麗하다.
제2에 江原道는 삼림이 무성하다.
제3에 江原道는 인심이 순박하다.
제4에 江原道人은 건강하다(不具者殆無)
제5에 江原道는 貧富懸隔이 읍다.

이 여러 가지 점은 장래에 江原道가 특히 잘 발전될 희망이 잇는 곳이다. (靑吾)

[29] 北歐 列國 見聞記,

朴勝喆, 『개벽』 제43호(1924.01)~제44호

▲ 제43호

늘 동경되던 北歐의 風光-승객은 기차를 타고 기차는 汽船을 타고=
暗殺을 당한 露帝의 母后는 여긔에 잇겟지=道不拾遺와 無劍巡査의 丁抹
=自働販賣機와 自働換錢器=400萬名의 관객을 招來한 괴탠부륵博覽會

北歐의 風光을 보려고 憧憬한지는 오래이엿섯다. 남들은 南歐의 風
光이 더 좃타고 떠들어도 나는 北歐의 風光이 더 먼저 보고 십헛다.
歐洲大戰으로해서 血河를 일우지 안엇든 丁抹, 瑞典, 諾威등 스캔듸나
뷔아 半島列國이 보고 십헛다. 그곳에 가면 우리가 그림에서 보든 서양
을 보리라고 생각하엿섯다. 今日의 歐洲大陸은 疲弊하게 되야 前日에
시설하엿든 遺墟만 남엇잇나니 이것이 中歐만 그런 것이 안이라 東歐
의 일부인 波蘭國이 그러하고 西歐인 和蘭, 白耳義, 兩國이 그러하다.
歐洲大戰의 慘禍는 교전국간에만 밋친 것이 안이라, 각 중립국간에 미
치게 되엿다. 그러나 대륙을 조곰떠난 스캔듸나뷔아 半島列國에는 그
러치 안으리라하고 서양다운 서양을 먼저 구경하리라고 생각하엿든 것
이다. 北歐를 구경하는 길에 露國으로서 자주권을 차저가지고 독립국
노릇하는 北國 芬蘭國을 보는 것도 亦 흥미잇스리라하야 영사관 査證
까지 맛헛스나 路費가 만히 드는 것과 路程이 불편한 것을 매우 염려하
엿다. 그럭저럭 4國 영사관의 査證을 맛허가지고 8월 31일 伯林서 丁抹
國首府로 직행하는 열차를 타게 되엿다. 기차에는 獨逸人보담 北歐列
國人들이 만히 탓스며 丁抹人으로서 獨逸 物價의 高騰하다는 불평을
듯는 나는 속으로 이러케 생각하엿다. 어듸 보자 丁抹은 엇더한가. 기
차는 쉬임업시 다라나는 대로 平原野野는 눈압헤 번적번적 살닷듯 한
다. 가장 學理를 잘 응용하고 기계를 이용하기에 선진되는 獨逸농부들

이 發動機로 집단을 쌋는 것을 볼적에 朝鮮농부의 苦勞가 을마나 만흐며, 朝鮮의 농업이 아직도 유치할 뿐 안이라 을마나 원시적임를 한탄하얏다.

乘容은 汽車를 타고 汽車는 汽船을 타고 東海를 건느다

살갓치 닷는 기차는 벌서 국경에 다엇다. 海岸에는 兩國을 連絡하는 汽船이 等待하고 잇다. 기차는 乘容을 태운대로 汽船으로 들어갔다. 네 시간만에 丁抹國에 상륙하엿다. 언어도 다르고 기차도 다르고 沿邊가옥들도 다르다, 首府까지 가도록 큰 도시도 업고 가옥이 잇다야 큰 것은 업고 모도가 조곰 조곰 지어 놋코 사는 것갓다. 승객은 기차를 타고 기차는 汽船을 타고 건느기를 세 번이나 해서 밤에 丁抹國 首府에 도착하엿다. 정거장에 내리고 보니 시장은 하지마는 언어가 不通되니 엇지 허리요. 그러나 먹기는 먹어야 하겟슴으로 정거장 식당에 들어가서 英獨語의 힘을 빌어 밥은 먹게 되엿다. 나는 정거장 식당이 이러케 화려할 수가 잇나 하고 놀내엿다. 이것을 獨逸에 비하면 一等 요리집이로구나 하고, 한편으로는 올치 참 서양은 이런 것이로구나 하엿다. 獨逸서 정거장 식당이라 하면 음식이 맛이 업고 지저분한 것이 특색인대 이곳은 아조 반대의 현상인 것을 보앗다. 그림에서 보면 독일도 前日에는 모든 것이 조왓지마는 戰後에 그리되엿든 것 갓다. 그러나 今日은 가난뱅이중에 상가난뱅이만 모혀사는 것 갓다. 식당에서 시중하는 女婢들의 비단 옷과 비단 양말이며 칠皮洋靴에는 놀내엿나니 恰似히 富豪家의 슈孃갓치 보엿든 것이다. 주린 배를 채운 후에 여관을 어더서 몸을 편히 쉬엿다. 여관에도 獨逸語하는 사람이 잇서서 불편은 업섯다. 이로브터 우리 일행 2인은 自信이 삼기엿다. 올치 英獨語만 잇스면 宿食에 불편이 업겟지 하엿다. 과연 모든 것에 英獨語의 힘을 만히 보앗다. 코펜하겐의 밤은 어듸가든지 행인이 서로 이마를 안이 부듸도록 까스등과 電燈이 煒煌하다. 伯林에 비하면 참으로 일국의 首府다워 보힌다.

伯林도 前日에는 그러치 안이하엿겟지마는 空腹을 채우기에 급한 伯林 市民들은 길에 켓든 街燈을 하나 식 둘 식 끄게 되엿다. 이로브터 夜伯 林은 글자 대로 밤伯林, 컴컴한 伯林이 되고 말엇다.

慘殺을 當한 露帝의 母后는 코市에서 餘生을 보낸다

제일 먼저 國民博物舘에 가서 北歐 列强民의 習俗의 變異를 보고 中 國, 日本, 印度諸國에 관한 진열을 구경할 때에 朝鮮에 관한 것을 한 가지도 못찻고, 우리 일행은 매우 섭섭히 녁엿다. 이로보아 <u>泰西人과 우리과의 交涉이 넘우도 업섯든 것</u>을 한심히 녁엿다. 全市街를 廉價로 보 는 법은 외국인과 上京客을 위하야 市街를 일주하는 자동차에 잇나니, 우리도 그 편을 빌어 자동차로 全市街를 일주하게 되엿다. 市街의 설비 는 伯林이나 다를 것이 업스며, 청결한 것은 獨逸보담 낫게도 보힌다. 엇지도 그리 쌔긋이 하여 노앗는지, 속담에 잇는 것과 갓치 밥풀이 떨 어저도 주어먹을 지경이다. 코펜하겐이 즉 丁抹이라도 過言이 안이니, 총인구 310萬에 대한 약 6分之1 즉 51萬이 코市의 인구 總額이라한다. 이것이 근대 列國의 농촌이 疲斃하여가고 도시가 擴大하야지며, 모든 것이 대도시 중심주의로 진행하여가는 好例가 되는 것이라고 생각하엿 다. 안내인의 설명만 듯고 안젓는 승객들은 走馬看山格이나마 단시간 에 만히 보고 만히 들엇다. 大學校舍는 보잘 것 업스나 各科가 난호여잇 고 近年에 新築한 王宮은 위엄이 잇슬 것 갓트며, 市會議所는 근대 발달 된 건출술을 그대로 보히는 것도 갓다. 營利에 炯眼을 가진 丁抹人은 벌서 300여 년 전에 取引所를 지여놋코 分利를 닷토아 猝富猝貧이 만히 쏘다젓슬 것이다. 동양의 고대를 詳考해 보면 고대로 溯去할사록 人身 과 가옥이 장대하고 宏傑하엿섯는대 丁抹에 잇는 400년전 가옥은 현대 가옥보담 그 규모가 猝小한 것이니 이 현상이 丁抹뿐 안이라 獨逸서도 내가 본 고대 도시에는 어듸나 同一하얏든 것이다. 외국인과 上京客에 게 보힐 만한 것을 다―보힌 자동차는 해안에 잇는 엇던 조고마한 別莊

을 지낼 째에 안내인은 말하기를 이곳에 露帝의 母后가 잇다고 한다. 생각해 보쟈. 露帝는 엇더하엿든 사람인가. 人身으로서는 가장 富貴를 만히 누렷든 사람이다. 歐亞兩大陸에 광대한 版圖와 天下莫强의 陸軍과 世界列强帝室中 一類 富豪의 칭호를 듯고 無數한 異民族을 통치하야 조곰도 부족함이 업든 니코라2世로서 一朝에 反民에게 慘殺을 당하야 皇威는 보쟐 것 업시 되고 그 老母后는 코市에서 殘命을 보전하게 되는 것이다. 歐洲大戰이후에 3大帝國이 부서젓스되 露皇室갓치 慘禍를 당한 皇室은 업섯나니, 이로보면 富貴는 春夢갓흔 것이다.

丁抹國은 다른 北國과 가티 漁農業國이 됨으로 공업품은 보쟐 것 업고 따라서 공장도 볼 수 업나니, 그럼으로 모든 공업품은 英, 米, 德國에서 수입하는 것이다. 안내인은 조고마한 麥酒釀造所를 보히면서, 이것이 唯一의 공장이라한다. 코市民 51萬名중 자동차 所持人이 약 20萬人이라 하니, 全코市 인구에 비하면 3分之1이 넘어도 자동차 공장하나 업고 獨逸製나 英國製이다. 이로 보면 丁抹國은 공업국은 안이다. 극장은 엇더한가, 연극장도 잇고 歌劇場도 잇스며, 其外에 無數한 活動寫眞舘도 잇다. 그러나 극장내에서 吸烟하는 것은 丁抹서 츠음 보앗다. 물론 年前만 해도 本國서도 혼히 보든 것이다. 그 외에 기술이라든가 일반 觀容의 觀劇하는 태도는 獨逸만 못해 보힌다.

道不拾遺와 無劒巡査의 丁抹

丁抹서 瑞典가는 길은 두가지가 잇나니 하나는 코市에서 해협을 건느는 것과, 둘재는 코市에서 서편으로 나아가서 北上하야 丁抹國北端에 일으러 역시 해협을 건너 가는 것이다. 우리는 코市하나만 볼것이 안이라. 丁抹國 第二都市라는 「아르후스」라는 곳을 보기로 정하엿든 것이다. 그럼으로 第二路로 가게 되엿다. 코市에서 약 10시간이나 가는 곳이다. 두 번이 다 汽船으로 연락이 되며 沿路에는 콘 도시도 보히지 안으며 그저 一望無際의 평원광야뿐이다. 우리 朝鮮사람도 地力으로 살어가지마는 丁抹도 地力으로 만 밋고 살어가는 것 갓다. 그 땅을 파고 곡식을 심어 먹고, 그 땅우헤 나는 牧草을 멕여길은 牛羊의 肉乳를 먹고 지내는 것이 丁抹人이다. 그들은 거대한 공업품을 맨들어서 팔줄 몰으니 공장도 업고 딸어서 沿路에 煙筒 한 개도 보지 못하얏다. 공기는 깨끗하고 얼골에 검영이 뭇지 안켓지마는 국민의 주머니는 늘 뷔여 잇슬 것이다. 근대 대도시의 번영은 그 是非는 막론하고라도 공업발달에 잇스며, 소위 세계열강의 富强도 역시 工業立國에 잇나니, 실로 공업의 繁衰는 국가의 흥망을 말하는 표준이 되게 된 것은 누구나 다 아는 것이다.

同車한 노인이 정거장에서 내리드니 차가 떠날 때에도 안이 오고 말엇다. 우리논 그 노인이 가방을 놋코 내린 줄 알엇다. 다음 정거장에 가서 驛員에게 그 가방을 내여 수려한 때에 그 노인은 어실넝 어실넝 드러왓다. 우리는 이상히역여 그 노인더러 물어보앗다. 그 노인은 태연히 말하기를 나는 철도종업원인대 기관차에 잇는 우인을 방문하고 왓다고 말한다. 우리는 또 말하기를 그러케 오래가 잇스면서 가방을 이곳에 두고 가면 유실될 염려가 업지 안으냐 한즉 그 노인 대답이 丁抹은 小國이라 곳 차질수가 잇고 그뿐 아니라 도대체 도적이 업다는 것을 힘잇게 자랑삼어 말한다. 우리는 이 말을 듯고 本國 신문의 3면 기사들을 회상하고 얼골이 붉고 말엇다. 丁抹은 도적만 업는 것이 안이다. 이것을 경계하는 巡査가 무장을 안이 한 것이다. 내가 본 각국 巡査들 중에 조곰도 무장, 허다 못해 뭉치도 가지지 안은 警官은 丁抹서 츠음 보앗다. 本國서 갓흐면 붉고 검은 옷입고 長劍을 차고, 그것이 부족하면 短銃을 가지고 단일 것이요, 獨逸만 해도 녹색옷에 鎗에 短銃을 차고 위엄을 내일대로 내것마는, 丁抹 巡査는 조곰도 그러치 안타. 누가 보든지 우편배달부갓치 볼 것이다. 나는 이것이 그 국민의 淳厚한 것을 설명하는 것이라 한다.

自動販賣機와 自動換錢機

丁抹國의 第二도시는 엇더한가, 朝飯 후에 市街에 나서 보앗다. 母論 古式도시이다. 가옥도 보잘 것 업고 인구라야 우리가 거주하는 「꽃스담」보담 만여명짐 만코 閑寂하기는 그 곳이나 이 곳이나 一般이다. 海濱에 노힌 도시로서 해수욕장도 잇고 몃 개의 활동사진관이 잇는 외에 제법한 극장은 업다. 銀錢. 白銅錢을 쓰는 나라이라, 도처에 자동판매기가 잇다. 길거리 마다 무수한 자동판매기가 걸녀잇서서 통행인이 隨意로 일정한 돈을 느으면 煙草, 과자, 果實이 밋트로 나오게 되엿다. 이뿐 안이라 음식점에도 이러한 설비가 잇서서, 가령 맥주, 카페, 기타 酒類를 돈만 느으면 곳 나오게 맨든 것이다. 이러한 설비가 아市에만 잇는 것이 안이라. 그 외에 어듸를 가든지 설비되야 잇스며, 전차에는 운전수하나 뿐이다. 승객이 내리고 십흔 때에 정차하라는 신호를 하면 일정한 정류장에 전차는 정차하고 승객은 筒에 돈을 늣코 내린다. 만약 잔돈이 업스면 車中에 달녀 잇는 자동환전기에 큰 돈을 늣코 잔돈을 밧구게 되엿다. 假 金50錢짜리를 느으면 10錢재리 다섯 개가 나오고 2원재리를 느으면 50錢재리 두 개가 나와서 승객에게는 無限 便利하게 되엿다. 지폐만 쓰는 獨逸서는 도저히 불가능한 일이다. 그러나 그럼에서 보면, 獨逸도 前日에는 각종 자동판매기가 만헛든 것이다.

丁抹國 北端에서 瑞典國과에 연락선이 매일 잇는 줄 알고 왓든 우리는 船便을 기대리려면 2,3일 된다는 말을 듯고 豫定日字는 좀 틀니나 전진안이 할 수 업게 되엿다. 아市에서 기차로 약 8시간만에 「푸러드럭스하펜」이라는 곳에 왓스나, 이 조고마한 海村에서 이틀이나 지낼 생각을 하니 갑갑징이 나서 못겐딜 지경이엿다. 다행히 翌日은 日氣가 매우 조왓다. 느직이 朝飯을 먹은 후 村中을 도라단녀 보앗다. 그래도 제법카페집이 잇고 활동사진관이 두 집이나 되며, 조고마한 연극장이 하나 잇다. 한 시간도 다 못되여서 볼 것은 다 보앗다. 그러고 나니 半日은 또 무엇으로 消日할가 하는 것이 걱정이엿다. 이 때 갓치 마암편한 때

는 업섯다. 여관에만 가면 晝寢도 할 수 잇고 午飯도 먹을 수 잇스며, 모든 것이 편하게 되여 잇지마는 다만 염려되는 것은 明日 항로이다. 안내책에 보면 이 선로는 불과 6시간이지마는 험난하니 선실을 정하라는 것이다. 오후에는 海濱에 나아가서 선박의 출입하는 것도 보고, 잔듸밧헤서 노는 소년, 소녀들을 사진도 박고 水天이 一色인 遠洋을 바라보며 고요히 半日을 지내여, 그 간 路毒을 풀엇다. 夕飯 후에는 활동사진관을 난녀와서 翌日은 느직이 일어나 朝飯을 간단히 먹은 후 멧가지 물건을 사가지고 도라와서 午飯을 먹고 기차를 타게 되엿다.

四百萬名의 觀容을 招來한 괴텐부륵博覽會

과연 항로는 험악하엿다. 우리는 처음브터 연락선이 넘우 적은 것을 걱정하여섯다. 나는 처음브터 준비를 채라고 선실에 누어 잇섯다. 출범한지 얼마 안이되야 선체는 흔들니기를 시작하얏다. 나는 잠을 자려고 하엿스나 조곰도 잠은 잘 수 업섯다. 점점 심하야저서 선체는 조리질을 한다. 갑판우헤서는 사람들이 와자하엿다. 그러나 나는 선실에서 나오지 안엇다. 나종에 알고 보니 풍랑이 하도 심하닛가는 만일을 염려하야 선원 총출동으로 뽀트를 내리려 하엿섯다고 한다. 本國서 듯기에 험하다는 玄海灘에서도 이러한 경험은 업섯고 印度洋이 5大洋중 풍랑이 놉다 하드래도 당해 보지 못하엿나니, 참으로 이번에 츠음으로 곤경을 칠우윗다.

괴텐부륵은 京城과 비슷하게 山中 도시이다. 그러나 조곰 다른 것은 一面이 바다로 터지고 開港場인 것이다. 京城에 비할 것은 안이다. 당당한 대도시로서 인구가 20萬이나 되며 中部歐羅巴 각 도시에 비하야 조곰도 손색이 업다. 나는 츠음으로 가을 日氣를 보앗나니 이것은 中部歐羅巴에서는 도저히 보기 어려운 것이다. 이러케 淸朗한 日氣를 볼 적에 本國서 보든 것을 생각하엿나니 바람이 산들산들 하면서 上天에는 비로 쓴 듯이 구름 한 점 업고 공기는 깨끗하야 정신이 爽快한 것이다.

博覽會場압길 좌우에도 푸른 바탕에 누른 빗으로 十字그린 무수한 瑞典國旗가 바람에 펄펄 날니고, 會場으로 향하는 男女老少는 雙雙히 今日이 잇슴을 질거워하는 것 갓치 보힌다. 그 넓은 길 좌우에는 人目을 질겁게 하는 각 상점의 陳列窓이 찬란하게 장식되여 잇스며 左往右來하는 통행인들의 말소래를 들으며, 세계 列邦 사람들이 다 잇스나, 그 중에도 만흔것갓치 들니는 것은 英語를 말하는 英美人들이다. 北歐에 英美人이 만흔 것을 이곳에서 츰음 발견한 것은 안이다. 벌서 丁抹 各地에서 그것을 발견하고 北歐列國에 英米人의 활동이 심한 줄을 알엇나니, 가령 각 상점에서 판매하는 물품을 보드래도 英米製가 만코 간혹 獨逸語로는 不通이 되드래도 英語로는 대개 通語가 되엿다. 이러한 현상이 瑞典, 丁抹, 諾威뿐만 안이라. 비교적 獨逸語가 만히 보급되얏다는 芬蘭國에서도 그러한 것이다. 博覽會場압헤는 진열품 목록, 市地圖, 아동유희품을 파는 소년소녀의 무리들이며, 博覽會의 부속품인 觀이 언제든지 잇는 제비뽑는 露店이 잇스며, 小金을 내고 大金을 따려는 축들은 이곳저곳 몰케서서 자기의 幸不幸을 論難하고들 섯다. 정문엽헤 는 입장권 發賣所가 잇스며 정면에는 玉水가 쏘다지는 분수가 잇서서 서늘한 秋風과 서늘한 냉수는 觀客으로 하야곰 넘우 서늘하다 할 만 하다.

博覽會의 규모는 엇더한가. 그 규모의 큰 것과 설비의 아름다운 것이 年前 本國 共進會는 따르지 못할 것이며 또 年前 日本 東京에 열니엿든 大正 博覽會가 꽤 크고 볼만하엿다하드래도 上野不忍池엽헤잇는 그 터에다가 지여놋코는 또한 이 博覽會에 따르지 못할 것이다. 弊一言하고 今夏에 外來觀客이 무려 400萬이 된다는 것으로 알것이며, 무엇이든지 세계 제일이 안이면 만족해 하지 안코, 또 自國에 모든 세계 제일이 다 잇다고 떠드는 美國人이 多數히 오는 것을 보드래도 그 博覽會가 엇더한 것인 것을 짐작할 것이다. 정면 白館에 진열해 노흔 繪畵, 彫刻을 필두로 하야 自國의 습속의 變異와 공업의 발달을 누가 보든지 一目瞭然하게 진열해 노왓스며, 瑞典은 丁抹과 달나서 제법한 공장들이 멀어잇는 것 갓다. 그 진열품 중에는 無數한 공업품이 만흔 것이니 가령 현대 국가의 부강을 말하는 태산덩이 갓튼 機關車와 上天을 찔을 만한 攻城砲며 특히 유일의 제철공장인 듯한 S,K,F造의 각종 철물이 만히 눈에 띄우는 것이다. 나는 그 攻城砲와 기관차를 자세히 보고 이러케 생각하엿다. 기관차는 純 露國式임으로 中歐에서도 보지도 못하든 것이며, 아마 이것이 기관차로는 크다고 하겟고 攻城砲는 人力으로 放砲케 된 것이 안이라, 전기장치가 잇서서 이로서 自由自在 放砲케 되엿스니 두 가지가 다 人智로 맨든 것이로되 하나는 數萬人의 생명을 안전히 하고 또 하나는 數萬人의 생명을 剝奪하나니, 이 두 가지를 가라처 世人은 國家富强의 標準이라한다. 이로부터 인류는 幻夢中에서 哀痛하게 되는 것이다.

낮에는 伊太利茶店에서 伊太利音樂을 듯고 밤에는 歌劇場에서 和蘭歌劇을 보다

博覽會內에는 각종 無數한 진열관이 잇는 외에 은행, 요리점, 茶店, 賣店들이 잇스며 중앙에는 音樂堂이 잇서 관중을 질겁게 하는 軍樂隊의 秦樂이 잇고 그 중에도 伊太利式 茶店에서 듯는 南國의 음악은 北國人의에게 歡喜를 사는 듯 하며, 그 외에 登山, 架工兩電車며, 각종 娛樂場이며, 特筆할 것은 小兒를 위하야 博覽會의 일부를 兒童本位로 꿈인 것이니, 그 곳에 가보면 小馬들이 끄는 馬車며, 茶店이며, 賣店이 조고마하며, 심지어 交椅라도 小兒用이며, 사진사, 점원 사무원까지라도 兒童이고, 조고마한 交椅에 걸어안저 소녀의 동화를 듯는 것은, 모든 惡을 빼여내인 善의 세계가 이곳에 잇는가 하게 되엿다. 중앙 지대에 관객의 성명을 기록하는 곳이 잇스니, 일정한 手數料(邦貨 1원 20전)를 내면 소위 「金冊」에 성명을 기록하고 美人의 붓끗으로 써주는 叅觀證을 엇는 곳이니 우리 두 사람도 英文, 國文, 漢文으로 居住와 성명을 쓰고 叅觀證을 엇게 되엿다. 박람회의 야경은 엇더한가. 전등으로 교묘히 장치한 博覽會는 근방일대가 낫이 도로되지 안엇나 의심할 만하다. 歌劇

場에서 和蘭歌劇을 보고 매우 반가웟다. 그것은 和蘭을 가보앗슴으로 의상이라든지 기외 모든 것이 눈에 익엇든 것이다. 그러나 기술은 獨逸만 못하고 의상은 獨逸보담 화려하다. 第一有表히 보히는 것은 배경이니, 이것을 獨逸에 비하면 天壤之差가 나리라고 생각한다. 이제 不可不써야할 것은 여관비와 食價이니, 우리가 瑞典와서 모든 것이 빗싼 것을 안 것은 안이다. 丁抹서 벌서 알엇나니 그 곳이 獨逸보담 倍以上이 빗싸고 이곳이 丁抹보담 더 빗싸서 이곳을 獨逸에 비하면 3배나 빗싼 것이다. 이 곳보담 더 빗싼곳을 말하라하면 和蘭이라고 하겟다. (次號完)

▲ 『개벽』 제44호(1924.02),
　그림을 보는 듯 십흔 北歐의 風景(承前), 박승철

그림을 보는 듯한 諾威國首府－크리스틔아니아의 全景－

　괴텐부륵에서 諾威國首府까지는 急行車로 약 8시간 밧게 안이 된다, 국경을 지내는 데도 모든 것이 심하지 안코 철도연변에는 목제로 된 小屋들이 듬은듬은 잇고 큰 도시가 두어 곳 밧게 업스며 대개는 壯山을 끼고 돌거나 호수가로 빙돌아가게 되엿다. 北國에 가을은 왓다, 벌서 木葉은 누르럿고 단풍은 붉어 스며 앵도갓흔 까치밥도 꽤 붉어 젓다. 山谷間으로 기차가 소래를 내히며 지낼적에는 바람에 날니는 木葉은 차창에 부딋는다. 이로써 天涯萬里의 두 孤客은 感悵함을 늣기엿다. 크리스틔아니아에 밤에 도착하야 여관에서 一夜를 잘 쉬히고 翌日은 일즉이 나서서 대학과 왕궁을 보앗다, 대학은 丁抹에 비하면 훨신 크며 왕궁은 丁抹만 못하다. 諾威國은 전인구 269萬이며 그 首府 크리스틔아는 257,000여 명 밧게 안이 된다, 코펜하겐에 비하면 인구는 반밧게 안이 되나 도시의 설비로서는 조곰도 질것이 업다, 無論 대도시라 할 수는 업스나 꽤 탐탁해 보힌다. 背山臨水한 도시로서 登山電車가 잇서서 해발 169米突까지 올나갈 수 잇나니, 중턱에는 주택과 요양원이 잇고,

올나가면서 시가를 내려다 보면 청결한 것이며 시가가 整制되여 잇고 압호로 해상에는 大小의 선박이 떠잇스며 뒤호로 山谷과 평야에는 廣狹의 호수가 총총이 백여 잇서 누가 보든지 이것은 1장의 그림이라 할 것이다. 이 때는 바야흐로 北國에 가을을 재촉하는 初秋이라 창공과 수면은 푸르고 山嶽과 평야는 누른지라, 이튼에 선 우리는 이 秋景을 보고 찬탄안이 할 수 업섯다. 獨逸國 라인江의 경치도 조키도 조호나 넘우 흘버려젓스며, 이곳은 엇더냐 하면 라인江의 경치보담 매우 안윽해 보힌다. 金剛山의 경치는 엇더한가 하는 것이 내의 궁금히 녁이는 것이다. 電車 종점에서 약 5분만 들어가면 평야가 잇고 금잔듸가 깔여 잇스며 조고마한 호수가 잇서 가히 一葉扁舟를 띄워 俗界를 이질 수 잇나니, 그럼으로 春夏秋冬 四季에 인적이 끈일 새가 업스며, 더욱이 도시의 蒸炎을 피하려는 K市의 土民은 凉風에 땀을 듸리려 오느니 이 곳으로만 온다고 한다.

諾威觀光客의 中心興味가 되는 山岳鐵道沿邊

積雪中으로 기차는 돌진한다.

諾威國을 관광하려는 사람은 누구든지 이 山岳鐵道沿邊을 보라고 권하는 것이다, 그것은 諾京에서 뻬트겐이라는 곳까지 가는 것이니, 그곳으로부터 英美기타 列國에 갈 수 잇게 된 開港地이다. 이 철도는 急行車로 약 30시간이나 되나니 朝夕으로 2차 發着되며, 13년간의 長久한 세월과 3천萬圓의 巨多한 工費를 듸리워 된 것이다. 名不虛失로 沿路의 경치는 조왓다, 山嶽사히로 달어나는 기차는 이 산모퉁이 져 산모퉁이를 돌고 놉흔 고개 야진 고개를 넘으며 산빗탈에 木製의 2, 3家屋式 듬은듬은 백힌 것과 호수가 이곳 저곳 백여 잇는 것만 보히고 山嶽에는 가을이 깁헛스며, 兩便 絶壁에서 떨어지는 폭포는 그 數爻가 엇지 만흔지 세일수 업스며 큰 것은 넓히가 4, 5間 길이가 數十丈이나 되며 적은 것은 실배암 갓혼 것도 잇다. 단풍으로 붉은 옷을 입은 절벽에서 떨어지는 玉水소래는 千兵萬馬를 모는 것도 갓고, 玉淨盤을 부쉬는 것도 갓다. 얼마쯤 잇다 보면 좌우의 壯山으로 해서 창공이 안이 보히다가 기차는 별안간 골 속으로 들어 가나니 이러키를 근 30번이나 지내는 중에 그 중 긴 것은 5,300米突이나 되는 것도 잇섯다.

기차는 헐덕이면서 작구 올나가기만 한다, 해발 약 800米突 되는 지점에 올나가니 遠山에 白雪이 보힌다, 승객들은 不時인 白雪을 보려고 창을 열고 내다보며 떠들기를 시작하얏다. 그럭저럭 기차는 1,300米突 되는 절정에 올나왓다. 지상에는 積雪을 보게 되엿다. 정거장에 내리니 구두는 눈에 파뭇치고 寒氣는 凜烈하다, 승객들은 더운 차며 카페를 와시며 기적가튼 이 銀世界에 대한 이약이로 떠들석 하얏다. 그중에 젊은 남녀들은 눈덩어리를 뭉처 서로 雪戰을 하는 이도 잇고, 늙은이는 그짓은 못해도 눈을 발버라도 보려고 차에서 내려서 어성어성들 한다. 기차는 이로브터 점점 내려가기 시작하야 밤중에 뻬르겐이라는 곳에 다엇다. 왼만한 여관은 滿員이 되고 너절한 호텔에서 一夜를 지내고 高騰한 숙박비만 내엿다. 뻬르겐은 내외국의 선박이 출입하는 항구로서 인구라야 97,000밧게 안이 되지마는 제법 市街꼴이 난다. 신문사 연극장도 잇고 활동사진관들도 잇스며 공원에 잇는 음악당에는 奏樂이 잇고, 이곳 역시 背山臨水한 도시이라, 後面에는 不高不卑한 산이 잇고 그 산을 올나가는 등산전차가 잇스니 이것은 줄로 끌어 올니게 되엿다. 두어 시간 이리저리 다니고 보니 더 볼 것은 업다, 夜行寢臺車로 翌朝에 諾京에 다시왓다.

小蒸氣船으로 약 20분 되는 對岸地에 가보앗다, 이곳은 諾京을 죽음 떠나 잇서서 한적하기도 하며 깨긋하다. 이곳에는 해수욕장도 잇고 국민박물관도 잇다. 국민박물관에는 往古北方民族의 일반 생활의 變異를 보히는 木工等品을 진열하얏나니, 器皿이며 기타 家具가 木製이다. 明朝에 瑞典首府로 가기로 정한 우리는 半日은 꽤 한가하얏다, 그리 크지도 못한 市街에 이리저리 도라단이기도 하며, 왕궁 압헤 잇는 음악당에 군악대가 奏樂하는 것을 듯기도 하얏다, 이편에는 국립연극장이 잇스며 그 압 좌우에는 입센과 또 한 사람의 동상이 섯고 저편에는 玉水가 살대갓티 올나가는 분수가 잇스며, 군중은 長交椅에 걸어 안저 그 질거움에 취하얏스며, 북방의 秋天은 맑어서 볏이 쪼히매 婦女子들은 양산을 밧고 안젓고 아동들은 나무그늘 속에서 모래작란을 하고 잇다.

스톡호름의 少年데이와 日曜의 歡樂

크리스틔아니아에서 瑞典首府 스톡호름까지는 꽤 지리하얏다, 약 14시간이나 가는 路程이것마는 식당차도 업고, 直通急行車도 안이요. 절반이나 가서 急行車에 연결되야 비롯소 급행차 노릇도 하고 식당차도 달녓다. 기차는 이곳뿐 안이라 북방열국이 今日의 獨逸汽車보담 精하고 설비가 잘 되얏다. 밤늦게 스톡호름에 다어서 여관에 들어 一夜를 편히 쉬엿다, 오날은 日曜이쟈 少年데이다, 길에는 올긋불긋한 것이 널녓고 길거리에서는 瑞典獨特의 의상을 입은 소녀들이 造花며 兒童遊戱品을 팔고, 이날의 주인공인 소년 소녀들은 고흔 옷을 입고 三三五五히 隊를 지여 하로를 질거히 보내려 하는 것 가트며, 一便에는 자동차상에서 뿌리는 소년데이의 선전지 소년신문은 도처에 홋허저서 누구든지 오날이 소년데이인 줄 곳 알게 되엿다. 그 외에 소년대의 행렬이다, 음악대를 선두에 세우고 흰 옷과 붉건 옷을 입은 소년들은 억개에 旗들을 메고 步武를 整齊히 하야 나아가는 그 기상은 용감도 하거니와 장래를 촉망도 하여 보힌다, 本國의 소년데이를 보지 못한 나는 매우 굼굼하얏다, 本國의 그것은 外人의 눈에 엇더케 빗취나 하는 것이다.

왕궁이며 대학도 것흐로 보기에는 크지도 못하고 퇴락하여 보힌다. 그러나 瑞典은 북방의 雄國이며 스톡호름은 북방열국 중 제일 대도시이다. 瑞典의 전인구는 585萬이며 스톡호름이 415,000이나 된다고 한다. 보든 도시 중 제일 크고 화려하며 더구나 해안에 臨하야 도시로서는 가장 이상적이다. 다른 北方列國보담 질번질번하야 보히며 사람들이 키가 크며 얼골이 歐羅巴 대륙 사람보담 희다. 外樣으로 질번질번한 것이 안이라, 요리점에 가서 식사를 하더래도 定食을 먹으면 床 우에 벌녀 노흔 음식들을 몃번이든지 마암대로 먹을 수가 잇고 우유가튼 것은 獨逸서 맥주먹듯 한다, 이것은 獨逸 사람이 보면 놀내일 것이다, 獨逸서는 우유엇어 먹기가 極難이다, 우리는 집 主婦의 極力周旋으로 엇어 먹지마는 원칙상으로는 병자와 유아에게만 주라는 것이다, 다른 곳은 몰으겟다마는 내가 잇는 폿스담에는 그러타고 한다. 이 흔한 우유가 瑞典서만 그러한 것이 안이라 丁抹 諾威, 芬蘭을 가 보아도 그러하고 특히 丁抹의 뻐터(牛酪)는 그 맛이 一味이다. 이러케 맛이 조흔 것은 츠음 먹어 보앗다. 議會는 왕궁 압헤 잇나니 이 집은 약 20년 전에 지은 집으로 그리 크지는 못하나 묘하게 되엿다, 우리는 내부를 들어가 보앗다, 가장 조흔 목재와 대리석으로 다 꿈엿스며 어대로 보든지 가장 淸楚해 보힌다. 상하 兩議院이 한 집에 잇고 上院議員數는 150人이요, 下院議員數는 230인이니 下院議員 중에는 共産黨員이 1人밧게 업고 좌석별은 政黨別이 안이라 선거주別이라 한다.

스칸센은 복잡한 市街을 떠나서 南便으로 잇스니 야진 산과 그윽한 산림이 잇서 공기가 깻긋하며 海水와 호수가 잇서서 가히 春日秋夜에 배를 저어 消暢하기에 적당하며 그 외에 그 근방에 數種의 연극장과 박물관이 잇스며 스칸센 내부에는 소규모의 동물원과 茶店이며 음악당과 舞蹈場이 잇스니, 이 舞蹈場에는 夏節에만 國舞를 추어 公衆에게 구경식힌다고 한다. 일요일의 이곳은 장관이다. 그 雜踏한 것이 비할 데 업다. 이곳으로 오는 전차는 엇던 것이든지 滿員이고 자동차를 몰아 편히 오는 사람도 잇지마는, 그 먼지를 뒤집어 쓰고 걸어오는 사람도 잇다, 그 넓으나 넓은 길이 꼭 미게온다, 안헤는 남편을 끼고, 자녀는 부모에게 끌녀 쌍쌍히 떼를 지여 온다, 山林 속이고 호수가이며 차집이고, 요리집에 우슴소래 안이 들니는 곳이 업다. 각 연극장이며 박물관 입구에는 군중이 모혀서서 어듸를 들어가야 올을지 몰나서 망살이고들 잇다. 日曜 1일의 歡樂은 저희들의 업지 못할 것이니, 市街에서 보면 모도가 스칸센으로 가는 것 갓다, 너도 나도 떼를 지여 스칸센으로, 전차며 마차며 자동차도 모도가 스칸센으로 가는 것 갓다, 스칸센은 19세기 最末葉에 된 유흥지며 그 근방 일대는 듸어까르텐이라 하야 伯林의 틔어까르텐(동물원)과 아울너 유명한 것이다.

軍事博物館은 잠근 문을 특별히 열어주어서 들어가 보앗다, 自國의 軍器와 軍服의 變異를 보히는 것과 세계열강의 軍器며 軍服을 진열하얏다, 北方博物館은 건축물은 丁抹 國民博物館보담 宏傑하나 진열품은 一樣이다, 生物博物館에는 북방특유의 禽獸를 진열해 노앗나니 실물이 업스면 그림으로 채윗다. 歌劇場도 썩 크지도 못하고 화려치도 못하다, 그 기술이라든지 배경이 다른 北方列國과 伯仲之間이다, 그러나 관중의 호사에는 놀내엿다. 獨逸서는 어느 연극장에 가든지 보지 못하든 것이다, 婦女들의 채림찬림은 말할 것도 업지마는 남자들이 일제히 夜會服(스목킹)을 입은 데는 놀내엿다. 우리가티 南船北車하는 사람들로는 그러치 못하겟지마는 通常服을 입은 우리들은 쉬는 시간에도 밧갓헤 나아가지 못하얏다.

長斫을 때여 機關車를 運轉하는 芬蘭[5]

스톡호름서 芬蘭國 首府 헬싱포어쓰까지는 汽船도 전보담 크고 一晝一夜 나오는 것이지마는 꽤 태평하엿다, 대부분은 육지를 엽흐로 끼고 간다. 芬蘭은 禁酒國이며 맥주가 잇다하드래도 말이 맥주이지 其實은 麥차이다, 芬蘭國은 처음 인상이 波蘭을 두 번재 보는 것 갓고, 도로며 건축물이 波蘭서 보든 것 그대룬 것 갓다. 芬蘭國은 露國으로 자주권을 어든 共和國이니 전인구가 334萬이요, 首府에만 19萬이라 한다. 인구는 비교적 적으나 대학이며 각종 전문학교가 잇고, 여학생들이 흰 것으로 우을 덥혼 학생모를 쓰고 단니는 것은 조와 보힌다. 대학이 잇는 외에 도서관이 잇고 국립은행이 잇스며 각 은행에는 사무원이 전부 여자라

---

5) 분란국(芬蘭國): 핀란드.

해도 과언이 안인 것이, 엇던 은행에 가보든지 남자 사무원은 2, 3인 밧게 보히지 안는다, 이 여자 사무원들이 창압헤 안저서 英獨語로 接客하는 것은 남자 사무원에 비하야 족음도 손색이 업서 보힌다. 은행에만 그러한 것이 안이라 전차에도 妙齡의 부녀자들이 車掌 노릇을 한다. 歌劇場을 보앗다, 그러나 관중은 저희끼리 떠들어서 不規律하며 기술은 瑞典보담 나은 듯 하나, 의상과 배경은 瑞典만 못하다, 國民 美術館을 보앗다. 건축물도 보잘 것 업고 내용 역시 그러하며 大統領官舍도 문전에 衛兵이 선 것이 私家와 다를가 별로 틀리지 안하보인다.

헬신포어스에서 서편으로 조고마한 섬이 잇스니 그 섬에는 每30분에 건너단니는 小蒸氣船이 잇서 약 20분이면 가게 되엇다. 그 섬에는 조고마한 언덕이 잇고 그 언덕과 樹木을 이용하야 동물원을 꿈이고 그 종류가 풍부치는 못하나마 북방의 巨獸白熊까지 잇다. 이 동물원뿐 안이라 조고마한 식물원이 잇스며 이 언덕 우헤 올나서서 遠洋을 바라볼수 잇게 되엿다. 구경도 구경이려니와 獨逸로 갈 생각이 급하게 되엿다, 어대는 객지가 안이리요마는 重客地가 되니 厭症이 나기 시작하엿다. 여행안내소에 물어보니 우리의 예정일자보담 滿3일을 더 기대려야 獨逸가는 船便이 잇다고 한다, 우리는 구경할 만한 곳을 가르처 달내서 기차로 약 14시간이나 되는 이마트라는 곳으로 가기로 정하고 當夜로 떠나려고 차표며 침대표까지 사눗코 차시간을 기대리려고 활동사진을 가보앗다, 이곳도 美國冒險劇이 대환영을 밧는다, 그 넓은 활동사진관이 매일 2, 3회나 影寫를 하나본데 늘 滿員의 대성황이다, 활동사진뿐 안이다. 物貨도 英美의 것이 만코 외국인도 英美人이 만어 보힌다.

석탄이 업는 芬蘭國은 기차 기관차에 까지 참나무 장작을 때여서 기차를 운전한다, 갑빗산 英國 석탄을 못사는 無석탄 無錢國의 芬蘭國은 현대 열국의 存廢에 分岐点이 되는 공업국 노릇하기는 極難한 것이다. 기차운전도 잘 못하지마는 침대차 속에는 파리와 빈대가 기차박휘이상 대활동이다. 그럭저럭 임마트라에 다엇다. 정거장에는 손님을 기대리는 자동차가 잇다가 우리를 왕궁가튼 호텔로 모셔듸렷다, 경치조흔 곳

에 外樣도 宏傑하고 좃커니와 설비도 잘 하여 노왓다. 이곳은 20戶 내
외되는 산촌이니 다만 큰 내가 잇서서 그것이 꽤 요란하게 흘으는 까닭
으로 그것을 보러오는 사람이 만흔 것이다. 이 내는 바로 여관엽헤 잇
스니 넓히가 약 6間 가량 되는데, 그 물이 평탄히 흘으는 것이 안이라
大段 急流가 됨으로 그 소래 요란하야 겻헤 사람의 語聲을 못 알아 듯
겟스며 물이 용소슴을 하야 玉을 부쉬는 것 갓고, 그 뿐안이라 물이
바위에 부듸저 길길이 소슴에 水煙이 자옥하다. 이 急流이 힘은
117,700馬力이라고 한다. 이러한 큰 내가 잇슬뿐 안이라 山林이 그윽하
야 아조 俗界를 떠나서 別世界에 나온 것 갓고, 이곳 사람들은 우리를
別世界에서 나온 것 가티 이상히 본다. 窓外의 水聲을 들으며 一夜를
지내는 우리는 저윽히 家國 생각이 간절하얏다. 翌日은 아참부터 구즌
비가 오기 시작하야 종일 긋치지 안는다, 이 水聲밧게 들을 것 업는
곳에서 날 조흐면 무엇하리요, 한일 업는 우리는 낫잠도 자며 누어서
잠담으로 낫을 보내고 夜行車로 翌朝에는 헬싱포어스에 다시 와서 오
후에 떠나는 船便으로 芬蘭國을 떠나게 되엿다. 汽船는 꽤 컷섯다, 그래
서 우리는 마음을 노왓다, 그러나 사실은 반대이엿다. 2晝夜나 되는 船
路에 죠음도 편안하지 못하고 늘 험난하엿다, 부녀자며 弱輩들은 선실
에 들어 잇서서 식당에 나오지 못하엿다, 우리가 그 열에 빠젓든 것은
다행한 일이다.

水陸 一萬二千里를 단녀

二十六日만에 獨逸따를 다시 밟다.

오래간만에 獨逸에 도라오니 반갑기는 하나 여전히 外人待遇는 불친
절하다, 북방열국에 비하면 天壤之差이다, 이것은 諾威뻬르겐에서 당
한 사실담이다, 우리가 전차를 타고 어듸를 가게 된다, 그러면 차장이
나 운전수는 차를 세워놋코 내려서 우리를 데리고 밧구어 타게 되는
전차에 까지와서 그 차장더러 우리를 어듸서 내려주라고 일으고 간다.

이와 비슷한 예가 諾威뿐 안이라 북방 열국에서는 어듸든지 그러하다, 그러나 이러한 것을 獨逸서는 차지려 하지 말어라. 이것은 망상이다. 獨逸도 前日에는 그러하엿다고 하지마는 前日에 못잇섯고 今日에 잇는 우리에게는 대고통이다. 도대체가 북방 열국 사람은 외국인에게 매우 친절히 하는 것은 누구나가 긍정한 줄 믿는다. 저들은 和平을 누리며 따라서 생활의 곤란이 업다, 路上에서 乞人을 못본 것으로만 보드래도 얼마나 裕足한 것을 알 것이다, 伯林가튼 데로 보드래도 번화한 거리에는 한 間 걸너 乞人이 잇다하여도 과언이 안이다.

북방 열국은 古來로 歐洲 政局에 큰 波動을 일으킨 적은 업섯나니, 中世紀에 30年戰爭으로 해서 瑞典과의 관계가 잇섯슬 뿐이지, 도대체가 큰 관계는 업섯다, 其外에 사소한 관계가 잇섯지마는 이것으로써 中歐列國간의 관계에 비할 수는 업는 것이다, 이것을 歐洲 列强에 비하면 處士國갓치 생각된다. 저들은 전쟁으로 해서 당하는 고통은 업나니 今日의 獨逸과 가치 매일 물가가 올으고 도처에서 똘나(美貨)가 엇지되엿느니 하는 것은 업다, 우리가 떠날 적에는 英貨 1磅에 5,000萬馬克이 되엿든 것이 26일만에 와서 전차를 타려닛가는 전차삭이 200萬馬克이라한다, 英貨 1磅의 時勢는 7億萬馬克이라고 한다, 伯林와서는 또 한번 놀내엿다, 英貨 暴騰을 핑게하고 올은 物價는 그 비례 이상 올낫다. 近日은 엇던가, 英貨 1磅에 160億馬克이나 되고 本國서 사려면 한 갑에 1錢밧게 안이 할 석양이 1,000萬馬克이나 되고 식사 한 번을 하려면 10億 5,6千馬克이나 주어도 芬蘭서 먹든 것 만큼 내용도 만치 못하다, 물론 食價는 동일한 가치이다. 촌에 잇는 농부들은 物資를 내여놋치 안코 똘라(美貨의 訛音)를 가저와야 物資을 주겟다고 한다.

이번 여행으로 해서 여비는 이곳서 5개월이나 쓸 학비가 들엇스나 견문의 가치로 論之면 이곳서 5개월을 지내는 것 보담 나엇다, 最北으로 북위 61도까지 가보앗스니 이것을 京城에 비하면 약 23도나 北便이 되것마는 치위는 그리 심하지 안엇다. 瑞典 丁抹, 諾威, 芬蘭의 4國을 합하야 전인구가 약 1,500萬밧게 되지 안는다, 그러나 朝鮮보담 적은 인구로되 저들은 百事千事가 우리보담 나어서 비록 인구수는 우리보담 적다 하드래도 다른 凡百事에는 우리보담 百倍 千倍나은 것을 보면 기가 막히고 한심만 나올 뿐이다. 우리도 저들을 따르기가 불가능한 것은 안이다, 따라가기에 障碍가 잇고 곤란이 잇슬 뿐이다. (10, 16)

[30] 咸北縱橫 四十有七日, 朴達成, 『개벽』 제43호(1924.01)

北鮮의 境域을 들기까지에

기자가 咸北道號의 책임을 가지고 북방을 향하든 날은 발서 석달 전 즉 지난 10월 6일이엿다. 언으듯 발서 작년이다. 이제 그 때의 일기를 다시 더듬자 하니 좀─구석지는 감이 업지 못하다. 그러나 일기장이 아직 떠러지지 안엇고 그 때의 感念이 그대로 머리속에 남어잇스니 조곰이나 假分이 업슬 것은 자신한다.

그날─10월 6일은 일기가 매우 청명하얏다. 말숙한 마즈막 가을 샛 맑안 첫 아츰에 行李를 묵거 멀니 北方을 향하는 나의 심신은 더할수 업는 경쾌를 가젓섯다. 오전 8시 50분은 淸凉里에서 차에 몸을 싯든 때이다. 맛츰 <u>나의 모교인 普成高等普通學校의 금강산 수학여행단(5년급 60명) 일행을 만나게 되야 더─한층 조흔 기세를 가젓</u>다. 차는 구을기 시작하얏다. 백곡이 무르익은 누런 倉洞들이라든지 萬葉이 빗츨 닷토는 빩─안 逍遙山麓이라든지 그는 翫賞할 여가도 업시 普成校友와의 환락에 취하고 마럿다. 崔鳴煥선생의 예의 少年式 교제법은 말도 말고 학생 중 林明均군의 멋 만든 短曲이라든지 崔成三군의 억개춤이 날만한 俗謠曲 빠요링이라든지 金佑榮군의 心肝을 간지럽게 하는 하모니카는 디─할수 업는 우슴과 박수이엿다. 나도 지나본 바이지만 中學時代의 수학여행이란 이러케 흥이요 멋이겟다. 평생을 두고 다시 엇지 못할 호시

절은 이때 뿐 이겟다.

　나는 이러케 이러케 환락중에서 京元線의 中央點 福溪까지 왓섯다. 「아-이게 웬일이냐」「아-이런 大變-」하고 떠드는 소리가 차창 밧그로 들니운다. 「무엇 응 무엇」하고 황망히 뛰여 내리니 아-이런 大變 사람이 치엿섯다. 피를 콸콸 쏫으며 어즈럽게 넘어진 이가 보인다. 경관 의사 역부들은 왓다갓다 愴惶罔措中인데 轢傷된 당자는 죽엇는지 살앗는지 피만 콸콸 쏫을 뿐이다. 왼팔이 부러지고 머리가 깨여젓다. 피 흘너 도랑이 되고 비린내 승객의 코를 찌른다. 이 급보를 드른 福溪 驛 前의 그 어머니는 대성통곡 발광야단을 하며 다라나온다. 死體다운 아들의 가슴에 얼골을 비비며 땅을 처 통곡하는 참경은 눈으로 참아 보지 못하겟다. 차가 떠나니 엇지하랴 그의 하회가 퍽 궁금하얏섯다. 급하게나마 驛頭에서 뉘게 무르니 그는 우리 탄 차에 동승하얏든 형제중 遂安人 文炳植(29)이라 한다. 그는 분명히 貧者엿다. 생활의 末由로 福溪驛 前에 移居하야 노동으로 지내엿든 모양이다. 추석 名日을 위하야 잠간 고향에 단녀오든 길인데 하차역 福溪를 오닛가 어머니 보일 생각에 그랫든지 急遽히 飛降을 하다가 그리 된 것이엿다.

　이런 광경을 당하고 나니 盡日의 소득은 어대로 갓는지 산도 실코 물도 실코 다만 보이는 것이 사람 죽는 그것 뿐이다. 아-사람의 생사! 그는 누가 보장해 주는 이가 업느냐! 아-사람의 운명! 전후좌우 빡빡하게도 둘너싼 운명의 흑막! 에라 모르겟다. 나 亦 압 정차장에서 엇지 될지. 方當이 1분 1초간에 엇지 될지 누가 아느냐 아!

　나는 이러케 비애 회의 공포 황겁 중에서 洗浦驛을 왓다. 여기서 普成敎友도 그만 작별이 이엿다.

　三防의 단풍 釋王寺의 蒼松 葛麻의 黃金波-그것을 보통시 갓호면 모도 다 내가 빼아섯겟지만 그대로 한아 닷치지 안코 閉眼冥想중에서 元山 하차가 되얏다. 역전에서 엇던 안내자를 따라 太史여관이란 곳에 숙소를 정하고 위선 淸津行 船便부터 무르닛가 바로 明朝 즉 7일 오전 10시 發 (淸津城津 정기연락선) 鏡丸이 잇다한다. 즉시로 市中을 향하야 林根泰趙鍾浯金容浩金大郁諸友를 찾고 밤중만하야 여관에 도라왓다. 夕飯을 필하고 자리에 누으니 다른 무엇은 생각키우는 것이 업고 머리속에 뒤엉크러져 先后無住着한 것은 다만 생사문제 그것 뿐이엿섯다. 생을 박탈하랴는 악마의 黑手가 나의 전신을 왈칵 그러당기는 듯 꿈안인 허상에 몸이 흠츳흠츳해진다. 여관 秋窓의 외로운 신세가 악몽이 무서워 잠을 엇기 어렵다. 艱幸히 잠을 비러 한 시간 지내니 날이 새인다. 이제야 그 생각이 거의 沈息이 된다.

10월 7일이겟다. 이날도 일기는 청량하다. 항해에 더욱 조흔 날이다. 여관뽀이를 불너 滿鐵「파쓰」를 내여주며 「나는 이러한 사람이니 船票 한 장를 사오되 할인을 구해보라」하닛가 뽀이는 예상외의 貴손님인 것처럼 「네─기자심니다 그려. 기자는 모론 2할은 해줍니다. 모론 2등표를 사시겟지요」 하고 뭇는다. 나는 금시 곳 얼굴이 홧홧해것다. 그러나 얼풋 변색을 하고 안이 3등이 조와. 우리갓치 가난쟁이들이 2등이 무슨 2등. 滿鐵에서는 무임우대를 밧아스닛가. 염치업는 2등이지만...」하고 서슴업시 말하엿다. 뽀이는 해즉─우스며 의미잇는 표정을 하드니 한 30분만에 船票를 사가지고 와서 까닭업시 깁뻐하면서 「여보셔요. 이 「파쓰」를 가지고 가서 표 파는 이에게 보이면서 2할인을 해달나 하닛가 표 파는 이가 보더니만 그 이 말이 이는 내가 잘 아는 이닛가 특별히 5할을 해드릴 터이니 내 명함을 가지고 가서 말슴이나 드려다고 하면서

5割을 해주어요. 이런이가요」하고 名卿 한 장과 과쓰와 船票를 내여준다. 「어─고마운 이도 게시다. 누구시냐」하고 名卿을 보니 郵船會社라 肩書한 沈泰浩씨이다. 일즉 顔面은 업는 이이다. 疑訝를 하면서 시간에 매여 棧橋를 향하얏다.

배는 떠나려고 준비가 밥분 모양이다. 짐을 실으며 손을 태우며 닷을 감으며 한참 부산하다. 맛츰 趙鑑浯씨가 나오셨다. 기회조케 沈씨의 고마운 말을 하고 보여스면 조켓다하는 중인데 또 맛츰 沈씨가 나오셨다.

人事와 致謝를 아울너 드리니 氏는 3,4년 전부터 기자를 안다 하면서 퍽도 반겨한다. 그리고 사무장과 船人들에게 소개하야 「2등에 잘 모셔 달나」고 부탁을 한다. 나는 소위 기자란 명색을 가지고 3등표 더구나 5割의 過待를 밧고 또 2등의 過待까지 밧기는 넘우도 북그럽고 미안하고 염치적어서 굿게 사양하고 부덕부덕 3등실로 기여들엇스나 그는 기어코 손목을 잡아다려 2등실로 끄러드리며 「平心安行」을 다시금 부탁한다. 할 수 업시 외면을 하다십히 2등 1偶에 옥으리고 누엇섯다. 船人 보기가 엇지나 북그러운지 게다가 オジヤ니 ケツト니하고 친절한 호의를 줄대는 더—얼굴이 확확해졌다. 좀 그리지 마러스면—조켓섯다. 同乘한 日人 또 中國人들은 남의 간지러운 내용은 모르고 점잔은 손으로 아라줌이 더욱 우습엇다. 졈잔치 안은 바는 안이지만…

　배는 떠낫다. 뚱섬 알섬을 지나 언으듯 茫茫大海에 나섯다. 배가 흔들니기 시작한다. 풍랑이 이나보다. 속이 좃치 못하다. 가만히 누어 이슬 밧게 업다. 누으닛가 잠이든다. 얼마나 왓는지 모르겟다. 밤 새로 세시쯤이다. 城津이라하기에 갑판우에 나서니 海天이 茫茫蒼黑色인데 오직 一面에 무수한 전등이 반작어린다. 새벽 찬바람! 더구나 바다를 씻처 泰山에 부드치는 맵고 짠 海風! 아이 못견디겟다. 선실로 쫏겨드러갈 수 밧게 업다. 또 자리에 누엇다. 배는 또 간다. 오전 열한시면 淸津에 닷는다하니 열한시만 기다릴 밧게 업다. 그러나 東海의 朝日은 한번 안이 볼 수 업다. 여섯시쯤 하야 어즈러운 머리를 억지로 드러비틀비틀 취한 거름으로 갑판우에 나섯다. 과연 상쾌하다. 東方이 훤이 밝으며 遠山最上峯에 一條曙光이 빗치운다. 언으듯 바다의 正複판으로서 一輪紅日이 붉근 소스며 「이놈들아 잘잣느냐」안이 「이 惡魔놈들아 잡아먹겟다」하듯이 웃득 소사 天邊에 올은다. 綠波萬項은 언으듯 銀波萬里로 회색 천지는 언으듯 白色 세계로 化해진다.

　　구름아 일지마라. 紅日은 惡魔가 안이다.
　　바람아 부지마라 나는 紅日의 벗이란다.

고기야 뛰여라. 白鷗야 날너라.

맑고 깨긋한 이 자연의 첫아츰에

紅日을 안고서 마음것 뛰놀자.

나는 이러케 부르지지며 왓다갓다 갑판이 좁음을 嘆하면서 8日의 아
츰을 지내엿섯다. 알면 다―친구겟지만 그러나 갓튼 감정의 옛친구 업
슴이 큰 한이엿다. 갓치 지내든 金이나 李이나 생각이 간절히도 생각키
웟다.

이렁저렁 11시가 되니 배는 거즛말 업시 淸津에 이르럿다. 「내리자.
싀원하다」하고 行李를 수급하야 갑판우에 나서니 웬걸 是何風浪고 이
야말노 꼼작 不이로구나 마조나오든 從船은 쫏겨드러가고 도라오든 漁
船은 죽여라 살녀라 하는데 爲先 우리 탄배가 이러섯다 업더엇다한다.
風浪이 식기전에는 도저히 상륙치 못한다고 한다. 이것은 淸津港이 아
적도 棧橋를 두지 못한 까닭이다.

淸津에 다와서 淸津을 밟지 못하게 되니 얼마나 애가타랴. 이제나
저제나 肝이 타다십히 기다리는 것이 오후 4시까지엿다. 이때야 風浪
이 조곰 沈息이 되얏다. 從船이 와다으니 모다 조와라고 덤비여 下船
하니 기자! 北鮮境域(海面은 말고)에 들든 첫날 10월 8일의 오후 4시
반이엿다.

所謂 北鮮의 第一港 淸津부터

10월 8일 오후이겟다. 淸津港頭에 상륙하니 쌀쌀한 바람이 귀밋틀
때린다. 「이놈아 北方이 엇던가 보아라」고 정말 北方威勢를 사정업시
내붓친다. 외투를 뒤집어 쓰고 엉큼엉큼 埠頭빗게 나서니 例의 巡査들
의 注目이 잇는 듯하다. 그러나 預通이 이섯느지 두고 볼 뿐이다. 臺車
인지 밀車인지 장기판 갓튼 것을 타고 日本人 市街를 지내 朝鮮人村新
岩洞於口에서 내려서 엇던 안내자를 따러 吉明旅舘이란 한 방을 엇어

드럿다. 여관에 드러안자 문득 이런 생각부터 난다. 올치 이제부터는 咸鏡北道엿다. 듯든 말과 갓튼가 어디쯤— 자세히 볼 필요가 잇다. 爲先 言語 風俗부터 주목해야 겟고 衣食住에 대한 제도부터 검사해야겟다. 음식은 이제 져녁 床에서 참고할 셈 잡고 爲先 부엌부터 좀—보아스면 조켓는데—하고 방안을 이리져리 살피니 방안은 彼此가 一樣이다. 그런데 겹집이다. 말(斗)마큼한 방이 전에도 上下 2間 後에도 上下 2間이다. 겹집!야. 그게 그럴 듯 하다. 爲先—거처에 편리하고 防寒에 편리하겟다. 「여보시오. 주인. 咸鏡道집은 다—이러케 겹집이요?」하고 무럿다. 「네—대개다—겹집이지요」한다. 부엌이 보고십다. 드자마자 부엌 구경부터 하자기는 안되얏고 보고는 십고—그래서 주인나간 틈을 타서 문틈으로 부엌을 내다보앗다. 안인게 안이라 듯든 말과 갓다. 부엌兼 방兼 식당兼 침실兼으로 한구석에는 식기가 느러잇고 한구석에는 寢具가 노여잇고 아궁뒤에는 가마솟이 걸녀잇고 솟뒤에는 삿자리를 깔고 그—삿자리우에서는 婦女들이 안저 음식을 맨든다. 부엌制는 장차 좀더 자세히 볼셈치고 대관절 져녁이나 어서 주어스면—하고 침을 생키고 잇노라니 져녁이 드러온다. 음식이 좀 불결한 듯 하나 또 양념이 적은 듯 하나 그러나 구태여 트집잡을 것은 업다. 배에서 주렷든 터이라 때맛나게 먹엇다. 져녁을 먹어스니 淸津의 야경을 좀—보자하고 新岩洞市街에 나섯다. 눈에 얼핏 띄우는 것이 店門압의 군중이다. 무어냐?고 가보니 「10錢10錢」「50錢50錢」하는 경매의 소리 破産소리 그것이다. 두어 거름을 옴기니 또 그 소리 또 두어 거름 옴기니 또 그 꼴악산이다. 야 이게 웬일이냐. 淸津이 다—떠나가는구나. 이꼴을 보려고 내가 왓는가. 에이 朝鮮人사는 곳은 도처가 破産이구나. 서울서도 그 꼴을 보고 왓드니... 더구나 港口處닛가 무슨 근거가 이서스랴. 에라 딴곳을 좀—보자 하고 이번은 幽側으로 드러섯다.

아구 더럽게도 모야드럿다. 등달닌 집이란 전혀 음식점이라해도 可하겟다. 元山집이니 咸興집이니 서울집이니 무슨 酒店 무슨 屋 다문토리집—하야 暫間세여도 한 100여집 된다. 窃盜군놈 모양으로 이리기웃

저리기웃 엿보닛가 집집마다 賣笑婦의 간드러진 우슴이다. 엇던 놈들을 잡아먹는지...이러고도 破産을 안이 당하랴. 내막을 좀ㅡ보아스면 조케스나 동모업고 또 돈업고 게다가 체면까지 부트니 그만 도라서고 마럿다.

9일이겟다. 未朋에 이러나 淸津全景을 보랴고 新岩洞 뒷 山(雙燕山麓인지 天馬山麓인지?)에 올나섯다. 全景이 다ㅡ보인다. 뒤로 雙燕, 天馬의 昇風然한 산맥 압흐로 茫茫大海 그리고 浦項洞, 停車場, 輸城平野, 멀니 羅南市까지 보인다. 爲先 淸津及羅南이란 參考書부터 끄내드럿다. 아ㅡ 淸津이 이럿쿠나. 엇젯든 좁다. 市街는 더ㅡ발전될 가망이 업다. 浦項一隅가 잇고 輸城平野를 連하야스니 장래가 엇덜넌지? 도대체 항구의 형체는 朝鮮의 諸港중 제일 못생겻다해도 可하다. 자ㅡ 여기서 淸津의 大體를 그려보자.(參考書에 의하야)

淸津은 엇던 곳인가. 爲先 위치 及 地勢로 보고 다음 과거 及 현재로 보고 교통 及 物貨로 볼 수 밧게 업다.

淸津은 咸鏡北道의 중앙 東海岸에 位한 (東經129度 42, 北緯41度 43,) 北鮮唯一의 開港場이다. 雙燕及天馬山脈이 해안을 둘너섯고 북으로 輸城平野를 連하야 海陸 共히 발달의 餘望이 만흔 곳이다. 그런데 과거로 보면 즉 日露役 당시까지도 100戶에 不及하든 一漁村이엿다. 좀 자세히 말하면 본래ㅡ鏡城郡에 속하얏든 地로 世宗31년에 富居縣이 되얏다가 후에 富寧郡에 속하얏든 地이다. 그러든 것이 明治40년에 城津理事廳 支廳所在地가 되얏고 仝年12월에 淸津理事廳으로 승격이 되야가지고 仝41년 4월 1일에 萬國通商貿易港으로 開港되야 仝43년에 淸津府로 휠적 뛰여섯다. 현재의 인구로 말하면 大正12년計가 朝鮮人이 1,866戶에 인구가 12,078人이고 일본인이 1,388戶에 인구가 5,509人이고 외국인이 93戶에 700餘人이라한다. 港灣은 灣口가 넓지 못해 그럿치 水深은 10尋이상은 잘되야 日露戰役時는 6,000噸 이상되는 배가 36隻이나 一時에 淀泊되얏다 한다. 그리고 不凍港이고 또 아직 완성은 못되야스나

工費250萬圓이나 드려서 方在築港中이닛가 竣工의 日은 母論 新面目을
띄일 것이다. 그리고 交通으로 말하면 海路로 城津 元山 釜山등 諸要港
을 것처 日本諸海岸과 연락되고 雄基를 것처 浦鹽港과 연락을 하니 海
運의 便은 말도말고 육상으로 말하면 淸會線이 잇고 이제 咸鏡線(大正
16년 개통)이 개통될 터이고 또 북으로 茂山과 통하는 兩江拓林鐵道(未
久開通)가 연락될 터이고 더 북으로 圖們鐵道 豆滿江을 건너서 天圖鐵
道와 연락하야 龍井 局子街天寶山等 間島諸都市와 통하고 아직 문제이
지만 吉會線이 개통되면 南滿一幅을 一日之內에 통할 터이니 교통은
더 말할 수 업는 즉 四通五達의 要塞이다. 여긔 따라 運輸의 便宜 商工
業등 산업의 발달은 不言司想이 되고 만다. 간단히 말하면 海陸物 內外
國物을 一時에 먹엇다 배텃다 하는 곳이다. 더구나 海에는 明太 鱈 鯨
鰆 鰕 海參 昆布등이 무진장으로 産出되고 陸에는 大豆 白太등 곡물이
多産되고 또 材木石炭이 多産되니 可謂商工業地의 首位라 하겟다. 그래
그런지 淸津貿易의 高가 元山을 능가한다 하니 그 통계가 大正11년만
輸移出이 4,058,000餘圓이고 輸移入이 7,604,000餘圓이라 한다.

　그까짓 우리에게 實업슨 이약이들 張遑해 쓸데가 업다. 雙燕山麓의
黎明에 北風을 무엇하야 이러구 저러구 淸津의 대세를 그리는 나부터
淸津이 발서 우리의 淸津이 안이로구나. 생각이 불일 듯 한다. 더-보고
도 십지 안코 더-말하고도 십지 안타. 敗家亡身한 옛 주인의 孤子가
밥박아지들고 남의 집 담넘겨 보는 것 갓다. 그러케 나부터 불상히 보
인다. 日本人 市街를 볼때에는 脈이 풀니며 長太息이 나올 뿐이고 朝鮮
人 市街를 볼때에는 하염업는 눈물만 수루루 나올 뿐이다.

　港口에 무수히 떠잇는 저-선박은 누구의 것이냐? 市街에 놉즛놉즛
한 저-銀行會社는 누구의 것이냐? 저건 누구의 것이며 이건 누구의 것
이냐? 아-한아도 업구나 한아도 업서! 우리의 것이란 한아 업구나!
잇다는 것이 新岩洞 또는 浦項洞 一隅에 반작반작하는 洋鐵집웅의 한
一字집 그것뿐이 朝鮮人의 것이라 한다. 그것도 基地도 건물도 제것대
로 가진 것이 멧집이 못된다한다. 拓殖에 殖産에 朝銀에 商銀에 鐵道에

郵船에 그 元線이 다 매여잇다한다. 한번 잡아다리면 말콤 끌녀갈 뿐이라 한다. 발서 끄을기 시작하야 더구나 震災담으네 밧삭 끄러당기여 발서 픽픽 잡빠지며 짓발피며 끄을녀 간 것이 其數不知라고 한다. 아! 처량한 앗츰이다. 氣가 막키고 맥이 풀닌다. 回館할 힘도 안이 생긴다. 주첨주첨 거름을 옴기니 天地山川이 「불상한 놈. 너갓치 貧弱者들은 죽어야 조타」하고 등덜미를 치는 것 갓다.

앗츰을 먹고 멧군데 방문을 하자다가 다시 淸津들닐 기회가 잇기에 바로 十里許되는 朴庸准君을 차저보고 咸北首府라는 羅南을 向하기로 하얏다.

軍閥中心의 羅南一圓으로

羅南을 가기에 몬저 朴君을 만내야겟다. 그는 前本社의 사원이엿든 君이요. 이번 咸北號에 多大한 依賴를 밧을 나의 10년 知友이다. 8시 10분 朱乙行車를 탓다. 爲先 淸津의 다음 驛 輸城부터 보아야겟다. 輸城은 전부터 北關의 名驛으로 남북교통의 대로이엿다. 지금은 滿鐵의 중요 驛인데 北으로 會寧 東으로 淸津 南으로 羅南(길게 말하면 元山 京城에 까지)에 至하는 3線分岐点이다. 한번 볼 필요가 잇다. 驛에 내리니 엑크 말발굽소리가 連해 들니운다. 軍閥地가 각가운가 보다. 本誌 讀者인 池華瑞씨부터 차젓다. 초면이나 구면갓티 반겨준다. 氏의 안내로 天道敎會를 찻고 私立普通學校에 들녀 교장 金淸錫씨로부터 학교의 상황 (10 餘年 前 창립 現학생 200餘名) 소년회장 申圭範씨로부터 소년회 상황(지난 7월 조직 회원 100餘名) 기타 청년회 及 부녀야학회의 상황을 듯고 다시 들닐 기회를 두고 池氏와 갓티 한 停車場 더 가 康德驛前 즉 鏡城龍鄕洞 朴君을 찻게 되얏다. 停車場을 향하든 길에 생전처음 甘藷국수를 먹어 본 것은 큰 기념거리이다. 그리고 이제부터는 그들의 음식 의복 가옥 언어 풍속에 耳目이 작구 간다. 엇던 때는 정신병자갓티 혼자 숙은 거리기도 하고 엇던 때는 도적놈 갓티 공연히 남의 집을 넘석넘석 엿보게도 된다. 부인네의 발벗고 단니는 것이 눈에 뛰운다. 「그랫소꼬마」「저랫소꼬마」의 사투리도 들니운다. 부엌과 連한 馬廄間도 보앗다. 바로 鼎廚겻해 개가 누은 것도 보인다. 집들은 전혀 겹집인데 모다 一字形이다. 의복은 검소한데 부인들은 모다 머리를 트러언젓다. 그리고 수건을 쓰지 안엇다. 집집의 놉다란 나무 통굴둑에 「庚申年 庚申月 庚申日 庚申時 姜太公造作 李太白 下馬處」의 句를 長書한 것이 보인다.

朴君의 집을 차젓다. 康德驛에서 5馬町밧게 안이된다. 路邊의 적은 草幕이다. 뜰에 柴木템이가 잇다. 놀한 암케가 콩콩 즈즈며 나온다. 池씨로부더 先通하니 맛츰 伯氏宅에 가고 안게시다한다. 落望이 될번 하다가 곳 온다는 말에 적이 위안이 된다. 이때 나는 좀─불쾌하얏다. 朴君은 毋論 君의 夫人도 내가 일즉 서울서 뵈인 일이 잇다. 남편의 親友 또 말하면 자기의 知面人 즉 春坡라는 고객이 千里遠程에 못처럼 차잣는데 방안에서 안이 계시다고 전달하고 마는 것은 퍽 섭섭하얏다. 朝鮮의 婦女들은 다─그러시닛가. 더구나 內外가 심한 咸鏡北道닛가 말하는 내가 실수이다. (이것은 특히 朴의 內外와 친분이 잇기에 한번 우스라고 쓴다. 다른 친구도 한번 참고하라고) 나는 밧게 서서 기다리기가 急하야 朴이 간 곳을 차저 갓다. 半里나 되는 곳을─맛츰 朴은 만내엿다. 헌 양복 웃저고리에 朝鮮바지를 입고 머리에는 아무것도 안쓰고 炭鑛事務員갓흔 똥똥한 것이 먼빗에 물끄럼히 보더니「아─春坡!」하고 달려든다. 그는 그동안 한다하는 나무군이되앗다. 감발하고 낫가라차고 山에 가서 火木70餘束을 비엿다한다. 손바닥이 울퉁불퉁 공기여 터젓다. 이날은 그 나무를 실어 가리고 牛車를 傳하노라고 伯氏宅에 왓든 터이라 한다.

아─고마운 친구 實務에 先着한 친구! 한번 더─ 힘잇는 악수를 주엇다. 隔阻의 情을 풀며 감으며 一步一話 二步二話로 朴의 집에 왓다. 친구의 부인의 지은 밥은 별로히 맛나게 다 배가 터지도록 먹엇다. 그러나 걱정은 夜具가 업다. 木枕조차 업다. 람프燈도 업다. 조막만한 石油

燈下에서 그래도 달콤하게 속은거렷다. 맛츰 龍城靑年會長 李永順씨가 차저와 자미나는 이약이를 들녀준다.

이곳에 彰義堂(1名兩王子碑)이란 유명한 古蹟이 잇다. 그는 즉 壬辰倭亂時에 宣祖의 兩王子(順和君 臨海君)及 四宰臣이 禍를 피하야 北에 入하얏다가 土賊(당시 會寧賊鞠世弼)의 害를 被하게 됨에 當地(現 彰義堂의 舊主人)士人朴唯一이 義로 曉喩하야 賊을 逐하고 兩王子를 自家로 모셔다가 3년이나 盡誠盡忠하다가 平亂後에 還宮케 하얏다는 곳이다. 지금것 兩王子碑文이 完在하나 右의 사실이기 몰한다. 日人은 稱하야 加藤淸正公石碑라고 그리고 道北院이 잇다. 그는 鏡城의 儒賢松巖 李載亨 龜岩 李元培등 八賢을 奉祀하는 곳이라 한다. 자─그럿타하고 羅南으로 옮겨가자.

10월 10일이다. 朴君의 집에서 자고 李永順宅에서 朝飯을 먹고 곳 羅南에 왓다. 停車場에서 生駒町이란 朝鮮人 市街를 오기난 꽤 멀다. 近 1里나 되는 것 갓다. 李春萬家에 숙소를 정하니 맛츰 佛敎의 李範大씨를 만내게 된다. 그는 京城으로부터 羅南等地에 온지 게오五月餘인데 발서 敎徒 400餘人을 어덧다 한다. 關北佛敎會란 간판까지 뚜려시 부치고 잇다. 爲先 본사와 인연이 잇는 咸樂書舘主 姜鶴秉씨를 차젓다. 來意를 告하고 안내를 請하니 氏는 반가히 마저 快히 應한다. 雜談除하고 爲先 市街의 外形부터 보자하고 그 중 놉흔 곳 저들의 神社잇는 곳을 올나섯다. 市街는 어지간하다. 전혀 日本人 市街 안이 軍閥의 市街이다. 1師團이나 배치한 곳이니 더─말할 것이 업다. 아무데 가든 그─心術구진 꼴은 一樣이다. 羅南 亦 朝鮮人의 羅南은 안이다. 生駒町 又는 美吉町 한구석에 쫓겨나는 形勢로 불상하게도 멧 百戶 모여 붓튼 것은 淸津以上의 불쾌를 感하게 된다. 그런데 羅南이란 엇던 곳인가. 간단히 말하면 道廳所在地 19師團所在地인 그 곳이다. 좀─자세히 말하면 羅南은 淸津의 南4里許 鏡城의 北1里許에 位한 3面丘陸의 摺鉢形의 咸北의 새로 된 한 都會로서 戶口 2,760餘戶 (朝鮮人 1,056戶 日本人 1,630戶 中國

人 78戶) 人口 11,300餘口(朝人 5,042, 日人 6,075, 中國人 83)를 둔 곳이다. 본래 이곳은 鏡城君 梧村面 羅南里로서 戶數 30에 未滿하든 농촌으로 日露戰役의 終局과 동시에 日本駐屯軍의 兵營池에 선정되자부터 逐次發達된 곳인데 大正八年 十九師團新設로써 한 계급 더 올나섯고 동구년도청이 옴겨옴에서 쏘 한층 쒸여 함북을 무릅아레 쌀고 안저「이놈들 꼼작마라 내가 어룬이다」하는 수위가 된 곳이다 속담에「네 며누리 가랑마라 내집에서 길녀낸 쌀이로다」하듯이 鏡城사람들은 비죽비죽 할만한 곳이다 그만 아라두자.

姜氏와 갓티 北鮮日日社를 차저 記者金基哲氏에게 來義를 通하야 조흔 案内를 求하고 다시 市街에나서 縱橫으로 求景을하고 道廳을차자가니 知事도 各部長도다 出張中이라한다 社會課에 들녀 道勢一覽及多少 參考書類를 엇어가지고 同路에 朝鮮人市場을 보앗다 市場에 婦女의 出場이 男人에 三四倍더함을 보니 果然듯든말과갓치 北關女子의 活動性만흠에 驚嘆하얏다 발은 全혀 맨발로 머리에는 手巾도 한아안이동이고 무명옷벼옷을 아무케나 잡아두루고 그리고 나무함박 벼자루를 이고 들고 왓다갓다 하는 것이 外面은 좀 醜雜한듯하나 生을 爲하야는 퍽조흔 일이라하겟다 點心을하고 羅赤嶺下의 石炭鑛을보고 旅館에오니 저녁이드러온다 저녁을 먹고 안젓노라니 金基哲 姜鶴秉諸氏가 차저준다 羅南의 朝鮮人團體를 무르니 會로는 羅一靑年會 우리 親睦會 少年會 勉勵靑年會 職工親睦會 婦女夜學會 醫藥講習會가 잇고 敎會로는 耶蘇 佛敎等敎會가 잇다한다 맛츰 龍城으로부터 前約이잇든 朴庸推君이왓다 耶蘇敎堂에 講演會가 잇다기에 傍聽을 가니 聽衆이 不過百名에 演士의 달은 무엇인지 頭緖를 몰으겟다 씨가안드러보인다 아마 講演演習인가보다

十月十一日이다 이날로 姜, 朴, 金諸兄의 案内로 市内의 某某諸氏를 찾고 이렁저렁 羅南求景에 奔走하얏다 北鮮日日社長洪鍾華氏를 자젓

다가 코쌔인 生覺을하면 至今도허리가시다 엇지면 氏의 交際術안이 社
會的常識이 그리도 世上과는 짠판으로 獨特히 놉핫는지? 그만하기에
社長이 되엿겟지만…… 부체밋구멍은 건드릴사록 삼거울이나온다고
洪氏의 밋혼 건듸릴사록………그만두자

羅南에도 機會가 쪼이스니 잠간멈을고 鏡城으로.

老鏡邑과 少朱乙에

十二日이다 朴君과 갓치 正午車로 鏡城邑을 向하얏다 羅南驛頭에서
金基哲氏가 준 會寧及間島一冊은 큰 參考品이엿다 羅赤嶺道隊를 버서
나 잠간내려다르니 바로 鏡城邑이다 松林이욱어진곳에 鄕校가 보인다
城박퀴가보인다 靖北祠가보인다 停車場에 내렷다 行具담으네 할수업
시 臺車를탓다 西門밧글가니 左傍쌔만거러노은 日本式建物한아가 보
인다 工事는 안이한다 무어냐무르니 그것이 鏡城靑年會館인데 上樑은
하야스나 財政難으로 工事가 不進中이라한다 西門을 드러셔자 左便으
로 一字形의 宏壯한 二層벽돌집이보인다 새로 落成된 高等普通學校라
한다 싀골하고는 쾌 偉觀이다 右便으로 살피니 新舊式官舍가 交在한데
公立農業 公立普校 蠶種製造等門牌가부터잇다 半空에 웃드기 홀로 소
는 南大門이보인다 面所도 郡廳도 보인다 압다웬 軍人이냐 만키도하다
불개암이 쩨것튼 것이 城上城下에 게엉키듯하얏다 말굽소리 칼소리 귀
가 搖亂하다 戰時갓다 알고보니 十九師團演習時라한다 郡廳뒤 黃淸頌
이란 집에 宿所를 定하니 그집도 軍人이와 글와글한다 求景兼點心兼
南門距里에나섯다 爲先南門樓에 올나 全景부터보앗다 城은 橢圓形이
다 東西北門樓는 업서저스나 城趾는 아직잇다 城內는 統잡아 二百戶未
滿인 아조 쓸쓸한 村과 갓다 西南通의 官公署를 除하고는 全혀 農家이
다 商店도 볼만한 것이업다 南門外가 比較的家屋도만코 좀 殷盛한듯하
나 퍼너즐-해보인다 道廳을 쌔앗긴 感이 今時곳난다 老衰의 氣味가
確實히 보인다 朴君은 自己鄕邑이라 모든 것을 잘안다 무럿다 쪼參考

書를 내드렷다

北으로 骨額이요 肉脚인 山이보인다 鏡城鎭山勝岩山이라한다 東脈에 鄕校가 잇고 南脈에는 靖北祠가잇다

靖北祠北道의 大恩人 高麗睿宗時十七萬大兵으로 女眞을 掃蕩한 大元師尹瓘(文肅公)兩先生을 奉祀하든곳이다 後에 李朝世宗十六年六鎭을 開拓한 咸吉道兵馬使金宗瑞(忠翼公)先生을 追祠하고 仁祖時李适의 亂을 平定한 吳珀(海成君)先生을 追享케 하야 咸北恩人四先生이 享祠 밧는곳으로 由來—人士의 白日場又는 養士處로 名하더니 至今은 東明義塾이란 學校로 되야잇다.

邑西南에는 南山城이 잇다 城趾는 업서저스나 城墟에 觀海寺가 잇다 海를 面한 高地의 妙利이라 遊樂에 適하다한다 그리고 南으로 海岸에 兀然히소슨 元師臺는 尹文肅公이 勝捷後回軍餉饋한 處라하야 文肅公 二十二世孫憲周가 觀察使로 來莅時에 立碑立閣하고 前面「元師臺」三字 와 後面「功蓋海東威振漠北千仞高臺萬古遺躅」이란 字를 刻하엿다한다

鏡城이 조키느조타 名勝古蹟이만흔 모양이다 元師臺서 海岸을 끼고 限一里을 나오면 獨津이란 浦口가잇서 魚物이 多産이라하며 그리고 生氣嶺炭鑛이 有名하고 朱乙溫泉이 關北第一이고 長白山左右의 森林이 無盡藏이요 漁郞面의 五湖三臺가 有名하고 雉塘園林檎이 맛좃타한다 그런데 暫間忘却이되얏다 이 南門은 何時人의 所築이냐?

鏡城의 沿革부터아러보자

이땅은 本來北沃沮의 地로 高句麗의 領地가 되얏다가 女眞의 據한 바되얏더니 高麗睿宗二年行營大元師尹瓘이 十七萬兵으로 女眞을 放逐함에서 高麗의 地가 되얏다 後에 暫間金, 元兩圍에 屬하다가 恭愍王時에 回復되얏스니 由來의 名稱은 亏籠耳 木郞古 雲龍堡 雉城이다가 李太祖七年에 鏡城이라 稱하고 定宗二年에 郡을 設하야 兵馬使를 置하얏다 其後世宗二十九年에 北方開拓의 實을 擧하니 當時咸吉道兵馬使金宗瑞가 鏡城의 城을 築하고 北道의 首府를 吉州로부터 移轉하얏다 仁祖十二年에 郡廳을 此에 移建하고 英祖四十三年에 兵使李圖賢이 四城門을 改

築하고 南門을 番星門이라하얏다 李太王八年에 半官을 改하야 郡守가
되얏더니 明治四十三年에 觀察府를 道廳이라하야 大正九年에 道廳은
그만 羅南으로 가고 至今은 鏡城郡으로 在하다 그런데 郡의 面積은 百
九十八方里남즛하고 行政區域은 七面四町百二十八洞이며 戶口는 一萬
五千六百七十二戶(朝鮮人一二, 五五八 日本人一 九五〇 外國人一七一)
人口는 總히 九萬七千三百九人(朝鮮人八九, 四八〇, 一三七 外人六九
一)이라한다 住民의 職業으로는 母論農業이 最多數요 商業이 其次요
漁業이 第三이다 其他는 雜業이니 別로 統計의 必要가 업고 産物로는
農業이 母論第一位니 耕地面積畓이 二千四百餘町步에 米의 收穫이 年
二萬一千石假量이고 田이 三萬四千九百餘町步에 麥이 三萬二千餘石 頭
類가 三萬三千餘石 雜穀이 十二萬一千餘石 蔬菜가 四百三十四萬三千餘
石이라한다 中에 特히 馬鈴薯만 年三百九十餘萬石이니 馬鈴薯國이라
해도 可하다

그리고 商品으로는 麻布가 第一이니 北布의 名價는 內外國을 通하야
(鏡城만은 안이지만) 兒童도아는바어니와 鏡城이 年産額이 十一萬三千
餘圓이라한다 그리고 陶滋器 瓦 煉瓦 金屬品 眞鍮器 草筵 車輪等이 多
産하는데 各히 年萬圓以上의 産額을 得하며 特히 淸酒가 二十萬圓 燒酒
가 二十萬以上의 高額을 得한다 그리고 이곳의 各産은 石炭이니 鑛區
가 五個所요 年採取高가 一萬九千八百餘噸이요 販賣額이 十萬二千餘圓
인바 石炭은 無盡이나 採取의 率이 未進中에 잇다한다 그리고 쏘名物
은 이곳의 林業이니 林野面積이 二十六萬七千餘町步에 造林本樹만 百
萬餘株라한다 그리고 쏘名物은 漁業이니 明太―하면 卽北魚라하면 귀
멍어리도 알듯키 鏡城近海에서 特히 만히난다 明太쓴이안이다 鯖, 鱈,
�65, 鰊等別雜고기가 數업시나니 年槪算額만 九十萬乃至百萬圓이라한
다 이만하면 鏡城은 天然의 富國이다 農商工이다―適當한 쌍이다 아직
도 人爲의 力이 不及하야 그럿치 天與의 品은 山山水水에 無盡藏으로
남아잇다 그리고 <u>宗敎는 日本人佛敎及神道를 除한外 耶蘇敎가 全郡에</u>
<u>限千餘名되고</u> 天道敎가 限三百名된다하나 不振이고 其他는 업다해도 可

하며 教育은 日本人中心이 五個所 朝鮮人中心이 八十三個所인데 中에
는 書堂이 七十一個所이다 그리고 各地에 靑年會가 잇고 靑年會의 中心
으로 講習會 嬌風會갓튼것이잇서 着着發展中에 잇다고한다.

　이만콤아라두자 點心이나먹고보자 南門밧글나섯다. 아이구 醜雜해
집집이 飮食店인데 店마다 肉庫로구나 검옷 무릇 붉웃한 猪肉 黃肉이
집집이 巨里方에 매여달엿는데 한참 可觀이다 深秋인대 蠅軍은 何其多
며 所謂 咸北名地에 食店은 何其醜雜고 水湖誌의 人肉庫 안이 人肉素饅
頭生覺이 벌칵난다 寧餓死연뎡 드리기고십지안타 그래도 좀 볼 必要가
잇다 方안으로 기여드러갓다 所謂鼎厨라는 곳에는 店母가안져 猪肉을
썰고 아궁압해는 기림대가 지질지질한 불록이군이잇다 往來行人이 番
가라부억으로들나날나한다 사투리마다 우슬내기에 腹臟이 動搖된 中
에 甘藷국수에 파리 生鮮이 그만 口逆을준다『에잉』하고 입맛을 다시
고나왓다 市街를 여볼곳이업다 旅舘에도라왓다 하도심심하야 쏘써나
城一周를 하얏다

　밤이다 尹秉球李雲赫金哲殷諸氏가차져와 鏡城이약이로써 들녀준다.

　十三日이다 早朝에 靑年會長李庸儀氏가차저준다 朝飯後李雲赫氏案
內로 郡廳 面所 鄕校 靖北祠를 두루 訪問하고 元師臺를 向하다가 日暮
의 嫌으로 後期를두고 日人經營의 雉城園에들녀 林檎먹기에 滋味를 붓
처섯다

　十四日이다 九時車로 朱乙溫을 向하얏다 車中에서 生氣嶺 石炭鑛을
보앗다 生氣嶺 道隊를나서니 발서 朱乙驛이보인다 下車卽時로 漢陽旅
舘에 들넛다 當地有志朴周亮氏를 차저 조흔 案內를 請해두고 金田溫泉
에서 沐浴을 하얏다

　저녁뒤이다 八鄕洞으로서 朴東健氏오고 羅南으로 金基哲氏오신다
夜景을 보앗다 市街는 近四百餘戶나 되는 新市街인데 半數가 飮食店갓
다 溫泉場이니 毋論遊樂地이다 트집잡을 것은 업다 市街는 井然하고

刷然하다 前面長車炳轍氏의 功勞라고 稱聲이만타 反面에 日鮮人間에
셔서 居間비슷한 노릇을한다고 惡聲도만타 自重해야 될 것을 付托한다

十五日이다 羅南金氏는가고 驛前에서 車炳轍孫政起(面長)氏와 相面
이되얏다 來意와 並조혼 周旋을 말하고 이여 朱乙溫泉을 徒步로 쩌낫다
朱乙溫泉은 朱乙驛에서 北으로 四里나 溯上하야 山谷間朱乙北岸에
잇다 自働車의 往來가 日二三回이다 가든길에 尹益善鄕家에서 (偶然
히) 果實몟個를 사들고 朱乙名所龍澤을 차저가먹든일은 平生의 記憶거
리다 龍澤이야말로 水石이 淸快하고도 寄壯하야 한번볼만한곳이다 보
면 쩌나고 십지안은곳이다
朱乙堡舊基를지나 山비탈을 끼고도라드니 樹林中에 洋鐵집이듬웃듬
웃보인다 이가 곳 溫泉이다 山明水麗 果然風景이 조타 仙境인 듯 俗界
는안이다 滿山紅葉은 正히 深秋를 告하는데 前川細鱗은 結氷을 두러워
한번더─쒼다
『야─물이 쐐쓰겁다 아이구여긔도 저긔도 웬 溫場이이러케만흐냐?』
『이골안은 全部라네 到處가 溫水라네 한湯두湯서너湯하고가세 그리고
鮮仙閣에서한참불니고가세』
이말은 이곳에온 사람은 內外人毋論하고 다─하겟다 우리도 햇다 그
러나 時間이엇지도 밥분지두湯은말고 牛湯만에 안이 나는옷을 벗다말
고 도라섯다 自働車時間담으네─(갈째는徒步올째는)關北의 代表的名
勝地를 나는 이러케 소경싀집단녀오듯하얏다 朱乙驛에와서 普通學校
面所其他某某處를 찾고 밤은 當地有志의 주는 情酒에 醉해 넘어젓다

十六日이다 朱乙驛에서 南으로 一里許에 名藥水가 發見되야 男女病
客이 日百餘名이라하기에 暫間가서보앗다 한번허허웃고 곳도라섯다
(別記)
午後는 朴周亮氏紹介로 市中店門에 各히 人事를 드리고 저녁 車로
鏡邑에다시왓다

十七日이다 元師臺를보고 獨津에 들녀 멧곳을 訪問하고 鏡邑, 羅南을 훌적것처 朴君의 집에서 一泊을하고 龍城面所에 人事하고 다시 輪城淸津에 暫間들녀 未盡事를 것우고 二十日은 富寧을 向하얏다

富寧을 것처 北國境都市를 보고

二十日이겟다 淸津서 午前七時車로 富寧을 向하얏다 輪城을 지나면서는 그냥 山谷으로드러간다 日人獵夫들의 산양 行裝이 퍽부럽게 보인다 山에가 짐승을 쏘거나 물에가 고기를 잡거나 自由自在이겟다. 그者들은……그런데 우리네는………氣가막키지. 『이것이 所謂富寧邑이란말가 可笑하지 村中에도 尤甚한 村일세 그래도 城趾는잇네 앗다 게다가 쏘 料理店 이건무언고? 郵便局 이건?警察署 저건?普通學校 쏘이건?郡廳 쏘저건?金融組合

그래도 이슬 것은 다잇다 郡廳부터차저보자』하야「郡守令監쎄面會요」하고 名啣을 通하니 드러오라한다 來意를 通하고 郡의 槪況을무르니 山邑이요 小邑이요 古蹟도 名勝도다ー업고 그저 그저ー하고만다 郡勢一覽을한아빌니라하니 아직 못되얏다고 되면은하나 붓처들이겟노라고 그리고 住所를 分明히쓰고 注意表까지해놋나보더니 이 原稿쓰기까지 消息이업다

大體로말하면 富寧에눌니우고 南으로 淸津, 鏡城에 쎄앗기게 되닛가 發達의 餘望이업다 淸會線中央驛이라하나 써러질 것은 石炭재밧게업슬 것이다 그래서 商店이란 煙草商 酒商四五個所가 잇슬쑨이다 山에가 나무하고 火田에 밧가라 냇물기러 甘藷나 조밥일망정 배불니먹고 帝力何有於我哉만불으면 아조 便한 쌍이다 그러나 저ー海岸富居面等地에는 漁業도 相當하고 人文도 進步되야 他郡面에 後할것이업다한다 古蹟으로말하면 女眞古塚이만하 奇貨恠物을 隨時發掘하며 海中中臺갓혼 것은 東海岸名勝으로 甲에 居한다한다 그리고 淸會線을 中心잡아 口露戰蹟이이스나 可考의 値가업고 兄弟巖이 奇勝하나 一個岩石이요

346

邑附近에 溫泉이잇스나 亦不景況이라한다

이곳도 特히 麻布産地로 有名하고 馬鈴薯 大豆가 多産하야 民間生活에는 큰 保障이라한다

郡廳에서나와 普通學校를보고 城趾에 올나 全景을보고 下午一時車로 會寧行을 作하려하얏더니 一時車에 金基哲君이 羅南으로와내린다 반가워라고 握手하야 二三時間더-놀다가 六時車로 三人이 同行會寧이엿다 有名한 茂山嶺을 期於히 보랴하얏더니 밤이라 그만소경노름에 부치고 마럿다

八時三十分에 會寧驛에왓다 富寧을보아그런지 제법 都會갓다 停車場도 큼짓하고 電氣가 煇煌하고 行客아 首尾를 連한 것이 名不虛傳의 北國境都會이다 그러나 夜間暫見으로 미리 말할 수는 업다

驛前大路로 쑥드리가 鷲城旅館에 자리를 잡고 안즈니 엇더케 아섯는지 崔冕載許鍾國諸氏가차저준다. 猛風이 大作한다 王雨가 툭탁내린다 窓이 덜녕거린다 北方威勢를 단단히 배푼다『치워』소리가나오기 시작한다 困氣를 엿본 손님들은 明日再見으로도라간다

二十一日아츰이다 全景을 보려고 金朴과가티 鷲山에 올나섯다 日氣가어지간이 맵다 長方形의 市街가 쾌넓다 집들도 큼즛하다 뒤로 丘陵을 지고 압흐로 平野를 노앗다 北國境都會의 價値가 잇다

豆滿江 아-落心이다 듯든바와다르다『저것이 豆滿江이야 거짓말 豆滿江은 싸로잇겟지 豆滿江이어대 그리적을나고 안이야 안이』

아무리 안이다하니 事實이 豆滿江인대 엇지할고 少用이다 그-長은 幾百里라하나 넓이 쏘 水深은 小川에 不過하다 그럿타하고

會寧의 大體를 말해보자

會寧은 自古로 北國境의 都會로서 地理上歷史上名聲이 만혼곳이다 豆滿江(一名圖們江)을 벼개하야 바로 越便은 中國이요 東西南으로 三千里鄕土가 비단가리 노혀잇다

本來-이쌍은 簡單히 말하면 肅愼及北沃沮의 地엿다가 高句麗의 領

347

域이되얏고 다시 女眞의 所據가 되얏더다 高麗에 至하야 尹瓘이 功으로 高麗領이 되얏다가 또다시 金의 一族東眞國이되얏다가 맛침내 李太祖에 至하야 朝鮮의 쌍이 되얏다 이만하면 大槪이 系統은 될슷하다 追間의 累累變遷이야 可考한들 所用이 무엇이랴

李朝에 至하야도 累次女眞의 侵掠을 受하다가 世宗時金宗瑞六鎭開拓의 後 南方民의 多數移居함에서 비로소 整頓된 朝鮮族의 部落地가 된 것이다. 그러나 아직도 蕃族來襲의 慮가 有하야 金宗瑞는 石城을 築하야 會寧을 鎭으로 하고 다시 穩城訓戎에 至하기까지 二百三十鮮里의 城을 築하얏다

그리하야 會寧鎭은 世祖午年에 府로 昇格되야 都護府使를 置하고 從來鎭民은 邑民이되야 北方의 行勢地가 되얏다 李太王二十八年에 府를 郡으로 改하야 今에 至하얏다

會寧은 이와갓치 만흔 沿革을 가젓다 現在으 行政區域은 八面四十三洞으로 戶口五千五百餘戶(朝人四,七二八 日人八〇一 外人六九)人口三萬一千餘名(朝人三〇, 九二四 日人二,六一一 外人四三一)이라한다 그리고 會寧의 總面積은 八十一方里남짓하다

住民의 職業은 亦農商工이 順次이다

農業으로 말하면 耕地面積이 約一萬四百餘町步인데 其內에 田이 一萬三百九十餘町步이고 畓이게오 四十餘町步에 不過한다 主産物은 粟 大豆 大麥 蔬菜 燕麥玉, 蜀等이고 馬鈴薯大麻等이 亦多産하는데 粟 二萬一千餘石 大豆가 一萬二千餘石 大麥이 九千餘石 馬鈴薯가 二十六萬三千餘石이라한다

商業은 엇더냐 國境都會라 古來-中國과 貿易上大市場이 되얏든곳으로 近日은 淸會線 圖門鐵道 또天圖鐵道가잇다 장차 兩江拓林鐵道 北鮮興業鐵道가 開通되면 鐵路만 東西南北으로 縱橫할곳이니 長足大進步의 地이다 더구나 뒤로 吉林 龍井 局子街 琿春等의 都市가잇고 압흐로 朝鮮全幅을 一貫한 곳이라 如干商事에 눈쓴者는 저마다 침을 생키게 되얏다 그래그런지 年取引高가 一千萬圓以上인데 間島貿易만 五百

五十萬餘圓이라한다 이제 그-輪移出의 大槪를 보면 大正十一年度만 輸出이 三十三萬七千餘圓 輸入이 八十二萬六千餘圓이고 通過利出이 八十九萬三千餘圓 通過運送만 一百三十三萬五千餘圓이라한다

工業品은 主로 麻布 陶磁器 杞柳製品 蘆筵木皮蓆等인데 麻布의 年産額이 三萬一千八百餘圓이고 陶磁器가 五千五百餘圓 蘆筵이 二千餘圓이라한다

林業으로말하면 要存林面積이 六萬六千九百餘町步인데 紅松이 六十七萬 杉松이 五千七百四十餘萬 落葉松이 九千 闊葉雜木이 八千七百八十尺締라한다 그리고 當地에서 製林又는 原木대로 賣出高가 年一百五十萬圓에 達한다하니 正히 林業國이라

鑛業은 石炭이 亦首位인데 五十五區三萬三千餘坪이고 鐵鑛이 一區인데 五萬二千餘坪이고 其他 金, 銀, 黑鉛, 高嶺土鑛도잇스나 財界의 不振으로 모다 採取는 못하고 그대로 保管해둔다한다

넘우 支離하다 敎育及宗敎狀況이나아라보고 罷하자 敎育은 不振中에 잇다 工商이 一 公普가 二 私立學校가 十個所이다 宗敎도 亦不況인데 日人佛敎를 除한 外 朝鮮人佛敎徒가 六百名 耶蘇敎徒가 四百餘名이라한다.

市街求景을 써낫다 靑年會館이 보인다 新築인데 完成은 못되얏다 多大한 誠力을 드렷다 五六百名收容될만한 好材木의 朝鮮式瓦家이다 求景의 路次하다 家屋도 굴즛굴즛하고 店의 內部도 무엇이 잇는 듯이 보인다 北鮮의 第一 씨잇는 都市가사다 郡廳을 차젓다 普通學校를 차젓다

저녁을 먹고 잇노라니 巡査들이 問安을 드린다 好意惡意는 姑捨하고 반가움다 夜景을 보려고 써나섯다 金君의 計에 싈녀 花界의 內幕을 보앗다 分明히 朝鮮女子인데 全혀 日服을햇다 그래야 內外손을 兩通한다고

二十二日도 會寧에서 지웟다 永井君을 차차 會寧及間島이약이를 들엇다 回路에 會寧冷麵을 맛보앗다 그럴듯하다

二十三日은 써낫다 朴君은 鏡城으로 나는저-越便龍井으로 서로 손을 논히엿다 金君은 어적세 羅南으로갓다(古蹟에 對하야는 後期를둔다)

新朝鮮을 感하며 龍井市까지

會寧에서 圖們鐵道를타고 鍾城으로가는 길이것다 여기까지와서 저 -間島의 名都市 龍井을 안이볼수업다 더구나 新朝鮮의 朝鮮人中心의 新都會라하니 그냥 슬적지나자기는 北方行兒의 敢히 못할일이다 本社가 間島號를 짜로하기로 經營中이라 本來豫定地는 안이다마는 私欲으로라도 一二日橫領치안을수업다 그러자 不計하고 江을건너보자

十月二十三日이다 大風이 起한다 午前八時三十分 上三峯行을타기로 하고 停車場에나갓다 맛츰 鏡城靑年會長李庸儀氏를 驛前에서 만내엿다 龍井까지 同行이되게되엿다 間島도 移徒가는 褓싸리들이드 든드믄 보인다 車는 輕鐵이다 방울당나귀탄것갓다 來內豆滿江邊山비탈로 돌랑돌랑내려간다 큰물이나 나면 車가 배로 化할듯하다 對岸에서는 樹木이란볼수가업다 개가 죽벗기듯이 대가리로 발꿈치까지 쑥뱃게노앗다 龍井人趙陽澤氏와 人事를 請하고 左右岸의 이약이거리를 무럿다 巡査들이 番가라 車中問安을 드린다

十二時江岸에서 내렷다 滿風이 날나와 쌤을 후려갈긴다 익크 至毒하구려 外套를 뒤집어써라 보료를 잡아둘너라 모다야단이다 巡査들은 行客檢査에 야단이다 너벅船을 타고 江을 건넛다 外國에 왓다 안이 新朝鮮에왓다 엇던 中國店에서 饅頭한그릇을 먹고이여 停車場으로 向햇다 이 停車場은 새로 龍井까지 開通된 天圖鐵道(日中協辨會社의 天寶山至 開山屯까지의 輕鐵)의 圖們江終點驛이다 새로 開國人인데 監督인지 副驛長인지 日本人一二名이석겨잇다 平生첫 榮光이라듯이 中國驛員들의 것둑거리는 꼴이야 우슴이왈칵난다 더구나 車掌의 이리줍쌧 저리줍쌧 行客에게 그 壯한 威勢를 자랑하는 즛이야 말로한참 可觀이다

開山屯서 龍井싸지의 車費가 一圓七十五錢(銀價의 高低로 隨時變動)이다 下午一時車를 탓다 간다 左右를 番가라살피자 야ー全혀 朝鮮人村이로구나 村落도 三四十戶의 大村落 그리고 一里二里 方方谷谷에 團中이 連絡되얏다 그리고 村落마다 學校이다 맛츰ー開山屯人全泰英氏와 相面이되야 間島事情을 듯게되얏다 間島移住의 朝鮮人은 凡三十萬乃至四十萬假量인데 龍井을 中心잡아 四方四五百里에 全혀朝鮮人部落이라한다 그리고 部落마다 學校가잇는데 龍井以南만 三百六十餘敎라한다 生活은 地廣土沃하야 夏節二三個月勞作으로 一年이 泰平이라한다 日中兩國의 勢圈內에 介在하야 無數壓迫이 잇스리라고하닛가 그러치안타고한다 中國官廳도 슬적슬적 日本官廳도 別無쏙쏙 兩國이 서로 爭權或讓權에서 朝鮮人쏀泰平無事라한다

車는 來來丘陵을 回上回下한다 쏭아리가티 지난 線路를 다시 回上한다 한 奇觀이다 山도안이오 들도안인 울둑불둑한 丘陵은 全혀 耕地요 쏘村落이다

아ー新朝鮮! 本來朝鮮의 舊地라고 우리가늘ー主張하든바이어니와 果然ー이제야 回復하얏다 統한個 칼한자루안이가지고 自然ーーー엇지도반가운지 날뛰고십다.

或은 말하기를 自己의 故土를 異民族에게 쌔앗기고 할수할수업서 男負女戴하야 피눈물을 쑤리며 豆滿江을 건너선 生의 落後者인 불상한 朝鮮民이라한다 그것이 事實은 事實이나 이곳에 이와가튼 쌍이 업섯고 잇다해도 우리가 先占치못하얏다하고보면 쏘얼마나 한 境遇에 잇겟느냐를 生覺하면 이 쏘한 不幸中大幸이안이랴 나는 이러케 生覺키운다 그런데 밀니기 始作하면 작구밀니게되나니 이곳에서 쏘밀려날가? 그것이 발서부터 念慮가 생긴다 政治上 經濟上 아모 勢力이업는 우리들에게 그 쌍이엇지 永遠한 朝鮮人의 쌍임을 保障하겟느냐달이다.

이런 生覺이 날사록 쏘한 兄弟를 爲하야 한줄기 눈물이 좌르르 흐른다 아 兄弟야 永遠히 兄弟의 福地를 만들 能力이잇느냐 만들겟다는 무슨 단단한 決心이 잇느냐……

여섯時에야 龍井에 내렷다(以下畧)

龍井時記도잇고 朝鮮同胞의 近年事情中獨立軍의 記事도 잇고 또大正九年彼들의 間道討伐에 對한 말못할 慘狀記도잇고 龍井市南三里許의 十九義士塚이약이도잇고 張德俊君이약이도잇스나 이다음 間道號에 넘기고 만다

鍾城, 慶源을보고 琿春彼地에

新朝鮮의 文化中心地大龍井(東興, 大成等四五百名乃至千餘名收容의 中學校만 四個所)을 소경시집단녀오듯이 無住着하게 보고 十月二十七日은 다시 天圖鐵道로 圖們線으로 國境六鎭의 一되든 鍾城에왓다 東一旅館에 宿所를 定하고 當地의 公醫車德奎氏부터차젓다 來意를 말하나 氏는 발서 苦待中이엿다고 親切히 握手해준다 氏에게 郡勢一覽을 어더들고 또民와 同伴하야 市街求景을하얏다 受降褸한 三層褸閣이 市의 中央에 놉피소삿다 褸前의 西門通은 整然한 商店街이다 商民有志金履澤氏도 만내엿다 두분이 주시는 情酒에 얼건하게 醉해가지고 豆滿江邊에 逍遙하얏다 古間道를 보앗다 朝鮮中國間의 界爭地이다가 勢力上彼의 領이라한다 同胞越江談庚寅治髮談으로써 들녀준다(다음 間道號에)

저녁을 먹엇다 刑事들이차저준다 車金兩兄도차저준다 市內有志及郡守面長은 서울 共進會 또는 羅南品評會에가서 市中이비인듯하다고 訪問할곳이업다고한다 그러면 鍾城의 過去現在나 아라보자—하고 郡勢一覽을 펴놋코 보고 또무럿다

鍾城도 會寧과 비슷한 沿革을 가젓다 高句麗의 舊地로서 女眞의 所據가되얏다가 尹瓘의 功 金宗瑞의 六鎭開拓에서 鍾城鎭이되야 今에 郡이 되얏다

郡의 面積은 七十二方里남즛한데 六面三十一洞으로 分하야 戶數四千三百八十一戶 人口二萬五千六百十六人을 둔 고을이다

敎育으로는 普通學校二 私立學校八 書堂二十九個所이고 宗敎는 基

督敎人四五十名外에는 업다

産業으로는 쪼한 農業이 主인데 耕地面積一萬二千餘町步에 畓은 게오 三百六十餘町步밧게 안된다 그리하야 米의 收穫이 年千餘石 麥이 六千餘石 豆類가 二萬二千餘石 雜穀四萬四千石 蔬菜가 五十一萬二千餘石이라한다 特히 甘藷가 二十萬石以上이라하니 果然─듯든말과가튼 北方甘藷國이다 그리고 商品으로도 別것이업다 이곳 쪼한 麻布가 代表的作物이고 特히 硯石이 多出하니 鍾城硯石─하면 全道에 有名한 것이다 그리고 이 고을에도 石炭이만흐니 鑛區가 三十七個所나된다한다 鍾城名物에 쪼한가지는 牛─그것이다

古蹟은 무엇이냐 鍾關面山城洞에 童巾山城이잇스니 約七百年前에 童巾이란 女眞族이 築한것이요 邑中에 受降樓가이스니 傳說이 太多하야 可考키 難하다 或은 尹瓘이 女眞을 降伏밧은 紀念樓라하며 或은 邑形局이 航舟形이라 돗(棹)대를 意味하야 邑中央에 놉히 三層樓를 세웟다하며 日本人은 加藤淸正駐屯紀念樓라고한다 그리고 鍾城의 名地로는 上三峯을 안이말할수업스니 圖們鐵道와 天圖鐵道가 連絡하는 豆滿江要塞地로 對岸貿易의 咽喉이다 天寶山 龍井 局子街等間道의 物貨는 다─上三峯을 것처서야 朝鮮各地及日本에까지 分排가된다 鍾城邑以上의 發展地이다

밤은 깁허간다 손님들은 간다 알엣방에는 有何美人인지 情답게도 속살거린다 쌔요렁소리도난다 望鄕曲인지 離別曲인지 가느름한 노래까지들니운다 國境一夜 風窓寒燈下의 靑年孤客의 心思는 속절업시 다─녹아버린다

翌日黎明에 孤步를 더듬어 城一周를하다가 六賢閣을보앗다 當地先儒朱鎭福蔡弘勉朱若祖吳命鼇朴長漢金文軾六先生을　追享하는곳이다 그들로 因하야 鍾城의 舊文化는 大進하얏다고

日字는 急하고 갈길은 멀고만흐니 엇지하랴 가자 未盡이만흐나엇지하랴 가자

二十九日은 自働車의 손이되야 有名한 雲霧嶺을 넘어 慶源에왔다 穩城行을할가말가 퍽도 躊躇한 것은 至今에도 큰 遺恨이다 雲霧嶺을 넘어서자 數百町步의 土城을 보앗다 古蹟인가 疑心하얏더니 日本陸軍 軍馬補充府의 養馬場이라한다 慶興寬谷洞에 本府를두고 慶興 慶源數千數百町步의 大土城을 作하야 年四五百七八百頭의 軍馬를 養하는데 張次大擴張을한다고한다 이곳은 軍馬의 領地가되고마럿다

慶源은 豆滿江에서 約一里半이나들어와 雲霧嶺下小丘下에 長方形으로된고을이다 邑에 드는 첫길로 郡廳及警署를차저 來意를말하고 築內를 請해스나 別로 반기는이자업다 다행이 郡書記(元山人)徐成材氏를 만나서 孤寂을 免햇다

慶源도 六鎭의 一이라 會寧 鍾城과 大同小異하다 高句麗의 領地로 孔州 匡州의 稱이잇다가 女眞所據가되얏고 尹瓘女眞驅逐에 依하야 公嶮鎭防禦所가되얏더니 李朝太祖七年에 李朝先朝所居之地라하야 昇하야 府가되얏다가 光武元年에 郡이되얏다

郡의 面積은 五十方里남즛한데 六面六十一個洞으로 分하야 戶數三千七百 人口二萬四千을두엇다

住民의 職業은 全혀 農業인데 全郡一年所得이 豆太가 一萬三千餘石 雜穀이 四萬三千餘石이라한다 아직도 未墾地가만타 南鮮民이 土地업는걱정을 이곳에서는 웃고잇다 짱도薄地가안이라 沃土라한다 이곳의 産物도 亦麻布가 名하고 石炭이 名하고 牛馬六畜이 名하다 咸北은 到處가 石炭이요 麻布이것다 「당신네고을의 名産이 무엇이요」하면 如出一口로 大豆외다 麻布외다 石炭이외다 材木이외다 이것이것다 그리고 現在의 名物로는 巡査가 한目든다고한다

慶源에는 龍堂이란 名古蹟이잇다 李朝先朝穆祖가 全州로부터 私禍를 避하야 三陟, 德源을 經하야 願從者七十餘名을 率하고 慶源龍堂(豆滿江邊)에 至하야 所居를 定하고 弓馬를 習하며 異術을 學하든 곳이다 李朝五百十九年에 龍堂이란 閣을 建하고 聖蹟紀念碑를 立하야 世代享祀하는 곳이다 그리고 珥島洞(豆滿江中)에 淸韓定界碑(上中下三碑)가

잇다 西北經路使魚允仲이 光緒九年癸未에 立한 것이다(碑文別頁)定界
를 하나마나 쓸데업는 作亂들이엿다 碑一個로엇지 彼我域을 定하야 人
間의 自由進展을 禦하겟느냐말이다.

慶源求景도이만하고 여기까지와스니 東滿洲의 名所 琿春求景이나
暫間하자 一日만 橫領하자하야 旅館主人禹鎭洪氏와가티 徒步로 江渡
하야 琿春彼域에 들어섯다(間道號대문에 略한다)

豆滿江岸을 踏下하야 雄基港까지

十月의 마즈막날이다 琿春으로부터 또다시 徒步로 豆滿江을건넛다
江邊에서 禹氏와도 作別하얏다 이제야말로 關雲長의 力을 빌밧게업다
國境險路豆滿江三百里를 單身隻影으로 徒步踏下할밧게업다 탈내야 탈
것도업고 잇다해도 길이 險하니 더-困難이겟다 旅行家의 本領도직케
하겟다 草鞋나 麻鞋나 그것도업다 구즈로 三百里를 씻둑거려야되겟다
아구발이야-日色이저물어진다 江邊에는 黃犢이 長嘶한다 山麓에는
生雉가 亂飛한다 村家의 炊煙은 발서 雲化가되고마럿다 行人도업스니
問路도어럽다 아-遠方孤客이 발압푸고베주린데 日暮路亦遠하고 無人
間亦難하니 엇지할고 어머니 生覺도나고 親舊의 生覺도나고 개가한아
서잇도조켓다는 生覺이난다.

> 날저므는 豆滿江가에
> 홀을노허덕이는이내 春坡야
> 社命도 重커니와 몸도 重하니
> 아무데나들녀서자고가거라
>
> 자고갈줄이야 누가모르랴
> 行色이다르다 손을허위며
> 房이업다고 門부터닷으니

寒屯을할밧게 數가업노라

구쯰를 버서들엇다 어득컴컴한 農村小路로 줄곳헐덕여 내려다럿다
大路가낫타난다 길역에 人家-잇서붙이반작어린다 기웃기웃살펴보니
「旅人宿」三字가 分明히보인다 조와라고 숨을휠내여쉬엇다 「게심닛가」
할가 「겝신둥」할가 에라 本色대로하자 「게심닛가」하고 소리를 백질넛
다 「거-누구드러옵세」라고 부엌에서말이나온다 웃방문을 덜걱거리며
「에헴」소리만치닛가 「이리들어옵세 그방문걸녓든둥」한다 主人의 말대
로 부엌으로드러서니 鼎廚우에모야안저 저녁밥이한참이다 그들은 눈
이 쫑글해진다 이게 獨立軍이나안인가 巡査나으리나안인가하야 注目
을단단히한다 나는나의 本色을 露骨示하야 그들의 疑心을 탁풀어주엇
다 人情다른곳업다고 알고보면 一般이것다 싀쟝하실터이니 아무러커
나좀-먹고보라고 自己들먹든 床에 닥아붓트라한다 그래라고 닥아붓
터 李道令式으로 한참퍼먹으니 엇겟든조타.

이집은 慶源郡安農面承良里李文根집이다 하로밤 큰 身勢를 지고 翌
日未明에 쏘써낫다

江비탈로가면 길은 險하나 直路이요 大路로가면 一二里도러간다한
다 에라내 行色에 이것저것가리겟늬 비탈로가자-하고 구즈를버서들
고 行李를 둘러메고 써낫다 조곰가다가 江邊兀然한 山上에 올라 名所
龍堂(碑文略)을보고 이제부터 江비탈에 기여돌아 獨立黨에게 酷害를밧
은 彼-新乾原에를왓다 駐在所압흘지내노라니 나으리님이들어오라고
한다 그러라고 쑥들어가 本色을말하니 그러시냐고 惶恐未安한 듯이 茶
菓로써 勸해준다 조와타고 한참집어생키고 쏘써낫다 쏘十里長비탈을
기여도랏다 外套를가로메고 막대를 끌고 山비탈로도는 것이 내가호아
도 할수업는 개장사 안이너구리장사갓다 바위우에올나 江속에 빗치인
나의 影子를보고 하하우섯다 非春坡면 不能이란 生覺이난다 안인게안
이라 다른 親舊는 生心도 못하리라

新阿山에왔다 警察署 郵便局---다-잇다 江邊하고는 쐐繁盛한곳이

356

다 人家도 近四百餘戶이다 點心을 먹노라니 어느겨를에 냄새를 맛텃는
지 발서 刑事가온다 그들을 「개」라고 別名지은 것은 참용하겟다 냄새
맛기로는 파리 以上이것다 파리 二字를 加하야 개파리라고해스면 더
近似할듯하다

이제부터는 三等路이다 쏘가자 발서 慶興境內에들어섯다 上下面三
峯洞金棟僖집에서 하로밤등을부첫다 主母가깨긋하고 밧 主人이 親切
하다 밤에 洞里사람들이모야와서 범잡든이약이를 한참하다가간다 구
수—한 것이 수수단지썩한밥먹은것보다낫다 무서운 쑴이쑤여질가봐
念慮이다 이곳양반들도 全혀 고무신이다 朝鮮신이라고는 보고죽을내
야업다 그리고 긴—通저고리에 상투잇는새 防寒帽를 쓰고단인다

여긔서 雄基가 九里라한다 일즉써나 盡日헐덕어려야 雄基까지가겟
다「가자 어서」하야 泰嶺을 넘고 長谷을지내여 靑鶴洞에나서니 雄基서
慶興邑(이제는 舊邑)까지 通하는 一等路이다 시원하다 四十里만가면
雄基라한다 雄基嶺(一名西戌嶺)을넘엇다 左右에 웃둑웃둑놉흔 山을 靑
鶴山白鶴山이라한다 雄基港에왓다

吳基安家에 宿所를 定하고 東亞分局을차자 柳宗學氏를보고 坐讀者
崔德煥氏를차젓다 一面如舊로 親切한 周旋을준다 公園에 올나 全景을
보니 灣口가좁은듯하나 매우 얌전이 생겻다 길죽하게된 市街가 얼핏보
아도 千戶以上은 되야보인다 慶興郡廳이 이곳으로 移轉됨에 싸라 將來
의 發展은 不言可想이라 郡廳及民間有志를 차저보고 面長집에들넛다
가 잔채 飮食을 맛잇게어더먹은 것은 紀念거리이다

雄基—안이 慶興은 本來—萬戶를 置하든곳으로 孔城縣이되얏더니
世祖十九年에 穆祖 肇慶地라하야 郡으로 소二十五年에 昇하야 都護府
가되얏다가 다시 郡으로 쏘다시 府로멧번 昇下하다가 卽治四十三年에
郡이되엇다 朝鮮의 極東豆滿江邊에 位하야 面積 三萬二千餘町步에 人
口三萬四千餘名을둔 고을이다 住民의 職業은 農業漁業이 主인데 農産
物로는 亦大豆 大麥 粟 稷이 多産되고 漁物로는 明太 鱈 鯖 鰊 鰈 海鼠
鯨 等인데 一年總價額이 九十萬乃至百萬圓에 至한다.

慶興도 亦未墾地가만흐나 朝鮮人은 꿈도못쮜고 日本人들이 率先하 야 貸付를 맛허 農場을 발서두엇다한다 石炭이 亦多出되나 그도 日本 人의 經營이다 朝鮮人이란 由來의 耕作地그것에서 耕하야 食하고 作하 야 依하면서 世上如何를 不知에 付하는 모양이다

文化調査고 무엇이고 惰力이 생긴다 朝鮮人의 것이야 어대잇서야지 敎育으로는 公普三個所 宗敎로는 基督敎幾百名 産業으로는 農業外에 ―그리고 慶興이니 雄基니 西水羅니 그런 要地는 全혀 日本人中心일쑨 이다 붓대를던지고 말고십다 쓰기가실타 억지로개운죽먹듯할 必要는 업다

慶興에는 赤池니 赤島니 李朝先朝를 中心한 名勝古蹟이잇다하나 썩 어진 亡靈가튼 古事들 다시둘 必要가업다 그러나 써놋코한번우서보자

赤池는 慶興古邑에서 約半里許에잇다한다 李太祖의 祖 度王이 慶興 望德山下에 居하더니 一夜는 夢에 神翁이 現하야 曰 我乃南池의 龍이러 니 客龍(黑龍)이 侵我하야 連日相爭하되 勝負를 未決이니 公이 弓矢로 써 客龍을 除禦하면 後에 重報하리라하고 因忽不見이라 度王이 夢事에 依하야 池邊에 往見則果是二龍이 相爭에 其勢大亂한지라 弓을 張하야 矢를 放하려하니 何是主何是客을 未分하야 止射徒還이러니 再夢에 神 翁이 又訴하되 黑은 客이요 白은 我이니 黑만 正酷하라하는지라 夢事 대로 又往見則 亦黑白二龍이 相爭하는지라 黑을 向하야 矢를 放하니 正中된지라 黑龍이 大聲一放 에 敗走東海去라하얏다 黑龍敗走의 迹이 今尚完在하니 赤池로豆滿江까지 九十九個曲線이잇고 黑龍의 赤血로 今尚 池邊의 砂石이 赤色이라한다 그리고 赤島는 西水難海中에 在하니 李太祖曾祖翼王이 本來豆滿江越便幹東이란 地方에 世居하야 女眞長諸 千戶와 相交하다가 諸千戶翼王을 忌하야 害코저할새 神人의 指示로 赤 島에 避命하얏다는곳이다

碑文이잇스니 曰 李太祖曾祖翼王居慶興翼王幹東時安眞酋長諸千戶 招請王往來宴飮部下皆敬慕王諸厭忌謀殺王諸伴言曰吾出高漠願狩獵二 十日後相見諸過期不返王怪之奚鬧城問行道上一老嫗水盆戴來 王渴甚呼

一盃水嫗洗椀給水曰　公知千戸行所否　王曰不知嫗盡說千戸謀害王事實
王急去家衆載船沼流赤島住孫妃共乘馬行慶興後峴望見則幹東賊勢振　駑
走赤島對岸亦無孤舟莫知所向賊是後襲慞忙舞間　水忽退因前進入赤島救
命………云

崔柳兩氏의 周到한 案內로 雄基의 二日을 지나고 十一月五日正午에
新高丸으로 回路에 登하얏다.

　　　　慶興貿易高(大正十一年) = (…중략…)

가자--이러케 휙휙 다라나게 되얏다 龍鄉서 朴庸淮 君을 쏘 만내엿
다 明川 吉州 城津까지 同苦同樂하기로 쏘 作定이 되얏다 羅南에 들녀
金基哲 君의 그─ 알들살들한 살림 속에 하로 저녁을 지내며 君의 어린
누 동생의 天眞스런 보드란 손으로 지어주는 아츰저녁을 달게 먹으며
서로 속살거리든 生覺을 하면 平生 잇지 못할 記念거리이다

漁郎에 왓다 水南이란 곳이다 漁郎川을 左右하야 水北水南의 稱이
잇다 山明水麗─ 鏡城의 勝名이다 咸鏡線의 水北停車場이 될 곳이다
咸北의 模範青年會라는 東一青年會가 잇다 會館도 새로 宏大히 建築하
얏다 全혀 會員들의 쌈의 結晶이라한다 아직도 會員 諸氏가 勞役 中에
잇다 朴慶宰 朴慶煥 諸氏를 만내엿다 青年會長 車淳榮 氏를 만내엿다
曹百雲 氏를 맛내엿다 水北水南에 往還하면서 五湖三臺談 張지압이 이
약이를 드럿다 五湖는 무어냐 長淵 武溪 東蓮 西蓮 北溟湖이다 三臺는
무어냐 龜岩 八景 水中의 三臺이다 아─ 人與地靈의 漁郎面이다 五湖가
잇고 三臺가 잇고 山川이 淸水하고 土地가 肥沃하고 咸北 模範의 東一
青年會가 잇고 學校가 잇고 留學生이 만코-- 勝名이다 漁郎川 左右 岸
景은 赤壁인지 洞庭인지 그림갓고 活動寫眞가튼 奇絶壯絶의 景槪이다

當地 兄弟와 茶菓를 논으면서 盡夜토록 情談을 相交하니 長長秋夜가
오히려 짤바 걱정이다

가자 어서가자 明川으로 가자

模範面이란 明川 西面에 왓다 路中에서 술이 醉하야 덤벙거리는 三名의 巡査세를 만내여 한참 酬酌한것은 밉다 못하야 발길로 차버리고 십헛다.

倦步를 겨우 거두어 西面所에 들니니 面長(開闢社友) 車鍾瓘 氏가 짯듯히 손을 쥐어준다 寒喧을 畢하고 車氏의 私宅으로 가다 立石이란 외대바위가 半空에 兀然히 소슨것을 보고 奇岩怪岩天下岩이라고 두 번 세 번 열 번 百번 처다보앗다 그리고 立石此地가 明川邑趾이라 한다 城趾가 아직 보인다 李牧隱의 祠堂도 잇다 李氏가 만히 산다한다

車 面長宅에 困한 몸을 더지니 親庭의 아릇목가티 心身이 俱安하다 社友 全厚喆氏도 만내고 京城熟面든 車鍾協 任錫顯 諸氏도 만내엿다 車氏宅 뒤에는 明東學校가 잇다 洞內의 留學生이 二十餘名이라한다 面民은 敎育에 熱中이라하며 産業에 特長이라한다 新聞雜誌를 愛讀하며 講習所 書堂을 時代化하야 農暇에 常識엇기를 힘쓴다한다 如何間 明川의 模範面으로 쏘 車氏는 模範面長이라한다

殺鷄白飯 - 이는 새사돈 안이면 안되는 법인데 朝夕으로 먹게 됨은 넘우 宏壯한 待接이다 任錫顯 氏좃차 그리하니 未安하기 짝이업다 가자 明邑을 보고 七寶山으로 가자 車鍾瓘 氏와 가티 써낫다

明川邑을 것쳐 關北金剛 七寶山에

十一月 十一日이다 車鍾瓘 氏와 同行으로 明川邑을 向하얏다 二里밧게는 안된다 路中에서 地方狀況을 드럿다 西面에는 興學契가 잇는데 面民 一同이 共同出資하야 每年 一二人式 京城 或 外國에 留學을 식킨다한다 中等 以上 學校에 入學手續證이 잇는 者에 限하야 共同推薦으로 適者라 認하는 者에게 卒業하기까지 學費를 支撥하기로 하는데 現在 三名의 留學生이 잇다고 한다

明川邑에 왓다 亦是 小邑이다 市街地가 限 五百戶될나말나한데 商店이란 보잘것이 업다 李明蓮집에 宿所를 定하고 市街 一周를 하얏다 郡書記 金峰秀 氏가 차저준다 郡勢一覽을 빌려준다

明川도 亦 鏡城과 大同小異한 歷史를 가젓다 女眞의 所據地이다가 李朝에 至하야 明川郡으로 되얏다 面積이 一百三十四里 남즛한데 十面(東西面은 幾年前 鏡城의 地) 一百二十六洞으로 分하야 戶數 一萬六千四百餘戶 人口 十一萬 以上을 가진 咸北의 大郡이다 住民의 職業은 亦 農業이 主이고 其他는 漁業 及 商業이다

農業으로는 耕地面積이 約 四萬三千餘町步인데 畓은 二千餘町步에 不過한다 그리하야 一年米의 收穫이 一萬六千餘石에 不過하고 其他는 豆類 及 雜穀인데 大豆가 年 九萬八千餘石이 産한다 그리고 粟이 七萬三千餘石 稷이 七千餘石 玉蜀黍가 五千餘石 燕麥이 萬餘石이라한다 그리고 大麻가 年 四萬七千餘貫인데 麻布收入이 十三萬二千圓이라한다 그리고 明川의 水産으로는 亦 明太 鱈 鰊 等이 有名한데 年産額이 四十三萬九千餘圓이라한다 그 다음 商品으로는 生絲가 二萬餘圓 陶磁器가 三萬二千餘圓인데 明川의 烏地器라하면 全鮮에 有名한것이다 그리고 明川에도 石炭이 多한데 鑛區만 六十二個所라한다 咸北은 統트러 石炭國이라해도 可하다 그리고 明川牛가 有名한데 牛現數가 一萬七千餘頭라한다 特히 明川의 在德山城 共同牧場은 全鮮에 類업는 民間在來의 牧場이다 在德山을 中心한 部落民들이 自來로 一定한 慣例 下에 每年 春夏秋期를 利用하야 牛犢을 共同한 例로 飼畜하는데 該 牧場의 牛는 特히 二割 乃至 三割의 高價를 呼한다고 한다

明川의 宗敎界는 零星하고 敎育界는 稍히 進步되얏는데 公立普校가 四個所 私立學校가 十個所이라한다 明川에는 古蹟은 別無하고 名勝으로 七寶山이 有名하니 即 關北金剛이라한다 이에 明邑은 尙矣라 關北金剛 七寶山으로 옴기게 되얏다

十二日이다 郡內의 靑年有志 李淡氏宅으로 다시 上雩面所를 차자 面長

崔泰重 外 職員 一同을 보고 이여 竹杖麻鞋로 六里 七寶山에 登하얏다

三里長谷을 溯上한다 東西 四面으로 낫타나는 시루 峰의 妙한 姿勢는 거름거름이 처다보게 된다 明澗洞이란 嶺上村落에 이르럿다 여기까지에 凡 九次나 길을 무럿다 白雪을 웅켜 손을 싯츠니 쌔안인 七寶行이 안인가 하얏다 엇던 집 마당을 지내노라니 少女가 少女를 업엇다 업핀 少女가 甘藷를 먹는다 「한알 주렴─오 착하지」하닛가 少女는 서슴업시 한아준다 고마워라 고 代로 五錢一分을 쥐여주니 엽헤서보는 父兄은 엇더케 生覺하얏는지 우리를 불너드린다 甘藷를 한턱 내인다 엇더케 맛잇게 멋엇는지─ 그는 奇秉官이란 집이엿다

長嶺 高嶺 朴撻大嶺을 넘기는 實로 어렵다 岐路는 엇지 그리 만혼지 逢人則輒問이 그만 誤入을 하야 三四町이나 橫走를 하엿다 마츰─ 五六名의 婦人隊가 소르 모라 올나온다 무럿다 其中 粉紅美人이 纖手를 들어 七寶山 彼路를 말해준다 山上에 逢美人하야 問路 更 回步하니 일혼 듯 어든듯 不如不 相逢의 感이 난다 雲霧가 쏘한 惡戲한다 바람도 인다 눈이 날닌다 에라 獨脚이라도 나거라 虎狼이라도 나거라 三人六脚이니 萬難인들 何關이냐

그러나 어렵다 올을사록 泰山이요 내릴사록 長谷이다 朴撻嶺은 艱辛히 넘엇스나 日色이 己暮에 谷深不知端이 正말 急하다 슷굽는 이에게 길을 물어 溪邊으로 내려다르니 疊疊山中에 一條의 三等路는 반갑기 짝이 업다 吉州邑으로 寶村에 이르는 길이라 한다 七寶山이 보인다 千佛峰이 보인다 開心寺는 一里라 한다 人如佛如의 奇巖怪石은 소스는듯 내리는듯 頭上一尺地인데 神如人如의 負男戴女는 오락가락 烏地器쓴이다

烏地店에 왓다 咸北의 名物 烏地器 製作場에 왓다 咸北, 間島, 咸南 各地의 烏地器(白土로 만든 독과 항아리)는 다─ 이 七寶山 中 烏地店의 所出이다 방아에 白土를 洗末하며 工場에서 그릇을 만들며 燃場에서는 그릇을 굽는다 洞長 鄭基男 氏를 만내엿다 이곳은 明川郡 上古面 開心洞이라한다 烏地店은 開心洞에 上下 二店이 잇는데 組合別로 누구나

加入하면 自由作業이라한다 年總額이 萬圓 以上이라한다 洞長의 紹介
로 開心寺 住持 金道日 氏를 氏의 私處에서 만내엿다 開心寺는 鳥地店
에서도 半里나 되는데 平時는 住持가 村家에 寄宿한다 特히 來客이 잇
슬째만 寺內로 引導한다고 한다 住持의 私處에서 잣다

밤중만하야 바람이 분다 비가 나린다 비는 눈이 되얏다 눈이 펄펄
나린다 「山深夜深客愁深月白雪白天地白」은 卽 이밤의 우리들이 當하
는 卽景이다 明日은 早朝에 써나 泰山峻嶺을 넘어 九里나 되는 下古面
楚基英 氏를 차즐터인데 風不止雪長下하니 山客의 心臟이 거의 다ー
녹는다

翌日이다 風雪은 요행 머졋다 開門하니 雪萬乾坤에 萬逕이 絶踪이라
快哉快哉 丈夫의 健脚은 在正此時라고 住持僧과 갓티 歡喜재를 넘어
開心寺 洞口에 들어섯다 奇巖怪石 層山疊峰이 果是 關北의 金剛이 尺雪
을 헤치며 石逕을 도라드니 三株의 栢木이 亭亭히 셔서 來客에게 寺在
此山中我後數步地라한다

開心寺에 왓다 大雄殿 及 左右의 殿閣은 如前한데 萬歲樓는 씨우려
넘어간다 少歇하면서 寺의 創建을 問하니 高麗 禑王 三年에 羅翁大師가
創建하얏다한다 寺의 所有는 田이 二三日耕 山이 三百餘町步 吉州에
四五十石의 土地가 이슬 外에 그만이라한다 財政難으로 萬歲樓 重修도
前路茫然이라한다

住持로부터 누른밥을 엇어 씹으며 머루를 엇어 싸가지고 望海臺에
올나 萬里 東海를 보고 內外 七寶를 보앗다 다시 天下名山 第一峰에
올나 天下를 적다듯이 한번 웃고 石壁을 씨고도라 金剛窟을 보고 會像
臺에 올나 硯滴峰 浮屠峰 書冊峰의 千態萬像을 보고 前路의 遠으로 仍
卽키 七寶山을 下直하니 一夜의 綠이나 金道日 氏 作別이 섭섭하다.

七寶山景을 何所說고 一篇詩句가 여기잇다

初入門岩見諸峰 速心行○金藏寺 層層臺上歡喜峙

寶卓山上開心寺　萬民常樂開心臺　向壁觀心修道菴
善提座下卓子峰　齋米供佛弟子窟　松栢森森萬獅峰
念佛歡喜龍神屈　西域佛閣千佛峰　神仙舞歌滿月臺
五百聖象羅漢佛　人間命根倉庫峰　盛民活穀露積峰
萬人皆上上仙臺　天環虛空鍾閣峰　萬項蒼波海望臺
三十三天金剛峰　層層臺上金剛窟　碁置持筆硯滴峰
諸佛都聚會象臺　世尊上會三浮屠　八萬大藏書冊峰
依憑拱手朝衙峰　下官解置仰床峰　海水夫人船主峰
諸因浮駄舟岩回　叢林大利寺岩回　天作之地皐率菴
奉獻三寶飯頭峰　天雨四花雨傘峰　龍女夫人輦岩回
雲門胡餠餠岩回　各入天中玉駄峰　病差多昧藥駄峰
諸岩諸峰無題名　七寶行跡無限景

　路程起를 펴처들고 이제부터는 下古를 向하야 줄다름을 하게 되얏다
玉駄峯을 넘어라 漢三浦를 지내라 닭의 버둥이에 왓다 엇던 집에서 잠
간 쉬면서 가지고 오든 누른밥과 倭썩으로 療飢를 하얏다 더벙머리 코
흘니개 쌜가숭이 兒童들이 求景으로 만지고 다시 만지면서 「이게 무스
게요」 하고 뭇는 것은 山中 何所見 逢客 今日始를 歷歷키 알켜준다 日
暮한데 雪又降한다 香爐峯을 엇더케 넘느냐 氣가 딱 막킨다 勇氣를 更
作하야 으얏차 步一步上上去하니 五十分만에야 嶺上이라한다 이제부
터는 長嶺을 直下하니 黃昏時에 下古面 松谷洞에 왓다 吳鳳南 氏宅에서
一夜의 緣을 맺고 翌早朝에 橋項洞 楚基英 氏宅을 차젓다 氏는 맛츰
在家 中이라 반가히 만내엿다 氏는 承旨의 孫이요 郡守의 子라 明邑에
서는 有名字한 兩班이요 坯 恒産家이다 지금 下古面長이다 크다란 瓦
家에 左右 圍園이 그럴듯하다
　殺鷄白飯으로 來客을 款待하니 客이 坯한 心을 傾하야 感謝를 表한
다 氏와 갓티 荷坪이란 面所在地로 가니 맛츰- 同窓又 崔悳鍾 君의
鄕里이다 東海邊이다 崔君의 집에서 一夜의 緣을 두고 翌日은 下加面

364

花臺로 갓다 楚氏와 아울너 四人이 되얏다

花臺 泗浦를 보고 吉州邑짜지

花臺는 明川의 著名地이다 花臺市場은 明邑 以上의 繁華地이다 山水 明媚하고 田野가 肥沃하고 泗浦港이 在近하야 海陸物産이 交集하는 곳 이다 이째 맛츰 下加 上加 下古 三面이 聯合하야 畜産物品評會가 잇다 郡守 以下 各面職員 上下 住民이 만히 모엿다

品評會라야 別로 볼것이 업는데 特히 麻布가 最多点이요 牛豚이 次 点이다 面長 董弼漢 氏의 선선한 交際와 郡守 李丙植 氏의 平民式 動作 과 郡書記 金元日 氏의 學者式 言行과 公普校 訓導 玄台榮 氏의 日人風 과 車鍾奭 氏의 咸北 本色을 綜合하니 一種 人物品評會갓다 게다가 하 이카라 面長 楚氏가 잇고 模範面長 車氏가 잇고 坯 朴哥 둘이 셕겨스니 人物品評만도 足하다 如何間 花臺의 二日은 快하얏다 泗浦를 보니 적 은 港口이나마 住民들의 生活은 너즐해 보이지 안는다

花臺를 쩌나자 아직도 吉州 城津이 잇다 挽留는 人情이다 人情에 拘 束될 餘暇가 업다 花臺 柳亭에서 車, 楚, 金, 諸氏를 作別하기는 퍽도 섭섭하얏다 長德嶺을 넘어 吉州邑에 왓다

京城舊面이든 公普先生 李麟求 氏를 만내엿다 氏의 宿所에 자리르 잡엇다 金鶴天 黃泰成 趙東煥 鄭一善 諸氏를 차저 吉州談을 듯고 郡守 張錫元 氏를 차저 郡勢槪況을 드럿다

吉州도 女眞의 地로서 高麗朝에 回復하야 城을 築하고 吉州라하야 防禦使를 置하얏다가 再次 女眞의 據한바되얏스나 高麗 恭愍王 時에 아조 回復하야 管軍 萬戶를 置하야 英州 雄州 宣化鎮을 統治하얏다 李 太祖 七年에 牧使를 置하얏다 世祖 十三年 州人 李施愛의 亂後 慶宗 元年에 縣으로 降하야 永平嶺 以北 一部를 管轄케 하더니 中宗 七年에 州로 陞하야 다시 牧使를 置하다가 翌年에 다시 縣이 되고 未久에 坯 牧使를 置하다가 明治 二十八年에 郡이 되야 今에 至한바 明治 三十三

年에 雪峯山 以南을 割하야 城津郡을 獨立식켯다

郡의 面積은 八十九方里 남즛한데 七面 五十四個洞에 分하야 戶數 一萬二千 人口 七萬五千餘人을 둔 咸北의 南部에 位한 盆地로서 土地가 肥沃하야 農業에 適한 地方이다 北에는 山岳이 多하나 中部의 吉州平野 와 南의 海岸一帶는 氣候風土가 生活에 適當하다 그리하야 農產物로는 米 大麥 粟 大豆 小豆 玉蜀黍 等이 多出되니 米가 一萬四千石 大麥이 四萬五千石 粟이 五萬七千石 大豆가 七萬三千餘石이 產한다 그리고 特用作物로 大麻 馬鈴薯 等이 만히 난다

大槪가 道內 他鄕과 大同小異한데 吉州의 자랑은 吉州平野 그것이오 由來— 咸北의 首位地엿든 그것이다 敎育도 宗敎도 產業도 다— 他郡과 莫上莫下한다 그리고 民間에 貯蓄契가 잇서 銀行 以上의 勢를 得한것 이 他郡에 업는 現像이다 流動金이 十五萬圓이라한다 그도 官廳에서 解散하라고.

吉州에는 世祖 時의 反逆이라는 李施愛라는 人物이 낫다 李는 端宗 의 抑鬱을 爲하야 世祖를 討하려고 義를 起하얏다가 妻男되는 許唯禮 (吉成君)의 計에 敗하야 逆賊의 名으로 千古의 恨을 남기고 죽엇다 朴彭年 河緯地갓튼 六臣은 後에 忠臣의 名으로 萬古에 芳名을 傳하나 李施愛는 同事件의 同行爲이나 北人이라 그런지 至今것 反逆이라하야 傳한다 郡民이 愛惜해한다 吉州이약이도 그만하고 城津으로 옴기자

足蹟의 終點 城津에서

十一月 十九日이다 午前 八時 自働車로 城津을 向하얏다 五里長坪을 直破하야 臨溟嶺을 넘어서니 臨溟市가 잇다 公普 金組 靑年會가 잇고 商店도 만타 十二時에 城津에 왓다 東亞支局을 차자 康弘俊 氏를 만내 엿다 市街를 一週하고 郡廳에 들녀 崔泰享 氏를 만내엿다 郡勢의 槪況 을 듯고 普信女校를 찻고 西人經營의 病院을 보고 宿所로 도라오니 傳하는 말이 元山行 汽船이 바로 今夜 九時라한다 社에서는 速歸來의 寄

別이 잇고 배는 方在 四五時間 內에 써나고 所看事는 아직 未盡이라
엇쩔지 두루덩덩거리기만 하얏다 今夜 不出이면 三日 更留라는 말에
그만 써나기로 斷定하얏다 未盡은 朴庸准 君에게 넘기엿다 밤 九時에
入港한다는 배가 十時 十二時 새로 三時 四時가 되야도 안이온다 여섯
時에야 入港이 된다 밤새 잠 못자고 電話에 매여 달넛든 生覺을 하면
忿해 죽을 지경이다

二十日 午前에 康弘俊 申鉉道 氏의 案內로 望海亭 上에 올나 城津의
全景을 보니 俗眼이나마 淸津 以上의 良港이다 市街도 亦然커니와 灣內
가 廣闊하고 全景이 亦좃타

正午가 되니 上船 督促이 잇다 그만- 城津아 잘잇거라 咸北아 잘잇
거라 咸北行 四十有 七日에 그대의 愛護에 몸 無事히 잘돌아간다 아-
고마운 咸北이여!

城津은 本來 吉州郡이엿다 明治 三十年에 吉州의 一部를 쩨여 一郡이
되얏다가 仝 三十三年에 다시 吉州郡에 倂合되얏다가 郡民의 反對로
中央政府의 裁斷으로 仝 三十五年에 吉州의 南五面과 端川의 一面을
割하야 城津郡을 新設하얏다 그리고 明治 三十二年 六月에 馬山 群山
가티 各國 貿易港으로 開港되얏다 그리하야 仝 三十九年에 一時 府가
되얏다가 四十三年에 다시 郡이 된 咸北에 南端 最終郡이다 面積이 六
十方里인데 七面三町 五十五個洞이다 戶口는 現在 一萬二千五百餘戶요
人口는 七萬三千九百餘人이다 大綱 이만콤만 아라두고 後期를 기다리
기로 한다 貿易高나 알아두자

輸移出 重要品 中 大豆가 六萬四千六百餘石에 價額 一百十二萬圓이
고 魚類가 一百八萬餘斤에 價額 十六萬二千餘圓이요 鐵鑛이 一千四百
七千萬斤인데 八萬八千餘圓이고 牛皮가 三萬六千八百餘斤인데 一萬一
千九百餘圓이요 生牛가 五百四十餘頭인데 三萬六千餘圓이다 輸出 總
額이 一百四十一萬九千餘圓이다 其他 雜品이 十萬八千三百餘圓이고 沿

岸貿易이 八十六萬六千八百餘圓이라한다(大正 十一年) 그리고 輸移入 品으로는 米 小麥粉 砂糖 酒類 綿類 白木 毛織物 其他 日用物인데 輸移 入 總額이 一百五十一萬二千餘圓이고 雜品이 八十三萬七千餘圓 沿岸貿 易이 二百三十三萬九千餘圓이라한다 그리고 城津의 漁穫高를 보면 明 太가 八十六萬六千餘斤에 十萬三千圓 鱈이 十七萬四千斤에 二萬三千七 百餘圓 鯨이 二萬餘斤에 六千圓 鯖이 二十九萬餘斤에 四萬三千餘圓 和 布가 三十三萬四千餘斤에 三萬四千圓 其他 鍊 鯐 鰤 等의 産額을 合하 면 二十四萬三千餘圓이라한다 그리고 鱚 鯛 蛸 蟹 其他 雜魚類를 總合 하면 年 二百十六萬四千七百七十七貫에 二十八萬六千八百二十二圓의 高額에 達한다(以下 略)

    *그립던 함북 대체가 어써한가
    *함북 사람이 본 함북과 기자의 함북
     (두 글도 박달성의 글로 추정됨. 내용 생략)

[31] 南滿을 단녀와서,
ㅅㅅ生, 『개벽』 제5권 제7호 통권 49호(1924.07)

남만주 지방을 여행하고, 동포들을 계몽하고자 한 기행문

   南滿은 近來에 우리 同胞들의 적지안은 企望을 引起하는 地方이다. 나는 五年前에 그곳에 한번 遊歷한 일이 잇섯다. 今年에 또한번 단녀 왓다. 그런데 그째 어든 感想과 이번에 어든 感想은 全然히 갓지안하 얏다. 그것은 그리 怪異한 일이 안이다. 나는 나의 姓名까지도 그째와 는 판판 다른사람으로 갓섯다. 世事와 人心은 限업시 變遷 流轉함을 알 수 잇섯다.

西非利亞風慶을 등에지고 吉林城門을 常到하든째는 바루 今年 三月 三日이엿다 기다리든 親舊들과 握手團坐하야 前後經綸을 서로 니약이 하며 數日을 지내엿다.

十二日 아츰에 나는 夢湖ㅅㅌ兩氏와 作伴하야 盤石縣 方面으로 向하 얏다 모든 歡喜에 狂跳하는 萬地群生은 봄노래를 쉴임업시 불은다 어름, 눈 녹은 좋은 四澤에 가득하고 푸른 한울가의로 불어오는 맑은 바람이 귀밑을 싯처지나는데 馬蹄와 車轍에 밟히고 짓치고한 진흙길로 한거름 두거름 跋涉하는 人生이야말로 可憐 可笑하엿다. 그러나 『人生 의 봄은 오직 人生의 손으로쌘만 드러내는 것이지!』이러케 自決한 意識 으로 모든 環境의 허우적거리는 것을 排除하고 前進 又 前進하엿다.

十六日에는 蛤蟆河子에 到着하얏다 이제 뒤를 돌아보면 五日이라는 時間에 二百十五里의 距離를 지내엿다 이것은 未開明한 人類의 조혼 成績이라할 수 잇는 일이다 발밋이 부르트고 氣脉이 부들녹신하다. 우 리가 寄宿한 집은 洪○○氏집이엿다 그는 매우 쌋듯한 同情으로 우리 一行을 붓드러 하루동안을 더 休息하게 하얏다 그가 우리에게 준 一節 의 詩가 잇섯는데 그만 잘 記憶하지 못하게 된 것은 적지 안은 遺憾이 다 내가 그의 詩에 和한 것은 (詩라 할는지 綴字라할는지,) 이리하엿다. 『幸逢良友兼逢春, 一夕談論意更新. 可笑當年失敗客, 安知後日成功人. 風驅殘雪增寒氣, 日到晴天脫俗塵. 萬事想來都是夢, 暫憑詩句弄吾眞.』

十八日 아츰에 우리는 쏘 써낫다. 二日만에 呼蘭集廠子에 到着하얏 다. 곳 目的地에 安到하얏다, 여긔에는 林庄 氏가 잇섯다, 그는 南滿에 主人翁이라 할만한 이엿다. 우리는 여긔에서 五日동안을 歡呼趣飮中에 지내엿다, 이 世上에 모든 근심, 걱정, 즐겁, 우숨이 오래 막혓든 사람과 사람 새이에 永遠히 닛지못할 『義網』을 써노앗다, 하로는 林庄氏가 이 러한 詩로서 나에게 보인일이 잇섯다. 「運命初頭甲子春, 天心世事一時

新. 燕雲護送屠龍客, 渤海來尋捫虱人. 溪破殘氷呈釰筑, 山留點雪洗埃塵. 除非實力無他術, 種得眞因結果眞.」 이것은 前日에 蛤螞河子에서 지은 나의 글을 和한 것이엿다.

여긔에서 또한가지 나의 心頭에 深刻히 印留하야잇는 것은 當地에잇는 天道敎宗理師 金應植 氏와 同敎人 洪永植 氏의 眞摯한 同情과 熱烈한 사랑이다, 더욱이 金應植 氏 夫人의 그 慈詳한 마음으로 그 무슨 不足함이 잇는가하야 限업시 안탑가워하는 誠意의 流露함은 正히 나의 心身을 이끌어 한울나라로 들어가게하는 感이 잇섯다.

二十四日에 ㅊㅌ氏와 나는 吉林으로 돌아오게 되얏다. 夢湖氏는 거긔에 써러저 잇섯다. 우리가 지팽이를 들고 써나는 째에 東邱氏(林庄氏令胤)와 夢湖氏는 아래와 가튼 離別詩를 써준일이 잇다.「握君正在憶君時, 笻屐聯翩事又奇. 千里行裝餘尺釰, 一天風雨玩牀棋. 窮山雪積春猶動, 遼海雲橫月若遲. 待到澄淸圓會日, 記留玆韻快吟詩.」이것은 東邱氏의 作이엿다, 또 夢湖氏의 詩는 이러하엿다.「旣有其人必有詩, 深謀何幸入神奇. 浮生空惱蹰躇路, 世事宛如錯落棋. 風雨懷鄕千里遠, 溪山送客一笻遲. 莫忘平昔慇懃約, 欲說中心更贈詩.」

이러케 情다은 親舊들을 내버리고 오로지 단둘이 돌아오는 것은 말할수업시 섭섭하얏다 其實은 그러지 안을수도 업는 일이엿다. ㅊㅌ氏와 나는 다시 當地에 사는 우리 同胞들의 情況을 거듭 니악이하며 괴로운 다리를 이끌고 하염업시 돌아온다. 나는 그들의 준 詩를 한번 읽고 또 외이고 하다가 이러케 和한 일이 잇섯다.「浮生逢別定無時, 或出尋常或出奇. 世事惟餘三尺釰, 人心何奈一枰棋. 山氷初解溪聲大, 岸柳方舒日影遲. 春雪霏霏南滿路, 堪忍困憊誦君詩.」

一週日만에 우리는 다시 吉林城 안에 들어왓다, 路中에 散漫無聊한 苦惱는 南滿 同胞의 情景을 한번 回想하는 째에 씻은듯이 업서젓다, 이것쌘은 大幸한 일이다. 그러나 事實은 나의 暫時的 苦惱가 長久한 苦惱

에게 征服된 것에 不過하다, 나는 南滿地方에 漂流하는 우리 同胞를 爲하야 헤아릴수 업는 눈물을 흘니엿스며 엇든째는『이것이 다 우리 同胞람!』하고 차내버리고 십혼째도 잇섯다, 그러나 나의 마음은 더욱더 悲傷하야진다, 나는안다 侵略的 資本主義의 迫害를 못이기여 扶老携幼, 男負女戴하야 萬里異域을 向하야 써나든 그들의 目的地가 여긔엿든 것을, 事實 그들의 豫想은 虛妄한 것이 안이엿다, 山水, 氣候, 地質 모든 것이 農作에 適宜하다, 內地에서 消費하는 쏙가튼 資金, 쏙가튼 勞力으로 二倍三倍의 收穫을 어들수 잇다. 그러나 異常하다 中國人의 勢力에 눌니여 氣運에 밀니여 엇지 할줄을 모르고 밤, 낫 苦生이다, 그들의 입에는 쌀밥이 들어가지 못하다, 그들의 몸에는 무명옷도 발나맛는다, 그들은 中國집 한間을 빌어서 數三戶食口가 捿息한다, 이것이, 우리가 京釜, 京義線 鐵路沿邊에서 朝夕으로 오든, 一生의 怨恨忿怒를 가슴에 가득품고 無聊히 쏫기여 나오는 우리 同胞들이다!

　以上에서 말한 것은 다못 經濟荒으로 생기는 悲慘한 狀態이다. 이것보다도 더 무서운 思想荒으로 생기는 精神的 모든 懊惱, 苦悶, 憂鬱 等의 不安定한 狀況은 맛치 茫漠한 大海에서 東西를 未辨하는 水夫와 가튼 感이 니러난다 그들의 四圍에는 暴風怒濤가 둘러친다 그들은 黑暗한 恐怖에 뭇첫다, 그러나 아주 異常한것 하나는 잇다 그것은 곳 그들의 그 不安定한 心理의 奧底에 一個共通의 敵이잇다 이 敵과 熱鬪奮鬪하는 中間에 번썩이는 光明이 곳 그들의 前途를 啓示하는 指針이 될 것을 나는 밋는다. 여긔에서 나는 各自의 旣成한 偏見(思想의 一端)을 버리고 一種의 中心思想을 만드러 내기를 바란다.

　우리 同胞가 南滿地方에 드러온지는 아직 二十年에 不過하다하다, 그러닛가 北滿이나 俄領에 比하면 만혼 遜色이 잇는것도 當然한 일이다, 그리고 原來, 赤手空拳으로 드러와서 接足이 困難할 것도 免치 못할 事實이다, 그러나 너무도 이러케 散漫, 不安한 狀態에 陷한 것은 참말 抑鬱, 忿恨한 일이다, 여긔에서 우리는 우리들의 自體에 잇는 缺陷을 反省할 必要가 잇는줄 안다. 좀 낡은 말이지만『人必自侮而後人侮之.』

란 말을 暫間 생각해 보는것도 無益한 일은 안일 것이다. <u>우리들 自體의 缺陷이란 무엇이냐? 나는 이러케 對答하고 십다</u>

첫재는 各個體의 實力缺乏이니 自己의 資金도 업고 常識도 업는사람으로 문득 言語 風俗이 逈殊한 異族과 接觸하게 됨을 싸라 처음으로 欺侮와 損害를 受할 것은 자못 避치 못할 일이다, 그럼으로 或 多少의 資金을 가진 사람으로 中國人의 土地를 定期租得한 것이라도 그 期限內에 地主는 任意로 地租를 無理하게 增加하는 弊가 不少하다. 萬若 諾從하지 안하면 그저 쌔앗기는 수도 업지 안하다, 이러케 家屋 農場 等이 一定하지 못한 故로 해마다 流離하는 情景을 볼수 잇다 그리하야 그해의 所得은 모다 移運하는 費用에다 쓰러넛코만다 하야도 過言이 안이다. 싸라서 翌年의 慘苦는 免치 못하는 것이다.

둘재는 社會的 生活의 缺陷이니 우리 農民은 大槪 十里에 한집 五十里에 한집 쏘 百里에만큼 한집, 이러케 各散分離하야 相愛互助하는 機緣을 엇지못하는 것이다, 이러한지라 識見이 固陋하며 事理에 暗昧하야 自然, 그 無情한 中國人의 侵害를 抵禦할 수 업시된다 이러한 不祥은 乃至 自己의 子孫까지 同一한 悲運을 遭遇하게 한다. 永遠히 中國人의 農奴노릇을 하게한다, 이것은 그들에게 相當한 社會的 敎育을 施할수 업는 싸닭이다.

이 두가지 外에도 한가지 큰 缺陷이 잇다, 그것은 <u>國家的 後援이 업는 것이니 이것이 업는 國民으로 外國에서 生活을 圖謀하는데는 形言할수 업는 怨痛이 싸라단닌다, 우리들의 生命, 財産은 오로지 우리들 各個가 自保自護하는 外에는</u> 아무런 道理가 업는 것이다 이것이 우리가 中國人들과의 均等한 發展을 策할수 업는 最大의 缺陷이다. 그러면 엇더케 하여야 잘살수 잇슬가? 次第로 討論할 問題가 된다.

第一은 될수잇는대로 여러사람이 合資하야 土地를 買收하자. 아무리 돈이 업다하더라도 처음으로 드러오는 이는 그래도 一二百元은 가지고 온다. 그러나 그들 中에는 各自가 精細한 考察이업시 여긔저긔 着手하야 失敗하는 이가 不少하다. 그러닛가 될수잇는대로 만흔 사람이 合資하야 相當한 土地를 買收하야 共同耕作을 하기로 하며 坐 一面으로는 資金이 업시 每年 流離하는 同胞들을 救濟하는 策을 講할 것이다.

第二는 模範的 施設에 努力하자 이 우에서 말한바와 가티되면 自然한 部落이 이루워질 것이다, 朝鮮사람의 新村이 建設될 것이다 여긔에서는 우리가 自治的 生活을 營爲할수 잇스며, 짜라서 敎育이라든지, 産業이라든지 모두가 中國人民으로 하여금 模範하게 하도록 할수 잇슬 것이다, 여긔서는 中國官憲과 相當한 交涉으로써 生存의 保障(防禦土匪 等)을 어들수 잇는 것이다 그리하야 우리 朝鮮의 文明을 發揚하도록 할 것이다, 이것이 곳 一面으로 外侮를 禦하며 一面으로는 自榮을 圖하는 急務인줄 안다.

이러함을 짜라서 나의 말한 最大의 缺陷이라는 것도 無難히 排除할수 잇는 것이다 이것은 이와가튼 모든 일을 企圖할째에 이 우에서 말하야둔바 우리들의 鬱憤 苦惱한 心底에 깁히 숨어잇는 共同의 그것과 熱鬪할 意를 닛지안하는데에서 이루워질 것이다 그리하야 그 戰意는 戰術로, 戰術은 實行으로 이러케 邁進하는째야 되는 것이다. 이것은 坐 우리들의 共通한 中心思想의 訓育과 試練이 必要함을 말하야둔다.

나는 南滿에 사는 우리 同胞의 情況을 目睹하고 참다못하야 이러케 鹵莽한 두어마듸로써 南滿에 게신 同胞들의 一考를 乞하는 同時에 內地에 게신 農村運動의 人士들에게 遠念이 잇기를 바라는 意味에서 이 글을 草한다.

　　*삭제된 글이 많음 = 북만의 비참한 현실을 기록

　　(…이상 10行 삭제…) 쇠잔한 한숨의 눈물을 지으며 母國을 등지고
北便을 향하야 발길을 옴기든 때는 이제부터 5년전 즉 1919년 겨울이
엇습니다. 혹 지도상으로는 滿洲가 어대 잇다 西伯利亞가 어대 잇다.
또 듯는 말에 그곳은 찬 지방이라고 짐작만 하엿지 실지 체험은 물론
처음이엇습니다. 해는 서산을 넘고 紫金色의 황혼이 되엿슬 적입니다.
우리 나라 마즈막인 鴨綠江 氷上에 발을 대이자 말자 저승채사 가튼
나으리님들이 무슨 잡아먹을 즘생이나 만난 듯이 이 놈아 어대를 가느
냐. 이리 와 하며 호각을 불며 야단법석을 하더이다. 이왕 도마에 올은
고기처름 된 형편이니까 엑기 잡아먹겟스면 잡아먹어라 뛰여가나 보자
하고 갈팡질팡 업드지며 잡바지며 간신히 僥倖으로 中領 연안을 다달
엇습니다. 모닥불을 담아 붓는 듯이 전신이 확근확근하여지며 술 취햇
다 깬 것처럼 목이 渴하며 숨이 칵칵 막히더이다. 할 수 업시 움욱한
언득 밋헤 펄석 주저안저서 한참이나 숨을 돌이킨 뒤에 머리를 들고
母國을 다시 한 번 처다보니 무엇이라 형언키 難한 悲憤의 뭉치가 가슴
을 치밀고 올나오며 주먹가튼 눈물이 뚝뚝 떠러지더이다. 쓰리고 압흔
늣김을 참으랴야 참을 수가 업고 쏘다지는 눈물을 멈추랴야 멈출 수가
업더이다. 외아들 죽은 老父처럼 한참이나 정신업시 울다가 이윽히 두
루막자락으로 눈물을 씻고 일어서서 떨니는 다리를 허둥허둥 옴겨 노
흐면서 <u>崔南善선생의 지은 世界一週歌 첫절 「漢陽아 잘 잇거라 갓다 오리
라」</u>을 속으로 외우면서 불 켜인 人家를 향하엿습니다. 족으만한 草家에
이르러 문 밧게서 주인을 차즈니 평생 듯도 못한 소리로 무엇이라 중얼
거리며 靑色 옷 입은 사람이 하나 나오더이다. 피차 언어를 不通하는
벙어리끼리 손으로 형용을 하야 겨우 자리를 빌어 곤한 몸을 하로밤

쉬엇음니다. 翌日 아츰에 날이 밝자말자 어대서 정답은 사람이 기다리는 것처럼 他關에 나갓다가 자기 집으로 돌아가는 것처럼 子子單身 어린 몸이 황망한 滿洲들에 방향도 모르고 외롭게 자름자름 것기를 시작하엿음니다. 울알山 꼭댁이에서 막 쏘다저 내리 부는 바람은 참! 차기도 차더이다. 눈보래질하며 씽-씽- 부는 매운 바람이 솜(棉) 엷은 옷을 꿰고 지내갈 때에는 뼈끗치 짜릿짜릿하고 살이 에워저서 똑똑 떠러지는 것 갓더이다. 하염업시 흘으는 눈물을 딱그며 「아! 운명의 신이여 어찌하여 19세의 어린 몸을 집 업시 끗업는 벌판으로 逐黜을 하야 雪中의 冤魂이 되게 하는가?」라고 군소리를 하다가 아니다 아니다 寧爲鷄口언정 無爲牛後란 말과 가티 자유업시 奴綠로 僅生함보다 넓고 넓은 벌판을 자유롭게 임의로 펄펄 뛰다가 결백한 눈 속에 파뭇처 바리면 그 얼마나 快하며 壯한 일인가라고 도로켜 생각을 할 적에는 不知中 다리가 갑여워지며 거름이 빨나지더이다.

그럭저럭 멋 주일 뒤에 ○○○에 도착하엿음니다. 과부의 서름은 과부끼리 말하는 셈으로 五臟六腑에 구비구비 맷친 설음을 처지도 갓고 목적도 가튼 동지끼리 相訴相慰하며 鵬翼一伸의 機만 待하다가 <u>지난 1920년 느즌 가을이엇음니다… 間島 討伐…</u>

(…3行 削…) 悲憤을 참으며 北으로 北으로 옴겨 들어갓음니다. 자연의 節候야 무슨 변통이 잇겟음니까? 첫 겨울이 되자 말자 함박 가튼 찬 눈은 퍽퍽 쏘다지지요! 매운 바람은 사정업시 불어 오지요! 人家도 업고 길도 업는 망연한 벌판을 오돌오돌 떨면서 거러가다가 해가 지면 눈을 긁어 모와서 둥그러케 담을 싸코 오리무리처럼 그 가운대 오골오골 모야 안저 잇다금 잇다금 가운대 안젓든 동무가 밧그로 밧게 안젓든 동무가 가운대로 교대를 하며 서로 안고 밤을 밝히엿스며 배가 곱흐면 背囊에서 미숫가루(粟粉)를 끄집어 내여 물도 업시 말은 가루를 입에 너흘 적에 바람이 훅 불면 목이 콱 메이고 눈물이 그렁그렁하여질 적에 눈을 한 줌 먹으면 목구멍은 틔워지지만 몸은 더욱 떨니우더이다. 이러

한 때를 만날 적에는 온 세상을 새삼스럽게 더욱 저주하고 십고 XX에 대한 늣김은 더욱 깁허지더이다.

1922년 XX戰에서 부상하야 XXXXX병원에 입원하엿슬 적에 병상에 홀로 누워 이일 저일 생각할 적에는 세상의 모든 일이 다 슲어지고 「아이고 한 방 마자슬 적에 죽지 안코 무슨 희망이 잇스리라고 살앗는가?」 한숨에 눈물을 짓다가도 왜? 이때까지 노력하며 분투하다가 끗도 아니 보고 죽어? 나의 목적을 成算하고 그립고 그립은 고향을 돌아가서 정 깁흔 형제들과 서로 손을 잡고 이상적 새 살림을 맛보겟는대?라고 밧구워 생각을 하고 의사에게 내 병을 속히 치료하여 달나고 애걸도 하엿습니다.

처녀의 품안가티 따ㅅ듯한 바람은 귀 밋을 살금살금 씻치이며 지내 가고 해빗은 화창하야 四肢가 나—른하여지는 날이엿습니다. 쎼족쎼족 도다 오르는 잔듸밧테 안저서 무엇을 머리 속에 그리며 한숨지을 적에 말속한 春服을 떨처 입고 혹은 부부끼리 혹은 친지끼리 春景 차저 왓다 갓다 하는 散步客들을 볼 때에는 몹시도 부럽더이다. 그리하여 문득 「胡地엔들 無花草리요마는 春來라도 不似春이라」는 古詩도 을푸며 땃 듯한 봄바람에 자긔 性을 나타내랴고 아름답게 피여 잇는 붉은 꼿, 푸른 닙과 놉고 말속한 가을 한울에 밝게 빗치여 잇는 달도 집 업고 배 곱흔 나에게야 무슨 위안이 되랴! 도로혀 傷心, 번민, 고통뿐이로구나」라고 혼자 늣기다가 오라 惟物史觀 要領記에 思想은 물질에서 生한다는 一句와 가티 이와 가튼 늣김이 혁명사상의 움(芽)이로구나. 그러고 집 업고 배고픈 사람이 나 하나이 아닐 것이며 불합리, 大矛盾인 현 사회에 在하여는 何民族 何人種을 勿問하고 집 업고 배곱흔 무리가 만흘 것이라. 그리고 이 집 업고 배곱흔 無産群衆의 단결력 압헤는 XX 成算의 가능성이 必有하다고 생각할 적에는 모든 悲哀는 다 살아저 바리고 빙글빙글 웃을 긔운이 나더이다.

아! 그러나 아 그러나 아즉 아모것도 업는 우리 사회에서는 거어지

제 자루 찟는 셈으로 명예니 권리니 무어니 하야 물 우의 거품 가튼 것을 서로 다토와 사회는 混沌化하고 희망의 싹은 자욱한 안개에 싸엿스니 아! 자연의 神이여! 운명의 神이여! 집 업고 배곱흔 어린이 몸이 장차 어떠케 되겟는가? 24. 3. 28. 밤에 (끗)

[33] 江都 踏査記, 乙人, 『개벽』 제50호(1924.08)

> 강화도 답사기

3千武士가 활동하든 都城

往昔 江華는 五大島 중 가장 저명한 用武地이엇다. 주위에는 大小島嶼가 羅絡하고도 襟袍가 고밀한 데다가 토질까지 沃美하야 소위 且耕且戰할 만한 天府金湯의 요해지라고 自矜이 嘖嘖하얏슬 뿐더러 따라서 3江의 회합과 甲串, 승천의 通漕는 軍糧調兵의 便을 주는 咽喉가 되얏섯다. 그리하야 高句麗와 신라가 穴口鎭을 창설한 이래 王氏의 移都와 李朝의 郡護府, 留守, 鎭撫營, 統禦營 등 군사상 시설에 위력을 傾注한 결과는 일시적이나마 24哨의 强弓勁馬와 3,000의 무사가 웅비하야 국가에 헌상이 막대하얏다 한다. 年久한 壬倭丙胡의 經亂은 물론 최근의 丙寅, 辛未의 洋擾와 丙子, 丁未의 日亂은 이것이 江華의 대사변이 될 뿐 아니라 실로 배달족의 역사우에 혈화를 만개케 하얏다. 그러나 物換星移世事는 발서 그 때가 아니다. 一朝灰燼에 매몰한 8대궁전의 폐허에는 禾黍가 油油할 뿐이오. 雲霞가티 襲迫하는 강적의 大部除를 一鼓에 鏖滅하든 甲串津에는 시름업시 嗚咽하는 波聲만 들닐 뿐이다. 아아. 감개무량한 江都의 今日!

全盛의 昔日을 말하는 古蹟

畿內각지에 各所 古蹟이 적지 안타만은 摩尼의 參星壇(一名 塹城壇), 鼎足의 三郎城(일명 鼎族山城)가티 大皇祖 壇君의 유물을 拜觀키는 참말 稀貴한 今日이다. 그 축성된 연대는 詳攷키 어렵우나 고인의 歷傳하는 대로 보면 이 摩尼山은 壇祖의 감생하신 영산임으로 특히 24절후를 응하야 산상고정에 24층제단을 設하고 祭天報本하는 東方特郊의 禮所이든 바 其後 李太祖가 다시 9층을 가하야 33층의 관측소가 되얏섯다 하고 三郎城은 檀君께서 성자 3인을 명하시어 각자 일봉을 축성하얏다는 데 그 城底에는 지금도 往往 현대품과 판이한 灰石을 발견할 수 잇다 한다. 또 이밧게 麗朝 貞和宮主로부터 玉燈을 전한 傳燈寺와 6,520근의 古鍾도 명물이라고 하지만은 다시 松岳 以南으로부터 花山以北까지 延亙한 周15리(舊里)의 내성과 玉浦로부터 草芝까지 一島의 허리를 묵끈 周 43리(舊里)의 외성은 남달니 高麗 42년의 치적을 자랑하는 듯한 其 중에도 한번 듯기만 하야도 喫驚치 아니치 못할 7鎭, 6堡, 53墩臺, 19烽燧 등 이것은 그야말로 李朝 이래 이 지방에 대한 武備가 얼마나 강대하얏슴을 넉넉히 알니어 주다.

家給人足한 大邑

머리로부터 발끗까지 남의 것이 아니면 못 살 줄로만 아는 인간 중에서 1년 버러 3년 먹는다는 이 지방은 참말 별천지 가티 보인다. 총면적 27方里餘되는 지역내에 분포된 인가 13800여호, 경지 16254町步餘 이것을 대비하야 보면 매호 평균 一町步 이상이 된다. 그 산출물중 잡다한 副産額은 그만두고라도 米 90,900餘石, 麥 24,600餘石, 豆類 16,000餘石이밧게 江華명물로 년 100,000원을 초과하는 無核柿의 産額은 이것으로써 종래 전군의 납세금, 飢民 구제금의 전부를 충당하고도 오히려 剩餘하얏다 한다. 그러면 이것만으로도 이 지방의 농산이 얼마나 豊裕한 줄을 알 수 잇스며 더구나 800,000원에 갓가은 대금을 만드러 내는 工産額은 주민의 富力을 가일층 증진케 한다. 그 중 陽五里産과 喬桐특산의 花紋席은 내외 각방면으로 逐年판로가 넓어가고 다시 근년 신제품으로 유명한 疋縲緋의 織梭聲은 밤낫업시 河岾面 일대를 울니어 恰然이 一大 工業지대를 형성한 感이 잇다. 이것은 거즛말 갓다. 그러나 숫자˚€ 확증하는 사실이상의 사실인대야 엇지하랴. 아아 팔자 조혼 이 지방 동포 남달니 농공립국의 복리를 누리는 그 원인이 어듸 잇슬가?

江華는 江華인의 江華?

郡內에는 부호가 만타. 350町步 이하 20町步 이상의 지주가 近 50명이나 된다. 이와 반대로 외인은 50町步 이하 10町步이상의 지주가 겨우 6,7명 밧게 업고 다시 12,000町步에 近한 畓土중에 소위 京畓이란 것은 多不過 3,000町步 이내이다. 이것은 주민호상간에 외자의 유입을 요치 안코 다만 안으로부터 각자의 실력을 다하야 공사경제의 圓滑을 鬪得하고 따라서 地元民 對 外人間의 토지소유권 매매에는 남의 것은 고가로라도 매입할지언정 자기의 것은 價金의 高下를 불구하고 賣却키를 기피하는 특수적 지방성이 잇다고 한다. 이로써 보면 江都人의 鄕土에 대한 애착심이 엇더케 절실하며 또한 고정적이요. 자족적인 생활의 근거가 얼마나 견고한가?...!

雜感의 몟가지

孫石塚

仁川서 江華 가는 길에 草芝를 지나면 손돌목(孫石項)이라는 標路가 잇다. 이 곳은 右**角 우에 잇는 無主塚이 곳 孫石塚이라 한다. 이 古驛은 옛적에 高麗王이 蒙古兵에게 쫏기어 피난차로 이곳을 지나다가 漢

水가 윤택하야 薛路의 방향을 일코 이것을 蒿師(孫石의 별명)의 *導 잘못한 죄라 하야 스사로 격분되야 孫의 목을 배여 이곳에 매장하얏는데 이날은 곳 10월 20일이다. 其後부터 매년 이 날을 당하면 이곳이 부근 일대에는 반다시 *風이 일어나서 怒濤가 격렬함으로 이 孫石項을 지나는 船夫들은 모다 祭酒를 밧들어 이 魂靈을 慰安식혀 준다고 한다.

忠義碑

이 鄕邑에는 吳宗道의 去思碑도 일개 古物이 된다만은 대정변이 생길 적마다 憂國丹忱의 汗淚가 흐르는 金尙容 父子의 殉節碑와 한번 북치어 紅兜碧眼白人軍의 魂聽을 서늘케 한 一門 忠友萬古風聲 魚在淵 형제의 전사비는 春秋千年 그 비문의 字字勾勾 忠魂義魄이 활동하는 듯하다.

金黔婁

31년간 祈禱의 德으로 失踪한 생부를 初覲한 金仁洙군의 효행도 무던하거니와 다시 15세 未成의 金昌九 군은 爲親至孝天의 감응을 밧아 家嚴의 38壽를 83壽로 逆轉廷長케 하얏다는 일로 조정으로부터 이것을 南齊의 庚黔婁의 효행과 갓다 하야 「海東黔婁金昌九之閭」라고 特賜한 生前 命旌을 밧앗다는데 其子其孫도 역시 乃祖乃父의 성행을 模倣하야 世世 孝門으로 「古之庚黔婁는 黔婁요. 無黔婁리니 今之金黔婁는 黔婁요 又黔婁라.」고 一世의 敬仰을 밧는다 한다. 그리고 金씨가 母喪을 당한 후나 父喪을 당한 후 侍墓할 적마다 每夜一頭의 老虎가 반다시 와서 3년을 하로 가티 동거하다가 하산한 후 1日은 其虎가 金씨에게 見夢하야 不幸 通津人 朴某라는 砲手에게 捕殺된 일을 고함으로 익일에 현장으로 前往하야 본 즉 과연 夢事와 想遠가 업섯다 한다. 지금 金씨의 令孫 金普*君의 家중에서는 당시 이 虎皮를 신중 보관하야 온다고 한다.

二節婦

入棺同時 命旌이 내리어 稀世의 激賞을 밧은 河씨의 貞烈이며 偲집 구경도 못한 靑*으로 百折不屈一片의 貞操를 적히어 一面不知의 總角 故人에게 50평생을 희생한 金씨의 烈行도 장하다만은 이보다 一箇의 信物를 가슴에 품고 萬里風浪에 몸을 던지어 一死로써 家君의 屍身을 안고 도라온 車씨, 李씨의 節俠은 한번 듯기에도 渾身滿葉의 경이를 감당할 수 업다. 그러나 남과 가티 旌門을 세워보기는 고사하고 일이 임의 과거에 속한지라 엇줍잔은 微頌李烈의 黃銅半指 一箇나마도 맛보 지 못하고 그냥 春風秋雨 九泉臺下에서 속절업시 잠자고 잇슴은 너무 나 섭섭한 듯하다.

斥倭鬼

郡內에는 수십의 官公吏를 제하고는 日人이란 잡화업자 1명이 잇슬 뿐이다. 그리하야 가는 곳마다 아니밧을 수 업는 딸깍발의 성화를 江華 人은 호올로 안밧는 모양이다. 경제착취에는 머리악을 쓰고 들어 덤비 는 무리로서야 어이하야 江華돈이라고 슬타 하얏스랴만은 江華人의 몬 로主義에는 귀신도 동감인지 모처럼 한푼 두푼 버러먹고 살만치 되기 만 하면 그만 하염업시 신단지가 됨으로 제 아모리 强惡으로 有名字 한무리도 이제는 江華란 말만 하야도 몸서리를 낸다고 한다.

活人佛

丁未年 7월 江華 鎭衛隊의 해산의 최후는 맛츰내 韓軍의 火蓋를 切케 하야 意氣衝天 仁川海를 덥혀오는 적의 대부대가 전멸되얏다.

이것이 일대 화근이 되야 非朝 卽 夕一城의 屠戮을 當치 아니지 못하 게 되얏다. 適期時 至今當地에 在한 天主敎의 端神夫가 성심성의로 居

中調停하야 위기일발에 瀕한 참상을 면하얏다 한다. 그리햐야 이로부터 이 지방의 주민들은 端씨를 活佛로 경외한다고 한다. 지금 沁都중앙에 웃둑 소슨 高臺를 울니어 떠오르는 종소리야말로 아츰저녁 1점 2점 당시 慟灰를 길이 길이 추억케 한다.

二大名物

江華에는 다른데서 흔히 못보든 두가지 명물이 잇다고 한다 하기로 무엇이냐 물어보앗다. 첫재는 初喪稧이니 歲饌稧이니 貯金稧이니 하는 稧名色이 500여개소나 되는 것이 한가지 명물이요. 둘재는 郡내에는 600石 이상 추수하는 부자가 50여戶나 되야도 사회사업이라면 一分銅에 머리를 흔드는 개중에서도 吉祥面 金永伯군의 부부가 특히 보통학교 건축비로 3,630원을 喜捨하얏다는 것이 또 한가지 명물이라 한다.

織物界의 원조

府內面 新門里 金有聲군은 距今 16년전부터 미래 6, 7년간 직물에 대한 노력이 적지 안엇스나 다만 자본측의 무성의로 맛츰내 업무를 중지하얏다 하고 다시 河岾面 新鳳里 金東植군은 隆熙당시부터 수만원의 大金을 잇끌고 機織術의 연구 공장건축 기술전습 등 斯業 장려 보급에 전력한 결과 一郡을 통하야 작년 中産額만 하야도 발서 29만 8,000원에 달한다. 이러케 江華綿布의 명가를 全鮮에 周知케 할 뿐 아니라 일시 江華 직물계에서는 金씨가 중심이 되야 인기와 시세를 좌우하얏다 한다. 그러나 한번 초월하야 中國 綢緞의 수입을 대항하야 보랴고 大正 7년부터 蠶繭을 직접 매입하야 製糸幷官紗의 직조를 시작하야 오다가 不意 9년 이래 물가의 폭락으로 참패를 당하고 目下 사업중지 상태에 잇슴은 무엇보다 이상의 통분한 일이다. 이것이 戰罪일가? 아니 天亡일 뿐!

文化警察의 냄새

속당에 査頓집엔 가고 십허도 노랑 강아지가 미워서 못간다더니 朝鮮은 예의 잇는 지방으로 살기는 조흐나 딱금 나으리의 등쌀에 못살겟다고 한다. 그러나 한날 한때에 생긴 손가락도 길고 짧은 놈이 잇다더니 유달니 江華警察署에서는 提燈과 우산을 다수 비치하야 甲串津 통행하는 인민에게 편리를 도아준다 함은 참말 갓 마흔에 첫보선맛을 뵈이는 것 갓다. 이제 이것을 새삼스럽다, 적다, 고리다 하느니보다 차라리 하도 지리하게 칼소리만 들니든 천지에서 요만한 대우나마 밧게 됨을 치하하는 동시 木盃 일개라도 밧치어서 상장을 주는 것이 젊잔은 동방군자 국민의 예도가 안일가 한다.

대접 못밧는 肖人

府內面 菊北里에 잇는 靑蓮寺의 여승 唐씨는 일차 落籍한 후로 시종 일관 전 정력을 佛陀에 붓치고 오다가 年前 死葬時 意外 餘燼中으로부터 8面 영롱한 肖人이 생기어 맛치 十五夜明月과 가티 高麗山 전면에 明氣를 放射하야 한참동안 一世의 이목을 놀내게 하얏다 한다. 지금 이것은 寺中에 深藏하얏스나 다만 다시 唐僧의 成道를 알아주는 자가 업슴은 유감천만이다. 아시라 차차 食色의 魔窟로 化하야 오는 금일의 假佛界를 怨嗟한들 무엇하리요!

項門一針

세상에 제일 미운 놈이 누구냐? 돈 두고 안 쓰는 놈! 돈을 너무도 모아보랴고 횡포한 행동을 하는 놈들이다! 이따위 金權者의 세력은 江華일대에도 발서 오래전부터 만연되야 왓다. 陸面에 簇出한 소위 無名代金業의 鬼面들은 年來 대출을 단절하고 회수에만 偏急하야 극도의 긴축책을 씀으로 細民일반의 경제공황은 刻一刻激甚하야 온다 하며 다시 水面에서 跋扈하는 渡船業者는 航程의 원근, 임금의 高下 기타 승객대우의 여하는 불구하고 다만 무리한 이득에만 편중함으로 교통상, 운수상의 불평이 逐日 놉하간다고 한다. 그러나 죽음이라도 自地方발전에나마 뜻을 두고 일부사회의 체면이라도 유지하게 되면 千萬幸甚이다만은 안되야가는 집 祀堂에는 개가 올나 안는다. 망난이 초상 喪主는 팟죽에만 밋친다더니 다만 개인의 口腹으로 하야 모처럼 생기엇든 矯風會를 흔들어 滅風會를 만드는 데는 악을 쓰고 덤비면서도 천하가 共鳴하는 청년사업에나 民立大學 지방부의 조직이며 기타 공공사업에는 一寸의 동의가 업다고 한다. 아아. 제군아. 사회를 떠나 살 수 잇는가를 깨달으라! 그리고 천하는 일개인의 독점물이 안인 公理를 알아두라. 동시에 임의 諸君의 눈 압헤서 날뛰는 萬方의 無産者는 두 손을 단단이 잡고 제군을 위하야 분투함을 急急쟁察하여라!
甲子*夏旣望傳燈寺에서

[34] 南歐 쌀칸 半島·其他 列國을 歷遊하고, 獨逸에서 朴勝喆, 『개벽』 제52호(1924.10)

철학의 도시인 하이델베륵=30만 병 드는 술통=綠林 속에서 積雪을 보는 瑞西의 주리히市=여관업에 得利한 瑞西人=루체른湖 상의 半 日=루소의 出生家와 國際聯盟事務所=시계업 大本營의 제네바=朝鮮과 마치 한 가지인 伊太利=伊太利에서 둘재 가는 미란市=대리석상이 2,000을 헤이는 세계 제일 큰 敎堂=300여 명의 배우가 노는 스칼리극장=水市 베니쓰와 畵市 푸로렌스=2700년의 역사를 말하는 羅馬=나폴니의 勝景과 폼페이의 古蹟=더위와 古蹟의 伊太利로 새로 독립된 알빠니아에=감개무량한 알바니아 청년과의 對話.

獨逸에서 瑞西가기까지

瑞西는 세계의 공원이라고 하고 伊太利는 미술의 大集成處라고 하야서 그러한 지는 몰으나 歐米人의 동경의 초점이다, 그뿐 안이라 歐洲에와서 잇는 모든 외국인이 亦是 계획은 다 하는 것이지마는 사정이 불허하는 까닭으로 그 뜻을 일우지 못하는 것이다. 戰前에야 말할 것도 업겟지마는, 戰後 10년간 國內에 蟄伏하얏든 獨逸人은 昨冬 이후 金馬克制度로 인하야 너나 할 것 업시 외국 여행을 떠들게 되는데, 그 중에도 瑞西, 伊太利로 가는 사람이 최다수일 것이다, 伯林에 잇는 엇더한 여행안내업점에 가 보든지 瑞西, 伊太利 여행안내 광고로 고객의 안목을 眩煌하게 한다. 원래 獨逸人은 여행을 조화하는 성질이 다른 국민보담더 잇는데다가 金馬克制度로 인하야 대전을 치른 他열국보담 가장 빗싼 돈을 가지게 되엿나니, 이것이 한 가지 원인이요, 理在 獨逸物價는 他열국보담 高騰하다는 것이 둘재 원인이 될 것이니, 이 두 가지가 獨逸人으로 하야곰 외국여행을 하고자 하는 직접 동기를 맨든 것이다. 베르트하임이라는 만물상점에서는 伊太利 여행단을 조직하게 되고, 이로부터 獨逸人 남녀는 모도가 瑞西, 伊太利로만 가는 것 갓하야 매번 기차는 滿員 안이 되는 때가 업다고 한다, 우리도 이 사정으로 인하야 예정보담은 멧칠 늣게 떠나게 되엿다. 獨逸 政府는 獨逸人의 외국 여행이 넘우도 심함으로 旅行稅로 每人 下에 500馬克(邦貨 약 250원)을 징수한 후로부터 얼마쯤 감소하여 젓다고 하나, 瑞西나 伊太利를 간다는 말을 안이 듯는 날이 업섯다.

瑞西 가기 전에 하이델베륵을 보고 가기로 작정하얏다. 이 古都市는 山水之景이나, 상업이나 혹은 공업으로 그 명성이 세계에 놉흔 것이 안이라, 철학으로서 넓히 알게 되엿나니 獨逸 哲學界로 보면 今昔을 勿論하고 一王城을 일우어 가지고 잇는 것 갓다. 이 일홈이 다만 歐米人에게 뿐만 안이라, 근래에는 본국 인사 간에도 「알트하이델베륵」이라는 연극으로 해서 周知된 줄 안다. 이 古都市는 전일 팔쓰 選擧侯國의

首府이엿섯나니, 극성시대에는 꽤 볼만 하엿겟지마는 佛國 루이 14세에게 패망을 한 후에는 산상에 홀로 섯는 궁성은 전일의 영화를 말할 뿐이요, 시 중앙으로 흘으는 라인강의 지류는 往昔의 비밀이 잠겨잇는 것 가티 보힌다. 市街는 물론 구식이고, 현 獨逸서 제일 年條가 놉흔 대학이라 하되 건축물은 보잘 것 업다, 그러나 외형보담 내용이 충실하니 강변에 방이나 어더 가지고 이 조흔 곳에서, 대학생 생활을 하고 십흔 생각도 낫섯다, 이러케도 공부하기 조흔 곳에서 년년히 얼마나 만흔 학자가 배출하나 하면서 누구든지 伯林서 공부를 안이 하고 싀골 대학으로 가겟다 하면 나는 서슴지 안코 하이델베륵을 천거하려 햇다, 압헤는 강이 잇고 뒤에는 산이 잇서서 그만 하면 山水之景이 갓초 왓고, 상공업의 도시가 안이요, 純然한 학술 도시이니 이러한 곳을 내여 놋코 어대를 구하랴.

산상에 잇는 궁성에는 등산 전차로 올나가게 되엿고, 그 곳에 올으면 원근을 조망할 수 잇나니 春日秋夜에 來客이 不絶한다고 한다, 궁성이야 보잘 것 업다, 포탄의 참화를 당한 궁성은 처참할 뿐이다, 그리니, 그 당시에는 宏大한 건축물이엿고, 酒庫에는 30만 병이나 드는 술통이 잇나니, 그 술통 우에는 20여 명이 무도를 할 수 잇게 되엿다, 이것이 가장 有소문한 것이다, 이 술통을 맨들어 놋코 세 번 밧게 채워 보지 못하엿다 한다. 이 술통에는 名地에서 상납오는 술을 부엇나니, 당시 選擧侯는 이 술통에 술을 부어 놋코 가무를 가초아서 堯日舜月을 보내엿든 것이다. 이 다음으로 유명한 것은 20米突이나 놉게 연통을 맨들고 통으로 소를 구어낼 만한 부엌이다, 前庭에는 풀이 그윽하고 高柱大樑이 허수하엿스니 前日 王侯의 생활이 一場春夢이 안이고 무엇이냐. 이곳에서 두 學友를 맛나서 매우 반기엿다.

雪中의 쭈리히市

獨逸과 瑞西 국경에서 검사하는 모든 節次는 꽤 간단하야 쾌감을 주엇다, 국경 도시 빠셀에 들어스니 壯山이 눈 압헤 보힌다, 이것이 알푸스산이로구나, 이 곳 뿐 안이라 瑞西는 알푸스山國이라고 하야도 과언이 안이다, 기차는 갈사록 深山窮谷으로 들어간다, 들리는 것은 바람소리와 물소리뿐이며 人家라야 감자를 캐여 먹고 사는 山家가 듬은 듬은 잇슬 뿐이다. 오후에야 쮸리히 정거장에 도착하얏다, 미리 통지를 바든 韓군은 우리를 반가히 마저 여관으로 데리고 가면서 그 間積阻하엿든 것을 말하며 여러 학우의 소식을 뭇는다, 우리 두 사람은 가레도 韓군에게 대답하얏다. 시가에 나가기를 재촉한다, 나서 보니 당당한 대도시이다, 그러나 雨雪이 紛紛하니 이를 엇지하노, 우리에게는 大端不緊한 것이다, 지금이 4월 중순인데 일기의 不調는 매우 염려가 된다, 일정한 일자에 일정한 노정을 가야만 할 우리 두 사람은 이 험악한 일기를 원망하얏다. 일기만 조왓드면 쮸리히 湖上에 船游도 亦 유쾌하지 안을 것이냐, 거울가티 맑은 湖上에 매여 잇는 小증기선은 우리가튼 여객에게 等待하고 잇는 것이 안이고 무엇이냐, 오늘 이곳에서 故友를 맞나 이 노리를 못하게 하니 上天의 심사도 알 수 업다. 산책로에서 산보만 하다가 대학으로 발을 옴기게 되엿다, 中路에서 저긔 보히는 집이 高等工業學校라고 한다, 외양으로 보기에 그리 놀나울 것은 업섯다. 대학은 외양으로 보기에 精하기도 하고 탐탁해 보힌다, 내용은 몰으겟다마는 외양으로는 내가 歐洲에서 본 대학 중에 제일일 것이다. <u>이 대학에서 츠음으로 朝鮮 사람이 학위를 어덧스니 歐洲 유학이 잇슨 뒤로 初有한 일이며</u>, 이곳에서 대학생 생활을 하는 韓군을 매우 부러워하얏다. 韓군은 우리 두 사람을 伊太利 요리점으로 안내하야 伊太利 음식을 맛보히며 자기가 伊太利갓든 이야기를 하야 몸은 비록 瑞西에 잇스나, 정신은 벌서 伊太利에 가서 잇는 것 갓햇다. 식후에는 카페 집에 동행을 해 주어서 우리로 하야곰 瑞西人의 카페집 생활을 알게 하엿다.

翌日에도 雨雪이 紛紛하니 갈 길이 창창한 사람이 방 안에 들어 안젓슬 수는 업는 처지이엿다, 그런데다가 韓군은 일직이 와서 외출하기를 재촉한다, 獨逸서는 눈을 이저버리게 되엿는데 瑞西에 와서 다시 보게 되니 이상한 것은 산중 일기이다. 인구 21만을 가진 쭈리히시는 精하기도 꽤 精하며 아담하기도 꽤 아담하다. 그 가운대로 連續해 단이는 전차도 참으로 精하다. 北歐 열국에서 본 후에 다시 보게 된다. 전자에 이 도시에 잇섯든 李군에게 늘 말을 들엇지마는 과연 허언이 안이다. 전차를 타고 뒤 산에 올으니 綠林 속에 적설이 그저 잇고, 167층계로 된 망대가 잇스니 그 우에 올으면 시가를 손으로 움켜 잡을 것도 갓다. 그 뿐 안이라 원근에 보히는 산촌들은 北歐에서 보든 것과 죽음도 다른 것이 업서 보힌다. 이 곳 경치도 좃치마는 더 조흔 곳으로 가야 하겟다. 루체른 가는 전차를 타고 그 速한 것이며 精한 것에 놀내엿다. 瑞西에서는 거의 전차가 단이게 됨으로 깨끗하고 빠른 것은 우리의 상상 이상이다. 沿路의 경치는 그리 보잘 것 업다. 山中國 瑞西에서 산중으로만 전차가 가니 그 경치가 平平凡凡할 뿐이다.

瑞西景致의 中心地 루체른

루체른의 山水之景은 엇더한가. 듯든 말과 죽음도 틀님이 업다. 누구든지 瑞西 유람가는 이가 잇스면 이곳은 꼭 보아야 될 것이다. 이곳을 안이 보고 와서는 瑞西 구경은 헷구경이다. 瑞西人은 여관업에 得理한 국민이라는 것은 일즉이 듯든 말이다. 그러나 이와 가티도 여관을 잘 맨들어스랴. 루체른湖 좌우편에는 대소의 여관이 잇스며, 바로 湖邊에 산책로가 잇고, 路傍 樹下에는 드믄 드믄 長交椅가 노혀 잇서서, 그 長交椅에 안지면 파르고도 파란 호수 우에 小증기선과 뽀트가 떠 잇는 것이 눈 압헤 보히고 죽음 들어 건너다 보면 알푸스산상에 싸혀잇는 白雪은 얼마나 여객을 깃브게 하는지 알 수 업슬 것이다. 이 호수 우에 現代式 철교 외에 구식 複道가 잇스니 이것은 행인들이 비를 避하는 곳이라고 한다. 그곳서 머지안케 구리른 맨든 사자의 泣像이 잇스니, 그 얼골을 찡그린 것이라든지 눈에서 눈물이 곳 나오게 된 것이라든지 이 두 가지가 걸작이라는 칭호를 돗게 된 것이라 한다. 이것은 佛國

大革命 때에 瑞西人으로 佛國近衛隊에 잇든 士卒들이 몰살을 당하얏슴으로 이 기념상이 생기게 되엿다 한다.

루체른湖上에 기선을 띄워 半日 消暢도 헛된 일은 안이다, 아츰에 떠나는 배를 타고 풀류엘렌이라는 곳을 가게 되엿다, 호수 좌우로는 알푸스산이 놉히 솟삿다. 그 우에서 떨어지면 곳 물 속으로 들어 갈 것도 갓다. 上峯에는 백설이 싸혀 잇고 中峯에는 백설이 둘너 잇스니 놉기도 꽤 놉겟다마는 산 속에서 산을 보니 그리 놉하도 보히지 안는다. 이 壯山 빈둥이에 죽음죽음한 상자짝가튼 집들은 北歐 열국에서 보든 것과 갓다. 도대체 말하면 瑞西의 경치는 인조가 만흐니 교묘하고, 瑞典이나 諾威의 경치는 자연이 만흐니 웅장해 보힌다. 午正이나 되여서 뷜헬름텔 敎堂 압헤서 배를 내려서 걸어가게 되엿다, 湖水가에 산빈둥이로 길을 내고, 혹은 골을 뚤어 길을 내엿스니 이 길로 가는 사람이면 우호로 壯山을 처다불 수 잇고 아래로 호수를 내려다 볼 수 잇스니 이 도로가 루체른으로 경치가 좃타고 일으도록 맨든 것의 하나이다. 누구든지 이 길로 가 보아라, 거름을 속히 못 걸으리라, 그는 대자연을 찬미하는 동시에 人智을 경탄할 것이다. 三伏盛炎에 이곳에서 마음 편히 저긔 보히는 저 별장에서 한녀름을 지내는 사람이 얼마나 행운아일 것이냐. 이곳에는 瑞西人의 별장보담 외국인의 것이 만코, 그 중에도 英米人의 것이 만타 한다, 어대로 보든지 세계는 英米人의 지배하에 잇는 것 갓다. 현대 도시 발달은 교통기관이 복잡한 것이 특징이니, 이러한 도시에 사는 사람으로서는 당연히 이러한 山佳水麗한 閑地에 별장이 잇서야 할 것이다. 풀류엘렌에서 점심을 먹은 후에 전차로 알트또르푸에 가 보앗다, 이곳에는 뷜헬름텔의 동상이 잇스니 이는 瑞西愛國者로서 유명한 사람이다, 瑞西 우표에도 이 사람의 사진이 잇다. 그 외에는 별로 볼 것 업는 조고마한 촌락이다.

루소의 出生家와 國際聯盟事務所

　루체른서 瑞西國首府 뻬른을 지나 제네바에 왔다, 뻬른은 瑞西國의 首府이라 하나, 이것은 정치상으로 首府가 될 뿐이요, 인구의 만음이라든지 또는 기타 모든 것이 쭈리히를 당치 못할 것이다. 엇재든 뻬른을 보고 가는 것도 좃키는 조흐나, 伊太利에서 希臘가는 出帆 일자가 촉박하니 마음은 간절하나 정지장에 내려서 두 시간이나 다음 차를 기대리면서 하루 저녁도 묵지 못하고 가는 것은 대단 섭섭한 일이다. 기차는 제네바 湖邊을 돌아간다, 엇지나 큰지(호수 면적 331方哩, 중부의 폭이 범6哩) 호수라는 것보담 바다 가티 보힌다. 이 沿邊의 야경이 좃타고 하나 백주에 지내니 그 구경하기는 틀녓다. 제네바도 亦 精하기도 精하다, 루소島도 잘 맨들엇고, 제네바湖邊에 잇는 遊樂舘 근방의 야경은 이것을 일너서 不夜城이라 할 것이다, 대학 건축물은 보잘 것 업다, 그러나 後庭 石壁에는 칼빈과 그 동지자들을 삭엿다. 제네바市가 칼빈의 종교 개혁지로서 유명한 것 뿐 안이라, 국가 제도에 대개혁을 일으키게 한 革新文學者 루ー소의 출생지이니, 이것은 과거의 일이고, 현재로 보면 시계제조업으로서 得名하엿고, 또 한 가지는 有名無實은 하나마 國際聯盟事務所 所在地인 까닭과 또 그 외에 근래 여러 번 열국회의가 이곳에 잇섯슴으로 세계인사에게 널니 알녀진 것이다. 루ー소 출생가는 벌서 퇴락하엿고, 國際聯盟事務所는 넘우도 훌륭하다, 제네바湖邊에 굉장한 건축물이 그것이니 누가 보든지 제왕의 離宮으로 알 것이다. 國際聯盟總會도 夏節에나 하엿스면 각위원들의 피서처로는 가장 적당할 것이다. 제네바湖上에 걸처 노흔 철교에 서서보면 호수도 맑기도 맑다마는 몬불렁(白岳)의 적설도 보기 좃타, 아마 이 두 가지가 제네바 山水之景의 精粹라 할 것 갓다. 끗으로 瑞西는 物色이 곱지 못하다는 것이나 써둘가나.

世界에 第一되는 隧道, 敎堂 及 劇場

오전에 제네바 湖邊을 다시 돌아 瑞西와 伊太利 국경에 잇는 심플론 隧道에 이르럿다, 이 隧道는 세계에 제일 긴 것이라고 한다, 그 중에 긴 것은 12英哩나 되며 약 22分이나 걸닌다, 이 동안에 여권이며 行李의 검사를 한다. 이곳을 버서나니, 여긔가 伊太利로구나, 그러나 국경이 되여 그러한지는 몰으되 산천이 보잘 것 업는 것은 물론이지마는, 촌락 역시 보잘 것 업다. 산악이 험준할 뿐이요 삼림이 업스니 이것이 殺風景이 안이고 무엇이냐. 이곳 뿐 만 안이라 伊太利 어대를 가든지 赤山이지 獨逸가티 삼림이 울창치는 못하다. 伊太利와 朝鮮이나 마챤가지다, 이러하니 비는 적고 찌는 듯한 더위만 잇슬 것이다. 길에서 먼지는 풀풀나되 담엽헤 심은 紅桃花는 만발하야 춘절을 자랑하며 南船北車하는 여객의 눈을 질겁게도 한다 伊太利의 먼지는 말도 말어라, 希臘이나 朝鮮이나 마찬가질 것이다. 밤 늦게야 미란에 다엇다, 獨逸語 하나로는 잘 통치 안키를 시작하엿다, 이곳 저곳 도라 단이며 여관을 차지니 어대든지 만원이다. 야심한 후에야 여관에 들어 주린 배를 채고 伊太利에서 첫날 밤을 편히 쉬엇다.

翌日에는 아츰부터 비가 부실부실 온다마는 나서 보자. 큰 敎堂과, 극장잇는 근처에 가서 돈을 밧구어 가지고 이곳 저곳 기웃기웃하여 보앗다, 이곳이 미란市의 중심이라고 하다, 상점도 잘하야 노왓고 카페집에는 오전부터 대성황이다, 雨天商店(京城 鍾路에 잇는 立*의 大規模)도 잘도 맨들어 노앗다, 그 안에는 萬種雜貨며, 음식점이 櫛比게 잇서서 꽤 질번질번하기도 하다, 이런 것이 이곳에만 잇는 것이 안이라 伊太利 각 도시에 다 잇다. 세계에 제일 크다는 敎堂(中央寺院)은 얼마나 한가 보쟈, 高가 162야드이며 집 우에 大理石像이 2,000이나 된다 한다, 참으로 굉장하다, 대리석으로 지은 敎堂의 그 내부는 엇더케 넓은지 이 끗헤서 저 끗헤 사람이 안이 보일 지경(4만인을 포용키에 족함)이다, 고인은 이러케 장엄한 것을 조하하엿든 것이며 이러케나 하여야 무슨 신비가 감초아 잇는 것 가티도 생각하엿든 것이다. 獨逸 콜로늬에 잇는 敎堂도 꽤 크기는 큰 것이다 마는 이것에 비하면 퍽 적어 보힌다.

그 첨탑에 올나 보면 미란市가 眼下에 보히고 그 놉흔 집들이 상자짝 갓고, 사람 단이는 것이 엇지 적은지 이것을 일너서 개미 단이는 것 갓다 할 것이다. 어대를 돌나 보든지 빈틈이 업다, 이것이 與天地無窮으로 지은 것이 안이냐, 이 敎堂을 시작히기는 14세기 말엽이로되 중간에 獨, 佛, 伊, 3국인 技師가 번가레로 看役하게 되야 아주 완성히기는 19세기 초엽이라 한다, 그러면 매일 계속한 사업은 안이로되 4세기 이상이라는 장구한 세월이 걸넛스니 얼마나 큰 것을 알 것이다.

세계에 제일 크다는 스칼라극장에는 오전부터 비를 마지면서 표를 사려는 군중이 기대리고 섯다, 물론 伊太利語는 몰으지마는 今夜에는 歌劇인 것과 입장료가 얼마짐인 줄은 알엇다, 시작하는 시간도 알엇지마는 歌劇의 내용이 무엇인지도 몰으고 또는 물으려고도 하지 안엇다, 남들이 만히 들어가려 하는 것과 세계에 크다는 극장이 얼마나 큰 것을 알고쟈 하야 덥허 놋코 썩 조치 못한 좌석을 매장에 약 9원이나 주고 두 장을 사느엇다. 밤에는 극장에 가려니와 오후에 시내 구경이나 하쟈, 구즌 비는 부실부실 오는데 시내일주 자동차를 타고 이곳 저곳 끌려 단녀 보앗다, 이 자동차에는 獨逸人이 만이 탓슴으로 獨逸語의 설명이 잇서서 매우 편리하엿다. 미란이 伊太利에서 第二 가는 도시라 한다, 그러나 그리 굉장치 못하다, 獨逸 각 도시에 비하면 건축물이라든가 시가가 아모 것도 안이다, 敎堂前廣庭은 꽤 복잡하지마는 其 외에는 한산해 보히고 지저분해 보히며 도대체가 구식 도시이다. 성마리아 敎堂이라야 족으마한 수도원이지마는 그 敎堂 내에 잇는 따뷘치의 聖晩餐圖는 세계의 명화라 하되 허술해저서 전일의 색채를 일허 버렷다. 伊太利는 미술왕국이요, 伊太利 국민은 예술의 국민이라 할가나, 사람들이 적고 기력이 잇서 보이지 안는다, 獨逸人을 보다가 伊太利人을 보니 그 차가 넘우도 심하다. 스칼라 연극장은 크기도 크다. 3,600명이나 입장이 된다는데 이날도 뷔인 자리가 별로 업서 보힌다, 내부도 잘

도 꿈이여 노왔고 배경이며 300여 명이나 되는 남녀 배우의 의상도 잘
도 채렷다, 기술 역시 남에게 질 것 업다, 이만하면 세계의 제일이라고
하겟지, 아마 몰나 세계제일을 조화하는 米國에는 이러한 연극장이 잇
는지.

水市 베늬쓰와 畵市 플로렌쓰

베늬쓰로 가기 전에 제노아를 보고 가자. 제노아 亦 세계적 회의가
여러번 잇서서 유명해 젓슬뿐 안이라 내외국 선박의 출입이 頻數한 伊
太利의 商港으로서 세계에 널리 알려 젓스며, 위인 콜롬부스의 출생지
이니 정거장 압헤는 이 위인의 대리석 立像이 잇서 往古偉人의 위업을
追慕케 한다. 제노아는 족으마한 商港이로되 꽤 精하고 신식도시이며,
대학 亦 소규모이나마 보기에 그만하면 하는 생각도 하얏다. 전차로
약 40분이나 가면 네르븨라는 海村에 이르나니, 이곳에는 언제든지 요
양객이 歐洲 각지에서 모여든다 하며, 夏節 해수욕지로서도 상당히 일
홈이 잇다 한다. 해안에 여관도 하잘여 노왓고 해안 카페집에서 카페를
마시며 남국의 歌樂을 들으니 작년에 瑞典갓든 생각이 난다, 때는 비록
춘추의 별이 잇스되 이 날과 가티 땃듯한 날 괴테보륵에 열엿든 박람회
마당에서 역시 카페를 마시면서 이 남국의 음악을 듯고 매우 질거워
하엿나니 이제 이것을 남북에서 두 번 듯게 되니 반갑기도 하고 질겁기
도 하기 한량업다. 이러한 조혼 半日을 이곳에서 보내고 夜行車로 미란
을 것처 翌朝에 베늬쓰에 다엇다, 이곳이 물나라 베늬쓰라고 떠드는
곳이다. 117 小島를 378橋로 연결하야 한 도시를 일웟나니 이곳에는
자동차도 업고 전차도 업다, 교통 기관이라고는 증기선과 소운하로 단
이는 곤도라(小舟)뿐이다, 도시라야 亦 고도시이요, 지저분하기 짝이
업다, 그러나 聖馬可 敎堂前은 꽤 질번질번하다, 좌우로는 여객의 주머
니를 떨게 하는 각종 기념품이 버려 잇고, 그것도 부족하야 그 근처
새골목에도 이러한 상점을 不可勝數라고 할가나. 聖馬可敎,堂 잘도 꿈

이엿다, 그리 크지는 못하지마는 엇지도 그리 건축을 잘 하엿스며 무수한 소슨 탑이며 또는 색채의 조화라든지 만인의 안목을 끌게 되엿다, 이 教堂前에서 손에 비닭이를 안치고 사진을 박는 것이 이 교당을 보고 가는 가장 큰 기념품이나 되는 것 갓하야 보힌다, 우리가 보기에도 거의 다 사진기 압헤 서는 것 갓다. 聖馬可 教堂 엽헤 잇는 망대에 올나서서 보니 水市 베늬쓰는 글자대로 사면이 물이며 골목마다 물이다, 보히는 것은 망망한 대해뿐이며 육지와 연한 곳은 인공으로 맨든 기차선로뿐이다. 往昔에 궁전이 되얏든 곳에는 그림을 藏置하엿고, 그 뒤에는 감옥이 잇섯나니, 그 구조의 튼튼함이야 이곳 이곳 석굴인 것 갓다. 베늬쓰에서 츠음으로 본 것이 잇스니 이것이 歐洲에서 츠음 본 것이다, 아츰이 되면 각종 呼賣商들이 물건을 팔너 단이는 것이다, 이로 인하야 아츰에는 洞內가 떠들석하다. 2층이나 3층에서 사는 사람들은 광주리에 줄을 매여 내리면 상인은 물건을 담어 주어서 이러케 간편히 매매가 된다.

베늬쓰에서 플로렌쓰로 가는 차를 잘못 타서 한참은 고생하엿스나 다행히 예정시간과 가티 플로렌쓰에 다엇다. 伊太利語를 못하는 것이 대단히 불편토록 맨들엇스나 英獨語가 통하는 것이 不幸中 幸이엿다. 이곳 역시 시가는 구식이고 그리 보잘 것 업다, 그러나 그림은 伊太利 각 도시중에 만히 집중되어 잇고, 그 중에도 文藝復興時代의 작품이 이곳에 만히 잇다는 것은 정거장에서 맛난 엇더한 米國畫家의 말이다. 이날이 일요일이라 길에 사람도 만타, 어대를 가든지 외국인이 몰케 단이지 안는 곳이 업다, 여러 곳 중에도 경치 좃키로 유명한 미켈안글로 高臺에는 자동차와 마차가 줄을 대엿다, 그리 썩 놉지도 못한 산이다, 물론 京城 南山보다도 얏다마는 廣庭을 맨들고 그곳을 내려다 보면 중앙으로 큰 내가 흘으는 전시가를 두손으로 안을 듯도 하다. 伊太利 각지에 食價가 다 廉하지마는 이곳서 식사를 해 보고 우리는 매우 廉한 것을 깨다랏다.

二千七百年의 歷史를 말하는 羅馬

伊太利 여행의 중심지라는 것보담 금번 여행의 중심지인 羅馬에 도착하얏다, 어대든지 여관은 전부가 만원이고 여관비의 빗싼 것은 말할 것도 업고 그럿타고 저렴한 여관은 찾지도 말어라, 이것은 헛된 수고이다, 어대를 가든지 英語, 獨逸語, 佛語만 들리는 것 갓다. 첫거름으로 聖彼得教堂에 가 보앗다, 압헤는 廣庭이엿고 그 좌편에는 法王廳이 잇스며 또 그 뒤에는 바티칸 박물관이 잇다, 聖彼得教堂에는 聖彼得의 유해를 뭇엇다고 한다, 그리 크지는 못해도 내부의 장식은 伊太利서 본 교당 중에서 제일 될 것이다, 이 교당 그림은 중학생 시대부터 만히 보앗나니 그때에 동경하든 것을 이제 보게 되니 반갑기 짝이 업다. 이 넓은 마당에서 左往右來하는 사람들은 우리와 가튼 외국인이거나 혹은 篤信者로서 이 교당에 참배하러 오는 사람들이다. 法王廳 것흐로 보기에는 훌륭할 것 업다, 그러나 당시에는 한낫 중으로서 제왕의 黜陟을 임의로 하엿고 그 권력이 歐洲人의 의미하든 세계에 밋첫섯스나, 今日은 일부 종교상 세력이 잇슬 뿐이오, 정치상에는 何等의 세력이 업게 되엿스니 今昔의 差가 이러케도 심하다. 바티칸 박물관은 14세기 초엽에 된 회화와 조각이 만흐며 그 중에도 명화가 리파엘의 작품이 만히 보힌다. 이 집에서 西曆 기원 4세기 초에 예수교를 해금한 콘스탄틴대제와 西曆 기원 800년에 法王 레오 3세로부터 찰쓰대제의 대관식은 이곳에서 행햇다고 한다. 이날은 羅馬 法王이 특히 奧地利人 관광단을 위해서 法王廳前에 식장을 베플고 환영사를 말하는 날이다, 6시에나 시작한다는 것을 한 시간 전부터 군중은 모여 들어서 그 넓은 마당이 삑삑이 찻다, 獨逸 속담에 羅馬에 가서 法王을 못보고 오면 羅馬 구경은 헛구경이라고 해서 그러한지는 몰으나 너나 할 것 업시 밀고 들어선다. 老顔에 紅帽紅衣로 채린 法王 레오 10세는 홍색 交椅에 걸어 안진 채 군중에게 환영사를 말한다, 멀니 서서 잇슴으로 자세히는 드를 수 업섯스나 獨逸語이얏든 것은 분명하다, 좌우에 侍立한 문무관이라든지 모

395

든 威儀가 제왕을 부러워 할 것 업다, 式辭가 끗나매 군중은 물읍을 꿀어 경의를 표하고 法王은 축복 기도로 끗을 막고 말엇다.

이 허다한 고적과 미술박물관들을 규율 잇게 보기는 우리 가튼 외국인으로는 도저 용이한 일이 안이다, 그러면 이 곤경을 버서나는 한 가지 길은 羅馬의 시가와 박물관 及 고적을 안내하여 주는 영업인의 수고를 비는 수밧게 업다, 3일간 오전 오후로 매일 2차식 각처를 보혀주게 되엿나니, 여긔에도 각국어의 설명인이 付添하야 단이는 것이다. 羅馬의 창설은 西曆 기원전 753년경이엿스며, 그때의 羅馬의 중심지는 현재와 달러서 동남편이엿섯나니, 지금 남은 것은 주초와 길이 넘는 석주뿐이다, 그러나 이곳은 씨사의 연설하든 곳이오, 저곳은 오구스트帝의 궁성이라 한다, 諸神를 섬기든 사원도 석주 몃 개와 터만 남엇고, 연기장이며 곡마장도 폐허만 남엇고, 猶太人을 잡어다가 지은 연극장도 4, 5만명이 容身할 만하엿섯다고 하지마는 금일에는 튼튼히 지엇든 벽돌담들만 남엇고 그 유명한 羅馬식 목욕탕도 폐허에 풀만 무성할 뿐이다, 하층에는 수도를 끌어서 냉온탕을 맨들엇고 상층에는 도서의 설비가 잇섯다는데, 그터만 보아도 당시에 얼마나 굉장하엿든 것을 알 것이다. 聖保羅의 유해를 두엇다는 敎堂은 크지는 못하나 근년 증축으로 해서 선명해 보히며 천정 밋흐로 역대 法王의 畵像을 그렷고, 그 중 한 法王의 눈에는 금강석을 박어서 광채가 찬란하다, 엇던 敎堂에는 기독교도로서 학살당한 유골을 10여 間이나 되는 방에 못으로 박어 붓처서 뷔인 틈이 업고, 또 엇던 敎堂에는 往古人의 무덤이 잇스니 백화에도 불을 케가지고 지하층으로 들어가면 死體 노엿든 土穴이 층층히 잇고, 또 엇던 교당에는 예수의 足跡을 갓다둔 곳이 잇고, 또 엇던 교당에는 예수가 羅馬 병정에게 잡혀서 올나가든 층계가 잇스니 그 층계에는 남녀노소가 무릅으로 긔여 올나가면서 기도를 들인다, 이러한 敎堂 문전마다는 가진 병신이 다 모혀서 分錢을 구걸한다. 聖彼得聖과 保羅를 가두엇든 지하층 감옥도 끔직끔직하게도 튼튼히 맨들엇고 컴컴하기도 하다, 사람의 출입이며 음식물가튼 것도 줄로 내리고 올니고 하엿다 한다, 이리한 것이 잇든 줄 몰낫다가 근래에 발견된 것이라 한다.

羅馬의 박물관 참으로 만키도 만타, 회화 조각 어느 것이 珍寶가 안이랴, 이것을 보고 저것을 듯기에 갈피를 채릴 수 업스며, 이것이 原本이오 저것이 模本이라는데 정신를 채릴 수가 업다. 그 만혼 名手巨擘의 일홈을 다 기억할 수 업스며, 그들의 작품 역시 생각이 안이 난다, 누구든지 羅馬에 가 보아라 그 회화 조각이 만혼 데는 놀내고 말 것이다. 몃 달 몃 해를 두고 차근차근히 보아야 할 것을 3, 4일내로 다 보고 말앗스니 이것이 술이 北漢 갓다. 온 세음이나 맛찬가지다, 이것 뿐 안이라 이번 여행이 도대체가 走馬看山 격이닛가는 더 말할 것도 업다. 往古 羅馬人은 성곽이며 개천도 잘도 맨들엇다, 금일에는 그것이 無用長物이라 하되 往時 북방 蠻族들을 방어함에 얼마나 보장이 되엿섯스랴. 왕궁도 보잘 것 업고, 公園 하나 잘 맨들엇다, 꽤 교묘하게 맨들엇고 이곳이 조곰 놉흠으로 羅馬市를 다 내려다 볼 수가 잇다. 시가라야 구식일 뿐더너 깻긋지도 못하고, 그때가 4월 하순 밧게 안이 되엿것만는 의외에 日氣는 매우 더웁기 한량업다, 그나 그 뿐이냐 먼지는 풀풀나고 한번만 외출하엿다가 오면 의복은 싸장사의 갓처럼 되고 만다, 먼지보담 더 무서운 것은 세계적으로 일홈이 놉흔 소매치기 도적이다, 이 조심은 단단히 하고 나섯스나 누가 무엇을 일헛다는 이약이를 안이 들은 날이 업스며 외국인들은 서로 맛나면 소매치기 도적을 조심하라는 것이 첫 인사가 되고 말엇다. 伊太利에 순사가 업는 것도 안이다, 羅馬에서는 길에 나서 보면 文官 예복을 입은 순사와 갈색 승복을 입은 중과 청남색 군복을 입은 군인들 뿐이다. 60만의 인구를 가진 羅馬는 伊太利의 首府이지마는 셋재 가는 도시라고 한다, 이 먼지나고 더웁고 불결한 이 도시에서 천년 전 일을 중심으로 한 모든 고적을 5일 간이나 보고 나니 자기자신이 현대 사람 갓지도 안케 생각이 된다.

나폴리의 勝景과 폼페이의 古蹟

伊太利人은 생전에 나폴리 한 번 보기가 원이라 한다, 이 말은 나폴리가 伊太利 각지 중 景色이 좃타는 것이다, 과연이다. 나폴리의 景色 참으로 좃키도 좃타, 70만이나 되는 인구를 가졋스며 伊太利에서 첫재 가는 도시라고 한다, 그 구식 도시인 것과 불결한 것과 먼지 나는 것은 羅馬와 伯仲之間이다, 더구나 좁듸 좁은 새골목에 빨내를 널어 노흔 것은 넘우도 보기 실타. 그러나 해안 경치는 말도 말어라. 해안에는 蒼松을 심엇고, 길도 天壤之差가 잇게 잘도 맨들엇고 精하게도 하엿다, 이 길가에 솜씨잇게 꿈여 노흔 여관들을 보고 하로 밤 안자고 갈 수 업스리라. 압호로는 망망한 대해가 보히고 건너 편에는 화산 분화구에서 연기가 풀풀 나는 것이 보힌다. 이 조흔 경치 안이 보고 십허할 伊太利人이 업스리라, 이 조케 맨든 해안을 얼마 안이 가서 빈민촌이 나오기 시작한다, 그 사는 모양 참혹하다, 두 間쯤 되는 토방에 침대 놋코 飮食間이며, 또 거긔다가 상점의 물건까지 벌녀 노왓다, 의복은 말도 할 것 업고 白晝에도 그 방 안이 깜깜해서 얼골이 서로 안이 보힐 지경이다. 이 해안을 도는 전차 종점은 위치가 조곰 놉히 잇스며, 그 곳에는 음식점이며 카페집이 줄 대여 잇고, 奏樂 소래 佚蕩하다. 누구든지 나폴리까지 왓스면 카푸리島와 폼페이에 안이 가지는 못하리라. 기선으로 두 시간 반쯤 가면 카푸리島에 이르나니 이 도민들은 과수를 심어 釀酒하는 것이 주업이라 한다, 마차를 타고 산상에 잇는 村에 올나가 보니 한적하기 짝이 업고 그곳서 내려다보면 바로 그 밋치 바다 가티도 보힌다, 사면을 돌아보면 꿋이 안이 보히는 바다로 둘너 잇고, 이 섬이라야 창해에 一粟 밧게 안이 된다. 산빈둥이에 과수도 잘도 심엇고 기암괴석 볼 만도 하다, 순박해 보히는 저 주민이 곳을 일너서 別有天地 非人間이라고 할 것 갓다. 나폴리의 해안 경치 안 조흔 것이 안이로되 카푸리島의 경치도 그만 못하지 안이케 보힌다, 이 두 가지를 합해서 나폴리의 勝景이라고 할가나.

폼페의 古蹟, 이로 다 말할 수 업다. 대강 적어 보자, 이곳에는 西曆 기원전 290년에 화산이 폭발하엿섯고, 西曆 기원 63년에 지진이 잇슨 뒤로 전멸이 되고 말엇나니 박물관에 들어가 보면 지진시에 압사된 시체가 돌가티 굿어버린 것이 잇스며 그 시대에도 주석 장식을 만들줄 알엇스며 계란이 잇섯고, 希臘 諸神을 섬기는 사원을 굉장히 지엿스며 대소의 露天演劇場과 남녀목욕장을 맨들엇고, 수도를 사용하엿스며 도로에는 돌을 깔엇고, 수레박휘에 달은 돌이 지금도 남어 잇고, 주택으로 말하면 羅馬에서 보든 것 보담은 구조가 적으나 希臘 문명이 살어지고 羅馬 문명이 일어나려는 趨向이 보히는 것이라고 한다. 羅馬에 살든 사람이나 이곳에 살든 사람이나 모다가 석재를 잘 썻고, 벽돌로 집을 지을 줄 알엇섯나니, 그들도 벌서 3, 4층 집을 지을 줄 알엇든 것이다. 伊太利에서 대리석이 그리 귀해 보히지 안는다마는 각처에서 고금의 건축물을 勿論하고 몃 길식 되는 통기둥 잘도 맨들엇다. 그들은 사원 압헤 장터를 맨들엇고 동문 밧게 부모를 장사하엿스며 인도와 차도를 맨들엇고 시가를 잘 정제히 하여 노왓든 것을 알 수 잇다. 폼페이의 반일은 꽤 머리가 압흐도록 근 2000년 전 고적에 파뭇처 잇섯다. 나폴리와 폼페이 간에는 매시 1, 2차식 전차가 통하나니 약 한 시간 밧게 안이 되는 거리이다. 雅典가는 船便을 기대리노라고 伊太利의 남단 브린듸시에서 2일 간이나 逗留하게 되엿다, 이 족으마한 항구에 보잘 것도 업고 더웁기만 하다, 伊太利人들은 남녀노소를 勿論하고 밤이 되면 길가에서 산다고 하여도 과언이 안이다, 그들은 길거리에 그냥 안거나 혹은 交椅에 걸어 안저서 세상 이약이며 산림 이약이도 하고 음식물을 파는 장사들이 군대군대 잇서서 먹으며 마시고, 음악도 하고 노래도 한다, 아해들은 밤이 늦도록 길에서 作亂을 하고 길 바닥에 늘어 안거나 심하면 누어 잇스니 야간 통행에는 매우 조심을 하야 한다. 이것이 모도 기후관계라 하겟스되 다른 歐洲 열국에서 아주 드믈게 보든 것이다. 이주일 간이나 伊太利에서 더위와 古蹟에 뭇처 살다가 5월 1일에 伊太利를 떠나 希臘으로 가게 되엿다.

三日間의 海上 生活

5월 1일 오후에 伊太利를 떠나서 4일 오전에 피로이스항에 도착하엿스니 이 항해 일자가 3일은 되는 것이다. 피로이스와 雅典 간은 京仁간 거리보담 더 갓갑고, 전차가 연속 不絶히 단인다, 이 곳 말은 要領不得이오, 일자무식이다, 눈이 잇서도 보지 못하고 귀가 잇서도 듯지 못하니 이를 엇지 하랴. 해상에서 견문하든 것이나 몃 가지 적어 보자. 익일 早朝에 알바늬아國 볼노나港에 도착하얏다, 언어가 不通하는 것은 물론이지마는 풍속도 이상해 보힌다, 항구에서 일하는 노동자로 보드래도 그 얼골이 누르고 코가 놉지 안코, 머리가 검은 것을 보면 동양인에 근사하고, 의복으로 보드래도 중부 歐羅巴人의 것과는 아주 딴판이다, 朝鮮 의복 비슷하게 조고리와 바지를 하여 입엇고, 가족 한 조각으로 신을 하여 신엇스니 발바닥에 가족을 대고 노끈으로 친친 얼거 매엿다. 선상에서 건너다만 보고 상륙은 안이 하엿다. 이 사람도 歐洲人이며 이곳도 歐洲인가 하는 생각도 난다. 개항지라야 보잘 것 업고 집이라야 양철로 덥혼 2층 집뿐이며, 산야라야 풀 한 포귀 업는 먼지가 풀풀 나는 赤土뿐이다. 이 나라에는 기차도 업고 전차도 업스며, 신식 교통기관이라야 자동차 밧게 업스며, 목장이나 농업으로 살어가고 족으마한 공장 하나를 자기 손으로 할 줄 몰으고 외국인 기사의 손을 빌게 된다고 한다. 지방이라야 약 2만 8천 平方米突 밧게 안이 되고 인구라야 80만(悍勇키로 유명)밧게 안이 되며 전부가 回回敎徒라고 한다. 선중에서 알바늬아 청년을 맛낫다, 그는 奧地利國 維也納[6]에서 공부하다가 歸省하는 청년이엿다. 그는 알바늬아국 사정을 자세히 말하야 주엇다, 약 500년 간이나 土耳其 통치 하에 잇다가 西曆 1912년에 독립국이 되엿섯스나 그것도 명실이 상합치 못하얏고 다시 西曆 1917년 伊太利 후원 하에 독립국이 되엿스나, 그 간 希臘과 塞耳維國의 번차례 간섭에 두통이

---

6) 유야납(維也納): 오스트리아의 비인. (비엔나)

심하엿고 대전 후에 希臘도 국토를 조곰 띄여가고, 塞耳維도 엇던 지방을 점령케 되야 그 지방의 인민들은 종교로 다툼이 끗이날 적이 업고 이 사정을 알면서도 약소국 알바늬아는 감히 말도 할 수 업스며, 말이 독립이지 伊太利의 간섭이 넘우도 심하며 이것 역시 분하지마는 감히 伊太利에 반항할 수 업는 사정이다, 최근에 일어난 國粹黨의 동란도 이것으로 말하는 것이다, 希臘이나 塞耳維 하나는 두려울 것이 업스나, 그 둘이 연합하니 무섭고, 그 외에 소위 강대국의 후원이 잇스니 꼼작할 수가 업다고 한다. 알바늬아 정부는 전력을 다하야 선진열국에 유학생을 보낸다고 한다, 維也納에만 하야도 30명이나 되며 그들의 취학하는 경항을 보면 법률, 경제가 다수이며 의학이 其次이며 공업이 극소라고 한다, 현대 국가 생활에는 공업이 필요한 것은 두말할 것도 업지마는 알바늬아 정부도 이 점에 매우 유의하야 유학생을 권장하나 엇전 일인지 늘 소수가 된다고 한다. 世界의 풍운은 개이지 안엇다. 적어도 歐洲의 풍운은 이리저리 뭉처 단인다, 인류사회에 국가제도라는 강력과, 종교라는 인심을 융화도 하고 감정을 격동도 식히는 妙物이 유지되는 금일에 전쟁이 업스리라고 하는 것은 몽상이다. 베르사이 평화조약이 歐洲의 평화를 보장하는 것이 못되는 것이다, 歐洲 열국의 역사를 읽어 보아라. 전쟁 후에는 평화조약이 잇섯고, 평화조약이 잇슨 뒤에는 전쟁이 잇섯나니, 이것으로 보면 평화조약이 전쟁을 방지하는 것이 못되고, 전쟁을 일시 중지하는 효능밧게 업섯다. 다른 것은 고만두고 세계대전의 원인이 여러 가지에 잇다고 하여도 역사적으로 생각해보면 전세기 15년대 세력 균형주의에 중독된 歐洲列國委員들이 체결한 조약에 潛伏해 잇섯나니, 이러한 조약에 불평을 가진 나라가 약소국들이며, 알바늬아 가튼 나라이엿다. 세계의 평화를 바라지 말어라. 이것은 緣木求魚이다. 歐洲의 현세를 보아라. 奇禽怪獸를 모아 놋코 黑褓로 덥흔 것이나 무엇이 다르며, 이 褓子를 제처 보아라. 무엇이 나오겟나. 나도 남의 이악이가티 하지마는 우리의 과거가 그러하엿고 현재가 그러치 안으냐, 알바늬아人인 그 청년이나, 朝鮮人인 내나 그 사정과 그 경우가 무엇이 다르냐. 歐洲 전쟁이 잇게 된다면 발칸반도에 잇는 엇던 약소국이든지 다시 그 도화선이 될 것도 갓다, 마치 아해 싸움이 어른 싸움되듯이. 利慾에만 눈이 밝은 강대국들이 坐視하지 안으리라.

이 항로가 조곰 험악하다는 것은 듯든 말이다, 과연 그 말과 가티 오후 3, 4시 경이나 되야서 金波가 일며 선체가 요동하기 시작하더니 夕飯 시에는 식당에 나온 사람이 희소하엿다, 동행 金兄도 식사를 하다가 밧갓흐로 나아가서 누어 버렷고, 식당에는 알바늬아人과 나와 두 사람이 이악이 하여가면서 夕飯을 맛첫다. 안인 것이 안이라. 나도 심기는 불편하엿다, 그 정도가 조곰 넘엇드면 역시 눕지 안코는 못겐대엿슬 것이다. 코린도운하가 문어저서 希臘 全半島를 돌게 됨으로 1일이 늦게 되엿다, 연안에 별로 볼 것 업고, 希臘 남단 해안에 잇는 독제의 離宮은 大戰 시에 佛軍에게 결단나고 말엇다. 壯山도 보히지 안코 평야도 띄우지 안는다.

[35] 北行 三日間, 遮湖에서 朴達成, 『개벽』제52호(1924.10)

*함남 답사 책임

8월 30일(土)墨. 咸南 답사의 책임을 지고 咸南一府 16郡을 향하야 떠나는 날이다. 5시에 起하야 行李를 준비하노라니 小春一然 靑吾 諸兄이 니어니어 차자준다. 조반을 재촉해 먹고 떠낫다. 東大門外 常春園에 잠간 들녓다가 곳 淸凉里驛에 당도햇다. 構內를 드러서자 羅稻香君의 屈曲面이 나타난다. 각자 所向地를 뭇고 8시 50분에 咸興행 차에 올낫다. 初秋의 野色에 心神이 상쾌하얏다. 逍遙山은 가을을 맛기에 밧분 듯 하고 東豆川은 녀름을 보내기에 서운한 듯 하다. 羅君은 鐵原에서 작별되얏다. 三防別境을 지내고 釋王遊園을 지내서 元山에 이르럿다. 전약이 잇든 姜玄礎군이 빙글거리며 上車를 한다. 昨別 今逢이지만 10

년 隔友를 맛난 듯 하다.

德源을 지나고 고원을 지냇다. 永興을 지내서 定平 땅을 當하니까 黑幕이 대지를 덥는다. 一路의 年事는 凶豊을 가리기는 어려우나 대체로 잘된 듯이 보엿다.

成川橋를 건너자 大咸興의 점점한 電光이 눈에 번듯 띄인다. 不幾에 咸驛에 내리니 崔斗先 崔基弼 朴來玉 文泰稷 諸君이 마저 준다. 新昌里 太極旅館에 투숙하얏다.

솠 31일(日)晴. 특별한 사정에 의하야 利原부터 답사하게 되어 利原 행 船便을 구하든 터인데 오늘 오전 7시경에 맛츰 선편이 잇섯다. 4시에 起하야 5시 50분 4호차을 타게 되얏다. 昨日의 車中支離 今朝의 수면 부족 벌서부터 行苦의 감이 생긴다. 姜君도 입맛이 씁슬한가 보다. 8시에 떠난다든 배가 10시가 거싄 지내서야 떠나게 된다. 海州丸 甲板上의 2시간 徘徊는 너무 지리햇다. 小津大津의 알뜰한 섬도 보기가 실타. 遠浦歸帆疎雨白鷗도 尋常해 뵌다. 작별하얏든 咸興의 崔 朴 양군이 越便 小津島 해안까지 追來하야 擧巾而餞送은 실로 意外千萬이엿다. 高聲相呼連 3차에 그만 배ㅅ머리가 돌아서니 그들이 만약 내가 사랑하는 美人이엿드면 내가 얼마나 斷腸이 되엿슬고? 하는 생각에 마음이 좀ㅡ 이상해진다.

3등실에 기여드러 잠간 點視하니 嘔逆이 今時 곳 나을낸다. 시퀴한 악취는 코를 찌르고 五齡의 箔蠶가튼 승객의 무질서는 눈을 거슬닌다. 뽀이들의 승객 취급은 산골 순사의 촌민 취급과 꼭 갓다. 어대서 어대로 팔녀가는 여자들인지 신세가련하게도 누어 그대로 難捧歌만 和唱한다. 곳 갑판우로 뛰여나왓다. 盡日盡夜를 갑판 우에서 지내게 되얏다.

9월 1일(月) 晴. 오전 5시ㅡ 東昇의 紅日과 가티 群仙港에 下陸되얏다. 三面皆陸一水口의 郡仙港은 初看者의 눈에도 정이 담뿍 든다. 엇던 여관에서 鮮魚湯으로써 해갈을 하고 당지 金允學씨 안내로 시가를 일주한 후 곳 利原色을 향하얏다.

　利原명물의 十里松亭을 왼편으로 보며 利原平野에 거름을 옴기니 初秋의 野色味가 다시 淸凉里의 녯 생각으로 돌아간다. 그리고 長安 친구들이 생각난다. 반갑게 夜雷兄을 맛낫섯다.

　이제부터의 압길은 順일넌지 逆일넌지 지내는대로 발표기에 총발표를 하리다. 다만 利原着의 선보뿐.

[36] 希臘·土耳其·奧地利를 보던 實記,
　　　朴勝喆, 『개벽』 제53호(1924.11)

三千餘年의 古都 雅典

　피로이스 港의 지저분한 것은 말도 말어라. 저쪽 해안으로 가면 白沙, 靑海에 精한 곳이 업는 것도 안이다 마는 시가지는 엇지면 그러케도 중국 上海나 香港과 伯仲之間이냐. 인천항은 경성서 머지안은 항구이니 이보담 얼마나 精한지 알 수 업다. 인천을 보지 못한 내가 그 비교를 할 수 잇느냐. 生於京城하고 長於京城한 내가 인천을 못보고 希臘國을 이약이 하는 것도 우수운 일이다. 안내인의 주선으로 전차를 타고 약 이십분만에 雅典에 도착하엿지마는 여관은 도처에 만원이요, 남엇다는 것이 일류 여관뿐이다. 그러나 노숙할 수는 업다. 이틀 밤을 지내고 다른 여관으로 옴기엿다. 이날밤에 빈대의 문안을 바덧다. 이 곳 뿐 안이라, 음식점에 가서도 역시 빈대를 보앗다. 歐羅巴 각국을 다녀 보아야 빈대는 이곳서 츰음 본다. 이태리의 赤山과 먼지를 말을 말어라. 雅典市라야 삼면이 산으로 돌려 잇스되 바위와 흙뿐이요, 눈을 씻고 보아도 풀 한 포귀 업스며, 路邊에 나무 하나 업고 모래바닥에선 먼지만 눈을 못뜨게 나니 외출 한 번만 하면 구두는 밀가루 섬에 빠젓든 것갓다. 이로하야 구두닥는 영업이 할 만하다. 어느 모퉁이, 어느 골목을 가든지 구두를 닥거주는 사람이요, 이것만 만혼 것이 안이라 활동사진관이며, 카페집도 어지간히 만허 보인다. 카페집이라야 절반은 실내이고 절반은 통행로에다가 交椅를 놋코 그 곳에 안져서 水烟筒도 빨며 카페도 마시지마는 냉수를 만히 마시는 것은 상상치 못하리라. 이러한 카페집 제도는 독일을 除하고는 歐洲 각국이 동일한 것갓다. 그들이 냉수를 만히 마시는 것도 무리는 안이다. 그 때가 오월초순이지마는 더위는 삼복중이나 다를 것업다.

희랍인도 이태리인과 가티 키가 적고 얼골이 그리 희지 못하며 머리털이 검다. 長軀白顔을 보려면 瑞典이나 諾威로 갈 것이다. 남녀의 체격 조혼 것은 말도 말어라. 이로 보면 남방인은 短軀褐顔이라구나 할가. 이러한 사람들이 사는 雅典市街는 그리 보잘 것 업고, 아크로폴릭쓰고적 하나 밧게 업다. 往古희랍의 문명이 빗낫든 것은 누가 모르랴, 그러나 이것이 현재에 빗나는 것만 못하고, 前日의 부강이 今日의 부강만 못하니, 이 원칙에 떨어진 희랍이 後進列國보다 못한 것은 더 말할 필요도 업다. 歐洲文明의 淵泉이 희랍에 잇다고 하여도 今日에 至하야는 희랍이 後進列國에게 배워야 하겟다. 雅典과 피로이쓰를 합하여야 인구가 이십사만 밧게 안이되며 시장에 물건이 느러노힌 것이라든지, 그 물건을 매매하는 것이 맛치 京城남대문시장에서 보는 것도 갓다. 적기는 적으나 丹靑을 잘할 大學이며 도서관, 學士院이 한 곳에 모혀 잇스니 서로 편리할 것이다. 국립박물관이라야 조그마한 건축물 속에 古代土器 及 人像이 잇스며 其外에 주석器皿이 잇는 것 밧게 업다. 이러한 것은 이태리 각 박물관에 비하면 문제도 되지 안는다.

삼십여 세기 전 전설시대의 유물인 아크로폴릭쓰나 차저 가보쟈. 나지막한 山上에 대리석으로 지엿스니 櫛風沐雨 삼십여년에 대리석 기둥과 벽이며 층계만 남엇스니 前모양 다시 볼 수 업고, 세계만방에서 차저 오는 얼굴빗이 서로 다르고 말소래가 서로 다른 사람만 일년삼백육십일에 몃만 몃십만을 마질 뿐이다. 전설에 의지하면 王宮이엿고, 그 엽헤 잇는 대리석문은 西曆紀元前 오세기경 波斯戰役이 잇슨 후에 지은 것이라 하며, 이것을 모방하야 伯林 운터덴린덴에 門을 세웟다 한다. 또 그 엽혜 희랍여신 아테네의 대리석상이 잇스며 그 左手에는 槍을 들엇스며 그 창 끗혜는 金을 붓첫스니 일기가 조혼 날이면 日光에 金이 번적거린다고 하며, 이로부터 아텐(雅典)이라는 城名이 생기게 되엿다고 하나 지금은 볼 수 업다. 대리석이 만히 나기로 하면 희랍도 이태리에 못하지 안는다고 하지마는 그 큰 대리석을 다 어대서 가저 왓스며 治石도 잘도 하얏다. 이태리 각지에서 본 대리석 건축물은 희랍서 배워 간 것도 갓다. 이태리에 잇는 대리석 건축물이 굉장하고도 미묘한 것만 嘆賞하지 말고 羅馬보담 더 오래된 아크로폴릐쓰를 더 嘆賞하여야 할 것이다. 삼천여 년전의 희랍인은 삼천 여년 후의 현대인을 경탄식힐 만한 저러한 건축을 하엿스니 그 때의 그 문명이 얼마나, 빗낫든 것을 알 것이다. 만여명이나 안질 좌석을 대리석으로 맨든 경기장은 잘도 맨들엇다. 이 곳에서 古人은 연설도 하얏다고 한다.

이태리인은 예술의 국민이라 하면 희랍인은 철학의 국민이라 할 것이다. 이태리 각지에서는 늘 음악을 들엇다. 길거리에서도, 카페집에서도, 여관에서도, 음식점에서도 어대서든지 음악을 안이들은 때가 별로 업섯다. 가령 상설음악단이 업서도 이 요리점, 저 카페집을 단이면서 음악을 하여주고 손에게서 分錢을 거더 가는 음악단이 잇다. 그러니 희랍에서는 볼 수 업다. 희랍인이 과연 철학의 국민이라 하면 사색하는 것이 그들의 제일 취미가 될 것이니 靜坐黙想하는 것이 무한한 흥미가 잇슬 것이다. 이태리에는 乞人이 만타고 말을 말어라. 희랍에는 엇지나 만흔지 이것을 일너서 不可勝數라 할 것이다. 船便을 기대리노라고 雅典서 일주일을 逗留하는 동안에 낫에는 더위, 밤에는 빈대로 해서 大困境을 칠우엇다. 雅典서 여관이 어대든지 만원이 되는 것이 무리가 안이다. 이곳이 꼭 이태리·土耳其 及 기타 빨칸半島 列國서 오는 三巨里가 되고 말엇스니 外國人의 수효가 얼는 보기에도 대단 만허 보힌다.

赤帽틈에 두 中折帽

더웁고 빈대만튼 雅典을 떠나 피로이스에서 배를 타고 대륙을 버서나니 싀원하기도 하고 歐羅巴의 東端으로 가니 奇風異習을 보게 되는 것이 깃브기도 하다. 이 항해는 저번보담 짧기도 하려니와 靜穩하기가 방안에 안젓는 것 갓다. 좌우에 섬이 총총히 잇거나 그러치안으면 바로 陸地沿邊으로 가게 되니 손을 내밀어서 나뭇가지를 잡을 것도 갓다. 土耳其에 갓가히 들어가니 희랍과 土耳其 양국 연안에 砲臺 걸어 노은 것은 끔직끔직이도 만히 보힌다. 이것을 가르켜 현대인은 國防이라고 한다. 君士坦堡港에 도착하니 벌서 부두에는 赤帽로 덥히엿다. 赤帽案內人에게 위탁하야 입국절차며 行李檢査며 여관까지도 찻기로 하엿다. 다행히 영어아는 안내인이요, 독일어 아는 여관이야서 이로부터는 言語不通의 곤란은 업게 되엿다.

상점에 든지 혹은 음식점에 가면 불어 밧게 안이 통하는 때가 잇스나 비교적 雅典보담 독일어가 만히 통하는 것은 前日獨帝의 三B정책의 끗트럼이라고 할 것이다. 君士坦丁堡는 前土耳其帝國首府이엿스나 공화국이 된 후로는 안고라가 首府이다. 土耳其帝國의 前日威勢는 말할 것도 업지마는 십구세기 초엽 이후로 歐洲에 잇는 열강이 노골적으로 맹렬히 君士坦丁堡점령을 계획하엿섯지마는, 土耳其의 실력이 잇서서 못된 것이 안이라, 나도 가질수 업고 너도 가질 수 업스니 차라리 土耳其로 하야곰 보존케 하는 것이 良策이라는 데서 나온 것이다. 黑海를 버서 세계에 나서 雄飛하려면 君府를 수중에 늣는 것이 得策이라 하야, 이것으로서 국책을 세운 나라가 露國이다. 이러한 국책을 가젓든 露帝國도 문허지고 俎上肉塊갓든 土耳其帝國도 부서지고 말엇스니 君府를 보는 우리가 今昔之感이 업슬 수가 잇스랴.

인구 일백오천여만을 가진 君府의 市街는 제법 맨들어 노왓스나 그리 큰 건축물은 볼 수 업다. 市중앙에는 큰 철교가 걸처 노혓스니 이것이 독일인의 손으로 가설된 것으로서 통행세를 바드며 이 밋흐로 黑海

와 지중해에 통하게 되엿다. 시가가 불결한 것은 雅典이나 맛찬가지며 呼賣商은 베늬쓰나 亦맛찬가지이다. 시가 뒤편으로 들어가면 木製層屋이다. 이것을 볼적에 東京생활을 회상하엿다. 목제층옥만 잇는 것이 안이라 독일 시가처럼 주택이 不高不卑하야 꼭 정돈된 곳도 잇다. 그러나 일반적으로 독일에 따르지 못하게 보힌다. 이 큰 도시에 공장하나 업스니 실업자가 만흔 것은 상상 이상이라 하며 赤帽의 실업자들은 길모퉁이에 서서 버리자리를 찾는 것을 누구든지 볼 것이다. 어른도 赤帽, 아해도 赤帽, 모도가 赤帽이다. 처음으로 온 외국인이라야 赤帽가 안이지 조곰이라도 오래 된 외국인이면 역시 赤帽이다. 길에 나서면 외국인인지 本國人인지를 곳 알 수 잇다. 그것은 모자로서 알 수 잇나니 어대서 보든지 우리 두사람은 赤帽틈에 두 중절모이엿다. 부인이 외출하는대 黑褓로 얼골을 가리는 것이며 回回敎堂에서 얼골과 手足을 씻고 백번 천번 질을 하여 가면서 예배하는 것도 一種 독특한 습속이다. 쏘피아 교당이 그 중 큰 교당이라 한다. 이 교당은 처음 삐싼틴人이 지은 것으로 多神을 섬기엿스며 그 다음 東羅馬제국시대에는 耶蘇敎교당이 되엿스며 또 그 다음에는 回回敎堂이 되엿나니 교당 南便 끗흐로 잇는 대리석주에 구녁이 잇스며 그 구녁에 손가락을 느어 돌니면 눈물이 나나니 이것이 곳 예수의 눈물이라고 한다. 이것은 回回敎徒와 예수교도가 서로 不和함으로서 맨든 말이다. 그 외에 車便중간기동 상부에 손자족이 잇스니 이것이 西曆1453년 모하메트 2세의 손자족이라 한다. 이것도 고지 아니 들린다. 두 길이 넘는 그 꼭댁이에 아모리 馬上이라 하기로 손이 다을 리도 업스며 500년이나 된 금일에 그저 손자족이 남어 잇스리라고는 생각이 안이된다. 이 교당안에도 큰 수통에 물을 담어 놋코 얼골이며 手足을 씻게 한다.

삐싼틴時代의 貯水池와 遊興地

君府가 삐싼틴人의 手中에 잇슬 때에 그들은 만일을 염려하야 땅을 파고 저수지를 맨들엇섯나니 이것을 後人들이 몰낫다가 근래에 발견하얏다고 한다. 지금도 들어가 보면 두 길이나 깁흔 곳에 물이 충충히 괴여 잇다. 삐싼틘 시대의 유물이 이것뿐 안이다. 京城立塵가튼 상점이 잇스니 그 속에 들어가면 白晝에 침침하야 물건을 얼는 알아 보기에 어렵다. 萬種雜貨며 金銀珠玉과 綾羅錦繡며 심지어 음식점까지 잇스되 이 塵房에 안저서 물건을 파는 것은 京城立塵이나 다를 것업다. 마루바닥에 방석을 깔고 안저서 외국인만 보면 물건을 사라고 졸으다 십히 한다. 물건에 에누리는 대단히 심하다. 안내인은 이러케 말하엿다. 상인이 百을 말하거든 하나만 주라고 한다. 이것외에 土耳其시대의 것이 잇다. 어대든지 사람의 소래가 와글와글 한다. 甘水유흥지는 君府에서 약20리되는 것 갓다. 回回教徒의 휴일인 금요일에는 山野에 人山人海를 이룬다고 한다. 내가 보기에는 그리 조흔 곳도 못된다. 좌우로 나지막한 山이 잇고 그 중앙에 족으마한 내가 흘러서 黑海로 들어가니 이 내가 보기에 精하지도 안으며 달지도 안케 되엿다. 그러나 土耳其人은 이곳을 일너서 甘水유흥지라 하고 婦女들이 보통이에 음식물을 작만하여 가지고 와서 풀밧헤서 하로를 消暢하고 간다고 한다. 금요일만 되면 가진 구경거리가 이 곳으로 다 모히고 가진 음식점이 다 모혀 들어서 그 날 하로의 환락은 상상키 어려우리라고 한다. 이 날도 여긔저긔 사람들이 뭉텡이 뭉텡이 모혀 안저서 마시며 먹는다. 이 유흥지 엽헤 여자고아학교가 잇스니 교장의 특별한 好意로 학교를 縱覽하게 되엿다. 이 학교에는 歐洲大戰時와 최근 希土戰爭時에 죽은 이의 딸들을 수용하 는 곳이라 한다. 특히 女敎員을 식혀서 모든 것을 보히게 한다. 교실, 실습장, 식당, 침실 기타 모든 것을 하나 빼히지 안코 보힌다. 최근 선진국의 것을 模本하야 맨든 것이 엇던 것인들 凡然하랴. 학교 교과까지에 여러 가지 手工이며 기타 살림살이를 가르친다고 한다. 그 때 그 女敎員이 자세한 설명도 해 주거니와 한 번 보기에 인품도 썩 온순해 보인다. 이러케도 분명하고 여자다운 여자는 듬을게 보는 것 갓다. 이러케도 설비 잘한 곳에 이러한 女敎員이 잇는 것은 黑髮黃顔인 그 소녀들에게 얼마나 행복이 될 것이냐. 대체로 土耳其人은 우리와 近似하게 생겻스며 婦女들은 더욱이 朝鮮婦女들과 흡사하여 보인다. 끗흐로 土耳其는 物色이 고흔 것과 禁酒國이란 것을 써두쟈. 禁酒가 엇지도 심한지 맥주도 금하얏슴으로 음식점에서는 카페잔에 맥주를 팔게 된다. 해변에 잇는 皇宮은 잘도 지엇다. 대리석으로 문을 맨들고 그 안 그 굉장한 집에는 歐亞兩대륙에 걸처 잇는 영토를 통치하든 술탄이 起居하엿겟지마는 금일에는 홀로 비워 잇고 前日의 榮華는 사러지고 말엇다.

鐵道沿邊에 水田과 草家

君府에서 뿔가리아國 首府 쏘퓌아까지는 기차로 약 30시간이나 되나니 이것이 급행차이길래 그러치 만일 보통차 일 것 가트면 얼마나 더 딀는지 알 수 업슬 것이다. 도대체 빨칸반도列國의 기차가 더틘 것은 有所聞한 것이다. 급행차라는 것이 每정차장마다 정차를 하니 급행차인지 보통차인지 구별이 나지 안는다. 左右 沿邊에 보잘 것 하나 업고 山野에 인공되린 것이 보히지 안는다. 다른 곳 가트면 큰 도시가 보히거나 山野에는 인공되린 것을 볼 수 잇슬 것이다. 그러나 빨칸반도列國에서는 하나도 볼 수 업다. 빨칸반도列國은 아직도 後進이라 제 각각 首府外에 몃 낫 도시를 맨들기에 전력을 다하는 것 가트며 아직도 여력이 잇슬 날이 멀어 보힌다. 沿邊에 잇대야 朝鮮鐵道沿邊에서 보는 것과 가티 초가와 水田뿐이다. 초가가 만키도 土耳其 境內이다. 작년 정월에 波蘭에 갓슬 때에 초가를 보고 歐羅巴 天地에서 희한한 일이라고 하엿드니 금일에 빨칸반도 列國에서 초가를 보게 되니 歐羅巴도 다 독일과 갓지 안은 줄 알엇다. 독일에도 초가가 업는 것이 안이다. 작년 北歐列國가는 길에도 보앗다. 그러나 그것은 말이 초가이지 벽돌담을 쌋고 치장을 낼대로 내여 지은 層집이엿〈. 其外에서 본 초가들은 말대로 초가이엿다. 족음 족음 토담을 쌋코 지여서 게딱지 업허 노흔 것 갓다. 국경에서 조사하는 것은 넘우도 심하다. 小國 일사록 이러한 것은 심하게 보힌다. 뿔가리아 국내에 들어서서 달포만에 雪景을 다시 보앗다. 더위에 복개다가 이 싀원한 것을 보니 마음이 상쾌하다.

쏘퓌아는 인구 십만 밧게 안이 되며 市街도 보잘 것 업다는 것 보담 아직도 들되엿다. 정차장 압혜는 그저 뷔인터가 만코 무슨 계획이 잇는 것가티도 보힌다. 19世 말엽에 지은 希臘正敎堂은 그리 크지는 못하여도 한 번 볼만하며 羅馬에서 보든 敎堂들이나 비슷하다. 市중앙에 공원이 잇대야 京城 빠고다 공원 밧게 안이 되는데 그 조분대 사람만 갓득차서 여간하야 交椅에 안지 못하게 되엿다. 前日 王宮도 곳 잘 지엿고 대학은 보잘 것 업다. 내용이 얼마나 충실하랴 마는 外形 좃차 탐탁해 보히지 안는다. 국립 박물관이라야 족으마한 집안에 벌녀노혼 것 조차 보잘 것 업고 가지 수도 몃 가지 안이나 그 중에 눈에 띄우는 것은 뿔가리아人이 얼마나 만히 土耳其人에게 학살을 당햇는가를 보히는 그림 두 장이 잇스니 하나는 土耳其人이 뿔가리아人을 잡어서 눈동자를 빼힌 것과 또 하나는 幼弱을 잡어서 衆人압헤서 학살하는 것이엿다. 우리가 그림을 보고 사지가 떨릴 적에 뿔가리아人이 보면 그 얼마나 피가 끌코 살이 떨닐 것이냐. 암만 생각해 보아도 인류사회에서 강자가 약자를 먹는 것이 僞道이것마는 不知不識간에 국가로나 개인으로나 약육강식이라는 것이 사회진화며 인류생활의 표어가 되고 말엇다. 등에 각종 음료수를 지고 단이면서 길거리에서 팔고 이 곳 역시 가죽 한조각으로 신을 맨들어 신엇스며 털마고자며 통넓은 바지를 입엇고 婦女들은 본국 부인들이 입는 긴저고리와 통 넓은 치마를 입엇스며 농가의 婦女들은 보통이에 여자를 싸서 짐들고 단이듯 하는 것도 奇風이다.

뻴그라드附近一帶의 洪水

알푸스山의 해빙으로 해서 따뉴江은 범람하야 沿江에 물이 안이 든 곳이 업고 유고슬라비아 국 首府인 뻴그라드에도 물란리가 낫다. 물에 막혀 불통되는 기차는 삼사시간이나 중간에서 공사가 끗나기를 기대렷다. 그 怒濤는 泰山이라도 씰어갈 것 갓다. 피난민은 이곳 저곳에 천막을 치고 살며 人家며 田土가 물 속에 들엇다. 뻴그라드에도 沿江에는 역시 맛찬가지로 물에 놀낸 사람들은 庫間車에서 減水되기를 기대리고 잇다. 뻴그라드는 시가라든가 前日王宮이라든가 각 관청이라든가 모든 것이 쏘퓌아 보담 휠석 나어 보힌다. 王宮 압길은 최신식이다. 人道며 車道가 넓으며 중앙으로 전차가 통하고 좌우로는 각종 상점이 잇스며 그 건축물이 크지는 못해도 묘하게 지엇다. 대학은 두 곳에 난호여 잇스되 그리 크지도 못하고 精하지도 못하다. 停車場 압헤 잇는 공원은 쏘퓌아에 잇는 공원만 하고 딴읍 강변 언덕에 잇는 공원은 적기는 하나 遠景을 바라보기에 매우 좃케 되엿다. 뻴그라드의 인구는 삼십만 이라고 한다. 어대로 보든지 쏘퓌아 보담 커 보히고 시가도 선진국의 것을 만히 모방한 것이 보힌다. 시장에 사람도 만히 모혓고 본국서 보고 먹던 마눌, 파, 풋고초, 애호박, 가지와 갓흔 푸성귀들이 늘어 노혓스며 빨간반도에 온 後 수년간 맛을 못 보든 것을 맛보게 되엿다. 일요 오우에 틈을 타서 가극구경을 하엿다. 극장이 그리 크지는 못해도 곳잘 맨들엇다. 서투르지 안은 그 기술로 하야 관객에게 칭찬을 밧게 되얏스며 그 때 主役을 하든 남녀 두 배우 목청좃케 노래도 잘 하얏다. 밤에는 강변공원에 산보를 하얏다. 이 때가 음력으로 몔日은 되엿나 보다. 山野에 月色은 갓득히 찻고 그 가운데로 급히 흘으는 딴읍江 좌우 연안에 잇는 江村에는 殘燈이 반작거리고 江上에는 무수한 증기선이 떠 잇서서 바람 불고 물결 치는 대로 배전에 흰칠한 데에 月色이 빗춰니 그 景色 볼 만 하엿고 이 물우헤 걸처 노힌 철교에는 때때로 기차박휘 도는 소래가 夜寂을 께트릴 뿐이다. 이 강에서 배를 타거나 저긔 가는 저 기차를 타면 몃 번을 밧구어 타거나 몃칠을 가거나 엇잿든 사랑하는 고향에 가런마는 하는 생각도 안이난 것도 안이엿다. 이 곳서 멀기도 상당히 멀 것이다. 우리가 빨간반도 중앙지점에 잇스니 이 길이 얼마나 멀 것이며 고생될 것은 더 말할 것도 업다. 이 밤에 이 實景을 보고 이 생각을 한 사람들은 別사람들이 안이엿다. 독일을 떠난지 月餘에

南船北車 안이한 날이 업고 第三國語를 통해서 곤란을 면하려고 하지 안은 때가 업섯다. 어대 가든지 풍속이 殊異하야 숙식에 불편한 적은 업스나 이 나라에서 저 나라로 가고 저 나라에서 이 나라로 가면 언어가 번번히 다르니, 엇던 때에는 이 第三國語가 통하고 또 엇던 때에는 저 第三國語가 안이 통하야 이것을 불편이라 할가. 그리 특출한 불편은 업섯다. 그러나 지리하고 피곤도 하게 되엿다. 예정계획대로 하면 이제 새나라만 더 다녀가면 될 것이다. 이 夜景을 보고 갈 줄 몰으는 동행 金兄이엿다. 나는 明日 일즉 일어날 일을 생각하고 가자고 하엿다. 그이는 조곰조곰하고 갈 줄을 이즌 것도 갓흐며, 재촉하는 나를 괴로히 아는 것도 가티 보엿다.

歐洲에 다시 온 듯한 쌕府

療東칠백리 벌판이 얼마나 넓어 보히고 金堤萬頃 벌판이 얼마나 큰 지는 몰으나 빨칸벌판도 상당히 크다고 歐羅巴에서 소문이 난 것이다. 이 넓은 벌판을 午正부터 저녁때가지나 밤이 되어 匈牙利國 首府 쌕다페스트에 이르도록 끗이 안이나고 말엇다. 이 넓은 벌판에 쟁기에 흰소를 雙으로 메서 春耕이 한창이다. 이 때가 農家의 밧분 때인 것가티 보힌다. 이 논에 물을 대고 저 논을 갈기에 눈코 뜰새가 업슬 것이다. 이 넓은 벌판에 水田도 만히 보히며 이 벌판에서 나는 쌀은 다 무엇에 쓰나 하는 생각도 낫다. 밤늣게 쌕다페쓰트에 다어서 여관을 정하기에 조금 힘이 들엇다면 들엇다 할가. 이것을 힘들엇다고는 할 수 업슬 것이다. 쌍두마차를 타고 안자서 이곳 저곳 다녀스니 이것이 무슨 고생될 것이냐. 그 날 밤을 잘 자고 일어나서 어대 가든지 첫 사무가 돈 밧구는 것임으로 돈을 밧구러 나서 보앗다. 쌕다페스트의 인구는 일백이십만 이나 되니 이만하면 상당한 도시 노릇을 할 만하다. 인구만 이러케 만혼 것이 안이라 시가를 보아서 당당한 대도시이다. 이 곳에 와서 다시 中歐都市를 보는 것 갓다. 독일 도시에 비하야 조곰도 손색이 업슬 것이다. 市중앙으로 딴읍江이 흘으고 右편 언덕에 前日왕궁이 놉히 소삿고 그 언덕 우헤 올으면 全景을 總覽할 수 잇게 되얏스며 左便강변에 의회당이 人目을 끌게 하니 이것이 영국의회당을 본떠서 지은 것이라 한다. 장엄하게도 잘도 지엿다. 왕궁의 터 조혼 것이라든지 의회당의 장엄한 것은 歐羅巴 각국에서 본 것 중에 제일일 것이다. 딴읍江上에는 여러 개의 철교가 걸처 노혓지마는 그 중에도 엘리사베드橋는 튼튼히 잘도 노왓고 크기도 매우 크며 보기도 매우 좃타. 이만한 것들을 가젓는 대 歐羅巴列國틈에 끼여서 국가 노릇하기에 무삼 부족이 잇스랴. 江左便 카페집들도 잘도 맨들엇다. 주머니에 카페 한 잔 갑이라도 잇는 사람이면 그냥 지내지는 못하리라. 음악을 하야 귀를 즐겁게 하고 江色을 보여 눈을 깃브게 하고 맥주와 카페를 팔어 입맛을 나게 하니 이러한 조혼 곳이 흔할 것이냐. 春日에 江上船遊도 滋味잇슬 것이며 秋夜에 橋上觀月도 亦 상쾌할 것이다. 나는 경성을 잠간 생각하여 보앗다. 성내에서 漢江철교로 船遊나 月觀 가쟈면 먼저 먼지를 뒤집어 쓰고 그 다음 파리들에게 근질 대이고 긋건 보고 온다는 것이 강변 沙場에 덤불이 욱웃이 낫거나 게딱지 가튼 초가들 뿐이엿다. 이것과 딴읍강변과는 비교할 수 업는 差等이다. 뿌府의 市民은 먼지를 뒤집어 쓰지도 안코 파리에게 근질대이지도 안코 아주 편하게 船遊며 觀月을 하는 것이다.

匈牙利人은 얼는 보면 蒙古人種에 近似한 사람들이 만흐며, 자기네들이 자칭 蒙古人種이라 하지마는 純然한 蒙古人種은 얼마업게 되고 歐羅巴人의 특징인 異族相婚으로 하야 혼혈족이 되고 말엇다. 고초가루 만히 먹기로는 匈牙利人이 제일일 것이다. 어느 음식에 고초가루 안이 드는 것이 업고, 그 중에도 고초가루를 만히 느어 맨드는「꿀라쉬」는 맛잇기로 유명한 것이다.

歷史上으로 보아 有名한 維府

밤늦게야 墺地利國 首府 維也納에 다엇다. 정차장에는 李金兩友가

나와서 마저 주엇스며 여관까지 정해 주어서 조곰도 불편이 업섯고 오일간이나 逗留하면서 兩兄에게 넘우도 애를 쓰게 하얏다. 墺地利도 大戰이 끗나기 전까지는 歐羅巴에서 한목을 보앗지마는 大戰이 끗나자 墺地利匈牙利제국은 5,6月 토담 문어지듯 하야 버렷다. 이 영토도 독립 저 영토도 독립하며, 이 나라도 南便을 조곰 띄여 가고 저 나라도 東便을 조곰 떼여 가서 지금은 前日의 융성은 어대로 가고 빨칸 小弱國들이나 별로 틀릴 것이 업다. 금일의 現勢로 보면 지방이 팔만사천 平方米突이니 이것을 朝鮮에 비하면 삼분의 일보담 만코 인구가 육백오십만이니 이거을 조선에 비하면 절반도 못되며 維也納에는 인구가 일백팔십사만이나 되니 전 인구의 약 삼분지일이나 되는 것이다. 維也納 시가는 독일 시가들과 가티 신식이 못되고 구식이다. 대학 압길과 2,3處를 除하고는 도로에 樹木이 업고 규율이 째히지 못하얏스며 가옥이 오래되엿고 허수하게 보힌다. 대학도 伯林大學이나 비슷하게 날것스며 市중앙에 공원도 잘도 맨들엇고 夜間秦樂까지 잇스니 長長한 夏日더위에 복개다가 밤이 되야 공원에 산보도 하며 樹下에 안저서 아이스크림을 먹으면서 저 嘔哫한 음악을 듯는 것이 얼마나 싀원하고도 상쾌한 것이냐. 古人은 이런 것을 지칭하야 萬斛의 凉味라 하얏지마는, 우리가 지낸 이 凉味는 萬斛도 더 될 것이 다흠신 늘여 億斛의 凉味라고나 할가나. 대개 有數한 연극장은 夏期休業이고 雜也納에서 제일 크다는 敎堂도 伊太利에서 보는 것에 비하면 그리 클 것도 업다.

푸라토어라는 유흥지 곳잘 맨들엇다. 그 곳에 가면 여러 가지 滋味잇게 놀수가 잇나니 소규모의 연극장들이며 타고 올나가는 것도 잇스며 타고 도는 것도 잇고 적은 돈을 내고 재수가 조흐면 만흔 상을 타는 것도 잇고 2,3요리점에는 婦人奏樂이 잇서서 늘 좌석이 만원이고 이곳 저곳에 사람이 몰케 서서 夜間에는 꽤 사람이 모허든다. 그러나 이것을 伯林에 잇는 루나밝에 비하면 장식도 그만 못하고 모든 채려 노흔 것이 어림업슬 것이다. 일주에 三次式夜間噴水는 전등을 이용하야 순간순간에 다른 빗이 나오게 되얏스며 이것을 보려고 廣庭에 사람들은 가든

거름을 멈추고 서게 된다. 손부른이라는 宮城 잘도 꾸미엿다. 이것을 독일로 일느면 폿스담에 잇는 쌍수씨 宮城가튼 곳이니 그 곳은 푸리드릭大王이 기거하든 곳이며 이 곳은 西曆18세기 중엽에 歐洲정치계에 중심인물의 觀이 잇든 마리아데레시아를 필두로 하야 최근에는 大戰을 치룬 푸란쓰요세프帝가 기거하든 곳이라 한다. 내부에 꾸며 노혼 것은 다른 궁성보담 특출한 것은 업스나 그 중에도 마리아데레시아가 백만 꿀덴(和蘭貨)을 드려서 맨들엇다는 방 하나는 그만한 가치가 이서 보힌다. 이 방은 和蘭人을 불너다가 고귀한 木材를 쓰고 금전으로 장식하엿나니 사치할 대로 사치한 것이다. 정원이 쌍수씨에 비하면 물론 적으나 매우 방불해 보히며 석양을 띄워 산보도 꽤 할 만하다. 일요 오후에 코벤쓸로 산보가는 것도 꽤 滋味잇다. 안이 산보라는 것보담 山上 카페집에 안저서 카페를 마시며 遠景을 보는 것이다. 시내 전차로 산 밋까지 가서는 그 곳서는 자동차가 올나 가게 되얏스며 길에는 타마油를 발너서 먼지가 날 까닭이 업스며 山이라야 놉기가 京城 南山의 삼분지 일밧게 안이 되지마는 樹林속에는 人林이 낫고 山우에는 자동차가 줄대여 노헛고 카페집마다 만원이요, 그 중에도 위치가 조흔 곳에는 廣庭을 꿈엇고 그 廣庭에는 좌석을 엇기가 어려울 지경이다. 이 날 오후에는 維也納의 사람들은 다 온 곳도 가티 생각된다. 昨秋 瑞典國首府에서 일요 오후를 보고 사람이 만히 나온데에 놀내엿더니 이 날 오후도 그만 못하지 안케 보힌다. 普魯西國 푸리드릭대왕의 말과 가티 사람은 일하려 낫다는 것이 的確하다 하면 日曜一日 잇는 것이 그들에게 얼마나 반갑고 깃블 것이냐.

維也納은 경치로나 古蹟으로나 미술로나 엇던 것으로나 별로 特書할 것은 업슬 것이다. 물론 약간의 경치가 잇다 하드래도 瑞西나 瑞典에 비할 수 업슬 것이며 약간의 古蹟이 잇다 하드래도 伊太利나 독일에 비할 수 업슬 것이며 약간의 미술이 잇다 하드래도 역시 伊太利나 佛蘭西에 비할 수 업슬 것이다. 그 외에 지방으로 보아 인구로 보아 산업으로 보아 어듸로 보아 歐米有數列國보담 특출한 것은 업고 특출한 것이

416

잇다 하면 流行製出地라는 것과 維也納美人이라는 것 뿐일 것이다. 현재는 그럿타하고 과거를 생각해 보면 금일의 維也納과는 딴판일 것이다. 西曆18세기 이전에는 歐洲의 국가들이 未熟品이얏나니 그럼으로 歐洲列國의 국제관계는 그리 錯雜지 안엇고 딸하서 對內對外하야 금일 가튼 難문제가 극히 적엇스며 물론 이 때에는 歐洲외교계의 중심은 파리라 하되 가장 유치하얏든 것이다. 그러나 18세기에 들어서서 歐洲의 국가들이 성숙하여 들어가려 할 때에는 외교계의 중심세력은 파리에서 옴기여서 維也納으로 오게 되엿나니 권모술수를 外交의 책략으로 하는 18세기 중엽의 歐洲外交界를 보면 維也納 중심으로 하야 파리 聖彼得保 伯林이라는 三線이 매여 잇고 그 외에 倫敦線이 잇지마는 이것은 미미하얏든 것이다. 歐洲의 형세는 이와 가티 되야 歐洲의 국가들은 점점 성숙되여 가다가 나폴레온 1세의 阻害가 잇다 하되 그것은 가장 단시일이얏스며 이 단시일동안에 나폴레온 1세는 지도를 패놋코 自意로 색채를 밧구어서 一時는 歐洲列國의 전통적 관계라든가 또는 민족적 감정을 무시하고 歐洲 全土를 혼란하게 맨들엇스나 1813년 歐洲列國聯合自由戰爭은 1815년 維也納公會를 열고 나폴레온 1세의 시설을 개조케 한다는 것이 역시 나폴레온 1세가 한 것이나 小毫도 다르지 안케 하얏고 이 시기를 경계선으로 하야 歐洲의 국가들은 확실히 성숙되엿고 이를 前後하야 민주사상이 팽창하게 되매 爲政者들은 이것을 압박하기로만 良策을 삼엇고 이로부터 강대국들에 부속된 약소민족들은 자유운동을 일으키게 되매 강대국들은 이것을 진압하는 데는 가진 暴虐을 햇스되 正義人道라는 문자는 製出하지 안엇다. 維也納公會가 잇슨 후에 외교계의 중심은 維也納을 떠낫스나 일정한 자리를 못엇고 倫敦으로 가는 것도 갓고 혹은 聖彼得保로 가는 것도 갓도 또 혹은 伯林으로 가는 것도 갓하엿스나 영영 근거지를 엇지 못하고 말엇스며 이후로브터는 列國은 부국강병으로 國是를 삼엇나니 이것이 하필 독일뿐일 것이냐. 영국이 그러하고 佛國이 그러하고 露國이 그러하고 그 외에 약소국들이 그러하엿스며 이로부터 六大强國이니 七大强國이 생기게 되얏스며 歐洲의 交外界는 가장 錯亂하게 되고 歐洲列國의 위정자들은 朝夕으로 新消息을 안이 듯는 날이 업게 되얏스며 외교계의 중심이든 維也納은 추풍이 불게 되얏다.

獨逸最古大學이 잇는 푸府

사백년 간이나 墺地利國합스부륵家에 부속되야 잇든 뽀헤미아 왕국은 大戰 후에 독립이 되얏나니 大戰이 시작된 후에 뽀헤미아人은 大戰에 참여하고 西伯利亞에서 養兵하엿고 파리에서 假政府를 조직하엿섯다고 한다. 大戰이 끗나고 공화국이 되니 國號를 첵크슬로바키아라 하엿스며 首府푸락은 인구가 이십이만이며 西曆紀元1348년 독일황제 칼4세가 창립한 대학이 이곳에 잇스니 이것이 독일대학의 嚆矢라 하며 그 외에 첵크슬로바키아대학이 잇스나 外樣으로는 두 대학이 다 보잘 것업다. 市街는 維也納과 가티 구식이며 불결하고 박물관 압길 하나 잘하여 노왓고 박물관에 礦物표본진열관도 안히 모아 노왓다. 이곳이 礦物표본진열관이 안인데 이와 가티 종류며 數爻가 풍부한 것은 歐洲에서 보든 중 츠옴이다. 몰다우 강변에 잇는 의회당도 匈牙利것에 비하면 아모것도 안이고 一私家가티 보힌다. 歐洲古都市들에서 보는 것과 가티 꼬불꼬불한 새 골목에 얏혼 2,3層 집들이 만히 잇스니 이것들을 헐어 버리고 更築하기 전에는 新市街는 보기 어려울이것다. 이 곳 사람들도 墺地利人처럼 밤11시에나 유흥을 시작하야 이것이 끗나자면 새벽4시가 되나니 이로해서 兩夜는 숙면을 못하게 되엿다. 이 곳에는 아조적은 여관이면 몰을가 그러치 안으면 조고마한 무도장이 하나식은 다잇는 것가티 보힌다. 독일서는 이러한 것을 보랴 볼 수 업다. 새벽1시가警察시간임으로 더 느지랴야 느질 수 업게 된다. 이곳도 警察시간이 새벽4시까지라 하되 이것은 넘우 느진 것이다. 이 곳 사람들은 波蘭人과 近似하며 獨逸人과 一見에 다른 것을알 수 잇나니 안색이 누르며 모발이 흑색에 갓가워 보힌다. 삼일만에 푸락을 떠나 몃 시간 안이가서 독일 국경에 들어서 엘베江과 色遜國 瑞西를 石便으로 보면서 뜨레스덴까지 왔다. 色遜國 瑞西는 경치가 瑞西國과 갓다 하야서 그와 가티 得名한 것이니 작년 初夏에 色遜國 瑞西를 구경하고 엘베江에 배를 띄워 뜨레스텐까지 와 보앗나니, 그 때에는 경치도 매우 좃타고 하엿더니 정말 瑞西를 보고 나니 假字瑞西는 그것에 비할 것이 안이다. 그러나 뜨레스덴 가티 精하고 도시다웁게 꿈여 노흔 것은 歐羅巴에서 듬을 것이다. 北歐列國 중에는 或間잇스나 南歐나 빨칸반도에서는 볼 수 엽슬 것이다. 그 뿐 안이라 독일 각 도시 중에 이러한 곳이 몃 곳 안이될 것이다. 뜨레스덴에서 伯林까지는 순식간에 오는 것 가트며 近이개월이나 南船北車하다가 오닛가 그러한지는 몰으나 伯林에 오는 것 갓지 안코 京城에 오는 것가티 생각이 되얏섯다.

五十日間에 九國

四月九日에 伯林을 떠나 西南方面으로 국경을 넘어 瑞西國3도시를 보고 다시 南下하야 이태리에 가서 7도시를 보고 이태리 南端에서 선편으로 더 南下하야 희랍반도를 돌아 조곰 北上하야 희랍국에 상륙해서 2도시를 보고 이곳서 다시 선편으로 동북으로 조곰 올나 土耳其國에 상륙하야 一도시 보고 이곳서 서북방면으로 올나 뿔가리야 유고슬라비아 匈牙利의 각 一도시를 보고 이로부터 西向하야 墺地利와 北上하야 첵크슬로바키아의 각 一도시를 보고 독일 東南국경을 넘어 東便으로 조곰 돌아 5월 27일에 떠나든 정차장에 다시 다엇스니 이 일자가 1일 부족되는 50일이오, 단녀 온 나라 數爻로 하면 九國이요, 日字와 이 여비를 가젓스면 伯林서 떠나 瑞西를 지나 佛國 馬耳塞港에서 선편으로 지중해 인도양을 것서서 日本門司에 상륙하야 귀국하기에 넉넉할 것이다. 歐洲에서 공업국을 헤여 보면 독일과 영국일 것이다. 戰前에는 墺地利도 準工業國은 되엿스나 戰後에 영토가 四分五裂한 결과 그것이나마 유지가 못되고 말엇다. 이 두 공업국 외에는 거의 다 농업국이거나 상업국일 것이다. 가령 말하면 瑞西나 이태리가 農商業國이지 공업국이 안이며 빨칸반도列國들이 일제히 농업국이며 큰 공장 하나 눈에 띠우지 안코 純然히 지방에 의지하야 五穀을 심으고 가축을 길너서 이것들로 生活之方을 삼는 것가티 보힌다. 어느 벌판 어느 산 빈양이에 牛羊의 떼들을 안이 본 적이 업섯다. 이것이 南歐나 빨칸列國이 그러한 것이 안이라 역시 공업국이 안인 北歐列國들이 그러하다.

　도시의 시설로 보아 독일에 따를 나라가 듬을 것이다. 내가 露國이나 西班牙나 葡萄牙나 영국을 보지 못하얏스닛가는 그 四國도 독일에 따르지 못하리라고 평할 수는 업스나 몰으면 몰으되 영국 외의 三國은 독일에 따르지 못한다고 하야도 이것이 과히 誤評은 안일 것이다. 말인즉 영국도 독일에 따르지 못하다고 하나 아직것 正評할 용기는 업다. 歐洲列國 중에서 엇던 나라든지 그 나라의 首府이든지 혹은 2,3중요도시를 독일 각 도시에 비교하야 近似한 것이 업는 것이 안이 독일처럼 甲都市에서 乙都市를 가 보든지 또는 乙都市에서 丙都市에 가보든지 一樣으로 시설된 나라는 우헤도 말한 것과 가티 극히 듬을 것이다. 물가로 보면 내가 아는 歐洲列國 중에서는 독일이 제일 高騰할 것이며 외국인에게 대해서는 일반적으로 親功해 보히며 돈을 더 바드려 하는 것도 일반적으로 보히지마는 그 중에도 이태리와 빨칸반도列國이 尤甚한 것가티 생각된다. 이태리와 빨칸반도 列國에 외국인들이 대단이 만흔 것은 더 말할 것도 업지마는 독일인도 英米人에 못지 안케 만흐며 朝鮮사람은 나와 동행 金兄과의 2인 외에는 업섯다. 羅馬에서 在留同胞를 차지려 하엿스나 그것은 허사가 되고 말엇다. 英獨佛 삼국어의 통하는 것으로 보면 北歐에서는 英獨語의 순서며 南歐며 빨칸列國에서는 佛英語의 순서이며 일반적을 통하는 것은 영어가 세계어의 觀이 잇다. (8월 1일)

[37] 慶尙道行 나의 秋收, 石溪, 『개벽』 제53호(1924.11)

千里同行의 어둑나라

　토지를 가진 자는 賭租秋收를 하지마는 나는 그것이 업는 대신에 精神秋收나 좀 해볼가 하고 달도 업고 비ㅅ방울이 후둑후둑하는 10월3일 밤 10시 龍山發釜山行 火車를 탓다. 同乘의 客이 업는 것은 아니지만 가히 더불어 말할 만한 사람은 하나도 업다. 獨行千里나 마찬가지다. 車室 안에는 흐리멍덩하나마 전등불이 몃 개 달렷지마는 車窓밧겐 아조 깜깜한 어둑 나라이다. 나는 距床을 등지고 念佛僧 모양으로 눈을 딱 감고 보이지도 아는 그 무엇을 한참 생각하다가 호젓이 잠이 들기도 하고 잠이 들다가도 목구멍에 왕방울 단 역부들이 ○○역 ○○역하고 웨치는 소리에 번쩍 깨서 밧겔 내다보면 左右에 웃둑웃둑 섯는 석유등이 마치 독가비불 모양으로 검푸르게 번쩍번쩍하다가 火車 박휘소리만 나면 독가비불들은 고만 뒤로 달아나고 다시 어둑나라가 닥처온다. 이러케 자며 말며 가는 줄 모르게 간 것이 어느듯 46역을 지나 부산에 다달앗다. 千里同行하던 어둡나라는 간 곳 업고 밝은 세상이 대신한다.

釜山으로 東萊로

　부산서 하차하는 길로 開闢支社의 任熊吉君을 차젓다. 관계되는 일에 대하야 서로 실정을 말하고 새 계획을 약속하엿다.

　任君은 公私間 여러 가지 일에 분주하야 寸暇가 업는 모양인데 이날은 나를 위하야 百忙을 다 제처노코 東萊溫泉을 가자 한다. 나는 그야말로 聞齊僧으로 좃타고나 하고 딸하섯다. 부산서 電車로 30리를 가니까 거기가 바로 東萊 온천욕장이다. 온천이 잇는 덕에 훌륭한 도회지가 되엿다. 자동차 소리가 끈일 새가 업고 집우산잡이가 길에 널렷다. 浴場에는 무슨 여관, 무슨 ホテル라고 번쩍한 간판을 부친 큰 집이 십여채

가 늘비하다. 그 집안에는 목욕장(남탕, 여탕, 가족탕) 과 貸間, 식당 등 설비가 잇다. 나는 任君을 딸하 同萊ホテル로 들어섯다. 주인 여자가 마저 들인다. 욕조는 인조 대리석으로 만들어서 보기에도 정결하거니와 사실 물도 깻긋하다. 一邊 고무관으로 새물이 들어오고 一邊홈(水出口)으로 흐린 물이 밧그로 나가는 때문에 늘 新陳代謝가 되어 언제던지 틔 한 점업시 맑핫타. 任君의 말을 들으니 십여 浴場이 모다 一源의 水를 인용하는 때문에 水源의 거리를 조차 水源이 近한 곳은 온도가 高하고 水源이 遠한 곳은 온도가 低한데 지금 이 탕이 其中 不寒不熱한 적당한 곳이라 한다. 이치가 그럴 듯하다. 목욕을 마친 뒤에 식당에 들어가서 茶菓와 밥으로 점심을 먹고 돌아왓다.

그날 밤이다. <u>開闢支社의 盧震鉉君을 딸하 某교회당에 열린 音樂歌劇대회 구경을 갓섯다.</u> 音樂歌劇에 素昧한 나는 可謂 盲人丹靑이다. 무엇이 무엇인지 변별력이 업지마는 남녀합창에 기독찬송가, 유치원 아동들에게 나븨노래를 日語로 식허는 것은 꼭 그리해야 될 것인지 알 수 업고 동화극이라고 어떤 잡지에 낫던 꼿팔이 소녀를 實演한다는 것은 더구나 서투룬 점이 여간이 아니다. 그 모양으로 몃 가지 하다가 사회자가 무슨 贊助를 請하는데 無名會 金壹封이란 紙片하나가 나와 붓트니까 會衆은 그만 하나둘씩 슬금슬금 통발에 미꾸리 빠지듯이 뒷문으로 빠저 나간다. 그만 저만 散會가 된다. 나는 그 會衆이 모다 無名會만도 못한 無産者들인가 햇더니 及 其 아고 보니 其中에는 부산 일류의 富豪들이 잇섯다 한다. 그만하면 부산 富豪들도 알아 둘 만하다.

北으로 또 東으로

5일 馬山와서 동아일보 支局長 李瀅宰씨와 昌信校의 李殷相氏를 맛나 여러 가지 유익한 이악이를 들엇다.

그 이튼날 <u>李殷相 氏를 딸하 昌信校구경을 가서 同校普通科 高等科校舍를</u> 모다 一新하게 새로 건축하는 이악이를 듯고 나는 크게 감복하엿다. 오늘날 가티 錢慌한 이 때에 더구나 민간에서 거금을 내서 큰 校舍를 건축함에야 누가 감복치 아니하랴. 昌信校를 단여와서 海岸구경을 잠간하고 곳 떠낫다.

칠일 밤 차로 大邱에 왓다. 그 이튼날 아츰부터 나서서 新舊書林 茂英堂 有文堂과 기타 관계잇는 이를 歷訪하야 情談도 논우고 장래도 부탁하엿다. 밤에는 洪宙一氏를 맛나 조사자료도 어덧다. 그럭저럭 大邱서 볼 일은 끗을 맛첫다.

팔일 밤에 慶東綜으로 慶州에 왓다. 그 이튼날 아츰에 時代日報 支局長 孫秀文氏를 방문하야 來意를 말하고 한참 이악이 하다가 후일 다시 맛나기로 약속하고 그 길로 崇德殿에 가서 신라 시조왕의 碑閣 聖殿 五陵을 둘우 보고 곳 浦項을 향하야 떠낫다.

구일 浦項에 오는 길로 金和攝鄭學先 兩君을 歷訪하야 浦項의 문화운동에 대하야 종종 협의한 결과 머지 아니한 장래에 상당한 成績이 잇슬 것을 밋게 되엇다.

佛國寺 압헤 日料理店

십이일 다시 慶州에 왓다. 그 이튼날이 마츰 휴일됨을 기회로 하야 불국사 석굴암을 구경하얏다.

불국사의 이악이를 좀 들어보랴고 주지를 차즈니 주지는 시장에 갓다. 다른 僧徒는 하나도 업다 한다. 月前에 새로 왓다는 불목한이 가튼 중이 저 아는대로 이악이를 하는데 녜전에 이 골 牟梁里에 어떤 貧女의 아들 大城이가 일즉이 죽엇습니다. 大城이 죽던 날 그때 재상 金文亮의 집에 난대업는 귀신이 공중에서 웨치기를 牟亮里 大城이 지금 너의 집에 태인다 하더니 文亮의 처가 과연 그 달부터 태기가 잇서 十朔만에 一個 玉童을 나핫는데 칠일이 되도록 左手를 꼭 쥐고 잇는 고로 펴고 보니 金簡에 「大城」二字가 색이여 잇슴으로 인해 大城이라고 이름을 지엇담니다. 大城이가 장성하야 前생모 貧女를 봉양하기를 現생모와 가

티 하고 또 이 寺刹을 이룩하고 僧表訓을 청하야 二母를 위하야 祝壽하
얏다 하고 다시 화두를 고처 대웅전 압헤 多寶塔과 無影塔의 神奇를
말한다. 5리밧 影池에 가서 보면 우리 눈에 보이는 無影塔은 물속에
그림자가 업고 우리 눈에 보이지 안는 多寶塔은 물속에 그림자가 잇다
고 못 미덥거던 실지 試驗으로 가 보라고 까지 말하고 또 고대 석조물
의 가치를 어떤 일본 박사가 감정하엿는데 長石六個 幢柱四個 石獅子
一個 그것들은 한 개에 만원씩이나 된다고 風을 친다. 나는 신화가튼
그 중의 이악이를 한참 듯다 보니 벌서 점심때가 되엿다. 돈푼이나 가
진 자들은 기생 더리고 불국사 여관에 가서 일본요리를 제마음대로 먹
는다. 나는 집석이 제날 좃타고 족으마한 조선 음식점에 가서 점심을
먹는체 햇다.

점심 뒤에 石窟庵에 가서 굴내에 잇는 유명한 釋迦本尊의 石像과 주
위 석벽에 半肉彫로써 刻한 상하층의 여러 불상을 보고 窟外 石層에서
나오는 맑은 샘물을 맛보고 곳 돌아섯다.

십삼일 時代日報 支局長 孫秀文氏를 맛나 前日의 未盡조건을 다시
이악이하고 孫承祖씨와 가티 慶州古蹟진열관에 가서 石棺, 金冠, 奉德
寺鍾외 여러 가지 고대 미술품을 一瞥하고 그 길로 孫煥柱氏와 가티
瞻星臺, 石氷庫, 崇信殿, 崇惠殿, 鷄林 등을 走馬看山 격으로 얼는 얼는
것처 왓다.

죽어도 무칠 땅이 업는 사람

십사일 金泉서 時代日報 支局長의 周南秦氏와 이악이 하는 중에 놀
라운 소문이 들린다. 公立普校 뒤에서 두 손을 꼭 묵거서 거적에 싸서
무든 이십여세의 조선여자시체를 발견해 가지고 사람들이 야단이라 한
다. 그 말을 드른 나는 곳 현장에 달려 갓다. 사체는 벌서 공동묘지로
갓다 한다. 그래서 當地 경찰서에 가서 물어본 즉 當署의 대답은 이러
하다.

그 사실을 신문에 내시랴니까. 그 사체를 발견하기는 오늘 上午 아홉시 경인데 生徒들이 그 학교 뒤 菜田에서 놀다가 개(拘)들이 사람의 시체들 뜻는 것을 보고 경찰서에 고발하엿습니다. 그래서 의사를 다리고 가서 檢尸한 결과 죽은 지 약 일개월 가량이요, 외부에 아모 타박상의 흔적이 업스매 피살은 아닌 것 갓고 아마 病死한 것을 極貧한 가세로 葬費가 업서 그런 짓을 한 듯 하오, 그러나 그 자는 묘지규칙위반자인 고로 지금 수색중이오 한다.

슬프다. 사람은 마챤가지언마는 어떤 사람은 죽어도 조흔 땅을 廣占하는대 어떤 사람은 죽어도 무들 땅이 업고 또 거적으로 싸서 무들만한 돈 몃 원까지도 업단 말인가. 이러한 불합리한 제도가 어느 날이나 업서질가.

問題의 안다는 사람들

이번 소득이 무엇이냐 하면 이러라고 내놀 것은 업스나 南鮮의 문화사업이 順調로 발전치 못하는 원인은 알아 어덧다. 소위 안다는 사람 때문에 안된다. 그 안다는 사람은 中에서 양반이요, 또 돈냥이나 잇는 사람들이다. 남에게 아첨하는 것이 그들의 행세요, 남의 것을 먹고 지내는 것이 그들의 재조다. 그들이 돈냥이나 잇는 덕에 中等學校나 마치고 東京에나 다녀오면 言必稱 日本의 신문잡지는 볼 것이 만코 갑이 싼데 朝鮮의 신문잡지는 볼 것이 업고 갑이 빗싸다 한다. 그리고 행세거리로 일본의 신문잡지는 선금내고 보고 체면으로 보는 朝鮮의 신문잡지는 後金도 안낸다. 盈海郡某面의 尹相赫 가튼 이는 ○○고등학교 출신이요, 當地 청년회장이요, 其中에 안다는 사람으로서 朝鮮日報를 보던 첫 달부터 삼십팔개월이 되도록 九十五錢자리 신문대금이 三十六圓이 되도록 한푼도 내지 안타가 나종에 지불명령을 당하고야 자기 동지들에게서 그 돈을 변통해 냇다 한다. 그런 사람이 하나 둘이 아니다. 업는대가 업다 한다. 그 따위 안다는 사람들이 만흔 때문에 朝鮮人의

425

경영하는 신문잡지는 어느 것을 물론하고 발전이 되지 못하고 그 반면에 日人경영에 係한 釜山日報 朝鮮時報 朝鮮民報 등은 날로 발전이 된다 한다. 이 현상이 이대로 나간다 하면 안다는 그 사람들의 장래는 어찌 되며 또는 南鮮의 장래는 어찌될가. 나는 南鮮을 위하야 걱정하는 동시에 그들의 반성함을 바란다.

[38] 北國 千里行,
　　　靑吾(차청오 = 차상찬), 『개벽』 제55호(1924.12)

客中又爲客

秋雨 蕭蕭한 10월 3일이엿다. 나는 張飛의 軍令 모양으로 咸南 답사 중에 잇는 春坡君에게 咸興으로 와달라는 急電을 밧고 허둥지둥 행장을 수습하야 京城驛으로 나아갓다. 來報去報를 都是 말하지 안코 獨行 잘하는 특성이 잇는 나는 이날에도 역시 아모 친구에게도 떠나는 시간을 말하지 안키 때문에 정거장에도 전송하는 친구가 하나도 업섯다. 다만 藤擔 竹節으로 정다운 친구를 삼고 車中으로 들어갓다. 이 차는 오후 영시오분 福溪行 열차엿다. 차중에는 승객도 별로 업다. 더구나 실음업는 가을비가 부슬부슬 오고보니 차 안이 한층더 쓸쓸하다. 18년간이나 가정의 안락을 맛보지 못하고 동분서주하며 客窓 생활을 하는 내가 언제인들 고적하지 안으리오마는 오날은 새삼스럽게 고적한 생각이 더 난다. 혼자말로 객중에 又爲客이라 하고 차창 밧을 내다보니 그 번성하던 철교 가도의 버들닙이 벌서 반이나 쇠잔하야 비와 바람에 흔들리는 것이 마치 春花老骨에 병든 미인이 멋만 남어서 웅덩 춤추고 팔질하는 것 갓다. 그것도 또한 悲感하게 뵈인다. 나는 심심 破寂겸 시나 한 수 지으랴고 운자를 내엿더니 시도 역시 생각이 잘 나지 아어서 겨우 한 구만 짓고 말엇다. 「江風吹葉雨蕭蕭寒入車窓睡未饒」

有女同車顔如鬼

어느결에 차는 龍山, 西氷庫, 往十里 諸驛을 지내서 벌서 淸涼里에
도착하얏다. 東大門 구멍이 쥐코만하게 뵈인다. 정거장의 사람이 개암
이(蟻)떼 모양으로 몰려든다. 갓 쓴 사람, 長竹 든 사람, 봇짐 진 사람
애 업은 여자, 꽁지 긴 支那人 방때 진 日人 코웃둑한 露人 각색인물이
다 잇다. 앗가까지 쓸쓸하던 차안이 별안간 부자가 되얏다. 그 중에는
엇던 白衣黑裳에 쇠똥머리한 여자 한 분이 北岳山 만한 책보를 끼고
내 근처에 와서 나를 등지고 섯다. 나는 무슨 동정이 그다지 만핫던지
좁은 자리를 빅혀주면서 겻테 안지라고 권하얏다. 그는 서슴지 안코
와서 안는다. 웬걸이요 뒤로 보매는 楊貴妃 갓더니 압흐로 보니 夜叉鬼
갓다. 혼자 속으로 우수면서 여복이 업는 놈은 차중에서 利那 부인을
어더도 이럿쿠나 하고 낙심천만하얏다. 그래도 인사성은 만하서 「곰압
슴니다. 실례함니다. 미안함니다.」하고 連해 신식인사를 겹처 한다. 또
越邊에 안진 엇던 노파하고 말을 밧고 차기로 하면서 「그놈 꿈에도 보
기 실소. 원숭이가튼 相이 생각만 하야도 진저리가 나오」 한다. 눈치
빠른 나는 벌서 짐작하얏다. 그 여자는 필경 자기의 남편을 소박하고
명색 독신생활하는 여자이거니 하고 안이나 다를가 알고보니 과연 西
大門 外 모여학교 교원으로 근래에 새로 이혼을 하고 잇다감 혼자 심심
푸리를 하는 L씨라는 여자이다. 차는 또 倉洞驛에 도착하얏다. 그 여자
는 구만 나려서 자기 친가로 간다고 작별를 한다. 아모리 미인도 안이
요 親치도 못하지마는 잠시 동석인연을 매젓다가 이별을 하니 참 섭섭
하얏다. 연애는 실로 미추가 업는 것이다 하고 허허 우섯다.

弓裔 古都를 찻고서

議政府, 德亭, 東豆川, 全谷, 漣川, 大光里 허다의 정거장을 한아도 빼
놋치 안코 멋십분식이나 휴식하야 가는 완행차는 오후 5시반경이나 되

야 겨우 鐵原驛에 도착하얏다. 나는 關東 지사의 李龍洵君을 잠간 만나보고 가랴고 鐵原驛에서 하차하얏다. 객을 等待하고 잇던 자동차는 나를 태워서 鐵原城 중으로 드러간다. 뉘엿뉘엿 넘어가는 저녁볏은 金鶴山으로 날어드는 감마귀(鴉) 등에 번득이고 슬슬이 부는 가을바람은 弓裔城의 거친 풀을 나붓기는데 滿山의 楓葉, 遍野의 黃稻 모든 것이 다 泰封國의 넷 근심을 새로 자아낸다. 나는 차에 나려서 滿城의 秋色을 구경하며 李군의 집을 차저갓다. 이군은 어듸를 갓다가 늦게야 온다. 작년에 갓슬 때는 철원소년회원들이 집에서 득실득실 하더니 이번에는 소년들의 그림자도 볼 수 업다. 그 대신에 이군은 다른 곳에다 愛를 둔 모양이다. 한참 동안에도 엇던 사람이 비밀편지를 두 번식이나 가지고 오는데 가티 잇는 朴南極군하고 「엣스」니 「케」니 하고 눈짓을 하며 암호의 말을 한다. 물론 이군은 有爲의 청년이닛가 잠시 사정관계에 그런 것이오 결코 타락되지는 말을 줄 밋지만은 퍽 섭섭하게 생각하얏다. 불과 일년 동안에 사람의 일이 이와 가티 변하나 하고 개탄함을 말지 *엇다. 그날밤에는 이군의 초대로 엇던 중국인 요리집에 가서 잘 먹고 또 이군의 집 客枕에서 고향의 꿈을 꾸엿다.

月下驛을 早發하야

4일 오전 9시 경이다. 나는 호기심으로 새로 개통된 金剛山電車(其時는 임시기차 사용)를 타고 鐵原驛으로 가랴고 李 朴 양군과 가티 月下里 신정거장으로 갓다. 이 月下里는 작년에 우리 開闢紙 상에도 잠간 기재되엿던 鐵原 老色魔로 유명한 朴義秉대감의 집이 잇는 곳이다. 그 대감은 그동안 아들의 동리로 그 사설유곽의 칭호 듯던 꿩대한 집까지 집행을 당하고 진짬유곽인 廣島屋에 賣渡하랴고 언론 중이오. 애첩도 租包 멧섬식 주어 解散式을 하고 자기는 면목이 업서서 京城으로 뺑손이를 첫다한다. 원래 망할 짓만 하면 그런 법이다 하고 한참 잇다가 시간이 되야 車 中으로 드러서니 당지 군수 尹希誠군의 허여멀건 얼골이 뵈인다. 어듸를 거너냐고 무른 즉 정차장에 좀 볼일이 잇다고 한다. 나는 벌서 알어채리고 올치 金剛山 가는 총독의 영접 가는구나 하엿더니 참 꼭 마젓다. 안이나 그럴가 엇던 일본인이 또 무르닛가 귀에다 대구 「소ー독구각가노데무가이」라고 한다. 아ー하ー우숩다. 나는 몬저 아는 것을 비밀이다. 무엇이냐 참 충실한 관리다. 아모쪼록 조선인 하고는 通情을 안이하더라도 일본인하고는 비밀담을 하여라.

宏壯한 總督行

鐵原驛을 당도하니 벌서 야단법석이다. 鐵原에 잇는 칼치장사는 총출동을 하야 무슨 중대사건이 생긴듯시 비상선을 느리고 오는 사람 가는 사람을 막 노려보고 관청출입이나 좀하는 鐵原의 유지신사 나으리들도 다 나왓다.

참 굉장하다. 나는 정신이 떵해서 대합실 안에 우둑허니 안젓더니 조곰 잇다가 함흥행 차가 삑 소리를 지르고 온다. 뒤꽁문이에 임시로 단 특등실에서 몸이 깍지덩이 갓고 머리가 목화박가튼 총독이 나오더니 尹希誠군을 위시하야 영접 나온 여러 사람의 허리가 일시에 볼어지고 코가 땅내를 맛는다. 또 칼치 장사측에서는 「척」「꽥」하면서 손들이 모도 모자 우에 가 붓는다. 나는 잡담 제하고 이등차실로 드러가니 그 안에도 總督府 공기가 충만하얏다. 관리는 물론이고 御用紙 수행기자 淑明女學校의 涸澤 여선생까지 잇다. 당나귀 말둑가튼 呂宋烟 말오줌 가튼 「위이식기」를 막터치면서 「공고산」이 엇더니 「헤이고」가 엇더니 하고 떠든다. 그러자 차가 떠난다. 나도 李 朴 양군의 땃든한 손을 떠나게 되얏다. 月井驛을 지내 平康을 가니 그곳은 총독의 하차할 곳인고로 경계도 鐵原보다 엄밀한 모양이오. 영접온 사람들도 퍽 만타. 자동차 인력거가 驛頭에 삑삑하고 平康의 남녀노소, 학생까지 다 나왓다. 안전 방어하고 송장만 안이 온 모양이다. 또 六堂 崔南善군의 쇠똥모자가 遠*으로 뵈인다. (그도 金剛山 행) 총독일행이 다 나리고 보니 차안은 다시 從容하야겟다. 나는 혼자 생각하기를 이야―시간의 힘은 참 무서운 것이다. 삽시간에 차안의 총독부 세력을 다 퇴출하야 버럿구나 하고 「벤도」와 차를 사가지고 점심을 먹엇다.

天下奇觀 三防의 秋色

차는 다시 平康驛을 떠나 福溪驛에서 잠간 쉬고 해발 2,007척 되는 釖拂浪으로 향하얏다. 원래 고산지대가 되고 보니 제아모리 鐵馬라도 숨이 퍽 찬 모양이다.

꼭―꼭―소리만 억지로 지르고 잘가지 못한다. 沿路에 온 고산식물인 山荻이 잔득 욱여서고 백설과 가튼 그 꼿이 만발하야 차가는 바람에 흔들이는데 마치 소복담장한 미인대가 나를 환영하너라고 纖纖玉手를 내흔드는 것 갓다. 나는 그 구경에 정신이 황홀하야 차가 가는지 안이 가는지 알지도 못햇다. 그럭저럭 차가 釖拂浪을 지냇다. 여긔서부터는 建瓴水 모양으로 근두박질을 하고 간다. 잠간새에 洗浦에 이르럿다. 약 10여 분 동안을 휴식하고 다시 떠나 혹은 隧道(自 釖拂浪 至 三防 凡14 隧道) 혹은 橋梁(교량 19)을 지나 작구 내려가니 山谷이 점점 深邃하고 水石이 淸幽한데 懸崖絶壁에 滿林紅葉이 좌우로 相映하야 멀니보면 채운을 두른 듯 하고 각가이 보면 錦屛을 친 듯하야 그 奇絶妙絶함을 실로 형언할 수 업스니 이는 세인이 다 勝地로 膾慕하는 3防幽谷이다. 역에 이르러 차가 멈추매 잠시 안저 滿山의 홍엽을 구경하니 녯적 杜牧之의 「停車坐愛楓林晩霜葉紅於二月花」란 시구가 문득 생각난다. (이하 繼續文은 紙頁의 관계로 유감이나마 略하고 감상된 것 몃가지만 기록한다)

感慨無量한 龍興江

차가 永興郡境에 다다르니 洋洋이 흐르는 龍興江이 眼前에 뵈인다.

이 강의 元名은 橫江으로서 永興이 李朝의 발상지가 되는 까닭에 龍興江이라고 變名한 것이다. 나는 이 강을 볼 때에 무량한 감개가 생겻다. 즉 李太祖가 그 子 太宗과 골육상쟁을 하고 咸興에 退居하얏슬 때에 太宗이 太祖를 還京캐 하랴고 백방으로 고심하든 중 (先是太宗使臣屢次勸諫次往咸興皆被害不得歸 所謂咸興差使是) 其臣 朴淳이라 하는 이가 子母의 백마로 太祖를 悔心케 하고 歸途에 此江을 渡하다가 太祖의 사신에게 被害하면서 「半在江中半在船」의 시를 지은 그 史實이다. 소위 새우 쌈에 고래가 죽는다더니 아모리 군주정치시대의 일이라도 남의 父子 쌈에 無辜한 忠良이 만이 죽은 것은 지금에 생각하야도 참 우서운 일이오 또 가엽슨 일이다. 하여간 그 인물 그 백마는 지금에 간곳이 업고 다만 江水만이 嗚咽이 흘너 천고의 충혼을 吊할 뿐이니 누가 감개의 懷를 능히 금하랴. 나는 차중에서 그 생각을 하다가 우연이 회고시 1수를 지엿다.

> 龍興江水接天流, 碧血淋漓梁鴨頭.
> 白馬不歸秋又老, 滿汀蘆荻夜飄飄.

月夜의 萬歲橋

月白白夜廖廖한데 正是孤客이 難眠할 어느날 밤이엿다. 나는 혼자 萬歲橋로 산보를 나갓섯다. 이 萬歲橋는 咸興의 명물, 안이 조선의 명물이다. 長 275간, 폭 3간으로 광대한 城川江 상에 橫跨하야 원경으로 보면 마치 萬丈彩虹이 은하수를 횡단함과 如한 감이 잇다. (張忠貞 安世府尹時 創建) 특히 그날밤에는 달이 유난이 밝어서 城川 강변의 십리 明沙가 모다 은세계로 化한 듯한데 萬歲橋에 산보 온 사람은 나혼자 뿐이엇다. 夜色 구경이 조키도 하고 상쾌도 하지만은 혼자되고 보니 또한 고적한 생각이 낫섯다. 혼자말로 아ㅡ咸興의 사람들은 몰취미도 하다. 이 조혼 밤에 「개천거리」 더러운 술집에 가서 밤이 새도록 귀중

한 금전과 시간을 허비하면서 毒酒는 작고 먹지마는 이 대자연의 구경은 할 줄 모르는구나. 하다못하야 연애하는 청춘남녀 학생의 비밀 산보도 업구나 하고. 다리 난간에 의지하야 안젓더니 홀연이 風便으로 청량한 短簫聲이 들린다. 자서이 들으니 橋畔盤龍山 斷崖上에 잇는 엇던 賣法선생의 집에서 부는 것이다. 올치 저것이 前日 樂民樓 터로구나. 樂民樓! 樂民樓! 이름은 좃타. 前日에도 守令方伯 놈들이 인민의 膏血을 착취하야 가지고 獨樂을 하야 樂民樓下 落民淚라는 민요까지 나더니 금일에는 賣法者의 첩살림하는 獨樂房이 되엿구나. 나는 萬歲橋 상에 홀로 섯스니 힘 안드리고 독립만세로다마는 너는 무슨 힘을 그다지 드러서 與衆樂樂할 樂民樓를 독차지하고 산단말이냐 하고 혼자 심중에 불평을 부르짓다가 되지 안은 시 한 수를 또 짓고 왓다.

五里長橋十里川, 川南川北屋相連.
玉簫聲斷無人見, 風滿山樓月滿天.

噫. 落葉이 蕭蕭한 本宮

本宮은 咸興平野의 동단 雲田面 宮西里에 잇스니(李朝太祖의 舊邸다) 基地 5,881평되는 광대한 지면상에 正殿이 잇고 其外 移實室典祀室 내외 東軒豊沛樓 등 건물이 잇다. 內庭에는 太祖의 弓懸松 기타 老松 古柳가 交立하얏고 外庭에는 蓮池가 잇다. (春夏蓮花滿開) 나는 어느날 이 本宮을 관람하얏섯다.「때엿던 노인 한 분이 門外에 잇기로 이 집이 本宮이냐고 물엇더니 그 노인은 그럿타고 대답하면서 책망 비슷 자랑 비슷 이런 말을 한다.「엇지―本宮을 입때 모르오. 우리 나라 太祖大王님이 사시던 집이외다. 咸興이 과연 壯하오, 王님이 다 나섯지오. 그래서 豊沛故鄕이라 하지오」홍―李太祖가 이 지방에서 낫스니 물론 풍패고향이라 하겟다. 그러나 李太祖가 나서, 조선 안이 함흥에 무슨 이익이 되엿나. 그가 조선의 왕권을 점탈한 후로 국가를 사유물로 視하야 억만대까지 자기자

손에게만 전하랴고 서북사람 (咸興은 물론)을 오백년간 금고에 처하고 여하한 인물아 잇던지 大用치 안이하야 소위 文不過持平掌令武不過萬戶僉使가 되게 하지 안엇나. 咸興사람으로 李太祖의 출생한 것을 자랑하는 것은 마치 빈민이 동리 부자놈에게 집, 땅을 다 뺏기고 걸인이 되야 流離구걸하면서도 우리 동리에 엇던 부자양반님이 잇다고 자랑하는 것과 갓다. 그 무슨 필요가 잇느냐. 하여간 往日 번화존엄하던 本宮이 今에 낙엽이 蕭蕭하야 滿目 황량할 뿐이니 엇지 感舊의 懷가 업스랴. 나는 또 시 한수를 지여 그곳에 갓던 기념을 삼엇다.

五百光陰一擲捘, 英雄事業復如何.
鄕人且莫誇豊沛, 漢苑蕭蕭落葉多.

可憐한 嶺南의 娘子軍

咸興의 개천거리나 鐵碑石거리라 하면 누구나 다 술집 만흔 곳으로 알 것이다. 그곳은 京城의 前日 수박다리 今日 幷木町과 가튼 곳이다. 수백여 호의 음식점 문패가 총독부 말뚝처럼 곳곳이 백혀 잇는데 황소갈보, 깨묵갈보, 호박갈보, 쳇다리갈보, 루덕갈보, 너덜갈보 봉사버레 목사버레 大邱집, 晋州집, 서울집, 元山집, 北靑집 하는 가지각색의 별명을 가진 낭자군들이 한집에 3, 4인식 1, 2인식 들석들석하고 술이라고는 毒燒酒 안주라고는 군밤을 大棗알갱이 사과 쪽 밥누룽지 등 빼빼마른 것 뿐이다. 그 낭자군들은 대개 慶尙道 출생으로 2, 3십원 혹 4, 5십원에 팔녀서 악귀와 가튼 영업주에게 몸을 매고 잇다. 시험적으로 咸興滋味가 엇더냐고 물으면 불과 멧 마듸 말에 입을 비죽비죽하고 눈물을 흘리면서 「아이고 서울양반을 보면 친정부모 본 것 갓구마. 咸興은 몬살쇠. 칩고 사람들이 흄하고 욕 잘하고 삼(쌈) 잘하고 말소리가 뚝뚝해세요—영감이 초면이시지만 멧십원만 주시면 오늘이라도 몸갑을 치러주고 宅에 가서 종노릇이라도 하겟습니다」라고 한다. 아―이것이 무슨 비참한 말이냐 가련한 영남의 낭자군들을 그 누가 구제할가.

작구 느러가는 咸興의 妓生

咸興도 역시 前日 監司營이 잇던 곳인 고로 이전부터 妓가 官잇던 것은 사실이다. 彼 壬辰亂에 東萊府使 宋象賢씨와 가티 節死한 그의 애첩 金蟾도 이 咸興의 명기요, 열녀로 旌門까지 한 修撰 黃奎河의 첩 晩香, 黃璋의 첩 金時, 金剛의 첩 玉眞이도 咸興의 명기다. 근래 노기의 玉蟾(元 朴箕陽妾) 夏雲(現 음식점영업) 등도 비록 자태는 별로 업스나 가무 詩書로 일반의 사랑을 만히 바덧다. 그러나 甲辰 이후로 관기가 革罷되면서 咸興의 화류계는 아주 몰락이 되야 歌樓舞殿이 寂寞蕭條를 不免하더니 近日에는 각지의 기생이 작구 모혀들어 其 수가 旣히 20여 명에 달하야 각색 조합도 생겨서 매우 경기가 조혼 모양인데 其中 取締의 車竹葉과 蓮玉, 松月, 璟月(善 伽倻琴), 桂仙, 碧桃, 山月, 등이 명기 노릇을 하고 또 咸興産으로는 弄琴이가 비록 童妓나 歌, 舞, 자태가 다 咸興화류계에 萬綠叢中 一占紅이라 한다. 이야이 썩은 간나들아− 무엇 먹자고 작구 오느냐. 咸興의 청년들아, 주머니를 단단이만 졸나라. 너의 어머니는 맨발로 소를 끌고 이 쟝 저 쟝 단니면서 10전, 5전에 쌈을 하고 너의 아버지는 새우젓을 먹으면 밥이 쉬나린다고 항문에다가 부치고 京城 출입을 한다고 소문이 낫다.

[39] 倫敦求景, 在英國 朴勝喆, 『개벽』 제56호(1925.01)

世界의 第2都市, 歐洲의 首府

신세계는 빼여 노코 구세계에서는 倫敦이 제1 대도시일 것이며, 또한 歐洲의 首府일 것이다. 사람마다 巴里와 伯林의 美麗와 宏大를 말하지마는 이것은 倫敦을 보기전 이야기 일 것이다. 巴里와 伯林이 안이 조흔 것이 안이로되 대도시될 만한 總點으로 보아 倫敦에 못 따를 것이니 첫재 인구로 보아서 倫敦이 제1이요, 둘재 이것에 맛초아 설비된 시가라든가 교통기관이 倫敦이 제1일 것이니 이 두 가지에 필적할 대도시는 구세계에서는 찻지 못할 것이다. 倫敦 인구가 약 900만이라 하니 全朝鮮 인구의 반수 이상이며 스캔듸나뷔아반도 兩國 인구보담도 훨석 만흔 것이다. 이 다수의 인구를 포용한 倫敦시의 교통기관 중심의 力은 자동차에 잇스며 공중용으로 공중 자동차가 시내외 어대든지 통하며, 電車라야 극히 한산한 부분에서 볼 수 잇스며, 그 외에 지하철도와 각 철도회사에서 경영하는 기차도 역시 시내외에 연락이 되는 것이다. 倫敦시에서 제1 복잡한 곳은 피캐딜리, 써커쓰, 체링크로쓰, 뺑크, 옥쓰포드, 써커쓰, 엘릭펜트, 카슬 등 7,8處이니, 엇더케 복잡한 것은 누구든지 상상키 어려울 것이다. 사방에서 쉬일새 업시 모혀드는 수백의 자동차는 교통 순사의 지휘를 기대리며, 이 뒤를 이어서 이쪽에서 저쪽으로 근너는 보행인은 수십명식되는 것이다. 자동차가 민키도 英國이 제2위라고 한다. 과연 그럴 것이다. 내가 사는 村에도 대개는 자동차를 가젓슬 뿐 안이라 시내외에서 여자들이 자동차를 모는 것을 흔히 보게 된다. 英國의 자동차는 교통용뿐 안이라 운동용인 것을 잇지 말어야 할 것이다. 倫敦에서 제1 복잡하고 중요한 곳이 어대냐 물으면 뺑크이라고 할 것이다. 이곳이 倫敦시에서만 그럴 것이 안이라 英帝國에서 그럴 것이니, 이곳이 재정구역으로서 취인소와 英蘭銀行, 기타 사립은행들과 또 그 외에 무수한 식민지 及 외국은행의 지점들이 잇시 실로 세계를 지배하는 중추이라고 하야도 과언이 안일 것이다.

수십충식되는 건설물이 업는 倫敦에서는 테임쓰 강변에 衝天之勢로 半空에 소슨 의사당의 高塔은 세계를 굽어보며 만민의 苦樂을 쥐고 잇는 것 갓흐며, 바로 그 압흐로 소리업시 흘으는 테임쓰 江水는 만고의 비밀을 아는 것 가티도 보힌다. 이 의사당 속에서 英帝國을 맨들엇스며 6대주 5색 인종을 통치하나니, 그럼으로 이 高塔에 국기가 날리는 날에는 모든 세계 위정자의 이목은 이곳으로 끌니게 되는 것이다. 이 의사당이 비록 석조이나마 英人에게는 金造 가티 보힐 것이며, 英人의 자랑거리일 것이다. 토요일이면 공중에게 관람을 허하나니, 이 날에는 외국인은 물론이어니와 무수한 英人들도 역사가 잇는 이 의사당을 구경하러 모혀든다. 내부를 보면 그리 화려할 것 업스며, 상하 兩院이 한 집안에 잇스며, 실내가 넘우 좁흐나 역사가 잇다해서 그러한지는 몰으나, 개축설은 업다고 한다. 물론 歐洲에서 이 의사당보담 右出할 의사당은 업스나 오즉 근사한 것은 하나 잇나니, 나는 匈牙利國 首府에서 이 의사당을 모방하야 지엇다는 의사당을 보앗다. 이제 英國 의사당을 보고 그것을 생각해 보니 매우 근사하다. 안이 의사당뿐 안이라, 의사당이 잇는 그 근처가 倫敦 의사당과 근사한 것은 누구든지 보아서 알 것이다. 테임쓰 강변에 웃둑 소슨 의사당이나, 또나우 강변에 웃둑 소슨 의사당도 맛찬가지이며, 兩江에 다 철교가 걸처 노엿스니 倫敦의 塔橋와 뿌다페스트의 엘릭사베드橋는 다 가티 일홈이 잇는 것이다.

테임쓰 江上에는 16개의 인도교가 잇스며 이 중에 유명한 塔橋가 잇스니, 이 다리가 만인으로 하야곰 倫敦을 보고 십흐게 만드는 것이다. 石鐵을 써서 다리야 잘 노앗다. 이 다리가 하로 몃 번식 개폐가 되나니, 이때마다 무수한 선박이 테임쓰강에 上下하게 되며, 어느 때든지 塔橋에 서서 바라보면 江水는 대소의 선박으로 덥히여 잇다. 漢江 인도교에서만 투신 자살이 잇는 것이 안이라, 혼치는 안어도 테임쓰강 인도교에서도 동일한 사실을 듯게 된다. 江上에 철교만 잇는 것이 안이라, 漢江 넓히만한 테임쓰강 밋을 뚤코 인도를 맨들엇스니, 이것을 獨逸漢堡 엘베강 밋헤 잇는 인도에 비하면 대단 좁은 것이다. 의사당과 대립하야 왜스트민스터 사원이 잇스니 英國 내에서는 상당히 크다고 하나, 巴里에 노트르·담 사원밧게 안되여 보힌다. 정거장으로는 워터루가 제1 크다고 하되 獨逸 라입치히정거장에 비하면 26 대 21 승강장의 차이가 잇다.

시내를 따나서 윈소워의 1일 淸遊는 秋節에 가장 적당하나니 단풍도 보러니와 귀족과 부호의 子姪들이 단이는 이톤대학이며 離宮을 구경하는 것이니, 이 離宮에는 뷕토리아여왕과 기타 황족들의 葬地도 잇다. 이 곳 외에 햄톤離宮과 뿌쉬공원은 원소위에 못지 안은 명소이다.

朝鮮古書畵와 千萬圓價格의 寶物

倫敦대학도 외관상 대륙대학들과 다를 것 업스며 英人 소위 일류 신사(퍼스트·젠들맨)가 산다는 뻑킹햄궁은 그리 宏大하지 못하나 質素하고도 威儀가 잇서 보히는 것은 대륙에 잇는 각 왕궁보담 나을 것이다. 위치로 보아 묘하게 맨든 聖쩨임쓰와 그린 공원 중간에 잇스니 경치가 훌륭하고, 露臺에 나서서 6軍을 호령할 수 잇스니 그 압히 얼마나 넓은 것을 알 것이다. 일요일에 정치 종교 연설지로 유명한 하이드, 아름다운 레젠트 공원들이 잇스며, 그러나 릐취몬드 공원이 제일 크다고 한다. 동식물원의 내용이 풍부한 것이며, 국립 미술관에 잇는 각 화폭이 유리厘 속에 들어 잇는 것도 英國 외에는 드믈게 볼 것이다. 그러나 만흔 명화가 업는 것이 유감이다. 뿌리틔쉬 박물관은 세계의 제일이라고 한다. 각 시대 각지의 습속을 알 수가 잇나니 가령 羅馬문명 유물이며 紅黑인종의 원시생활방식도 이곳서 볼 수 잇는 것이다. 그럼으로 이것이 글자대로 대집성이라고 할 것이다. 이 박물관에 만방의 고금서적을 비치하야 공중의 열람을 許하니 이것도 英人의 자랑거리이다. 이 박물관에 고려자기가 상당히 진열되얏스며 도서 진열부에 五經百篇과 二倫圖 각 1권이 잇고 그 외에 우표가 잇스며, 미술 진열부에 書者 미상인 인물화가 1폭 잇슬 뿐이다. 이 박물관 속에 잇는 모든 실물 중에 천만원의 가격이 된다는 화병이 진귀한 것이다. 이 화병은 金銀珠玉진열부에 잇나니 원래 2,000년전 羅馬황제 소용품으로서 지중에 뭇처잇든 것을 근년에 羅馬부근에서 발굴하얏다고 하며, 산산 조각에 낫든 것을 오래두고 고심하야 붓처서 다시 원형을 맨들엇다. 남색 유리병에 조각이 잇스며, 그 조각이 백색인 것이다. 2,000년전 고인의 수공을 보고 누구든지 상탄할 것이다.

倫敦시에 동상이 만히 잇지마는 넬손이나 윌링톤 동상이 제일 조흘 것이며, 위치 역시 제일 일 것이다. 이 두 사람이 英國으로 하야곰 패권을 잡게 하엿다고 할 것이다. 지구의 경도가 시작되는 그린위치 천문대는 잘도 만들엇스며 조망이 아름답다. 시 東端에 잇는 빈민지대는 倫敦 * **한 것과 비하야 넘우 차이가 심하며, 中國人 거류지는 더 말할 것도 업고, 이곳서 中國人 독특한 상점들을 보게 된다. 그러나 倫敦에 2,3처나 되는 中國 요리점은 英人의 사랑을 밧는다고 한다.

웸볼리 博覽會: 英國의 富强, 世界의 縮少

우리의 史上 지식으로는 羅馬帝國의 부강과 漢光武의 영역과 唐太宗의 판도와 成吉思汗의 정복이 거대하고도 유례가 업는 것이라 한되 6대주에 영토를 두고 이 곳들에서 나는 물산으로 하야 날로 殷盛하여 가는 英國의 今日의 부강에 비하면 실로 천양지차가 잇나니 英帝國 이 곳 세계요, 세계가 곳 英帝國일 것이다. 英帝國의 現勢를 보라. 전세계 인구의 4분지1, 전지구 면적의 4분지1을 가젓스니 英國이 전례가 업는 帝國이 안이며 부강이 세계의 제일이 안이고 무엇이냐. 나는 英國의 軍力을 몰으며, 또한 이것에 대한 지식도 업다. 그러나 금번에 열린 웸볼리 박람회를 구경하니 이것이 英帝國의 국위를 말하는 것이며, 또한 세계 축소형일 것이다. 현대 과학을 응용하야 제출한 산품을 보히는 공업관과 기계력이 얼나 충실한가를 보히는 기계관이 잇나니, 나는 이 두 가지가 박람회의 중심이 되리라고 생각한다. 공업관에서 거대한 기계를 사용하야 순식간에 수백 수천의 麵包를 만들며, 그 외에 일용품이 업는 것 업시 구비하게 산출하는 것을 보히며, 기계관에서는 기관에 장치한 대포는 물론이지마는 英人의 생명이라 할만한 조선술의 발달을 보히는 것과, 또는 현대 생활에 1일도 불가결할 전기기계의 진보와, 또 그 외에 현대 교통기관으로서 자웅을 다투는 자동차와 비행기가 진열되여 잇나니, 이 두 출품관은 확실히 모국의 산업과 기계력의 풍부와 충실을 보히는 것인 줄 밋는다.

그 다음 大洋洲, 늬우실랜드, 馬來半島, 뻐마, 加奈太, 印度, 南아푸리카, 東아푸리카, 香港 等 각 식민지의 출품관이 잇스며, 매 출품관마다 該 토지의 남녀를 볼 수 잇는 것이다. 이러한 출품관들을 볼 적에 英國人은 자기네 일상생활에 식민지가 얼마나 필요한 것을 알 것이며, 외국인은 英帝國의 부강의 주초가 되는 줄 알 것이다. 가령 각 식민지 중에 가장 긴요한 것은 황금과 목축업으로 해서 생기는 羊毛, 식료품 또는 각종 고귀한 목재를 가저 오는 대양주일 것이다. 내 생각건대 만약 英國이 대양주를 일는 날이면 英國은 쇠망할 것이다. 이 대양주뿐 안이라 南아푸리카가 중요한 것을 기억하여야 하겟다. 나는 昨秋 瑞典갓슬 때에 꾀텐부륵에 열렷든 박람회를 보고, 그 내용이 충실한 것과 규모가 宏大한 것을 칭찬하엿더니, 이제 웸불리 박람회를 보니 꾀텐부륵 박람회는 도저히 이것에 당하지 못할 것이다.

各 식민지 출품관에서 운집하는 남녀를 볼 뿐 안이라, 이 박람회를 구경하려고 세계 각지에서 운집하는 남녀로 해서 언제든지 가서 보면 인종 전람회 가튼 때가 만헛다. 관객의 매주 평균 100만명이나 되얏스며, 그 중에 4왕, 5왕후, 2수상이 대륙과 埃及에서 왓다고 한다. 이 박람회를 1일에 보려 하는 것은 全歐洲를 1일에 보려는 것 갓치 불가능이라고 한다. 과연 그럴 것이다. 각 출품관 외에 무수한 오락장까지 잇스니 누구든지 가서 보면 수긍할 것이다. 나도 두 오후와 전일를 기웃거렷다. 明春에는 巴里에 박람회가 열닌다고, 벌서부터 이것을 보고 십흔 마음이 간절하다.

倫敦의 殊特地帶

英國의 부강은 박람회만 통하야 알 것이 안이라, 조흔 物貨가 마히 벌녀 잇는 큰 상점들이 만흔 레젠트街를 중심으로 하야 이리저리 다녀 보면 누구든지 알 것이다. 이러케 조흔 物貨가 만히 잇는 곳은 전후 대륙에서는 찻지 못할 것이다. 이러한 物貨가 전후 대륙에서 보는 현상 대로 빗싼 돈을 가진 외국인에게 팔리는 것이 안이요, 모도가 화려에 취한 英國士女에게 소비되는 것이다. 그들도 羅馬쇠망의 원인을 잘 안다. 그러나 각 식민지에서 오는 화려한 소산품은 그들의 마음을 動케 하는 것이다. 나는 최근에 이러한 경험이 잇다. 伊太利 성악가 맬리커치 부인 연주회 입장권을 사려고 대리점에 갓섯다. 물론 나도 추측은 하엿다. 그 부인은 세계적 명성이 잇는 이닛가는 일즉이 예매를 하려고 한 것이 50일전이며, 중등석을 어드려는 것이 전부 매진이 되고, 남엇다는 것은 최하등석 밧게 업서서 2원이나 주고 한 장을 어더늣코 물러섯다. 이뿐 안이라 英國서 제일 크다는 로얄알버트 음악당은 만명의 좌석이 잇다는데, 내가 본 경험으로는 언제든지 그러케 좌석이 남지 안엇다. 이것으로만 보드래도 英國人의 생활이 얼마나 여유가 잇는 것을 알 것이다.

歐羅巴를 처음 구경하는 이면 구경이 조키로 歐羅巴에서 이르는 피캐딜릭, 써커쓰만 보아도 歐羅巴 구경의 本意는 일치 안을 것이다. 이곳을 중심으로 하야 연극장 지대가 잇나니 각종 연극장이 총총히 잇서서 무엇이든지 다 볼 수 잇스며, 하로는 커녕 몃 칠, 몃 달을 향악할 수 잇슬 것이다. 이곳에 전후에 신축이라는 연극장이 일전에 낙성되얏나니, 건축 방식이야 타 극장과 동일하지마는 특이한 것은 극장내에 예배당이 잇는 것과 부인 흡연실을 만든 것이니, 이것이 확실히 新소식일 것이다. 묘하게 꾸민 그린공원을 압흐로 두고 정치, 학술 기타 구락부가 집합되여 잇나니, 이곳을 일러서 구락부 지대라고 한다. 그러나 英國人은 대륙 諸국민보담 가정생활을 조화하며 운동을 질기고, 개인주의를 사랑하는 국민이다. 英國의 기후, 특히 倫敦 일대를 중심으로 하야 안개가 끼는 것이니, 심할 때에는 白晝에 街路에 불을 켜며, 엽헤 선 사람이 안이 보힐 때가 잇다. 그 뿐 안이라 안개가 하로도 몃 번식 왕래하나니, 이러한 험악한 기후와 싸호고 살려면 외출을 잘 안이하는 것과, 운동에 유의하여야 될 것이다. 남녀의 운동은 英國이 제일일 것이며, 本國서 보든 그 조흔 日氣는 歐羅巴에서는 별로 못 보앗고 昨秋 스캔듸나븨아 반도에서 밧게 보지 못하얏다.

市長就任日과 休戰紀念日

倫敦시장이 되여 보는 것은 일생의 영예요, 그 영예됨이 총리대신 보담 낫다고 하야, 英國人은 누구든지 부러워한다. 11월 10일은 매년 1차식 잇는 倫敦시장 취임식일이다. 이날 정각전부터 시청 前에서 재판소 前까지 人城을 싸엇다. 이 거리가 불과 10분이지마는, 시장의 영예를 보히는 행렬은 이리저리 돌아가게 되엿스며, 그 威儀의 당당한 것이야 王公을 눌을 것이다. 선두에 각 연대의 군악대와 그 뒤들 이어서 보병, 기병, 포병, 중포병, 사관학생, 해군, 해군 견습생, 소년대, 犬 2頭, 역대시장 모형인, 市叅事 그러고도 간간히 군악대, 경찰서장, 市수위대장, 그 뒤에 六頭馬車에 金冠紅衣가 시장이고, 이 뒤에 다시 보병, 군악대, 기병 순사 이와 가튼 행렬이 13분 동안이나 내 압호로 지내갓다. 이 날 오후에 시청에는 시장이 設宴을 하고, 當路大官과 朝野 名士를 請招하얏나니, 當席에서 배픈 총리대신의 연설은 시청연설로서 각 외국신문에 비평이 올낫다.

시장취임식 ,翌日은 세계 대전이 끗나든 날이다. 이날 오전 11시를 전사자의 추도기념식 時로 정하야 연합국측에서는 일제히 거행하는 것이니, 이 날 이 時가 추도하는 의미도 잇지마는 一便으로는 生者로서 승리를 축하하는 의미도 잇는 것이다. 이날은 특별 무도회와 유흥을 만히 보게 되는 것이다. 이 날은 早朝부터 기념탑이 잇는 의사당 근처 넓기가 京城 鍾路만 하고 길기가 京城 鍾路에서 梨峴가기만 한데 발듸러 노흘 틈이 업시 사람이 모혓스니 수십만으로 셀 것이다. 이 시간에는 어듸서든지 수십 수백이 몰케섯는 것을 보앗다. 11시 죽음 전에 기념탑에는 英王 쪼지 5세가 諸왕자와 文武百官을 거나리고 화환을 듸려며 이 식이 끗이 나자 의사당에 걸린 시계는 11시를 報하며 이 소리와 아울러 하이드 공원에 잇는 신호포는 힘업시 텅하고 소래가 낫다. 가든 사람, 일하든 사람, 가든 자동차, 家內나 家外를 물론하고 동작은 긋치엿다. 2분후에 다시 신호포소리가 들리쟈 모든 동작은 시작되얏다.

이 모힌 男女 中에 아버지나, 남편이나 아늘을 죽이고 상한 사람들이 만켓지마는, 내엽헤 섯든엇던 老婦人은 목이 메여 울엇다. 나는 이 光景을 볼 적에 매우 애처러워스며, 저들은 왜 戰爭을 하며, 또는 하지 안으면 안되게 되나를 生覺해 보앗다. 그러나 이것이 容易히 解決이 될 것이로되 무서운 難關이 잇는 것이 念頭에 떠올으고 말엇다. 저러케 悲愴하든 사람이라도, 明日에 動員令말 내리면 다시 아버지나 남편이나 아들을 죽이고 상할 것은 分明한 것이다. 休戰紀念 前日에 론돈타임쓰紙는 論說을 내엿스되 獨逸이 陰然히 軍備에 注意하는 것을 指摘하야 次戰을 말하고, 비행기, 탱크, 毒瓦斯가 必要한데 論及하야 工業第一을 主張하엿다. 이와 가티 世界는 軍備를 爭先準備하며, 또 다시 世界의 平和는 요원하고, 人類는 서로 선혈을 흘리게 될 것을 生覺할 때에 식은땀이 나고 말엇다.

11月 11日을 中心으로 하야 倫敦은 꽤 밧부엇스며 求景거리가 만엇나니, 帝國領土內의 各種 宗教會議 埃及首相來英, 쩩키, 쿠간 訪英, 露西亞赤便紙事件, 이 事件에 關聯하야 在野黨 對 政府의 政爭, 議會解散, 總권수와 保守黨의 大捷과 自由黨의 慘敗, 保守黨內閣의 成立, 倫敦市長구任式, 休戰紀念日 等이니, 이 中에 保守黨內閣이 出現될 것은 누구든지 推測하엿든 것이다. 이로부터 懸案이든 新嘉坡는 海軍根處地로서 完成을 볼 것이요, 볼칸半島가 아직도 完定이 못되엿나니, 그것은 希土의 葛藤이다. 最近事實를 보드래도 英國政府는 希臘政府에 海軍*問으로서 高級將校를 派送하얏나니, 이로부터 希臘政府는 海軍力充實에 注意할 것은 分明한 事實일 것이다. 東洋의 禍根은 中國에 잇고 西洋의 動亂은 볼칸半島에서 일어날 것을 記憶하여야 할 것이다. 英國에 保守黨이 政權을 잡게된 지 不出幾日에 米國 총선거의 結果는 共和黨이 繼

續하야 勝利를 어덧다는 報告가 왓스며, 이 形勢를 觀望한 獨逸 國民黨은 英國 保守黨과 親交를 매저볼가 하는 意思가 보혓다. 現下에 생기는 모든 現象을 가지고 生覺해보면, 俗談에 5,6月 더부살이 혼자 걱정하는 세음으로 世界는 漸漸 不安해 보일 뿐이다. 保守黨內閣을 樹立한 英國民은 本來 保守的 精神이 집흔 國民이니, 그것은 그들의 日常生活에서 發見할 것이며, 그뿐 안이리 그들은 每事에 가장 沈着하야 輕擧하는 法이 업나니 普通意味에 잇서서 英國民은 大國民이라 할 것이다.

英國留學과 世界漫遊

學費를 中心으로 한 여러 가지 事情으로 4,5年 前까지도 歐洲留學生이 10인內外 밧게 안이 되다가 한번 始作이 된 後로 一時에는 約 70餘人이 되엿스나, 60餘人이 獨逸에 잇섯고, 英國에는 3,4人에 不過하얏나니, 이것은 純然한 學費問題이엿다. 至今 歐洲留學生現狀으로 보아 獨逸에 약 40人, 英國에 6人, 墺地利에 3人, 瑞西에 2人 合 50人 밧게 안이 된다. 勿論 어디 留學이든지 첫재 學費充足, 둘재 身體健康, 셋재 家內無故이라는 3條件이 俱備하여야, 비로소 그 目的을 完成할 것이다. 더구나 歐洲는 米洲와 달라서 첫재 條件이 完備치 못하면 留學하기가 不可能이려니와, 그 中에도 英國에 으려면, 上陸할 때에 一定한 期限에 充用할만한 學資金을 官憲에게 보혀야 入國許可를 엇게 되는 것이다. 그러나 나는 이러한 事實을 만히 보앗다. 留學生 中에는 父兄의 諒解가 잇스며, 또는 그만한 學費의 供給을 바들만한 子弟로서 늘 學費로 해서 困難을 當하는 것이다. 나는 그 父兄들의 處事를 理解할 수 업섯스며, 더구나 그 狀況을 보는 西洋人들은 더 말할 것 업다. 歐洲에서 留學할만한 곳 中에 英國이 第一 빗싼 곳이며 둘재 獨逸 墺地利 瑞西일 것이다. 假令 倫敦大學生 生活을 하려면 每月 英貨 30磅(日貨 320圓) 每年 360磅이 잇서야 할 것이니 이것은 純然한 寄宿費와 月謝 밧게 안이 되며, 이것에 被服費로 每年 40磅 合計 400磅이면, 僅僅히 지내겟고, 자기 자제도 하야곰歐米 유학의 본의가 나게 하려면 歐洲大陸과 英國內 旅費로 每年 一定한 學費外에 約 70磅式의 加豫算이 잇서야 할 것이니, 大陸에 잇는 이는 英國을, 英國에 잇는 이는 大陸을 보는 것이 歐洲留學 全體意味의 半分을 이루는 것이라고 한다.

人生의 最大 慾望은 多知에 잇스며, 多知는 多見에 잇고, 多見은 世界를 遍見하는 것만 갓지 못하나니, 그럼으로 나는 人生의 最大 慾望은 世界를 보고 십허하는 世界漫遊에 잇다고 한다. 나는 이 意味에 잇서서 本國人士에게 世界漫遊를 勸하나니, 이것이 個人의 慾望만 滿足시키는 것이 안이라, 남의 살림을 보아서 우리 산림을 고치는데 不少한 利益이 잇는 까닭이다. 期間은 約 10個月, 旅費는 12,000圓으로 歐米 10個國을 볼 수 잇나니, 이것이 容易한 것은 안이나, 歐米를 본 後에 비로소 本國에 안저 想像하든 것 보담, 여러 가지 点이 다른 것을 알 것이다. (11月 20日)

[40] 南國行, 尙進, 『개벽』 제58호(1925.04)

*경상 지역(성산, 대구, 영천 지역)

山謠一曲 淚添巾

星山伽倻의 往事는 물어야 대답할 이 업고 더듬어 차즐 자최 업다 할지라도 嶺南의 一大 雄州로 한때는 14縣을 總轄하고 近古까지 牧使의 坐定하엿든 星州는 物換星移도 분수가 잇지 이처럼 적막하고 蕭條할 줄 짐작이나 하엿스랴. 市街는 秋風이 지내간 듯 하고 도로는 정돈되지 못하고 物貨集散이라고는 外人의 상점 幾個所가 잇슬 뿐이고 集會機關이라고는 양반냄새 관료냄새 나는 靑年會가 잇슬 뿐이다. 그래도 집회의 基本金을 모집한다고 청년들은 원노름을 (舊式의 守令行次

를 倣하야) 조직하야 村落으로 돌아다니면서 기부를 請한다. 이것이 亡國 官吏輩의 民財討索을 諷刺함인가 憧憬함인가. 도모지 그 眞意를 알수 업다. 그러면 생활정도는 어떠한가. 東學, 義兵의 兵禍에 疲弊한 星州는 庚戌의 大洪水로 雪上加霜격이다. 殖産銀行의 負債만이 全郡 80여만元이라니 대체로 보아서 한심하고 그 우에 南鮮通弊인 貧富의 懸隔을 加味하엿스니 대중의 생활은 不言可想이로다. 全省吾郡守 말과 가티 인민이 無進就之氣像임은 현실이 그러하다. 장래는 어떠할는지?

星山城址를 指點하면서 星峙(별틔)를 넘을 때는 석양이 솔숩 사이로 漏照한다. 맛츰 樵童의 길게 빼는 山謠一曲이 넘우나 哀切悽切하게 耳膜을 두다린다. 音波는 電流와 가티 心肝을 숨여들고 숨여들고 싸늘한 눈물로 化해 떠러진다.

琴韻寥寥 石蒼苔

9面 97洞里 9,400戶 5만2천 인구로 된 高靈은 뉘가 보든지 山峽小色이라 하겟지마는 멀니 古代史를 溯考하면 당당한 大伽倻國의 520년간 古都地이다. 첩첩한 錦林에 꽃 피고 입 떠러지기 무릇 幾回이며 深碧한 御井에 人來人去가 또한 몟 萬인가. 伽倻琴의 創作이 우리 음악사에 위대한 가치가 잇건마는 다만 그 地名(琴谷)만 傳함은 懷古의 눈물을 禁키 어렵고(大伽國 嘉悉王時 一樂人이 此谷에서 12絃琴을 製作 云) 石柱, 石佛, 石燈 가튼 고적을 그냥 風磨雨洗에 一任함은 엇지 傷心할 일이 안이랴.

이 곳도 庚戌의 洪水餘孼이 아즉 蘇回되지 못하엿다. 戶口는 줄어지고 負債는 늘어가며 3面 1校制도 今春에야 겨우 실현될 희망이 잇다 한다. 청년회는 負債 관계로 會館까지 存廢問題 중이라니 이 엇지 地方興替에 적은 문제이랴. 二三몽모가 애쓰고 허덕어리는 것은 동정을 禁키 어렵다. 동시에 열렬한 奮鬪를 一囑하지 안을 수 업다. 權重翼군수가 殖産銀行 債金 대응책으로 貯穀實施共勵會를 조직한 것도 가상한 일이다. 그것이나마 끈기 잇게 노력하엿스면 萬一의 구제책이 될가 한다. 그리고 우리 開闢運動을 위하야 틈 잇는대로 활동하는 趙秉郁군을 고맙게 생각한다. 따라서 이번 길에 맛나지 못한 것은 不少한 遺憾이다.

小金剛裡大藏經

『伽倻山景問松落老僧曰紅流洞口花吹笛峯頭月』 이것은 崔致遠선생의 海印寺詩이다. 그러면 나와 가치 꼿 업고 달 업는 때 온 者는 伽倻山景을 보지 못햇다 할가. 아니다. 나는 보앗다. 그보다 더 淸楚하고 高潔한 景을 보앗다. 말하자면 紅流洞口松吹笛峯頭雪 이것이다. 讀者 或 억지 수작이라 할는지 모른다. 그러나 꼿을 보랴면 도회지 근방이 조코 달의 美는 해안이나 大江 언덕이 훨신 나을 줄 생각는다. 적어도 深山을 찻고 古刹에 오는 자는 華麗美 明朗美 그것보다 幽寂하고 超世間的인 高潔美를 맛보려 하는 점에서 가치 잇다고 나는 생각는다. 그뿐이랴. 靑黑한 深潭에서 넘치는 奔波는 碧玉堆 가튼 어름 우으로 소리 놉혀 뛰여 나리고 너저분한 石上의 刻名은 氷雪이 가리워서 그 퀴퀴한 인간 냄새를 업도록 함이 얼마나 絕景이랴. 잇다면 志士的인 蒼松과 군대군대의 叢竹이 아무러한 風雪에도 顏色自若한 그것이 얼마나 마음을 깃부게 하는 것이리오. 閑談은 그만두고 海印寺 이약이나 대강 하자.

이 절은 距今 1,124년전 新羅 哀莊王時 順應大師의 創建으로 慶南 아니 朝鮮에 屈指하는 大刹이요 유명한 大藏經板閣의 소재지이다. 春花秋楓에 來賓去客이 絡繹不絶함도 괴이치 안커니와 經板 그것은 우리 文化史上에 一大 자랑거림은 누구나 다 아는 바이다. 距今 625년 전에 준공된 것으로 8만6천3枚의 木版이 1천571종의 部秩, 7천146권의 佛經을 雕造한 것이다. 木材는 樺(거재나무)로 全板에 染을 塗하야 腐蝕을 예방한 것이나 四角에 銅鐵로 장식하야 파손의 憂가 업도록 한 것이 당시의 周到한 用意를 볼 수 잇스며 此寺가 6回나 화재의 劫運을 經하엿스되 焰塵이 犯치 못하고 閣內에 烏雀의 棲息이 업슴은 또한 기적이라 안이치 못할지라. 다만 本閣의 관리를 警官이 하는 관계로 관찰의 불편이 종종 잇다 한다. (나는 오든 즉시로 보앗지마는) 쓰는 김이라 海印의 近日狀態도 略記하쟈. 수년 전만 해도 寺營인 私立小學校, 地方 學林의 敎育機關이 잇서 만혼 소년을 敎導하든 것이 지금은 아주 蕭條 古利 뿐이다. 그뿐인가. 全寺가 存廢問題로 남어 잇는 승려들은 이마ㅅ 살을 찝흐리고 허덕어리는 판이다. 내용을 듯건대 前住持 李晦光이 寺 財를 낭비하고 그 부하인 陳昌洙까지 李의 명의로 多大한 起債를 한 것이 곳 海印의 운명과 관계되야 京城 光化門金融組合에서 4천5백元의 件으로 寺內의 보물, 器具에 差押의 紅紙를 貼付하여 노코, 京城 貞洞 布敎堂을 구실로 起債(殖産銀行) 7만7천元은 매년 萬元식 年賦償還하 기로 旣히 결정하엿고 該基地代 13만元은 僅僅 해약하엿스며 기타 李 의 手形으로 十數萬元의 債金을 起한 것은 역시 陳昌洙사건과 共히 소 송 중에 잇다 한다. 李가 십여 년 住持의 의자를 强占하고 가진 수단으 로 橫暴를 肆行한 것은 海印 뿐 안이라 朝鮮 불교계에 幾多한 파란을 니르키고 社會公論까지 여러 번 喚起한 것은 贅論할 필요가 업거니와 朝鮮의 승려가 넘우나 각성이 적고 柔弱한 것이 곳 今日의 狀을 招致함 을 생각하면 또한 一歎을 禁키 어렵다. 同時 佛弟子 諸氏를 향하야 <u>第2 第3의 李晦光이 업도록 노력하기를 囑</u>한다.

見牛未見羊의 永川郡廳

永川 華東面 일대 토지는 該郡 巨富 李某 鄭某가 대부분을 점령하엿 다. 小作制는 定賭로 하여 왓는데 작년가튼 旱害에 거의 赤地된 전답에 도 소 가튼 地主는 依前例로 밧겟다 하니 소작인들은 수확을 정지하고 面所로 가서 몟 번이나 陳情의 哀願을 하엿다. 군청에서 가장 同情하는 척하고 農會技手를 보내 일반 소작인에게 말하기를 금년은 定賭대로 내기가 정말 冤抑하니 某日에는 꼭 農會에서 出張하야 收穫場에 立會 하고 半分하도록 하리라고 聲明하엿다. 그러나 그 期日에 소작인들은

면사무소 압헤서 해를 지우고 立會한다든 자의 形影은 그 후 幾日에 볼 수 업섯다. 아— 이 羊가치 순하기만 한 소작인들은 그래도 다음해 소작권이나 빼기지 안을 양으로 惡地主의 하자는대로 하엿다. 一般은 郡當局을 評하되 羊가튼 소작인은 頓不顧見하고 소가튼 부자 놈만 치어다 본다고.

若合符節의 兩地靑年

지내간 1월에 安東郡의 一直靑年會總會를 구경할 때 가장 인상을 깁히 가진 것은 그 청년들이 無産兒童敎育을 專力하야 11개 洞里에 각각 소규모의 勞働夜學을 설립하고 약 4백명 노동자를 교육식힌다는 것이엿다. 今番 蔚山을 지내다가 上南面 時代靑年會에서 전자와 똑가튼 19面을 통해서 <u>역시 11개소 약 4백 명의 노동자교육을 열성으로 한다니</u> 쇠퇴하여 가는 농촌을 부여잡고 피서석기고 눈물 석긴 그들의 노력이 얼마나 고마우며 數字까지 符合됨이 또한 奇蹟的 이약이거리라 안이 할 수 업다.

不如無書의 通度山門

新平里서 靈鷲山을 바라보고 한참 가면 2개 石柱를 세우고 佛利 大本山 通度寺, 山門禁葷酒 등 文句를 大書特刻한 것이 잇다. 누구나 여긔서는 淸淨法界의 道場을 연상하고 경건한 생각을 가지리라. 蒼鬱한 松林 사이로 數里를 緩步하는 동안은 그럴 듯 하게 神思의 灑落을 늑기엇다. 그러나 及其 寺門에 이르러서 規模宏大한 술집을 보고 豊備한 생선안주며 腥臭나는 靑魚국 가마를 볼 때나 煙草小賣商店을 볼 때는 서울서 골목 술집 근방을 지내는 듯한 불유쾌를 맛보앗다. 아마 이것은 俗客의 편의를 圖함인 모양이다. 승려 그분들이야 물론 禁葷禁酒를 실행할 터이지? 그러나 大禪師요 現住持의 法書(筆法은 無法無體이지마는 그것

까지는 그만 두고)가 그럿케 엄청나게도 虛文이 될 바에는 이야말로
不如無書.

亦或一道의 富豪事業

梁山郡의 富豪 金敎桓씨는 朝鮮 實業界의 不振을 근심하며 小學校
졸업생의 入學難을 구제할 취지로 자기의 주택잇는 上北面 上森里에
私立農工學校를 설립하엿다. 아즉은 假敎室에 설립비 1만元(6천圓은
負擔 4천圓은 他有力者)과 農業實習地 약 만평(田 5천 평 沓 4천여 평)
을 기부하고 그 유지비로 年 4천圓을 부담하겟다 한다. 其子 正杓君은
지방에 유망한 청년으로 기어이 이상을 실현하겟다 하며 벌서 水原高
農 출신인 池泳鱗君을 雇聘하야 오는 4월 중의 개학 준비에 奔忙하다.
一般은 氏의 美擧를 칭찬함과 동시에 위치가 一隅임을 유감으로 생각
한다고.

[41] 南滿洲行, 李敦化, 『개벽』 제61호(1925.07)~제62호

▲ 제61호

國境을 넘는 感想-撫順의 하로밤-興京縣차자들제-沿道에서 본
中國人의 風俗-食事中에 大逢變-中國靑年과의 筆談-胡地도 春似春
-王昭君의 녯 紅頰-四十里出迎-異城의 同胞淚-興京은 ○○團의 發
祥地-○○團의 昔今-正義府의 緊密한 組織-在滿同胞의 要望條件

1. 國境을 넘는 感想

興京同胞의 부름을 입어, 滿洲族行을 떠낫슴니다. 序文은 고만 둠니

다. 國境을 넘든 이약기부터 始하겟슴니다. 5월 20일 앗츰이외다. 車는 新義州에서 떠낫슴니다. 安東驛을 건너서자, 「여긔가 외국이로구나!」 하는 정신이 돌앗슴니다. 외국이라니 엇던 것을 외국이라느냐 하고, 새삼스럽게 注意를 하얏슴니다. 注意바람에 엇전지 외국가태 보입니다. 첫재 시계를 곳처 노아야 한다 하야, 乘客은 누구나 시계를 빼여들고, 열시를 열한 點으로 고침니다. 다음은 朝鮮人乘客이 업서지고 中國人 乘客이 갑작이 만하지는 光景이며, 服裝 다른 巡査가 車間으로 왓다 갓다 하는 것이며, 車掌의 용어 가운데서 中國말을 듯게 되는 것이며, 外界의 市街光景이라든지 家屋制度가 달라지는 것 등입니다. 이것이 외국이라는 것입니다. 사람의 작란으로 나온 네 나라와, 내 나라라는 것입니다. 자연에게는 아모 內外가 업슴니다. 산은 놉고 물은 흘으고 가마귀 울고 깟치 짓고 꼿 붉고 나무 푸른 자연의 光景은, 조곰도 朝鮮과 다른 것이 업슴니다. 車안에는 黑衣國사람이 가득 찰 뿐이오, 白衣國의 朝鮮사람은, 나 외에 상투장이 老人 한 분 뿐입니다. 老人의 말을 드른則, 사는 곳은 咸鏡道德源郡이고, 姓은 趙요 이름은 欽明이라 하고, 가는 곳은 哈爾賓이라 함니다. 자기의 삼촌되는 이가, 哈爾賓 엇던 농촌에서 살다가, 금년 봄에 作故가 되엿는데, 그 家屬을 더리러 가는 길이라 함니다. 老人은 긴 담배때에 長壽烟을 비비여 피우며, 濟世安民의 策을 이약이함니다. 孝悌忠信, 仁義禮智가 그의 治世策의 中心임니다. 듯기 시른 이약이지만은, 그래도 동무라 구는 한 사람뿐인 고로, 薄薄酒도 勝茶湯으로 隨問隨答이 제법 잘 되얏슴니다. 그러는 시간에, 車는 奉天 갓가히 온 모양임니다. 일음 조흔 鳳凰城도 눈결에 지냇고, 경치 조흔 本溪湖도 꿈속 가티 지냇슴니다. 여긔에 한가지 톡톡히 말하야 둘 것이 잇슴니다. 그는 무엇인고 하니, 나는 평소에 滿洲라 하면, 一點山이 업는 無邊大野로만 상상하엿든 것이, 그 상상은 왼통 落題가 되엿슴니다. 安東縣서 石家子驛인가 吳家屯驛인가 하는 곳까지가 26, 7個의 停車場을 지냇는데 里數로 말하면 6, 7百里나 되는 먼 距離가 왼통 산수로 얼키여 잇슴니다. 자고로 전하야 오는 遼東 7백里 벌판이란 것은 어느 便에

붓헛는지, 아직까지 그림자도 보히지 안이합니다. 山 뚤코 물 건네고 하는 것이, 완연히 三防幽峽과 다름이 업습니다. 車는 渾河驛에 다앗습니다. 여긔서부터는 과연 큰 들입니다. 朝鮮서 보지 못하든 大野입니다. 渾河驛은 奉天停車場에서 겨우 한 停車場 새인데, 이곳서 撫順가는 車를 갈아타게 됩니다. 車에 나리자 반가히 마자주는 이는 奉天開闢支社 兼 朝鮮日報支局의 일군인 金義宗, 咸麟石兩君이 엇습니다. 천리타향에 逢故人, 퍽도 깃벗습니다. 撫順까지는 金義宗君과 동행이 되엿습니다.

二. 撫順서 興京까지의 이약이

渾河驛에서 撫順까지는 겨우 여섯 停車場입니다. 시간은 두 시간 가량이엿구요, 밤는 열시나 된 모양입니다. 撫順驛에는 永昌泰主人인 田平秀氏가 일부러 마자 주엇습니다.

21일은 撫順서 묵게 되엿음니다. 撫順은 누구나 다 아는 바와 가티 石炭으로 東洋에 유명한 곳입니다. 撫順에는, 시내에 朝鮮人戶數가 약 200戶가량이 되는데, 다 가티 일정한 업이 잇고, 또 한 生計가 넉넉한 형편입니다. 伊日夕은 當地基督教青年會主催로 강연이 잇섯는데, 당일는 雨天이 되여서, 통행이 大段히 불편하엿지만은, 每戶 一人가량의 聽衆이 잇섯슴을 보면, 넉넉히 형제들의 동정을 알만합니다. 석탄캐는 구경을 나섯습니다. 석탄캐는 법이 두 가지가 잇다 하는데, 하나은 石金캐는 방법대로, 땅굴을 뚤우고 땅속으로 멧 白尺 멧 千尺으로 들어가게 된다 하며, 다른 하나은 露天掘이라 하는 것인데, 땅깍지를 것흐로부터 헷처 가지고, 비교적 엿게 뭇친 석탄을 캐여 내는 방법입니다. 나의 구경한 것은 露天掘입니다. 기리 가한 二町가량 되고, 널피가 一町가량 되는 널은 웅덩입니다. 석탄캐는 모양는, 마치 石階層모양으로 層臺層臺의 石炭階를 지어 가지고, 그 우에 밀鐵路를 노코, 엽헤잇는 석탄을 흙 - 파드시 파 가지고, 밀 鐵路에 실어 가지고 감아 앗득하게 쳐다보히는 乘降機로 된 밀 鐵道에 실어, 고처 電氣鐵道에 옴겨, 석탄창고로 옴겨가게 됩니다. 다음은 坑夫의 형편입니다. 수천으로 헤일만한 中國人 坑夫들이 웃통을 버서 붓치고, 밀 鐵道에 매여 달려, 乘降機에 올우 나리는 모양은, 참으로 위험하고 가련하여 보임니다. 그러나 그들의 雇價는, 하로에 겨우 5- 60錢이라는 적은 額數람니다. 오늘날 사회가 얼마나 缺陷인 것을 체험하며, 또는 노동문제라는 것이 무엇인 것을 실증하고저 하면, 이러한 광경을 실지로 接觸하여야 할 것입니다. 撫順바닥에 二層 三層 四層 雲宵를 찔를만한 대건물이며, 또는 그 가운데 안저 珍味를 먹고 美人을 안고 歌舞를 질기는 저들의 資本主의 호강은, 알고 보면 彼等의 수천명되는 노동자의 핏땀으로 쏘다진 剩餘價値를 搾取하는 무리가 안이고 무엇입니까. 아 - 蒼天아.

　撫順서 떠낫음니다. 興京縣가는 길입니다. 興京은 撫順서 북으로 가는 곳입니다. 스무 잇튼 날입니다. 탄 것은 中國馬車임니다. 여러분 馬車라니까, 속지 마시오. 이것은 馬車를 탄 것이 안이라, 馬車體操를 하는 것임니다. 안이 馬車勞動임니다. 허리가 굴즉하엿기에 견디여 백엿지, 萬苦西洋婦人의 허리 가트면, 불너지기가 十常八九가 될 것입니다. 이것은 馬車가 대단히 불편하다는 우즉 엣말임니다. 馬車만 그런 것이 안이오, 馬夫의 행사가 馬車보다 더 심합니다. 나는 특히 朝鮮의복을 입고 말을 모르는 까닭에, 놈들이 알아듯지도 못할 말로 「끼울이」「끼울이」하고 비웃는 빗치, 顯著히 보임니다. 너는 나를 웃고 나는 너를 웃으니, 피차에 손해될 것은 업다만은 엇전지 마음 속이 좀 불안한 것은, 內地에서 듯기를, 滿洲地方에는, 馬賊이 비상히 出沒한다는 일임니다. 加之而渾河서 떠나 撫順까지 왓든 金義宗君은, 부득이한 사고로 동행이 되지 못하엿고, 다만 동무라 하는 양반은, 原籍이 寧邊**사람으로 滿洲에 온지 십년이나 된다 하나 역시 中國말을 잘 통치 못하는, 白衣農民한 사람뿐입니다. 매여 달고 치면 안맛는 사람이업다고, 불안하거니 미안하거니 할 것 업시, 갈 길은 갈수 밧게. 興京地方에 들어서는 다시 山이 놉하짐니다. 朝鮮山川과 거의 다를 것이 업습니다. 게다가 中春方節, 늘어진 버들속으로 黃鶯의 벗불우는 소리며, 먼 산 푸른 빗속으로

凄涼히 울어 보내는 布*의 소리는 아무리 丈夫의 肝腸이라도 스스로 患鄕由 한마대를 부르지 안을 수 업엇습니다.

沿道에서 본 中國人의 풍속임니다. 撫順에서 종일토록 온 것이 겨우 70리밧게 오지 못하고, 첫날밤으로 들어 자게 된 것이, 中國人의 馬房客主임니다. 들어가는 길로 客房이 어댄가 하고, 기웃기웃 차자 보앗스나, 사람이 잘만한 곳은 도모지 보이지 안습니다. 가티가는 상투쟁이 동포가 「웨 이리 올나 오시지요, 이것이 客房이라오」하는 바람에, 한번 다시 놀내지 안이할 수 업섯음니다. 中國人의 집 형편이 엇던 것인가, 족음 적어봅시다. 爲先 대문이란 것을 들어서면, 數百匹의 車馬를 매는 널은 마당이 잇고, 다음에는 사랑문도 되고 안방문도 되고 벽 문도 되고 무슨 문으로든지 이름 붓칠만한 문으로 들어서면, 첫재 보이는 것이 밥 짓고 반찬 만드는 廚所가 중앙에 露骨로 되여 잇고, 廚所 좌우편으로, 긴 걸상모양으로 놉히가 보통 의자가량되는 장방문이 늘어 잇는데, 아모 문도 업시 그대로 되야 잇스며, 천정에는 壁도 하지 안이한, 草葺의 색깜안 검앵이가, 수수이삭 모양으로 늘어 젓슴니다. 不潔이라니 말이 나가야 不潔 不不潔을 말하지요. 馬場의 말똥이 주방의 음식과 결혼이 되야 잇고, 마당의 몬지가 자리 우에 몬지와 接吻을 하고 잇슴니다. 게다가 노젼 자리는, 열조각 스무조각으로, 懸鶉百結도 오히려 誇張의 말이 안임니다. 웨 그리 야단인지요. 수삼십명의 마부차들의 「호호디」「부호디」하며 들네는 소리며, 使喚軍 년석들의 소리놉히 주절거리는 광경은, 실로 千兵萬馬가 敵軍을 突擊하야 나아가는 형편과 갓슴니다.

식사가 되얏슴니다. 나는 마부와 가티 안저, 배는 곱푸되 먹기 실은 밥뗑이를, 두어번 집어 먹노라니, 마부중에서 霹靂가튼 꾸지람 소리가 남니다. 말을 알지 못하는 나는, 무슨 영문인가 하고, 가만히 살펴보앗더니, 젯간에 또 음식먹는 버릇이 틀렷다고 야단이랍니다. 朝鮮習慣에는 獨床을 하기때문에, 먹든 짠지 조각을 돌우상에 노핫다 먹든 버릇을, 무의식으로 그 버릇이 나간 것입니다. 건너편 상에서 또 - 霹靂치는 소리가 남니다. 그것은 다른 緣故가 안이라, 나와 동행하는 상투쟁이 동포가, 5-6歲되는 딸년을 다리고 가는 길인데, 路費가 부족하야, 밥을 한상만 식엿는데, 딸에게 밥한술을 멕이다가 使喚軍한데 들켜 야단봉변이 난 것입니다 中國客主에는 제밥을 남을 주게 되면 주인에게 손해라 하야, 그것을 嚴禁하는 것이, 맛치 監獄의 罪囚가 밥을 서로 논아 먹지 못하는 法則과 한 가짐니다. 아 - 인간이냐 짐승이냐, 이러고도 만물의 영장이라니, 안이 그들에게는 만물의 영장이라는 自信도 업슴니다. 다만 돈입니다. 돈, 돈, 돈, 돈이면 그만입니다.

이튼날일입니다. 마차에서 보노라니, 길바닥에 나히나 한사오세 가량되는 어린 아해의 시체가 折半 끈어저 잇는 모양을 보앗슴니다. 마부들은 조혼 구경이 낫다고 서로 주절거립니다. 웃고 떠듭니다. 알고 보니 이것은 中國人의 惡習으로 나온 못된 버릇입니다. 滿洲 中國人의 풍속에는 사람이 죽으면, 널에 너허 산 밋이나 혹 들판에 그대로 놋는 악습이 잇스며, 더욱이 용서치 못할 큰 악습이라 할 것은, 7세이하의 어린이가 죽고 보면, 집거적에 싸서 나무우에 달아매여 둔다 함니다. 그런즉 솔감이란 놈들이, 먹을 것이 생겻다고, 그 시체를 차고 달아나다가 무거워 땅에 떨어트리고 보면, 犬群이 달녀들어 인제는 내 차레라고 서로 물고 뜻는담니다. 지금 본 이 아해의 시체도 그러케 된 원인이라 합니다. 아 - 사람의 미신이란 것은 이러케 酷毒합니다.

마차는 5대가 나란히 하야 가게 되엿슴니다. 거의가 다 中國사람입니다. 萬綠*中一點紅, 그 중에는 얼는 눈에 뜨이는 중국청년 한 사람이 보힘니다. 아마도 北京이나 외국지방에 유학하는 청년가태 보엿슴니다. 3-4일이나 한께 가는 길이라, 둘이 다 - 말은 모르나, 彼此에 靈犀는 비치워, 한번 말을 실컷 하야 보앗스면 조켓스나, 그는 엇절 수 업고, 어느날은 큰 고개를 넘다가 幾十里가량 보행하게 되야, 서로 筆談이 시작되엿슴니다. 筆談의 요령이 이러합니다. 청년 말만 쓰겟슴니다. 「최근 日本의 내정이 엇더합니까」 하고 뭇습니다. 다음은 「奉直戰爭時에 張作霖이가 日本과 秘約한 條約이 잇슨듯한데, 貴下가 或其內情을 몰으심니까」 하고 무릅니다. 또는 「장래 세계 대세가 엇지 될 것 갓슴니까」 하는 등의 정치적 문답입니다. 이만하면 그 청년의 뜻이 엇더한 것을 알수 잇슴니다. 乃終에 알고 보니, 그 청년은 中國의 一靑年士官인 崔春園이라는 有志엿슴니다. 崔氏는 그 날 점심 때에, 午餐 한 턱을 내고, 朝鮮人의 ○○사상이라든지 또는 朝鮮에 天道敎形便이라든지 하는 여러 가지 무름이 잇섯슴니다.

　小學校에 잠건들엇든 이약임니다. 어느날 점심참에 마츰 그 엽집이 小學校이기로, 學校구경을 갓섯슴니다. 生徒는 한 백여명가량 되여 보이는데, 문에 들어서자, 어엽브고도 귀여운 소년들이 서슴업시 내의 소매에 매여 달녀, 학교구경을 期於히 잘하야 달나는 筆談이 나옵니다. 나는 그 순간에 외국에 왓다는 감상을 이젓슴니다. 어린이란 신성한 것임니다. 어린이에게는 內外가 업슴니다. 웃는 짓이라든가 뛰고 노는 것이라든가, 팔목을 잡고 다른 아해보다 나와 먼저 말하야 달나는 아양이라든가 하는 것이, 조곰도 朝鮮소년과 다름이 업슴니다. 다만 다른 것은 말과 의복입니다. 나는 소년의 손목을 번가라 잡으며, 머리를 끄덕끄덕하니까, 소년들은 조하라고, 손목을 잇글고 교실로 들어감니다. 교실안에 걸상노흔 법이라든지, 칠판 건 법이라든지 하는 것은 만국의 통례라 거긔에 다른 것이 업고, 壁우에 공자맹자의 화상과 關壯謬 岳武穆의 화상을 걸엇슴니다. 그리고 敎訓이라 하야 「整潔」二字를 크게 써 붓첫스며, 다음은 勿曠課勿暄譁이라 하엿슴니다.

興京이약이

　나흘만에 陵街라 하는 곳에 왓슴니다. 陵街서 興京 고을이 40리라 함니다. 陵街이름이 陵이라는 글자를 붓치게 된 것은, 이유가 잇슴니다. 이곳은 淸朝愛新覺羅氏의 發祥地인 고로, 이곳에 陵을 封하고 宮殿을 지여 둔 것입니다. 陵街에 接하야 老城이라 하는 곳이 잇스니, 이곳은 淸朝한 아바지들이 部落의 酋長으로 잇슬때에 城을 싸코 雄圖를 꾸미든 곳임니다. 陵에는 朝鮮가트면 의례히 松林이 잇슬 것이지만은, 滿州

에서 松林을 보기는, 흐린날에 별보기보다 어려운 일임니다. 그럼으로 陵이라 하는 곳에도 連抱의 濶葉樹가 울창하야, 소위 열 나무 건너 별 하나 보기가 어려울이만치 되야 잇는 곳임니다. 「胡地無花草春來不似春」이라는 古詩도 보면, 이곳에 정말 美人王昭君의 시집온 胡地인지는 아지 못하나, 左右門 그러타 하고 보면, 이 詩는 너무도 胡地를 蔑視한 것임니다. 花草는 비교적 드물망정, 春은 역시 春임니다. 綠陰芳樹 무르 녹은 봄빗체, 鶯의 聲 布穀의 聲 和暢히 자연을 노래하는 멋은, 아무리 馬上族行의 客이라도, 한 盞을 기울녀, 客懷 들풀만 합니다. 슬푸다, 年年歲歲花相似 歲歲年年人不同, 陵街의 大公園은 고금이 다를 것이 업겟 지만은, 愛視覺羅의 當時의 榮華는 어대서 차자 볼 길이 잇스랴. 아서라 마라라, 人生은 無常이다. 無常은 苦이다. 苦는 創造이다. 人生은 樂으 로써 미래를 創造하는 것이 안이오 苦로써 장래를 開拓하는 것이다. 王昭君은 苦로써 성공한 美人이다. 만일 당시의 王昭君으로 하야금 漢宮의 一小妾으로 늙어 죽엇드면 후세에 뉘가 그의 이름을 알 수 잇스며, 또는 그의 사정에 동정할 거러가 어대 잇겟느냐.

  ***부터는, 한 새 朝鮮을 발견한 感이 잇슴니다. 陵街於口에를 자바 들자, 수십인의 동포가, 나를 마잣슴니다. 陵街在留하는 형제 및 興京서 40리나 되는 遠距離를 일부러 마저준 玄昌浩李鍾殷李秀榮權桂洙鮮于斌姜永雨趙雄杰 諸氏 등의 고행은, 너무 미안하야 견딜수 업섯슴니다. 陵街 여러분의 맛잇는 午餐을 어더먹고, 興京 서울로 돌어오게 되얏슴니다. 興京市諸氏의 열렬한 마즘을 밧고, 스스로 同胞感의 熱淚가 흐름을 깨닷지 못하엿슴니다. 여러분 興京이약이를 좀 자세히 들어보시오, 들어볼만한 일이 만슴니다만은, 여러 가지로 끄리는 데가 만하서, 될 수 잇는 것만 기록합니다.

  興京이란 곳은, 지도로 보면, 남쪽은 撫順桓仁이오 동쪽은 寬甸顯이 오 북쪽은 通化顯과 柳河縣이 접하야 잇는 곳임니다. 실로 南滿洲北部의 중심이라 할 수 잇슴니다. 지세가 이러코 보니, 이곳은 日本人의 세

력이 밋지 못하엿스며, 그에 따라 朝鮮人의 이주가 만히 잇서, 興京附近
만으로도 약 4000戶의 동포가 잇다 합니다. 興京邑內는 總 戶數 4000여
戶가량에 우리 동포의 거주자가 겨우 90戶가량인 바, 대부분의 業은
精米業이 일등이오. 其餘는 小賣商과 飮食店입니다. 그러고 보니 4000
戶의 대다수가 절대농민인 것은 말할도 *슴니다. 농사하는 방법은 대
개가 水田을 경영하고 잇스며, 水田은 中國영토인 관계상, 전부가 소작
농이어서, 中國人의 橫暴가 적지 안타합니다.

移住의 연령으로 보면, 수십년전에 들어온 이도 만치만은, 반수이상
은 大正 10년 내외이며, 原籍地로 말하면 이곳은 지세상 평안북도가
갓가운 고로 北道親舊가 전부를 점한 모양임니다.

인제는 ○○團의 이약이를 시작하겟슴니다. 누구든지 興京에 들어서
먼저 觸感되는 일은, 興京이 ○○團의 根據地이란 것입니다.[7] ○○團의
역사가 이에서 발원되엿고, 現今의 活動地帶도 또한 이곳이 중심될만
하야 잇슴니다. 그래서 들어서는 길로 이상히 들리는 것은, 某土官 某土
官하며 某軍人 某軍人이라는 稱呼가, 朝鮮에서 主事라는 稱呼와 가튼
통례로 듯게 됩니다. 참으로 별천지입니다. 朝鮮안에 동포로는, 夢想不
到할 天地입니다. 現今은 완전히 자치제도가 조직되야, ○○團의 行政命
令이 徹底且組織的으로 施行이 된다 합니다.

○○團의 역사가 엇지 되야 나려왓는가 하면, 距今 약 15년전에는
이곳에 처음으로 扶民團이라는 단체가 시작되엿는데, 이것이 韓民族自
治의 嚆失이라 합니다. 扶民團이 변하야 세가지 단체로 되얏스니, 李鐸
을 領首로 한 韓族會이며, 趙孟善을 領首로 한 獨立團이며, 安秉讚을
領首한 靑年團이 잇게 되엿슴니다. 그 후에 韓族會는 軍政署로 개조되
고, 다시 光復軍總營光韓團特務部라는 단체가 일어나게 되엿스며, 又別

---

7) 1920년대 초의 독립군 단체에 관한 기록임.

로 上海假政府의 支部格인 督辦部가 잇게 되엿읍니다. 距今 약 4년전까지는 이상의 諸團體가 軍政署 光復軍總營 獨立團 統軍府라는 名辭로 分立되엿든 것이, 시대의 推移에 因하야 統義部라 하는 一機關으로 통일되야, 만흔 활동을 繼續하야 오다가, 최근에 와서는 또 그를 徹底的으로 통일키 위하야, 正義府가 생겻다 합니다. 正義府가 된 뒤에는 민심이 一層 그리로 집중될 뿐 안이라, 자치적 行政이 완전 且敏速히 施行된다 합니다. 그러나 아즉도 遺感되는 것은, 參議部라는 일부분이 합일되지 못하야, 그로서 대단 섭섭한 일이라 합니다.

正義府에서 자치하는 구역은 南滿洲 전체를 目標로 하는바, 時在 완전히 正義府에 소속된 戶數가 4만여 戶에 달한다 합니다.

正義府의 조직은 行政部 民事部 軍事部 財務部 學務部 生計部 宣傳部 法務部의 8부로 되엿스며 各部에 委員長 一人이 잇서, 그를 指導하고, 委員長 이하에는 主任委員及委員이 잇서 일을 보게 된다 합니다.

地方行政은 엇더한가 하면, 百戶에는 百家長이 잇고 千戶에는 總管이 잇서, 正義府와 聯絡이 되어 잇슴니다. (최근에는 지방에도 委員制로 변하엿다 함)모든 것에 人選하는 방법은 百家長은 百家의 推薦으로 되고, 總管은 그 區城의 대표가 選舉하게 되며 그러하야 正義府 委員은 別로히 議員選舉區가 잇서, 一區 一議員이 選出되어, 無記名 投票로 委員전부를 選舉케 되는 제도이며, 그리하야 委員長은 委員들의 互選으로써 된다 합니다.

正義府 소속의 인민들이 正義府에 밧치는 義務는 納稅義務 兵役義務가 잇는바, 納稅는 1년 春秋雨期에 淸貸 6圓이며, 兵役義務는 志願者로써 軍籍을 備置하야 두엇다 합니다.

教育은 百戶이상에는 반듯이 一校를 두어, 강제교육을 실시한다 하며, 산업은 生計部의 所管인데, 일절 산업향상을 生計部의 指導로 되야 간다 합니다. 교통은 심히 敏速하야, 급한 일이 잇고 보면, 이전 舊韓國時代의 파발모양으로, 이 촌에서 저 촌에 전하고 저 촌에서 또 이웃촌에 전달하게 하야, 비록 수백리의 遠距離라도 容易히 소식을 통하게 된다 합니다.

그런데 제일 질색되는 일이 하나 잇다 합니다. 그는 중국군인의 橫暴라 합니다. 원래 正義府의 軍事部에서는 아모조록 中國人에게 대하야 환심를 사고저 하나, 저들 중국군인이란 것은 도모지 眼中에 돈밧게 업는 무리여서, 돈을 위하야는 엇더한 일이라도 敢行한다 합니다. 그래서 中國軍이 누누히 ○○軍를 습격하야 피차 교전이 잇게 되는바, 저를 中國軍이 ○○軍을 습격하는 이유는 아모것도 업고, 오즉 ○○軍의 무기를 奪取할 목적이라 합니다.

中國은 중국군인의 일이 그러할 뿐 안이라, 중국관청의 행사가 또한 그러하다 합니다. 돈만 잇스면 중죄인이라도 無罪放免이 될 수 잇고, 돈만 업스면 일시 拘留짜리도 멧달 고생이 예사라 합니다. 한번 訟事에 官營代書科가 6-7圓이 들고, 시간이 幾日이라도 허비가 되며 한번 갓기는데 房貰까지 잇다 합니다. 완연히 舊韓國時代의 弊政과 恰似하다 합니다. 안이, 그 이상으로 沒廉恥라 합니다.

滿洲名物馬賊의 소식은 엇더한가 하면 이 곳은 馬賊의 巢窟地는 안이나, 그러나 馬賊의 출현이 頻繁하야, 到底 안심할 수 업다 합니다. 내가 興京에 들어가는 날도, 馬賊이 興京시내에 들어, 中國人富豪 3인을 拉去하엿고 또 오늘 소식에도, 어느 곳에서 중국학생 멧명을 붓잡아 갓다 합니다.

滿洲에 게신 동포들이 內地에 잇는 형제에게 간절히 要望하는 조건이 잇슴니다. 다른 것이 안이라, 거저 有爲의 인사와 밋 자본가들이 만히 들어와 달나는 말임니다. 형제들의 말을 드르면, 이 곳이 작년까지도 內地 형제의 출입이 困難하엿다 합니다. 그 이유는 그때까지도 당派熱이 심할 뿐안이라, 혹은 偵探의 嫌疑로 혹은 不良子의 橫行으로 하야, 실로 初來의 人士로는 去來가 심히 불편하엿지만은, 인제는 正義府의 정책도 變更될뿐 안이라 不良分子도 一掃하야 버리고, 또는 正義府의 警戒도 周密하야, 퍽- 안전하야 젓스니, 이제로부터는 內地의 동포를 어대까지든지 환영하야, 內外가 문화상 連絡 상업상 連絡을 取하야, 나가려 한다 합니다. 그러므로 이번 나를 이러케 懇切히 마저주는 것은 同胞感도 同胞感이련이와, 그 實은 內外 連絡의 實을 들고저 하는 충심으로 나온 것이라 합니다.

제일 急務가 교육계에 人物缺乏이라 합니다. 학교는 洞內마다 잇스나, 교육자가 부족하야, 到底施行이 困難하다 합니다. 未完)

▲ 제62호(1925.08), 南滿洲行, 李敦化

興京으로 旺清門

홍경에서는 4일간 묵는 동안에 강연이 세 차례 잇섯고 홍경동포들의 환영잔치가 세 번이나 되엿습니다. 홍경현 바닥에는 우리 동포가 만치 못하야 겨우 90호 밧게 되지 안이하나 그 부근 촌락에는 수천호가 붓허 잇는 고로 거긔에 따라 우리 동포들의 경영하는 정미소가 두 곳이나 되고 상점이 잇고 음식점이 생기게 되엿습니다. 종교로는 기독교가 잇고 천도교 종리원은 새로히 되야 매우 발전의 희망이 잇서 보입니다. 홍경시민의 초대 홍경청년회의 초대 등 만흔 감사를 바닷스나 여러 가지 사정에 걸려 누구누구라고 이름은 들 수 업스되 거저 南滿洲 동포라 하면 영원히 잇지 못할 기념의 환영을 밧앗습니다. 그러한 일은 南滿洲 전체에서 라는 말이외다. 旺清門에서도 그러하엿고 三源浦서도 그러하엿고 撫順奉天이 모도 한가지외다. 그런대 형제들이 나를 그러케 환영하는 所以는 다른 연고가 안임니다. 內地에서 일부러 차자 준 동포형제의 의를 표하는 것임니다. 나를 환영하는 것 안이라, 內地동포를 환영하는 것임니다. 고국을 사랑하는 신성한 감정에서 나온 것임니다. 千里他鄕에서 故人을 맛낫다는 감상이 안이라 萬里他國에서 고국을 그리워하는 감상에서 나온 일임니다. 실로 그 중에는 감개무량한 여러 가지 의미가 포함한 환영입니다. 동포들 중에는 대부분이 먹을 것을 구하야 들어간 농민이엇스나 異鄕에 가고 보니 특히 생각나는 것이 내 나라이라는 감정이 비상히 發達한 것입니다. 게다가 일부러 영원한 대지를 품고 멀니 鴨綠江 건너선 형제들도 적지 안이하야 그들의 어조와 노래 중에는 대부분이 「風蕭蕭兮易水寒」의 燕趙慷慨의 뜻을 품고 잇습니다. 이것은 滿洲동포 전체가 내에 대한 환영의 감상이 그러하다 하는 말입니다.

旺淸門에 들어 갓습니다. 6월1일 석양에 들어 섯습니다. 중국학생복을 입은 백여명의 어린이가 십리나 되는 먼 대까지 마중을 나왔습니다. 中國복에 朝鮮말을 쓰는 어린 동생들의 마즘을 밧고 나서는 무엇이라 말할 수 업는 설음이 솟아 아모 말도 업시 旺淸門 朝鮮촌을 들어섯습니다. 旺淸門에는 동포들의 이주역사가 가장 오랜 곳이외다. 距今 20년전 田秦化라는 형님이 처음으로 이 곳에 와서 토지를 사가지고 水田 만들기를 시작한 것이 南滿洲 水田역사의 嚆矢가 된다 합니다. 이곳 朝鮮人촌에는 朝鮮사람의 사유지가 만흐며 그리하야 제법 朝鮮人의 촌락을 일너노코 朝鮮제도의 가옥에서 朝鮮풍속 내음새를 내고 살아가는 품이 朝鮮 內地와 조곰도 다름이 업습니다. 이튼 날에는 그 곳 朝鮮人 학교 동명학교 主催로서 강연을 하게 되엿습니다. 10리 20리로부터 강연을 드르러 일부러 차자 온 동포까지 잇섯습니다.

旺淸門으로 三源浦까지

이로부터 漸漸奧地로 들어가게 됩니다. 實地로 들어서면서 일층 주의할 일은 馬賊의 소문입니다. 먼저도 말한 바와 갓치 홍경에 들어서는 날 馬賊이 中國 부호 한 사람을 잡아 갓다는 소문을 드럿더니 旺淸門에 들어오는 날도 馬賊이 그 곳 부자집 학생 한 사람을 잡아 갓다 합니다. 대개 滿洲의 馬賊이란 제법 대담한 놈들입니다. 엄청나게 관군복을 입고 시가지에 당당히 출입하다가 미리 정탐하야 두엇든 부자를 맞나면

六穴炮를 나여대고 위협으로 잡아가게 됩니다. 馬賊에게 잡혀간 사람이면 반듯이 돈을 내지 안이하면 안되게 됩니다. 만일 期限이 되야도 돈을 보내지 안하면 처음에는 귀를 벼혀 그 가족에게 보내고 그래도 내지 안이하면 다음은 팔이나 발을 벼혀 보낸다 합니다. 대단히 暴惡한 형벌입니다. 그러나 한 가지 안심되는 일은 馬賊이 朝鮮사람에게 대하야는 아모 침해가 업다는 것이올시다. 이것이 朝鮮사람을 고맙게 보아 그런 것이 안이라 朝鮮사람에게는 돈이 업는 것을 아는 연고입니다. 돈업는 것이 馬賊에게는 행복입니다. 朝鮮사람에게 무서운 것은 馬賊이 안이오 관군이라 합니다. 관군이란 작자들은 본래가 양민으로 뽑힌 정당한 군인이 안이오 馬賊에서 잡아온 무리들이 태반인 까닭에 이것들은 금전 다소를 물론하고 핑게만 잇스면 「뚤이탄」이라 이름하야 가지고 침해를 한다 합니다. 馬賊의 소문을 일일히 물어 가면서 旺淸門을 떠나게 되엿습니다. 旺淸門에서 하로 길을 걸어서 깁흔 산곡에 들어섯습니다 아모조록 朝鮮동포의 집에서 자는 것이 편리한 점이 만서서 농부에게 물어 가면서 朝鮮농가를 차자 갓습니다. 압헤는 논이 잇고 뒤에는 산이 잇는 적막한 兩三家의 농촌이엇습니다. 동행하든 친구들의 활동으로 百家長을 차자 黃鷄 1首를 사노코 木頭菜 나물에 산채국을 만들어 노코 맛잇게 잘 먹엇습니다. 개구리 소리 들네는 속에 一夜의 안식을 어덧습니다. 주인의 형편을 물어보니 平安北道 義州 사람의 딸과 慶尙北道 永川 사람의 아들과 혼인이 되야 장모되는 늙은이를 가장으로 하고 자미잇는 살님을 하고 잇습니다. 旺淸門에서 떠난 지 3일만에 三源浦를 다 달앗습니다.

　三源浦를 다 왓습니다. 이 곳은 柳河縣 소속이외다. 三源浦라는 말을 드를 때에 이상한 감상과 긴장한 기분이 돔니다. 그것은 다른 연고가 안이라 南滿洲 자치본부가 그 곳 어느 부근에 잇는 연고입니다. 이것을 「사회」라고 별명을 지어 적으려 합니다. 먼저 달에 쓴말을 다시 거듭하게 됨니다. 사회는 다만 하나입니다. 작년까지도 여러 단체가 논위여 잇든 것을 지금와서는 아조 통일이 되야 가지고 완전한 통일기관이 된 것입니다. 일부러 이 곳까지 왓다가 南滿洲 통일기관인 사회구경을 못해서야 될 수가 잇나 하는 구둔 결심을 가지고 아모조록 그들을 맛나보려 한 것이외다. 三源浦에 도달하든 이튼날입니다. 엇든 조고만 한 촌락을 차자 갓습니다. 가운데 조고마한 산이 잇고 산을 둘너 朝鮮가옥이 보기에도 정적하게 하나 둘 兩三 五六이 나라니 하야 잇는 그 가운데 사회기관이 백혀 잇습니다. 먼젓달에 말한 바와 가트니까 다시 중첩할 필요가 업고 다만 구체적 사실 한 가지를 적어 보겟습니다.

본래 南滿洲 자치제로 말하면 三一運動 이전까지는 재미스러운 살림살이가 되야 오다가 三一運動이 닐어나자 大討伐이 되게 되엿고 그에 따라 朝鮮內地나 南滿洲 각 도회에 허여저 잇든 협잡군 도박군 아편장사 갓흔 무리들이 기회를 따라 쓰러 드러가게 되엿습니다.[8] 하야서 순수한 농민의게는 不少한 해악을 주엇든 것입니다. 이로조차 南滿洲에 대한 악평이 朝鮮內地에 선전하게 되엿습니다. 同胞相爭이란 말도 이에서 생기게 되엿고 돈잇는 사람은 살 수 업다는 말 관리는 居接할 수 업다는 말 갓갓것이 도모지 이에 따라 나게 되엿습니다. 그래서 南滿洲 자치제도는 무한한 노고를 써 가면서 그것을 퇴치하야 버렷습니다. 지금에 와서는 모든 것이 안전하게 되야서 주민은 자치적 사회를 짓게 되고 사회는 주민의 향상발전에 힘껏 用心을 하는 중이라 합니다.

사회로부터의 주민에게 실시하야 오는 경제정책의 하나인 공농제는 이러합니다.

공농제는 넷날 周나라 때에 정전법과 갓치 100호 사는 동내나 혹은 幾 10호가 합하야 공전 1日耕을 맛게 되엿습니다. 그래서 幾 10호가 합하야 지여 노혼 공전의 곡식은 사회가 맛하가지고 그것을 처리하게 된다 합니다. 그 처리하는 방침은 사회가 농민에게 공공금융기관으로 쓰게 됩니다. 대개 만주에 가 잇는 농민의 제일 窒塞되는 일은 中國의 고리자금업입니다. 안이 고리자곡업입니다. 농민에게 春窮 때에 1두

---

8) 1920년대 초 만주 사정.

가량을 꾸여 주엇스면 가을에는 4,5배되는 곡식을 바다 낸다 합니다. 그래서 사회는 이 해독을 막기 위하야 爲先 작년부터 공농제를 設한 것이 첫 해로 상당한 효과가 나서 10,000여원의 수익이 되엿다 합니다.

다음은 戶鷄制입니다. 호계제라는 것은 매 호에 鷄 1首를 내게 하야 그 돈을 몃 해든지 모와 가지고 주식제도를 만들어 中國人의 토지를 永買하야 朝鮮사람의 永居計劃을 하는 것입니다.

이것은 生計部의 일이고 그 다음은 행정부의 일 교통부의 일 학무부의 일 외교부의 일 여러 가지 들어 볼 만한 일이 만히 잇습니다만은 사정상 이것은 생략합니다.

사회운동으로는 청년운동이 역시 볼만합니다. 첫재는 한족노동당이라는 것이 설립되엿는데 發起人이 400여명이나 되며 회원이 현재 1,500명 가량이고 목적은 「노동군중을 개발하야 신생활을 기도함」이라 한 것이며

다음은 三源浦에 잇는 담을 당청년회입니다. 그 역시 한족노동당과 병행하야 동일한 취지 목적을 가지고 힘잇는 활동을 하야 가는 중입니다.

一言面蔽하면 三源浦라는 곳은 南滿洲 朝鮮인의 중심세력을 가진 곳이라 할 수 잇는데 나의 본 바로서 말하면 대개 장래의 희망이 洋洋하리라 밋을 만한 점이 여러 가지 중에 우에 말한 바와 갓치 주민이 사회를 밋고 사회가 주민을 善히 인도하는 것이라든지 또는 사회에 잇는 主腦者들이 寬厚長者의 풍이 잇는 것이라든지 주민전체가 순후질박하야 조곰도 도시적 협잡성이 업는 점이라든지 한 것이 모도가 실로 신흥의 기세를 뵈이는듯 합니다.

三源浦에 도착하든 날부터 그 곳에는 대운동회가 잇서 朝鮮학생과 중국학생 수천명이 和氣融融한 아래서 운동회를 맛추게 되엿고 나 역시 운동회를 이용하야 간단한 인사강연이 잇게된 것은 영원히 니즐 수가 업슴니다.

三源浦서 떠날 때에 사회어른들의 간절한 송별과 또는 3일간에 각

464

단체로부터 주신 여러 가지 부탁은 아즉도 니즐 길이 업고 다만 눈에 암암한 暗淚가 흘을 뿐임니다. 三源浦에서 이틀만에 北城山子라 하는 海龍縣의 대시가에 와서 그 곳 기독교의 주최로 강연이 잇섯고 北城山 子서 나흘만에 開原정거장에 나왓고 그리하야 奉天에 도착하는 날로 奉天청년회와 밋 朝鮮日報 開闢支社에 게신 여러 어른들의 만흔 감사 와 환영을 밧고 보니 무엇이라 다시 엿줄 말슴이 업고 다만 이 간단한 지면을 통하야 爲先 인사말을 올닐 뿐이며 後機를 기다려 할 수 잇는 대로 南滿洲 사정을 동포에게 올니려 할 뿐입니다.

[42] 湖南雜觀·雜感: 竹葉榴花綠暎紅 家家石榴·處處竹林, 靑吾(차상찬), 『개벽』 제63호(1925.11)

*제63호는 전라도 답사기임＝전라남도 답사기: 광주, 담양, 화순, 곡성, 순천, 광양, 여수, 보성, 장흥, 영암(내용 입력 생략)

내가 全羅道를 단닐 때에 제일 조케 본 것은 到處에 竹林이 만흔 것 과 집집이 石榴나무 만흔 것이다. 물론 京城에도 石榴와 대가 잇기는 하지만은 冬節이면은 다 얼어죽기 때문에 石榴와 대를 움에다 뭇고 따 라서 그다지 큰 것이 업다. 그러나 全羅道에는 기후가 온화한 까닭에 冬節이라도 石榴를 뭇는 일이 업고 잘 生長하야 京城부근의 桃李의 樹 와 가티 數丈식 되게 크고 竹林은 마치 北鮮의 松林모양으로 鬱密하개 잘 잘안다. 그곳 사람들은 항상 보는 것이닛가 엇더한지 모르지만 中部 朝鮮에 잇는 나로서는 참 조케 보왓다. 그리고 梅, 柚子, 冬柏(椿) 梔子, 枳穀 등도 中北朝鮮에서 보지 못하던 식물이다. 그것도 역시 조케 보왓 다. (石榴는 昌平에 특히 만코 맛이 좃타)

百萬蚊聲欲破山

夏虫이 語水이라 하더니 冬節에 모기 이약이하는 것은 좀 심심한 듯하다. 그러나 엇잿든 모기는 全羅道의 名物이닛가 할 수가 업다. (특히 明年 녀름의 참고도 된다.) 全羅道 中에도 특히 光州와 和順의 모기는 참 名物이다. 京城의 빈대와, 咸鏡道의 벼룩(咸鏡道는 벼룩이 特多)은 名啣도 못드린다. 오후 3, 4시만 되면 벌서 百萬軍師의 鼓喊소리 모양으로 막소리를 지르고 달녀든다. 光州 俗談에 光州樓門里 모기와 淳昌 모기가 婚姻을 하랴고 通婚을 하는데 淳昌 모기는 쇠덕격을 능히 뚜른다고 시체 자랑을 하엿더니 光州 모기가 머리를 휘휘 두르며 나는 덕격입은 쇠가죽까지 뚜르는데 하고 退婚을 하얏다 한다. 참 굉장하다. 黃梅泉 詩에 百萬蚊聲欲破山이라 句는 조곰도 그진말이 안이다.

劇場化한 市場

咸鏡道 市場에는 여자가 壯觀이더니 全羅道 市場에는 총각이 壯觀이다. 그네들은 年齡이 2, 30내지 4, 50된 사람들이 쥐꼬리가튼 머리에 등짐을 지고 이장저장으로 돌아다니며 물건을 판다. 그런데 장판에서 물건을 파는데도 소리는 꼭 六字拍이나 短歌調로 한다. 그뿐이냐. 엿장사도 그럿크 떡장사도 그럿코, 심지어 乞人까지도 멋이 잇게(아이고-배곱하 나 죽겟데! 돈이나 한푼 안줄거나)하고 소리를 한다. 참 奇觀이다. 시장이 안이라 극장이다. 이것도 全羅道의 특색이것다.

3大惡疾과 2大害毒
－癩病, 痲疾, 肺지스도마, 儒道彰明會, 모루히네－

全南에는 3大惡疾과 2大害毒이 잇스니 曰 癩病, 痲疾, 肺지스도마, 儒道彰明會, 모루히네 注射다. 儒道彰明會 이외 멧가지는 당국에서 그 방지를 督勵하야 점차 감소되는 경향이 잇스나 소위 儒道彰明會는 문제인 七面鳥 參與官의 遺輩으로 其後 當局者가 극력 원조하야 허다 腐儒富者의 돈을 거더가지고 光州에다 宏大한 洋屋會館을 건축하야 노코 하는 일은 소잡아 먹기와, 日本遊覽 그럿치 안으면 吟風弄月詩句 짓는 것 뿐이다. 이것이 과연 儒道의 本質이냐. 그의 無形有形의 害毒은 모히中毒보다 심하다. 모히注射을 取締하는 時局은 한번 自省함이 何如할지.

頌德碑化 똥덕碑

京城에서 길을 단니자면 간곳마다 朝鮮總督府所管이란 말둑에 발이 걸이여서 못다니겟더니 全羅道는 富豪들의 施惠頌德碑에 발이 걸녀 못다니겟다. 그것은 마치 前日虐吏가 인민의 膏血을 빨아먹으면서도 暗中에 運動을 하거나 또 阿諛輩가 관리의 환심을 사기 위하야 양심에 부그러운 愛民善政碑나 永世不忘碑 세우는 것과 조곰도 다름이 업다. 그러나 시대는 벌서 변하엿다. 小作運動이 이러나자 그 富豪들의 頌德碑에는 모도 똥으로 미역을 감게 되야 頌德碑가 똥덕碑로 化하얏는데 그래도 넉살조흔 富豪들은 똥칠하면 걸직하야 돈을 더 잘 몬다고 한단다. 참 可笑.

人歌人哭水聲中

谷城갓슬 때 엇던 날 밤이엿다. 當地 靑年會의 멧분은 나를 초대하라고 銀魚名産地 鶉子江에 船遊會를 꿈이엿다. 그 자리에는 全北色鄕으로 유명한 南原에서 온 佳姬도 두 사람이 잇다. 그 기생은 자기을 아비에게 强制賣春식히는 학대를 못익이어 도망온 기생이라 한다. 얼골은 그다지 美人이 안이나 노래는 잘하고 술도 잘먹는다. 한참 술을 먹고 노래를 하더니 春香歌의 李道令離別調로 자기 신세타령을 하더니 인해 放聲大哭을 하고 물에 빠저 죽으랴고 한다. 來客들은 모다 놀다가 欲死

美人을 구하는데 경황이 업서서 잘 놀지도 못하고 도라왓섯다. 아-불상한 美人-다가튼 사람으로 엇지 남매간에 그러한 학대를 밧고 哀號悲泣하나 이것도 역시 현사회제도의 罪惡이 안이고 무엇이랴.

日本人賣朝鮮肉

全羅道에 日本人의 세력만흔 것은 다시 말할 것도 업거니와 심지어 人肉商까지 日本人이 專業을 한다. 그런데 日本의 名物인 日本娘子軍으로나 行商을 하얏스면 오히려 無怪하지만은 대부분은 朝鮮人 女子를 安價 혹은 負債에 買收하야 公然營業을 한다. 가련한 朝鮮사람 특히 가련한 朝鮮女子 그 누가 구제할가.

이것이 무슨 말이냐

全羅道사람이 그진말 잘한다는 評이 잇스나 全羅道사람이 엇지 다 그러하랴. 그러나 그 지방(특히 光州) 俗言에 남자가 10里를 가도 간모한 개와 거짓말 한 마듸는 할 줄 알아야 한다는 말이 잇다. 이것이 무슨 말인가. 그진말하지 안코는 못사나.

銀魚貴如金

蟾津江一帶 특히 谷城의 鶉子江, 求禮의 松亭 長興의 汭*江 銀魚는 自來 産額이 多하고 味가 佳하기로 유명하야 진귀한 進上品이 되엿섯다. 그로하야 엇지 民弊기 심하얏던지 엇던 詩人은 天寶荔枝何足歎海東銀魚亦勞民이라고 諷刺까지 하엿섯다. 그런데 지금에는 그런 弊는 업스나 그대신 日本사람이 모도 독차지를 하야 잡고 여간 朝鮮사람이 잡는 것이라야 갑이 빗싸시(한뼘미만한 것이 一尾 10錢 이상) 부자 안이면 맛볼 수도 업다. 맛치 朝鮮의 産米가 年年 증가되고 품질이 개량되

여도 그것은 日本사람이 다 먹고 朝鮮사람은 滿洲粟에 목메는 것 갓다. 그뿐이냐. 長興, 光陽, 莞島의 海苔도 역시 그럿타. 언제나 無産朝鮮人은 모든 것을 베불이 먹을고.

男女幷鳴農夫歌

全羅道 農民의 農夫歌 잘 하는 것은 누구나 다 안다. 남자뿐 안이라 여자까지도 다 잘 한다. 한참 모를 내거나, 김을 맬 때에 남자가 混同하야 「이뺌이, 저뺌이, 장구뺌이, 각재 거름에 잘 심어라」 하고 서로 밧고 차기로 하는 것은 참으로 멋이 잇고 자미스럽고, 도한 古代의 男耕女悅이라는 말을 可想할 수 잇섯다.

七月七夕逢佳人

七月七夕이다. 求禮의 엇던 여관에 잇슬 때에 큰비를 만나서 나는 出入도 잘 못하고 종일토록 孤寂하게 지냇섯다. 그러자 當地의 엇던 同志친구 한 분이 차저 와서 나의 孤寂함을 위로하야 주너라고 술도 주고 또한 當地 美人도 한사람 불너주어서 主客이 야심토록 유쾌히 잘 놀다 各散하엿다. 그런데 그날은 공교이 七月七夕이라. 天上의 牽牛織女가 반가이 만나는 날에 인간의 우리도 남녀가 서로 놀게 되니 其亦한 奇緣이엿다. 그러나 牽牛織女는 해마다 七月七夕이면은 만난다 하지만은 아지못거라 그 美人은 何時에 또 만날는지 허.

[43] 嶺南地方 巡廻 片感, 林元根, 『개벽』 제64호(1925.12)

*구제회 일로 경북 대구, 동래, 양산·언양, 울산, 경주, 영천, 영일, 영덕, 영양, 청송, 의성 등지를 순회한 기록

나는 이번에 우연치 안케 朝鮮饑饉救濟會의 사명을 가지고 지난달 13일에 京城을 출발하야 그동안 慶尙南北道 지방을 순회하게 되엇섯다. 그 間 여정에 소비된 時日은 4주일 동안이엇섯고, 순회한 지방은 경북 대구를 위시하야 전후 14개이엇다. 그래서 나는 이가티 도라단이면서 그 지방의 사정과 풍습이 相異한 것을 따라 여러 가지로 새로운 견문과 새로운 늣김을 엇게 되엿다. 다시 말하면 그 동안에는 내가 메고 단이는 사명을 배경하야 직접, 간접으로 우수운 일도 잇섯고, 또는 도태되는 시대상의 한 가지 幕割로서의 珍奇한 일도 잇섯다. 그래서 나는 이번에 여행을 맛치고 도라온 少暇를 이용하야 불충분하나마 거긔 대한 片片感을 적어 보랴는 것이다.

大邱

이 곳은 慶北의 도청소재지일 뿐더러 맛침 交通上의 要衝이 되여잇는 까닭에 나는 爲先 京城을 떠난 후, 첫 발길을 이 곳에 멈추게 되엿다. 前日에도 이 곳은 몃 번이나 통과하여섯스나, 이번가티 다만 兩 3일간이라도 逗留하여 본 적은 업섯다. 그래서 나는 停車場에서 나리는 첫 발길로 直時 市街地를 一巡하고 비로소 이만하면 「大邱구경」은 꽤 잘하엿다는 듯이 즈윽히 안심과 만족을 어든 것 갓해엿다.

나는 일즉이 嶺南의 大邱-大邱의 達城公園[9]이라는 말을 자조 들엇

---

9) 대구 달성공원의 유래: 신사참배 관련.

다. 그러나 내가 본 達城公園은 勝景의 공원, 遊園地의 공원, 공원의 공원이라는 것보담 彼의 神社의 공원이오, 「取居」(神社 입구에 세운 石柱門)의 공원이엇다. 공원 내에 드러가는 첫 감상은 신선한 공기를 마시며 悠然한 기분으로 散步를 한다는 것보다 맛치 「神社參拜」나 하러 드러가는 듯한 첫 기분이 생기고 만일 그러치 안으면 그 神社 집구경이나 들어가는 것 가티도 생각된다. 이는 다른 까닭이 아니다. 누구나 達城公園에만 발길을 드려노으면 바로 정면 입구에 굉장한 神社建物이 서 잇는 것을 볼 수 잇는 까닭이다. 그래서 나는 모처럼 기대하엿던 達城公園 구경도 결국 남아지 늣김은 『그저 어대이던지 그럿쿠나 별 수 업고나』 하는 것 뿐이엇다. 그리고는 나는 大邱에 나려서 한 가지 새로운 집단을 발견하엿다. 그것은 곳 俗稱 「도리우찌단」이라는 것이니 이는 곳 鳥打帽子를 쓴 사람들의 특수한 집단을 지칭함이다. 마침 나의 旅舍는 바로 大邱 驛前으로 직통된 大路를 이웃하고 잇는 볼상업는 일개 陋屋이엇다. 처음부터 『請客쟁이』를 따르지 안코 공연히 나 혼자 도라단이다가 내 딴으로는 갑싸고 깨끗한 여관을 정한다는 것이 겨우 그런 복덕방을 차지하게 되엿든 것이다.

그래서 밤이 깁도록 『구루마』 소래와 通行人들의 뒤끌는 소래로 인하야 終是 평안한 잠을 이루지 못하게 되엿다. 아마 밤이 그 잇흔날 새로 두 시경이나 되여서는 별안간 문밧 큰 길 한복판에서 치고 맛고 하는 아우성소래가 요란이 들녀오며 今時에 큰 일이나 일어날 듯이 大邱城의 夜黙을 깨치고 一大 格鬪場이 버러진다. 酒酊軍의 편 싸홈이 일어난 것이다. 「도리우찌단」의 日課復習時間이 닥쳐온 것이다. 그저 된 말 안된 말로 「고라」 「빠가」 하면서, 발길로 차고 손으로 따리고, 야단법석을 나린다. 혹은 둘 씩 혹은 한아씩 서로 맛붓허서 한 5,6인의 한 덩어리가 되여가지고 밤새여 가는 줄도 모르며 우승 업는 승부를 決하고 잇다. 이 싸홈에는 본시 仲裁도 업고 是非 판단도 업다 한다. 싸홈 말니러 달녀간 경관들도 매맛기가 十常八九이오 그저 보통 사람은 말 한마듸 건너보지도 못한다는 것이다. 그래나 역시 제 물에 공포를 늣기

고 그대로 잠시 서서 보다가 드러와바렷다. 엇던 친구의 말을 듯건대
본시 大邱에는 그 갓흔 「도리우찌단」이라는 의식업는 「테로」단이 유명
한 것으로 그저 그 사람들은 한 푼이면 한 푼, 두 푼이면 두 푼, 잇스면
잇는 대로 먹고 나서는 밤이 깁도록 왼 길가를 헤매이며 서로 물고 뜻
기고 차고 울며 부르짓다가 그 잇흔 날 맛나서 돈 잇스면 또 먹고 마신
다는 것이라 한다. 그 사람들의 인생관은 어듸까지던지 肉의 享樂을
바탕한 현실 주의로서 극히 放漫的이오 낙천적이라 하겟다. 그런 종류
의 사람들이 大邱城內에 幾十, 幾百이나 되는지 흡사하게 한 개 소왕국
을 이루고 脫世的 超人生活을 하고 잇는 것 가티도 생각된다. 大邱人의
性癖은 마치 西鮮 平壤人의 그것과도 가티 좀 급한 편이 만흔 모양이다.
그러고 市街地나 人口의 比準을 볼지라도 嶺南의 平壤가튼 感이 잇다.
  어차피 말이 낫스니 어듸 한 마듸 더 적어 보자. 누구나 아마 최근에
大邱에 나리면 바로 그 驛前 광장 한 복판에 美人 시른 자동차 한 대가
보기 조케 노혀 잇는 것을 볼 것이다. 이것은 무엇을 뜻함인지? 아마
그 자동차 엽헤 『市內자동차』라고 써 붓친 것을 보고 그 車內에 분장한
시대미인을 안처 노흔 것을 보면 짐작컨대 그 여자는 자동차 운전수
겸 花柳男子의 호기심을 잇끄는 속칭 「仲居」 비슷한 女子로서 은근히
大邱에 나리는 뭇 손님들에게 더러운 秋波를 전하는 것가티 보힌다.
나는 그 자동차 주인이 누구이며 또한 그가튼 考案을 엇던 양반이 하엿
는지는 몰으나 이가튼 미인계를 써 외래 손님의 주머니 속을 털고 또한
그들에게 첫 불쾌를 주는 것은 大邱의 체면을 좀 돌보앗스면 한다. 말성
만흔 大邱의 『朝陽館』은 것치례만 잔뜩 하고 엇저니 엇저니 뒤떠드는
大邱의 運動線은 그만한 都會處에 비하야 정반대로 不振不況이엇다.
요컨대 문제는 어듸까지던지 실질과 실제를 바탕하고 쉬지 안코 잘 싸
우는 데 잇다. 좀 더 노력하여 주기를 바라는 바이다.

東萊

불행히 나는 이곳에 여러 날 체류할 수 업섯던 그 만콤 東萊郡에 대하야는 특수한 材料를 가지지 못하엿다. 그러나 하여간 東萊까지 왓스니 爲先 맛하가지고 온 使命이나 다 맛친 뒤에 東萊溫泉에나 하로밤 쉬여가리라는 생각으로 나는 東萊의 知友 P군과 함께 溫泉場에서 一夜를 보내게 되엿다. 그의 말을 듯건대 東萊郡에는 무엇보다도 비교적 근대교육이 타지방에 비하야 어느 정도까지 잘 보급된 것이 자랑거리라 한다. 그것은 본래로 東萊郡에는 兩班勢力이 굉장하엿던 바 그 여파의 한아로 다행히 그네들의 경영하는 育英사업으로 一個 사립중학이 잇는 까닭에 지금 部內에는 비록 완전하다고는 할 수 업스나 中學 常職을 가진 청년이 50명 이상을 계산하게 되여잇고 그만콤 지식계급의 청년이 다수인 까닭에 무슨 사물에 대하여서나 극히 타산적이오 理智的이라 한다. 동시에 그것이 아지 못하는 가운데 은근히 이기주의를 배양하야 일에 대한 勇敢力과 義憤熱을 말살식히는 고로 도피와 타협을 말하고 환경에 순응하는 현실생활을 그대로 支持하여 나가랴는 폐해가 만히 잇다 한다. 그러나 나는 東萊郡 내에 임의 30여개 이상의 청년단체가 잇는 까닭에 비록 지금 현상으로는 그 조직 시설이 불완전하다 할지나 東萊郡聯盟의 창립을 따라 그 모든 세포단체가 純化되고 훈련될 것을 깁히 미드며 동시에 東萊 청년계의 사상 경향이 전환될 것을 짐작한다. 무엇보다도 東萊라는 그 地點이 溫泉場을 가진 享樂地帶인 그것만콤 자연히 道樂的 습성이 잇게 되는 것도 일시적으로 면치 못할 현상이라 한다.

여관 밥갑은 1泊에 1원 60전 음식요리법이 깨 발달되엿다. 嶺南味가 잇다는 것보다는 京味가 잇고 산듯한 맛이 잇다. 조선에서 제일 유명하다는 東萊溫泉도 조선인 경영의 共同 浴湯으로는 비슷지도 안은 밝안 거짓말이다. 자본업자 권리 업고 세력 업는 조선 사람들은 제법 온천장을 한 사람 압헤 제대로 소유한 사람이 업고 다른 곳에서 물을 옴겨다

473

가 共同 浴場을 경영하고 잇스니 아츰에는 몰나도 저녁때부터는 물이 더럽고 미지근하고 냄새가 나서 그것이 보통 浴場과 족음도 따름이 업스니 무엇이 엇더타고 東萊온천이 조선 제일이라고 우리 조선 사람들이 떠들 수가 잇다 말인가. 물론 東萊온천「그 물건」이 본질상으로 조흐면 조흔게지마는 우리가 쓸 수도 업고 가질 수도 업는 그것이 무엇에 이익이 될 것인가.

梁山, 彦陽

京城을 떠난 이후로 전등 업는 도시에 드러서기는 梁山人城으로 효시가 되엿다. 梁山邑은 350여戶에 불과하는 小邑으로 전등과 수도의 架設이 업는 것은 물론이어니와 우리 사람 경영의 여관 한 개 제법한 것이 업는 것은 너무 유감으로 생각한다. 그러나 그것도 알고 보니 그럴 듯하다. 梁山邑은 戶數는 얼마되지 안치마는 부유하기로는 인근 邑에 第一 일홈이 놉다는 것이다. 젊은 청년들도 약간 잇기는 하지마는 극소수의 『푸로』分子를 際하야 노코는 모다가 제 밥술이나 걱정업는 친구들임으로 모처럼 일금 4,500원의 거액을 드려서 2층 洋製로 보기 조케 신건축하여 노흔 청년회관도 그저 한두 사람이 붓들고 허덕어리는 모양이니 이가튼 현상으로는 梁山 운동의 前途가 즈윽히 우려된다는 것도 무방한 말이라 하겟다. 그 회관조차 알고 보니 한참 當年 경성에 『朝鮮靑年聯合會』가 조직되여 잇슬 때에 梁山郡에 고향을 가젓던 某氏의 노력으로 되엿던 것이라 한다. 이가튼 反面에 소년운동은 매우 括目할 것이 잇스니 임의 3개의 소년단체가 조직되여 잇고 또 다시 그 세포들이 모히여 『梁山少年聯合會』까지 창립되엿다. 그러나 그것도 보통 학교 선생님들이 너무 걱정을 하시고 生徒들로 하야곰 少年會 入會를 마음대로 못하게 하는 까닭에 少年會 발전에 多大한 지장이 되는 모양이다. 간 곳마다 그 양반들의 무용한 걱정이야말로 참말 걱정이 된다.

彦陽

이 곳은 原彦陽邑으로 지금은 蔚山郡에 편입되여 잇는 一個 面役所 所在地에 불과한다. 그런 까닭에 戶數나 人口나 기타 모든 것이 梁山邑에 비하야는 오히려 小村落의 感이 不無하다. 그러나 彦陽 名産「미나리」의 特味는 족히 都會人의 사치스러운 생활을 조소할 만치 自來로 그 부근 주민들은 彦陽을 말할 때는 반드시「미나리」를 연상하고「미나리」를 생각할 때는 冬三雪 중에 오히려 그 찍찍한 新鮮味를 맛볼 수 잇는 것을 크게 자랑한다. 텁텁한「막걸니」에「미나리」생회를 먹는 것도 그다지 취미 업고 맛없는 음식은 아니엿다.

자랑거리가 이만치 잇는 반면에 또 한 가지「흠」거리가 잇스니 불과 몃 百戶 되지 못하는 곳에 소위「담배」점이라도 버려 노혼 것은 모다 물 건너 양반들뿐이다. 소규모의 雜貨와 煙草 등속을 버려 노혼 상점이 10여개소나 되는데 그것이 모다 저 사람들 것이다. 彦陽은 터젼이 낫분지 모다 넷적 대감님들만 사시는지 조선 사람들은 하다 못해「구멍가개」한아 못 열어 놋는다는 것은 彦陽 有志靑年의 불평과 呼訴이엇다. 이 곳도 역시 소년운동은 비교적 발달되야 금년 夏期에 순회 講演隊까지 조직하야 가지고 각 村里를 순회한 일이 잇섯고 旣成된 소년단체가 3개 소나 된다 한다. 모다「어린이」의 벗들이오 그들의 운동권내이엇다.

蔚山

郡內 수해상황을 알기 위하야 군수영감을 방문하엿더니 名刺를 한참 드려다보던 군수는「아무엇 이러케 따로 할 것 업시 朝鮮水害救濟會가 잇는데 그것과 합하는 것이 조치 안슴닛가.」하고 半皮肉的 言辭를 한다. 그리고는「하여간 우리 고을에는 한 돈 만원이나 보내 주시구려.」하며 일본말 반 석기 조선말로 경쾌한 듯한 口分으로 官僚臭를 제법 은근히 잘 피운다. 그래서 나도 역시 그냥 그대로 주고 밧고 하며 나의

볼 일을 다 맛치어 바렷다. 엇잿던 악의 업는 친절한 군수이엇다. 그래 이 곳에서 볼 일을 다 맛친 우리 일행은 또 다시 실지 답사를 하기 위하야 나는 下廂面으로 행하고 權君은 東面을 향하야 출발하엿다. 蔚山郡은 他郡에 비하야 그다지 水害도 甚치 안코 따라서 구제를 구할 要할 만한 사람들도 비교적 소수이엇다.

蔚山郡은 慶南 山邑都市로는 꽤 굉장하다 할 만하다. 전등, 전화의 시설이 잇고 店頭의 街路 장식이 잇고 공중목욕탕이 잇고 料理屋이 數多하고 街路가 제법 정연하다. 그러나 나는 蔚山 오기 전에 他郡 知友에게 이러한 말을 들엇다. 「울산읍에 한 가지 所産이 잇는데 그것은 巡査所産이라」고 이것이 과연 眞인지 否인지는 알 수 업스나 엇잿던 그 만한 별명이 잇는 것 만침 思想不純化의 경향이 잇슬가 하는 의심이 잇다. 더욱히나 「蔚山靑年會는 官製靑年會」라는 말이 도라단이는 이 판국에 그런 별명은 아조 업서지기를 바란다. 그리고 蔚山運動線은 엇지나 되엿는지 지난 10월 18일에 「울산청년연맹」이 창립된 이후로 蔚山靑年會 등은 그에 대한 성명서를 印刷 配布하는 모양이다. 아즉것 모든 調練과 조직이 불완전한 지방운동에 잇서 매우 유감이라고 생각한다. 나는 當路者들에게 감정과 맹목의 使嗾을 밧지 말나는 것을 一言으로 付託한다.

慶州

新羅의 古蹟이 만키로 유명한 新羅古都 慶州邑은 모든 것이 폐허에 울고 잠들고 싀들어 빠진 감이 잇다. 市街는 번화하고 人士의 왕래는 복잡하다 할지나 엇재 그런지 자연히 넷 사람들의 온순한 氣風이 그대로 慶州人의 얼골과 말속에서 흘너나오고 生氣잇는 潑剌한 기분이 나타나지 안는다. 손님 접대에 훈련 바든 곳이 되여서 그러한지 여관 심바람 兒孩들은 맛치 입인의 혀(舌) 끗가티 고분고분하게 손님의 말을 잘 듯고 음식요리법도 他郡에 비하야는 매우 청결하고 優味한 것 갓해엿다. 더욱히 慶州 「紅露酒」는 빗이 밝으레하고 매콤한 맛이 外來 손의

醉興을 도들만 하엿다.

　그러나 나는 일즉히부터 慶州에 신라 古蹟이 만타는 말을 드른 까닭에 공연히 慶州에 나려서는 나의 본 사명도 다 하기 전에 「古蹟! 古蹟!」 하는 생각이 작고 머리 우에 떠올낫다. 그래서 나는 마침내 古蹟 진열장과 天文臺 등을 구경하엿다. 그러나 역사의 素養이 업는 나로서는 그저 「고대인의 과학이 결코 우리에게 떠러질 배 아니라.」는 것과 또한 「저럿튼 朝鮮人이 엇지도 이러케 망하여 빠젓냐.」하는 늣김밧게 아모 것도 가지지 못하엿섯다. 慶州靑年會는 왜 그 모양인지? 고을은 큼직한데 운동은 말 못되는 형편이다. 사실인지 안인지는 알 수 업스나 慶州 靑年會 前幹部들이 總會 決議의 형식도 밟지 안코 회관 購入과 會報 발행을 自意로 하엿다는 것으로 不信任 축출을 당한 이후로 청년회는 不知不識間에 官邊 사람들에게 거의 점령이 되여바렷다 한다. 그 상세한 내용이야 어찌 되엿던지 그만한 큰 고을에 아즉것 1개 청년회가 완전한 발달을 이루지 못하고 잇는 것은 그만큼 성의잇는 일꾼이 업는 것과 일반의 의식의 몽롱한 所致이다. 有心人의 말을 듯건대 이가티 모든 운동이 부진하는 것은 慶州 花柳巷이 매우 번창한 까닭이니 2천여 戶 남즛한 慶州 邑內에 油頭粉面의 靑衣 기생이 겨우 300명 넘을락 말락하다고 그래서 紅顔 청년들은 자연히 享樂鄕의 慶州를 만들기에 다른 생각은 머리에도 잘 두지 안는다는 것이다. 과연 이라면 참으로 울만한 일이다. 그러나 나는 이 말을 밋고 십지 안타. 慶州의 청년 諸氏에 一進 又一進을 바라는 바이다. 먼저 너머저 가는 「慶州靑年會」를 革新하라!

永川

　永川邑은 地垈가 놉흔 그것만치 산비탈 우에 억지로 부터 잇는 불안정한 고을가튼 생각이 난다. 그러타 속담에 「고초가 적어도 맵다」는 격으로 제일 運動상으로 보아 永川은 도저히 凌駕할 수 업는 곳이다.

임의 郡內 3개 세포 단체로써 「永川郡聯盟」이 조직되여 잇고 각 마을 「머슴꾼」들을 종합한 「永川勞農會」가 잇고 독서俱樂部가 잇서 -'으로 보아 얼마 되지 못하는 회원들은 200여 권의 서적을 가지고 그것을 巡讀하기에 자못 熱誠을 다하는 모양이다. 그리고는 새로히 3천 5백원의 건축 예산비를 세워 가지고 회관 건축을 준비중이다. 교통이 불편한 山間小邑으로서 이만큼 운동이 進展된 것은 오로지 착실한 지도자를 맛난 까닭이다. 다른 것은 별로히 특수한 것이 업고 오즉 시내에 약간 精米所가 잇스니 이는 郡內에 産米가 풍부함을 말함이다.

迎日

迎日은 浦項과 함께 동해를 접하고 잇는 浦港이다. 발서 市内에만 드러서도 생선 비린내가 나고 浦口사람들의 특색이 보힌다. 東海水에 鹽分이 함유되엿기 대문에 피부빗이 비교적 검고 물맛은 기막히게 낫부다. 만일 浦項에 特産이 무엇이냐 하면 제일로 「물맛 낫분 것」이라 하겟다. 생수는 절대 禁物이오 끄린 물을 마서도 물맛이 찝질하고 밥 숭늉을 마서도 구수한 맛이 업다. 거긔다가 그 물을 얼마동안만 먹으면 얼골빗까지 검어진다는 데는 하로 밧비 떠나고 십흔 생각조차 은근히 머리 속에 떠올낫다. 手匙도 비리고 食器도 비리고 물그릇도 비리다. 風勢나 사나웁고 漁船이나 數百隻씩 한꺼번에 드려몰니면 浦項 市街地는 별안간에 얼골 검은 배사람(船夫)들의 세상이 되고 그들의 천지가 되여바린다. 나는 浦項에 머물너 잇는 동안 沐浴場에를 몃 차례나 갓섯스나 어느 때던지 거의 船夫들로 滿員이엇섯다. 모다 얼골이 검고 똑가튼 일본 두루매기를 입엇기 때문에 조선인과 일본인과의 구별이 극히 곤란하엿다. 배사람들은 이가티 모다 한 모양이엇다. 料理店과 遊廓도 매우 번창한 모양이다.

그리고 우리 일행이 迎日 체류하는 동안에 맛침 「迎日靑年聯盟」주최로 慶北축구대회가 2일간에 亙하야 개최되엿기 때문에 나는 郡內 各面

청년운동자들을 맛나 그곳 운동의 情形과 지방사정을 듯게 되엿다. 지금 郡연맹에 가맹된 단체는 10개 세포이고 운동은 자못 組織化하여가는 경향이 잇다. 회관의 시설도 상당하고 장래가 매우 多幸하다.

쉬골 警官은 어찌 그러케 몰상식한지 아모데서나 맛나면 맛나는 대로 그저 手帖과 연필을 끄내들고 맛치 「암치 뼉다구에 불개아미」 격으로 줄줄 쪼차 단인다. 운동장 한 모퉁이에서 나와 동행인 K군과 말수작을 하니 별안간 군중이 쓰러몰닌다. 온순한 K군은 그대로 뭇는 대로 대답을 한 모양이엇다.

浦項은 慶北의 상당한 도시이고 慶浦(大邱-浦項)輕鐵의 종점이다.

盈德

山間으로 들어 올사록 SPY의 성화는 점점 더 심하여 간다. 그저 공연히 쪼차단인다. 밤 12時가 되야 이부자리를 펴고 잘 때가 되엿는데도 그래도 발길 돌녀 노키를 실혀하는 모양이다. 만일(녜전 시절에) 자기 부모에게 그 가튼 효성을 다하엿스면 孝子門 한아는 갈데입섯슬 것이다. 아모리 책임도 책임이려니와 남의 생각도 좀 하여 주어야지.

「盈德靑年會」에서는 우리 일행을 위하야 특별히 慰勞會를 열어 주엇다. 마침 그 날 밤에 공교롭게 비가 나럿기 때문에 來參者는 多數가 아니엇스나 靑年會 幹部 諸氏와 밋 邑內 有志와 時代社 支局 諸位들로 자못 誠意잇는 小宴이엇다. 當夜 음식은 특히 盈德 所産인 大蝦와 大蟹를 원료 삼은 것으로 特別味를 加하엿고 當夜 문제는 자연히 饑饉救濟會와 청년운동 등에 관한 것이엇다. 아즉것 盈德靑年會는 낡은 조직을 가진 본래 청년회로서 總務 이상 회장 부회장이 모다 40이상의 노년들인 까닭에 나는 우연치 안케 「연령 제한」 문제를 제출하엿더니 理論百出! 「아즉것 盈德 청년에게는 이만 사업을 안심하고 맛길 수 업다」거니 「압흐로는 물론 이로도 제한하게 되겟다」거니 하야 盈德 인사의 심리를 즈윽히 엿볼 수 잇섯다. 결국은 아즉 「時期尚早」로 결론이 될 모양

갓햇스나 나 역시나 의사를 고집치 안엇다. 아즉도 그들 年老閥의 舊勢力 下에 邑內 청년들은 감히 대두를 못하는 모양이다. 郡內에서 제법 組織的으로 운동이 발전되는 곳은 時代 支局 K군의 本第인 南亭 가티 보히나 아즉 그곳도 大衆이 깨이지 안으면 선명한 기치를 내세우기 어려울 것 갓다.

邑에서 海岸으로 한 20里 되는 「江口」라는 곳은 일개 소만으로 어선이 폭주하는 곳인데 권리 잇는 물 건너 양반들이 江岸 일대를 점령하고 조선인들은 게딱지 가튼 집을 떠메이고 점점 해안으로부터 뒤로 물너가기 시작하야 놉직힌 산골 언덕에 드문드문 박혀 사는 형편이다. 만일에 그것이 다 쓰러저 가는 초가가 아니엇더면 文明人의 衛生 자랑이라도 할 번하엿다. 나종에 그 산 너머서는 어대로 갈 터인고? 西伯利亞로 만주 뜰로 후유— 그곳에도 「주림」과 「치위」가 잇다. 조선 사람들아 꼭 살아야 하겟거던 삶에 적응한 생존의식을 가저라!

英陽

英陽 邑內에는 일본인 상점이 한 곳 잇는데 「晩近 10년 간에 조선 사람에게는 菓子 한 푼 어치 못 팔아 보앗다」한다. 이만치 英陽人은 排他性이 농후한 것을 말함이다. 이것도 그 탓인지 邑內에는 다른 곳에서 예를 보지 못한 一種 右傾團體가 旗를 날리고 잇스니 官公署員 들의 대부분으로 조직된 「三育會」라는 것이 곳 그것이라 한다. 그것도 금년 5월경에 英陽靑年會가 개혁된 후로 그 가튼 것이 別立하게 되엿다고 그러나 英陽五五會 청년회 등이 압도적 세력을 가지고 잇다.

英陽의 名産은 『松茸』이나 每 市日마다 외래 상인으로 말미암아 모다 都賣買가 되여바리는 까닭에 모처럼 맛조흔 松茸도 말만 듯고 먹어 보기는 어려운 모양이다. 英陽 말이 낫스니 아모거나 또 한마듸 하여 보자. 英陽普通學校 재직 중인 某 女訓導와 男訓導가 화촉의 盛典을 이루게 되엿는데 英陽 말성 청년들은 은근히 그것을 부러워하며 『요사이

저러케 한 학교 내에서 교편을 잡고 잇는 남녀 敎員을 결합식히는 것은 總督府 道方針이라』고 그것도 그럴 듯한 일이다마는 能率 발휘 상의 差異가 엇더 할는지?

靑松, 義城

英陽서 靑松 가는 길은 그다지 험하지 안치마는 靑松서 義城 가는 길은 꽤 어지간이 험악하다. 경사 질닌 嶺을 넘어 갈 때는 맛치 비행기나 타고 지상을 나려다보는 것 갓다. 나는 일즉이 비행기는 타보지 못하엿지마는 空中人의 촉감은 동일할 것이다.

英陽으로부터 義城까지는 어찌 그다지 싀골 경관들의 성화가 심한지 길 가는 자동차정류소마다 服裝巡査가 쪼차와서 『당신이 서울서 오신 아모가 아니요』 하고 뭇는다. 아니 우리 가튼 無名 청년이 도라단이는데도 이럴 때야 좀 무엇한 世 소위 일등 신사들이 단이면 大小便보는 변소까지 딸아 다닐 것 갓다.

靑松의 하로 밤은 몹시 한적하엿다. 그 만콤 靑松은 할 수 업는 곳인가 하는 생각이 난다. 게다가 밥 갑은 엄청나게 빗싼데 그 까닭을 무러보니까 『特等』이 되여서 그러타고. 特等 이라 하면서도 밥상 우에 고기라고는 그림자도 업스니 「고기 업는 밥이 靑松의 特等」 모양이다. 靑松靑年會長은 現 面職員이고 靑松勞働共濟會長은 某報 靑松分局長인데 아즉 靑松운동은 말이 못되고 무엇보다도 압흐로 啓蒙에 노력하여야겟다.

아즉도 高靈, 星州, 善山 기타 몃 곳이 잇스나 有限한 紙面에 도저히 그 모든 것을 다 쓸 수 업슬 뿐더러 또한 이번에는 水害에 관한 것은 좀 성질이 다르기 때문에 한 마듸도 넛치 안엇다.

[44] 兩西 十五日 中에서, 춘파, 『개벽』 64호(1925.12)

개벽 정간 이후 고향 황해도를 중심으로 평안도 지방을 여행한 기록. 개벽 해정 이후 신의주 변호사에게 축하금을 구하러 갔다가 경험한 이야기를 통해 이 시기 지식인의 삶을 엿볼 수 있다.

『開闢』은 停刊되고 心火는 불쑥 나고 먹을 것은 업고－하니 안이 떠날 수 잇스랴. 밥도 엇어 먹을 겸 구경도 할 겸 친구도 차자 볼 겸 主義도 선전할 겸 겸사 겸사로 떠나게 되얏다. 解停이 되야 歸社의 急電이 잇기까지는 한 달이고 두 달이고 반년이고 일년이고 그냥 도라단니리라. 아무리 못낫기로 밥이야 못 엇어 먹으랴. 가자. 아무데든지 가자. 「뽕두 딸 겸 님두 볼 겸.」이라고 밥도 엇어 먹을 겸 부모님도 뵈올 겸 고향 근처로 먼즘 가자. 黃海道에 들녀 멧멧 친구를 찾고 平南에 들녀 멧멧 곳을 보고 平北에 가서 멧달을 지우다가 幸히 解停의 喜報가 오면 즉 上來하고 그럿치 안으면 南滿洲로 가든지 南朝鮮으로 가든지－－－그러케 하리라. 이리하야 나는 예정지를 꼽아 보앗다. 먼즘 金川 谷山을 단녀 遂安 瑞興으로 해서 鳳山 黃州로 그리하야 평양 平原으로 安州 博川을 단녀 가지고 泰川 鄕里에서 추석 名日이나 지내가지고 龜城 定州로 宣川 鐵山으로 龍川 義州로－ 여긔까지 갓다가 路次變하게 되면 南滿洲로 가고 그럿치 안으면 朔州 昌城으로 碧潼 楚山으로 渭原 江界 등 강변 7읍을 단녀서 熙川으로 나와서 雲山 寧邊을 보고 价川에 와서 다시 결정하자－ 여긔까지에도 解停의 報가 업스면 내다른 거름에 順川, 德川, 陽德, 孟山, 成川, 江東 등지를 도라 평양에 와서 또 결정하리라. 여긔까지에도 소식이 업스면 (설마 이 때까지야 안되랴 하면서도) 이제는 鎭南浦로 해서 殷栗, 長淵, 瓮津, 海州 등 海西 諸邑을 구경하고, 開城 長端으로 해서 上京하리라. 이때까지에도 解停이 못된다 하면 이번에는 忠淸 全羅 慶尙 등 3南 3道로 내려가 이리 뛰고 저리 뛰리라.

그러리라. 아무 걱정이 업네— 하고 爲先 西鮮을 향하야 떠나니 그 날이
9월 7일이엿다. 떠날 때에 敗北한 졸병 갓치 엇재 좀 섭섭한 것은 사실
이엿다. (兩西 50일을 追日 회고하자면 실로 未遑하다. 후덕떡 후덕떡
뛰기로 한다.)

運轉手와 牛車軍

떠나든 當日에 金川에 들녀 柳益秀씨를 訪하야 敎會事를 말하고 翌
日 南川驛에 내려 오래 간만에 냉면 한 그릇을 맛보고 곳 자동차로 谷
山 17리를 直入케 되얏다. 南川서 3리 쯤 가닛가 禮成江 渡船場이 잇다.
여긔서부터 구경의 第一幕이 열닌다. (이런 수가 툭툭 떠러저야 구경
단닐 맛이 잇겟다.) 무언고 하니 牛車軍 對 運轉手 항쟁이다.

원래 南川 谷山 간 直通 新作路요 兼 渡船場인지라. 去來 徒步客은
毋論 牛車, 자동차, 自行車—실로 여간한 복잡이 안이다. 자동차가 강변
에 닷고 보니, 발서 荷物牛車만 10여 척이 와서 爭先하야 渡船하는 중이
다. 運轉手는 先着한 만흔 牛車를 요리 죠리 피하야 江口 제3위까지에
운전해노앗다. 더 드러갈 여지가 업슴에 부득이 압선 牛車 2척 만은
건너 간 뒤래야 자동차 차례가 되얏다. 約 한 시간은 걸닐 모양이다.
자동차 뒤에선 牛車軍들의 氣色이 이상해진다. 牛車 한아가 건너가고
또 한아 저 배에 실엇다. 이번 갓다 오면 의례 자동차라고 튼튼히 미덧
다. 웬걸 뒤에 섯든 牛車가 자동차를 숫치고 내려 몰닌다. 자동차 압흐
로 2척이나 넌즈시 와 노인다. 운전수와 牛車軍 사이에 言爭이 니러난
다. 「여보 이게 무슨 즛이요. 압선 자동차를 보면서 牛車를 내려 모는
것은」하고 운전수가 눈을 딱 바로 떳것다. 牛車軍은 이 말은 드른 체도
안하고 「여보게 어서—어」하고 소를 챗직질하야 그냥 내려 끈다. 운전
수 골이 낫것다. 자동차에 탓든 손님들도 골이 낫것다. 나 亦 처음은
불쾌한 생각이 낫다. 「여보, 자동차가 먼츰 건너가요. 뒤로 내뽑아요.」
하고 운전수는 牛車軍 각가이가며 호령하다십히 삑 소리를 친다. 「이것

왜 이래. 자동차면 그만인 줄 안담. 우리는 세 시간, 네 시간 전부터 와서 기달려. 왜 이래. 시방 온 것이 별 걱정 다 만흐이」하고 牛車軍은 허릿띄를 졸나매며 눈을 흘기며「여보게, 뒤엣 소들도 어서 내려 모라」하며 톡톡히 덤비여 볼 작정이다.「如何한 경우임을 不拘하고 자동차가 먼츰 건네는 법이야. 當初에 경찰 서장, 군수, 면장, 立會 下에 언제든지 자동차는 먼츰 건네기로 배ㅅ주인과 結約을 햇서… 여보 사 공? 배ㅅ주인 업소」하고 운전수 한 번 더 눈을 딱 바로 떳다.「이게 무슨 어림 업는 소리냐. 군수, 경찰서장이라면 누가 무서워 하드냐. 먼저 온 놈이 먼저 건네는 것이 萬古通例야. 왜 이래. 우리는 네 시간 전에 왔서. 그래 여긔서 날을 지우란 말이냐. 너는 잇다 건네도 谷山 열두 번도 가ㅡ. 우리는 멧츨을 가야 돼. 고동만 좀 자조 틀려무나. 어림도 업시… 양복 쟁이나 태윗노라고. 자동차들 江에 뒤업흘나…」하고 한 牛車軍이 옷자 락을 것어차며 달겨들 듯이 對立을 하닛가 모든 牛車軍은 일시에 聲援 을 한다. 運轉手 할 수 업시 이제부터는 사공과 야단이다. 배를 못 건네 느니 배ㅅ주인을 불너 오라느니 들구 야단이다. 사공은 배ㅅ주인 멀니 갓다고 어물어물하는 새에 牛車는 발서 실엇다.「시간 지체말고 어서 건네요. 먼츰 온 사람 먼츰 건네는데 무엇이 걱정이야」하고「으얏차 드얏차」배를 뗀다. 아무리 아우성을 한 들 奈何오. 배는 발서 중류에 떳다. 운전수 혼자 불눅거리고 손님들은 희죽 희죽 웃고 나는 정말이지 牛車軍들에게 동정해섯다.「자동차면 그만이냐. 군수서장이라면 무서 워 하드냐. 양복쟁이나 태윗노라고. 고동만 좀 더 잽시 틀면 열두 번도 가. 先着者 先渡는 萬古通例」등 말에 동정 하얏다. 그것보다도 此亦 일종의 階級戰으로 보아서 더욱 흥미가 잇다. 두 배나 묵어서 건너와 보닛가. 牛車軍들은 발서 歧灘店에서 맛잇게 점심하면서 혹은 壯談하 고 혹은 웃더라.

山高谷深 亦有情

谷山邑 距 3里許 楸洞이라는 곳에 하차하니 知友 ロ,金昌玄군이 세 분 敎友와 갓치 마저 준다. 一面 如舊의 친절 無垢한 村父村兄은 실로 我父我兄의 感이 생긴다. 佛國 엇던 神父의 말과 갓치 朝鮮 사람의 인정 미란 과연 감탄치 안을 수 업다. 草路夜行이 거북치 안은 바 안이나 횃불로써 압흘 인도하고 뒤를 경계해 주니 이런 感心할 데가 어대 잇스며 村家內室이 비록 체면 적은 듯 하나 主父主母가 아울너 친절하니 親家인들 이에서 더하랴. 더구나 닭을 잡고 밀제비국을 끌이고 飯酒까지 주니 이런 厚情이 어대 또 잇스랴. 「多福하옵소서」하고 곱집어 暗祝하면서 一夜를 지내고 翌日은 谷山邑에 왔다. 金泳煥, 金明昊 외 여러분 知友를 맛낫섯다.

谷山邑은 별로 변함이 업다. 播種시절에 왔다가 秋收시절에 또 온다는 感뿐이다. 上下 坪의 黃禾가 즉 變態라면 변태란 말이다. 停刊顚末, 敎會紛糾 등 說往說來로 멧멧 知友와 더부러 夜深함을 몰낫섯다. 翌日은 龍峯川邊에 川獵도 하고 시내 別處에 探景도 하면서 日暮夜深함을 몰낫섯다. 그 翌日은 舊文城中을 차자 드러 宋文煥 외 여러 村兄村弟와 즐기게 되얏다. 역시 닭을 먹고 밀제비를 먹고 더 조혼 것은 다래와 복숭아요 또 조혼 것은 玉수수이엿다. 山高谷深한데 秋雨까지 霏霏하니 客愁인들 업스랴 만은 도무지 몰낫섯다. 農村의 父老 형제와 사괴는 맛은 실로 故原의 달콤한 꿈자리에 누은 듯 알들 살들하야 그 心緖 여하를 形言하기도 어렵다. 하루 지내고 또 하로 지내서 哀然하나마 그곳을 떠나 3인 동행 40리로 더 멀리 新坪을 갓섯다. 谷山 陽德間의 大巨里인데 公普校, 金融組合, 駐在所 面所 등 人家도 數百戶 이며 石山이며 淸川이 실로 山水勝區이다. 山水美人情美란 이 곳에서도 볼 수 잇다.

巡査탈 때는 無定員

何處를 불문하고 長釼派들의 無法하게 껏떡대는 꼴이야말로 발서부터 문제거리이지만 이번이 谷山에서도 또 그런 안이꼬운 꼴을 보앗다. 谷山 마루에 軍事연습이 잇다 한다. 대장이니 소장이니 졸병이니 막 드리 밀닌다고 谷山의 官民은 두루 법석인 이 때이다. 半實도 안된 곡식을 비며 戶別하다 십히 돈을 모아 牛豚을 잡으며 3里 5里를 불구하고 出迎을 하며 실로 勝戰軍이나 맛는 것 갓치 모다들 멋도 모르고 떠들석하는 이 때엿다. 나는 도보로 遂安을 단녀 瑞興으로 가랴든 것이 불행히 신병 때문에 다시 자동차로 平山으로 가게 되얏다. 豫買하얏든 표가 잇는 지라 서슴지 안코 승차하얏다. 또 타고 또 타고 하야 발서 정원 이상으로 차안이 빡빡하다. 車中이 만원임에 불구하고 長釼派가 적으만치 3명이나 또 오른다. 차 주인은 滿員을 말하며 다음 차로 가시라고 간절히 청한다. 그러나 드른 체도 안 한다. 「우리는 警官이요. 또 제국 軍人을 마주 가는 터이야 말 말어」하는 듯 그냥 비비고 드러 온다. 차 주인은 「누구의 슈이냐 말 마라. 따구 마즐나」하는 듯 그냥 내버려둔다. 설사 예약이 잇섯다 해도 그네들은 정원 이외에 승차하는 자를 取締하는 책임자가 안이냐. 또 다음 차로도 시간 不及은 안이엿지? 결국 운전수 아울너 12인이 탓다. 1里를 못 가서 박퀴가 터진다. 조고만 고개도 반듯이 내려서 모다 드러붓터 밀고 간다. 골이 엇지나 나든지 그 놈의 칼자루가 엇지 그리 밉던지. 자 보란 말이다. 자동차는 언제든지 駐在所 前에는 정류하겟다. 巡査가 檢点을 하것다. 만약 滿員 이상이면 단바람 「빠가」하고 운전수에게 붓치것다. 그리고 정원 외의 인원을 끌어내리것다. 이럿컷다. 정외에는 못 타는 법이것다. 그런데 말이다. 이날은 12인이 탓스니 정원이 12인이란 말이냐. 안이다. <u>大日本제국 헌법에 「巡査는 정원 이상 又는 如何한 경우임을 불구하고 무조건 乘車함」이란 그런 문구가 잇나 보다. 그런가 보다.</u> 이런 꼴은 到處에서 보게 되것다. 이번이 처음 만은 안이다.

責在知事乎郡守乎

자동차, 기차의 속력이 그만콤 빠른 것과 갓치 나의 紀行도 이만콤 뛴다. 沙里院 왓다. 停車場 광장에 列立한 수백명 학생떼를 보앗다. 여행을 가나? 안이다. 行裝들이 그것은 안이다. 누구를 환영하나? 올타. 그런 듯 하다. 엇던 굉장한 놈이 왓다 가노? 總督인가? 안이다. 그럼 교장인가? 안이다. 知事가 왓다 간다고 한다. 그러렷다. 道知事閣下 이젼 말로 觀察使, 道長官閣下! 엑크 무서워. 암 그렷치. 학과를 全廢하고 남녀학생을 총출동 식켜서 십리고 백리고 정성껏 奉送해야지. 그래야 백성의 도리요 학도의 본분이지. 만약 그럿치 안으면 큰일 나지. 잇다가 雇員 한아 面書記 한아도 어더하기 어렵지. 꼭 그래야 되야…

그런데 말이다. 시내에 드러와 아러 보닛가 沙里院을 위하야 온 것도 안이요, 군청에 온 것도 안이요, 학교에 온 것도 안이요, 黃州인가 어대로 가는 길에 잠간 郡廳에 들넛다 가는 知事를 그러케 굉장 야단스럽게 학과를 全廢하고 멧 백명 학도를 끌고 塵煙萬丈의 시가로 왓다갓다 한다고 비난이 만타. 군청의 名命이라고 한다. 농업학교에도 군청으로부터 「知事 출발 학생인솔 奉送」의 전화가 왓드란다. 農校당국자들은 그래도 좀 節이 낫든지 거절했다고 한다.

如何한 인물임을 막론하고 정성껏 마저주고 정성껏 보내줌이 미덕이 안인 바는 안이다. 그러나 학과를 폐하고 多數한 어린 학생을 끌고 그러케 야단스럽게 할 것은 업는 것이 조켓다. 知事 자신이 制止해야 된다. 그런다고 知事위엄이 더하고 들할리 업다. 人民은 도리여 웃는다. 백성에게 폐단을 업시하는 것만콤 善官이 업고 백성에게 폐를 끼치는 것만콤 惡官이 업다. 郡守도 그럿타. 上官에게 대한 下官의 책임이라고 그런 主着업는 즛을 한 듯 하나 그런다고 한級 더 올나가는 것 안이요 그럿치 안는다고 목이 떠러질 리는 업다. 오직 常道를 밟아 실지 책임만 다하면 그만이다. 煩說을 다 할 것 업고 한번만 더 무러 둔다. 知事가 그러케 해달나고 하얏느냐. 郡守가 자진하야 그러케 하얏느냐? 이것이다. 한번 더 全조선 소위 官吏배들에게 무러둔다.

四郡을 것처 鄕里에 들다

몸이 몹시 괴롭다. 金振*군이 주는 진암닭도 맛이 업고 金文煥군이
소개하는 異性도 자미 업고 崔龍煥군이 주는 鳳山의 名苹果도 시원치
안타. 景岩山登도 별 快味가 업고 餘物坪 黃禾도 그닥 欲氣가 안난다.
身外 無物의 感이 밧작 생긴다. 어서 가자. 鄕里로 가자. 그 곳에서 閑良
을 좀 하자.─ 黃州 平壤을 잠간 단녀 어서 빨니 갈 밧게 업다.─ 이리하
야 黃州에 왓다. 여관을 정하자마자 身熱이 생긴다. 사지가 옴으려든다.
못처럼 맛난 친구를 가라고 하얏다. 分─分 더해 진다. 「아! 나 죽엇구
나!」의 悲感이 생긴다. 그러나 「내가 죽다니 말이 되나」의 최후 용기가
생긴다. 주먹을 쥐고 벌덕 니러낫다. 그러나 당장 쓰러젓다. 별 수가
업다. 黃州城中 夜半客이 가지도 無聊한데 또 病苦 로구나. 엇지 할고!
결국 同宿人을 깨우고 주인을 깨우고 그리다 못하야 正方의원에 사람
을 보내여 李道濟군의 「모히」注射 2放을 빌고서야 살아낫다.

이제는 가자. 直去 鄕村하고 말자. 그래도 平壤과 安州는 그져 지낼
수 업다. 들닌둘 병 든 몸이 무슨 快事가 잇스랴. 그래도 억지로 두 곳
다 들니긴 햇다. 그러나 소감, 소견은 아무 것도 업다. 잇다 해도 쓰기가
실타.

몸이 괴로우니 향촌의 꿈도 달콤치 안타. 추석 名日도 귀찬타. 그러
나 동생들과 갓치 어머님 幕下에서 올벼절편 먹든 그것만은 기억이 새
롭다.

身遊 三萬年

生身한 그 곳인 건 만치 多惠多情한 모양이다. 몸이 좀 나엇다. 또
떠날 밧게 업섯다. 陰8월 17일로써 泰川邑을 갓섯다. 同邑친구와 더부

러 1日間 快하게 지냇섯다. 업섯든 곳에 靑年會가 새로 發起되얏다는 것이 무엇보다 깃버섯다. 徒步로 龜城 6리를 돌파햇다. 身遊3만년이란 즉 이것이다. 俗所謂 「龜萬年」이라 햇다고 龜城에는 萬年이란 冠辭가 만타. 館도 萬年館이요 橋도 萬年橋요 寺도 萬年寺이다. 白應奎 元明* 諸氏와 갓치 萬年酒 三大白을 하고 全義贊, 金道賢동무와 갓치 萬年橋를 건너 萬年館에 갓다가 萬年寺를 구경한 것은 身遊 3만년이란 感에서 퍽 快햇섯다. 6,70명의 龜城강습학생과 晝夜로 담화함도 닛지못할 기억이다. 이 곳도 아직 소작문제, 노동문제, 또 청년운동까지 소식이 업다. 다만 人情 美山 水美 그것 뿐이다.

定, 郭, 宣, 鐵山을 다녀 龍川에

平北의 著名地 定酒에 왓다. 누구보다도 유명한 洪景來장군이 추억된다. 壬辰倭亂도 연상 된다. 南門 內外는 언으듯 日村化가 되얏다. 風波何其煩고 來客傷心多의 感이 생긴다. 將軍英靈何處尋 城外城內日村化의 句도 생긴다. 金公善군을 차젓다. 天道敎 宗理院을 차젓다. 洪鐘炫 徐仁和 외 여러 동지를 맛낫섯다. 敎會문제, 농촌문제, 靑年 及 소년문제로써 連日連夜 相換하고 翌日은 郭山으로 갓다.

본래 獨立郡으로 지금은 定州에 행랑살이를 하는 郭山이야말로 별로히 애연한 동정이 생긴다. 驛頭에서 동지 桂淵集李國榮 諸君을 만나니 또한 萬事 태평이다. 더구나 건들건들한 金商說 自他 액기지 안는 申祐權 동무를 차례로 맛나니 한바탕 잘놀 생각에 억개가 웃슥해진다. 게다가 주인이 친절하고 낙지가 맛나고 燒酒가 또 조흐니 가슴을 햇칠대로 햇첫다. 돌님장사 모양으로 他郡에서 하든 그 니약이로써 여러 同志와 1日을 지내고 이제는 또 宣川으로 뛰엿다.

耶蘇敎 名地 宣川에 왓다. 天道敎 宗理院을 訪하고 李君五씨宅을 차젓다. 거리의 정연함과 日風이 恰然함은 來客에게 만흔 호감을 준다. 교복입은 학생이며 트레머리 여자가 他郡에 비하야 만히 보임이 더욱

반갑다. 교회의 덕인가 보다. 상업이 殷盛하고 富豪가 만흔 것도 宣川의 특색이라 한다. 역시 돌님군 행세를 고대로 하고 또 떠나 鐵山에 갓다.

인심이 獰惡하다는 鐵山 또 鄭哥의 고을이라는 鐵山에 왔다. 神宮鎭座祭라는 그 날이다. 시내에 五色旗가 거미줄갓치 걸넛다. 영악한 고을이라 그런지 神宮祭도 영악하게도 성황으로 한다. 公普校에서는 대운동을 한다. 역시 성황이다. 朴英鄭充錫 諸兄과 갓치 시내를 一周하고 야간에 亦所持의 사명을 說盡하고 鐵山 白酒에 醉하얏다가 早朝에 龍川으로 갓다.

南市驛前 開闢分社에서 신문지를 통하야 開闢 解停의 喜報를 듯고 平北의 穀鄕 龍川에 갓다. 洞里를 지낼 때마다 크다란 瓦家를 둘 셋 식 본 것과 不二農場을 지날 때 一望無際의 黃禾를 본 것이 새 기록이다.

龍岩浦시가는 아직 정돈된 시가는 안이다. 그러나 上下野의 無盡한 곡식과 천리長江을 벼개한과 大海를 내다보는 그것은 실로 質로 量으로 상당한 가치가 잇는 곳이다. 西鮮의 一隅이요 교통이 그닥 便치 못한 것이 유감이나 水陸이 具足하니 何恨이 잇스랴. 龍川을 위하야 賀한다. 思想운동, 청년운동 그런 것은 소식을 듯지 못햇다.

天道敎堂에서 例의 一幕을 열고 金四澤군의 方에서 李有楨金迪弘李煩寬 諸氏와 갓치 야심토록 즐겨섯다. 翌日은 鴨綠江 上船 遊客이 되니 즉, 新義州行이엿다.

新舊義州를 보고 回路에

國境 新義州에 왔다. 新城여관에 들넛다. 주인 李鎭子군이 보이지 안는다. 主人何處去를 무르니 公普校운동회에 구경갓다고 한다. 知友도 맛날 겸 구경도 할 겸 가 보자 하고 운동장에 가니 입구에서 林亨寬田得鉉 兩君을 만낫섯다. 얼마 안 되야 점심시간이라고 休會를 한다. 回路에 지사장 白溶龜군과 初 대면이 되얏다. 三四 知友의 손을 잇끄러 여관에 드러오니 삼년 전 그 식모가 여전히 아러 보고 반겨준다. 丈夫 逢輒

飮으로 6,7盃式 마시고 안즈니 主客이 欣然하다.

저녁 후는 安東縣에 가서 국경청년연합웅변대회를 보앗다. 演士들의 語材不足과 청중측의 「야지」不的中은 外格보다 좀 섭섭하얏다. 그것보다 臂頭 金雨英군의 「番判에 관한 주의」云云은 (청중의 투표인고로) 죽인지 밥인지 실로 창피막심이엿다. 폐회가 되고보니 11시엿다. 還國을 재촉햇스나 還客이 못처럼 외국왓다가 그저 가느냐고 친구들은 결국 엇던 요리점으로 끌고간다. 盡蕩히 먹고 또 부족하야 엇던 妓房을 차저 기생구경까지하고 오게되얏다. 아구 망측해라. 열이고 백이고 잇는대로 다 드러와 선을 보인다. 누가 마음에 드느냐고 말을 모르면 손고락으로 꼭 집으라고 한다. 십여명 중에서 한아을 손고락질 하니 其餘 落第娘들은 창피한듯이 달아나버린다. 5,6명 이국남성이 1개 이국랑과 酬酌이 열리니 엇지 우습지 안으랴. 或笑 或談 일분 후에 1圓金을 주고 나와 버렷다. 此亦經世라고 할가?

翌日은 舊義州에 갓섯다. 도청이 업서젓슬 뿐이요 시가지는 여전하다. 統軍亭도 無故하다. 그러나 老衰의 기분이 잇서 보인다. 金子一, 黃河湜씨와 시가를 일별하고 支社에 들너 朴潤元군과 장래를 상담하고나서 黃金으로 同伴하야 국경명물 涼麵을 한그릇 바더 안으니 其味가 其如러라.

夜間은 例의 그 談話로써 多數 同志와 지내고 翌日은 다시 新義州에 왓섯다. 이제부터 同路이다.

大有識 中 大無識

이 말은 안해도 죠흐나 彼此에 한 번 웃고 말자는 것이다. 開闢해금이라는 데서 무슨 큰 동정이나 생길가 하야 염치 무릅쓰고 축하광고를 어더 보기로 하얏다. 本社로부터 急上來의 전보가 업는 바는 안이지만 하두 고통되는 점이 만서서 生비위를 내세는 판이것다. 無暇한 白군을 억지로 끌러가지고 新義州시내 某某 有志를 찾는 판이다. 가는 자도 구구하지만 주인된 인들 여간 괴로우랴. (본래 大財産을 가지지 못한데다가 隔一日 무슨 寄附니 무슨 同情이니 무슨 광고니 생떼들을 붓치니 이야말로 견딜 수가 잇스랴. 참말 괴로운 것은 有志노릇 하기 그것이것다. 이런 사정은 彼此가 안다 치고)

멧 분 有志를 찾고 나서 新義州 변호사계의 누구라고 屈指하는 崔OO씨를 차젓다. 안 나오는 말로 간신히 來意를 말하고 다소 不拘하고 축하 좀 주십시오, 하얏것다. 一時 오해인지는 모르나 그 대답이 무례하게 말하면 腰折할만 하드란 말이다. 즉, 「停刊 되얏다가 解禁 된데도 축하가 잇나요. 當局의 혐의가 업슬가요」라고. 그래 그럴 리가 업다고 천하에 通例라고 증거하다 십히 말하닛가 「그래도 나는 解停祝賀는 못 보앗는데요. 아무래도 當局의 혐의가 잇슬 듯 한데요」하고 자기 無識을 고집한다. 이것이 즉 大有識 中 大無識이란 말이다. 前判事요 現변호사로 또 新義州 法暮界 중 名望家의 1人이라는 그이엿다. 一時 오해인 줄 안다. 彼此에 한 번 웃자.―

[45]十三道의 踏査를 맛치고서, 『개벽』 64호(1925.12)

> 13도 문화 조사 사업(1923.2~1925.12.)을 마치고 종합적으로 쓴 글

면적으로 보아 14,312方里, 행정구역으로 보아 12府 218郡 2島 2,507面인 우리 조선의 全幅이 彼후계 全幅에 比하면 그다지 클 것은 업지만은 실지에 답사를 하고 보니 과연 支離한 感도 업지 안코 困難한 사정도 또한 적지 안핫다.

癸亥 2월로부터 乙丑 12월 즉 今月까지 凡 3개星霜間에 風風雨雨를 무릅쓰고 방방곡곡으로 行行한 우리 사원들의 苦勞는 얼마나 만핫스며

滿天下동포의 감사한 애호원조는 얼마나 만핫스며 또 道號기사관계로 間題는 얼마나 多端하얏스랴. 비록 불완전하고 불철저 하나마 이제 예정한대로 其業을 畢하게 되니 스스로 깃버함을 마지 안는 동시에 感慨가 또한 無量하다.

다시 붓을 잡고 默然히 안젓스니 삼천리 錦繡江山이 完然이 眼中에 배회한다. 寄絶 怪絶한 金剛의 만이천봉도 회고 汪洋怒呼하는 碧海 黃海의 파도聲도 들리며 萬瀑 朴淵의 壯快한 폭포성과 彩雲(唐津), 翠野(海州)의 淸閒한 白鶴聲도 들린다. 佛國, 華嚴 등의 古色蒼然한 大사찰도 생각나고 晉州, 平壤의 佳妓, 名唱도 그리워진다. 砲烟彈兩裏에 생활안정을 不得하는 國境동포와 大地主, 대자본가 횡포하에 悲號怒鳴하는 南鮮農民의 동정심도 솟사나고 지방 청년이 晝宵로 고심노력하는데 또한 만흔 敬意를 표하고도 십다. 이에 나는 다시 생각나는대로 각 道에 대한 소감을 잠간 말하려 한다.

먼저 慶尙南北道로 말하면 인심 質朴한 것이 제일 좃코 한문학자, 白丁, 癩病者가 상당히 만흐며 宗家 富豪, 일본인의 세력이 큰 것도 놀날만 하다. 古蹟만키로는 慶州가 전국 중 第一이요, 기생 만키로는 昌原, 馬山, 晉州가 他道의 다음 가라면 스려할 것이다. 그리고 近來에 사회운동(특히 南道)이 격렬이 니러나는 것도 주목處이다.

忠淸南北道는 아즉까지 양반세력이 多大하고 鷄龍山부근에 미신자 만흔 것은 참으로 놀날만하다. 엇잿던 忠淸南北道는 무엇이던지 荒廢凋殘한 감이 퍽 만타.

江原道는 교통 불편한 것이 제일 고통이오, 山水의 천연적 경치가 조키는 전국 뿐 안이라 세계 無比할 듯 하며 생활樂地로는 江陵이 어느 道에서든지 其類를 못 보왓나. 思想으로는 嶺東이 嶺西보다 진보된 듯 하다. 그리고 승려의 세력 만흔 것은 누구나 놀날 것이오 인심 淳厚는 전국 중 제일일 것이다.

　全羅南北道로 말하면 兩道가 공통적으로 토지가 沃膏하고 物産이 풍부하고 빈부현격이 심하며 남자는 擧皆 예술적으로 생긴 美男子가 만흐나 여자는 그리 美人이 적고 또 여자교육이 낙오되엿다. 그러고 모루히네 注射者와 癩病者가 만흐며 사치를 尙하고 노래를 잘 한다. 또 일본인의 세력이 多한 中 특히 北道에 朝鮮人의 조티 전부가 일본인의 소유가 되고 水利組合 만흔데는 놀낫다. 그러고 扇子, 漆器, 竹工, 기타 手工物을 잘 하는 것은 만흔 歎賞을 하엿다. 또 토지로 말하면 南道는 島嶼가 전국 중 제일 만코 北道는 전국 중 沃野가 제일 만타.

　燈下不明 이라고 京畿道는 京城, 仁川, 開城, 江華 몃 곳을 除하고는 물질로나 사상으로나 富力으로나 各道중 제일 낙오된 것 갓다. 그런데 京城의 천연경치 조흔 것은 보편적으로 말하면 전국 어느 都會보다 조흘 것 갓다.

　그 다음에 黃海道는 小麥이 전국에 第一 만히 나고 온천 만키도 제일이오 교통 편리한 것도 매우 조흔 일이다. 또 근래에 소작운동이 西鮮에서는 제일 격렬한 것이 한 주목할 일이다.

　平安道ー. 南男北女라 하지만은 서북 중에도 여자의 物色 조키는 아마도 平安道를 제일指를 屈할 것이다. 그러고, 第一 불상한 것은 국경동포가 독립군과 경찰대에 부댁겨서 생활안정을 못하고 驚弓之鳥 모양으로 漂泊生活을 하는 것이다. 또 일반의 생각은 너무 보수적이 되야 아즉까지 光武, 隆熙시대의 「嗚呼痛哉」를 부르면서 國粹主義를 만히 가진 것이 사상상으로 보와 낙오된 듯 하다. 또 平北에 天道敎세력 만흔 것도 주목할 만 하다.

咸鏡南北道는 전국 중 생활이 그 중 안전하고 여자노동이 全鮮 중 제일 잘한다 하겟고 또 교육보급도 아마 전국 중 제일일 것이다. 또 咸興에서부터 三水, 甲山, 豊山 등을 단일 때에 凡 1,800리餘를 도보하고 조선 有數의 高嶺인 靑山嶺, 雪梅嶺(凡 70리 無人地境)을 넘던 것은 제일 壯快하고 또 큰 기억이다.

이외에 자세한 것은 본지 각道 道號記事와 작년 八道자랑을 할 때 다 말한 것이닛가 별로 附言치 안커니와 최후에 사상 방면으로 보면 전남은 소작운동이 제일 결렬하고 全北은 노동운동이 비교적 진전되는 모양이요 江原道는 嶺西는 보수적이 만코 嶺東은 진취적이 多하야 신사상운동도 상당한 活氣가 잇다. 其外 咸鏡, 平安은 사상운동이 비교적 미약한 중 특히 平安道人의 보수주의가 鞏固한 것은 우에 말함과 갓다. 또 黃海道는 東拓의 세력 기타 日本人土地가 多한 까닭에 그 반동으로 근래 소작운동과 사상운동이 비교적 진전되엿다. 또 踏査하는 중에 제일 끔즉하게 생각한 것은 全羅, 慶南, 忠淸, 江原(특히 洪川) 諸道를 다닐 때에 甲午혁명란에 동학群 만히 죽은 이약이와 平安, 咸鏡에는 己未운동에 天道敎人이 만히 죽은 이약이다.(끗)

[46] 牛耳洞의 봄을 찻고서, 車相瓚, 『개벽』 제69호(1926.05)

寒食東風淚如雨

4月 6日이엿다. 우리 靑年黨에서는 牛耳洞에 春期遠足을 가게 되엿다. 이 牛耳洞은 水石이나 櫻花의 勝地로 해서 가는 것보다 一般이 思慕하는 孫義菴先生의 遺閣과 幽宅을 한 번 拜省하랴고 가는 것이엿다. 나도 그 黨員의 한사람으로 역시 거긔에 參加하게 되엿다. 그 전날 밤에 엇던 記念式 餘興에 고음 노름인가 裁判長 노름인가 하는 滑稽劇을 11

時까지 하고 출출한 배를 채우랴고 某某 同志와 어느 飮食집에 갓다가 午前 두時에야 貴家한 나는 겨우 4時間을 자고 午前 6時에 닐어나서 朝飯은 먹엇섯다.

春坡君이 차저 왓다. 그와 가티 同伴하야 우리 社의 正門으로 드러 갓섯다. 때는 그럭저럭 8時 20分이나 되엿다. 步行하는 사람들은 벌서 만히 떠나가고 汽車로 가는 사람들만 남어 잇다. 春坡와 나는 매우 活潑한 척하고 壯談하기를 遠足에 汽車를 타고 가는 것은 遠足이 안이라 近足이니까 우리는 徒步를 하자고 하얏다. 그러나 먼저 떠난 사람이 잇기 때문에 同行하기 爲하야 不得已 臨時應變의 縮地術을 썻섯다. 塔洞公園 압헤서 電車를 타고 昌慶苑 압까지 갓섯다. 車에 나리니까 먼저 온 同志들이 路邊에서 기다리고 잇다. 우리 두 사람은 그 곳에서부터 그네들과 가티 徒步를 하얏다. 천천히 緩步하야 磚石고개를 넘어가니 城 밋헤 누른 잠드는 밤이슬에 속입이 나고 길가의 버들가지는 아츰바람에 흔들흔들 半춤을 춘다. 東小門을 썩 나서니 城內보다는 空氣가 헐신 상쾌하얏다. 春朝秋夕이라고 아츰의 경치야말로 참으로 조왓섯다. 駱峀紫烟에 새로 솟는 햇빗과 鬱密한 松林속에 한가이 우는 새소리와 풀 우에서 自由로 뛰노는 송아지와 버들빗 꼿향긔 그 모든 것이 다 陽春의 興味를 끌지 안는 것이 업섯다. 그럭저럭 彌阿里를 당도하니 이곳은 城東사람들의 共同墓地所在地오 날도 마츰 寒食의 名節이엿다. 白沙靑松의 殘山短壟에 點點히 散在한 土饅頭 압헤는 사람들이 三三五五式 모혀 서서 省墓도 하고 改莎草도 한다. 素服淡粧으로 哀哭을 하는 靑孀寡婦도 잇고 愛子愛孫을 생각하고 悲泣하는 白髮의 老翁도 잇고 父母나 或은 愛妻를 생각하고 가슴 태우는 靑年도 잇다. 온 山은 우름의 天地와 눈물의 바다로 化하얏다. 祭物의 냄새를 맛고 이山 저山으로 휩싸고 날아다니는 가마귀의 소리도 悲愴하거니와 半開한 꼿가지에 피눈물을 겨우는 杜鵑의 소리는 더욱히 구슬펏다. 人生 百年에 누라서 이 北邙山川을 능히 免하리요 만은 그 光景을 볼 때에 엇지 同情의 淚를

496

下치 아니하랴. 더구나 風樹의 淚가 아즉까지 남어 잇는 나로서는 故鄕의 先山을 구름 밧그로 瞻望할 때에 一層感慕의 懷를 禁치 못하얏다.

笑入村姬酒肆中

이런 생각 저런 생각하는 중에 발길은 어느듯 무네미 동리를 밟게 되엿다. 村家의 술등은 行客을 반가이 맛는 듯이 東風에 흔들넛다. 에ー라 破除萬事無過酒라니 술이나 한잔 먹어 보자 하고 春坡君에게 말하얏다. 그러나 우리 두 사람은 주머니가 恒常 빈 놈들이요 또 一行이 원체 만흔 까닭에 먼저 酒家로 드러 갈 勇氣가 敢히 나지 못하얏다. 목은 컬컬하고 두 주먹은 붉으니 엇지 할 수가 잇스리오. 最後에 諸葛亮의 八*圖 以上으로 奇奇妙妙한 計策 한아을 냇것다. 둘이 귀속을 하되 우리는 뒤로 떠러저서 쉬는 척히 하야 食口도 슬슬 떨궤 버리고 또 돈만 잇는 사람을 보면 이 馬賊團모양으로 막 떠러서 먹자고 하얏다. 이 計策은 意外에 料量과 가티 꼭 드러맛게 되엿다. 松亭 下에서 暫時 歇脚을 하노라닛가 一行은 대개 먼저 가고 全義贊君이 追後로 온다. 그는 몸도 퉁퉁하거니와 주머니도 퉁퉁해 뵈엿다. 올타! 되엿다 하고 만나는 當場에 酒國討伐의 軍資金을 當하라고 請求하얏다. 快活한 全君은 卽時 承認하고 가티 엇던 酒店으로 드러 갓섯다. 그곳은 男子가 파는 술집이엿다. 비록 異性은 업스나 술맛도 조코 도야지 고기의 안주맛도 조왓다. 山菜와 沉菜도 맛이 잇섯다. 立食으로 다섯잔식을 먹고 나왓다. 악가까지 울적하던 心懷는 暫眼 間에 快活하게 되엿다. 一年의 봄은 우리가 혼자 차지한 것 갓다. 거름도 활발하야 지고 이약이도 커진다. 새소리와 꼿봉우리가 모다 우리를 爲하야 생긴 것 갓다. 平原芳草에 소먹이는 牧童의 피리소리도 한가이 들니고 白石淸溪에 빨내하는 女子들의 態度도 곱게 뵈인다. 加五里川을 건너 섯다. 路邊 엇던 집 문간에 반粉紅적 고리에 동자머리한 女子가 섯듯 뵈인다. 異性에 주린 우리의 눈은 一時에 그 집으로 焦點이 모혀 드럿다. 점점 갓가히 당해 보니 그 집도 역시

497

酒店이다. 술은 별로 더 먹을 생각이 업스나 異性이 잇는 바람에 세사람은 또 그 집으로 드러 갓다. 그 女子는 約 25,6歲나 되여 뵈는데 村店 女子로는 비교덕 하이카라엿다. 얼골도 6分美人은 된다. 안주는 山菜밧게 업고 술은 濁酒뿐인데 술에다 물을 탓는지 물에다 술을 탓는지 퍽도 싱거웟다. 主人이 老婆만 가트면 한잔이 卽時 離別酒가 되엿겟지만은 그래도 젊은 異性인 까닭에 권에 비지떡으로 三四盃식 먹엇다. 眞所謂 입만 업는데 병아리 궁덩이만 보아도 살이 진다고 술맛은 업스나 여러 가지의 수작이 매우 자마 잇섯다. 비위살 조혼 春坡君이 前날 밤 滑稽劇할 때에 찻던 종희주머니를 그대로 차고 그 속에서 마메콩을 작고 끄내어서 그 女子를 주는 것도 한우숨거리가 되엿다. 우리는 그 집을 떠나서 다시 牛耳洞으로 向하얏다. 비록 暫時 酒店에서 맛난 女子라도 人情이란 참 우서운 것이다. 돈을 爲하야 그리던지 무엇을 爲하야 그러던지 그 女子도 우리의 가는 것을 섭섭히 넉이는 드시 門間에서 한참이나 바라보고 우리도 亦是 오면서 其 女子를 각금 도라다 보앗다.

嗚呼滿山櫻花爲誰春

閑話休題- 우리는 加五里를 지내서 牛耳洞口를 드러섯다. 牛耳洞은 元來 山高谷深한 까닭에 京城內보다는 꼿이 普通 一週間이나 늦게 피는 곳이다. 京城에도 辛荑花, 白頭翁(할미꽃) 外에는 아즉까지 花信이 寂然하거니 더구나 牛耳洞이야 엇지 꽃구경하기를 可望이나 할가부랴 滿山의 櫻木은 아즉까지 잠자는 것 갓고 이골 저골에서 흐르는 물소리만 潺潺히 들린다. 道峯望月의 흰구름은 依然히 徘徊하고 道詵菴의 쇠북소리는 먼 바람에 傳해 온다. 鳳凰閣 杜鵑亭은 依舊히 잇다 만은 先生의 形影은 다시 뵐 수 업고 다만 7尺高陵에 春草가 離離할 뿐이다. 當年 此地에 先生이 徜徉하고 先生이 吟咏하고 先生이 論道하고 天下有志의 同德을 모와 가지고 國家民族을 爲하야 鞠躬盡瘁하던 그의 생각을 하면 비록 千載下에 잇슬지라도 누가 敢히 滿襟의 淚를 下치 안이하랴.

그러나 先生의 主義가 살어 잇고 先生의 精神이 살어 잇는 以上에는 有形의 先生은 비록 靑山의 一坏荒土가 되엿슬지라도 無形의 先生의 長生不死하야 三角의 高峯이 一拳石이 되고 漢江의 長流가 桑田이 될지라도 五萬年 無窮토록 永遠히 生存할 것이다. 우리는 萬端의 悲懷를 품은 中에 先生의 墓所를 拜省하고 또 그 墓前에 모혀 안저서 先生의 平素 行蹟과 主義 等 여러가지의 이약이를 하고 鳳凰閣으로 나러 갓섯다. 或은 溪邊에서 濯足도 하고 庭園에서 花艸구경도 하엿다. 山菜野蔬에 点心밥을 맛잇게 먹고 午後에는 杜鵑亭에서 會合하기로 하고 各自 散遊하엿섯다.

杜鵑亭上夕陽多

午後 3時頃이나 되엿것다. 우리 一行은 預定과 가티 杜鵑亭으로 모엿섯다. 이 杜鵑亭은 先生이 平素에 習射하던 곳이엿다. 이름은 杜鵑亭이지만은 杜鵑花도 아즉 볼 수 업고 杜鵑새소리도 亦是 드를 수 업다. 一行은 그곳에서 술도 먹고 춤도 추고 노래도 하고 各種의 戲劇을 다하얏다. 於焉間 夕陽이 山에 걸치게 되고 뭇새들은 날아든다. 汽車로 갈 사람들은 모다 떠나기를 始作하얏다. 歸路에도 天然의 自動車를 타기로 決定한 春坡君과 나는 그다지 밧부지는 안엇섯다.

그러나 寂寂한 山中에 두사람만 남엇잇슬 까닭은 업섯다. 卽時에 우리 두사람도 出發하얏다. 中路에서 鳳谷君 外 몃 친구의 步行 동모를 어덧다. 그러나 그들은 또 먼저 갓섯다. 우리 두사람만 찰동행을 하게 되엿다. 그 씩씩한 春坡君도 오늘에는 구두가 좁아서 발도 압푸고 몸도 여러날 奔忙한 까닭에 퍽 疲困하엿섯다. 戰敗 後 解散兵 모양으로 아모 氣力이 업시 다리를 절늠절늠하얏다. 그러나 나는 比較的 몸이 疲困치 안엇다. 두사람은 집에까지 가티 도라왓다. 때 벌서 午後 8時頃이나 되엿섯다.(끗)

[47] 半月城을 써나면서, 朴英熙, 『개벽』 제69호(1926.12)

古蹟을 사랑하는 사람은 누구나 慶州를 말하며 또한 慶州에를 가보려고 한다. 新羅의 꼿따운 文物의 遺跡이 오히려 今日의 모든 사람들을 놀래일 만한 것이 잇섯든 까닭이다.

이곳에를 내가 오기는 3月 17日 午前 11時이엿다. 내가 이곳에를 온 것으로 말하면 古蹟을 보고 십허서 온 것보다도 또한 慶州를 憧憬하여서 온 것보다도 무엇보다도 먼저 네 自身이 가지 안으면 안이 될 事情과 또한 K君의 다섯번재의 오라는 편지를 밧고서 하는 수 업시 일을 爲해서 慶州란 땅에 발을 드려 노앗든 것이다. 16日날 밤 京城을 떠날 때에 驛前에서 全君의 簡短한 注意를 드르면서 定刻에 늣지 안으렁으로 소매를 서로 난호이고 汽車의 客이 되며 自働車에 손이 되여서 멀리온 데가 이 慶州란 땅이엿다.

疲困한 精神을 가다듬고 헛트러진 衣服을 整制하고 慶州에 나리니 곳은 他鄕일 망정 春色은 變함이 업다. 바라보니 압산에는 아지랭이가 그윽히 숭얼거리며 보리의 푸른 입새가 春風에 간엷히 혼날릴제 仙道山 놉흔 峯은 積雪이 다 녹앗고 半月城 녯잔듸는 봄소식이 새로웁다. 봄이다. 慶州 邑內에는 봄이 왓다. 悠長한 山脈의 굽은 허리에 간엷히 靑松에도 봄이 왓고 長遠한 新羅의 遺物이 앗가움업시 散在한 古跡의 廢墟에도 봄이 왓다. 보리밧 매는 젊은 女子의 분홍저고리에도 봄이 왓고 쿵덕거리는 물방아간안에도 봄은 왓다.

봄은 모든 것을 즐거웁게만 하는 것은 안이다. 봄은 죽엇든 生命을 復活시키는 것이며 寒風積雪에 눌엇든 생물에게 새로운 生의 躍動을 주는 것이다. 봄의 가장 큰힘이 이것에 잇다.

그러한 봄이 慶州에도 왓다. 그러나 참으로 慶州는 살려고 하는가? 그리고 새로운 生의 躍動을 맛보려 하는가?

如何間 旅路에 疲困한 나는 더욱이 서투른 길에서 허매이며 K君과 C君을 차젓다. 그러나 兩君을 맛나지 못하엿다. 그때 나는 一種의 恐怖

를 생각하지 안을 수 업섯다. 첫재는 배가 곱흐고 둘재는 잠잘 데가 업섯든 까닭이엿다. K君이 잇슬듯한 玉山村의 小學校까지 쫏차 가 보앗스면 조켓는데 旅費가 업섯다. 慶州가 만일 5,60里 더 멀엇드면 나는 하는 수 업시 거러 갓슬 것이엿다.

마음을 부지럽시 태우면서 남들은 憧憬의 땅이라고 얼굴에 웃음을 띄우고 가고 오는데 나만은 張次 어떠케 하면 오날 하루의 無料寢食을 어들까 하는 危急한 問題로 괴로웟다.

이러하다가 慶州驛前에서 C君을 맛난 것은 참으로 즐거운 일이엿다. 그는 그의 支社에서 심부름하는 아해로부터 驛前에서 내가 기다린다고 하는 소리를 듯고 쫏차 온 것이엿다. 그에 대해서는 나는 C君에게 참으로 感謝하는 바이다. 그리해서 비로소 나는 마음을 놋코 잇섯스나 C君은 나의 仔細한 事情을 모르는 것 갓다. 무엇보다도 나는 나의 事情을 그에게 말하지 안을 수 업섯다. 나는 그의 손을 붓잡은 채로―

―그런데 이야기는 나종 할 셈 치고 내 이야기 먼저 좀 드러주시요― 그는 나의 맛나기는 이번이 두번째이엿스나 熟親한 사람과 맛티―

―네 무슨 말슴이예요?

―오날밤만 내가 좀 잘곳이 잇슬까요?―

하고 나는 그에게 急히 물엇다. 그때 C君은 생각할 餘暇도 업시 안이 그는 내말의 대답을 벌서부터 準備한 것처럼―

―잇고 말구요―

이 소리를 듯고 나는 마음을 놋코 그와 한가지 慶州邑內로 드러갓다.

C君은 나의 意見을 무러볼 餘暇도 업시 나를 다리고 第一 먼저 어느 집으로 다리고 드러간다. 어느 곳이냐고 물어본 즉 그는 반드시 만나볼 사람이 잇다고 力說하엿다. 門牌를 치여다 본 즉 某新聞支社라고 써서 잇섯다. 「그러면 드러가도 관계치 안켓다」고 나는 생각하엿든 結果 나는 그를 따라드러 갓다. 그때 그 방안에는 靑年紳士가 5,6人이나 둘러 안젓섯다. 나는 누구나 흔히 생각할 수 잇는 것과 가티 新聞支社이니간

그곳에 모힌 靑年中에는 반드시 만나볼 사람이 잇슬 것이라고 생각하고 안젓섯다. 그런데 그때 그 방안에는 엿(飴) 晩餐이 떡버러젓슬 때이엿다. 그들은 낫 모르는 사람이 드러가는데도 不顧하고 食事를 끗치지 안한다. 아마 그들은 퍽 시장하엿든 모양갓다. 그러나 나를 다리고 드러간 C君은 좀 未安한 듯한 모양인지—

—자—인사하시지요.」하고 C君이 말을 끄내자 나는 그들과 인사할 準備를 하엿다. 그러나 그들은 별로 準備도 하는 氣色이 보이지 안코 잇다가 그 中에도 活潑한 靑年 한아가 엿 한個를 집어서 입속에 느면서 별안간 하는 소리가—

「엿 좀 먹고 인사합시다」하엿다. 普通 이러한 境遇에 서울 靑年들 가트면 서로 낄낄거리고 웃음을 우섯슬 것이다. 그런데 그러한 말은 慶州本來의 風俗이나 가티 그 방에 잇는 靑年들의 얼굴에는 조금도 웃는 氣色이 보이지 안엇다. 따라서 나는 그들이 네 自身에 대한 侮辱을 하령으로 그러는 것이 勿論 안이라고 억지로 미덧다. 안이다. 그러한 處地에는 가장 自然한 듯하엿다. 그와 나와 結局 인사를 마친 後에 그 中에 한사람이 紹介者를 보고

「여보 C君 인사시키거든 紹介를 좀 徹底히 하시요」하고 高喊을 지른다. 慶州에를 처음 오는 내가 또한 첫번 맛난 이 무리 中에서 그러한 行動과 소리를 듯게 된 것은 나로서는 그것은 낫브고 조혼것은 別問題로 하고 如何間 慶州의 靑年들은 대단히 活潑하고 形式을 가리지 안코 또한 自尊心이 强하고 外來客을 歡迎하지 안는구나 하고 心中에 생각이 닐어 날 뿐이엿다. 그리고 뒤밋처 나는 지내간 날에 外來客에게 대한 慶州의 人心을 그리여 보앗다. 첫재로 襤褸한 옷을 입엇든 C君을 쪼차내든 것과 C君의 紀行文에서 본 慶州(그 紀行文에 대해서는 當地 靑年間에 不平이 잇섯다고)를 生覺하여 보앗다. 그리고 내 自身을 反省하여 보앗다.

내 自身이 나를 생각할 때에 나도 또한 慶州에서 쫏기여 나나 보다 하고 그 瞬間에 엇더한 覺悟를 미리 하고 잇섯다. 그 방에 오래 안젓스

면 그 만큼 내게는 損이 될 것 갓다는 것보다도 그들과 比하면 내 自身이 經濟的 條件의 表出的 形式이 너무나 뒤떠러진 것을 그들에게 嘲笑를 밧지 안으령으로 C君에게 눈짓을 하고 그 자리를 떠나서 나왓다. 그리고 나는 길로 거러 가면서 C君에게 물어 보앗다.

「이곳에는 우리 同志가 업습니까? 나는 同志를 맛나고 십습니다」

「同志요? 아까 그 방안에 몃사람 잇섯지만―」 하고 그의 얼굴은 붉어 젓다.

나도 벌서 알아채리엿다. 그리고 話題는 다시 돌려젓다.

「그러면 靑年會는 어듭니까?」

「잇기는 잇지만 무어 官制 靑年會나 다름이 업습니다」 나는 그 소리를 듯고는 좀 胍이 풀리엿다.

「그러면 慶州는 조선사람이 사는 데가 안이라, 靑年들의 붉은 피가 結合해서 現實과 싸우는 健全한 고을이 안이라, 오래된 古蹟과 新羅의 遺物만이 구경군을 爲해서 어느 考古學者들을 爲해서만 慶州는 古蹟保存地로서만 이름이 잇는 것인가?」 하고 나는 속으로 생각하엿다.

그러면서 나는 C君의 好意로써 어느집 널다란 방안에서 旅路의 疲困한 몸을 쉬이게 되엿다. 압미다지를 열고 遠山을 眺望하니 서울의 멋倍나 되는 慶州의 넓은 城內에는 틀림업시 陽春佳節이 도라왓다. 일흔 봄에는 혼이 잇는 狂風이 휘파람소리를 치며 도라 단이나 죽엇든 나무의 生命을 復活시키는 봄은 은근히 퍼저 드러왓다.

慶州의 봄은 靑年의 活動하는 봄이 안이요 古蹟이 疲困한 하품을 하는 봄이엿다. 그럼으로 慶州驛前에서 客들의 旅行가방이 한아, 둘, 나타날 때에야 비로소 慶州에는 봄이 온 줄로 생각하게 된다.

그날 밤에 몃몃 동무를 맛나 보앗다. 그리고 그들과 한가지로 여러가지의 이야기도 잇섯다. 그 동무들의 말과 내 自身이 본 바를 생각하면 지금의 慶州는 대단이 疲困하엿고 無氣力하엿다. 그러나 그 몃몃 靑年들의 가슴속에는 잠자는 慶州를 살리며 깨게 하여 興奮시킬 만한 뜨거운 熱誠이 잇슴을 보앗다. 그럼으로 過去의 慶州는 古蹟의 慶州이엿스나 將次의 慶州는 靑年들의 慶州이겟슴을 밝히 보앗다. 이에서 우리는 즐거워 할 것이다.

나는 더 慶州를 보앗스면 하얏스나 몃칠 後 내일이 끗난 後에 하리라고 생각하고 그 이튼날 나의 急電을 보고 달려온 K君과 한가지 그가 잇는 玉山村으로 딸하 갓다. 그가 잇는 조고마한 小學校에까지 내가가서 卒業式을 마치지 안이면 K君의 몸을 빼낼 수가 업슴으로 하는수 업시 窮村으로 드러갓다.

玉山村이라는 곳은 恰似히 그 村家가 되여 잇는 것이 한 洞窟의 感이업지 안타. 邑內에 比하면 家族的 氣分을 내면서도 放散한 狀態에 잇다. 安康驛에서 천천히 거러서 時間半을 要求하게 된다.

村口에 드러서니 이리저리 흥에 겨워서 구부러진 듯한 길ㅅ가에는 古木들이 빽빽히 드러서서 自然의 並木路를 이루윗스며 모퉁이를 도라갈 때마다 방끗방끗 웃는 듯한 辛荑의 노란 꼿봉오리가 서투른 손에게봄소식을 傳한다. 더욱이 學校를 드러가는 入口에는 玉山書院이 잇스며 그 書院 압흐로는 검은 바위의 奇怪한 둥이 끈이지 안코 連接하고그 틈과 틈으로서는 淸流의 가는 샘물이 용소슴처 흘너나러다가 龍湫라는 瀑布를 이루엇스니 景色의 絶勝은 말할 것도 업거니와 山마다 奇岩이요 간곳마다 怪石이 깔렷스니 이에 이 村을 玉山村이라고 한 것일 것이다.

東西로 花開山과 道德山을 끼고 적은 小學校가 잇스니 이곳이 K君이잇는 學校이엿다.

나는 3,4日 동안이나 이곳에 머무르지 안으면 안이되겟다. 첫번에 나는 景色에 아름다움에 취해서 몃칠이든지 머무르고 십헛다. 그러나 사람의 生活은 或은 情緖는 아름다운 自然뿐만으로 美化되는 것은 안이다. K君이 敎授하러 學班에 드러간 동안 3,4時間이나 나는 홀로서 아름다운 景色을 구경하려고 奇岩 우에 或은 淸溪엽헤 서서 문득 自然의憂鬱을 發見하엿다.

自然의 憂鬱! 無味乾燥한 沈默의 自然! 옛날 사람들은 이러한 孤寂하고 쓸쓸한 곳에서 深遠한 哲理와 永遠性의 妙理를 發見하엿것다. 그러나 現代靑年民衆 틈에서 자라난 靑年으로서는 이러한 自然 가운데 혼자 잇슬 때에는 무엇보다도 먼저 自然의 憂鬱을 깨닷게 된다. 그리고 叫喚하는 民衆이 새삼스럽게 그리워진다. 鬪爭하는 同志들이 또다시 보고 십다. 그러나 이러한 조혼 곳에서 民衆이 한가지로 노래하며 뛰고 놀 때에는 비로소 自然의 憂鬱도 업서질 것이다. 이럼으로써 모든 自然, 모든 藝術이 社會的 關係을 떠나서 無價値함을 쉽게 가르처 준다.

더욱이 내가 자는 방에는 K君과 또한 그의 친구(그도 敎師이엿다) L君이 잇섯다. 그들은 이러케 조혼 自然 속에 잇스면서도 그 自然에는 無關心이엿다. 그 까닭은 이러하다. 무엇보다도 疲困! 이것이 그들에게 잇서서는 큰 問題이엿든 모양이다. 3,4時間이나 아해들하고 싸우고 몸이 疲勞한 데다가 먹는 것이 흰밥 뿐이엿다. 무엇보다도 疲勞를 補充할 만한 滋養이 업섯다. 얼는 말하면 營養不足이엿다. 그럼으로써 그들은 情緖의 破壞를 當한 者가 되엿다. 그들에게는 自然을 노래하기 前에 먼저 그의 精神을 기를 滋養이 必要하엿다. 第一 놀나운 것을 나는 發見하엿다. 玉山 간 後로 K君과 L君은 번갈러 가면서 낫잠자기를 競爭한다. 나는 말뚝모양으로 낫잠 자는 그 두 젊은 친구를 爲해서 직히고 잇는 守備의 役을 마튼 사람모양으로 우둑허니 안저 잇섯다. 녀름가트면 그들에 얼굴에 안는 파리라도 날려 주엇스면 좃켓는데 그것도 업스니 다만 우두커니 안저서 잠자는 그들의 病色들린 黃顔을 보고 歎息만을 마지 안핫다. 방안을 삷히여 보니 天井에는 입새부튼 生木이 이리저리 달려 잇섯다. 그것이 어느 때의 것인지는 모르나 말으고 말러서 조곰만 건드리면 우수수 부서질 것 갓다. 이러한 作亂도 K가 이 學校를 처음 왓슬 때는 퍽 浪漫的이엿든 모양이엿다. 먼지 무든 맨도린이 죽은 듯이 노여잇는 것만 보아도 그의 精神이 얼마나 疲困한지 알 수 잇슬 것이며 그의 肉體가 얼마나 疲勞한지도 생각할 수 잇다. 冊床머리를 살피여 보면 불떵이처럼 뜨거운 處女들의 戀愛편지도 無價値하게 벌려 잇섯고 冷却하고 無情한 絶戀狀도 두려움업시 널풀어저 잇섯다.

그들만 그럿케 疲困한 것은 안이다. 또 例들을 들겟다.

하로는 또다른 R教師가 나의 왓단 소리를 듯고 차저 왓섯다. 조금 잇드니 그는 不安한 表情으로—

「그만 失禮하겟습니다—」

「웨 그리 곳 가시렵니까? 더 노시지요?」하고 一同이 물엇다. 그는 나오는 하품을 억지로 참고 낫츨 조곰 붉히면서—

「가서 낫잠을 좀 자야겟서요」하고 참을 수 업는 것 모양으로 달여 갓다. 一同은 웃섯다.

「아! 疲困한 村아! 아! 疲困한 朝鮮의 靑年아!」하고 속으로 부르지젓 다. 그러나 나역시 이곳에서 진이 빠지고 氣力이 업게 되면 그들과 가 티 疲困하지 안을까?하는 反省이 생겻다.

「오냐! 얼는 이 잠자는 村을 깨기 爲해서 밧게 血氣잇는 靑年을 모라 드러자」하고 속으로 부르지지면서 하로밧비 卒業式이 끗나자 곳 K君 과 安康에를 왓다. 그곳에도 역시 잠자는 곳이엿다.

「靑年團體가 잇습니까?」하고 내가 有力한 P氏에게 물을 때 그는—

「잇다고 오히려 업는 것만도 못합니다」하는 대답은 가슴이 압혼 소 리다.

간 곳마다 活氣가 업기도 하려니와 두려운 壓迫의 氣勢가 등등하다.

그 곳에서 떠나서 24日에 浦項에를 가령으로 밤차를 탓다. 조그마한 輕便車 안에 疲困한 몸을 의지하고 어둠 속으로 달려간다. 偶然히 車窓 을 내다보면 이즈러진 初승달(陰)이 흐미하게 빗치는 山골 속에 조고마 한 붉은 불이 반짝반짝 조회窓에 비치인다. 맛치 녀름밤 반듸불과 갓다. 그것이 農家이다. 生活의 모든 勢力을 빼앗기고 허덕거리는 農夫의 방 에서 반짝이는 한적은 등잔불이다. 그러나 그곳으로부터 XX이나 올것 가트면 세상사람들은 놀라울 것이다. 그러나 힘은 그곳에 잇다.

浦項에 와서 나는 비로소 靑年會를 가보게 되엿다. 會館도 相當할 뿐만 안이라 責任者 諸氏의 뜨거운 誠心도 퍽 반가웟다. 더욱이 同會樂 隊의 울렁찬 소리에는 疲困한 精神을 새롭게 하엿다. 鄭學先氏와 李載

506

雨氏의 仔細한 紹介와 또한 靑年會의 대한 자미잇는 말을 만히 들엇다. 그리고 그날밤 責任者 諸氏와 한방에 모듸엿슬 때 熟親한 同志와 가티 圓을 지여 발을 모다 이불 속으로 늣코 안저서 이야기 하든 것이 지금 까지도 내 머리 속에 남어 잇다. 이곳에 오래 잇고 십헛스나 事情에 依해서 또다시 浦項을 떠낫다.

나는 車를 탈 때에 별안간 哭聲을 드럿다. 무슨 일인가 하고 車窓으로 내여다 본 즉 襤褸한 衣服을 입은 一團과 그들을 送別하는 親戚들의 울음소리엿다. 그들은 間島로 가는 사람이라 한다. 그리운 故鄕, 사랑하는 親戚을 떠나 멀고 서투른 땅에 밥을 어드러 가는 이들의 눈물과 울음소리는 朝鮮의 運命을 잘 말하여 준다. 「동생아. 너는 먼저 가거라. 나는 來年에 가겟다. 누나아. 너는 울지를 마러라. 나는 가을에 갈 것이다」하는 듯이 그들은 엇지 할 줄을 모르고 몸을 딩굴면서 운다. 巡査가 말리고 乘客이 말리나 북바처 나오는 억울한 울음이야 그 누가 말릴 수 잇스랴! 흙빗과 가튼 얼굴에서 흐르는 맑은 怨恨의 눈물을 나무등걸 가튼 손등으로 문지르면서 그들은 悲慘한 旅路의 客이 되엿다. 오냐 울지를 마러라. 그대들의 울음이 決코 無意味하게 도라가지 안으리라!

驛마다 間島로 가는 사람들의 一團을 볼 수 잇다. 널분 朝鮮의 땅이 엇지해서 주린 간장을 위해서는 한톨의 쌀알(米粒)도 주지 못하엿든가?

이것을 決코 運命的으로나 浪漫的으로 보아서는 안이 된다. 가장 鮮明한 朝鮮의 現實이다. 우리는 이 現實을 爲해서 이 現實의 暴惡한 勢力을 업새고 壓迫밧는 階級 或은 民族의 새로운 眞相을 그곳으로부터 비롯되게 하지 안으면 안이된다.

또다시 慶州에를 왓다. 그리고 慶州 邑內를 잘 살피여 보앗다. 그때에야 비로소 慶州에는 古蹟의 王陵이 만코 돌짝이 만코 妓生이 만혼 것을 보앗다. 中産階級의 靑年들이 만흠으로 그곳에는 留學生도 잇고 長髮客도 잇고 誤入쟁이도 잇슴을 보앗다. 卽 말자면 生活苦의 團結的 運動이 업고 따라서 階級的 意識이 盲目的으로 服從이라는 穩順한 幕에 가

507

리여지고 말엇다. 다만 잠자는 慶州邑內에는 밤마다 妓生들의 구슬픈 悲歎이 떠돌 뿐이니—

--仙道山 넘어로 해는 저물고

半月城 옛잔듸는 봄소식을 전한다…

는 노래가 그것이다. 옛것을 밀우어 現在를 悲歎하고 現在를 咀呪하야 未來를 落望하는 것 뿐이다.

아! 慶州야! 慶州는 朝鮮의 未來를 爲해서 眞理를 爲한 戰線에 나오지 안으려는가? 慶州는 古蹟만을 가지고 永久히 자랑하려는가? 慶州는 새로운 歷史의 첫 페지를 爲해서 團結하지 안으려는가?

그리나 나는 이곳에서 朴君과 C君의 새로운 同志를 어덧다. C君은 너무 熱烈하다고 漫評이 잇스나 그의 眞實한 것은 반가운 일이다. 더욱 이 朴君의 熱心과 그의 意志를 헤아린 나로서는 그의 굿센 손목을 쥐고 압흐로 가티 나가기를 즐거웁게 盟約한다.

아모조록 慶州의 靑年運動에 만흔 功勞가 잇슬 것을 나는 밋는다.

慶州까지서 佛國寺와 石窟庵을 안이 볼 수가 업다고 함으로 나 역시 그 말에 反對는 하지 안엇다.

그럼으로 주머니속에 돈이 업슴도 不顧하고 길을 떠낫다. 午後 6時쯤 해서 佛國寺에를 이르럿다. K君과 나는 爲先 잘 곳을 定하지 안으면 안이 되겟다. 아모리 생각하여도 佛國寺에서 하로밤을 자지 안으면 안될 形便이엿다. 그 압헤 日本旅館이 잇기는 하나 1人1泊에 3,4圓을 빼앗긴다니 그곳은 꿈에도 생각할 수 업섯다. 하는 수 업시 佛國寺에를 드러가 住持를 차지니 白髮老人이 문을 열고 드러오라고 한다. 우리는 드러가 안젓다. 그는 그야말로 身老心不老란 格으로 비단마고자에다가 분홍을 자지러지게 드리여 입엇다. 爲先 인사를 마친 後에 그 老住持는 이야기를 親切한 語調로 시작한다. 처음에는 佛國寺와 時代의 變遷 그 다음에는 佛國寺의 財産에 關한 事(참말일지는 모르나) 그 後에는 自己의 處地를 이야기하더니 結局은 사람을 재울 수 업다는 結論이다. 그리고 그는 말하기를 만일 사람을 이 寺內에 자게 하면 日本 旅館에서 말이 만타고 한다. 自己네 營業 妨害라고 해서 自己네 獨斷政治를 行한다고 한다. 「그러기로 이곳에서 못잘 것이 무엇이냐」고 한즉 그는 역시 斷然히 拒絶을 하고 점잔히 逐客을 하니 쫏겨 나오는 우리는 根本覺悟한 일이지만 日本人 旅館의 權利가 무서워서 自己의 自由를 스스로 拘束하고 그와가튼 非禮의 行動을 하는데 대해서는 적지 안은 惡感을 닐으키지 안을 수 업섯다. 그 소리를 듯고 우리는 또다시 그 幽靈하고 말하지 안코 길에서 헤매인다. 해는 西山을 넘엇다. 하는 수 업시 그 아래 人家를 차저 드러갓다. 처음에는 그들도 拒絶을 하더니 우리의 懇願하는 소리를 듯고 그들은 許諾하엿다. 처음에 그들이 許諾하지 안은 것도 역시 日本旅館의 勢力이 두려윗든 것이다.

우리는 캄캄한 그 방으로 드러갓다. 그 집이야말로 悲慘한 生活을 하는 貧難한 사람 中에 한사람이엿다. 貧難뿐만이 안이라 可憐한 人生들이엿다. 술장사로써 生活을 겨우 이여서 가기는 하나 그것이 그러한 곳에서 팔릴 까닭이 업슬 것이다.

主人은 10餘年 病者로 身體는 등걸만 남고 그의 안해는 코가 반이나 업는 畸形女이며 그의 아들은 눈 한아가 멀럿다. 이러한 不幸한 家庭에 하로밤이란 참말로 人生의 不幸의 깁흔 구렁텅이에서 허덕거리는 可憐한 무리들의 하소연을 드를 수 잇섯섯다. 그와 나는 이야기를 한참 하다가 그에게 물엇다.

「그러면 一箇月에 얼마나 가지면 生活을 하겟소?」

「10圓만 가지면!」하고 그는 滿足한 듯시 입을 버렷다.

1年에 120圓이면 그는 웃음 웃는 生活을 繼續할 것이다. 그러나 그에게는 一箇月에 5圓의 收入도 업는 赤貧人이엿다. 高樓巨閣 속에 靜坐한 衆生을 爲한다는 佛像밋헤 이러한 悲慘한 人生이 잇는 것이야 그 얼마나 現代的 嘲笑이랴!

안이다. 모든 000종교, 假面을 쓴 平和 不公平한 生活 悲慘한 奴隷이 모든 人生生活에 不健全한 要素는 資本主義社會가 産出시킨 不幸이다.

人類의 平和를 爲하고 健全한 社會의 制度와 그 안에서 사는 民衆生

活의 幸福을 爲해서는 이 社會를 00하며 새로운 00를 爲해서 鬪爭하지 안을 수 업는 것이다.

石窟庵을 다녀오기는 27日이엿스며 서울에 오기는 28日 밤이엿다.

[48] 西行雜記, 春坡, 『개벽』 제71호(1926.07)

靑吾형, 安州서 적어드린 소감 一節은 보섯는지오. 지금은 博川에 왓습니다. 孟中里는 좀더 번창한 감이 잇스나 博川邑은 별로 발전의 기색이 업습니다. 舊津 전후의 그 유명하든 乾畓들이 이 大旱時節에 綠水洋洋의 水畓化가 된 것이 전에 못보든 현상입니다. (博川水組로 인해서)

靑吾형. 여관을 정하자 곳 博川醫院의 金禮容씨가 차저 줍니다. 그는 10여년전 京城서 가티 지내든 친구입니다. 퍽 반가윗습니다. 到處有故人逢輒相吐情―이야말로 旅中의 일대 위로입니다. 崔宗楨씨를 차저보고 곳 台峯山에 올나갓습니다.

靑吾형. 博川의 명소는 大寧江도 잇고 元帥峯도 잇고 多福洞도 잇지만 其中 명소는 바로 이 台峯입니다. 平壤의 牧丹峯이나 京城의 北岳이나 또는 泰川의 烏山가티 바로 博川邑의 鎭山이요 主峯입니다. 송림이 욱어진 천연공원입니다. 前面에는 棋局가튼 千戶市街와 舊津平野가 노여 잇고 後面은 洪景來江과 大寧江이 휘도라 잇습니다. 元帥峯은 바로 건너편이요 多福洞은 바로 元帥峯下입니다. 台峯後麓 大寧江岸 天丈絶崖 우에 안저 多福洞을 건너다 보며 洪景來 好漢의 當年事를 追想해 보니 과연 감회무량입니다. 山河는 依舊한데 人傑은 何處去의 嘆이 생깁니다. 元帥峯을 한 번 더 처다보고 大寧江을 한 번 더 굽어보고 洪景來를 한 번 더 생각하면서 大寧江邊을 휘도라 여관으로 도라왓습니다. 韓燦爕씨가 차저줍니다. 崔, 金, 韓 諸氏를 모시고 夜深토록 所懷를 相換하고 翌朝에 볼 일을 대강 보고 오후 1시 차로 定州를 향하얏습니다.

靑吾형. 雲田驛에서 엇던 촌양반이 飛降을 하다가 몹시 닷쳐 꺽구러진 것을 보고 가슴이 서늘하얏습니다. 드르닛가 그는 郭山 某占卜者를 차저가든 사람으로 멋모르고 一等車를 탓다가 겁이 왈칵 나서 三等車로 옴겨 타려다가 그리 되얏다 합니다. 촌사람인지라 승차 하차에 대한 상식도 毋論 결여하겟지만 農事方劇에 占卜者를 차저가든 그것이 동정보다 욕이 먼저 갑니다. 그러나 當厄을 未免하야 피를 콸콸 쏫으며 넘어져 잇는 그 慘景은 실로 가슴이 서늘합니다. 드르닛가 생명에는 관계가 업스리라 합니다.

靑吾형. 비가 부슬부슬 내립니다. 喜雨요 甘雨입니다. 農軍들은 퍽도 깃버합니다. 나도 깃벗습니다. 定州驛에 내리닛가 비가 몹시 내립니다. 雨中임도 불구하고 支社의 金道賢씨가 驛頭까지 마저줍니다. 驛에서 성내까지 가기는 꽤 먼 거리입니다. 旅中이라 무엇보다 의복이 문제이고 또는 行具가 문제엇습니다. 생각다 못하야 본의는 안이지만 임시방편으로 인력거를 탓습니다. 무슨 죄나 범하는 듯 얼굴이 확근확근해젓습니다. 「무서운 골에 범(虎) 난다.」고 안인게 안이라 봉변을 당하얏습니다. 인력거가 약 一馬町쯤 가자 뒤에서 엇던 壯漢들이 「이놈아 거러가거라. 다리가 부러젓늬. 남 다 거러가는데 혼자 제치고 안저서 이놈아.」하는 소리가 겹처 들니엇습니다. 가슴이 뜩금햇습니다. 인력거 채를 뷔여 잡고 당장 꼬러내리는 듯 머리까지 옷삭옷삭햇습니다. 당장 뛰여내려 사과를 하고 십흐나 임의 그리된 일에 그리하는 것이 더 庸拙해 보이고 말로라도 「소생의 본의가 안이오니 용서하십시오. 旅中이라 의복과 行具를 위해서 부득이 이리되얏습니다.」하고 간청을 하고 십흐나 前遮後基의 車獄인지라 그리하지도 못하고 땀만 흘닐 뿐이엇습니다. 인력거군에게 追兵이 急하니 速行速行을 재촉햇스나 如此泥中에 此亦 무리엇습니다. 그는 더구나 중국인인지라 말까지 몰음니다. 참말 거북하엿습니다. 支社門 압에 당도하고 보닛가 대난관이나 버서난 듯 가슴이 진정되얏습니다.

511

뒤에 오든 金道賢씨의 니약이를 드르닛가 그들은 定州 南門 밧 農軍 들이라 합니다. 소스랑 메고 호미 차고 팔다리 거더 붓친 農軍이엿다 합니다. 早朝에 나이가 盡日 더운 땀 흘니며 갈고 메고 하든 農軍들이라 합니다. 그들에게는 의당히 욕을 당해도 좃습니다. 도리여 감사하엿슴 니다. 「定州南門外農夫님 諸氏에게」라 하고 陳謝文을 보내고 십헛슴니 다. 假言이 안이라 진정이엿슴니다. 여하한 경우라도 다시는 인력거 안 타기로 햇슴니다.

靑吾형. 支社의 金公善형은 꽤 奔忙하게 지내는 형편입니다. 農民聯合 會를 조직하고 그 聯合會 주최로 端陽佳節을 이용하야 農民大運動會를 개최한다 합니다. 그래서 농민운동에 주력하는 모모 동지와 연일 회의 하기에 퍽 밧븐 모양입니다. 洪鍾炫承天佑徐仁和씨가 차저 줍니다.

靑吾형. 翌日은 金公善형과 가티 古邑驛에 갓슴니다. 崔昌瑞崔聖濟金 起鴻 諸氏를 차저보고 만흔 동정을 어덧슴니다. 만나는 곳에 그닥 박대 가 업슴을 깃버합니다. 이는 春坡라는 개인을 위함이 안이라 개벽사라 는 그 기관을 위함이겟지오. 社를 위하야 더욱 충실히 일하자는 책임감 이 格別히 생김니다. 崔聖濟씨 宅에서 하로밤 농촌동무들과 자미잇게 지내엿슴니다. 種鷄ㅅ맛보다 되비지ㅅ맛이 더 조왓슴니다.

靑吾형. 이곳에는 무엇보다 土炭(俗名넉)이 유명합니다. 논둑마다 土 炭을 만히 캐내여 말니는 것을 보고 처음은 못(池)판 자리의 泥土로만 아럿더니 집집의 마당에서 泥土가 산덤이 가티 싸인 것을 보고야 그것 이 土炭인 것을 아럿슴니다. (무러 가지고야) 드르닛가 이 日新洞 근처 나 五山 근처에 土炭이 제일 만히 나는데 논바닥에서 얼마든지 캐내인 다 합니다. 캐내여 연료에 쓰고도 그 논에 벼는 그대로 심는다 합니다. 此所謂 꿩 먹고 알 먹는다고 이곳 논들은 쌀 내고 연료 내고 합니다. 福地임니다. 그러나 아직 人工이 未及하야 외지 수출은 못하고 當地에 서도 산의 柴炭보다는 불편하다는 말이 만슴니다. 장래 잘 이용할 수 잇는 好燃料입니다.

五山學校는 시간이 밥버 방문치 못하고 定州邑으로 드러갓슴니다.

(…105쪽 하단과 106쪽 상단 삭제…)

靑五형. 여행이 지리한지라 雜聞雜見도 지리합니다. 노루글로 후덕덕후덕덕 됩니다.

郭山에서는 李國榮申裕權李鎭秋 기타 여러 동무를 만나 郭山 名物 반지膾 (서울 웅어膾 비슷한 것)며 어북국으로써 자미잇게 노랏슴니다. 그리고 臨海面 觀舟面 등 농촌을 차저 金義壽池應革崔重謙姜壎采 諸氏에게 농촌에 관한 니약이며 교육상황을 보앗슴니다. 就中 臨海面의 水畓이며 觀舟面의 永昌學校는 기억이 새롭슴니다. 宣川에 잠간 단녀 지사원 일동 及 李君五씨와 一夜間 회담하고 鐵山에 가서 朴英鄭允錫金明壽宋根柱鄭有轍朴鳳樹 기타 諸氏와 邑村에서 2일간을 交遊하다가 回路에 車輦館에 들녀 崔龍雲鄭龍赫金楨學劉永宣 諸氏의 안내로 시가지 及 농촌을 두루 구경하고 回路에 登하얏슴니다. 별로 怪問異狀은 업섯슴니다.

入京之初是何地獄

靑吾형. 西行雜記를 쓰든 끗테 유치장의 5일간을 적어들일가요. 형은 7일인가 8일인가 된다지오. 小春石溪 *村 小波 할 것 업시 이번 노름은 다가티 츠럿지오. 다가티 조선놈이란 간판에다가 겸하야 때가 때인지라 면할내야 면할 수나 잇슴닛가.

靑五형. 此所謂去亦難來亦難이고 出沙地入地獄임니다 그려. 조선놈은 언제든지 이 모양일가요.

靑吾형. 그 날이 바로 6월 7일입니다. 형님은 발서 유치장 맛을 보든 때입니다. 이번 사건을 西隅의 一行客이야 엇지 생각이나 하얏겟슴닛가. 때가 때인지라 혹—엇더려니? 하는 의문 뿐이엿지 이번 사건의 正中은 못하얏든 것이 사실임니다. 그날 밤 肅川 李泰夏씨 宅에서 자고 이날 오후 1시 직행을 타게 되얏슴니다. 서울 오면 무슨 큰 수나 생길 듯이 서울이 몹시 그리웟슴니다. 그나마 月餘를 떠낫든 까닭이겟지오. 누가 기다리는 듯 차시간도 몹시는 느저 보입듸다. 결국! 수는 그 수요, 기다리든 사람은 그 사람이엿지오. 肅川驛에 나와 차를 기다리노라닛가 俗所謂 나으리 한 분이 居住姓名을 뭇습듸다. 본색을 말하닛가 그는 별말 업시 도라섯슴니다. 차를 타고 족음 오노라닛가 양복쟁이 나으리 님 二三人이 車中으로 왓다갓다 하며 맛치 獵犬이 虎穴이나 찾는 듯 눈이 뻘개 도라단닙듸다. 족음만 똑똑해 보이고 수상한 듯 하면 누구심 닛가 어듸 사심닛가 무엇 함닛가 하고 예의 수첩을 끄내들고 뭇고 적고 힐난하고 심하면 行具까지 수색합듸다. 나 亦 그들의 눈에 걸넛슴니다. 명함 주고도 짐까지 보엿슴니다. 그들의 껏덕대는 꼴이야말로 코허리가 시어 못보겟습듸다.

平壤을 오닛가 승객이 무려 천명은 되나 봅듸다. 차를 둘인가 하나인가 더 다나 봅듸다. 그 만흔 사람 중에서 맛츰 李團군을 보앗슴니다. 문안 뒤끗테 서울행 여부를 무르닛가 「내일 간다」고 하면서 내렷다가 明日 同行을 말합듸다. 그래 나는 明日 同行이 不如今日同行이라고 今日 同行을 强勸햇슴니다. 그래 車中에서 차표를 사가지고 동행이 되엿슴니다. 坐를 정하자 李군의 말이 「서울 무슨 일이 낫나 봅듸다. 지금 전차를 타고 平壤每日社 압흘 지내노라닛가 대서특필로 뚜렷이 광고가 부텃는데 전차 속력에 全文을 자세히는 못 보아스나 「90여 무엇이 천도교 본부 포위 라는 것은 보앗다」 함니다. 무슨 사건인지 몰나 피차에 궁금하얏슴니다. 黃州를 오닛가 點人 나으리들의 교대가 잇더니 開城 오닛가 또 교대가 됩듸다. 長湍을 지나 一山 쯤 오닛가 그들은 또 우리의 행색을 유심히 보더니 누구냐고 뭇습듸다. 姓名一出에 熟面인 듯이 그들은 「그럿슴닛가」 하고 다시 뭇지 안코 도라섭듸다. 급기 京城驛에 내리니 豫期의 出迎人이란 하나도 보이지 안습듸다. 마음에 퍽 섭섭해 지면서 「무슨 일이 과연 생겻나」하고 의심이 왈칵 낫슴니다. 출구에 나오닛가 構外에서 부인 두 분이 마저 줍니다. 안부를 相交하는 찰나에 악가 車中의 그 日人 나으리님이 엇던 딴 日人에게 「고레가가이뱍샤, 고레가지다이닛뽀(李군을)」라고 하면서 引渡를 합듸다. 「소—까 죳도 맛데」 하고는 니여 驛前 파출소로 끌고 갑듸다. 파출소에는 발서 3, 4명 청년이 붓들려 잇고 뒤밋처 작구 드러옵듸다. 근 한 시간 반이나 몸검사 짐검사를 당하고 그대로 가겟다 하닛가 좀 기다리라고 하더니 鍾路 인가 本町인가 전화를 하더니 本署까지 가겟다고 우리 두 사람에게 조선 나으리 한 분을 겻다려서 보내임니다.

결국 本町警察署 高等係까지 왓슴니다. 열 한 시가 넘엇슴니다. 주임이 안 계시다고 안저 기다리라고 함니다. 저녁을 식켜놋코 심심은 하고 해서 테블 우에 노인 신문을 보앗슴니다. 3면을 펴처들자 마자 눈에 굉장히 눈에 띄이는 것이 「9대의 자동차로 천도교당 포위, 불온문서 다수 압수, 천도교 간부 모모, 개벽사 모모, 기타 200여명 검거」 운운의 굉장한 제목이엿슴니다. 「일은 낫다」 하고 자세히 내려보노라닛가 조선인 나으리님이 오더니 「보지 마십시오. 이것은 압수된 신문임니다.」 하고 쌔아서 감니다. 「가저 가시오. 다 보앗소.」 하고 의문에 의문을 겹처 하면서 저녁을 먹노라닛가 주임인가 한 이가 드러옵니다. 차례차 례(우리 외에 2명) 대략한 청취를 하더니 내일 다시 뭇겟다고 차례차례 유치장으로 보내임니다. 새로 한 시가 넘엇슴니다.

이리하야 入京之初에 유치장 맛부터 보게 됩니다. 간수 1명이 守直할 뿐이요 각 방은 모다 잠드럿슴니다. 똥통 겻혜 좀 빈틈이 잇기에 그리로 가서 쓰러저 누어 가지고 事件如何를 이리저리 생각하다가 원체 피곤한 몸이라 그만 잠이 드럿슴니다. 잠결에 「복구닷세어」하는 소리가 들이임니다. 눈을 비비고 니러나닛가 형사 나으리가 유치장 문을 딸칵

열더니 나오라고 합니다. 이 안인 밤 중에 웬일인가 하고 나아가닛가 노끈으로 허리를 묵습니다. 고등계로 끌려 올나갓습니다. 새로 네 시를 땡땡 칩니다. 비상시기인지라 또 자기네만은 나를 重大犯으로 嫌疑한 지라 비상한 訊問을 합니다. 西鮮行 자초지종을 日誌하듯이 시간을 따라 다 읽거 밧첫습니다. 죄는 업스나 퍽 괴로윗습니다. 왼 京城이 모다 잠드럿는데 새로 네 시에 고독키 訊問을 당하는 꼴이 억울하고 분통하야 견뎰 수가 업섯습니다. 약 한 시간만에 유치장으로 다시 오니 발서 東窓이 훤하고 모든 囚徒들은 선잠을 깨는 듯 기지게를 켜며 하폄을 합니다. 똥통을 타고 안저 뿌지직 뿌지직 똥싸는 친구도 잇고 「아구데구」 신음하는 사람도 잇습니다.

掃除를 하고 걸네로 얼굴을 딱고 괴양이 밥통 가튼 변도를 먹고 同留人들과 인사를 햇습니다. 大連서 온 全致恒군과 前夜同入한 崔上德군 외에 절도, 스리, 아편범이엿습니다. 건너방의 李團군이 각금 건너다보며 눈우슴을 침니다.

(…원문 20줄 삭제…)

靑吾형. 이번 노름에 許益煥형이 까닭업시 (아무도 그럿치만) 그 독한 매를 마저가며 4, 5일 同苦한 것이라든지 李團군이 동행한 嫌으로 4, 5일 同苦한 것은 극히 미안하얏습니다. 그러나 피차 동일한 처지에 미안 여부는 問할 곳 答할 곳이 업겟지오. 우리끼리는 한 번 웃고 마럿습니다. 그밧게 별 수가 잇슴닛가. 그럿치요 靑吾형.